Emmanuelle de Boysson

Un coup au cœur

roman

CALMANN LEVY

CALMANN LÉVY

ÉDITEUR DEPUIS 1836

Couverture
Maquette : olo éditions
Illustration : tableau de J. M. W. Turner,
Lumière et couleur (La théorie de Goethe) ;
le lendemain du Déluge – Moïse écrivant le livre de la Genèse
(1843 ou avant)/
Photo © Tate, Londres, Dist. RMN-Grand Palais/
Tate Photography.

ISBN 978-2-7021-8860-6

À Anthony.
À Rose et Balthus.

Et le bail de l'été trop tôt arrive à terme.

William Shakespeare, *Sonnets.*

Comme vous êtes loin, paradis parfumé,
Où sous un clair azur tout n'est qu'amour et joie,
Où tout ce que l'on aime est digne d'être aimé,
Où dans la volupté pure le cœur se noie !

Charles Baudelaire,
« Maestra et Errabunda », *Les Fleurs du mal.*

Il me semblait flotter à la surface d'un lac sans bords, où sur une nuée dense et tiède, juste sur leur surface, presque irréelle et pourtant perceptible, et tout autour de moi, grâce à cette petite lueur limpide, le monde immense et beau, son silence, son repos nocturne, en attente de l'aube qui viendrait.

Maurice Genevoix, *La Mort de près.*

Elle a repris l'escalier ; elle est ressortie dans les rues.
Où va cette femme, en dentelles ?
Qui est cette femme ?
Elle est belle.
C'est la dernière épousée,
Celle qui vient sans qu'on appelle,
La fidèle.
C'est l'épouse de la dernière heure,
Celle qui vient lorsque l'on pleure,
La cruelle.

Barbara, *La Mort.*

1

Je suis morte le 7 février 2022. Il était 17 h 20 lorsque mon cœur s'est arrêté. Je ne me suis aperçue de rien. Ça s'est passé comme si je m'endormais. C'était doux, presque un soulagement. Je savais où j'allais : il m'a suffi d'ouvrir une porte pour entrer dans un endroit que j'avais l'impression de connaître, où je me sentais bien. Trente minutes dans l'au-delà. Si Anton n'avait pas été là, j'y serais encore. S'il n'avait pas eu la présence d'esprit de me faire un massage cardiaque, j'aurais pu devenir un légume. Il m'a sauvée, repêchée *in extremis*, ou plutôt, ressuscitée. Un vrai miracle.

C'était un lundi, jour de la réunion culture du journal, mais ce funeste lundi, sa rédactrice en chef lui avait commandé une nécro de Jean-Pierre Grédy, auteur de pièces de boulevard, dont le décès à cent un ans venait d'être annoncé, et il a préféré l'écrire à la maison. C'est donc grâce à un mort que je suis vivante.

Installé à la table du salon où s'entassent livres et magazines, Anton a relu sa nécro, avant de l'envoyer, pile en temps voulu, à quinze heures. Ensuite, il aurait pu faire une course pour le dîner ou aller chercher un livre dans son studio, à deux pas de chez moi. S'il était sorti, à son retour, il aurait trouvé un cadavre.

Bizarrement, je ne garde aucun souvenir des heures qui ont précédé mon arrêt cardiaque. Il a fallu que j'interroge Anton plusieurs fois pour savoir ce qui s'était passé. Au début, traumatisé par ce qu'il qualifiait de « scène de guerre », il n'avait pas envie d'en parler. J'ai appris les choses petit à petit et mené mon enquête, afin de reconstituer les faits.

À quatorze heures trente, comme l'atteste un SMS sur mon portable, je vais prendre un café aux *Officiers*, un bistrot près de chez moi, avec Benjamin, un jeune éditeur. En rentrant, je raconte ce rendez-vous à Anton et me plains d'avoir mal au dos. Il me conseille de m'étendre, d'avaler un Doliprane. Peu après, il vient voir si le cachet fait effet. Adossée à un oreiller, le regard dans le vague, je lui dis que je me sens moins oppressée.

— J'espère que ça va aller ! Je n'ai pas envie de me taper une deuxième nécro dans la journée, plaisante-t-il.

Après s'être plongé dans *Ulysse* de Joyce, son roman préféré, il réapparaît. Cette fois, j'ai changé de couleur. Le teint blafard, je lui avoue d'une voix pâteuse que j'ai envie de vomir et lui demande un sac en plastique. Il se rappelle alors une scène de roman où une femme qui souffre de nausée est victime d'un infarctus. L'espace d'un instant, il hésite à m'emmener chez le généraliste dont le cabinet se trouve dans l'immeuble voisin. Devant ma tête de déterrée et ma respiration haletante, il décide d'appeler le SAMU. Pendant qu'il est en ligne, je saisis son téléphone et raccroche en décrétant :

— Je ne veux pas aller aux urgences, on attend des heures.

Là encore, je ne me souviens de rien, mais cette réaction ne m'étonne guère : avant mon séjour à Cochin, je détestais les hôpitaux, l'odeur de l'éther me faisait tourner de l'œil. Anton s'empresse de refaire le 15. La même voix rassurante en ligne :

— On vous envoie les pompiers.

Quelques secondes plus tard, je murmure :

— Je vais mourir.

Ce sont mes derniers mots. Après, tout s'accélère. Pas le temps de lui dire adieu, ni d'agoniser, ni de voir ma vie défiler. Les yeux clos, je suffoque, bave, pousse des râles, perds connaissance. Peu dégoûté, Anton n'a qu'une idée en tête : me sauver. Il se souvient des gestes que sa sœur, infirmière, lui avait montrés sur une plage de Beg-Meil lorsqu'il était adolescent, s'exerçant sur lui comme sur un mannequin. Au lieu de perdre du temps à m'allonger par terre, il attrape deux bouquins qui traînent sur ma descente de lit, les glisse sous mes épaules et retire l'oreiller, afin que je sois à plat et sur du dur. Puis il prend ma tête au creux de sa main, la pose avec soin sur le matelas, la cale légèrement en arrière, relève mon menton et desserre ma mâchoire pour m'empêcher d'étouffer. Les mains l'une sur l'autre, les avant-bras tendus, il appuie sur mon plexus avec force, relâche la pression et recommence trente fois de suite, au même rythme rapide, avant d'entamer une autre série. Tandis que ses mains s'enfoncent entre mes côtes, je continue à cracher des glaires, à grogner telle une moribonde. Sans cesser de pomper, il guette un souffle, un battement de cils, un froncement de sourcils, un frémissement de la joue. Aucun signe de vie : spectrale, je me suis statufiée, aussi raide que du bois mort. Mon cœur ne bat plus. Anton ne se pose pas de questions et poursuit son marathon, ne s'arrêtant que pour tenter d'ouvrir ma mâchoire, dans l'espoir que je puisse respirer. Trop tard : elle s'est durcie, j'ai « cassé ma pipe ». En forçant un peu, il réussit à la débloquer, en profite pour soulever mes paupières : mes yeux sont blancs, mes pupilles dilatées. La peur le saisit. À ce stade, il pourrait abdiquer et attendre l'arrivée du médecin pour le constat de décès. Il pourrait aussi prendre mon pouls et mettre la main devant ma bouche afin de vérifier si de l'air en sort encore, mais il se rappelle que, quoi qu'il en soit, il faut faire circuler le sang, irriguer les organes, le foie, la rate, les reins et surtout le cerveau. Alors il accélère la cadence, écrasant de plus belle ma poitrine, quitte à me casser les côtes. Déjà mes joues se creusent, mes lèvres bleuissent, ma peau vire au gris, mon visage ressemble au masque mortuaire de ma grand-mère sur son lit de mort. La bouche de travers, inerte, je suis une autre, un macchabée, une momie. Tandis qu'Anton lutte contre les courants qui m'emportent loin des vivants, j'ai lâché sa main, je me suis éclipsée, je dérive au fil de l'eau vers l'autre berge. Ne pas flancher, ils ne vont pas tarder, se dit-il. Le temps d'une nouvelle pause, l'oreille sur mon sein gauche, il tente de capter un son, un murmure, un écho : rien, la mort a gagné. Vaille que vaille, il reprend le combat, et chaque seconde lui semble une éternité, un pas de plus vers le néant. Des gouttes de sueur perlent sur son front. Il se demande si mon cœur éjecte encore du sang, s'il n'a pas épuisé ses réserves, lui qui doit être bouché quelque part, qui a dû tout donner, se vider, pneu crevé. Anton finit par agir mécaniquement, persuadé que c'est foutu. La vie s'en est allée, cette sève, ce regard, cette voix, la chaleur de cette peau, ce sourire, tout ce qui vibrait, tout ce qu'il aimait. Quinze, vingt minutes, ça fait combien de temps ? Qu'est-ce qu'ils foutent, bordel ? Bon Dieu que c'est long ! Tenir, lutter jusqu'à l'arrivée des pompiers, y croire, même s'il ne reste qu'une chance sur dix mille.

Lui qui ne répond pas souvent au téléphone a pris soin de poser le sien sur la table de nuit. Au moment où il commence une nouvelle série de pressions, la sonnerie, enfin. La voix grave d'un pompier : « On est en bas, c'est quoi le code ? » Anton n'en a aucune idée. Il ne l'a jamais noté, se sert d'un bip. Il dit : « J'arrive. » Il a peur de m'abandonner, peur que l'ascenseur tombe en panne, attrape ses clefs, cavale. La descente n'en finit pas. Au rez-de-chaussée, il ouvre en vitesse la porte vitrée, puis celle de l'entrée. Ils sont six, une brigade de cinq hommes et une femme, leur véhicule de secours et d'assistance garé dans la contre-allée. Un grand blond frisotté le salue : « Vous êtes le mari ? – Non, le compagnon », dit-il avant de bloquer les portes afin qu'elles restent ouvertes pour le SAMU qui ne devrait pas tarder. De retour dans l'ascenseur, il reconnaît qu'il a fait ce qu'il a pu et regarde sa montre : trois minutes d'absence. Pas le choix.

Désolé.

À peine débarqués, les pompiers se mettent à trois pour m'étendre sur le parquet. Un petit brun sec et musclé cisaille mon cachemire noir, mon tee-shirt et mon soutien-gorge, afin de dégager mon torse. Un rouquin à lunettes carrées sort de sa sacoche un défibrillateur, tandis qu'une jeune femme à queue-de-cheval étale du gel sur ma poitrine pour y plaquer des électrodes.

— Sortez, monsieur, ce qu'on va faire est pénible à voir, ordonne-t-elle à Anton qui aperçoit mon buste se soulever en un spasme.

Au bout de six électrochocs, le cœur n'est toujours pas reparti. Prostré sur le canapé, les mains tremblantes, Anton allume une cigarette et s'apprête à appeler ma fille Laura, lorsque deux gars de la brigade ouvrent la fenêtre.

— L'ascenseur est trop étroit. On pourrait la faire descendre par la rue, propose un maigrelet.

— Impossible, les arbres prennent toute la place, le brancard ne passera pas, fait remarquer son collègue qui veut savoir où se trouve l'escalier de secours.

Anton le lui indique, se disant que s'ils se préoccupent du transport à l'hôpital, c'est bon signe.

Dix-sept heures cinquante. Le médecin du SAMU a fini par rejoindre les pompiers. Il m'ausculte et commence à m'intuber. Le tuyau qu'il enfonce dans ma gorge ne passe pas. Il insiste. Du sang jaillit, éclabousse les murs, le placard, les draps. Après plusieurs manœuvres, la sonde est reliée à un respirateur artificiel qui prend le relais des poumons pour m'oxygéner. Si ceux-ci se gorgent d'air, le cœur reste inerte et le docteur ordonne un septième électrochoc. En vain. Le rouquin sort de la chambre, demande à Anton une serviette, lui tape sur l'épaule et lui lance d'un air affligé :

— Courage.

Le temps est passé. Tout a été tenté. C'est fini.

2

Il a fallu un huitième électrochoc pour que le cœur reparte. Un dernier pour la route. Si les pompiers avaient renoncé, le médecin aurait constaté le décès. Pas d'autopsie ni d'enquête. Une mort banale, précoce, annoncée sur les réseaux, avec en prime une petite nécro dans *Le Figaro*. Le vendredi suivant, j'aurais été enterrée au cimetière de Dorcy, le village de ma maison de campagne, là où reposent mes parents, à une dizaine de kilomètres de Fontainebleau. Auparavant, en prévision d'un don d'organes, j'aurais été conduite à la morgue et casée dans le frigidaire d'un funérarium semblable à celui où la dépouille de ma mère a été conservée après son trépas à l'hôpital américain de Neuilly. À l'époque, avec mes frères et sœurs, nous n'avions pas pu la veiller. Il fallait débarrasser la chambre au plus vite.

Il paraît que je suis une miraculée : au bout d'une trentaine de minutes, les médecins ont tendance à cesser la réanimation, par crainte de pratiquer une forme d'acharnement thérapeutique et de favoriser la survie de patients aux altérations cérébrales irréversibles, à cause du manque d'oxygène. Ils ont bien fait de persévérer, mais j'ai dû être sacrément secouée pendant le huitième électrochoc qui a relancé mon cœur. Je n'ai rien vu, ni le sang gicler, ni le visage du médecin du SAMU, ni les hommes qui m'ont transportée par l'escalier, ni l'ambulance qui roulait à toute allure vers Cochin. J'étais ailleurs. Très loin.

Rien ne laissait présager cet accident. Pas d'essoufflement, de douleur thoracique, de sueur, aucun signe annonciateur. J'allais très bien, je travaillais beaucoup et venais de remettre à mon éditeur les corrections sur épreuves de mon dernier roman, *Trio*, un triangle amoureux entre deux femmes et un homme. J'y avais passé quelques nuits blanches. À dire vrai, il m'arrivait parfois de ressentir des douleurs diffuses au creux des reins, des sortes de pincements qui duraient jusqu'à ce que j'avale un Doliprane.

Vu mes antécédents familiaux, j'aurais dû consulter un cardiologue. Mon père est mort à soixante-deux ans d'un arrêt cardiaque dans son sommeil. Il était aux côtés de ma mère qui n'a pas pu le sauver. Mon grand-père et mon grand-oncle ont été emportés par un infarctus brutal, à la soixantaine eux aussi. Le premier se fichait des recommandations de son médecin qui lui avait interdit le sel ; le second, un cardinal célèbre, est tombé à genoux, foudroyé, sur le seuil de l'appartement d'une prostituée – sans doute pour la confesser, ironiseront certains. De son côté, mon frère a eu droit à deux stents. Si mon médecin traitant m'avait conseillé de faire un électrocardiogramme, j'aurais peut-être évité le pire, quoique les examens cardiaques soient aléatoires. En même temps, je n'avais aucune raison d'être suivie. J'ignorais que l'athérosclérose est une maladie insidieuse qui se développe en silence au fil des années. Telle la poussière glissée sous le tapis, des saletés se collent à la paroi des coronaires et forment des plaques d'athérome. Il arrive que l'une d'elles s'érode, se fissure, comme lorsqu'on se coupe avec un couteau de cuisine. Des cellules se démènent alors pour tenter de l'envelopper, de la neutraliser. Pas de chance, elles font l'effet inverse et créent un bouchon qui finit par obstruer la circulation du sang. Tout cela est minuscule, quelques millimètres, pas plus. Une sorte de pollution. Pour la plupart des gens, à l'origine de ces plaques, il y a le diabète, le mauvais cholestérol, l'hypertension artérielle, le tabac et le stress. Moi qui n'avais aucun problème de santé, je ne pensais pas que ces deux derniers facteurs de risque pouvaient me tuer. Du stress, j'en ai accumulé pas mal. D'après un infirmier, les tracas familiaux ont dû perturber mon équilibre coronarien. Évidemment, en plus de mon atavisme, la cigarette serait la grande fautive : il est vrai que je fumais un paquet de Vogue pastel par jour. Cloper m'aidait à écrire, j'avais l'impression que le tabac facilitait l'inspiration. Pourtant, tous les soirs, avant de m'endormir, je me jurais d'arrêter.

Peu avant mon infarctus, j'ai donc eu un trou de mémoire, un grand blanc. Quelque chose a dû se débrancher dans mon cerveau, puisque je ne me rappelle plus rien, même pas mon pot avec le jeune éditeur. Cet oubli m'a d'ailleurs tellement troublée que j'ai fini par lui téléphoner pour savoir si nous nous étions vraiment vus au *Café des Officiers*. Il a dû me trouver bizarre et m'a confirmé que nous avions parlé de son nouveau statut d'indépendant et de sa recherche de manuscrits. Je ne me souviens pas non plus d'avoir eu mal au dos ou envie de vomir. Ni crié ou jeté un regard affolé. Comme si un processus de détachement, une sorte de mécanisme de défense s'étaient déclenchés, afin de m'éviter la confrontation avec la mort.

L'ambulance descend vers l'entrée du bâtiment de réanimation de l'hôpital Cochin. Le brancard glisse jusqu'à une salle de radiologie. Sous la houlette du professeur M., patron de la réa, les internes de garde m'examinent et m'injectent un vasopresseur pour augmenter ma pression sanguine. Peu après, durant une coronarographie, une caméra tourne autour de moi pour filmer mes artères sous de nombreux angles, jusqu'à ce que les cardiologues repèrent l'occlusion de celle qu'on appelle l'interventriculaire, à l'origine du mal. D'un ton posé, le professeur M. ordonne d'y introduire un ballonnet d'angioplastie qui se gonfle à l'approche du caillot, afin de rétablir la circulation du sang. Puis, selon de savantes manœuvres, un stent est posé à l'endroit fatidique. Ce mini-ressort dont dépend ma survie devrait permettre à mon artère de garder ses parois ouvertes. Le ballonnet retiré, l'intervention est terminée.

Pendant ce temps, Anton découvre les murs de notre chambre éclaboussés de sang, mes vêtements déchiquetés, restes d'un carnage. Au moment où il s'apprête à éteindre ma lampe de chevet, l'ampoule grille. Il y voit un mauvais présage et sanglote, la tête entre les mains, avant de se décider à appeler ma fille. Elle vient de sortir son fils César du bain.

— Laura, il est arrivé quelque chose à ta mère.

— C'est grave ?

Anton va à l'essentiel et se garde d'ajouter qu'il craint le pire. Laura veut se rendre de suite à mon chevet, le bombarde de questions. Il lui dit qu'un des médecins de Cochin l'a dissuadé de venir ce soir, lui promet de la rappeler dès qu'il aura des nouvelles, et lui conseille de se renseigner sur les horaires de visite. En réalité, il tente de lui faire comprendre qu'il n'a aucune envie de jouer l'intermédiaire entre l'hôpital et ma famille. S'il a fait sa connaissance ainsi que celle de Marc, son conjoint, et de leurs enfants, César, quatre ans, et Amadéa, sept ans, il n'a jamais croisé Romain, mon mari. Il n'en a pas eu l'occasion. Nous nous sommes rencontrés il y a six ans, au moment où Romain et moi étions en train de nous séparer – nous aurions pu divorcer, mais après avoir vendu l'appartement, nous n'en avons plus vu l'intérêt. Une séparation en douceur. Même s'il n'a pas un caractère facile, Romain est un homme intègre et généreux, sur qui je peux compter.

Laura propose de coordonner les choses, de prévenir son père et ses frères, Alexandre et Guillaume. Anton l'y encourage. À peine a-t-il raccroché qu'il appelle Hubert, un de ses amis qui loge ces jours-ci dans son studio. Ce grand sec un peu vieille France ne tarde pas à venir le réconforter, avant de laver les murs de la chambre à grande eau et de préparer une omelette salade. À vingt-deux heures, le téléphone sonne.

— Bonsoir. Docteur B. de l'hôpital Cochin. Je voulais vous prévenir, votre compagne est sous coma artificiel.

— Dans le coma ? pâlit Anton. Vous pensez qu'elle y restera longtemps ?

— Aucune idée, c'est très variable d'un patient à l'autre. Je ne vous cache pas que son pronostic vital est engagé.

— A-t-elle une chance de s'en sortir ?

— Peut-être… Peut-être pas.

3

Une sonde reliée à mon bras droit diffuse en continu dans mes veines un cocktail de sédatifs, de benzodiazépines et de dérivés de morphine, d'opium et de curare, qui me maintient dans un état léthargique, afin que mes fonctions vitales soient au repos. Malgré la ventilation, je suis en hypothermie, ma température baisse jusqu'à trente-deux degrés, mes pupilles rétrécissent, des traces de sang strient mes fosses nasales, mes genoux se marbrent, mes extrémités gèlent. Parmi la batterie d'examens qu'on me fait subir, l'échocardiographie révèle que les cavités de mon cœur ne se vidangent qu'à vingt-cinq pour cent. Pour couronner le tout, l'oreillette droite bat à cent à l'heure et les fibres musculaires se paralysent. Face au risque d'un nouvel arrêt cardiaque, les médecins font le maximum. Mes capacités de survie se réduisent telle une peau de chagrin, je suis à nouveau en pleine détresse respiratoire, entre la vie et la mort.

Le professeur M. donne alors l'ordre de me poser provisoirement un pacemaker, minipile dont les décharges électriques devraient réguler les battements de mon cœur. Malgré le massage, le manque d'oxygène a fait des dégâts. Tout part à vau-l'eau. Mes cellules ont beaucoup souffert du stress et nombre d'entre elles sont mortes, dont des cellules hépatiques et rénales, qui ont relâché du potassium dans le sang. Pour en éliminer l'excès, j'ai droit à une dialyse. On me prescrit aussi un scanner thoraco-abdominal afin de découvrir pourquoi je tousse autant. L'examen révèle que mes poumons sont infectés ; ma plèvre, purulente. Je souffrirais d'un épanchement doublé d'un œdème, une sacrée pleurésie. Du coup, on me met sous antibiotiques, on me ventile à marche forcée par ce fameux tube qui me charcute la gorge.

Cette nuit-là, Anton ne dort pratiquement pas. À neuf heures, après plusieurs cafés et tandis qu'il s'efforce de rédiger un article sur *George Dandin*, la pièce de Molière que nous avons vue à Versailles, il découvre sur son téléphone un SMS de Laura : *D'après les médecins, maman va rester plusieurs jours dans le coma. Le mieux serait que tu ailles la voir ce matin. Papa passera à l'hôpital en début d'après-midi, Guillaume et moi après.* S'ensuit un second message sur un groupe WhatsApp qu'elle vient de créer pour la famille, où elle récapitule l'organisation des visites. À midi, Anton prend le bus 82 et descend à Vavin, d'où il se rend à pied à Cochin.

Une pente douce bordée d'une rampe de métal conduit à l'entrée d'un bâtiment au-dessus de laquelle est écrit en lettres blanches sur fond rouge : Réanimation polyvalente. Un interphone, une hôtesse qui filtre les visites. Guidé par une infirmière le long d'un couloir, Anton croise un brancard sur lequel est enveloppé un homme qui vient de mourir. Covid-19 ? Devant l'entrée de ma chambre, il frissonne. Une paroi vitrée la sépare d'un poste de surveillance. À l'intérieur, des néons, des écrans qui clignotent, des appareils en tous genres, ceux qui enregistrent mon rythme cardiaque et respiratoire, le respirateur, les cathéters… Revêtus de combinaisons vertes, infirmiers et aides-soignants vont et viennent, chuchotent ou plaisantent pour surmonter l'angoisse. Dans ce monde clos, chaque geste compte, on vit dans l'urgence et le danger. La réa, c'est une série Netflix où la réalité dépasse la fiction, le cœur battant de l'hôpital.

Des tuyaux dans le nez et la bouche, paralysée par un harnachement de sondes et de perfusions, la poitrine couverte d'électrodes reliées à un moniteur, emmurée dans le silence, je ne suis pas franchement à mon avantage. Dans ma torpeur comateuse, je ne sais pas que l'infirmière qui prend ma tension, surveillant du coin de l'œil la ligne sinueuse de l'électrocardiogramme, est Cassandre, une brune bien en chair aux yeux pervenche qui fera ma joie.

— Vous êtes le mari ? demande-t-elle à Anton de son accent du Midi.

— Non, son compagnon. Vous pensez que l'état d'Emma est stabilisé ?

Cassandre passe un gant sous mes aisselles et hausse les épaules :

— Pour l'instant, je ne peux rien vous dire. Les anesthésistes devraient essayer de la réveiller dans deux, trois jours. Attendez l'interne, il fait sa tournée, il ne va pas tarder.

Une heure plus tard, Anton sort fumer sa deuxième clope. Pressé de partir, il espère ne pas tomber sur quelqu'un de ma famille. À son retour, Romain se tient au bout de mon lit. Anton, qui l'a vu sur des photos, le reconnaît aussitôt à son abondante tignasse argentée, coiffée en brosse, et lui tend la main.

— Ah, c'est vous, Anton ! s'éclaire Romain. Ma fille m'a dit que vous aviez fait un massage cardiaque à Emma. Je vous en suis très reconnaissant. Vous avez fait preuve de beaucoup de sang-froid et de courage.

— Dans ces cas-là, on fait ce qu'on peut.

— Asseyez-vous, je vous en prie, insiste Romain en allant chercher une chaise dans un coin de la chambre. J'aimerais que vous me disiez comment ça s'est passé.

Anton revient sur mon sauvetage. Il parle bas, comme s'il craignait que je l'entende. Une lueur brille dans ses yeux verts, si bons, si doux. Soucieux de suivre mon évolution dans les moindres détails, Romain a réussi à joindre le chef de service ce matin : les tentatives pour réguler mon cœur feraient peu d'effets, mon état se dégraderait. Si le moteur ne redémarre pas, ce sera la panne sèche. Si je survis, le pourcentage de chances que je retrouve une vie normale est faible. Après un arrêt cardiaque aussi long, il peut y avoir des complications neurologiques et psychiatriques, des troubles du langage, de la vision ou de la mémoire.

Au fil de la conversation, les deux hommes de ma vie sympathisent autour de mon lit. Le mari, l'amant. On se croirait dans un film de Claude Sautet. Ils causent tennis, Open d'Australie. Ils pourraient même devenir amis. Romain pourrait proposer à Anton une balade en bateau à l'île de Ré. Pourquoi pas un apéro sous la tonnelle, suivi d'un bar au barbecue, arrosé d'un rosé des dunes ? Pour l'heure, il a besoin de mes papiers afin de compléter le dossier d'admission à Cochin. Anton, qui a apporté mon sac à main, fouille dans mon petit bazar – ces choses inutiles, si indispensables, brosse à cheveux, bonbons, gants, carnets –, en tire mon portefeuille bordeaux où sont glissées ma carte d'identité et ma carte Vitale. Le voilà qui se lève et caresse mon front. Clouée, prisonnière, incapable de remuer un doigt ou d'ouvrir l'œil, je suis peut-être dans le coma, mais mon esprit veille, même si je ne sais pas si j'entends sa voix, si je sens la chaleur de sa main. En tout cas, je devine qu'il vient de partir et j'en suis toute triste.

Resté seul, Romain tente de déceler un tremblement sur mon visage. Rien, il est de marbre, grisâtre. Tourné vers le ciel blanc, il se remémore notre premier baiser dans l'église des Billettes, tout en haut, près de l'orgue. Il me revoit, un matin de mars, dans une chambre non loin d'ici, à Port-Royal. Laura venait de naître. J'avais vingt-trois ans. Les paroles du médecin lui trottent dans la tête, il ne peut s'empêcher d'envisager le pire. Plus que ma fin, il redoute la dépendance. Faudra-t-il que je sois prise en charge dans un établissement ? Pourra-t-on me maintenir à domicile avec des infirmières qui se relaient ? Prêt à s'occuper de tout, y compris des démarches administratives, il se dit qu'il faudra d'abord vérifier sur notre compte joint, dont il ne se sert plus, que je ne suis pas à découvert.

À seize heures, il rentre chez lui préparer le dîner d'anniversaire d'Alexandre, qu'il a décidé de maintenir. En attendant, Guillaume et Laura sont à mon chevet. Guillaume, qui soigne une barbe de deux jours, a hérité de son père ses yeux vifs et sa chevelure épaisse, de moi, son visage en amande au teint clair. Longue, fine, aussi brune que je suis blonde, Laura a la beauté altière d'une princesse de la Renaissance italienne. Elle prend ma main, me dit que les petits m'embrassent, scotche leurs dessins sur un panneau avec des mots d'amour et des photos de famille, d'amis. Apparaît alors Cassandre qui lui jette :

— Je ne sais pas si vous êtes au courant, mais on n'a droit qu'à deux visites par jour. J'ai vu défiler le mari, le compagnon, maintenant le fils, la fille, toute la smala…

— C'est vrai qu'on est nombreux, rétorque Laura. On va s'organiser, ne vous inquiétez pas. Vous savez si ma mère entend ce que je dis ?

— Évidemment qu'elle entend tout, vot' maman. Parlez-lui le plus possible, même si elle ne répond pas.

— Vous croyez qu'on va la faire sortir du coma bientôt ? insiste Guillaume.

— On vous le dira, gardez confiance. Votre mère est entre de bonnes mains, on fait le maximum ici.

Tandis que Guillaume s'exile dans le couloir pour envoyer un texto à sa petite amie italienne – *Maman reste en réa. Je t'appelle demain* –, Laura me chantonne à l'oreille :

— Je t'aime, mamouche. Ça va aller. On est tous avec toi.

Jusqu'à vingt heures, ils se relaient à mon chevet, puis filent chez Romain. Huîtres, saumon, vodka, celui-ci a beau gâter ses enfants, l'angoisse monte.

Le lendemain matin, il pleuvine. À onze heures, Anton enlève son blouson trempé et s'assied près de moi. Mains jointes sur la poitrine, j'ai l'air d'une gisante, lèvres sèches, joues décavées. À travers le tube enfoncé dans ma trachée, ma respiration monte et descend en longs gémissements. Pris d'un haut-le-cœur, il détourne la tête, s'installe près de la fenêtre, ouvre *Le Parisien* à la page des mots croisés et se promet de ne pas revenir tous les jours. Il se souvient de personnalités restées des mois dans le coma : Ariel Sharon, huit ans, avant de mourir le 11 janvier 2014, ou Michael Schumacher, six mois, avant de reprendre connaissance, en piteux état. Alors qu'il quitte l'hôpital d'un pas lent, la peur que je termine en mollusque lui noue les tripes.

À midi, Romain revient avec Alexandre. Dès qu'il me voit, mon cadet tressaille, les larmes lui montent aux yeux et il ne tarde pas à quitter la pièce. Il a besoin d'air, de vin, d'un cigarillo, tout ce qui pourra soulager le désespoir qui l'étreint. Romain l'emmène prendre un verre.

Pendant ce temps, Cassandre glisse un oxymètre à mon index afin de mesurer la saturation d'oxygène dans mon sang et augmente le produit anesthésique, veillant à ne pas dépasser la dose, tandis qu'on me libère du pacemaker, signe d'un premier progrès.

En fin de journée, dans l'appartement, Anton a repris son éternel *Ulysse* lorsqu'on sonne à la porte. Il a oublié que Romain devait passer récupérer mon livret de famille, lui propose une bière, alors qu'il ne boit plus depuis deux ans. De son côté, Romain lui offre un havane et se veut optimiste : demain, les médecins feront une première tentative de réveil. Reste à savoir comment je vais m'en tirer et si mon cœur n'est pas trop nécrosé. Malgré leurs craintes, les deux hommes évoquent le Finistère d'où Anton est originaire ainsi que son père, ancien épicier de quatre-vingts ans qui a du mal à tenir sur ses jambes. Chope à la main, Romain se glisse dans mon bureau. Ici, tout lui parle de moi : boîtes marocaines, photos, lunettes, stylos, cartons d'invitation. Il ouvre les tiroirs de ma table de travail. Dans l'un d'eux, ma petite papeterie ; dans un autre, des dossiers : courrier perso, sécu, factures, assurances, ordonnances, toute une vie. Anton passe la tête pour lui demander s'il veut un coup de pouce. « Impossible de mettre la main sur le livret de famille », déplore Romain. Anton finit par le dégotter. Romain s'attarde, imagine le pire, reprend une bière, s'intéresse aux romans d'Anton et lui demande conseil pour une pièce de théâtre. Avant de partir, il récupère un double des clefs sur une étagère. On ne sait jamais.

Ce soir-là, Anton s'endort dans le lit superposé réservé à Amadéa et César. Passer la nuit là où a eu lieu le drame, il ne peut pas.

Troisième jour de coma. Comme prévu, ma dose d'hypnotiques vient d'être réduite afin de risquer une première sortie du coma. Alors que j'étais anesthésiée, peu à peu, la douleur se ravive. Une dalle de béton, ou plutôt un éléphant, écrabouille mon thorax et mes côtes brisées lors du massage cardiaque. J'étouffe, je cherche de l'air, le vertige me saisit, la nausée me fait vaciller, délirer. Échouée sur un radeau, je tangue au milieu d'une mer agitée, cramponnée à ma planche de salut, lorsque la houle m'empoigne, me bâillonne et m'enfonce la tête sous l'eau, avant de me tirer par les cheveux, le temps que j'inspire un coup. Une torture qui n'en finit pas : je bois tasse sur tasse, sans une seconde de répit. Essorée, j'ai beau appeler au secours, personne en vue. Soudain, une déferlante me scie le dos et me propulse à sa crête, avant de se cabrer telle une furie et de me balancer dans un creux gigantesque où je crache mes poumons. L'estomac et le foie en feu, mes os craquent, ma tête éclate. En finir, être délivrée ! La mort, par pitié ! À cet instant, plus personne ne compte, je veux crever, être broyée, déchiquetée, lacérée. Tout, plutôt que cette atroce souffrance. Happée par des tourbillons, me voilà entraînée vers l'obscurité des abysses, résignée à ne plus jamais revenir. Est-ce la pression des fonds ? Au fur et à mesure que je coule, je retrouve mon rythme et ma liberté de mouvement, délectation coupable de m'éloigner du monde des vivants, de disparaître, abandonnée au silence. Plus de regrets, de maux de ventre, je respire dans une mer d'émeraude, pleine de poissons qui dansent. Pas question de rentrer, je fais de la résistance, je suis si bien au fond des mers que je me fiche de quitter cette vie et ceux que j'aime. Le plaisir de sombrer est trop fort, l'attrait des profondeurs, irrésistible, même si des orques, des cachalots et une énorme pieuvre aux mille bras gluants rôdent. Même si je suis épouvantée par ce poulpe qui risque de m'étouffer de ses tentacules, de me sucer la moelle et de rejetter mes os à la surface. Grisée de découvrir des gouffres marins où dorment des épaves, je plane, chacune de mes cellules s'embrase. Et plus je m'abandonne, plus je me sens puissante et invincible. Prise de regrets, je lève les yeux vers les flots bleu clair au-dessus de ma tête : là-haut, il y a Anton, Amadéa, César, mes enfants, mes amis. Cette énorme masse d'eau m'effraie : je ne peux plus remonter à la surface, je ne les retrouverai jamais, je suis enfermée. Il fait si froid que mon corps se glace et se paralyse. Je respire à peine. Si je ne m'oblige pas à bouger, tout est fini, je vais être ensevelie ou dévorée toute crue par le calmar géant. Il faut que je vive, il est encore temps, je trouverai bien un moyen de m'en sortir. Au-dessus de l'océan, une lumière rouge scintille. Une bouée ? Un phare qui clignote ? Une lame de feu ? Qu'importe, je m'accroche désespérément à cette chance de survie, cette boule qui flamboie, tournoie, grossit à vue d'œil, telle une météorite. Dans un dernier sursaut, je tente de repousser le monstre qui m'enlace, de nager à contre-courant. À mon grand désespoir, je coule de plus belle, lorsqu'une corde se glisse entre mes jambes, une corde lisse, comme celle sur laquelle je grimpais le jour de l'épreuve sportive du BEPC. Alors, de toute ma rage, je m'y agrippe, me hisse, grimpe, manque plusieurs fois de tout lâcher et finis par sortir la tête de l'eau. La lanterne magique a disparu.

J'ai dû m'évanouir sur la rive où j'ai fait naufrage. Il fait nuit. Pas un bruit. Les médecins ont renoncé à me réveiller : je n'ai pas réagi à leurs tests quand ils m'ont piqué l'index et trituré les orteils.

4

Durant ces jours en apnée, je ne saurais dire quand j'étais inconsciente et quand mon esprit émergeait d'un trou noir pour s'enflammer, le temps d'une série de rodéos, d'excursions sous haute tension, jusqu'à retrouver ce qui restera pour toujours mon paradis perdu.

Si je ne me trompe pas, je me remets non sans mal d'une plongée qui a failli m'être fatale, lorsque ma tête se remet à bouillonner. Ça tourne, ça papillote autour de moi, comme si j'étais dans une soucoupe volante. Les lumières, le bruit des machines, les odeurs de sang et d'éther se mêlent, pour finir par se dissiper et laisser place à une avalanche de visions intérieures. Au bout d'un télescope, des milliers de grains de sable bombardent mon crâne, à moins qu'il ne s'agisse de poussières d'étoiles venues d'autres galaxies. Des particules qui naissent et meurent sans fin, une source intarissable, semblable aux myriades de pépites qui m'assaillaient, enfant, quand j'avais des poussées de fièvre, si brûlante que je me préparais à mourir. Peu à peu, les grains s'agrègent et le sable s'écoule en pluie d'or, comme lorsqu'on s'amuse à former, du creux de sa main, des petites pyramides à la plage. Après l'orage, tout s'apaise. Entre mes cils, une oasis brille au loin. Un mirage dû à la fièvre ? Au lieu de s'évaporer, l'îlot fluorescent s'impose. Et je ne peux m'en détacher, hypnotisée tel un papillon de nuit. Sa lumière me rappelle celle qui m'attirait tant lorsque je me suis évadée de chez moi, de cette chambre où j'étouffais, pour passer de l'autre côté. Au bout d'un corridor, cette lumière irradiait d'une brume irréelle, si amicale que je m'y suis réfugiée, enveloppée, caressée, revitalisée. Peu à peu, je me suis aperçue que j'étais dans un immense salon où je voletais avec délectation. De magnifiques arcades de pierre donnaient sur le brouillard. Tout était ouvert, réjouissant, aérien, hors du temps, avec le faste d'un palais, l'appel au sacré d'un temple. Je ne saurais dire exactement dans quel pays je me trouvais, mais je sais que j'avais attendu toute ma vie ce moment-là, que mon être aspirait depuis le premier jour à cette illumination, cet embrasement des sens. Accueillie, follement aimée, enfin comblée, je flottais au bord d'une mer de nuages d'où je contemplais un monde si beau, si harmonieux, si vaste, que je ne désirais rien d'autre, dans l'attente d'une révélation. Ai-je entendu des chants s'élever d'une vallée profonde ? J'ai filé trop vite. Retrouver ces sensations me soulage, me transporte et me chagrine en même temps car je sais qu'à l'avenir je ne vais cesser de tendre de toutes mes forces vers cet espace bienheureux, aimantée, reliée à lui par des ondes. Un cordon d'autant plus solide que ma vie vient de là, dépend de là, je suis faite de cette terre-là et je l'aime plus que tout. Maintenant que j'y ai goûté, je ne pourrai plus m'en passer.

C'était hier, tout près de moi.

Il faut à tout prix que je retourne là-bas. Un pas de côté et la magie opérera, je serai de nouveau dans la joie, je découvrirai la clef de l'énigme. J'ai beau tenter de rassembler les morceaux du puzzle, mon corps se ramollit, les sédatifs m'assomment, les images s'estompent. À demi morte, des écailles dans les yeux, je retombe dans un engourdissement qui frôle le trépas, et le sable me recouvre des orteils à la racine des cheveux. J'ai regagné le monde parallèle du bois dormant, chaos, magma de boue, terre brûlée d'épines et d'ordures dans laquelle je patauge, abrutie, perdue, sans que personne ne puisse entendre monter, du fond de mon cachot, mes cris silencieux. Le coma, cette stupeur, cette absence, cette prison.

Mes jours sont des trous dans le collier des nuits.

Est-ce l'effet de mes terreurs ? Mon cœur s'est-il encore détraqué ? Il bat soudain plus lentement, tout crispé, comme chez ceux qui viennent d'assister à un meurtre ou à un suicide, ces traumatisés qui ne vont pas tarder à mourir de peur ou de chagrin. De crainte que je calanche une seconde fois, l'équipe médicale se mobilise. Un scanner thoraco-abdominal révèle que ma mauvaise coagulation sanguine a provoqué une dégénérescence du foie et une insuffisance rénale aiguë.

Toujours dans les limbes, j'ignore qu'on me refait une dialyse, et m'enlise dans des sables mouvants.

En début d'après-midi, Romain vient aux nouvelles et repart, rassuré qu'un second signal pour me tirer de ma catalepsie soit enfin donné.

Aux premières lueurs du jour, dès l'allègement des drogues, recroquevillée sous l'aile d'un pigeon, des picotements parcourent mes mollets, mes cuisses et mes fesses.

En pleine tempête sous le crâne, mon esprit part au triple galop dans une sarabande infernale. En ébullition, plutôt en éruption, il s'étourdit, crépite et tourne à cent à l'heure. Un cauchemar pire que la veille. Mon nouveau châtiment ? Écrire dans ma tête sans pouvoir m'arrêter. Des phrases tonnent, vrombissent, roulent d'une synapse à l'autre, tels des trains lancés à toute allure qui se croisent à n'en plus finir. Des mots se bousculent, s'entrechoquent, sans que je parvienne à en freiner la course, un peu comme quand j'avais fumé du haschich à vingt ans aux États-Unis. Persuadée d'être soumise à un ordre venu d'en haut, qu'une voix me siffle dans les oreilles : « Débrouille-toi, ma fille, et que ça saute ! Écris, bon sang, écris ! », je me vois obligée de mémoriser sur-le-champ ce flot de paroles qui m'assaille, même si je ne comprends pas tout. Toujours est-il que je n'en reviens pas d'être si productive et glane au vol ce que je peux. Il est question du coup au cœur, de mes transes et envols, des appareils de ma chambre. De Cassandre, son tatouage en forme d'ancre sur l'épaule droite, ses bouclettes, ses bonnes joues, les médecins, leur cour, leurs discours. Alors que je m'efforce de rester concentrée, je m'aperçois avec horreur qu'il me sera impossible de retenir ces phrases alambiquées qui sonnent pourtant bien. Sans stylo ni papier, je ne peux pas non plus les retranscrire sous la dictée et sur le vif. Je tremble de tout mon corps, je sue, me mords la langue. Mon lit est un camion fou qui roule à tombeau ouvert. J'ai beau supplier qu'on me fiche la paix, la machine se déchaîne, la cavalcade de mots s'accélère et, avec elle, la trouille bleue de ne pas y arriver. Tout se brouille et s'embrouille. Au moment où je m'apprête à lâcher l'affaire, me disant : « Quel gâchis, je tenais peut-être là mon meilleur roman », une idée jaillit. Je vais tout enregistrer ! L'instant d'après, je finis par croire dur comme fer que le texte est conservé sur la bande d'un magnétophone posé quelque part dans la pièce. Tout va bien, je vais garder une trace de ce verbiage dont je suis fière, m'en servir pour composer le récit de mes mésaventures sous-marines, dépeindre le poulpe satanique, sa perversité qui glace le sang, et revivre l'effort surhumain qu'il m'a fallu pour rejoindre la berge.

Soudain, j'ai un doute : y a-t-il vraiment un magnéto quelque part ? Pas le temps de réfléchir, le supplice chinois continue, me condamnant à suivre ce rythme de malade, afin que rien ne m'échappe. En même temps, une part de moi est consciente que mon cerveau a disjoncté : ces phrases sinueuses à la chaîne, censées se graver dans le marbre, n'ont ni queue ni tête. Pieds et poings liés à une potence, je suis piégée, mes belles circonlocutions s'évanouissent, même si je ne lâche rien. Stakhanoviste, travailleuse de nuit, je fais les trois-huit pour pas un rond. Pour sûr, je vais y laisser ma peau. L'écriture en forçat. Au forceps. Fin de partie.

Des aiguilles s'enfoncent dans mon crâne où une araignée tisse sa toile. Tandis que ma bile explose, qu'un jet de vomi jaillit d'entre mes lèvres, me voilà assaillie de pensées parasites, injonctions, moustiques qui sifflent au-dessus de ma tête, avant de me sucer le sang. Des oukases retentissent de partout : dépêche-toi, fais un effort, donne-moi de l'argent, arrête de radoter, prête-moi ton appart, ton matelas, ta chemise, n'oublie rien, sois à l'heure. Reprends ton texte, rappelle le plombier, le menuisier, le banquier… J'ai beau me boucher les oreilles, je suis attaquée de toutes parts. Pas une minute de répit. N'en jetez plus ! Lâchez-moi ! Démerdez-vous !

Alors que je perds pied, une douce chaleur monte au creux de mon ventre. Là, entre mes reins, la boule rouge étincelle et diffuse des ondes apaisantes. Lampion de fête foraine, lanterne magique, elle me relie à la vie. Elle seule contient tous les plaisirs du monde et me sauve du néant. Ma seule et unique joie dans cet enfer. Mon refuge.

Pour l'heure, coupée du monde, j'ai encore un orteil de l'autre côté. La mort est arrivée en avance, sans permission, mais avec une certaine élégance, je dois le reconnaître. Elle m'a ensorcelée, bercée, avant de m'emporter. Mon corps s'en souvient. J'espère qu'il me racontera, il a beaucoup à m'apprendre. J'ai eu de la chance. La grande faucheuse m'a épargné la souffrance. Au lieu de me donner un coup de bambou, elle a préféré m'injecter par petites gouttes un philtre protecteur afin de m'éviter d'avoir peur. À dire vrai, j'ai adoré me soumettre à ses volontés. Tout s'est bien passé, les préparatifs, le sirop relaxant, l'anesthésie naturelle, le décollage en parapente. Une mort écolo. Plus un bruit. Mon cœur s'est tu, mes yeux se sont voilés, mes poumons, endormis, mes membres, figés, mon cerveau, refroidi. Une panne, une coupure d'électricité dont mes cellules conservent des clichés. Ce qu'elles pressentaient est arrivé. La prochaine fois, ce sera plus facile : elles sont prévenues. Mon esprit, lui, a survécu, j'en ai la certitude, puisqu'il est revenu irradié de sa croisière. Le paradis m'a harponnée, pour ne plus me lâcher.

Afin d'oublier mes délires, la descente vers des gouffres marins, le bagne de l'écriture, je fixe à l'horizon le phare rouge qui m'a réconfortée et de grandes voiles qui claquent. Entre deux eaux, les reflets de la planète d'où je reviens. Étrangement, plus j'essaie de m'en approcher, plus je flanche, au bord de l'évanouissement. Plus tard, avec un peu de patience, je partirai en éclaireuse à la recherche des petits cailloux jetés sur le sentier qui conduit vers cette citadelle. Si je n'y arrive pas, il suffira de me recueillir pour être de nouveau saisie par cette source vive. Demain, je retrouverai les couleurs et les formes de mon ciel ; demain, il germera, s'épanouira et deviendra ma raison de vivre.

Il me reste encore quelques étapes avant d'atterrir. Mes anges gardiens s'activent en coulisse. L'équipe médicale se prépare à une troisième tentative de réveil. Cette fois, les doses de sédatif me seront injectées au compte-gouttes.

Est-ce la nuit, est-ce le jour ? Arrimée à mon respirateur, je suis encore dans le « schwarz », morte ou vivante, je l'ignore. Toujours est-il que c'est au moment où je me repose sur la berge des défunts que je m'envole vers les ballons des Vosges. Les ailes déployées, je plane au-dessus des prairies, des lacs et des forêts qui parsèment les sommets arrondis, lorsque j'aperçois mon père sur un champ d'herbes blondes. De là-haut, il semble tout petit, mais peu à peu, il m'apparaît tel qu'il était lors de nos balades sur les sentiers de randonnée, quand nous nous arrêtions pique-niquer dans une clairière, faire griller des saucisses, cueillir des myrtilles ou déguster une omelette au lard dans une ferme-auberge. Il porte son chapeau afghan, sa veste vert bouteille, une chemise à carreaux, un pantalon en velours à grosses côtes marron et des chaussures de marche. Le sourire aux lèvres, il me fait signe de la main, l'air de dire : « Ne t'inquiète pas, je suis heureux et fier de toi. » Je meurs d'envie de courir vers lui : il est vivant, lui qui a disparu il y a si longtemps, alors qu'il venait de prendre sa retraite anticipée, lui dont les cendres ont été dispersées sur une cime qu'il aimait. Toujours aussi beau – le portrait de Charlton Heston, ce qui lui valait des demandes d'autographe dans les aéroports –, il se réjouit sans doute de reprendre nos conversations, comme nous en avions le soir dans son bureau lorsque, dans l'odeur mielleuse du tabac blond, nous étions seuls, ma mère, déjà couchée, se plaignant d'une interminable sinusite. Mon père tirait sur sa pipe par petites bouffées et me parlait de son désir d'humaniser les relations en entreprise, mais aussi de son Dieu, semblable à un vent doux derrière un rocher. Parfois, il m'avouait qu'il résistait aux femmes rencontrées lors de ses voyages d'affaires, sans pouvoir s'empêcher de lorgner la voisine, les jours où elle bronzait en bikini sur sa terrasse. J'appréhendais le moment où il poserait sa pipe pour regagner sa chambre. Quand nous montions l'escalier, j'espérais qu'il m'accompagnerait jusqu'à ma chambrette d'adolescente, au deuxième étage de la maison. Je voulais lui montrer mes poèmes, lui faire écouter Bob Dylan. La plupart du temps, il s'arrêtait au premier et soupirait : « Il faut que j'aille retrouver ta mère. » Alors je l'abandonnais à regret, me consolant à l'idée qu'il m'emmènerait bientôt en Allemagne, sur une péniche où il me présenterait aux clients de l'entreprise de velours qu'il dirigeait. Du fond de mon lit, je tendais l'oreille afin de capter quelques mots, un froissement de draps. Je n'entendais que mon hamster, échappé de sa cage, qui grignotait la laine de verre des canalisations, un aboiement dans la nuit ou le moteur de la mobylette du fils du garagiste, qui remontait la rue Elizabeth dans la lumière défaillante des réverbères.

Toujours dans les airs, je m'apprête à piquer vers mon père, quand il rejoint une poignée de randonneurs, parmi lesquels je reconnais ma mère, sac à dos, veste beige. Elle plisse les yeux, une lueur étonnée dans le regard, et je suis heureuse qu'elle soit en forme, elle qui a atrocement souffert des suites d'un cancer des ovaires, elle qui ne voulait pas mourir. À côté, il y a ma grand-mère avec son chignon cloche. Je l'adorais, elle était ma marraine, une femme d'un autre temps qui ne sortait jamais de sa vallée alsacienne. Lorsque ma mère me lance : « Qu'est-ce que tu attends pour nous retrouver ? Tu n'es pas venue me voir depuis longtemps », je suis prête à lui obéir, comme d'habitude, je ne veux surtout pas lui faire de peine. À l'instant où je m'apprête à franchir la barrière qui nous sépare pour serrer les miens dans mes bras, la panique me saisit : c'est un piège, je ne pourrai plus jamais rentrer. La mort dans l'âme, en quelques battements d'ailes, je prends de l'altitude. Mes parents rapetissent, tel un troupeau de moutons sur les pâturages, et je replonge dans un état végétatif où je ne me préoccupe plus de rien.

5

Ce vendredi après-midi, les résultats de mon électrocardiogramme ont rassuré les troupes. Sur le groupe WhatsApp, chacun y va de ses encouragements : *On prie pour Emma. Elle se bat. Vaillante, elle va y arriver, comme toujours.* S'ils savaient à quel point je suis droguée à la morphine et autres sédatifs, s'ils savaient combien me hantent les terres vierges de là-haut. Tout à l'heure, la tentation était grande de rester sur les ballons des Vosges avec les miens : ça paraissait si facile, alors qu'opérer un demi-tour me terrifiait.

Peu pressée d'accoster, j'écoute battre mon cœur, mes dents grincer, je navigue à l'aveugle, au rythme de la marée, ma lorgnette à portée de main. Le temps s'éternise, comme durant les siestes interminables dans ma petite chambre du Maroc, quand le soleil écrasait le jardin, le chien jappait, les jardiniers coupaient le gazon au sécateur et je regardais s'agiter sur le mur les ombres d'un théâtre muet, persuadée que maman m'avait oubliée, à l'instar des infirmières qui passent et repassent.

Après deux échecs, le processus reprend, mes côtes gémissent, mon ventre crie famine. Toujours ficelée à mon lit, je n'arrive pas à dormir à cause des bruits de conversation. Des gens font salon dans une pièce non loin. Ils exagèrent de parler si fort ! À cette heure-ci, c'est honteux, même indécent de déranger les malades. Au bout d'un moment, je n'en peux plus de ce brouhaha et m'élève vers le plafond, heureuse de quitter mon corps lourd et figé, pour vaquer d'un coin de la pièce à l'autre, tel un fantôme. Passe-muraille, je traverse les murs et pénètre dans une salle de repos où se trouve la bande de bavards. Internes, stéthoscopes autour du cou, infirmières, aides-soignantes, ils sont tous assis en arc de cercle autour d'un médecin qui, par son autorité, m'a l'air d'un chef de service. Évidemment, ils ignorent ma présence, celle d'un caméraman invisible qui les filme. Gros plan sur le patron. L'homme à la tignasse poivre et sel a tout du beau parleur. La cinquantaine bien sonnée, de l'aisance, une certaine suffisance, il plastronne, tour à tour courtois, blagueur ou ironique, un grand bourgeois qui jouit d'être au centre de l'attention. Les étudiants l'écoutent religieusement, le flattent, lui posent mille questions. Dans cette assemblée où l'on se congratule, il y a aussi son épouse. Tailleur bleu marine, coupe au carré, cette femme discrète, fière de son mari, paraît très liée à l'équipe médicale qui la respecte. Deux des enfants du couple sont là, deux garçons. L'un doit avoir une douzaine d'années, l'autre donne l'image d'un adolescent d'âge ingrat. Lorsque ce dernier prend la parole et défend ses idées avec véhémence, son père passe la main dans ses cheveux d'un geste affectueux. Au fil des échanges, je m'étonne du ton paternaliste de ce professeur, de sa façon d'imposer sa famille au personnel, du temps passé à palabrer, alors que le travail l'attend. Pendant que les soignants rient, prennent un verre, partagent une tarte aux pommes, je commence à en avoir assez de ces mondanités, je m'interroge sur le boss. Ne serait-il pas plutôt un simple sous-fifre ? Et puis, ce côté famille BCBG, vacances au Touquet ou à Guéthary, ces formules de politesse à sa femme me semblent affectés, suspects.

Un peu plus tard, changement de décor, je retrouve le toubib au milieu d'une nuée d'infirmières qui caquettent. L'une d'elles s'impose. Une superbe Berbère, Kabyle aux cheveux châtains noués en longues tresses, teint de lait, yeux d'or. Sa blouse laisse entrevoir des seins plantureux. Forte et déterminée, elle revendique une augmentation de salaire pour son équipe et n'hésite pas à clouer le bec au médecin avec un aplomb qui me sidère. Évidemment, plus elle le rabroue, plus il en redemande. Les voilà qui s'éclipsent par un escalier en colimaçon. Ni vue ni connue, je les suis et me glisse dans une chambre meublée d'un lit une personne, presque une cellule monacale. Le docteur enlace la taille de l'Algérienne, glisse la tête entre ses seins. Plus elle le repousse, plus il insiste. Tandis qu'il tente de l'embrasser, je pense à son épouse, au couple modèle qu'ils forment en public. Allongée sur le lit, un doigt sur la bouche, l'infirmière ordonne au père de famille de se taire et, de sa voix rauque, se met à seriner des contes de son pays. Soulagée qu'elle n'ait pas cédé au prédateur, j'envie cette Shéhérazade qui résiste avec les mots. Une guerrière.

Le calme revenu, je ne sais comment, me revoilà au fond de mon lit. Par la porte entrebâillée, je tends l'oreille, appréhendant de laisser paraître mon trouble, si jamais Shéhérazade ou le doc entraient dans ma chambre.

Même si j'en crève d'envie, je tremble avant de m'engager sur le pont suspendu de lianes et de roseaux qui mène à l'autre versant, là où je risque d'être sanctionnée, rejetée. À l'idée d'affronter ce qui m'a tuée, j'ai des haut-le-cœur. J'ai peur des autres, de leurs volte-face, leur hypocrisie, leur vénalité, leur férocité. Ils m'ont brisée, affamée, assommée. Autour de moi, tout est poussiéreux, si bruyant. Je ne sais plus où je suis, ce que je veux. Je reviens du pays des glaces. Je voudrais crier, aucun son ne sort de ma bouche. Au moment où j'essaie d'ouvrir les yeux, une blouse blanche claironne :

— Est-ce que vous m'entendez ? Si c'est le cas, faites-moi un signe de la main.

Devant moi, une silhouette trapue, de grosses lèvres qui remuent. Puis plus rien, le brouillard. Mes membres sont lourds et engourdis, impossible de les remuer. Les lèvres articulent de nouveau :

— Si vous comprenez ce que je dis, levez le bras ou clignez de l'œil.

À ces mots, je prends conscience que, si je ne me manifeste pas, l'homme chargé de me tester va croire que j'ai perdu la boule. Il voudra me neutraliser, me piquera et je serai replongée dans l'horreur des fonds marins. Alors je bats des cils, d'abord lentement, puis de plus en plus vite, jusqu'à ce que, par miracle, ma main droite se lève comme celle d'une noyée qui appelle à l'aide.

— Pouvez-vous me dire si vos enfants se prénomment bien Myriam, Nathan et Paul ? ajoute le gars.

Il se moque de moi, il essaie de me piéger, ce godelureau ! Non mais, il aurait pu trouver mieux, me poser des questions de culture générale par exemple, je l'aurais mouché du tac au tac. Un hochement de tête de gauche à droite et je brame du fond de mon tube :

— Pas du tout, ils s'appellent Laura, Alexandre et Guillaume.

Un léger souffle est sorti de ma gorge, un filet de voix, mais le type a pigé. Pas peu fière de l'avoir retoqué, je m'attends à ce qu'il poursuive son interrogatoire. Au lieu de ça, apparaît un visage bronzé, avec des yeux dorés, auréolés de rides du bonheur. Celui du patron de la réa, le professeur M.

— Vous en avez un beau sourire, lance-t-il.

Il s'imaginait peut-être que la comateuse dont il s'occupait était moche et aigrie. Ses mots me vont droit au cœur : j'ai encore quelque chose d'humain, je n'ai pas perdu mon pouvoir de séduction.

Ça va, ça vient dans ma chambre et personne ne semble vouloir me délivrer de ce tube abominable qui me troue la trachée, alors que je crève de soif, comme si j'avais traversé le désert. À force de moulinets de bras, je supplie l'infirmière de service, une jolie fille à frisettes et fossettes, de me donner à boire.

— Je n'ai pas le droit, madame. Il faut vous montrer raisonnable, dit-elle de sa voix chantante.

Se doute-t-elle de ce que j'endure ? Me reposer, mission impossible. Dès que je me couche sur le côté, un rouleau compresseur fait exploser mon thorax, j'ai mal à me pendre aux draps. La soif devient si intenable que je gesticule dans tous les sens jusqu'à ce que tuyaux et électrodes valsent. Au milieu de ce remue-ménage arrive Cassandre. Alanguie près de moi, elle me donne l'impression de la connaître. Avec son accent qui sent la lavande, elle plaisante, câline :

— Alors, mon chou, on ne tient pas en place ?

En un tour de main, elle remet de l'ordre à mon petit bordel, avant d'ôter un instant mon masque pour me tendre un coin de serviette mouillée que je suce jusqu'à la dernière goutte, comme l'éponge imbibée de vinaigre offerte au bout d'une pique au Christ.

— Faut quand même pas abuser de la boisson, ma puce ! rit Cassandre.

J'ai dû m'assoupir un moment grâce au calmant qu'elle m'a donné. Quelqu'un murmure à mon oreille : « Bonjour, mon amour. » Anton, c'est lui, les mots qu'il fredonne quand je me dirige vers la machine à café le matin. Ma main prend la sienne. Juste une petite pression pour lui faire comprendre que je ne suis pas gaga. Comment lui dire que je pourrai bientôt marcher comme avant, que j'ai toute ma tête, que je parle sans bégayer ? Je le connais, il préfère ne pas afficher un optimisme exagéré. *Wait and see*. Je voudrais qu'il m'explique pourquoi je suis là, depuis combien de temps, qu'il me rassure. Il me glisse que mon cœur s'est arrêté, que j'ai été bien soignée. La lumière m'aveugle. Je balbutie : « Ne t'en va pas. » Ma voix se perd. Mes cordes vocales ne sont que plaies béantes. Je voudrais lui raconter la plongée en eaux profondes, le marathon d'écriture, les retrouvailles avec les miens et ma frayeur à l'idée de passer le gué. Je voudrais le faire rire avec les histoires clandestines qui se trament dans cet hôpital. Me croira-t-il si je lui parle de Shéhérazade ? De ma virée de l'autre côté du miroir ?

À présent, je lutte pour la vie et je veux qu'il me fasse oublier la mort.

Dès qu'il part, tout s'éteint, tout se glace.

Afin de chasser mes idées noires, je me souviens de notre rencontre. Ce samedi-là, j'étais seule à Paris. Une amie m'avait proposé de l'accompagner à une fête. Je n'étais pas invitée, mais je m'en fichais, j'avais envie de m'amuser. Dans un appartement sous les toits, ça tanguait sec, ça dansait la samba et la salsa. Un gros type s'est trémoussé vers moi. Je n'ai pas tardé à lui fausser compagnie. À l'écart, calme et tranquille, Anton m'a souri. Il ne semblait pas pressé, m'a parlé de la Bretagne, des marins pêcheurs et des paysans. Son bras s'est glissé autour de mes épaules, un geste tendre, rien de plus. Le temps d'aller chercher une coupe, il avait disparu. Un mois plus tard, je l'ai retrouvé à un cocktail littéraire. Comme il avait trop bu, je l'ai rappelé pour lui proposer de poursuivre notre conversation ailleurs. Sur les pelouses bleutées des Invalides, nous avons parlé de Stendhal, de Flaubert, de nos vies, avant de grimper dans son studio. À ma grande surprise, il était bourré de cartons de déménagement qui ne contenaient que des livres. Et pas n'importe lesquels. Ceux d'un fou de littérature. J'ai commencé à les ranger. Deux jours après, je suis revenue : il y en avait tellement qu'il a fallu commander des étagères.

Au moment où j'émerge lentement de la ouate, Cassandre vient me dire bonsoir et me border. Je la supplie du regard de me raconter ce qui m'est arrivé. Lorsqu'elle évoque ma mort subite, les gestes qui sauvent, le coma, ses mots éclatent, bulles de savon sur une vitre. Persuadée que ce n'était pas si grave, pas si désagréable de m'absenter quelques jours, j'ai l'impression d'avoir fait une cure de sommeil. Je retiens tout de même que, sans Anton, je serais diminuée, grabataire ou six pieds sous terre.

La nuit sera longue. Des heures à attendre l'aube, des heures à écouter l'oxygène qui s'infiltre à l'intérieur de mes poumons comme dans un trou d'air, à regarder les courbes se former et se déformer sur les écrans. Il paraît qu'on meurt beaucoup en réa. Que se passe-t-il ? Ils ont l'air de s'agiter à côté. Des brancards roulent dans le couloir, des portes claquent. Tout à coup, montent les cris stridents d'une petite fille. Des hurlements qui n'en finissent pas. L'enfant sanglote si fort que ses pleurs me percent les tympans. Elle doit avoir quatre ou cinq ans, elle vient de perdre sa maman. Un chagrin inconsolable : sa mère ne viendra plus la chercher à l'école, ne la prendra plus dans ses bras. Tandis que la petite gémit, mon cœur saigne. Il suffirait de peu pour qu'il lâche de nouveau. Anton n'est pas là : personne pour me sauver. Je ne sais pas où se trouve la sonnette et je ne peux pas crier.

6

Obligée de rester assise à cause de mes douleurs aux côtes, j'essaie en vain de m'endormir. Chaque fois que je tousse, elles me font un mal de chien. Si ça continue, elles ne vont jamais se recoller. Quelle heure est-il ? Quel jour sommes-nous ? Que s'est-il passé ? À travers la porte entrouverte, dans un halo de lumière jaunâtre, des blouses blanches se terrent derrière des ordinateurs. Cette manie de travailler en ligne au lieu d'être avec les patients. Quelle perte de temps en notes et rapports en tous genres. Les infirmières de nuit doivent se reposer quelque part. Quand viendront-elles me voir ? J'ai tant besoin d'elles, je dépends d'elles, je les guette, je fais tout pour leur plaire. Shéhérazade se trouve-t-elle dans la petite chambre où je l'ai surprise avec le drôle de toubib l'autre jour ? Bizarre, je ne l'ai pas revue. J'ai dû me faire tout un roman. Je grelotte, je voudrais une couverture, qu'on me débarrasse de ce tube et de cette machine qui me crucifient.

Et puis, plusieurs choses me tracassent. Ai-je enregistré ces belles phrases qui claquaient dans mon crâne ? Je ne crois pas : incapable de bouger, je n'ai pas pu activer le magnétophone de mon téléphone. Comment me souvenir de toute cette matière ? Il va me falloir broder, au risque de fausser la donne. Tiens, j'y pense : ne devais-je pas publier un roman bientôt ? De quoi parlait-il ? Quelle importance. Je verrai ça plus tard. L'essentiel est que je me remette à écrire. Pas sûr que j'y arrive. Quelle horreur, cette poche entre mes jambes pour pisser, je n'avais pas remarqué. Plus personne derrière les ordinateurs. Dans le couloir éclairé de néons, j'ai pourtant l'impression que quelqu'un me surveille.

L'aurore fait pâlir la rue Saint-Jacques. Un camion-poubelle passe, la cloche d'une église sonne. Des bruits qui m'effraient : je n'en peux plus d'attendre le matin. En même temps, je n'ai pas envie d'atterrir, je suis encore là-haut. Si le jour, je suis soumise au personnel médical, la nuit, je vole vers mon jardin enchanteur. Eh oui, je mène une double vie : c'est l'obscurité qui me permet d'entrevoir le pays d'où je viens. Comme l'autre soir, des sensations resurgissent. Telle une hirondelle, je m'élançais, je tournoyais sans effort. Libérée de tout souci, je revivais, sans crainte de me blesser ni de mourir, puisque j'étais déjà morte, l'éternité devant moi. Aucun risque d'agression, de perversion ou de jalousie, juste la paix. Rien à voir avec les tribulations du coma. C'était si fort, un besoin vital enfin réalisé, une irradiation dont les effets agissent encore. Est-ce parce que je suis allée dans cette lointaine province, il n'y a pas si longtemps, avant d'arriver ici, avant les menaces et les secousses, il y a cinq jours ? J'en ai l'intuition. La seule chose à laquelle je crois en ces jours de doute et de douleur. À dire vrai, je crois plutôt que c'est mon esprit qui a gambadé vers sa patrie natale, sa source et son but. Ce port auquel il s'était amarré dans une vie antérieure et qu'il a trouvé bien plus beau que dans son souvenir.

Il n'a pas été déçu. Moi non plus. Maintenant que je suis redevenue lucide, je ne risque plus de divaguer, je peux me fier à ma petite jugeotte. De même, je comprends mieux le voyage : la traversée du Styx a été un jeu d'enfant, un pur plaisir. Le retour, un calvaire qui se prolonge. Pas étonnant que la plupart des gens préfèrent un aller simple.

D'ailleurs, si j'ai pu si facilement me diriger vers ce coin de ciel, comme un oiseau migrateur, je saurai refaire le trajet en sens inverse. Là est le danger. La redoutable tentation. Comment me déshabituer des délices de l'au-delà ? Pour rester sur cette bonne vieille planète, il va falloir me prouver que la vie d'ici vaut mieux que celle de là-bas. Trouver des parades, faire preuve de patience, d'un zeste de folie, d'une bonne dose de sagesse aussi. Non pas pour que ce monde devienne une pâle copie de celui qui nous attend, mais une récréation perpétuelle. J'en suis loin. Pour l'instant, le tube me tue à petit feu, la souffrance m'emprisonne. Lancinante, elle me tient la gorge, le torse, les membres et je ne peux m'y habituer, une injustice qui me révolte. Je voudrais qu'on me shoote. J'ai si mal que je faiblis, à deux doigts de perdre la raison. Au fond de ma chambre, une voix susurre : « Laisse-toi aller. Ce sera doux d'aller jusqu'au bout. Tu t'es perdue. Ta vie est un ratage. Suis-moi, ne crains rien. » Cette voix, je la déteste, je lui ris au nez. Je me récite en chapelet des poèmes et des chansons pour couvrir ce qu'elle baragouine, pour tisser un cocon dans lequel je me balance et me protéger de cet autre moi-même, cette voix qui me pousse à tomber dans un grand canal noir.

Tandis que je sombre, la lumière s'allume, une infirmière entre, une grande femme échevelée.

— Bonjour, comment elle va ce matin, la petite dame ? dit-elle en fourrant un thermomètre sous mon aisselle.

Son ton badin me plaît et je déborde de gratitude envers cette femme qui m'ouvre au monde, à la simplicité des choses. Quelques minutes plus tard, elle prépare une piqûre. Une piqûre de quoi ? Elle ne me le dit pas. On m'en a fait plusieurs la veille. Je lui tends mon bras couvert de bleus. Pourvu qu'elle en finisse vite. Un bout de coton, un sparadrap et elle repart. Des ombres maladroites et silencieuses longent le couloir. Des chariots glissent.

Je serai encore privée de petit déjeuner aujourd'hui.

Des pas rapides, très nets, martelés, avec des glissements feutrés, des pas qui s'arrêtent devant ma porte, toujours entrouverte. À travers mes paupières mi-closes qui me donnent le sentiment de tricher, j'aperçois un beau gosse, yeux lac de montagne, chevelure corbeau : Gaspard, l'infirmier de service. Il me demande si je ne souffre pas trop.

— On va vous libérer de vot' tube, promet-il, mais d'abord, il faut vous faire belle.

Pourquoi se sent-il obligé d'adopter le ton onctueux réservé aux malades ? Je sais bien qu'il ment : j'ai une sale mine et j'aurai juste droit à un brin de toilette. Cassandre ne tarde pas. Munie d'une bassine d'eau tiède, elle passe un gant frais sur mes cuisses et me retourne, afin de changer les draps sans me tirer du lit. Vu les œillades qu'elle lance à Gaspard, je me demande s'ils ne sont pas amants. Il faut dire que Cassandre est appétissante. La voilà qui me frotte la poitrine, le cou, les bras, et je sens son parfum à la fraise, sa peau douce contre la mienne.

— Ça va te rafraîchir, mon chou, glousse-t-elle. Dis donc, il y en a du monde qui veut te voir. T'en as de la famille et des admirateurs. Et t'as deux mecs dans ta vie, ou quoi ?

Faute de mieux, je me contente de sourire, avant de tousser, sans pouvoir m'arrêter.

Onze heures : branle-bas de combat. Un ballet de jeunes internes me prépare à la cérémonie de l'extubation.

L'un d'eux me rassure :

— On vous a mise sous antibiotiques. Votre toux devrait diminuer. Une fois extubée, vous vous sentirez mieux.

Un autre orchestre l'opération et donne des ordres avec calme. Alors que des blouses vertes s'apprêtent à m'anesthésier, moi qui attendais tant ce moment, je crains de ne plus revenir. Dans les vapes, je ne vois que Cassandre qui éponge mon front.

Autour de moi, des formes, des esquisses de visages, des objets qui fondent et remuent. Encore sonnée, je sens ma respiration monter, j'ai l'impression de renaître, hâte de pouvoir parler : les mots sautillent déjà sur ma langue. J'ai envie de me lever, de sortir d'ici. Que se passe-t-il ? Me voilà enfin libérée du tube, mais on m'a flanqué sur le nez un nouveau masque qui propulse de l'air pressurisé à haut débit dans ma poitrine. Ils l'ont tellement serré que j'étouffe. De plus en plus claustro, je me sens comme un scaphandrier au bord de la crise de nerfs. D'un cri de souris, je supplie Gaspard de me donner à boire. Cette fois, j'ai le droit de laper une cuillère à soupe d'eau. Pas plus, mais c'est déjà ça.

— Vous avez vu ce que votre fille a collé au mur ? lance-t-il.

Laura est donc venue. Elle a scotché des photos. Sur l'une d'elles, on voit mes parents et nous, les cinq enfants. Sur d'autres, Amadéa et César lorsque nous avons vogué sur la Seine en bateau-mouche, ma cousine Louise dans son jardin de buis, mon groupe d'amies parmi lesquelles Prune, journaliste et romancière d'origine italienne, ainsi qu'une tablée d'écrivains au milieu desquels on distingue Anton. Il y a aussi des dessins, des cœurs, des *je t'aime*. Laura a même eu la délicatesse de placarder une mini-bio de moi parue dans un magazine. Sans doute pour que je me souvienne de ma vie, au cas où j'aurais des trous de mémoire.

Comme par hasard, la voilà. Sa main dans la mienne, elle me dit que je vais beaucoup mieux et pose sur mes jambes un plaid en mohair à carreaux bien chaud. Sous mon masque, ma voix est toujours aussi faible, mes quintes de toux reprennent, si fortes que Laura actionne la sonnette. Cassandre rapplique, me redresse, cale un oreiller sous mes reins et pince mon doigt avec un oxymètre. Malgré le sirop que j'ingurgite, ma gorge s'enflamme.

Sur le pas de la porte, je surprends Romain en train d'échanger quelques mots avec un médecin.

— Docteur, pourriez-vous m'expliquer pour quelle raison il a fallu brancher à Emma un stimulateur cardiaque cette nuit ?

— Le rythme de son cœur était de nouveau déréglé. Heureusement, il n'y a plus de risque d'hémorragie du foie. Les reins vont mieux, on va pouvoir se concentrer sur le cerveau.

Que mijote-t-il ? On aurait pu me prévenir pour le stimulateur. Ils ont dû m'endormir en douce. Pourquoi veulent-ils surveiller mon cerveau ? Je n'ai pas déraillé, moi, messieurs ! Comment se fait-il que je sois la dernière informée ? On me cache quelque chose, c'est sûr. Je veux boire un coup ! Romain, sers-moi un verre d'eau, fais-le quand il n'y aura personne. Tu m'entends ? Tu ne vois pas que je pleure. Débranche-moi ou je vais dépérir. Et dis à Anton que je veux qu'il revienne demain, promis ? Lui osera sûrement enfreindre la loi des mandarins.

Je n'ai pas rêvé. La boule fluo est bien là, au creux de mon ventre. Elle me sert de boussole et de bombe insecticide afin de tuer cafards, blattes et cancrelats qui font la fiesta dans mon crâne. Les mains sur cette veilleuse, je l'entends siffloter : « Pense à toi, jouis d'un rien, ne réponds pas à toutes les sollicitations, fuis ceux qui te pompent ton énergie, appuie-toi sur ceux qui t'aiment et te cajolent. » Un frisson me parcourt le mollet, s'intensifie et se prolonge, dans l'attente d'un orgasme.

À la fenêtre, le ciel ressemble à celui du paradis blanc où j'ai été si heureuse, le temps d'un éclair. Un rayon argenté perce les nuages, mes yeux se ferment. Alors que je somnole, des images du pays qui m'obnubile se faufilent dans les ruisseaux de ma mémoire pour former une rivière souterraine. Elles glissent au fil de l'eau, voile de tulle, cheveux d'ange, boules de coton, éclats de lune, nymphéas. Ce soyeux sur ma peau, ce vent dans mes cheveux, cette excitation enfantine de découvrir un monde inconnu, comme ils me manquent. Là-bas, j'étais jeune et insouciante, protégée des agressions du monde. Dans un silence habillé de soie, tout était grâce et équilibre, une fête se préparait, l'amour imprégnait chaque particule. Là-bas, je chantais sur les chemins, les insectes ne me piquaient plus. De nouveau, j'en ai la conviction :

ces instants-là, je les ai vécus, tant ils m'habitent, tant les souvenirs tambourinent. Mon voyage n'a rien d'un rêve, d'une chimère ou de divagations dus à des sédatifs, une aventure semblable à une rencontre d'un soir à laquelle on ne croyait plus.

Pourvu que le sommeil n'efface rien.

La matinée a filé. Lorsque Laura et Guillaume surgissent, j'enlève mon masque et n'arrête pas de parler. J'ai encore la voix suraiguë d'une fillette, mais quel plaisir de laisser les mots passer à travers ma gorge et s'épanouir sur ma langue, de les mordre, les mâcher, les recracher, jusqu'à ce qu'ils s'évanouissent. Afin de montrer à mes enfants que j'ai toute ma tête, je leur pose plein de questions. Guillaume évoque ses cours de boxe ; Laura, ses enfants, le sac qu'elle crée. Tous deux reconnaissent qu'ils ont eu très peur de me perdre, et j'ai l'impression qu'ils exagèrent, étonnée de l'attention qu'ils me portent, de leur tendresse. Quand ils m'apprennent que toute la famille pense à moi, que cousins et cousines partagent des nouvelles, glanées auprès des médecins, j'ai du mal à y croire, comme si je ne le méritais pas. Je suis encore dans les nuages. Les yeux embués, Laura met la musique de *The Hours*, mon morceau préféré. Guillaume m'annonce qu'il a trouvé un nouveau job dans une boîte qui vend des formations et je suis fière de lui. Depuis mon infarctus, il s'en est passé des choses.

Après leur départ, mon frère Jean-Louis prend leur place. Grand blond aux yeux bleus, il se réjouit de me voir indemne et impatiente de me lever. Entre nous, la même complicité que lorsque nous partagions notre chambre à Mohammadia, à l'époque où nous collectionnions des insectes au formol, tour à tour trapézistes, magiciens ou coureurs cyclistes. Comme autrefois, je le pousse à piquer un pot de compote sur le chariot du couloir. Il faut bien que je me nourrisse, je n'ai que la peau sur les os. Gaspard me fait les gros yeux et m'oblige à remettre mon masque. À peine a-t-il tourné les talons que je m'en libère.

— Anton est un héros, clame Jean-Louis. Il a agi avec lucidité et courage. C'est dingue. Il y a une semaine, c'était la guerre ! Aujourd'hui, je te retrouve, forte et déterminée. Tu es une vraie résistante.

Les compliments de mon frère me font un bien fou, mais il se trompe. Je me suis laissé porter, voilà tout. Pourquoi parle-t-il de guerre, puisque j'étais dans un havre de paix ? Nous n'avons pas vécu la même chose et cela me trouble. Afin de lui prouver que ma mémoire ne vacille pas, j'évoque son chalet perdu dans la forêt, au pied du mont Blanc, les balades en peaux de phoque avec sa femme. Au moment où il insiste pour que je me repose, je fais tout pour le retenir.

Il y a du monde autour de moi, on se croirait au lever de la reine. Parmi les blouses vertes, une jeune fille au teint pâle, des yeux de biche ourlés de longs cils.

— Bonjour, je suis la psychologue du service, dit-elle en rougissant. Comment vous sentez-vous ?

Je lui avoue mon appréhension à reprendre pied. Elle comprend, elle a l'habitude de soutenir les mourants et leurs familles. Sa voix caressante adoucit la peine, allège les chagrins, son regard bleuté soigne. Elle s'efface pour laisser place à l'interne de garde. Une nouvelle échographie a montré que mon cœur se contractait mieux. D'après lui, je vais pouvoir être transférée en cardio.

7

Le lendemain matin, je ne rate rien du spectacle. Trois mastodontes me portent sur un brancard et me font rouler le long d'une ribambelle de couloirs vers un ascenseur d'où nous débouchons sur l'extérieur du bâtiment. Enfin à l'air libre, je prends une grande respiration, à l'affût des senteurs printanières. Au service cardio du pavillon Achard, on m'installe chambre 219, une pièce moins équipée, plus rustique qu'en réa. Radiateurs rouillés, peinture effritée, on voit tout de suite que l'hôpital public manque de moyens. Un cabinet de toilette exiguë, une chaise pour un visiteur, un fauteuil et une tablette sur le lit, voilà pour l'ameublement.

Romain est là. Quand je lui annonce que j'ai l'intention d'aller faire un tour dans le jardin de l'hôpital, il lève les yeux au ciel et tente de me raisonner. Puis, lorsque je lui fais savoir que je vais aller manger des huîtres avec Louise, il y renonce. Il a fini par comprendre que les sédatifs m'empêchent d'être lucide sur la gravité de mon état. Afin de ne pas aggraver mon cas, je me garde de lui raconter mes élucubrations, dont ma séance d'écriture compulsive. Mon jardin secret.

Une heure après son départ, je me souviens qu'il a mis mon portable à recharger près de la fenêtre. J'ai envie de passer des coups de fil, de demander à Anton de m'apporter sa petite radio, mon ordinateur, mon jean et mes baskets. J'arrache mon masque, le jette à terre et descends de mon lit en me laissant tomber. À quatre pattes sur le lino, je rampe vers la prise, lorsque la machine dont je dépends, sorte d'arbre japonais multipoche, bascule sur le sol. Les sondes qui me relient à elle et l'aiguille plantée dans mon bras sont arrachées, ma blouse avec. À moitié nue, je dérape et m'écrase de tout mon long au milieu d'une flaque de sang. Des larmes jaillissent. Qu'est-ce que je fous là à patauger ? Misère de misère, tu es folle à lier, tu ne vas jamais t'en sortir, ma pauvre fille.

Impossible de me relever ou de prévenir quelqu'un, je vais crever ici. Alors que je tente de me hisser sur le lit, Rena, une infirmière platine aux yeux électriques, surgit et me foudroie :

— Mon Dieu, qu'est-ce que vous avez fait ?

D'un coup de reins, elle m'empoigne pour m'allonger de force, avant de me recoller le masque sur le museau, de m'essuyer les fesses et de m'attacher les mains aux barres métalliques du lit avec des bandes velcro bleu marine. J'ai beau me débattre, la peau de vache m'interdit de bouger. Comment le pourrais-je ? Menottée, je suis obligée de respirer ces bouffées de gaz qui m'assèchent la gorge, gelée, réduite au silence.

Dès qu'elle sort, j'imagine un scénario pour me détacher : frotter les bandes velcro contre un silex jusqu'à ce qu'elles cèdent, à l'instar de Tuco, ligoté, dans *Le Bon, la Brute et le Truand*. À son arrivée, Laura obtient qu'on me libère, le temps de sa visite. Et je lui dis que je l'aime, des mots que j'ai tant de mal à prononcer, comme ma mère avant moi.

À midi, une aide-soignante, aussi fine qu'une anguille, sourire fondant, m'apporte un plateau avec du riz, une omelette sans sel et une compote de pommes. Enfin un vrai repas, même si je n'arrive pas à avaler grand-chose, même si j'ai perdu le goût des aliments. En début d'après-midi, Anton fait une apparition. Il a pensé à la radio, acheté des journaux et une barquette de fruits exotiques. Amusé par mes frasques, il insiste pour que je garde mon masque le plus possible et ne sorte pas seule de mon lit.

— Les médecins savent ce qui est bon pour toi, fais-leur confiance.

Une phrase qui me laisse songeuse. Depuis la mort de mon petit garçon, je me méfie du corps médical. Au moindre bouton suspect, j'ai tendance à consulter deux spécialistes. Laura avait un an. J'étais enceinte de neuf mois lorsque je me suis rendue à la clinique Sainte-Félicité un vendredi matin avec ma petite valise. Angoissée à l'idée de dépasser la date fatidique, j'ai supplié mon gynéco, le docteur Thibault, de me garder. Sous prétexte que la clinique était pleine, il m'a ordonné de rentrer à la maison et d'attendre les premières contractions pour revenir. « Amusez-vous à sauter », m'a-t-il conseillé. Il faisait si chaud, je me sentais si lourde avec mon gros ventre que le lendemain après-midi, je suis allée chercher la fraîcheur au Louvre. Au sous-sol, j'ai déambulé dans les salles d'égyptologie et me suis arrêtée devant des sarcophages d'enfants et de chats. À bout, j'aurais voulu me laisser tomber au pied des momies, qu'on m'emporte, qu'on me libère, j'aurais pu crever mon ventre, comme on pique un ballon. Tout, pourvu qu'on m'allège de ce poids, cette chose énorme qui m'envahissait. Dimanche matin, toujours rien. C'est alors que j'ai suivi les conseils de Thibault. Je me suis mise à sautiller dans le salon, oh, juste quelques petits sauts, afin d'aider le bébé à se décider. Quand je me suis couchée, il dormait.

Lundi matin, lorsque je suis enfin retournée à la clinique, les religieuses qui m'ont auscultée n'entendaient plus le cœur du bébé. À l'échographie, son petit corps flottait, inerte. On aurait dit qu'il suçait son pouce. J'ai poussé un cri, appelé Romain. Une sœur m'a revêtue d'une blouse et m'a prévenue : il fallait que j'accouche sans anesthésie. À ces mots, j'ai été prise de vertige : mettre au monde un enfant mort-né, impossible. J'ai demandé qu'on m'endorme, ne voulais rien savoir. Peine perdue, ils avaient besoin de moi, ils feraient tout pour me soulager. Sur un fauteuil à repose-pieds surélevés, jambes écartées, j'ai pris sur moi pour respirer à la manière d'un chiot, comme me le montrait la sage-femme, me pinçant le bras pour ne pas crier. Je n'ai pas vu mon bébé. D'après Romain, c'était un beau petit garçon, assez costaud. Je suis partie à Mulhouse en ambulance avec ma mère. Dans ma chambre de jeune fille, le berceau et les brassières qu'elle avait préparées avaient disparu. J'avais des montées de lait, une bande compressait mes seins qui réclamaient une bouche pour les téter. Le docteur Thibault nous a d'abord fait croire que le petit s'était étouffé avec le cordon ombilical. Puis que son cerveau était malformé. Afin d'en avoir le cœur net, je me suis rendue au laboratoire où le corps avait été autopsié. Les résultats m'ont rassurée : mon fils était normal ; sa mort, un mystère. Le docteur a fini par reconnaître qu'il avait menti, sûrement pour masquer une erreur médicale. L'enfant a-t-il fait un infarctus ? Je ne le saurai jamais. Mon seul regret est qu'il n'ait pas été enterré. Pas même une stèle, son nom gravé quelque part. J'ai juste écrit sur une carte encadrée : *En souvenir de David.*

Une tranche de mangue et je sonde de nouveau Anton sur mon accident et ces jours de nuit noire. Même s'il n'en a pas très envie, il reprend son récit et je l'appelle mon sauveur, je me dis que chaque instant de cette deuxième vie sera du bonus.

En cardio depuis quarante-huit heures, je suis à nouveau prise d'incessantes quintes de toux. Le diagnostic tombe : infection des poumons, pneumonie nosocomiale. Je serais en danger, à cause d'un virus attrapé à l'hôpital. En tout cas, je retourne en réa, où Cassandre et Gaspard me font la fête. Heureuse de retrouver une chambre avec télé et matériel à la pointe de la technologie.

— Ça me fait plaisir de te revoir, mon chou, glousse Cassandre.

Tandis qu'elle me fait avaler des cachets d'antibiotiques multicolores, je me plains de mon masque. L'infirmière ne se démonte pas et m'offre à la place un aérosol, mini-masque qui m'envoie de l'air frais dans les narines par deux petits tubes en plastique reliés à un flacon. Des émanations si fraîches que j'ai l'impression d'être en altitude.

— Tu le gardes une heure, pas plus, précise-t-elle. Il va te débarrasser des miasmes qui encombrent tes poumons.

J'use et abuse du mini-masque, avec ce plaisir des premières fois, me gorge d'embruns, m'enivre de parfums d'enfance et de fleurs sauvages. Je respire la joie d'être vivante et d'avoir échappé à la débâcle, non sans une pensée pour les malades du service, ceux qui sont seuls, ceux qui finiront là. Délestée de ce qui me pesait, je prends une grande inspiration et j'imagine ce qui m'attend, ces chemins de soleil, ces plages de tendresse, ces tables festives, ces lits de doux secrets.

Sur le coup de seize heures, Romain me tire de ma rêverie et je lui dis que, depuis mon infarctus, je vois la vie autrement.

— Quand je pense que je ne devrais pas être là.

— Anton a bien réagi. D'ailleurs, je le trouve très sympathique.

— Tant mieux. Tu sais, maintenant, je n'ai plus peur de la mort. Peut-être parce que je n'ai pas su ce qui m'arrivait et que je n'ai pas souffert.

— Pendant ton arrêt cardiaque, est ce que tu as vu quelque chose ? Tu t'en souviens ? ose Romain, non sans une pointe d'appréhension.

La question me désarçonne. Je sais combien le sujet lui est sensible. Depuis quelques années, il étudie l'Ancien et le Nouveau Testament, afin d'y trouver des raisons de croire en la résurrection. Il est même allé en Terre sainte. À Turin, il a vu le suaire qui, d'après ses lectures, serait celui du Christ. J'hésite à évoquer mes minutes d'éternité, non pas que je me méfie de sa réaction, bien au contraire : il est ouvert à toute approche de l'invisible, mais je me sens trop faible, dans un tel désarroi, que je crains de dénaturer mes souvenirs, de les banaliser, de semer le trouble dans mon esprit déjà très perturbé.

La nuit, personne ne dort en réa, on vit sur le fil, la mort rôde. J'entends les pleurs d'une famille qui vient de perdre un proche. Des femmes se lamentent, poussent des youyous, des voix d'hommes s'élèvent. Il doit s'agir de musulmans. Ils sont venus nombreux pour dire adieu à l'aïeule, celle qui a quitté le bled pour fuir la misère, celle qui aurait aimé y être enterrée, escortée de son clan.

Plus un bruit dans le service. Le silence des heures creuses m'angoisse. Il me faudrait un somnifère : même si j'arrive à baisser le dossier du lit grâce à la télécommande, aucune position ne va et l'oreiller est trop dur. Qu'est-ce que j'ai fait pour mériter un coup pareil ? Comment se fait-il que des plaques graisseuses se soient fichues sur la paroi de mes artères jusqu'à devenir aussi dures que de la pâte à modeler séchée ? D'après Cassandre, cette maladie sournoise aurait ses racines dans l'enfance et évoluerait lentement, provoquant un AVC ou un infarctus à l'âge adulte. J'ai dû tirer sur la corde pour que des cendres s'amassent ainsi au fil des ans dans les recoins de mon cœur. Est-ce à cause d'un manque d'amour ? De déceptions, d'angoisses accumulées ? Toujours est-il que mon corps a dû garder la mémoire de blessures jamais cicatrisées, mijotant sous le boisseau le projet d'en finir. Un long cheminement : on ne disparaît pas par hasard.

En fœtus, tournée vers la fenêtre, je ressens la même tristesse que lorsque, enfant, j'étais dans le dortoir de l'école Carmel-Saint-Joseph de Casablanca. Le jour du départ pour le Maroc, où mon père avait été nommé directeur d'une usine de coton, je portais une petite valise blanche. À l'intérieur, ma poupée Suzie, ses habits, des crayons de couleur.

Je revois la villa de Mohammadia, isolée au milieu des marécages où s'amoncellent carcasses de voitures, pneus crevés, plastique et débris, où furètent des chiens faméliques, pullulent des moustiques. Au loin, la flamme de la raffinerie de pétrole dont l'odeur prend à la gorge les jours de chergui. Sur ma bicyclette, je roule le long des orangers du jardin vers un grand trou dans lequel je jette des cailloux, avec l'impression qu'il me faudra des années pour le boucher, comme ma mère nous l'a demandé.

Derrière la haie, j'entends siffler les lance-pierres des gosses qui tirent sur des oiseaux, des chats sauvages gémir, des ouvriers tailler les palmiers à coups de machette, afin de fabriquer des arcs de triomphe pour le passage du roi. On m'observe, j'en suis sûre, je pédale à toute vitesse. Je cherche l'ombre, rase les murs, m'imagine une autre, me raconte des histoires. Ma mère a beau inviter des petites filles à la maison, elles ne m'intéressent pas, je suis dans mon monde, jusqu'au jour où je lis *Le Journal d'Anne Frank* au fond de mon box de pensionnaire. Moi aussi, je veux en tenir un. Alors j'écris à Anne sur un cahier Olympic à carreaux et, pour la première fois, j'ai une amie.

Mon journal, ce remède à la mélancolie, mon espace de liberté, l'allié qui donne confiance. Comme le jour où Mme Lausucq, la maîtresse des sixièmes, a lu ma rédaction devant la classe. Pas peu fière, j'avais la meilleure note et m'étais beaucoup amusée à faire le portait de ma tante Crin, cette revêche qui tenait son chat en laisse sur le chemin de la chapelle.

Est-ce à notre retour en France que de l'athérome a commencé à s'agglomérer le long d'une de mes coronaires ? C'étaient les années Solex, le temps des copains, des pattes d'eph, de la pop.

Avant celui du trotskisme-maoïsme – Secours rouge – *peace and love*. Sous l'ivresse, la tristesse était toujours là. Et dans ma chambre d'un foyer d'étudiantes à Neuilly, je continuais à remplir des cahiers, à rêver de jouer *Phèdre*, *La Mouette* ou *Antigone*. Difficile de savoir à quel moment les choses ont dérapé. J'ai quelques idées, j'y penserai demain.

Une lumière verte dans le couloir. Un coup de sonnette et je supplie une infirmière de me donner un calmant, avant de me ramollir doucement.

Au réveil, Cassandre me fait ingurgiter une dizaine de gélules de couleur. Lorsqu'une dame m'apporte mon petit déjeuner, je me régale de biscottes à la confiture. Un luxe.

8

Les poumons dégagés, je m'en retourne en cardio, cette fois accompagnée d'Anton. Dès mon arrivée, Rena me prévient : il va falloir préparer ma sortie, reconquérir mon indépendance, me désinfantiliser. À son ton sec, je sens qu'elle est pressée que je débarrasse le plancher. Cause toujours : trop contente qu'on s'occupe de moi, je n'aspire qu'à me laisser couler dans la routine de l'hôpital : j'aime la piqûre à cinq heures du matin, les prises de température, de sang, de tension, les médicaments, les plateaux-repas, la toilette, lorsque les aides-soignantes me frottent comme un bébé. Je ne cesse de remercier la femme de ménage qui balaie le sol de la chambre, celle qui change les draps et le jeune homme qui colle un patch sur mon épaule – c'est gentil, mais fumer, je n'y pense plus. Rena insiste : je vais devoir me doucher et réapprendre à marcher. Afin de l'amadouer, je lui rappelle que je suis encore fragile et lui demande s'il est vrai que j'aurais pu devenir impotente. Elle est formelle : après un arrêt cardiaque, seulement cinq pour cent des gens s'en sortent, faute de réactivité. Il suffit en effet de quatre minutes pour que le cerveau ne soit plus irrigué et que des lésions se produisent, entraînant la perte de nombreuses facultés. Malgré ses explications, j'ai encore du mal à réaliser que si Anton avait paniqué, je serais en fauteuil, bégaierais, ne me souviendrais de presque rien, l'esprit en compote, fichue.

Parfois, à leur manière de me ménager, j'ai l'impression que les miens s'imaginent que je suis diminuée, que j'ai perdu mes réflexes, ma vivacité, ma mémoire. Je les soupçonne d'être gentils avec moi par compassion, de comploter, de me dissimuler la vérité. Pour l'heure, aller jusqu'à la salle de bains, c'est mission impossible. Les jambes flasques, je n'arrive toujours pas à poser un pied devant l'autre. En trois semaines, mes muscles ont fondu. Le début d'un parcours du combattant.

Ce mardi, deux jolies jeunes filles entrent dans ma chambre. Joëlle est kiné ; Annie, stagiaire. Sous le regard de celle qui lui apprend le métier, Annie me propose des exercices. Assise sur le lit, je dois effectuer une dizaine de battements de jambes. Après plusieurs tentatives, lorsque j'y parviens enfin, elle me félicite pour mon exploit. Puis les jeunes femmes m'invitent à faire quelques pas. À peine debout, je chancelle et m'accroche à la taille de Joëlle. Ce sera tout pour aujourd'hui.

Le lendemain, même séance, avec en prime une balade dans le couloir. Agrippée aux bras des kinés, je tente de surmonter mon appréhension, mais c'est si dur que je ne vais pas plus loin que la porte. Malgré tout, jour après jour, j'apprends à me lancer, comme un enfant.

Chaque fois que des amis m'appellent, moi qui ai été privée de l'usage de la parole, je n'arrête pas de causer et, lorsqu'on me félicite pour mon courage, je répète que je n'y suis pour rien : c'est Anton qui m'a sauvée. Les coups de fil de Louise me font un plaisir fou, mais aussi ceux de mon amie Prune. Quand elle m'annonce qu'elle publie un nouveau roman à la rentrée, je me dis qu'il faudrait que j'appelle mon éditrice. Elle doit s'impatienter. À chaque visite d'un membre de ma famille, j'essaie de remplir les blancs, comme un disparu ou un amnésique qui aurait sauté plusieurs années. Guillaume m'apporte des chocolats, des fruits et un vase de Valencia, où il a passé le week-end avec des amis. Pour une fois, nous avons le temps. Il me raconte les heures souterraines, quand j'étais dans les limbes, et je veux tout savoir, même s'il a vraiment cru que je m'en irais pour toujours. Plutôt pudique, il ne se livre pas beaucoup et j'en déduis qu'il ne s'est pas remis de m'avoir vue à moitié morte. Il préfère m'interroger sur mes grands-parents paternels, leur vie en autarcie, ce monde englouti. On dirait qu'il a besoin que je lui transmette mes souvenirs, avant qu'ils ne se volatilisent.

Soudain, la silhouette noire de l'aumônier de Cochin traverse ma chambre – je l'avais déjà aperçu en réa et j'avais eu peur qu'il me donne l'absolution. Regard franc, visage carré, cheveux coupés à ras, la trentaine, le curé me salue d'une poignée de main ferme et me demande pourquoi je suis là. Quand je lui apprends que je suis une miraculée, son front se plisse.

— Ne vous avancez pas trop. Remerciez plutôt le Très-Haut de s'être penché sur vous, dit le prêtre, avant de m'offrir une petite boîte contenant une médaille miraculeuse qu'il bénit.

Comme lorsque je sortais du confessionnal de l'église Saint-Jacques de Mohammadia et que je devais réciter dix *Je vous salue, Marie*, je me sens « sanctifiée ». D'un bleu phosphorescent, avec une Vierge aux bras ouverts, cette médaille, qu'avant j'aurais prise pour une bondieuserie, me rappelle que j'ai traversé la mort et devient le signe d'une protection divine.

L'homme d'Église ouvre ensuite une mallette, en sort un napperon, un crucifix, récite un *Pater* et nous propose des hosties. J'ai envie de lui parler de mon voyage aux portes de l'invisible, mais il m'intimide. Je crains de le choquer ou de passer pour une illuminée : mon ciel ne ressemble pas à celui de la tradition catholique. Je me contente de dire :

— Vous savez, quand mon cœur s'est arrêté, je suis allée dans un endroit plein d'amour et de paix.

— Pourquoi pas, chère madame, jette-t-il, le sourcil dressé. On me raconte parfois ce genre de choses, mais l'Église reste prudente face à toute forme de dérive. Vous devriez plutôt croire en la Résurrection et au Jugement dernier.

— Mon père, vous pensez vraiment que nous serons jugés, les bons au Paradis, les mauvais en Enfer ? le provoque Guillaume.

— Évidemment. Dieu séparera le bon grain de l'ivraie.

— Ceux qui sont condamnés ont-ils des chances d'être sauvés s'ils se repentent ?

L'aumônier est radical :

— Jamais. On nc sort pas des feux de l'Enfer.

Après son départ, Guillaume et moi échangeons un sourire complice.

— Il est sympa, mais tellement réac, ce prêtre, fait remarquer mon fils. Dis-moi, mam, tu as vraiment eu des visions pendant ton arrêt du cœur ?

— Plus que des visions, j'ai vécu quelque chose d'extraordinaire. Je t'en parlerai un jour. Pour l'instant, je veux me rétablir et rentrer au plus vite à la maison.

Guillaume envolé, je ne peux m'empêcher de songer à mon infarctus. Trop libre, trop forte, mon âme n'a pu s'éteindre ni se dissoudre dans l'air confiné de ma chambre. Elle a suivi son instinct, s'est élevée au-delà des rivières et des fleuves, pour savourer quelques miettes d'immortalité. Ma petite âme ignorait qu'elle n'aurait que trente minutes d'échappée. Au signal du retour, elle a regagné sa place, bien au chaud. De cela, je me souviens, puisque j'étais avec elle.

Ma toux grasse a repris et attise mes douleurs au thorax. Ce soir, la peur de rechuter renaît. J'ai beau me raisonner, j'imagine le recoin nécrosé de mon cœur, du bois cramé qui s'émiette. Pourvu que ma coronaire droite ne se bouche pas, elle aussi, quand je serai seule. Afin d'être rassurée, j'appelle Romain.

— Avec du vélo cardio et un traitement, ton cœur va se régénérer, se réjouit-il. Tout ira dans le bon sens, à condition que tu fasses une rééducation dans un centre.

Je ne veux pas le vexer, mais pas question que je sois hospitalisée hors de Paris, loin d'Anton.

Ce soir, sur les conseils de Laura, j'ouvre Netflix et regarde un épisode de *The Crown*, puis deux, puis cinq. Au creux de mon ventre, la boule rouge s'allume et la peur se ratatine, se fripe, se consume.

Dix heures du matin. Une goutte de Chanel et en avant pour l'habituelle séance de kiné. Cette fois, je réussis à claudiquer jusqu'au bout du couloir, avant de m'effondrer.

— Bravo, madame ! J'ai une grande nouvelle à vous annoncer, proclame Annie. Vous allez pouvoir passer au fauteuil.

— Au fauteuil ? Lequel ?

— Mais le vôtre, dit-elle en me montrant celui de la chambre. À partir de maintenant, vous pourrez y rester assise toute la journée. On y va ?

Calée au fond du siège en similicuir, j'ai la drôle d'impression de me trouver avant l'heure dans un EHPAD. Sans tarder, je retourne sur mon lit et écoute la radio. Ce 24 février, la Russie a attaqué l'Ukraine, des bombes ont explosé à Kiev, faisant de nombreux morts chez les civils. Les journalistes ne parlent que de cette violation du droit, une déclaration de guerre à un pays souverain. Choquée par l'injustice que subissent les Ukrainiens, je regarde les chaînes d'info en boucle sur l'écran de mon ordinateur. Des heures à suivre cette boucherie, bombardements d'écoles, d'hôpitaux, centres commerciaux, villages, théâtres… De temps en temps, je demande à Rena si je peux respirer l'air frais de l'aérosol et je me crois à la montagne.

Mon départ est prévu ce matin. Alors que je me laissais porter par le train-train de Cochin, je commence à en avoir assez, j'ai hâte de rentrer chez moi. Quand j'en aurai la force, je m'inscrirai à Corentin-Celton, cet hôpital d'Issy-les-Moulineaux où je pourrai suivre, durant trois semaines, un programme de rééducation cardiaque en journée. Tandis que le cardiologue de garde fait le tour des chambres, j'attends avec impatience son feu vert. À onze heures, il apparaît enfin. Avec ses boucles couleur blé et ses yeux lavande, on dirait un ange d'une vingtaine d'années. Je lui dis que je tousse toujours, que je me sens épuisée. Il lit attentivement mon dossier et me prescrit d'une voix douce une nouvelle radio de la cage thoracique. L'examen terminé, l'ange blond m'annonce que mes poumons sont toujours infectés. J'aurai droit à une transfusion sanguine, ma sortie est retardée de deux jours. Encore un week-end ici, moi qui me réjouissais tant de retrouver Anton. Romain me remonte le moral : je vais recevoir du sang neuf, ça va me donner un coup de fouet.

Je quitte Cochin tout à l'heure. J'ai tellement maigri que je flotte dans mon jean. Rena me rend les bagues et le pendentif en faux rubis confiés à la conciergerie à mon arrivée, il y a un mois – je ne m'étais même pas aperçue que je ne les avais plus. Comme promis, Romain arrive en avance. Le temps de remercier chacun des membres du service et je suis à son bras. Il a commandé un taxi qui me dépose devant mon immeuble, et m'y rejoint à moto.

Comme tous les lundis, Anton est au journal, mais il a laissé dans l'appartement un déambulateur acheté à la pharmacie. Drôle d'engin qui ne fera pas long feu. Je vais vite retrouver mon autonomie. Quel plaisir de me glisser dans mon lit, fenêtre ouverte sur un bout de jardin. Romain file chercher les médicaments que je dois prendre matin et soir, lit leur posologie. Certains font partie de la famille des bêtabloquants. Ils ralentissent le rythme cardiaque et permettent au cœur de pomper plus efficacement le sang. D'autres réduisent la quantité d'acide sécrétée par l'estomac, régulent les lipides ou évitent la formation de plaques d'athérome. Un tour en déambulateur jusqu'au salon et Romain propose d'attendre l'arrivée d'Anton. Je proteste :

— Ne t'inquiète pas, je peux rester une heure ou deux toute seule.

— Je ne préfère pas.

— Avec cette batterie de médicaments, je ne risque pas de rechuter.

— Je sais, mais tu as intérêt à être prudente.

Au bout de vingt minutes, j'arrive à le convaincre de rentrer.

— La prochaine fois qu'Anton va au théâtre, préviens-moi, je te tiendrai compagnie, insiste-t-il.

— Merci, c'est très gentil.

Anton ! Le voilà ! Avec lui, je revis, j'oublie mes nausées et mes cauchemars. Il me raconte son après-midi au journal avec mille détails amusants, l'art de croquer chacun, de rire de tout. Veut m'acheter la soupe du jour chez le traiteur du coin, des œufs, de l'ananas, et je me dis qu'aimer, c'est connaître les goûts de l'autre, savoir exactement ce qui lui fait plaisir.

Incapable de me déplacer, si ce n'est avec le déambulateur, je reste au lit, à lire ou regarder la télé. En attendant que j'aille à Corentin-Celton dans un mois, Anton prend soin de moi. Dès mon réveil, il me dit : « Bonjour, mon chat », m'apporte un plateau de petit déjeuner et dispose mes cachets sur une soucoupe. Puis il m'accompagne jusqu'à la salle de bains, pose un tapis de douche dans la baignoire et m'aide à y entrer.

Par chance, pendant quelque temps, je peux bénéficier d'une aide à domicile six heures par semaine. Elle s'appelle Grace, une belle Martiniquaise qui range la cuisine et prend le relais pour ma toilette et mes sorties rue Cler, où j'avance cahin-caha, poussant mon déambulateur jusqu'au marchand de légumes. Quand je perds l'équilibre, son sourire me donne la force d'aller plus loin.

Éric, le kiné qui me rend visite le mardi et le jeudi, me propose toutes sortes d'exercices, dont le plus difficile consiste à monter trois marches de l'escalier de l'immeuble. Au bout de la deuxième, je cale, mes jambes me trahissent et j'ai l'impression que jamais je n'arriverai jusqu'au palier. Après son départ, je regagne mon lit, ferme les yeux, et la lanterne pourpre veille sur moi. Je suis de nouveau sur la piste de l'au-delà, où je retrouve le frisson de disparaître, cette euphorie de ne plus subir l'attraction de la Terre, de caracoler dans une bulle de fraîcheur, jambes à l'air, portée par des tissus qui se gonflent, comme les anges de Tiepolo dans l'église des Jésuates à Venise, et cette exaltation de redevenir la jeune fille qui aimait les jeux de cerceau, les roulades et ribambelles. Me revient aussi l'émerveillement d'être dans une lumière extraordinaire. Des impressions fugaces et réjouissantes.

On sonne. Trois gros bouquets me sont livrés, l'un vient du patron de ma maison d'édition ; le deuxième, de la rédac chef du magazine pour lequel j'écris des chroniques littéraires ; le troisième, de ma bande d'amies avec des petits mots de chacune. Des attentions qui me touchent terriblement. Le salon sent la rose et la fleur d'oranger. Depuis que j'ai arrêté de fumer, je n'ai jamais autant joui des parfums, des odeurs de fromages, de charcuterie, de champignons ou d'épices. Encore toute titubante, six jours après mon retour, je descends pas à pas l'avenue Bosquet au bras de Louise, jusqu'au laboratoire d'analyses médicales où je dois faire une prise de sang. Ma cousine me caresse la joue, un pigeon se pose sur un banc, le ciel rosit. Je suis vivante.

9

Une bouillotte électrique sur le ventre, je ne peux me détacher des reportages sur le carnage en Ukraine. De temps en temps, Anton glisse la tête pour s'assurer que je vis toujours et j'en ris, malgré ma crainte que le stent actif qui me tient en vie ne me lâche un de ces jours. Sans doute ai-je négligé, voire maltraité mon corps. Il m'a fait payer cher mon addiction au tabac. Le corps, cet inconnu. Alors que nous nous croyons tout-puissants, il accumule rancœurs et frustrations pour finir par se venger. S'il nous offre d'infinis plaisirs, il n'a aucune morale, nous trahit, nous ronge et nous détruit. Pas d'état d'âme : même les génies sont foudroyés. La nature peut se permettre de gaspiller, elle renaît à foison, là où on ne l'attend pas.

Comment se fait-il que je ne cesse de revenir aux racines du mal ? Des indices auraient dû m'alerter. Je n'ai rien vu, rien senti des insectes toutes catégories qui déposaient leurs larves dans mes veines. J'ai laissé faire, enchaîné les nuits blanches, fumé clope sur clope. Peut-être parce que ces sales bestioles m'arrangeaient, qu'inconsciemment je préparais ma perte. Quand je fais le compte à rebours, juste avant le drame, j'étais obnubilée par la remise de mon roman à mon éditrice. Une drôle de voix intérieure me soufflait : « Dépêche-toi, tu vas être en retard. » Celle de ma mère, toujours. Celle qui résonnait en bas de l'escalier, à Mohammadia, lorsqu'elle criait : « Dîner dans deux minutes, les enfants. » L'ordre de se plier aux horaires, à une discipline stricte, je le connais bien, il vient de loin. La cloche de l'école sonne, le gong retentit, un coup de sifflet, une alarme dans la nuit. Pas de temps à perdre. Pas de grasse matinée, de laisser-aller, de pagaille, de négligence. Sois sage, réservée, effacée. Avec ma mère, tout était prévu : les menus, les achats, les vacances. Elle organisait nos fêtes, encadrait nos jeux, les minutait. Pas de cajoleries, de mots doux ni de familiarité. De l'efficacité, de l'autorité. Dès que je manifestais la moindre velléité d'indépendance, elle s'efforçait de me remettre sur les rails, de me façonner. Au fil du temps, j'ai eu beau élargir le champ, m'affranchir des codes, ils me collaient à la peau. Et puis, l'envie de fuir a germé. Ce désir de fermer boutique, d'arrêter la pendule et de me retirer du monde, telle une nonne. La tentation des ténèbres m'a poursuivie en douce, jusqu'au jour fatal où tout s'est accompli, où Thanatos a gagné, ou presque. Je ne sais à partir de quand a commencé le travail de sape, sans doute très tôt. À croire que les êtres aimés résistent plus longtemps. Je revois le visage de ma mère, doux le matin lorsque nous grimpions sur son lit pour la câliner, dur l'après-midi quand elle m'ordonnait de me tenir bien droite et de ne pas m'exciter.

À Mohammadia, elle ne vient pas souvent nous chercher à l'école, trop occupée par les pauvres du bidonville à qui elle distribue des paniers avec du pain de sucre, de la farine, de l'huile, du thé, et par les cours de morale qu'elle donne aux jeunes filles. La plupart du temps, c'est Laosine, le cuisinier, qui nous attend à la sortie, Jean-Louis et moi. Imperturbable, dans sa veste à boutons dorés immaculée, son pantalon noir et ses chaussures vernies, il sourit, fier d'être au service de madame.

Devant la grille du garage, la longue file de mendiants de ce matin s'est allongée. Laosine palabre, incitant chacun à rejoindre ma mère sur les hauteurs, près du château d'eau. Dans le patio frais où les dalles ont été lavées à grande eau, Zina, la fatma, est plantée devant la porte vitrée de l'entrée. Mains sur les hanches, yeux de Sioux ourlés de khôl, elle en impose avec son jupon qui laisse entrevoir un improbable sarouel. À ses pieds, ses babouches jaunes dissimulent mal ses talons calleux. Sous un mimosa, enfermée dans un parc, Marine, ma plus jeune sœur, tente de se déplacer sur le derrière. Soudain, une petite bête noire rampe vers elle. Un drôle d'arthropode à huit pattes, avec deux pinces de crabe et une carapace dotée d'une queue en aiguillon. Je n'en ai jamais vu, mais je crains que cette bestiole la pique et cours chercher le vieux jardinier qui écrase le scorpion d'un coup de pelle. « Et madame qui n'est pas là, déplore Laosine. – Tu ne diras rien », lui ordonne Zina, flanquant Marine dans une poussette.

Un coup de klaxon et Laosine fonce ouvrir le portail. Ma mère rentre la 404 vanille dans le garage, s'agite, donne des ordres. Dans son imperméable beige, mince et élancée, cheveux décolorés en blond, relevés en chignon banane, elle est jeune et belle, mais je ne vois que son nez arqué et ses yeux noisette qui se plissent dans la pâle lumière de cette fin d'après-midi. Tandis que Laosine déballe des cageots de fruits et légumes, je vais vers elle pour l'embrasser. Elle tourne les talons : pas le temps, la dame qui lui donne des cours d'arabe va arriver. Alors je l'accompagne jusqu'à son bureau en acajou, dans un coin du salon, où elle ouvre un manuel et m'explique qu'elle apprend aussi bien l'arabe classique que l'arabe dialectal. « Les

Français qui vivent ici ne fréquentent pas les Marocains, ajoute-t-elle. C'est un devoir de parler leur langue et de côtoyer aussi bien des riches que des pauvres. » Et je l'admire, je la regarde dessiner des arabesques semblables à celles de la bible aux pages enluminées de ma grand-mère. Très vite, elle se tend, me demande de la laisser tranquille et me rappelle de glisser dans la boîte à chaussures mes morceaux de sucre pour les enfants du bidonville. Oui, je n'ai pas oublié, ma petite maman. Je me suis privée ce matin. Quand la boîte sera pleine, peut-être me prendras-tu dans tes bras. Au moment où le professeur entre dans la pièce, je me résous à faire mes devoirs. Mes crayons sont alignés, dans l'espoir qu'elle trouvera mon bureau bien rangé et y déposera un dirham, comme elle l'a promis. Dans mon cahier de textes, j'ai écrit : *Apprendre le poème de Francis Jammes*. Et je chantonne : *J'aime l'âne si doux marchant le long des houx*. Je l'aime, ce petit âne qui trottine d'un pas cassé. Les mots me bercent et me consolent. Lorsque je redescends dîner à la cuisine, où Laosine nous a préparé des croque-monsieur, mes parents s'apprêtent à partir à un dîner à Casa. Je fonce vers le portail, décidée à dire à ma mère que j'ai de la fièvre. En caftan rouge, elle s'engouffre dans la DS break aux côtés de mon père. La porte claque. Pas de baiser ce soir. Jamais un « je t'aime » : elle ne sait pas le dire. Ce n'est pas sa faute. On ne le lui a jamais appris.

Longtemps, j'attendrai dans les bras des hommes qu'ils me susurrent des mots doux, des hommes avares de compliments, aussi pudiques qu'elle. J'aurai beau porter des mini-jupes panthère, des bas résille, les idolâtrer comme une hétaïre, ils ne fléchiront point. Parfois, ils finiront par me complimenter d'un hochement de tête, comme elle, lorsque je décrochais la meilleure note en rédaction. J'aurai beau piétiner, crier, sangloter, ils me renverront à l'ombre du caoutchoutier où j'attendais qu'elle m'ouvre les bras. Longtemps, l'amour ne sera qu'une répétition, une plage vide, un couloir sombre, un enterrement.

Je suis encore la lycéenne solitaire, l'étudiante à Paris, qui se réfugiait dans le travail et la lecture, celle qui cherchait sa voie. Quand je disais à ma mère que je me verrais bien journaliste ou écrivain, moi qui passais mon temps à gratter du papier, elle s'y opposait net : des métiers d'égoïstes, des milieux superficiels. De même, au moment où je préparais le Conservatoire, elle fomentait un complot familial pour me dissuader de me lancer dans une carrière d'actrice. « Rends-toi utile, occupe-toi des chômeurs ou des immigrés et cesse de te regarder le nombril », me serinait-elle, avant de me lancer sur le ring du mariage et d'organiser ma noce – robe en organdi, cocktail, soirée sous une tente. Laura est née neuf mois plus tard. L'année suivante, je perdais le petit garçon que j'attendais. Ma première mort.

Est-ce moi qui l'ai tué ? Pourquoi n'ai-je pas eu la force de m'imposer, d'obliger le médecin à me garder à la clinique ? Autant de questions qui me poursuivent encore. Pourtant, cette mort a été une renaissance. Quelques mois plus tard, près d'un chêne du jardin du Luxembourg, j'ai sorti un canif de mon sac et j'ai voulu me trancher les veines. À cet instant, le rire d'un enfant a résonné et j'ai dirigé mon couteau vers le tronc sur lequel j'ai gravé le *V* de la victoire, je me suis juré de me battre. Le début d'un long chemin semé de thérapies diverses et avariées, jusqu'à ce que le désir soit enfin retrouvé, et avec lui, le jeu, l'écriture et les rêves. Des années pour retisser l'ouvrage, même si la bête est restée tapie dans les fourrés. Je voulais vivre vite, publier coûte que coûte, quitte à me brouiller avec ma famille. Par peur du vide, j'étais prête à me soumettre aux désirs des éditeurs. Gloire interdite, barrée, piétinée. Contente-toi de peu. Efface-toi, marche à l'ombre. Tandis que d'autres rusent et calculent leurs coups – jeu de billard à cinq bandes et ronds de jambe –, j'avais beau faire des offrandes à ceux que j'adulais, je restais à la place qu'on m'avait attribuée, sans cesser de griffonner : l'écriture naît d'un manque jamais comblé.

Ma mère aussi aimait écrire. Quatre ans après sa mort, je me suis enfin décidée à lire son journal de bord, intitulé *Je marche avec mon cancer*. Elle y confie son combat pour la vie, mais aussi ses peurs. La plupart datent de la guerre, lorsque des sirènes sifflaient, des avions allemands sillonnaient le ciel, que son père a été arrêté et fait prisonnier à Drancy. J'ignorais que, durant son séjour dans une clinique suisse à quinze ans, pour décalcification, elle avait partagé sa chambre avec une rescapée des camps de la mort. Toutes les nuits, cette femme lui parlait des petites Tziganes qui sortaient des blocs où on leur avait fait subir des expériences médicales. Les enfants saignaient, poussaient des hurlements. Leurs cris tourmentaient ma mère. Cette découverte m'a permis de comprendre sa difficulté à exprimer son affection, de l'aimer. Quand j'y pense, sans Anton, je serais partie au même âge qu'elle.

La nuit s'allonge, la cloche sonne le glas, les roues de la charrette de l'Ankou grincent. Malgré mes désillusions, j'ai pris mon bâton de pèlerin. Mère, maîtresse de maison, animatrice, j'ai tout donné, jusqu'à me sacrifier. Bien sûr, il y a eu des jours heureux, ceux qui se méritent, ceux que j'ai crus éternels. C'était négliger le félin nocturne qui rampait vers mon lit en miaulant : encore une petite clope ? À quoi bon lutter, tu ne tiens pas tes promesses. Dépêche-toi. On t'attend là-haut, tu y seras bien, en toute discrétion.

Et on n'entendra plus parler de toi.

10

J'ai tellement souffert à Cochin que je ne désire qu'une chose : récupérer, retrouver mon tonus. Huit jours après ma sortie, alors que je tiens à peine debout, je me mets en tête d'aller dîner chez Prune, qui a invité quelques amis. Anton tente de m'en dissuader. Je fais tout pour le convaincre : un taxi me déposera, je ne resterai qu'une heure… Un vrai défi, une façon de montrer à tous que je n'ai pas changé.

Tout s'est bien passé. Une coupe de champagne et les bulles dansaient, mon cœur gonflé de joie planait au-dessus des toits à la recherche du chemin de Cythère. Personne n'a remarqué que j'étais dans mon monde, là où je ne suis jamais déçue. Un monde où je ne souffre plus, où je ne risque plus rien et m'imprègne de lumière.

J'ai eu un mal fou à m'endormir, me réveille en sursaut. Quelqu'un cogne à la porte, j'en suis sûre. Est-ce un huissier qui vient enlever la commode, la table, les chaises et l'argenterie de ma grand-mère ? Pas un chat. À peine recouchée, une crampe me mord le mollet droit. J'ai beau le passer sous l'eau froide, l'enduire de baume Saint-Bernard, le masser, rien n'y fait. Glacée, tremblante, je me recroqueville sous la couette dans l'espoir que la douleur me lâche. Peu à peu, je ne sais par quel miracle, tout s'apaise, mon souffle ralentit, ma chair s'oublie, mon corps s'allège. Une douce langueur qui me rappelle l'autre côté de la Terre. Là-bas, je n'entendais plus la voix scélérate des sorcières qui croassent : « On va te plumer, te condamner, te clouer au pilori. Il serait temps que tu choisisses ta sépulture. » Ah ! fuir le désordre et la concupiscence pour me fondre de nouveau dans l'éternel et l'éphémère.

Avec ma mine de rescapée, personne ne pourrait croire que j'ai fait une de ces expéditions qui vous transforment à jamais. Personne ne sait que je suis tout illuminée par mon séjour dans ma deuxième maison, un territoire si vierge que je crains de le salir en levant le voile, que cela me porte malheur. Inhibée, j'avance dans l'obscurité et, plus je m'interdis de révéler mon secret, plus il m'obsède. La fascination que cet ailleurs exerce sur moi est telle que je me méfie de mon imagination : elle pourrait inventer toutes sortes de stratagèmes pour monter un nouveau coup de théâtre, afin que j'y refile à l'anglaise. Une part de moi est restée là-bas et il suffit d'un rien pour que je sois tentée par un autre aller-retour. Un sacré dilemme. Dieu sait que je n'ai pas envie de disparaître maintenant, d'abandonner Anton et ceux que j'aime. Le duel avec la mort a commencé en plein coma. Pour retarder l'échéance, il me faut de l'audace et une détermination farouche. La lutte est quotidienne, une vigilance de tous les instants. J'ai beau affûter mes couteaux, le risque est grand de me laisser couler en douceur, sans voir venir la tueuse.

Comme Hel, la déesse des trépassés dans la mythologie viking, ou Anubis, dans l'Égypte ancienne, la mort avance masquée. Depuis son apparition subite, elle ne me terrorise plus et me paraît simple, évidente, apaisante. Nous la portons en nous, y sommes habitués, puisque nous étions morts si longtemps avant de naître. Mon corps était prêt à ce passage vers une terre d'asile dont mes cellules gardent aujourd'hui la trace, privées d'une jouissance si forte qu'elles cherchent à s'y perdre. Le paradis existe et j'y ai goûté avec gourmandise. À l'instar d'autres survivants, je suis envoûtée par cette île de la tentation où tout porte à la célébration, je rêve de me fondre dans le bonheur d'être adorée. Si je n'en étais pas repartie si vite, j'aurais pu jouir plus longtemps de ce pays sans frontières ni contraintes, où l'âge n'existe plus, où tout est Amour ; j'aurais pu voir les merveilles qui s'annonçaient, retrouver mon petit garçon et ceux de ma famille partis trop tôt.

Au fil des jours, Anton me donne la force de me nourrir, de marcher, de m'habiller. J'arrive enfin à atteindre le palier du dessus, je reprends une vie en apparence normale. En apparence seulement. Encore chancelante, n'importe quel prétexte est bon pour fuir la page blanche. J'ai un mal fou à me remettre à écrire, à suivre le cours de mes pensées, à me souvenir des phrases échafaudées dans ma tête lors d'une nuit sans fin. Je cale et déclare vite forfait.

Pourtant, depuis l'enfance, les mots sont mes seules armes pour affronter la vie. Ce sont eux qui m'ont permis d'élargir le champ, de trouver ma place, moi qui étais l'aînée de cinq enfants, tous habillés pareil, comme les Dalton.

Les mots m'ont tirée de la chambre noire dans laquelle j'étais enfermée. Mes alliés, mes frères, ils m'ont aidée à grandir, à m'émanciper. Ils ont été mon oxygène, ma deuxième peau. Sans eux, je suis une fille qui ne tient pas ses promesses. Sans eux, je ne joue plus. Écrire pour réparer, respirer, échapper aux règles, aux programmes, aux menus, à l'ennui, pour boucher les trous. Pour avancer dans la pénombre et apercevoir enfin une lueur, cet espoir d'aller dans la bonne direction. Pour monter ma tente dans des espaces vierges et juguler mes peurs. Cette vieille terreur des chats sauvages qui rôdaient autour de la villa du Maroc, celle du matou noir de tante Crin et des tigrés qui rampaient sur mon lit, toutes griffes dehors.

Seuls les mots me permettraient d'apprivoiser l'angoisse de ne pas retrouver ma vie d'avant, que ça recommence, que mon cœur se déchire. Encore faudrait-il avoir du temps. Moi qui remplissais des pages jusqu'à trois heures du matin, je tombe de sommeil à minuit. Tout est effort, disait ma mère. Je la comprends. Pédaler sur un vélo d'appartement, me remuscler, reprendre le rythme : chaque geste me coûte.

Poco a poco, revenir à mon épopée, sans rien truquer, écrire à l'oreille, au plus juste, au plus enfoui, à l'instantané. Les mots pour durer, pour rester vivante. Pour ne pas me morfondre, me replier ou me laisser happer par le dégoût. Les mots pour faire renaître ce qui déjà se perd : l'histoire de ma disparition et de ma « ressuscitation ».

Si je n'écris pas, ce que j'ai vécu n'existe pas.

Un après-midi tristounet de mars, pour la première fois depuis mon accident, l'envie de prendre la plume me taraude. La tête embuée, la main pâteuse, j'ai du mal à pianoter, les yeux qui se ferment, mais le crissement du crayon sur la feuille finit par restituer le murmure d'une fontaine, l'odeur du jasmin, la douceur d'une fourrure. Peu à peu, je renoue avec ce délié, ce lâcher, cette magie d'une pensée en action. Les phrases coulent et s'entrelacent, suivant une géographie intérieure faite d'impressions. Un pur plaisir, une renaissance, un instant à moi, la satisfaction, que jamais l'ordinateur ne donnera, d'épouser des arabesques, de vagabonder, de jouer aux devinettes, de filer la métaphore à n'en plus finir. Sans complexes, je me vautre dans le moelleux des figures et des tournures. Si j'en avais la force, cela pourrait durer des heures, tant l'écriture rend la vie, me redonne ce qui fait de moi quelqu'un d'unique, m'unifie, me pose et me repose, me relie aux scribes, aux bâtisseurs de cathédrales, aux potiers, aux moissonneuses, tisseuses et brodeuses. Et c'est ainsi, dans cette récréation, qu'apparaissent des dorures, des lustres, des miroirs et des sofas profonds où il fait bon s'étirer. C'est ainsi que la joie se faufile alors que le ciel m'intimide, le soleil me brûle. La joie d'être choisie.

Pour l'heure, je ne peux recomposer le tableau et le déroulé des moments passés au firmament, mais lorsque cela se produira, je m'abreuverai d'une source régénérante, je danserai devant un feu de la Saint-Jean, je puiserai une énergie si puissante que je rayonnerai, pour semer des graines à tout vent. Un jour viendra, après les épreuves, où je jouirai des bienfaits de ces fêtes du cœur. Je n'en suis qu'aux prémices, cela s'accomplira, j'en suis sûre. Déjà, j'ai conscience qu'il me faut attendre le bon moment, les premiers signes, pour que je me décide à livrer ce secret dont dépend ma vie. Ce jour-là, je serai prête et je dirai haut et fort que tout était vrai, puisque le souvenir des rêves s'estompe alors que celui de mon Eldorado renaît sans cesse. Je pose mon stylo, et mon récit reste en suspens, comme si quelqu'un avait retenu ma main.

Le meilleur de ma vie a toujours été réservé à mon journal.

Au réveil, j'en touche un mot à Anton, juste un mot. Il rit, cite Francis Blanche : « Je préfère le vin d'ici à l'eau de là. » Francis a raison, je vais résister à la tentation de fuir, m'accrocher, me muscler et tester mille antidotes. Une pêche fondante, la flûte de Mozart, et chaque respiration est un barrage contre le précipice.

Deux semaines plus tard, après avoir tournicoté entre les immeubles bleutés d'Issy-les-Moulineaux, un taxi me dépose devant une esplanade. Un bonnet sur la tête, je titube vers un bâtiment moderne. Le taxi a dû se tromper. Un vendeur de châtaignes me rassure : c'est bien Corentin-Celton. Des escaliers à monter et descendre en m'accrochant à la rampe, des couloirs sordides et me voilà. Cheveux clairsemés, pommettes rosées, yeux gris, Jeanne, l'infirmière en chef du service de cardio, me fait remplir un formulaire et m'explique le programme de ma « cure ». Avec elle, ça ne rigole pas, j'ai intérêt à suivre le rythme : le matin, cours de gym et séance de vélo électrique, l'après-midi, ateliers. Pour mon premier jour, j'ai droit à un café au lait et à des tartines dans une salle réservée aux patients. En jogging et baskets, je me rends au sous-sol pour un test d'effort. Des électrodes sur la poitrine, il me faut pédaler sur une machine auprès d'un médecin qui m'incite à accélérer la cadence. Impossible, je souffle comme un bœuf et ne tarde pas à déclarer forfait.

En salle de sport, il y a surtout des hommes, à croire que les femmes sont moins sujettes aux maladies cardiaques. Lorsqu'un prof de gym nous indique des exercices, je m'aperçois avec horreur que je suis incapable d'exécuter même les plus faciles. Ai-je basculé du côté des éclopés, sur le versant qui mène à la déchéance ? À côté de moi, une brune bien enrobée me sourit et je me sens moins seule. Le groupe passe ensuite dans la pièce voisine où se trouve une douzaine de vélos. Une kiné espagnole m'indique le mien. Et c'est parti pour trente minutes de pédalage. Très vite, la kiné augmente la résistance. Les yeux rivés sur un écran de télé où s'égosillent des chanteurs de rap, je m'agrippe au guidon, de peur que mon palpitant ne se déchire. Dépasser ses limites, endurer, serait le seul moyen de permettre aux vaisseaux du cœur d'avoir une nouvelle vie.

Trois semaines de rééducation cardiaque, ce sera long. Ce matin, Anton me réveille à huit heures trente. Avec ses espadrilles à raies, son caleçon lie-de-vin et son large gilet noir, il a la dégaine d'un Bukowski. La blague à l'œil, il pose sur mes genoux un plateau avec du thé, du pain complet, un yaourt et des fruits, attrape le sac de médicaments et prépare ma potion.

Toujours à son poste, Jeanne me félicite pour ma ponctualité. Après le sport et un déjeuner de poisson pané purée, direction l'atelier « Vie nouvelle » animé par Marcel, un infirmier tout en muscles. Le groupe dispersé, je me dirige vers lui afin de savoir si la partie gangrenée de mon cœur se revascularisera. Il m'entraîne dans son bureau, ouvre un classeur bourré de schémas et m'explique qu'il suffirait d'un excès de sel pour que mes poumons se remplissent d'eau et que mes chevilles enflent, formant d'affreux œdèmes. Affolée à l'idée de gonfler comme un ballon, je sens ma respiration se bloquer. Au moment où je m'apprête à quitter les lieux, Marcel me fixe de ses yeux verts luisants.

— Vous êtes comme un handicapé qui a perdu ses jambes et qui muscle ses bras pour compenser, déclare-t-il, fier de son bon mot.

Décidément, cet homme a l'art de me foutre la trouille.

Au retour, à la station Porte de Versailles, je gravis péniblement un escalier, lorsque des larmes me brouillent la vue. À la pensée qu'Anton m'attend à la maison, je me cramponne à la rampe pour me hisser. Sans lui, je serais comme ma grand-mère qui s'est laissée dépérir à la mort de son mari. Je me sens si lasse, si découragée, que renaît en moi la nostalgie de mon paradis, cette destination bien réelle, avec son décor dont les morceaux se reconstituent tous les jours. Ma seule crainte : qu'avec le temps, je finisse par oublier ce périple initiatique, puisque je n'en ai encore parlé à personne, que je ne l'ai même pas couché sur le papier. Une petite voix me dit que le hasard me montrera bientôt la sortie du labyrinthe. Rien de plus vital. Faute de quoi, ma vie ressemblera à cet instant sinistre dans un couloir du métro. J'aurai beau lutter, mon corps se fanera, se desséchera, se brisera, et je finirai chez moi, à Dorcy, petite vieille rabougrie en fauteuil roulant ou pliée en deux, appuyée sur des cannes orthopédiques.

11

Le dernier jour de rééducation, le 21 avril, j'ai droit à une échographie et à un nouveau test d'effort. Les résultats sont excellents. Le vélo a fait de l'effet : j'ai des artères de jeune fille, ma fréquence cardiaque s'est remise au diapason de mon milieu naturel. Ma vie reprend son cours. Alors que je me vante d'être rétablie, même plus en forme qu'avant puisque je ne fume plus, je m'aperçois, à des petites choses qui en disent long, que je ne suis plus tout à fait la même. Je me sens souvent perdue, une exilée, une enfant délaissée, une maison de famille abandonnée. Suis-je plus fragile, plus vulnérable, comme le pense Prune ? La moindre contrariété, la moindre remarque désobligeante, perfide ou fielleuse, me poignardent au cœur. Chaque fois, un peu de vie s'en va. Cette hypersensibilité et une certaine paranoïa feraient partie des invisibles séquelles qui subsistent chez les victimes d'arrêt cardiaque, des effets si discrets que personne ne s'en rend compte.

Persuadée que mes tiroirs ont été fouillés, je me mets en tête qu'une autre a pris ma place, avec l'impression que cette étrangère porte mes vieux habits, ceux de ma vie d'avant, et qu'elle va se débarrasser de moi. De trop, en décalage, je redeviens la fille qui n'écoute pas, celle qui a envie de détaler, se croit jugée, perd les pédales. Franchir la ligne rouge, voilà ce qui m'excite. Hier, j'ai raclé la tôle d'une voiture avec ma Clio et me suis enfuie, en flagrant délit, guettant les flics jusqu'à l'autoroute, certaine qu'ils me poursuivaient pour me menotter.

Ce matin, quand Anton m'a dit : « Tu es une belle personne », je lui ai demandé de me le répéter, comme si je ne le méritais pas. Lorsque Romain ne répond pas à mes textos, j'en déduis qu'il me fait la gueule. Les contrariétés et les remontrances m'anéantissent. Je me liquéfie, ressasse, parano jusqu'au bout des ongles.

Lors d'une soirée dans une ancienne guinguette, je me dissous dans la lumière violine pour fuir les invités qui gesticulent. Je n'existe plus. Ils m'ont oubliée, ils sont entre eux et je ne suis plus rien pour eux. Ni pour les miens, du reste. Ni mère ni femme ni sœur, ils m'ont remplacée, biffée.

Comme dans toutes les familles, même si j'ai failli mourir, il y a eu un de ces dîners houleux où l'on se balance des vérités qui dépassent sa pensée. J'entends encore les mots voler. Impression d'être au tribunal. De plaider pour sauver ma peau. Je radoterais, j'aurais disjoncté. Pas faux, je suis peut-être à l'ouest, mais c'est surtout le monde qui se détraque. Le jour où la couche d'ozone s'étiolera, une poignée de survivants s'exilera sur la Lune. Pas de main tendue, tous migrants ! Que ce soit à cause de la pharmacienne, de la voisine, de l'ancien militaire aux chiens du rez-de-chaussée ou des autres, ma tête bourdonne d'une spirale de sarcasmes, railleries, brimades et brocards. Serais-je toxique, moralisatrice, sans-gêne ou égoïste ? Les saligauds, ils ont fomenté leur coup pour me tuer une seconde fois. Survivre ! Ne pas leur faire le plaisir de tirer ma révérence, ni de tomber dans les ornières du désespoir, encore moins de manger la pomme de la sorcière, qui pue l'œuf pourri. Méfiez-vous, je trompe mon monde. Si je suis de retour, je reste loin de vos miasmes, combines et autres complots. De mon mirador, je vous observe à la jumelle, et vous aurez beau me gruger, vitupérer, tirer sur moi, je me suis entourée de remparts avec des douves pleines de crocodiles. De ma tour, rien ne peut m'arriver car je ne suis plus d'ici.

Me sauver vers la vallée éternelle. Faire la morte. Voilà le secret. Ma parano prend de telles proportions qu'elle empoisonne mes jours et mes nuits.

Mon roman, *Trio*, vient de sortir et je crains que mon histoire soit trop sulfureuse.

Jeudi dernier, je tombe par hasard sur Léna chez le marchand de journaux – Léna fait partie des amis que nous recevions à la maison, Romain et moi. Elle me demande si j'ai aimé le livre de Prune, publié en même temps que le mien.

— Elle a une presse incroyable, ajoute-t-elle.

Piquée par la jalousie, je réplique :

— Je ne l'ai pas encore lu. Le précédent m'a déçue. Un *feel-good* avec pas mal de clichés.

Léna pâlit et disparaît. Trois jours plus tard, je reçois un texto incendiaire de Prune : *Pauvre conne ! Figure-toi que je connais bien Léna et qu'elle m'a rapporté tes vacheries. Tu te prends pour qui ? Va te faire foutre. Je ne peux plus te voir en peinture.* Sous le choc, je l'appelle sans attendre. Prune s'envenime, débite un torrent d'injures. Tandis qu'elle hurle dans l'appareil, je pose mon téléphone sur le canapé et me réfugie sous la couette. Mon cœur se fend, je perds mon sang. J'ai envie de m'enterrer vivante ou de boire la tasse pour rejoindre mon perchoir. Des larmes jaillissent, je gémis, pousse des cris stridents :

— Je vais partir, remonter là où personne ne me veut du mal, je n'en peux plus, je ne veux plus vivre.

Anton se précipite et me jette un regard affolé. Alors que mes pleurs redoublent, il me serre très fort dans ses bras :

— Ne dis pas de bêtises, tout va bien.

Dans ses prunelles, la peur de me perdre, celle qui l'a saisi lorsqu'il se battait pour ma survie. J'en profite pour m'agripper à lui, espérant qu'il me dira encore et encore combien il tient à moi. Il me berce comme une rescapée, me répète :

— Tu n'as rien à te reprocher. Prends de la hauteur. Tu es plus forte que tu le crois ! *We shall never surrender !* disait Churchill.

Son rire me revigore, mais la blessure reste à vif. Ça me ronge, ça me mine, m'assaille de nausées par vagues qui me laissent peu de répit. Lorsque, enfin, j'arrive à détourner mon attention, les sanglots ne tardent pas à me nouer la gorge, et je trimbale ma douleur en bandoulière, ce deuil d'une amitié, ces fous rires et confidences perdus. Pour l'heure, impossible de reparler à Prune, je suis devenue méfiante et ne supporterais pas d'autres coups au cœur, jamais, jamais.

Parfois, j'ai le vertige en songeant que rien ne laissait présager ma mort soudaine. Personne ne se doute de la bataille qu'il me faut livrer pour ne pas me saborder, afin de regagner mon île. Ce plaisir de frôler le précipice m'est d'ailleurs devenu familier.

Est-ce à dire que je suis saisie par cette pulsion de mort dont parle Freud ? Démissionner, s'enfermer, se torturer : il existe plusieurs paliers vers l'anéantissement. Pour l'instant, j'aurais plutôt tendance à me soustraire au monde, comme les Précieuses de Port-Royal ou ces êtres en quête d'absolu qui trouvent leur ultime bonheur à s'en remettre à Dieu. Jouissance du dépouillement, la disparition est alors ardemment désirée.

Tendre est la mort. Celle qui fortifie et porte conseil, un ange noir aux larges épaules, un arc de triomphe ouvert sur la nuit.

La mort, mon amour. Parfois me reviennent les délires, à la lisière de la folie, traversés durant mon coma, en particulier cet irrésistible attrait des abysses. Peut-être parce que la douleur était insupportable à la surface, je prenais plaisir à couler, tant il est vrai que ceux qui se noient goûtent à une incroyable douceur. On dit que la mort fait jouir. Éros enflamme Thanatos. Caresser l'illustre inconnue, s'enivrer, vivre des sensations limites, voilà ce que recherchent les amateurs de sports extrêmes, plongeurs en eaux troubles fascinés par les épaves, coureurs automobiles, skieurs d'élite, escaladeurs, surfeurs, funambules et autres trompe-la-mort. D'autres préfèrent les paradis artificiels : alcooliques, drogués, accros aux herbes, aux champignons, aux poudres en tous genres ou héroïnomanes, tous en quête de frissons et d'hallucinations qui leur permettent d'échapper à la réalité, de fuir l'Enfer, quitte à crever d'overdose.

Le désir de flirter avec la Camarde, de tout plaquer pour le saut dans le vide, Hemingway en parle si bien. La mort l'obsédait. Il la défiait sur le champ de bataille, dans les arènes de corrida ou à la chasse au gros gibier. Tirer sur un lion ou un buffle lui procurait un malin plaisir. Il avait le goût du sang, celui de la fraîcheur des tombeaux aussi. L'appel du néant, William Styron l'évoque dans un récit autobiographique, *Face aux ténèbres*. Il y confie sa dépression avec son cortège d'angoisses, d'insomnies, de rafales dévastatrices, et prouve que cette « tempête des ténèbres » peut frapper n'importe qui, n'importe quand, et surtout les artistes. Virginia Woolf, Romain Gary, Primo Levi, Van Gogh, la liste des proies de l'ombre est longue. Et le passage à l'acte, une délivrance.

Au fil des jours, le chagrin que m'a causé Prune s'éloigne. Anton a raison : c'est bien beau là-haut, mais je préfère mille fois ma vie avec lui.

Un après-midi, alors que je vais retrouver Laura rue Saint-Martin, impatiente de revoir Amadéa et César, je m'aperçois que j'ai un quart d'heure d'avance et me hasarde dans l'église Saint-Nicolas-des-Champs, en face de chez eux. À l'intérieur, tout est gigantesque, une pâle lumière nimbe les pierres grises des larges piliers qui soutiennent les travées et la voûte en ogive. Une atmosphère proche des toiles de Turner qui me rappelle mon panthéon. Il n'y a pas grand monde ce matin. Mes pas me conduisent vers un confessionnal sur le bas-côté d'où montent des odeurs de caveau, d'encens et de bougie. J'imagine les fidèles d'autrefois venus confier aux prêtres leurs péchés, ce petit peuple du Marais qui espérait monter au ciel. Moi qui ne mets plus les pieds dans les églises, à part aux mariages et aux enterrements, je ne peux résister au besoin de me recueillir, songeant au désarroi de leurs âmes errantes. J'éprouve aussi de la compassion pour ceux qui prient çà et là sur des bancs, comme cela m'arrive dans le métro ou dans la rue, lorsque je me dis que tous ces gens vont disparaître. Si nous devons tous finir dans des cimetières sous la lune, seuls la bonté, un geste, un sourire peuvent éclairer le chemin qui va dans le mur.

Alors que je m'égare, un parfum de musc me prend à la gorge. Il vient d'une jeune femme qui s'installe près de moi. De noir vêtue, une jupe et des bottines à l'ancienne, elle fixe l'autel, en extase. De longs cheveux d'or tombent sur ses épaules. Filiforme, un profil pur, des joues creuses, tout en elle me fascine, mais surtout sa pâleur presque transparente. Lorsqu'elle se tourne vers moi, son regard bleu électrique me glace. Que marmonne-t-elle ? Elle a l'air de râler d'avoir raté son coup, se promet de choisir un meilleur moment. Comme je m'apprête à lever le camp, elle me toise. Et je crois l'entendre dire : « Je sais mieux que toi ce que tu veux. Obéis, soumets-toi. Quand je pense que j'avais tout prévu et qu'il t'a sauvée. » Tétanisée par cette créature énigmatique, je file vers la sortie, lorsqu'elle me suit en crachant : « Je te laisse tranquille, mais je t'aurai à l'usure. » Quelques instants plus tard, elle s'est volatilisée.

De retour à la maison, je raconte l'affaire à Anton. « Écoute la chanson de Barbara sur la mort, me conseille-t-il. Cette femme ressemble à la visiteuse du soir. » La voix de Barbara me bouleverse. Ai-je croisé « celle qui vient sans qu'on l'appelle, l'épouse de la dernière heure, la cruelle » ?

Maintenant que cette voleuse d'âmes m'a à l'œil, elle va se venger et finir le travail, vite fait bien fait. Cette fois, je n'aurai aucune échappatoire et elle ne ratera pas sa cible. La Blafarde se frotte les mains à l'idée de me priver de mes petits-enfants et de m'enfermer au fond d'un caveau où j'aurai beau crier, une dalle boira ma tristesse.

Au lieu de me tourmenter, mieux vaut me prouver que les plaisirs des jours sont bien plus puissants que ceux de la nuit. Et garder allumée la boule de cristal qui m'a sauvée, la nuit où je coulais à pic.

12

Revenir à Dorcy a d'autant plus de prix que j'ai failli être transportée dans ce village en corbillard. Conduire, une victoire pour quelqu'un qui revient de loin. À mes côtés, Anton ne s'agace jamais quand je reste sur la file de droite ou que je mets du temps à doubler un camion. Il me félicite d'être prudente, m'incite même à ralentir. Le long de la nationale, la terre me paraît plus sèche qu'avant ; la chaleur, plus précoce. Sauvée des eaux, je suis prête à m'adapter aux changements climatiques, même à l'arrivée de chameaux en Seine-et-Marne, à supporter les échecs, la maladie et la douleur, tout plutôt que d'être figée dans le froid ou transformée en motte de terre glaise.

Entre chien et loup, sur la petite route pleine d'ornières qui mène au bourg, les tournesols penchent un peu la tête, des corbeaux picorent quelques vermisseaux dans un champ de maïs. Le chemin pénètre dans la forêt où je respire à plein nez les effluves d'humus, de sucs, de lichens et de résine.

Tout à coup, à la sortie des fourrés, foulant la terre battue, surgit une meute de sangliers. En tête, le vieux cochon, narines en alerte, suivi par la laie et six marcassins. Pleins phares. Anton et moi sommes sans voix. Le week-end a bien commencé. Nichée sous un saule, la bâtisse de pierre semble m'attendre. Depuis que je l'ai rachetée à mes frères et sœurs, à la mort de notre mère, elle s'est habituée à moi et doit m'en vouloir de l'avoir délaissée. Même pas ! Le temps d'aérer, d'allumer un feu, et elle respire déjà. Les variations de Bach par Glenn Gould, de la ratatouille, des œufs brouillés, et je grimpe dans ma chambre, aménagée dans un vieux grenier aux poutres claires.

Alors que je déballe mes affaires, je repense à ce que m'a dit mon plus jeune frère, venu passer trois jours ici : « Tu devrais te débarrasser des souvenirs de famille qui encombrent la maison. » Il a sans doute raison, mais par quoi commencer ? Pas question de changer le lit suisse où dormaient mes parents en Alsace, on y est si bien. Ni de vendre la coiffeuse de ma grand-mère, encore moins de jeter cette petite étagère, si branlante qu'elle ne tient que par des piles de livres. Je devrais vider le placard, tellement rempli que je ne peux même pas y glisser un nouveau cintre. Impossible, il y a là la robe d'avocat de mon grand-père, son habit d'académicien, la soutane de mon grand-oncle, le costume trois-pièces de mon père et la robe de mariée de maman. Après l'avoir refermé, je passe un doigt sur une commode avec l'intention d'y donner un coup de chiffon. Près d'une coupelle, le porte-pipes de mon père. Au moment où je renifle l'odeur de tabac qui imprégnait son bureau, les soirs où nous causions tous les deux, je le revois, comme lorsqu'il m'est apparu dans les Vosges. Son sourire rayonne de bonté, ses yeux brillent de cette lumière de là-haut, cet éclat d'or qui m'a saisie pour toujours. Il semble se réjouir que je sois en vie, me charger de féliciter Anton, avant de s'éclipser.

Dans un tiroir, parmi des éventails en dentelle, des pochettes de soirée, nuisettes, robes de baptême, carnets Mignon, camés et décorations, je dégotte de longs gants en soie. Des mains fines et raffinées s'y sont glissées. Sans doute celles de ma mère. Au moment où je les range dans leur écrin, je crois l'entendre me glisser à l'oreille : « Je m'accorde enfin du bon temps. Tu sais, je suis contente que tu aies gardé la maison, mais prends-en soin, pas de laisser-aller. À un de ces jours, ma chérie. » Est-ce parce que les objets ont le pouvoir de réveiller les absents qu'ils se manifestent ? Est-ce parce que je les ai croisés là-haut ? Maintenant que je sais où ils habitent, je me sens plus proche d'eux, sûre qu'ils sont dans la joie. Et je les comprends : moi aussi, j'étais si sereine dans le monde des bienheureux que j'en oubliais celui des vivants. À présent, ils veillent sur moi et je les remercie de m'avoir laissée partir, leur promets de ne pas les décevoir, de continuer à transmettre leur histoire et à écrire de tout mon saoul, selon les lignes de mon coeur, ma manière de survivre, comme les écrivains qui m'ont tirée de la mélancolie depuis que j'ai commencé à lire.

Après le déjeuner sous le noisetier de la terrasse, je grappille des cerises Napoléon qui fondent sous ma dent, songeant que ces plaisirs-là me suffisent largement, lorsqu'un doute m'assaille. Et s'il n'y avait, derrière la porte, que les ténèbres ? Très vite, je balaie cette idée, je bêche la plate-bande, j'arrache les orties, taille les rosiers et cisaille avec frénésie les branches des buissons qui cassent la perspective. Plus tard, à la mare aux têtards, je me surprends à envier les cyprès chauves plantés en 1811. À la nuit tombante, je m'endors, fenêtre ouverte sur les bois où résonnent le brame d'un cerf et le hululement d'une chouette. Tant que le soleil se lève à l'est, je veux recevoir chaque jour comme une grâce.

Maintenant que je tiens debout, j'accompagne Anton à des premières. Avant de partir au festival d'Avignon, nous nous rendons au théâtre de l'Atelier où Isabelle Adjani, seule en scène, interprète *Le Vertige Marilyn*, des textes sur Marilyn Monroe. Dans une somptueuse robe de velours noir, Isabelle apparaît à contre-jour. De sa voix câline et féline, elle parle du métier d'actrice, de la célébrité, du jeu, de la solitude, des nombreuses facettes de Norma Jeane, mais aussi de la mort. Le lendemain, en relisant les textes, je m'aperçois qu'elle cite un livre qui m'intrigue : *Les 7 Bonnes Raisons de croire à l'au-delà*, du docteur Jean-Jacques Charbonier. Je le commande aussitôt en poche et le dévore. Cet anesthésiste-réanimateur explique avec conviction les sept phénomènes étudiés par la science qui prouvent que la vie se poursuit après la mort physique. Dès le début, il rappelle que nous serions des millions de rescapés à avoir vécu une EMI : expérience de mort imminente – qu'il préfère appeler provisoire. Réfutant point par point les arguments des détracteurs, il cite des témoignages bouleversants. Moi qui n'en ai jamais lu, je retrouve des similitudes avec ce que j'ai ressenti lors de mon envolée vers les plaines d'Hadès. Moi qui doutais de ceux qui évoquent cette fameuse lumière blanche au bout d'un tunnel, y voyant plutôt une réaction chimique du cerveau, un dernier arc-en-ciel, moi qui pensais qu'il était impossible de survivre sans corps, j'en ai des frissons, les larmes me montent aux yeux. Une révélation, un incroyable soulagement. Je ne me sens plus seule, enfin comprise, solidaire de ces revenants avec qui je partage ce qui fait de nous un groupe à part, des frères et sœurs unis par une expérience si forte, si intime, qu'elle est difficile à transmettre.

Afin d'en savoir plus, je me procure d'autres ouvrages, dont celui du docteur Raymond Moody, *La Vie après la vie*. Ce médecin, docteur en philosophie, décrit les « sorties de corps » de ceux qui se sont livrés, et j'ai l'impression d'avoir vécu la même chose, lorsque je pénétrais dans les coins secrets de Cochin, jusqu'à l'alcôve de Shéhérazade. Dans le passage où il parle de corps spirituels pour dépeindre la forme de ceux qui ont navigué vers l'autre vie, je me reconnais : devenue mon double invisible, je n'avais plus de solidité ni de poids, j'avais perdu l'odorat, mais pas la vue ni l'ouïe. Je me sentais très isolée, mais j'étais plus rapide, plus perspicace que d'habitude et dotée de pouvoirs surnaturels qui me permettaient de traverser l'espace et le temps.

Si certains rescapés de la mort ont retrouvé des proches et été accueillis par un être de lumière, chez tous se dégagent une même quête de vérité, une même clarté, le ravissement d'un Amour vaste comme l'océan. Tous ont connu des instants d'infini, cette impression d'avoir atteint la plénitude absolue. Bien sûr, des divergences subsistent, mais je suis rassurée : mon EMI n'a rien d'une lubie. Je peux enfin lui donner un nom, la tirer de l'ombre. Ce qui me poursuivait, ce qui restait tabou, ce dont je n'osais parler prend soudain de la valeur. Je ne crains plus qu'on me reproche de fabuler ou de vouloir me rendre intéressante, ne doute plus de moi, n'ai plus besoin de me protéger. Les correspondances entre témoins, la puissance de cette illumination, proche d'un coup de foudre, tout prouve qu'elle s'est bien produite durant mes trente minutes de mort temporaire.

Le livre dont parle Adjani est le signe que j'attendais. Je prends une grande inspiration, décapuchonne mon stylo et, comme je l'ai toujours fait, me confie au papier. Des visions jaillissent, aussi intactes et enivrantes que durant mes heures d'hibernation à Cochin. Me reviennent ce sable d'or et ce blanc immaculé, le même que celui d'un des panneaux peints à l'huile par Jérôme Bosch, *Montée des bienheureux vers l'empyrée*, qui m'a fasciné à l'Accademia de Venise, des résurgences si intenses que je crains de ne pas trouver les mots pour les dire. Le jour où je transmettrai à tous mes pérégrinations célestes, il me faudra rester la plus juste, la plus honnête possible. L'Amour de là-haut me portera.

Anton ne va pas tarder à rentrer du journal, mais je ne pourrai toujours pas lui raconter ma virée vers l'Éden. Je crains de ne pas arriver à partager une telle beauté. Je ne me vois pas lui dire : c'était mieux qu'ici, ce que j'ai vécu durant ma mort est ce qu'il y a de plus vivant. En outre, il risque d'y voir un simple songe. Si c'était le cas, son souvenir se serait dissipé, l'extase de l'immortalité ne me fascinerait pas tant. Je n'ai pu inventer tout ça : trop de détails qui ne trompent pas, trop de réminiscences, de coïncidences.

Pour l'heure, je veux surtout protéger ce miracle qui m'a redonné la foi en l'immortalité de l'âme. Et puis, je ne me sens pas à la hauteur de ce que j'ai reçu, j'ai besoin de laisser cette expérience s'enraciner, mûrir, éclore. Je n'ai pas non plus le courage d'en parler à Romain. J'aurais plutôt besoin de rencontrer quelqu'un qui a connu la même chose, quelqu'un qui me croit.

Les jours suivants, je continue à lire des témoignages sur des EMI (ou NDE, *Near-Death Experience*), regarde des vidéos et me passionne pour les questions que soulèvent ces aventures hors-norme. Un vrai phénomène : quatre pour cent de la population mondiale en auraient vécu. Des médecins envisagent la possibilité d'une survie de la conscience. Des recherches scientifiques seraient en cours pour savoir si le cerveau ne serait qu'un émetteur-récepteur. Si c'est le cas, l'esprit et les émotions échapperaient à notre enveloppe corporelle. L'amour, par exemple, ne serait pas seulement le fruit de réactions chimiques. Comme l'inspiration artistique, il dépendrait d'une conscience universelle et intemporelle qui perdurerait après la mort, unissant les hommes. Pour ma part, je crois que mon âme rêveuse s'en est allée vers cet arrière-pays où règne une puissance créatrice extraordinaire, que la mort n'est pas une fin en soi.

Ceux qui doutent de la dissociation du corps et de l'esprit prétendront que le cerveau reste encore quelque peu vascularisé après l'arrêt cardiaque et qu'il s'offre un ultime feu d'artifice. Pourtant, personne n'est en mesure d'expliquer la force et la beauté des EMI, ni leur similitude, ni la puissance de l'Amour qui est donnée à ceux qui ont franchi le cap.

Reste que je suis certaine qu'après notre dernier souffle, l'esprit s'attarde et a du mal à quitter le nid où il s'est épanoui. Au décès de ma grand-mère paternelle, je l'ai veillée toute la nuit. J'étais seule près d'elle dans son salon blanc. Allongée sur un divan, elle était si belle dans sa robe de chambre en velours vert. Un doux sourire flottait sur ses lèvres et j'étais sûre que ma prière aiderait son âme à s'envoler.

À l'inverse, la mort de ma mère à l'hôpital américain m'a révoltée. Elle souffrait depuis quatre ans d'un cancer, c'était la fin. J'étais venue lui rendre visite avec Laura. Elle parlait normalement, se disait même apaisée. En sortant de sa chambre, le médecin m'a demandé si j'étais contre l'acharnement thérapeutique. Bien sûr que oui, ai-je dit. J'ignorais qu'il avait déjà interrogé mes frères et sœurs, que ma réponse déclencherait un processus irréversible. Le lendemain, ma mère s'exprimait dans une langue incompréhensible. Il y avait de la colère dans sa voix, elle semblait se révolter contre ce qu'on lui infligeait. Muselée à jamais, elle se sentait trahie, on lui avait volé ses dernières minutes. Elle s'est éteinte la nuit suivante, sans que nous puissions l'entourer ni l'accompagner dans son ultime voyage.

Il fait une chaleur de bête, ça flambe dans les Landes. La Bretagne n'est pas épargnée. La forêt de Brocéliande brûle. À Fouesnant, dans le Finistère, nous occupons le studio du père d'Anton, hospitalisé depuis qu'il s'est cassé l'épaule en dérapant sous sa douche. Pour éviter la foule, nous allons à la plage du Cap-Coz vers midi, une longue anse de sable blanc bordée de pins, pareille à celles des Caraïbes.

Ce matin, sous un ciel royal, les marins attendent un souffle de vent. Au loin, Concarneau et les îles Glénan. Tandis qu'Anton lit la presse sur « son » banc, emmitouflée dans une combinaison, je me jette à l'eau tel un phoque, barbote et me laisse porter par l'onde. Le soir, face aux marais, nous dégustons huîtres, coques et crabes, avant de filer vers Beg-Meil pour une balade dans le chemin creux qu'affectionnait Marcel Proust. Lorsque le père d'Anton retrouve son studio, nous nous installons dans un vieux manoir pour un prix dérisoire. Au bout d'une allée de chênes, une demeure du XVIe siècle, un escalier de pierre, une chambre en haut d'une tour. Pas de télé ni de minibar. Vue sur un lac où glisse une bande de canards. Anton déballe ses piles de livres, avec un mot sur chacun, et je me dis que je n'aurai jamais fini de découvrir ses tiroirs secrets. Il est temps de lui parler. Afin d'éviter qu'il prenne les choses à la légère, je décide d'avoir recours à la science :

— Tu te souviens que dans son spectacle, Adjani cite un livre sur des expériences de mort imminente ? Figure-toi que je l'ai lu. Il contient de nombreux témoignages, assez proches de ce que j'ai vécu. Tous posent une question clef : celle de la survie de l'esprit. Si tous ces gens ont eu un aperçu de l'au-delà, alors qu'ils étaient au seuil de la mort, c'est peut-être parce que la conscience est indépendante de la matière. Même les scientifiques s'interrogent. Qu'est-ce que tu en penses ?

— Sans vie, il n'y a plus de conscience, tout s'arrête.

— L'esprit ne peut se limiter à nos pauvres cervelles. Il est forcément plus vaste, plus durable. En tout cas, celui des génies ne peut s'évanouir à leur décès.

— Ils nous ont laissé des chefs-d'œuvre, ce qui leur permet de rester vivants. Maintenant que j'ai écouté Josquin Desprez, Bach, Monteverdi, Scarlatti, admiré les Vélasquez, les Cézanne, lu Shakespeare et la Bible, je peux mourir en paix.

Anton a l'air si sûr de lui, si tranquille, que je suis tentée de lui donner raison, mais le paradis me happe encore, et je poursuis :

— Figure-toi que je suis allée dans une villa splendide, avec une terrasse brumeuse donnant sur une mer blanche. Et je n'ai pas imaginé tout ça.

— Une villa Airbnb ? rit Anton.

— Tu aurais adoré être avec moi, toi qui aimes les ports. On aurait dit que la mer faisait l'amour avec le ciel, comme les dieux grecs de la création. Si j'étais restée là-haut, j'aurais pu assister à l'évolution de l'humanité. Je n'ai pas eu la patience d'attendre : tu me manquais trop. En tout cas, je n'ai pas rêvé : je peux te décrire l'endroit avec précision. Tu me crois ?

— Oui, puisque tu le dis.

— Tu sais, parmi ceux qui ont raconté leur EMI, il y a des choses étranges. Par exemple, une femme a vu sa sœur, alors qu'on lui avait caché qu'elle en avait une, morte quand elle avait deux ans. D'autres ont pu décrire ce qui s'était passé dans leur unité de soins, au moment où leur électroencéphalogramme était plat, avec des détails incroyables.

— Sans doute, mais il s'agit de morts intermédiaires. Les autres, les vrais morts, n'ont plus donné de nouvelles.

— Parce qu'ils se manifestent discrètement, dis-je après un silence.

— Comme c'est drôle de mourir, disait Nabokov, sourit Anton. Une comédie, selon Dante qui craignait surtout de devoir subir une attente interminable au purgatoire.

— Comme moi ! En tout cas, même les plus grands scientifiques finissent par se heurter au mystère de nos vies.

— Un peu de science éloigne de Dieu, beaucoup y ramène, disait Pasteur.

Anton ne semble pas convaincu, mais sa quête de sacré passe par la beauté et il ne peut être insensible à ce lieu sublime.

— Si je meurs avant toi, je revivrai à travers toi, dis-je, mais après, tu crois qu'il restera quelque chose de nous ?

— Je suis sûr que notre amour survivra par-delà les cyprès.

13

Parfois, j'oublie que j'étais hors circuit, j'ai besoin qu'Anton me répète encore et encore ce qui s'est passé, le coup au cœur, combien de temps a duré le massage cardiaque, comment j'étais. « Il ne fallait pas avoir peur de te casser les côtes ni être dégoûté, insiste-t-il. Tu crachais, tu grognais. Je n'ai rien lâché, même quand tu étais raide morte. » À d'autres moments, je me surprends à faire des arrêts sur image : son sourire chopé au vol, l'instant où il me serre dans ses bras en miaulant : « On est des siamois. » Celui où il déguste le bœuf bourguignon que je lui ai cuisiné. Anton, l'œil rieur, lorsqu'il fait des mots croisés ou donne des graines aux oiseaux. Chaque fois, je me dis : s'il ne m'avait pas sauvée, je ne serais pas là, les vers de terre se régaleraient.

Moi qui ne supporte pas d'être séparée de lui, même par le sommeil, après son départ pour le journal, j'erre dans l'appartement, tenaillée par le désir de revivre mon escapade en terre inconnue, à la manière d'un reporter, à commencer par mon mystérieux passage de ma chambre au paradis. Lorsque j'essaie de rassembler mes souvenirs, je revois des colonnades et des esplanades qui me laissent penser que j'étais dans un lieu de culte inspiré par ceux d'Apollon, d'Isis ou d'Osiris, au temps des pharaons, de Babylone, de Biblos ou de Palmyre. En tout cas, un bâtiment conçu par un de ces architectes qui savent allier luxe et discrétion. Rien de tape-à-l'œil, pas une fausse note, plutôt des matériaux nobles, du marbre, des boiseries, de la pierre de Chine. Un décor épuré et voluptueux, sans recoin pour s'isoler, ce qui m'avait surprise, moi qui déambulais en pleine lumière. Je me souviens, je croyais me trouver dans une salle de fête où les invités d'une cour raffinée, d'un bal Belle Époque ou d'une soirée de gala, se seraient envolés. Mais peut-être s'agissait-il d'une construction futuriste dans une mégapole de verre ? Il faudra que je poursuive mes recherches.

À chacun son paradis. Dans *Le Voyage de G. Mastorna*, scénario de Fellini d'un film jamais réalisé, il devient une ville grouillante, avec des trains fous et des bars où des femmes s'offrent. À la recherche de la sortie, le héros tourne en rond. L'autre monde serait-il une projection humaine ? Reflet de son temps, il pourrait varier selon les civilisations, les époques. Aujourd'hui, il risquerait de devenir écolo, avec des cabanes dans les arbres, des logements adaptés au changement climatique. À dire vrai, j'aurais préféré être hébergée dans un chalet avec une cheminée, des canapés profonds et une bibliothèque. Anton, qui vit dans une pagaille organisée à laquelle je me suis habituée, ne tiendrait pas une heure dans mon sanctuaire aseptisé.

Tout va bien, il est rentré et bouquine sur le lit, tel un chat, à bonne température, au plus confortable. J'allume un bâton d'encens, pose la main sur mon ventre, et la chaleur monte de la bougie magique qui me protège et me rend plus forte.

Ce mois de septembre est si doux que je voudrais qu'il dure toute la vie, que jamais ne reviennent l'hiver et le froid qui risquent d'être féroces cette année. Dans la pénombre du petit matin, je n'arrive pas à voir l'aiguille de mon réveil. À côté de moi, la place d'Anton est vide. Il a dû se réveiller vers six heures et aller travailler dans le salon après avoir bu deux cafés. J'espère qu'il rédige son roman. Dormir encore un peu, oublier les frayeurs de la nuit. Si je pouvais, j'hibernerais jusqu'au printemps, en attendant que tout redevienne comme avant, à l'époque où j'étais chouchoutée à l'hôpital. Dormir pour ne plus sentir ces haut-le-cœur, ce dégoût dans la bouche, cette peur de l'autre. Pour m'habituer au grand oubli. À neuf heures, j'ouvre un œil sous la couette, une couverture et deux plaids. À travers le store mi-clos s'infiltre un timide rai de lumière. Il ne faut pas qu'Anton s'imagine que je me laisse aller. Un air de jazz monte de la cuisine. Un pied-à-terre et je cours me réfugier contre son torse chaud. Mon cœur tambourine, le sang afflue. Alors j'enfouis la tête dans son cou qui sent l'amande et je prolonge encore quelques instants la délicieuse sensation de m'abstraire du monde.

Lorsqu'il sort dans le froid acheter *Le Parisien*, je prends des notes sur mon rêve, de peur qu'il file comme les cumulus. Mes rêves, ma vie parallèle, ils me relient à la maison au bord de l'eau, et je m'y sens si bien que je me suis mise à préférer la nuit au jour.

Depuis qu'Anton m'a conseillé de me détacher des censeurs et des sangsues, je guéris, je revis. Les tendons carbonisés de mon cœur ont refleuri, les choses s'allègent. J'ai invité Prune à *L'Auberge du Bonheur* et lui ai demandé de me pardonner de l'avoir peinée. Maintenant, elle ne m'en veut plus et nous avons participé ensemble à la table-ronde d'un salon littéraire. Chacune a présenté son livre, puis une dame a voulu savoir quel était notre roman préféré parmi les dernières parutions. Je n'avais presque rien lu, mais quand je me suis emballée pour un récit poétique, Prune a rétorqué : « Emma en fait trop. Tant d'enthousiasme suscite l'effet inverse. » Sur le coup, je me suis sentie humiliée d'avoir été rabrouée en public. Très vite, j'en ai ri, décidée à aimer mes défauts, à ne plus envier les autres et à accepter de n'être pas grand-chose sur terre. Ma nouvelle philosophie a du bon.

Je retrouve le goût des choses simples : un bain bouillonnant quand les jets massent mes chevilles, la douceur des draps, un rayon de soleil fainéant sur mes cuisses, le chant de la pluie, le cri de l'orage, la féerie des arcs-en-ciel au rose indécent, les neiges éphémères, les sous-bois de mousse et de fougères. Je flâne sur les marchés, comme dans un décor de cinéma. Les étals de fruits et légumes, les brassées de fleurs me semblent parfois trop parfaits pour être vrais, et je suis à l'affût des odeurs de poulet grillé, de cumin, de vanille, de gaufres et de chocolat. Un verre de vin de Bohême et je fouine dans les bacs des marchands de chiffons à la recherche de grigris, d'une robe à fleurs ou d'un chapeau de paille d'Italie. Je souris devant les enfants qui jouent, les chiens qui pissent, avec la peur qu'ils disparaissent, eux qui me manquaient tant au pays où j'étais si seule.

Le paradis, c'est l'heure exquise. Un lever de soleil ou d'une lune couleur d'eau de rivière. La place Saint-Marc au petit matin, le quartier espagnol de Naples, le vieux Palerme, un manège à l'ancienne, un lit de paresse, un jardin japonais, des noix fraîches et du raisin vert, une poignée de framboises, une mangue bien juteuse, un écureuil sur le cerisier. Le rire des oiseaux, l'odeur de l'herbe coupée, les premières pivoines, une nuit dans un trou de verdure en compagnie des biches et des chevreuils, un bain de mer qui saisit, un autre dans une eau chaude et fluorescente sous les Tropiques, des huîtres, des tourteaux et des gambas grillées, un bon livre, cet ami qu'on a hâte de retrouver.

C'est l'enfance qu'on ne cesse de réécrire et dont on ne guérit pas. Un parfum de savon de Marseille, une baignoire à l'ancienne où se prélasser pendant des heures, le coucou de l'entrée d'une maison de famille, les meubles clairs d'un salon d'été, une batterie de casseroles alignées sur les murs d'une cuisine de grand-mère, des crêpes sautées, de la tarte aux pommes. Une calèche qui croupit au fond d'un hangar. Des matins à batifoler dans un champ d'herbes folles, coquelicots et boutons d'or, papillons, sauterelles et coccinelles.

Quinze ans, des fous rires à gogo. Avec Louise, nous soufflons sur des pissenlits, nous galopons vers la rivière taquiner le gardon et nous gaver de mûres. À la fraîche, nous irons boire du lait chaud tiré du pis de la vache et nous grimperons sur le tracteur du fermier dans l'odeur âcre du blé coupé. Je cours encore sur la colline, m'écorche les genoux, arrache des pétales, trébuche sur un caillou, le nez dans la boue, me relève et me perds dans les forêts où des loups se lamentent.

La jeune fille en quête d'idéal n'a pas changé. Elle s'est souvent illusionnée, mais elle a su s'adapter. Toujours, je la suivrai, même si mon corps décrépit, que je perds l'esprit, ne sais plus où j'en suis. Même si le temps file, les amis s'en vont, la famille se disperse, ma main tremble, je ne l'oublierai pas. Elle est mon étoile, mon cœur qui bat encore.

Aujourd'hui, j'égrène les jours, je collectionne les sourires et les rires d'Anton. Ma façon d'adoucir la mort, de narguer cette reine de la nuit, si désarmée de nous voir jouir d'être en vie. Au lieu de la fuir, je m'en suis fait une amie, une consolatrice. Et me suis habituée à côtoyer cette compagne qui s'infiltre dans notre existence par doses homéopathiques : renoncements, agacements, désœuvrement, avilissement, avec leur cortège de blessures, autant de chutes, de coups, de portes fermées qui nous minent. Pour ne plus subir ces petites morts, je tente de les traverser avec calme, de m'en amuser, comme les enfants. Alors qu'avant, je me croyais épargnée lorsqu'un proche s'en allait, persuadée que « ce sont toujours les autres qui meurent », comme disait Marcel Duchamp, j'accepte à présent que le voyage se termine, je l'accepte d'autant mieux que la mort n'a plus rien d'effrayant. Je me surprends même à l'aimer. D'ailleurs, elle ne manque pas de qualités, nous apprend la dépossession, l'humilité et permet de nous préparer à l'ultime déménagement, à l'abandon de nos amours, de nos amis, de nos enfants, nos maisons, nos jardins, nos objets fétiches, les noisettes, le miel et tout ce qui nous tient à cœur. Le temps qui me reste, je voudrais me détacher de ceux qui me sont chers, des douceurs, des rires et des baisers. Je voudrais renoncer aux amis dont je n'ai pas su profiter, à la tendresse que je n'ai pas assez donnée, aux voyages qui resteront imaginaires, aux livres que je n'aurai pas le temps de lire, à tout ce que j'aurais voulu écrire, aux honneurs, au succès et même à la vie.

Le grand départ nous oblige à vivre l'au-delà ici et maintenant, sous toutes les couleurs et avec courage. À lutter contre l'enfer qui se cache parfois derrière les murs calfeutrés où les mots tuent, la violence brise l'enfance et les femmes sans défense.

À l'heure de ma mort, je me souviendrai de la main de Laura dans la mienne, des heures passées avec Guillaume à parler d'autrefois, du choc qu'a ressenti Alexandre, du soutien de Romain, des dessins d'Amadéa et de César. Là où je serai, je les aimerai toujours. Une dernière touffe de trèfles sur mon cercueil et l'on me recouvrira de terre. La fin sera un soleil levant. Je m'embarquerai, le cœur léger et le nez en l'air, sur la mer veloutée. J'aurai l'âme amoureuse, l'humeur facétieuse, je m'arracherai à ce monde tant aimé et, comme la petite fille que j'étais, je monterai sur des échasses et je viserai le ciel de la marelle. Là-haut, je me baignerai avec toi dans des cascades et des bassins d'eau chaude, à jets, à bulles, je dormirai dans un lit à baldaquin autour duquel coulera un ruisseau peu profond, je m'enivrerai du parfum de lotus de ma chartreuse enchantée, me rafraîchirai à son patio et boirai jusqu'à la lie le philtre de l'innocence. En lançant des galets, je me rappellerai tout ce que j'aimais, les plaisirs et les jours, les enfants et les bêtes, mais surtout tes yeux de feu et ta main qui caressait mon sein. Nos extases se perdront dans les nuages et je t'entendrai dire : « Tu n'es jamais seule, tu es avec ta meilleure amie : toi-même. » Au son de ta voix, j'éclaterai de rire comme avant, je te sentirai tout près de moi, je ferai tinter des grelots, j'arroserai les fleurs et je me coucherai pour m'enrouler dans ta veste de velours. Un ange m'attendra près du trône. Me voyant si démunie, il aura pitié de moi et m'invitera à la fête éternelle.

Si mon voyage était un songe, il serait d'or et d'argent. Ce ciel-là m'a ouvert la Voie lactée et a lancé le bal de ma vie. L'au-delà est en moi.

Comme le sont les choses perdues, prêtes à ressusciter par la magie de la mémoire involontaire, par la littérature qui console et conjure la mort. Ce qui a émergé lorsque je me suis réveillée d'une longue nuit, cet Amour fou a infusé, pris racine, mûri, pour ne plus me quitter. Je fais confiance à mon âme. Elle sait mieux que moi où elle va. Et cette certitude me réconcilie avec moi-même et m'aide à tout relativiser. Je suis redevenue contemplative.

Un jour, mon esprit apaisé vagabondera vers d'autres contrées et survivra, j'espère, à travers des pépites d'or semées sur les chères têtes blondes. Alors s'ouvriront les cieux inconnus.

En attendant, je vaque, j'allume des feux pour jouir des saisons qui m'attendent. Et les flammes dorées qui m'ont aidée à rester vivante me guident dans le noir. L'au-delà, je n'y pense pas tout le temps, mais il me répare, m'épanouit, m'attendrit et ce n'est pas fini. L'effet paradis agira plus longtemps que je ne l'aurais imaginé.

14

Il m'arrive de chantonner, de me moquer de mes défauts et d'être enfin en accord avec moi-même. Comme Amadéa et César, je m'amuse d'un rien et me lève, pieds nus dans la rosée. La journée sera poétique, puisqu'Anton sifflote. Soleil ou pluie, qu'importe, le matin est une bénédiction, un billet d'amour. Je vais vers lui et la danse reprend, au rythme de celle de la demeure aux vastes portiques. Plus de doutes sur l'éternité, je me fie à ce que j'ai vécu, à ceux qui sont revenus des cieux, ceux qui y croient. Et je me souviens.

Cet après-midi-là, je m'échappe de mon enveloppe charnelle avec une facilité déconcertante. Trop lourde, trop capricieuse, elle m'encombrait. À présent, je n'ai plus de corps et, en même temps, je me sens plus vivante que jamais, j'existe pleinement, libre et légère. Excitée de fuguer, je sais où je vais, je sais que ce n'est pas loin.

J'ouvre une porte dérobée, une porte dont j'ai la clef, même si je ne m'en sers pas, et pénètre dans la pièce d'à côté, un passage en douceur, naturel et réjouissant, auquel je suis préparée. Il y a là un couloir sombre que je longe en un éclair, pressée d'aller vers la lumière diaphane qui luit, tout au bout, de m'y réfugier, m'y abandonner. Cette lumière m'éblouit tellement que je devine à peine les contours du lieu dans lequel je débouche. Tout est blanc, tendre et doux, tout baigne dans une virginité lunaire. En quelques secondes, j'ai rajeuni, minci, embelli. Je porte une robe en mousseline rose pareille à celle de mon premier bal et je jubile, je n'ai jamais été aussi heureuse que dans cette buée aux lueurs tamisées, pleine de particules d'amour, d'où surgissent de larges fenêtres en arcades de pierre finement sculptées. Je les trouve superbes, d'autant qu'elles donnent sur des nuages, comme dans une toile surréaliste. Je pourrais rester des heures à les admirer, fascinée par le mouvement des nuées, par le paysage qu'elles masquent. Peu à peu, la bruine se dégage et je m'aperçois que je suis dans une grande salle ouverte aux vents. Çà et là, des colonnes s'élèvent vers un plafond si haut qu'il se dérobe à ma vue. Tout est nouveau et pourtant, je suis chez moi, je reconnais ce séjour, même si je ne me rappelle pas quand j'y suis venue. Je déguste l'air marin et je me sens fondre. Purifiée, restaurée, je retrouve l'enfance, l'innocence et, avec elles, l'allégresse d'un matin du monde.

Ce salon ressemble à un rêve en habit couleur du temps. C'est un espace familier qui donne envie d'écrire, de danser, d'aimer. J'ignore qui m'y a invitée, cela m'est égal : je sais que celui ou celle qui tient la villa m'attend et m'aime passionnément. Un hôte bienveillant, plutôt esthète, une sorte de guide, quelqu'un qui veut me gâter et ne devrait pas tarder. Pas d'électricité, ni d'appareils électroménagers, d'écrans ou de téléphones. Pas de plantes ou d'animaux non plus. Aucun meuble, aucun objet, pas même de lit. On dirait que personne ne vit ici. Tout est silencieux et ce silence, cette demi-pénombre me semblent un luxe fou. Alors qu'ici-bas, Anton s'échine à me réanimer, je déambule entre ciel et terre, je savoure le calme de ce palace intemporel, cette joyeuse chambre d'amour. J'ai dix-sept ans et je suis ivre de beauté. Une bise fraîche fait voler les pans de ma robe. Le visage lavé par les embruns, j'ai tout mon temps, j'ai atteint ma destination, la perfection, l'aboutissement de ma vie. Ici, je ne sens plus mon corps, je n'ai plus mal au cœur, plus faim, plus soif, je ne crains plus la maladie. Sans me soucier de rien, je vogue en apesanteur dans cette salle de bal, cet immense patio où retentissent les voix des chers disparus, avec la sensation de glisser sur une frégate, toutes voiles dehors, rassurée par des détails qui me relient à mon ancienne vie : le sol en damier, semblable à celui de l'entrée de l'appartement où nous vivions avant notre séparation, Romain et moi, le brouillard des ballons vosgiens, lorsque je skiais à l'aveugle.

Au bout d'un moment, je me dirige en diagonale vers l'extérieur. Aérienne et primesautière, je traverse la pièce au ralenti, virevolte, sautille, tournoie. Jeux de jambes, pas de chats : je jouis de ma robe, des vapeurs, de l'air doux, étonnamment bien dans ma peau. Je ne pense qu'à jouer, à filer vers un coin qui m'attire, pour lequel je suis venue, comme si j'avais un rendez-vous.

Je me retrouve sur une terrasse noyée dans la brume, n'y vois pas grand-chose, un peu perdue, mais, très vite, je m'aperçois que je ne peux pas aller plus loin, puisqu'il s'agit en fait d'un ponton contre lequel des vaguelettes clapotent, éclaboussant mes pieds nus. Étrangement, elles émergent sous une sorte de couche neigeuse. « Un pas de plus et je m'enfonçais dans cette poudreuse », me dis-je, me demandant si ce tapis cotonneux recouvre un lac, la mer ou s'il est un immense couvercle sur un continent inconnu. En même temps, je suis certaine qu'ici, rien de grave ne peut m'arriver.

Alors que mes orteils barbotent, je scrute l'horizon vers lequel se déploie cette vaste étendue moutonneuse, aussi duveteuse qu'un lit de plume. On dirait que le ciel épouse la terre, tant ils font corps, s'harmonisent, se fondent, se baisent. Dans ce monde surnaturel, magnifique, où la nuit est inlassablement amoureuse du jour, le temps s'est arrêté, je nage dans une telle félicité que je ne me retourne même pas pour savoir si la maison est toujours là. Plus je contemple ce que j'ai devant moi, plus je m'étonne que la nappe molletonneuse soit immobile, sans un pli, sans un clapotis. Serait-elle morte ?

Ici aussi, la nébuleuse se dissipe, avalée par un ciel cristallin, et l'immense masse ouatée apparaît dans toute sa splendeur étincelante. Au loin, une ligne indéfinissable où les bords de l'univers semblent se rejoindre pour s'ouvrir sur l'infini. Et je ne sais plus où finit la terre, où commence la mer, ce qui est le palais ou la terrasse. En suspension entre l'air et l'eau, je me sens toute petite face à tant de beauté, tant de pureté, une parcelle d'un champ magnétique, pas grand-chose, somme toute. Mais ce dont je suis sûre, c'est qu'une présence m'enveloppe d'un regard bienfaisant et consolateur. Alors que mon corps est resté avec Anton, mon esprit est revenu à la source, à la Conscience universelle, ce créateur qui régit le monde et donne sans compter. Pour Lui, je suis unique, sa fille du ciel, sa joie. Sous sa cape, tout s'éclaire : l'univers, en perpétuel renouvellement, progresse selon une logique qui n'a rien à voir avec nos conceptions étroites. Les désastres, les guerres et le chaos contribuent à sa transformation, à ses renaissances successives, jusqu'au jour où le soleil s'éteindra.

C'est Lui qui m'a placée sur ces gradins pour assister à ce spectacle grandiose et je lui en serai éternellement reconnaissante. Jamais je ne me suis sentie aussi vraie, aussi sereine, libérée de la peur, de l'aigreur, la jalousie et la colère. La fraîcheur de ce balcon plein de promesses, propice à la méditation, me grise et m'électrise. Rien ne presse : contempler cette mer blanche inondée de lumière me suffit, comme si toute ma vie convergeait vers cet état de béatitude.

Moi qui ai vécu, ainsi que la plupart des gens, sans penser à la mort, moi qui suis une bonne vivante, je devrais souffrir d'être exilée, séparée des miens, dépossédée de mes biens, privée des nourritures terrestres. Bien au contraire, je n'ai besoin de rien. Loin du tumulte et des fumées, mon âme exaltée s'épanouit, se pâme et se délecte de cette neige mêlée au soleil, cette éternité, pour s'élancer dans l'azur, folâtrer, papillonner et danser avec volupté. Plaisirs mystiques, hypnotiques, ivresse des cimes, je médite, je rends grâce, j'oublie le temps, je respire le silence et me baigne dans l'air pur du monde d'avant.

Combien de temps dure cet éblouissement ? Là-bas, seule l'intensité subsiste aux horloges qui rythment nos vies. Les yeux rivés sur le large, je goûte l'infini. Peut-être est-ce ce trop-plein de bonheur qui allume une pointe d'inquiétude dans mon cœur ? Quelque chose me tracasse à l'idée qu'il me faille patienter longtemps, peut-être jusqu'à la fin des temps, pour que le couvercle laiteux se soulève, le ciel s'ouvre, la mer se déchire et que je puisse enfin revoir les miens. Pour l'heure, il n'y a pas âme qui vive dans ces champs Élysées désertiques, au point que je me demande si je suis dans une antichambre du paradis ou, plutôt, si l'attente ne constitue pas un passage obligé et si je dois, non pas expier mes fautes, mais me purifier, avant d'être récompensée par des retrouvailles avec ma famille, d'assister au grand dévoilement, de trouver l'accord parfait et d'être absorbée par l'Amour.

De vous à moi, j'ai le vertige : c'est un peu haut, là où je me trouve. Et puis, j'ai peur de m'ennuyer ferme à la longue, seule, sans livres ni stylo, sans gariguettes ni reinettes. Il faut que je rentre, même si ce n'est pas évident. Voilà ce que je me dis. Je m'en souviens comme si j'y étais. Ça me ressemble tellement, moi qui déteste faire la queue ou poireauter en salle d'attente, moi qui supporte mal la solitude et suis à deux doigts de tourner de l'œil quand je me penche à la fenêtre de l'appartement.

Si le désir de redescendre sur terre monte en moi, je ne suis pas pressée, j'ai envie de prolonger le bon plaisir des dieux, j'appréhende la chute, l'atterrissage. Autant me libérer de la chair a été facile, autant je crains de réintégrer ma carcasse, de vivre cette régression comme un accouchement dans la douleur. Avant de me décider à opter pour une seconde vie, je plane encore, j'ai besoin d'un moment de réflexion, j'ai du mal à m'arracher à cette magnificence.

Curieusement, je ne me rappelle pas avec précision ce qui me traverse l'esprit au moment où je commence à me languir, avec la hantise du vide. Puisque je m'interdis d'inventer ou de tricher dans ce récit, je ne peux qu'extrapoler, me fier à mon instinct. Seule évidence : des scènes de ma vie surgissent, plutôt dans le désordre, flash-back en accéléré. Tout va si vite que j'en ai le tournis. Parmi ces instantanés, je me souviens de ceux où je frise le danger : mes premiers pas lorsque je lâche la main de mon père, le jour où je me lance sur un vélo, ceux où je pédale à toute berzingue dans notre vélodrome de Mohammadia, où je cours sur les dalles brûlantes de la piscine vers le plongeon et dévisse sur la plaque de glace d'une piste noire.

Quoi qu'il en soit, là-haut, nos souvenirs sont conservés dans une vaste mémoire collective, j'en ai la certitude. Personne ne juge, mais tout se sait, tout s'allège, et ce qui me bloquait, ce qui m'effrayait s'évanouit. Déchargée de mes fardeaux, je m'aperçois que j'ai perdu un temps fou à des choses qui n'en valaient pas la peine et regrette de n'avoir pas suffisamment cultivé mes talents. Curieusement, au lieu de m'en vouloir, je regarde défiler ma vie et l'aime d'autant plus qu'elle a pris fin, comme un vieux sage prend un enfant par la main. J'éprouve un élan de tendresse pour l'adolescente rebelle qui manifestait contre le patronat, celle qui était attirée par la bohème et les routes de Katmandou, la jeune fille rêveuse du foyer d'étudiantes, celle qui n'a pas pris le risque de monter sur les planches à vingt ans, celle qui a suivi le parcours balisé, la femme au sourire de façade. La mère mal préparée à l'éducation qui préférait flanquer ses enfants devant la télé, au lieu d'exiger qu'ils rangent leur chambre ou fassent leurs devoirs, celle qui s'ennuyait à la sortie de l'école, au square, au poney club ou au judo. La femme imparfaite, effacée, pressée, la séductrice, l'aventurière. De ma caravelle, la terre paraît belle et fragile, les couleurs se fondent, les continents se rapprochent, les hommes forment une même humanité. Je deviens zen, de plus en plus détachée du monde et de ses passions. Est-ce cela, la mort ?

Ce dépouillement, cet oubli ? Une goutte de sueur glacée glisse le long de ma colonne vertébrale. Comme lorsque j'avais six ans, la tristesse m'envahit à l'idée de ne plus jamais revoir Anton. Plus de baisers, de fous rires. Plus de fêtes, de pièces de théâtre, de levers et de couchers de soleil, de chaleur et de douceur.

L'envie de partir se fait pressante. Je me dis que j'ai encore du chemin à parcourir pour me bonifier, me préparer au festin, tant d'histoires à raconter. Me donne pour mission de rassurer les troupes, ceux qui ont perdu un proche et les personnes en fin de vie qui appréhendent la mort. Et puis je voudrais siroter un verre de pouilly fumé avec Laura : nous avons beaucoup de choses à nous dire. Ah, si je pouvais passer ne serait-ce qu'une après-midi à Dorcy. J'aimerais que nous vivions, Romain et moi, de délicieuses journées avec Amadéa et César. Je voudrais tellement les voir grandir. Quelle joie ce serait de retourner déjeuner dans un restaurant chinois avec Guillaume et de rire de ses sketches de café-théâtre. Je rêve d'admirer les toiles qu'Alexandre va peindre, d'écouter ses prochaines chansons. De découvrir les Cyclades avec Anton, mais aussi le Japon, le Vietnam et Bali. De vivre centenaire, sa main dans la mienne.

Si je pouvais !

Un coup d'œil vers l'horizon dans l'espoir que mes parents surgissent et je m'éloigne de la terrasse, avec l'intention de retraverser le séjour pour filer par la porte de service. Au moment où je me retourne une dernière fois, la couverture mousseuse se met à vibrer, des gouttelettes et des cristaux en jaillissent, des vagues écumeuses et filandreuses s'élancent, de merveilleux nuages glissent, navires de pluie, felouques, jonques. Le voile se lève pour laisser entrevoir des paysages de l'orée du monde, quand tout a commencé.

Déjà, des effluves exotiques excitent mes narines, une chaleur tropicale monte. Déjà se manifestent les premiers signes d'une jubilation vers le ciel, je crois entendre des chants d'oiseaux, des cris d'animaux, j'imagine des forêts où le gibier abonde, troupeaux de bisons, autruches, zèbres, lamas, mammouths.

Toute à la joie, je m'apprête à faire demi-tour vers le quai, lorsqu'il se détache de la villa comme un morceau de banquise. Bientôt, le brouillard me cache la vue. Tels les passagers d'un paquebot, mes parents, mes grands-parents et mon amie Michèle me font signe au loin. Alors je m'élance vers eux afin de franchir le fossé qui nous sépare, je leur envoie des baisers, leur crie que je les aime. Je veux à tout prix remercier ma mère de m'avoir tirée de mon isolement, de m'avoir appris à surmonter les échecs et à aller au bout de mes projets. La remercier aussi de ne pas m'avoir trop couvée.

Quand ils disparaissent dans la brume, j'éclate en sanglots et m'enfuis comme une voleuse pour regagner ma coquille d'os et de chair, secouée par un dernier électrochoc.

Le jour où je retournerai là-haut, rien n'aura changé. Je pourrai enfin participer à la fête sous les arcades. Je sais qu'ils m'attendent.

Remerciements

Je ne remercierai jamais assez Anthony Palou de m'avoir sauvée. Si je revis, c'est grâce à lui ! Bien sûr, ma reconnaissance va aussi aux équipes de l'hôpital Cochin, au professeur Jean-Paul Mira, chef du service de réanimation, à tout le personnel soignant, au docteur Quentin Fischer, aux pompiers et aux médecins du SAMU, ces héros.

Merci de tout cœur à Hervé de Boysson et à mes enfants, Sophie, Nicolas et Olivier, de m'avoir soutenue avec tant de tendresse. À Rose et Balthus, mes petits-enfants adorés. À ma cousine Capucine, si fidèle, si merveilleuse. À mes chers frères et sœurs. À mes amies de *La Closerie des lilas*, à tous les autres dont Alfred Gilder, et à ceux qui m'ont manifesté des signes d'affection lorsque j'étais à l'hôpital. Vos messages m'ont fait chaud au cœur.

Merci à mon éditrice, Jeanne Grange, d'avoir cru en ce roman et de m'avoir donné de si judicieux conseils, à Cécile Rivière, pour son humour et ses remarques pertinentes. Merci à Philippe Robinet d'accompagner chaleureusement mes romans, à Virginie Ebat, à Valérie Taillefer, à Mélanie Rousset et à Charlotte Varlet de les défendre avec fougue et conviction, à toute l'équipe de Calmann-Lévy : Lara Debelle, Patricia Roussel, Adeline Vanot, Solène Marivain, Antoine de la Burgade, Doriane Auvray, Nadine Straub et tous les autres.

Merci à Patrick Besson de m'avoir soufflé le titre de ce roman.

Toute ma gratitude, chers libraires, journalistes et blogueurs, de faire vivre mes livres et ceux de tant d'auteurs.

Composition et mise en pages
PCA – Rezé
Achevé d'imprimer en décembre 2023
sur Roto-Page par l'Imprimerie Floch à Mayenne
pour le compte des Éditions Calmann-Lévy
21, rue du Montparnasse 75006 Paris

PAPIER CERTIFIÉ

CALMANN LEVY s'engage pour l'environnement en réduisant l'empreinte carbone de ses livres. Celle de cet exemplaire est de :
400 g éq. CO_2
Rendez-vous sur www.calmann-levy-durable.fr

N° d'éditeur : 5528736/001
N° d'imprimeur : 103718
Dépôt légal : janvier 2024
Imprimé en France

TANJA PENNINGER

GOLDEN HEART

DIE KRIEGERIN DES PRINZEN

IMPRESS

© privat

Tanja Penninger wurde 1992 in Ried im Innkreis (Oberösterreich) geboren, hat Lehramt für Volksschule studiert und arbeitet nun als Lehrerin. In ihrer Freizeit spielt sie Querflöte in einem Musikverein und schreibt Geschichten. Derzeit wohnt sie mit ihrem Mann im Bezirk Braunau (Oberösterreich).

PROLOG

Blutüberströmt erreichten wir die Burg und hasteten mit letzter Kraft in unsere Kammern. Wir füllten eilig einige Eimer, schleppten sie die morschen Treppen hoch.

Ich keuchte, goss mit zitternden Händen das Wasser in den Zuber.

»Warte, ich helfe dir.«

Mila schälte mich aus den Leinen, die an meinem Körper klebten. Auch sie entkleidete sich, stieg zuerst in die Wanne. Ihr langes Haar schmiegte sich wie ein Schal um ihren Hals.

»Ich wasch dir das Blut von der Haut. Komm!«

Mila hatte recht. Mich ekelte es vor mir selbst. Der metallische Geruch nach Kupfer verursachte mir Übelkeit.

Schnell kletterte ich zu ihr in den Zuber und sofort färbte sich das Wasser darin dunkler. Ich erschauderte.

Nachdem wir uns den Schmutz mit Kernseife von Händen und Armen geschrubbt hatten, trockneten wir uns ab und zogen uns an.

Die anderen Mädchen kamen herein.

»Alle Träger sind bezwungen«, verkündete Susan triumphierend. Sie war die Einzige, die nicht panisch wirkte.

Als die Nacht kam, legten wir uns schlafen.

Doch kaum schlug die Turmuhr Mitternacht, erwachte ich.

Zwei rote Augen schimmerten in der Dunkelheit, glühten wie Feuerbälle.

»Ich habe ... Durst«, flüsterte Mila.

Ich erstarrte. Meine Glieder wurden taub. Mein Herz tat einen einzigen festen Schlag, dann hämmerte es wie verrückt in meiner Brust.

Nein, dachte ich. Nein, bitte nicht!

Meine Freundin schmatzte. »Durst«, jammerte sie.

Ich vernahm ein Rascheln. Dann ein Patschen.

Steht sie auf?

Gerade als ich ihren Namen aussprechen wollte, schrie jemand.

»Sie trägt ihn in sich!«, kreischte Susan.

Eine Kerze wurde entzündet, oranges Licht flutete unseren Schlafsaal.

Milas Haar rutschte zur Seite, offenbarte die Bissspur am Hals.

Vor Angst wagte ich kaum zu atmen.

Auf einmal flog die Tür auf. Schwester Odine stürzte herein, ihr Silberschwert reflektierte die zuckende Flamme.

»Haltet sie fest«, forderte sie streng, »wir müssen sie töten!«

Susan und die anderen Mädchen hüpften aus ihren Betten, packten Mila.

Sie schrie vor Verzweiflung. »Nein, nein ich habe doch nur so schrecklichen Durst!« Dabei funkelten ihre Augen rot wie geschliffene Rubine.

»Schwester Inga!« Odine hatte ihre Waffe auf eine Kommode gelegt und stattdessen die zappelnde Mila am Arm gepackt. »Nimm mein Schwert und töte sie!«

Eine Welle der Panik ergriff meinen Körper. Bis ins Mark erschüttert saß ich da. Bewegungslos.

»Worauf wartest du? Trenne ihren Schädel ab, nur so wird sie erlöst!«

Ich konnte nicht. Konnte das Schwert nicht erheben.

»Susan, dann mach du es!«

Die zögerte keine Sekunde. Ich sah weg, hörte aber alles. Sie packte die Klinge und enthauptete Mila, noch bevor ich meinen Kopf ganz wegdrehen konnte.

Blut bespritzte unsere Gesichter.

Ich schrie.

»WIR MÜSSEN HIER WEG.«

Es gab Momente, die prägten einen Menschen für den Rest seines Lebens. Ein solcher trat ein, als ich fünf Jahre alt war.

»Ich sehe nichts«, beschwerte ich mich bei meiner Tante Ida, während ich von allen Seiten angerempelt wurde. Wir befanden uns in einer Menschentraube, in der jeder versuchte weiter nach vorn zu kommen. »Hochheben!«, bettelte ich, zog auffordernd an ihrer Hand.

Genervt stöhnend nahm sie mich schließlich in ihre Arme, sodass ich über die Köpfe der anderen Leute hinwegsehen konnte.

Neugierig reckte ich mein Kinn. Meine Hände gruben sich in den Schal meiner Tante, um den Halt nicht zu verlieren.

»Inga, halt still«, schalt sie mich, da ich vor Aufregung mit den Beinen zappelte.

Mit großen Augen blickte ich zum Schloss empor. Dort, so wusste ich, würde in wenigen Minuten unser König mit seiner frisch angetrauten Gattin erscheinen. Schon am Vortag hatten sie die Ehe im kleinen Kreis geschlossen und heute wurde das Fest für das Volk gefeiert.

Mein Körper vibrierte vor Anspannung. Zu Hause hatte ich meinen Vater schon oft über die Verlobung unseres Herrschers meckern hören. Ida und er fanden es *unnötig*, dass König Ivan eine »ausländische Prinzessin«, wie sie sagten, ehelichen wollte.

Nun aber war es geschehen. Und in wenigen Herzschlägen würde ich sie endlich erblicken – eine richtige Königin!

»Papa, auch rauf«, jammerte meine jüngere Schwester Katga, woraufhin Olav Ericson sie mit einem Ächzen auf seine Schultern hievte.

Dabei entging mir nicht, dass mein Vater die Augen verdrehte und in seinen Bart hineinbrummte: »Eigentlich hätte heute gar keiner erscheinen sollen! Ich hab Ivan gleich gesagt, dass er die Finger von dieser Fremden lassen und lieber eine Herzogin von hier nehmen soll …«

Obwohl ich jetzt einen guten Ausblick auf das elfenbeinfarbene Gebäude vor unserer Nase hatte, nahmen mir die wehenden Fähnchen anderer Schaulustiger die Sicht. Die kleinen Flaggen in den Landesfarben Dunkelblau und Silber waren ganz hinten am Eingang zum Schlosshof ausgeteilt worden. Daher hielt fast jeder dritte Besucher eine solche in den Händen und wedelte damit euphorisch in der Luft herum.

Noch auffälliger waren die üppigen Frisuren der Stadtbewohner. Frauen und Mädchen hatten bunte Bänder in ihre Zöpfe geflochten, wodurch die Haarpracht vor meinen Augen wie ein schillernder Flickenteppich wirkte.

»Wann kommt die Königin?«, rief ich laut, um den Lärm der Menge zu übertönen. Ungeduldig blickte ich hinauf zum Balkon des Schlosses, bewunderte die mit unzähligen bunten Blumen geschmückte Steinmauer.

»Gedulde dich«, antwortete mein Vater. »Wir werden diese Fremde aus Gondra noch oft genug zu sehen bekommen.«

In diesem Moment öffnete sich das prächtige mit buntem Glas verzierte Tor zum Balkon.

Ich hielt gespannt den Atem an.

Acht Musiker traten hervor. Jeweils vier von ihnen stellten sich auf eine Seite, sodass der Platz direkt vor der Glastür, die erneut geschlossen worden war, frei blieb. Sie hielten ihre langen goldenen Instrumente in die Höhe und spielten eine feierliche Melodie. Das polierte Metall glänzte in der Sonne und die Fanfare schallte über den Hof.

Kaum endete diese, öffnete sich der Durchgang ein weiteres Mal. Ich schnappte nach Luft, wusste, dass gleich unser Monarch mit seiner Braut vortreten würde.

Und tatsächlich! Mein Herz machte einen gewaltigen Satz.

Ich blendete alles um mich herum aus: den Jubel des Volkes und das Murren meines Vaters. Ich sah nur noch sie – die junge Frau, die hinter König Ivan Isgehart in Erscheinung trat.

Goldenes Haar floss über schneeweiße Seide.

Sie war wunderschön.

Da nahm mir die wehende Flagge eines Mannes die Sicht. Das magische Band in meinem Kopf zerriss. Plötzlich, von einem Herzschlag auf den anderen, bemerkte ich wieder die Geräusche um mich herum.

Neben der neuen Königin waren auch andere Menschen am Balkon zu bewundern. Außer König Ivan entdeckte ich noch dessen jüngeren Bruder zwischen mehreren Gestalten in silbernen Uniformen.

Die Braut, unsere neue Königin, war von fünf Frauen umgeben. Kriegerinnen, die eine Mischung aus glänzendem Kleid und stählerner Rüstung trugen. Dank der durchbrochenen Bauweise des Balkons konnte ich sie von Kopf bis Fuß bewundern: Schulterteile und Brustharnisch waren aus vergoldetem Metall. Der verstärkte Rock reichte bis zu den Knien, die Beine steckten in eng anliegenden schwarzen Hosen. Silberstiefel schmiegten sich an die Unterschenkel. Und selbst aus dieser Entfernung konnte ich erkennen, dass scharfe Schwerter an ihren Gürteln hingen. Herrlich glitzernde goldene Umhänge rundeten das Bild ab.

Dass eine Königin von weiblichen Kriegern begleitet wurde, war mir fremd.

Gerade als ich meinen Vater danach fragen wollte, hörte ich ihn knurren: »Und ihre *Goldenen Schwestern* musste sie natürlich auch einschleusen ...«

Neugierig schielte ich zu ihm hinüber. Aus seinen zusammengekniffenen Augen und Lippen konnte ich schließen, dass er unzufrieden war.

Tante Ida stimmte ihm zu und nickte energisch, weshalb ich beinahe von ihren Schultern gepurzelt wäre.

Meine Schwester Katga bekam von all dem nichts mit. Sie machte sich einen Spaß daraus, Vaters rote Haarsträhnen zu zwirbeln, und kicherte ununterbrochen. Aber sie war auch noch klein. Vermutlich war ihr gar nicht bewusst, was für ein denkwürdiger Tag heute war.

Dass mein Vater die Beschützerinnen der Braut als *Goldene Schwestern* bezeichnet hatte, faszinierte mich. Aufgeregt wandte ich mich wieder dem Balkon zu, blickte hinauf zu der frisch gebackenen Königin Kandlots.

Welche Stärke sie ausstrahlte, wie herrlich sie doch aussah. Sicher würde sie eine wundervolle Herrscherin werden.

Meine Mutter Silka war tot. Wie gern hätte ich eine starke Frau in meinem Leben gehabt, zu der ich hätte aufblicken, die ich mit meinem Leben hätte beschützen können. Ich war oft sehr einsam, obwohl ich ja Katga hatte, aber sie war noch klein.

Bestimmt hatte diese Königin die goldenen Frauen in ihr Herz geschlossen, zumindest sah es so aus, als gehörten sie zusammen.

Wie eine weiße Rose funkelte die neue Herrscherin zwischen ihren goldenen Kämpferinnen hervor, wirkte stark und zerbrechlich zugleich. Während sie unentwegt lächelte, waren die Mienen der Goldenen Schwestern konzentriert, wachsam.

Gerade als ich diesen wundervollen Augenblick in mein Herz dringen ließ, geschah es: Ein lauter Knall zerriss die Luft.

Von einer Sekunde auf die andere verwandelten sich die Jubelrufe in Schreie.

Panik brach aus.

Zuerst begriff ich nicht, was passiert war. Alles ging so schnell, dass mir keine Zeit zum Schauen blieb. Tante Ida zog mich von ihren Schultern in ihre Arme.

Irgendjemand rempelte uns an, gleich darauf weitere Menschen. Beinahe hätten uns die Leute umgeworfen. Ida hielt mich so fest, dass ich kaum noch Luft bekam.

»Wir müssen hier weg. Sofort!«, brüllte mein Vater, der meine Schwester ähnlich an seinen Körper gerissen hatte wie Tante Ida mich.

Verstört versuchte ich noch einen Blick hinauf zum Balkon zu erhaschen, doch die hysterische Menge versperrte mir die Sicht.

Erst als sich die Menschentraube bereits in alle Winde zerstreut hatte, tat sich kurzzeitig ein kleines Fenster in meinem Inneren auf. Der Vorhang aus Angst und Verwirrung zerriss und ich entdeckte oben am Balkon die Königin, deren Blick vor Schreck verzerrt war. All ihre Aufmerksamkeit galt jener schwarzhaarigen Frau, die vor ihr auf die Knie gesunken war. Blut quoll aus deren goldener Kleidung hervor.

Ich war erst fünf Jahre alt und doch begriff ich, dass sich diese Goldene Schwester gerade schützend vor ihre Herrin geworfen und eine tödliche Kugel abgefangen hatte.

Dieses Bild war so faszinierend, dass ich gar nicht mehr wegsehen konnte. Es barg gleichzeitig Schmerz und Liebe. Die Goldenen Schwestern waren ihrer Königin treu bis in den Tod, schützten sie bis zum letzten Atemzug.

Gewöhnliche Kinder hätte diese Tatsache verstört. Katga hätte gewiss nicht einmal den *Anblick* der sterbenden Kriegerin ertragen. Ich aber war tief beeindruckt. Diese Frau hatte ihre Zukunft für die der Königin gegeben – ohne zu zögern!

Eines Tages würde ich ebenso mutig sein.

Und während ich in den Armen meiner Tante lag und schnellstmöglich von diesem Schauplatz weggebracht wurde, fasste ich einen Entschluss, der mein restliches Leben prägen sollte: Ich wollte eine von ihnen werden, eine Goldene Schwester!

»WER HAT DICH GESCHICKT?«

Zwanzig Jahre waren seit dem Attentat vergangen. Ich hatte weder auf die Schelte meines Vaters noch auf das Flehen meiner Tante gehört. Selbst die Traurigkeit meiner Schwester Katga war nicht genug gewesen, um mich davon abzuhalten, das Land zu verlassen und mich in die Ausbildung zur Goldenen Schwester zu begeben.

Mein Vater brachte mich in eine Schule im Nachbarreich Gondra. Warum er mich hatte gehen lassen, war mir bis heute ein Rätsel.

Ich musste mich einer eisernen Ausbildung unterwerfen – Wochen, Monate, Jahre, in denen ich meinen Traum verbissen verfolgte und mich von nichts und niemandem von diesem Weg abbringen ließ.

Das Ausbildungszentrum war eine Burg, die hoch oben auf einem Felsen thronte. Prunkvoll und erhaben prangte der raue Stein zwischen sattgrünen Nadelbäumen.

Am Tag meiner Ankunft regnete es und die Luft roch nach feuchter Erde. Ich weiß noch, wie ich an der Hand meines Vaters aus der finsteren Kutsche stieg und auf dem Burghof stehen blieb. Doch anstatt mich vor den schweren Tropfen zu verstecken, schloss ich meine Augen, lächelte und reckte mein Gesicht hinauf zum Himmel.

»Beeil dich, du wirst nass«, zeterte mein Vater.

Mir war das einerlei. Ich war glücklich, fühlte mich angekommen.

Die Zeit auf Burg Gedeleen war gleichermaßen wunderschön und anstrengend. Obwohl ich von Anfang an das Gefühl hatte, an diesen Ort zu gehören, war ich eine Außenseiterin. Die anderen Mädchen waren älter als ich und in *diesem* Land geboren. Ich war die erste Einwohnerin Kandlots, die sich zu einem Leben als Goldene Schwester entschlossen hatte.

Freundinnen fand ich zunächst nicht, da ich in den Anfangsmonaten Schwierigkeiten mit der fremden Sprache hatte. Das Erlernen der neuen Begriffe fiel mir jedoch zunehmend leicht, da das Vokabular dem Kandlots sehr ähnlich war. Nach einem Jahr beherrschte ich die neue Sprache fließend.

Leider fand ich dennoch kaum Zugang zu den Mädchen, da diese lieber unter sich blieben und hofften, eines Tages am Hofe der gondrischen Monarchin, der Schwester der Herrscherin von Kandlot, zu dienen. Ich war die Einzige, die sich den Goldenen Schwestern am kandischen Hof anschließen wollte.

Später, wenn ich erwachsen war und selbst über mein Leben entscheiden konnte, würde ich alle vier Länder unseres Kontinents bereisen. Besonders Kandlot, in dem ich geboren worden war, und das südliche Gondra, da ich hier meine Ausbildung genoss. Aber auch Noredellä ganz im Norden, das für seine prächtigen Mohnblumenfelder und Vulkane bekannt war, wollte ich erkunden. Oder Enghor, dessen Dörfer in unmittelbarer Nähe zu Burg Gedeleen lagen. Doch noch hatte ich eine lange Zeit der Ausbildung vor mir.

Nach fünf weiteren Jahren trafen Mädchen aus meiner Heimat in der Schule ein. Genau wie ich träumten sie davon, irgendwann Königin Valerie treu zur Seite stehen zu dürfen. Dank dieser Gemeinsamkeit entstand nach einigen Monaten eine Bindung, die man als Freundschaft bezeichnen konnte. Viele Gelegenheiten zum Scherzen oder Plaudern ließen uns die Goldenen Schwestern aber nicht.

Von früh bis spät wurden wir auf unsere Zukunft vorbereitet. Wir lernten Lesen und Schreiben, wurden in Geografie und Geschichte unterrichtet, trainierten mit Schwertern sowie Pfeil und Bogen umzugehen. Von Zeit zu Zeit stand sogar der Umgang mit Schusswaffen auf dem Lehrplan.

Obwohl es mir auf Burg Gedeleen an nichts fehlte, vermisste ich meine Familie. Besonders meine kleine Schwester Katga, der ich jeden Monat einen Brief schickte. Die bittere Erkenntnis, dass diese nie beantwortet wurden, löschte meine Motivation zu schreiben nicht aus.

Während die meisten Mädchen hier regelmäßig Besuch von ihrer Familie bekamen, blieb ich stets allein. Nicht einmal Tante Ida war ich es wert, sich auf den Weg zu machen. Wäre sie die Schwester meiner verstorbenen Mutter und nicht die meines Vaters gewesen, wäre sie vielleicht einmal gekommen.

Jedenfalls versuchte ich mir das einzureden. Umso mehr sehnte ich die Zeit herbei, wo ich am königlichen Hof in der Gemeinschaft der Goldenen Schwestern leben und dienen durfte.

In meiner Zeit auf Burg Gedeleen gab es viele Nächte, in denen ich mich schlaflos im Bett hin- und herwälzte. Ich wusste, dass ich eine Enttäuschung für meinen Vater war. In doppelter Hinsicht. Zum einen war ich kein Sohn. Und zum anderen wollte ich ausgerechnet jener Frau dienen, die er aus tiefster Seele verachtete.

Dieses Wissen hatte aber nie etwas an meinem felsenfesten Entschluss geändert – und so war mein Ziel näher und näher gerückt.

***

Schließlich war endlich der Moment gekommen, in dem mich meine Ausbilderinnen mit der goldenen Kampfkleidung und einem funkelnden Schwert ausstatteten.

»Du hast alle Prüfungen bestanden, Inga«, verkündete Schwester Odine in samtenem Ton und umarmte mich kurz. »Du bist nun eine von uns, eine Goldene Schwester. Nutze all deine Talente und Fähigkeiten, um deiner Königin, Valerie Vanhaag, bis zum Tod zu dienen. Schwörst du deiner Herrin bis zum letzten Atemzug treu zu sein?«

Eine gefühlte Ewigkeit hatte ich auf diesen Höhepunkt meines Lebens gewartet. Auf den Moment, endlich »Ja« zur Zukunft am Hofe Kandlots zu sagen.

Jetzt, wo er endlich gekommen war, spürte ich, wie meine Brust vor Stolz anschwoll. Aufrecht und selbstbewusst stand ich vor meinen drei Ausbildnerinnen, die mich in den letzten zwanzig Jahren zu der Person geformt hatten, die ich heute war.

»Ja«, antwortete ich mit klarer Stimme und reckte das Kinn wie zur Bestätigung in die Höhe. »Ja, ich schwöre es.«

Schwester Odine nickte zufrieden und reichte mir noch einen Silberdolch, den ich ebenfalls stets bei mir tragen sollte. Sein Griff war mit funkelnden Edelsteinen verziert und lag so gut in meiner Hand, als wäre die Waffe seit Jahren ein Teil von mir gewesen. Tatsächlich aber war dieses Schmuckstück erst vor wenigen Wochen angefertigt worden. Alle Mädchen, die ihre Abschlussprüfung mit Bravour bestanden, erhielten dieses Geschenk von der gondrischen Königin. Auch ich, obwohl ich gar nicht an deren Hof, sondern an jenem ihrer Schwester dienen wollte.

Kaum umschlossen meine rauen Finger den eleganten Schaft des Dolches, blitzte die helle Morgensonne zum Fenster herein und tauchte den goldenen Festsaal von Burg Gedeleen in oranges Licht. Für mich war dieser Moment wie ein Zeichen Dions. Offenbar wollte unser Herr und Schöpfer, dass ich Königin Valerie diente.

Der Applaus der anderen Mädchen klang wie Musik in meinen Ohren. Lächelnd drehte ich mich um und hielt den glänzenden Dolch siegessicher in die Höhe. Ich war die erste kandische Goldene Schwester und würde den Kreis der fünf am Hof von Ivan Isgehart – nach dem Opfer von Schwester Reselie beim Attentat vor zwanzig Jahren – wieder komplett machen. Bestimmt erwartete mich Königin Valerie bereits sehnsüchtig, denn unser Monarch hatte es seiner Gattin untersagt, weitere »ausländische« Schwestern zu sich an den Hof zu rufen. Er wollte verhindern, dass sich fremde Gebräuche einschlichen, stattdessen sollte sich seine Frau den Traditionen Kandlots unterwerfen. Geheiratet hatte er nicht aus Liebe, warum sonst, wusste ich nicht.

Ich aber war keine Fremde, sondern eine Bürgerin Kandlots. Mich würde der König nicht vertreiben können.

»Deine Kutsche wartet, Schwester Inga«, erinnerte mich Schwester Odine, woraufhin der Applaus meiner Mitschülerinnen abebbte. So sehr ich mich auf das höfische Leben an der Seite meiner Königin freute, niemand hatte mich auf die Gefühle vorbereitet, die ich jetzt beim Abschied empfand.

Fast zwanzig Jahre hatte ich hier verbracht. Monate, in denen ich gelacht, geweint und gelitten hatte. Doch jetzt, am Tag nach meiner Prüfung, war es Zeit, Lebewohl zu sagen.

»Dion schütze dich«, wisperte mir Odine noch zu, ehe ich schlussendlich die Hallen Gedeleens verließ und mich hinaus auf den Hof begab, wo eine Kutsche bereitstand.

Genau wie bei meiner Ankunft regnete es auch heute wie aus Eimern. Wieder hielt ich mein Gesicht gen Himmel und lächelte. Dieses Mal vermischten sich die Wassertropfen mit Tränen. Ein Gefühl von Heimweh packte mich, obwohl ich noch nicht einmal ans Einsteigen dachte.

Ein kühler Luftzug ließ mich frösteln und als der Wind auch noch unbarmherzig an meinen rotblonden Haaren zerrte, gab ich mich geschlagen und marschierte auf das Gefährt zu, das mich innerhalb von zwei Tagen an den kandischen Hof bringen sollte.

Der in Mausgrau gekleidete Kutscher winkte, doch entgegen kam mir eine Frau, die ich unmittelbar als Goldene Schwester erkannte. Die brünette Kriegerin strahlte eine solche Stärke aus, dass mich ihr Auftreten erbeben ließ. Aber anstatt mir einzugestehen, dass meine Knie weich wurden, straffte ich meine Schultern und erwiderte den durchdringenden Blick der um einige Jahre älteren Frau. Die zarten Fältchen um ihre grauen Augen verrieten ihr Alter. Laut meinen Berechnungen müsste sie in den Vierzigern sein.

»Inga Ericson?«, fragte sie, kaum dass wir uns auf zwei Meter Entfernung gegenüberstanden.

Die Stimme der Goldenen Schwester klang genauso kraftvoll, wie ihr Körperbau wirkte. Neben ihr sah ich aus wie ein schmächtiges Püppchen, obwohl ich täglich meine Muskeln stählte.

Ein heiseres »Ja?« entschlüpfte meinen trockenen Lippen. Ich erinnerte mich nun ganz klar, dass ich die Kriegerin vor zwanzig Jahren am Balkon des Schlosses gesehen hatte. Zu diesem Zeitpunkt hatte sie ihr Haar lang und glatt getragen. Jetzt kringelten sich die hellbraunen Strähnen auf Schulterhöhe.

»Mein Name ist Mercedes. Königin Valerie schickt mich. Ich soll dich sicher an den Hof Kandlots geleiten.«

»Welche Ehre«, erwiderte ich und hoffte, nicht so eingeschüchtert auszusehen, wie ich mich gerade fühlte. Dass ich die Prüfung bestanden hatte, machte mich nicht gleichzeitig zu einer Heldin. Ich war bloß eine junge Frau, die in vielen Fächern unterrichtet worden war und kämpfen konnte. Große Herausforderungen hatte ich noch keine erlebt, schließlich hatten wir während unserer Ausbildung selten die Burg verlassen. Wenn überhaupt, dann nur, um im Wald auf die Jagd zu gehen und unsere Reflexe mithilfe von Waffen zu trainieren.

Und damals, als uns die Träger heimsuchten …

Ich würde diese abscheulichen Bilder nie mehr aus meinem Kopf bekommen. All die Schreie … das Blut … der Geruch nach Kupfer …

Ich schluckte, schüttelte die schrecklichen Erinnerungen an diese grausige Zeit ab. Schwester Odine hatte uns schwören lassen niemals darüber zu sprechen. Aber galt das auch gegenüber anderen Goldenen Schwestern?

Um mich abzulenken, machte ich mir erneut meine hervorragende Ausbildung bewusst. Obwohl wir kaum etwas von der Welt gesehen hatten, hatten die Goldenen Schwestern stets dafür gesorgt, dass wir am Hof einmal eine gute Figur machten. Wir hatten den korrekten Umgang mit Tafelsilber, eine feine Ausdrucksweise und einige Tänze erlernt.

»Welch bedeutender Tag«, sagte Mercedes gleichmütig. »Seit zwei Jahrzehnten hoffen wir, dass König Ivan eine weitere Schwester zulässt. Endlich ist es so weit. Eine Bürgerin seines Landes kann und wird er nicht fortschicken.«

Mir fiel auf, dass die groß gewachsene Frau keine Emotionen in ihre Aussage packen wollte. Doch ihre Mundwinkel verzogen sich bei der Erwähnung des Monarchen. Aus dieser ungewollten Geste schlussfolgerte ich, dass die Ehe zwischen Valeric und Ivan nicht besonders harmonisch war. Außerdem hätte ein liebender Gatte seiner Gemahlin weitere Kriegerinnen aus ihrer eigenen Heimat zugestanden.

Lautes Donnergrollen über unseren Köpfen erschreckte mich.

Auch der Kutscher klatschte auffordernd in die Hände und zeigte gen Himmel, als wir ihm unsere Aufmerksamkeit schenkten.

Erst als Mercedes kaum merkbar nickte, trottete der hagere Mann zu seinen Pferden. Er holte zwei Äpfel aus seinem Umhang und verfütterte sie an die Tiere. Dabei tätschelte er ihre Hälse.

Diese Geste barg so viel Liebe, dass ich ihn unverhohlen anstarrte. Mercedes deutete meinen Blick falsch. Ihre Stimme klang bitter, als sie sagte: »Du fragst dich, weshalb dir der Hof bloß eine Kriegerin und einen Greis schickt? Nun, König Ivan hielt es nicht für nötig, seine Wachen und Diener damit zu belästigen.«

Obwohl ich andere Gedanken für wichtiger erachtet hatte, war mir das natürlich aufgefallen. Während manche Mädchen von einem königlichen Gefolge empfangen wurden, wartete hier nur diese simple Karosse mit dürren Holzrädern auf mich. Ein feierlicher Aufmarsch mit Trompeten und Posaunen hätte ja gar nicht sein müssen, aber eine größere Kutsche mit dem königlichen Wappen wäre doch wünschenswert gewesen.

»Um meiner Königin dienen zu dürfen, hätte ich mich auch zu Fuß auf den Weg gemacht«, entgegnete ich bescheiden.

Mercedes schnaubte. »Verschreie es nicht, sonst fällt diese Klapperkiste noch auseinander.« Sie seufzte schwer. »Und jetzt komm, Königin Valerie ist schon gespannt auf dich.«

Diese Worte beflügelten mich. Ich konnte es kaum erwarten, endlich den Menschen kennenzulernen, an dessen Seite ich seit dem Attentat vor Jahrzehnten hatte stehen wollen.

Mit diesem Ziel vor Augen fühlte ich mich trotz des kümmerlichen Gefährts wie eine Siegerin. Der Kutscher half mir ins Innere zu klettern und lächelte dabei freundlich. Dass einer seiner Schneidezähne abgebrochen war, schmälerte die Wärme seines Ausdrucks nicht. Immerhin erfüllte es diesen Mann mit Zufriedenheit, mich an den Hof zu bringen.

Noch während der Kutscher mit seiner knochigen Hand die meine hielt, sagte ich zu ihm: »Vielen Dank, dass du dich bereit erklärt hast, mich von Burg Gedeleen abzuholen! Ich kann es kaum erwarten, endlich an den Hof zu kommen. Ist es dir ebenso eine Freude, mich auf diesem Weg zu begleiten?«

Wieder grinste der Mann und nickte, antwortete jedoch nicht. Stattdessen ließ er meine Hand los und latschte zurück zu seinen Pferden.

Im Inneren der Kutsche war es finster, die Fenster waren winzig. Zuerst sah ich kaum die Hand vor Augen. Nachdem ich ein paarmal geblinzelt hatte, passten sich meine Pupillen dem schwachen Licht an. Aus der Dunkelheit schälten sich Umrisse.

Schwester Mercedes saß mir gegenüber, musterte mich.

Ihr prüfender Blick forderte mich geradezu heraus. »Was denkst du über mich?«

Die Kriegerin hob eine Augenbraue, schmunzelte. »Mir fällt auf, dass du dein Herz auf der Zunge trägst. Das imponiert mir und es wird auch Königin Valerie erfrischend finden. Allerdings ...«, ein Schatten huschte über ihr Gesicht, »... könntest du dir mit dieser direkten Art Feinde am Hof schaffen. Gib gut acht, mit wem du deine Gedanken teilst.«

Irritiert runzelte ich die Stirn. Im selben Augenblick hörte ich unseren Kutscher mit der Zunge schnalzen, woraufhin sich die Pferde rührten und die Kutsche mit einem Ruck in Bewegung setzten. Ich dachte an die morschen Holzräder und hoffte, dass unser Heimweg über ebene Pfade führte.

Ein letztes Mal warf ich einen Blick durch das kleine Guckloch in der Kutschwand. In meinem Herzen brannte es, als ich realisierte, dass ich Burg Gedeleen vielleicht nie mehr wiedersehen würde.

Schnell unterdrückte ich jeden Kummer und konzentrierte mich auf das Kommende. Mir fiel wieder ein, was Schwester Mercedes gesagt hatte.

»Was meinst du damit«, begann ich daher und zwang mich, mein Augenmerk vom Fenster ab- und meinem Gegenüber zuzuwenden, »wenn du sagst, ich könnte mir Feinde machen? Wird meine Anwesenheit jemandem ein Dorn im Auge sein?« Ich kniff die Augen zusammen, dachte über ihre bisherigen Aussagen nach. »Du sprichst vom König, nicht wahr?« Obwohl ich ein bisschen nervös wurde, gab ich mich nach außen hin gelassen. *In der Ruhe liegt die Kraft* ... das hatten uns die Goldenen Schwestern auf der Burg beigebracht.

Schwester Mercedes seufzte.

Zuerst glaubte ich, ich hätte ins Schwarze getroffen. Doch ...

»Schwester Inga«, sagte sie. »Hüte deine Zunge, ansonsten wird sie dir noch abgeschnitten!«

Entsetzt schnappte ich nach Luft. Wollte mir die Kriegerin drohen? Noch war sie nicht fertig, weshalb ich artig schwieg und weiter zuhörte.

»Ich rate dir lediglich, niemandem am Hof blind dein Vertrauen zu schenken. Nicht alle Höflinge akzeptieren uns Goldene Schwestern. Einigen passt unsere Anwesenheit überhaupt nicht und sie spielen mit gezinkten Karten. Du wirst in den nächsten Wochen Gesprächsthema Nummer eins sein, das ist sicher.«

Am Hofe Kandlots wehte offenkundig ein rauerer Wind als während meiner Ausbildung. Ich verschränkte die Arme. »Dem Kutscher scheinst du zu vertrauen, oder hast du keine Angst, dass er deine warnenden Worte an den König weiterleiten könnte? Mir ist aufgefallen, wie dünn die Wände dieses Gefährts sind!«

Ich klopfte wie zum Beweis gegen das primitive Material, dann beugte ich mich nach vorn, blickte Mercedes geradewegs in die Augen.

Das Funkeln darin verriet, dass sie sich über mich amüsierte. Was war an meiner Aussage falsch gewesen? Nur weil der Kutscher nach meiner Frage, ob es eine Ehre für ihn sei, mich nach Kandlot bringen zu dürfen, genickt hatte, war er nicht im selben Zuge ein Verbündeter!

»Du sprichst von Ided?«, fragte die Goldene Schwester und beugte sich ebenfalls vor.

Ich zuckte mit den Achseln. »Sein Name ist mir nicht bekannt. Er hat sich nicht vorgestellt.« Und da wurde mir klar, dass der Kutscher überhaupt kein Wort an mich gerichtet hatte.

Mir dämmerte, weshalb das so war, aber Mercedes erklärte bereits: »Ided ist taubstumm. Er nickt immer, egal was du sagst.«

Enttäuscht unterdrückte ich ein Stöhnen. Also empfand der bucklige Mann es vermutlich gar nicht als »Ehre«, die erste Goldene Schwester aus dem eigenen Land an den Hof zu bringen. Sein Nicken war ohne Bedeutung gewesen.

Ich hatte wahrlich noch viel zu lernen.

War ich wirklich auf das, was mich am kandischen Hof erwartete, vorbereitet? Ich hatte schon die Ausbildung als hart empfunden. Doch was, wenn diese Erfahrung im Vergleich zu meiner Zukunft ein Kinderspiel gewesen war?

***

Das stete Schaukeln der Kutsche hatte mich während Mercedes' Vortrag beruhigt, weshalb ich umso gespannter an ihren Lippen hing. Die Aussagen der Goldenen Schwester machten mir keine Angst. Im Grunde hatte sie mir bloß einen Rat gegeben:

Ich musste vorsichtig sein. Immer. Stets auf meine Worte und Taten bedacht. Diesen Hinweis wollte ich mir zu Herzen nehmen und im Hinterkopf behalten. Ich würde meine Zunge hüten und *vor* dem Sprechen nachdenken – sofern es mir möglich war.

»Aber«, meinte Mercedes und grinste aufmunternd, wie um das ernste Gespräch von unseren hängenden Schultern zu schütteln, »um zu deiner ursprünglichen Frage zurückzukehren: Ich denke, dass du eine wertvolle Bereicherung für uns Schwestern sein wirst. Die Königin braucht zwar – zurzeit – keine weitere Kriegerin zum Schutz, aber dennoch kann es nie genug von uns am Hof geben!«

Von uns! Sie hatte »von uns« gesagt! Die Freude rauschte wie eine warme Welle durch mich hindurch und offenbarte sich im Leuchten meiner grünen Augen, das spürte ich. Und dieser Glanz, er würde anhalten, auch wenn ich einschlief und erst nach Stunden wieder erwachte.

***

Wir hatten die Stadt Binjar erreicht und machten eine Pause. Kaum waren wir ausgestiegen, schaute ich mich neugierig um. Inzwischen regnete es nicht mehr, auch wenn es so aussah, als könnte es jeden Augenblick wieder beginnen.

Dunkelgraue Häuser erhoben sich links und rechts von der grob gepflasterten Straße, auf der einige Menschen neugierig stehen blieben, als sie uns erblickten.

Zuerst begriff ich nicht, weshalb eine einfache Kutsche so viel Aufsehen erregte. Erst als ein kleines Mädchen mit dem Finger auf Mercedes zeigte und »Schau, Mama, das glänzende Kampfkleid, das ist eine Goldene Schwester!« rief, verstand ich.

Die Mutter des rotbäckigen Kindes nickte und strahlte vor Freude. Überhaupt wurden nach und nach immer mehr Leute auf uns aufmerksam und warfen uns bewundernde Blicke zu. Einige klatschten sogar oder jubelten.

Kaum betraten wir eine der einladenden Gaststuben, eilte uns auch schon der über beide Ohren grinsende Wirt entgegen. Er begrüßte uns aufs Herzlichste und erkundigte sich nach unseren Wünschen. Nachdem Mercedes den Herbergsvater um eine Mahlzeit und zwei Zimmer für die Nacht gebeten hatte, wies er uns den wohl schönsten Tisch zu. Dieser war aus dunklem Kirschholz gefertigt und die Beine des Möbels verrieten, dass hier ein Drechselmeister am Werk gewesen war.

Der dickliche Wirt rückte Mercedes und mir die Stühle zurecht und erklärte einmal mehr, dass es ihm eine Freude sei, uns seine Gäste nennen zu dürfen.

Auch Ided nahm Platz und deutete auf die Bierzapfhähne hinter der Theke, nachdem der Hausherr nach seinem Getränkewunsch gefragt hatte. Entweder hatte Ided geraten, was der Wirt zu ihm gesagt hatte, oder unser Kutscher konnte Lippen lesen.

Nachdem wir uns mit köstlichen Speisen den Bauch vollgeschlagen hatten – tatsächlich hatte ich seit Langem nicht mehr so viel auf einmal gegessen –, zogen wir uns auf unsere Zimmer zurück. Während Ided ein kleines Kämmerlein zugewiesen bekam, bewohnten Mercedes und ich ein geräumiges Gemach mit eleganten Möbeln. Der Wirt verriet, dass dieser Raum dem Adel vorbehalten war. Dem Adel – und den Goldenen Schwestern. Seine Tochter, so erzählte er uns, wollte auch eines Tages am Hof Königin Sabita Vanhaags dienen.

Als ihn Mercedes aufklärte und mitteilte, dass wir auf dem Weg nach Kandlot waren, zog der Wirt überrascht seine Augenbrauen in die Höhe.

»Och, zu Könich Ivan geht die Reis'? Och, dann Gnade euch Dion, schließlich weiß 'n jeder hier, dass er nur nach einem Vorwand sucht, d' Gemahlin loszuwerden.«

Gern hätte ich den Mann gefragt, woher er diese Information hatte, doch Mercedes ließ mich nicht zu Wort kommen. Obwohl sie bestimmt gemerkt hatte, dass ich bereits meine Lippen öffnete, erklärte sie rasch: »Wir danken dir für deine Gastfreundschaft und deinen Segen!«

Sie schloss die Tür und nahm mir somit die Gelegenheit, den Wirt um genauere Auskunft zu bitten. Das war Mercedes bewusst, denn kaum waren die schweren Schritte des Wirts auf der Treppe verklungen, verriet sie: »Lass dich nie vom Klatsch und Tratsch der Dorfleute beeindrucken. Und niemals – *niemals!* – verliere ein schlechtes Wort über den Herrscher Kandlots. Kommt ihm dies zu Ohren, geht es dir an Kopf und Kragen! Ivan hat Leute schon für weniger am Strick baumeln lassen.«

»König Ivan würde mich hängen lassen?« Ich zog meine Augenbrauen hoch, fasste mir dabei unbewusst ans Genick, obwohl ich vor Mercedes keine Schwäche zeigen wollte. »Das wird er nicht tun, mein Vater ist einer seiner Berater, steht ihm mit Rat und Tat zur Seite!«

Die Goldene Schwester zeigte sich unbeeindruckt. »Wie heißt es so schön«, begann Mercedes bitter, »halte dich eng an deine Freunde, aber noch näher an deine Feinde.«

Was die Kriegerin andeutete, gefiel mir nicht. Inzwischen wusste ich aber, dass ich meine Gefühle verbergen musste – Mercedes selbst hatte es mir geraten. Also würde ich diesen Hinweis beherzigen – *auch* in ihrer Gegenwart.

***

In der Nacht tat ich kaum ein Auge zu. Obwohl dic Matratze weich und das Bettzeug sauber waren, hielt mich irgendetwas wach. Dennoch war es nicht ich, die das Unheil schon von Weitem vernahm.

»Ich höre Schritte!«, wisperte Mercedes in die Finsternis hinein, so als hätte sie gemerkt, dass ich noch gar nicht geschlafen hatte.

Im Gegensatz zu der Goldenen Schwester konnte ich keinen Laut ausmachen. »Schritte?« Irritiert setzte ich mich auf.

In der Zwischenzeit war Mercedes aufgesprungen, hatte eine Kerze entzündet und nach ihrem Schwert gegriffen, das sie zusammen mit dem Waffengürtel auf dem Nachttischchen abgelegt hatte. Erst jetzt fiel mir auf, dass sie im Gegensatz zu mir noch immer ihre goldene Uniform trug.

»Jemand kommt näher und der Wirt ist es nicht. Dessen Bewegungen haben die Treppe anders knarzen lassen«, erklärte die Kriegerin knapp.

Tatsächlich vernahm ich nun auch Geräusche. Es klang wie das Rasseln von Ketten, vermischt mit schwerem Stampfen.

Ein Soldat, schoss es mir durch den Kopf und plötzlich hatte ich das Bild der Silbernen Brüder des Königs vor Augen.

Ohne es gemerkt zu haben, hatte auch ich meine Beine freigestrampelt und war aufgestanden. Meine Finger zitterten voller Unruhe, als ich nach meiner Waffe griff.

»Ist das ein Hinterhalt?«, fragte ich aufgeregt und spürte, wie mein Herz raste. Schneller und schneller.

Die Schritte wurden lauter, der Eindringling kam näher.

Zeit zum Antworten blieb meiner Mitschwester nicht, denn ...

Rums. Die Tür wurde mit einem gewaltigen Tritt aufgebrochen. Vor Schreck schrie ich auf.

Eine riesige dunkle Gestalt polterte in den Raum. Energisch umklammerte ich den Griff meines Schwertes, stellte mich dem Eindringling. Ehe ich irgendetwas tun konnte, vollführte Mercedes schon einen gekonnten Hieb und schmetterte ihre Klinge gegen die des Angreifers.

Stahl prallte auf Stahl. Oder war Mercedes' Schwert aus Silber? Ein Klirren zerriss die stickige Luft. Ich bekam eine Gänsehaut.

»Was wollt Ihr? Wer seid Ihr?«, fauchte die Kriegerin. Sie klang wie eine wütende Raubkatze.

Mein Blut pulsierte dröhnend in meinen Ohren, sodass ich mich konzentrieren musste, um die Erwiderung des Fremden zu hören. Doch dieser schwieg, atmete lediglich mit geöffneten Lippen ein und aus.

An der Statur erkannte ich, dass es sich um einen Mann handeln musste. Die Gewänder in den Farben Dunkelblau und Silber verrieten, dass der Eindringling ein Soldat Kandlots war.

»Wer hat dich geschickt?«, zischte Mercedes in diesem Augenblick. Im flackernden Kerzenschein leuchteten die Augen der Kriegerin auf. »Rück schon mit der Sprache heraus, sonst bist du tot!«

Und wahrhaftig vollführte Mercedes eine gekonnte Drehung und einen Schlag, der den Angreifer entwaffnete. Fassungslos starrte dieser auf seine Klinge, die nun scheppernd über den Holzboden schlitterte und unter einem der Betten landete. Gleich darauf riss er seine Augen auf, als hätte die Goldene Schwester nicht einfach nur grandios gekämpft, sondern einen Zauber vollführt.

Diese zögerte keine Sekunde länger.

Innerhalb desselben Herzschlags – ich schaute wieder dem Schwert nach – sah ich sie aus den Augenwinkeln heraus den Dolch aus ihren Gewändern ziehen. Hatte sie die Waffe die ganze Zeit unter ihren Kleidern getragen? Erschrocken schnappte ich nach Luft.

Daran habe ich gar nicht gedacht …

Mercedes drückte den Mann gegen die Wand und presste die Klinge an seinen Hals. Bitterböse fuhr sie ihn an: »Wer schickt dich?«

Der Laut, der ihrer Kehle anschließend entschlüpfte, klang wie das Knurren eines Bluthundes, der sein nächstes Opfer aufgespürt hatte.

Unsicher ging ich näher an die beiden heran, wollte den Fremden genauer betrachten. Wer war dieser Kerl, der es wagte, sich ohne Verstärkung mit zwei Goldenen Schwestern anzulegen?

»Ist es van Ijek? Rhöslad? Haben sie Spione am Hof – und dich bezahlt? Oder ist es gar der König selbst? Bist du einer seiner Männer?«, raunte die Kriegerin und ritzte mit der Spitze ihres Dolches einen feinen Kratzer in die Haut des Mannes.

Dieser schluckte und verzog vor Angst oder Schmerz das Gesicht.

»Bitte«, wisperte er nun, »ich darf es Euch nicht sagen. Ansonsten wird meine Frau getötet. Lasst mich einfach gehen!«

Und weil der Fremde plötzlich so verzweifelt aussah, regte sich Mitleid in mir.

Mercedes hingegen schnaubte verachtend. »Verrate mir deinen Auftraggeber und ich werde es mir überlegen! Ist es der König, ist es Ivan Isgehart?«

Der Mann blieb stumm.

Und wenige Sekunden später erfuhr ich, wie unbarmherzig eine Goldene Schwester sein musste.

Noch bevor das Blut spritzte, schrie ich auf.

Die Klinge glitt durch den Hals des Mannes, als wäre er aus zartschmelzender Butter gefertigt.

»SEI GEGRÜSST, NEUE SCHWESTER!«

Kaum fiel der Fremde auf seine Knie und stieß den letzten Atemzug aus, spürte ich, wie heiße Tränen in meinen Augen brannten.

Wurde ich so sehr von meinen Gefühlen bestimmt? Warum hatten uns die Schwestern auf Burg Gedeleen nicht besser auf solche Momente vorbereitet? Nicht einmal die Dämonenträger hatten mich abgehärtet. Vielleicht hätte ich damals hinsehen sollen – in jener Nacht, als wir eine von uns hatten töten müssen.

Ich schüttelte die Erinnerungen ab, wandte mich wieder der Gegenwart zu. Der Eindringling krachte in sich zusammen, als hätte man einen Sack mit Getreidekörnern aufgeschnitten. Um ihn herum breitete sich eine dunkle Blutlache aus, einzelne rote Flüsse schlängelten sich durch die Maserungen des Holzbodens bis zu meinen bloßen Füßen.

Schnell zog ich mir auch das goldene Kriegerinnengewand über und schlüpfte in meine Stiefel. Dabei beobachtete mich Mercedes die ganze Zeit. Ich spürte ihre Blicke im Rücken und versuchte das Beben meiner Hände zu unterdrücken.

Als ich mich ihr zuwandte, sagte sie monoton: »Du bist blass, Schwester Inga.« Noch immer leuchteten ihre Pupillen im Licht der Kerze.

»Mir geht es gut.«

Ich hatte bereits einiges gelernt. Vielleicht zu viel.

Mercedes kniff die Augen zusammen. Ihr war klar, dass ich gelogen hatte, doch sie sagte nichts dazu.

»Wer sind van Ijek und Rhöslad?«

»Wir müssen hier weg«, erklärte sie statt einer Antwort, wischte den blutigen Dolch an den Vorhängen ab und verstaute ihn am Waffengürtel. »Vermutlich durchsuchen weitere Silberbrüder die anderen Wirtshäuser der Stadt.«

»Silberbrüder?«

Ich konnte meine Entgeisterung nicht verbergen. Wie konnte die Goldene Schwester wissen, dass es sich bei dem Mann um einen aus König Ivans Gefolge handelte? Jeder Soldat in Kandlot trug diese Uniform, nicht nur die Krieger im Schloss.

Bevor sie mich aufklären konnte, marschierte Mercedes mit der Kerze und dem Schwert in der Hand aus dem Zimmer und suchte die Schlafstätte unseres Kutschers, dem stummen Ided auf. Diese lag unten im Erdgeschoss.

Allein schon, dass die Holztüren zu sämtlichen Räumen sperrangelweit offen standen, hätte mich stutzig machen sollen. Dennoch trat ich blauäugig in das Zimmer von Ided. Was ich dort sah, versetzte mir einen weiteren eiskalten Schock: Unser Kutscher lag reglos am Boden, seine Augen starr. Der Mann war tot.

Zweifellos hatte ihn der Eindringling, den Mercedes für einen Silberbruder hielt, niedergestreckt, doch Beweise hatte ich nicht. Trotzdem verblasste das Mitleid, das sich zuvor in mir ausgebreitet hatte. Zurück blieb kalter Rauch, der meine Sinne benebelte. So hatte ich mir meine ersten Stunden als Goldene Schwester nicht vorgestellt.

Nachdem wir auch den Wirt und dessen Familie leblos in ihren Privaträumen vorgefunden hatten, hielt Mercedes nichts mehr an diesem Ort.

»Wir brechen sofort auf«, befahl sie, woraufhin wir unverzüglich zu unserer Kutsche eilten. Anstatt jedoch ins Innere des Gefährts zu klettern, was auch keinen Sinn gehabt hätte, da Ided ja nicht mehr bei uns war, trennte Schwester Mercedes die Pferde vom Wagen. Eines davon lahmte plötzlich und mir fiel auf, dass es in einen rostigen Nagel getreten war. Das Ding musste den Huf durchdrungen haben. Ich bückte mich, wollte mich um das Tier kümmern.

Mercedes fluchte. »Dafür ist keine Zeit.«

Wir schwangen uns hintereinander – ich vorn – auf die gesunde Stute und galoppierten, so schnell wir konnten, davon. Weder Mercedes noch ich schauten zurück.

***

Erst als sich die Wolken langsam violett färbten und vom Anbruch des nächsten Tages zeugten, drosselte Schwester Mercedes das Tempo. Sie hatte das arme Pferd elendig geschunden und das Tier brauchte dringend eine Pause. Aus diesem Grund beschlossen wir, uns einen letzten Zwischenstopp zu gönnen. Diesmal steuerte Mercedes keine Stadt an, sondern bestand darauf, dass wir auf einer Waldlichtung rasteten.

»Weshalb verlassen wir die Königsstraße?«, fragte ich, da wir auf Burg Gedeleen gelernt hatten, dass dieser Weg der sicherste war. Diese Pfade wurden von Wachen des Hofes geschützt! Fernab von diesen konnten wir jederzeit auf Banditen treffen und ich hatte keine Lust, schon wieder jemanden sterben zu sehen. Ich war zu den Goldenen Schwestern gegangen, um Leben zu retten. Das Leben der Königin.

»Wir entfernten uns von diesem Weg«, sagte Mercedes gedehnt, »weil ich es *hier* für sicherer halte.«

Skeptisch schaute ich mich um. Wir waren von Eichen und Buchen umgeben; in der Nähe hörte ich das Plätschern eines Baches. Im Prinzip konnte hinter jedem dieser Bäume ein Räuber lauern. Auf Burg Gedeleen hatte man uns stets vor dem Gesindel im Forst gewarnt.

»Was ist mit Räuberbanden?«, wollte ich wissen. »Mit zwei oder drei Kerlen werden wir ja leicht fertig ... aber ... mit mehreren?«

Da lachte die Goldene Schwester ehrlich amüsiert.

»Ach, Schwester Inga«, säuselte sie und tat, als müsste sie sich Lachtränen aus den Augenwinkeln wischen – was ich nicht sehr höflich fand. »Ich habe damals im Kontinentalen Krieg gekämpft. Manchmal gegen fünf Männer auf einmal.«

»Im Kontinentalen Krieg?«, fragte ich und rechnete im Kopf nach. »Dieser ist fast dreißig Jahre her!«

Erstaunt blickte ich in die klaren Augen der Kriegerin. Ich selbst war fünfundzwanzig und konnte nicht glauben, dass die Frau mir gegenüber schon fast doppelt so alt sein solle. Ihr Haar glänzte im Licht der Sonnenstrahlen, die sich ihren Weg durch das Blätterdach suchten.

»Im Dienst der Krone zu stehen hält jung, Schwester Inga. Jeden Tag kommt eine neue Überraschung auf dich zu.«

***

Nachdem sich das Pferd etwas ausgeruht hatte, setzten wir unseren Weg zum Hof von Kandlot fort. Mit jedem Kilometer, den wir hinter uns ließen, stieg meine Aufregung. Aus dem wohligen Gefühl in meinem Körper wurde ein kummervoller Kloß, schwerer als ein Eimer voller Steine. Die Furcht, meiner Aufgabe als Goldene Schwester nicht gerecht werden zu können, war berechtigt: Menschen zu töten war mir unmöglich. Das war mir heute wieder bewusst geworden. Eines Tages würde es aber gewiss nötig sein – wie sonst sollte ich die Königin schützen?

In Gedanken versunken ritten wir weiter, bis sich der Wald lichtete: Wir hatten die Stadt erreicht.

Dort herrschte reges Treiben. Es war gerade Markt, an einem hell gepflasterten Platz waren reichlich Stände aufgebaut. Wir glitten vom Pferd; Mercedes ergriff die Zügel und führte es geschickt durch die Menge. So konnte ich mich umsehen.

Die verschiedensten Waren wurden feilgeboten und mit überschwänglichen Worten von den Besitzern beworben. Kaum gewöhnte sich meine Nase an die Duftkombination aus frischen Fischen, Kräutern und Fleischwaren, marschierten wir schon weiter und erschnupperten die Düfte der nächsten Produkte.

Frauen liefen mit überladenen Körben herum und Männer inspizierten die neuesten Tabak-, Werkzeug- und Waffenangebote. Für die Kinder gab es ein Puppentheater, gerade wurde eine Vorstellung geboten. Das Lachen der Kleinen zauberte mir ein Schmunzeln auf die Lippen und ließ meine Nervosität für kurze Zeit verschwinden.

Dieses Quäntchen Sorglosigkeit genügte, um mich zum Kauf eines Apfels zu motivieren. Mercedes hatte mir vorhin einen kleinen Vorschuss meines künftigen Lohns gegeben. Ich schenkte der Marktfrau mein freundlichstes Lächeln, obwohl mich diese nur verblüfft beäugte. Vermutlich hatte sich die

Kunde vom Eintreffen einer neuen Goldenen Schwester noch nicht herumgesprochen. In Gondra wäre diese Situation völlig anders abgelaufen … Dort hätte man mir einen glorreichen Empfang bereitet – mich mit Musik und Fähnchen willkommen geheißen.

Ich dankte der Marktfrau, wandte mich ab und stellte fest, dass Mercedes einfach weitergegangen war. Mit dem Apfel in der Hand stand ich da und hielt nach ihr Ausschau. Zum Glück erkannte ich in diesem Meer aus Umhängen schnell den einzigen goldenen und flitzte ihr hinterher.

Kaum hatte ich sie eingeholt, verfütterte ich meinen Apfel an die brave Stute und tätschelte ihr den Hals. Mein Blick wanderte zu einem kleinen Tisch, an dem ein Mädchen selbst gebastelte Ketten aus bemalten Tonperlen anpries.

Mercedes aber hatte nicht vor die Stände abzuklappern und weiter Zeit zu verlieren, weshalb wir wieder aufs Pferd stiegen.

Mit der Aussage »Herumschlendern kannst du in den nächsten Tagen noch genug!« lenkte sie es in die Richtung des Stadttores.

Der Junge, der dort mit einem Korb voller reifer Tomaten stand, bewarf uns mit seinem Obst.

»Frauen gehören in die Küche«, plärrte er verachtend und traf mich mit seiner Frucht am Umhang. Vor Schreck riss ich die Augen auf. Entsetzt starrte ich auf den dunkelroten Fleck, der sich auf dem goldenen Stoff zeigte. Die Flüssigkeit saugte sich in das feine Gewebe, wodurch sich weitere Fasern verfärbten. Eine Schande!

Anstatt diesem Rüpel die Meinung zu sagen, schnalzte Mercedes lediglich mit der Zunge und trieb die Stute – die plötzlich einen eigenartigen Gang hatte – an, schneller zu laufen.

»Sollen wir dem Bengel den Kopf geraderücken?«, fragte ich und spürte, dass die Wut tief in meinem Bauch brodelte. »Ihm erklären, dass es in Kandlot auch Frauen gibt, die den Kampf nicht scheuen?«

»Spar dir die Mühe!«, erwiderte Mercedes scheinbar emotionslos. »Gewöhne dich lieber an die Ablehnung. Menschen sind so. Besonders *Männer*. Und besonders hier.«

Wir ritten die gepflasterte Straße entlang. Nach und nach kam hinter einem Wäldchen das Schloss hervor. Der Anblick verschlug mir die Sprache. Efeuranken schlangen sich um die helle Fassade, so als würde ein Riese ein zartes Sommerkleid tragen.

Kaum passierten wir das schwarze Schlosstor und erreichten den Haupthof, erblickte ich den Eingang des königlichen Palastes. Er war mit Säulen und Statuen geschmückt. Noch mehr faszinierte mich der Balkon, schließlich erinnerte er mich an den Augenblick vor so vielen Jahren.

Mir war, als wäre es gestern gewesen, dass ich miterlebt hatte, wie sich die Königin zum ersten Mal dort zeigte. Die Gefühle, als sich eine ihrer Goldenen Schwestern beim Attentat schützend vor sie geworfen hatte, kamen wieder hoch. Ergriffen schnappte ich nach Luft und wagte für ein paar Sekunden kaum zu atmen. Es war, als würde ich die Uhr zurückdrehen. Instinktiv formten sich meine beiden Hände zu Fäusten, die ich aneinandergedrückt an meine Brust legte. So beteten wir in Kandlot, Gondra und Enghor zu unserem Gott Dion. Die Einwohner Noredelläs glaubten noch an die uralte Göttin Pavi, hatten sich auch nach dem Kontinentalen Krieg geweigert, die neue Religion anzunehmen.

Wortlos schickte ich ein Dankgebet an Schwester Reselie gen Himmel. Jener mutigen Frau, die sich für die Königin geopfert hatte.

»Inga, folge mir«, wies mich Mercedes in diesem Augenblick an, was unverzüglich meinen Tagtraum wie eine Seifenblase zerplatzen ließ.

Wir stiegen vom Pferd und Mercedes führte es an den Zügeln neben sich her. Kommentarlos hastete ich ihr nach. Sie steuerte jedoch nicht den Haupteingang an, sondern führte mich um das Gemäuer herum, hin zu einem separaten Tor – vermutlich war es der Durchgang für Bedienstete.

Dort angekommen übergab Mercedes einem Burschen das Pferd und wies ihn an, es unverzüglich zu versorgen. Sie erklärte ihm, dass das arme Tier wohl eine Wunde hatte und schnell mit Kamille behandelt werden sollte.

Auch mir war das Lahmen der Stute bereits aufgefallen; plötzlich bekam ich ein schlechtes Gewissen. Meine Aufregung hatte mich dermaßen abgelenkt, dass ich nicht daran gedacht hatte, das arme Vieh zu verarzten. Lediglich einen Apfel hatte ich ihm gegeben!

Ich war enttäuscht von mir.

»Warum gehen wir *hier* hinein?«, fragte ich und meinte natürlich den Dienstboteneingang, während ich die Stufen zum Tor emporsieg.

Mercedes drehte sich zu mir um, zog eine Augenbraue hoch und deutete dann mit ihrem Zeigefinger auf meine Uniform.

Irritiert senkte ich den Blick – und erkannte sofort das Problem: Unsere Gewänder waren voller Schmutz. Im Wald waren wir durch Pfützen geritten; die Grasflecken, die uns die Pause an der Lichtung beschert hatten, waren ebenfalls zu sehen. Zudem hatte ich die roten Spritzer von den Tomaten auf dem Umhang vergessen.

»Wir sollten uns frisch machen, ehe wir der Königin gegenübertreten!« Sie zwinkerte mir zu.

Mercedes führte mich an einfachen Kammern vorbei, sie verriet mir, dass dort sämtliche Dienstboten untergebracht waren. »Für die Goldenen Schwestern gibt es etwas besser ausgestattete Kammern«, verkündete sie und betonte das Wort »etwas« sehr deutlich.

In Wahrheit hätte ich die Bezeichnung »Kammer« niemals für das Gemach gewählt, in welches mich Mercedes nun brachte; kaum öffnete die Goldene Schwester die mit Mustern verschönerte Holztür und ließ mich vortreten, sog ich scharf die Luft ein.

»Ist dies *meine* Unterkunft?«, erkundigte ich mich erstaunt und ließ meinen Blick ungläubig über den sauberen Holzboden, die vertäfelten Wände und das offensichtlich kostbare Mobiliar wandern.

Mercedes schüttelte den Kopf. »Eine Schande, nicht wahr?«, scherzte sie. »Warte, bis du das Badezimmer gesehen hast!«

Badezimmer? Konnte es sein, dass jede der Goldenen Schwestern eine Wanne für sich selbst besaß? In den Bergen auf Burg Gedeleen hatten wir uns pro Schlafsaal einen kleinen Zuber teilen müssen.

»Immerhin kannst du hier Diener beauftragen, die Eimer zu schleppen. *Das* brauchst du nicht mehr selbst zu tun.«

Schwester Mercedes wusste also noch genau, dass die Ausbildnerinnen auf Gedeleen das so verlangt hatten. Zwanzig lange Jahre hatte ich vom Brunnen Kübel mit Wasser die Treppen hinaufbugsiert.

»Mercedes«, fragte ich da plötzlich und wunderte mich gleichzeitig, dass ich daran noch gar nicht gedacht hatte, »war Schwester Odine auch eine *deiner* Ausbildnerinnen?«

Zuerst wirkte sie ob meiner Frage verwirrt. Ihre Stirn warf tiefe Falten und ihre Lippen presste sie zu einer schmalen Linie zusammen. Dann jedoch glätteten sich ihre Züge; sie entspannte sich wieder. Schließlich lächelte sie und erwiderte: »Nein, Schwester Odine ist eher wie eine gute Freundin für uns.«

Ich nickte und hoffte, dass »uns« irgendwann auch mich einschließen würde.

»Wie dem auch sei«, wechselte Mercedes das Thema, »ich lasse nach Dienerinnen schicken – sie sollen dir ein Bad bereiten. Und ich sorge dafür, dass eine frische Uniform in dein Gemach gebracht wird. In weniger als zwei Stunden wirst du vor Königin Valerie stehen. Sie wird dir deine Aufgabe am Hofe Kandlots mitteilen.«

***

Ehe ich mich also unserer Herrscherin präsentieren konnte, musste ich den Schweiß und Schmutz der vergangenen Stunden von meinem Körper waschen.

Neugierig betrat ich das Badezimmer meines Gemachs, begutachtete den Holzboden – einige Dielen quietschten ganz fürchterlich – und die gusseiserne Wanne, die das Herzstück des ansonsten eher schlichten Raumes war.

Ein an der Wand befestigter Spiegel zeigte mir, was ich bereits vermutet hatte: Ich sah erschöpft aus. Unter meinen tannengrünen Augen zeichneten sich dunkle Ringe ab und betonten umso mehr mein bleiches Gesicht mit den unzähligen Schönheitsflecken. »Sommersprossen«, wie Schwester Odine diese Punkte, deren liebste Stelle meine Nase war, bezeichnet hatte. In den Winter- und Frühlingsmonaten sahen diese Sprenkel meiner Meinung nach vielmehr wie Aschеflecken aus. So als hätte ich mich nach dem Säubern eines Kamins nicht gewaschen.

Rotblondes strohiges Haar umrahmte mein kümmerliches Antlitz und dass ich mich zuletzt auf Burg Gedeleen vor meiner Abreise gebürstet hatte, sah man meinen langen Strähnen auch an.

Gerade als ich überlegte, wie wohl meine jüngere Schwester Katga nach all den Jahren aussah, klopfte es an der Tür.

»Lady Inga?«

Ich erschrak, griff instinktiv nach dem Schwert an meinem Waffengürtel. Plötzlich hatte ich die aufgeschlitzte Kehle des Eindringlings im Wirtshaus vor Augen.

»Lady Mercedes schickt uns. Wir sollen Euch ein Bad bereiten. Dürfen wir eintreten?«

Sofort fiel die Schockstarre von meinem Körper ab, so als hätte ich einen schweren Mantel von mir geworfen.

»Gewiss«, erwiderte ich und schüttelte ob meiner übertriebenen Unruhe über mich selbst den Kopf.

Die fünf Mädchen, die daraufhin mit Eimern voll heißem Wasser zu mir ins Badezimmer geeilt kamen, knicksten kurz. Sie lächelten freundlich und gossen die dampfende Flüssigkeit in die Wanne. All das geschah, ohne dass ich mich auch nur einen Deut bewegen musste. Wie zur Salzsäule erstarrt stand ich da und beobachtete, wie andere Leute *mein* Bad bereiteten.

Als ich sah, wie sehr sich die Kleinste von ihnen mit ihrem Kübel plagte, konnte ich nicht länger tatenlos danebenstehen.

»Warte«, sagte ich, nahm ihr das schwere Behältnis aus den knochigen Händen und leerte das heiße Wasser selbst aus.

Das Mädchen, das genau wie die anderen einfache weiße Gewänder trug, riss entsetzt die Augen auf. »Habe ich etwas falsch gemacht, Mylady?«

Mylady! Auf Burg Gedeleen hatten uns die Ausbilderinnen gelehrt, dass wir am Hof als »Ladys« galten; tatsächlich so bezeichnet zu werden war dennoch eine eigenartige Erfahrung. Ich fühlte mich nicht wohl in meiner Haut. Es wäre mir lieber gewesen, ich hätte beim Heraufträgen des Wassers mithelfen dürfen.

Dass sich Tränen in den Augen des Mädchens bildeten, erschütterte mich.

»Mitnichten«, erklärte ich daher schnell, »ich bin äußerst zufrieden; alles ist wunderbar. Legt mir das Badetuch einfach hier bereit. Den Rest schaffe ich ohne eure Hilfe.«

Mein Wunsch irritierte die fünf Mädchen erneut.

»Ihr wollt *allein* sein?«, fragte die größte der Frauen und betone dabei das Wort »allein«, als hätte ich eine unerhörte Bitte gestellt. »Schwester Mercedes trug uns auf, Euch ein Bad zu bereiten, Euch zu entkleiden, zu waschen und in frische Gewänder zu hüllen.«

Ich versuchte mir mein Unbehagen nicht anmerken zu lassen. Auf Burg Gedeleen hatten uns die Ausbilderinnen auf derartige Situationen vorbereitet. Der Unterricht über die »Sitten am Hof« hatte sich also ausgezahlt, war vielleicht sogar wichtiger gewesen als die zusätzlichen Kampfeinheiten, die ich freiwillig absolviert hatte.

Dennoch wollte ich unbedingt ein paar Minuten für mich sein, weshalb ich das auch einforderte. »Heute ziehe ich es vor, mein Bad ungestört zu genießen. Legt mir meine Gewänder bereit, dann dürft ihr euch, nachdem ihr mich entkleidet habt, zurückziehen.«

Da mein Wunsch diesmal keine kummervollen Blicke oder verwirrtes Stirnrunzeln zur Folge hatte, atmete ich erleichtert aus. Es war ein ungewohntes Gefühl, mich meiner Kleider nicht selbst zu entledigen. Erst *ein Mal* hatte mir jemand anderes die Stoffe vom Leib geschält.

Ich widerstand dem Drang, die fünf Mädchen doch noch vorzeitig aus meinem Gemach zu komplimentieren.

Alles verlief nach höfischer Sitte. Die Mädchen würden sich möglicherweise *dennoch* über mich die Münder zerreißen, aber das war mir egal. Ich hatte mir keinen üblen Fehltritt erlaubt, also gab es im Grunde nichts über mich zu berichten.

Tatsächlich hatten die fünf auch andere Gesprächsthemen, wie ich bemerkte, als mir zwei von ihnen beim Hineinsteigen in die Wanne halfen. Ich sank wohlig stöhnend in die dampfende Flüssigkeit und das heiße Wasser taute meine kalten Glieder auf. Ich schloss entspannt die Augen.

»Habt ihr Djana heut schon gesehen?«, fragte das hochgewachsene Mädchen. Ihre Stimme kannte ich bereits.

Abwertendes Schnauben erklang von allen Seiten. Der Duft von Rosenöl kitzelte mich in der Nase.

»Lady Kestrall hat sie auch schon gesucht«, verriet da das Mädchen, das ich zuvor beinahe zum Weinen gebracht hatte. Ihre hohe Tonlage hob sich deutlich von den Stimmen der anderen ab. »Sie drückt sich immer vor der Arbeit!«

Es gehörte sich nicht, doch ich musste schmunzeln. Tratschten diese Mädchen etwa neben einer Goldenen Schwester ungeniert über eine der ihren? Vielleicht wollten sie diese Djana bewusst in schlechtem Licht erscheinen lassen. Möglicherweise brachte es ja Vorteile, in der Gunst der Schwestern zu stehen. Andererseits konnte es genauso gut sein, dass ich einfach an fünf Schnatterweiber geraten war.

»Offenbar treibt sie sich mit 'nem feineren Herren herum«, zischte eine andere, während ich spürte, dass mir eines der Mädchen etwas ins Haar massierte. Der sanfte Druck auf meiner Kopfhaut fühlte sich so gut an, dass ich zufrieden seufzte. Ja, ich würde mich schnell an die höfischen Bräuche gewöhnen.

Dennoch bestand ich nach einer Weile erneut darauf, dass ich noch Zeit für mich brauchte. Ich behauptete, einigen privaten Gedanken nachhängen zu wollen.

Die fünf Mädchen legten mir Badetücher und eine frische Uniform bereit, knicksten brav und verließen mein Gemach.

Inzwischen war das Wasser zwar nicht mehr heiß, aber noch schön warm, weshalb ich abermals meinen Kopf untertauchte und genoss, wie die Flüssigkeit über meinem Gesicht zusammenschwappte. Dort, in diesem friedlichen Element, war ich ganz allein, nur für mich. Bis ...

Ein dumpfes Geräusch störte die Ruhe in meiner Unterwasserwelt. Erschrocken fuhr ich hoch, spürte, wie mir das Haar klitschnass an der Haut klebte. Gerade als ich dachte, dass ich mir die Störung bloß eingebildet hatte, vernahm ich es noch mal ganz deutlich. Die Tür zwischen Badezimmer und Schlafraum war lediglich angelehnt und ich hörte ein verdächtiges Klicken:

Irgendjemand versuchte sich Zutritt zu meinem Gemach zu verschaffen! Und diesmal waren es wohl keine hilfsbereiten Mädchen.

***

Verstört sprang ich aus der Wanne, schlang eines der Badetücher um meinen triefnassen Körper. Der Stoff sog sich sofort voll, da auch aus meinem langen Haar noch Sturzbäche aus nach Rosenöl duftendem Wasser rannen.

Als Nächstes griff ich unverzüglich nach meinem Schwert, das ich beim Entkleiden sicher neben dem Waffengürtel verstaut hatte. Erst jetzt ließ ich die Gefühle zu, die sich schon seit dem ersten Geräusch in mir aufgebaut hatten.

Ich spürte, wie meine Hände zitterten und mein Körper bebte. Vielleicht lag es daran, dass ich zu schnell aus dem warmen Wasser in die Kälte gestiegen war, aber mein wild klopfendes Herz wusste es besser. Frostige Angst war es, die gerade eine Gänsehaut auf meine Arme zauberte und ihre Hand in mein Genick legte.

Ich hörte, wie die Tür zu meinem Gemach aufgestoßen wurde, und hielt den Atem an.

»... wir nicht tun, Djana! Die ... ähm ... Goldene Schwester kann jeden Augenblick eintreffen!«

»Firlefanz. Wenn des so wär', hätte Lady Mercedes bereits nach mir schicken lassen.«

Fassungslos lehnte ich mich gegen die Wand des Badezimmers, sodass mich die beiden Eindringlinge nicht sehen konnten. Auch ich erblickte sie nicht, erkannte an ihren Stimmen jedoch, dass es sich um einen Mann und eine Frau handelte.

Die weibliche Person war offenkundig diese verschollene Djana, von der die Mädchen vorhin gesprochen hatten. Also trieb sie sich *tatsächlich* mit einem Herrn herum. Weshalb aber drangen sie in das Gemach einer Goldenen Schwester ein?

Die straffen Fesseln der Sorge lockerten sich ein wenig. Offenbar handelte es sich bei den beiden um keine Meuchelmörder. Dennoch hielt ich weiterhin den Griff meines Schwerts fest umschlossen und überlegte, was ich tun konnte.

»Ich wollt' schon immer in einem ihrer Betten ... liegen, weißt'?!«, kicherte Djana in diesem Augenblick und ich vernahm, wie sie sich in die Kissen warf. »Komm her zu mir!«

Entsetzt riss ich die Augen auf. Diese Djana war eine wahrhaft unverschämte Person! Vielleicht lag ich falsch, aber ich vermutete, dass sie sich in meinem Bett mit diesem Herren vergnügen wollte. Eine solche Frechheit konnte ich nicht durchgehen lassen.

Ich hörte, dass sich die beiden leidenschaftlich küssten, und beschloss, dieses Stelldichein unverzüglich zu beenden. Die Königin sollte dann entscheiden, welche Strafe diese beiden hier für ihr Benehmen erhielten.

Penibel darauf bedacht, nicht auf die knarzenden Holzdielen zu steigen, schlich ich hinüber in den Schlafraum. Nach wie vor war ich mit nichts als einem Badetuch bekleidet, doch ich wollte keine Zeit verlieren. Ich musste diese Übeltäter auf frischer Tat ertappen, durfte keine Sekunde mit dem Ankleiden vertrödeln und damit riskieren, dass die beiden noch fliehen konnten. Sie verdienten eine gerechte Strafe!

Der Anblick des Liebespaares versetzte mir einen Stich. Vielleicht weil ich selbst noch nie Teil eines solchen Duetts gewesen war. Außerdem vergnügten sich diese Eindringlinge gerade in meinem Bett, was mich unfassbar wütend machte.

Mit ausgestrecktem Schwert ging ich auf die zwei zu, die mein Erscheinen in ihrer Ekstase gar nicht bemerkten.

Der Mann hatte mir den Rücken zugedreht, küsste die rothaarige Frau, die unter ihm lag und ihre Augen geschlossen hatte. Genau wie die fünf Mädchen trug auch sie ein weißes Dienerinnenkleid, welches ihr Liebhaber gerade hochzuschieben versuchte. Seine Gewänder waren aus feinen glänzenden Stoffen und mit aufwendigen Mustern bestickt. Die Gerüchteküche hatte also zurecht gebrodelt: Der junge Mann mit den blonden Locken hier war zweifelsohne ein Edelmann.

Gerade als mir das klar wurde, blinzelte das Mädchen, das vermutlich Djana war, und zuckte vor Schreck zusammen. Sie starrte mich an, als sähe sie ein Gespenst.

»Was … ähm … hast du, Liebste?«, raunte der Mann irritiert an ihrem Ohr.

Um dem Paar die Situation nicht unnötig zu erschweren, räusperte ich mich und verkündete selbstbewusst: »Ihr seid in mein Gemach eingedrungen. Das wird Konsequenzen haben. Gebt Euch zu erkennen!«

Zu meiner Überraschung klang ich tatsächlich äußerst entschlossen, genau wie Mercedes letzte Nacht im Wirtshaus. Vermutlich versteifte sich daher auch prompt der Rücken des Mannes. Er setzte sich auf, ohne sich dabei umzudrehen. Djana blieb in den Kissen liegen und starrte mich weiterhin entsetzt an.

Mein Schwert war auf den Herren gerichtet, da mir der Dolch an seinem Gürtel gleich aufgefallen war. Just in dem Augenblick, als dieser nach seiner Waffe greifen wollte, rief ich: »Untersteht Euch, jetzt nach Eurer Klinge zu greifen. Ihr vergnügt Euch hier in *meinem Bett* mit einer anderen Frau!«

»Dann seid Ihr … ähm … eifersüchtig? Wäre es Euch lieber, ich würde mich mit *Euch* vergnügen?«

Fassungslos schnappte ich nach Luft. Wie konnte dieser junge Kerl, dessen Gesicht ich noch nicht einmal gesehen hatte, nur solch dreiste Worte an mich richten?

»Ihr sprecht hier mit einer Goldenen Schwester! Die Königin wird Euch bestrafen für diese Unverschämtheit!«, rief ich erbost und führte meine Klinge nun wie zur Warnung an das Genick des Mannes.

Dieser musste den Kuss des Metalls deutlich spüren und doch besaß der Herr noch die Frechheit, unverhohlen zu erwidern: »Wenn Ihr tatsächlich die neue … ähm … *Schwester* seid, dann muss ich das Angebot mit dem Vergnügen leider zurückziehen. Ihr seid schließlich doppelt so alt wie ich. Ich … ähm … hoffe, Ihr seid jetzt nicht beleidigt.«

Doppelt so alt wie dieser Bursche? Ich musste grinsen.

»Dann seid Ihr erst zwölf?«, erkundigte ich mich mit einem Mal leicht amüsiert und zog das Schwert zurück. »Verzeiht. Ich wollte einem Kind keine Angst einflößen.«

Kaum hatte ich das Schwert zurückgezogen, wandte sich der Mann um. Erschrocken blickte ich in zwei strahlend blaue Augen und wusste sofort, mit wem ich es hier zu tun hatte. Odine hatte mir genügend Bilder der königlichen Familie präsentiert.

Ich spürte die Erschütterung bis in die Knochen. Meine Knie wurden weich und mein Herz raste plötzlich. Der Mann, der sich über dieses Mädchen gebeugt hatte, war der Prinz – Constantin, der Sohn von Königin Valerie!

***

Offenbar war nicht bloß ich schockiert. Auch der Prinz starrte mich an, als sähe er einen Geist.

»Ihr ... ähm ... könnt niemals Lady Inga sein!«, meinte er dann nachdenklich und ließ seinen Blick über meinen Körper wandern.

Mir wurde wieder bewusst, dass ich gerade keine Uniform, sondern lediglich ein nasses Badetuch trug. Das und die Tatsache, dass der Eindringling der Prinz höchstselbst war, irritierten mich vollends. Was hätte Schwester Mercedes jetzt an meiner Stelle getan?

»Ähm ... wie alt seid Ihr?« Jetzt musterte er mich wie eine faszinierende Skulptur.

»Verlasst bitte unverzüglich mein Gemach«, forderte ich, anstatt ihm eine Antwort auf seine Frage zu geben.

Ich war eine Goldene Schwester. Meine Treue galt der Königin, nicht ihrem Sohn. »Jetzt!«

Während Djana unverzüglich unter dem Prinzen hervorkroch und das Weite suchte, richtete sich dieser nur langsam auf und beobachtete mich weiterhin.

Als er sich vom Bett erhob und vor mir stand, fiel mir auf, dass er nur um einen Kopf größer war als ich. Auf den Gemälden hatte Prinz Constantin stets stattlich ausgesehen. *Männlich.* In Wahrheit aber war sein Körperbau eher schmächtig; seine Schultern waren zierlich wie die einer Frau. Außer seinen kristallblauen Augen war in seinem Gesicht nichts außergewöhnlich.

Seine dünnen Lippen verschwanden beinahe unter der leicht krummen Nase und von einem Bartwuchs fehlte jede Spur.

Ich hielt nach wie vor mit beiden Händen den Griff des Schwertes fest und hatte nicht vor ihn loszulassen, ehe der Prinz mein Gemach verlassen hatte. Königliches Blut hin oder her – ich scheuchte den Edelmann praktisch mit meiner Stahlklinge drohend hinaus.

»Geht endlich!«, forderte ich wiederholt und meine Stimme klang dabei schneidend wie ein Piratensäbel.

Und schon spürte ich, wie sich der Knoten im Stoff über meiner Brust zu lösen begann.

Just in dem Augenblick, als der Prinz mein Gemach verlassen wollte, fiel das Badetuch zu Boden. Es fühlte sich an, als würde mein Herz stehen bleiben. Für den Bruchteil einer Sekunde, die mir wie eine Ewigkeit vorkam, ließ Prinz Constantin seinen Blick über meinen Körper wandern, dann zog er die Tür zu.

***

Wie lange ich reglos an Ort und Stelle verharrt war, weiß ich gar nicht mehr. Jedenfalls fühlte sich mein Körper an wie erfroren und verbrannte dennoch gleichzeitig von innen heraus.

Nachdem sich mein rasender Puls normalisiert hatte, legte ich das Schwert endlich weg und kleidete mich an. Meine Hände bebten, als ich mir die frische Uniform überzog und den Waffengürtel – hektisch und eine Spur zu eng – um meine Taille schloss. Die Tatsache, dass mich der Thronfolger Kandlots ohne Kleider gesehen hatte, zerrte gehörig an meinen Nerven.

Was, wenn er sich von nun an über mich lustig machte? Schwester Odine hatte gesagt, dass Männer gern geschmacklose Witze erzählten.

Als Schwester Mercedes kam, um mich zu Königin Valerie zu geleiten, beschloss ich kurzerhand nichts über das Zusammentreffen mit dem Prinzen zu erzählen. Möglicherweise würde auch er über unser vorzeitiges Kennenlernen schweigen und diese peinliche Geschichte unter einem Schleier der Verschwiegenheit begraben.

Mein noch feuchtes Haar flocht ich vor dem Spiegel im Badezimmer hastig zu einem hübschen Zopf und legte mir diesen über die rechte Schulter. Damit meine Haut ein bisschen Farbe abbekam – ich war blass wie eine Wasserleiche –, kniff ich mir fest in die Wangen. Sofort färbten sie sich zartrosa und ich lächelte mein Spiegelbild zufrieden an.

»Komm, Schwester Inga«, meinte Mercedes da amüsiert. »Es wird nicht deine Schönheit auf den Prüfstand gestellt.«

In Wahrheit hatte ich keine Angst, dass ich der wichtigsten Frau des Landes nicht gefallen konnte. Nein. Vielmehr fürchtete ich, dass sie in meine Augen blicken und feststellen könnte, dass ich nicht würdig war eine ihrer Goldenen Schwestern zu sein. Schon jetzt belog ich Mercedes, verschwieg ihr, wie fürchterlich ich den Angriff im Wirtshaus gefunden hatte, und verlor kein Wort über das Zusammentreffen mit dem Prinzen.

Wie lange hatte ich auf diesen Moment gewartet.

Ich rief mir die Gefühle des kleinen Mädchens in Erinnerung, das sehnsüchtig nach oben auf den Balkon geblickt und sich verzweifelt nach ihrer Mutter gesehnt hatte, nach einer Frau, die sie lieben und verehren konnte – nach der Königin, die sie in wenigen Minuten in Empfang nehmen würde.

Wir verließen mein Gemach, schritten durch die Dienstbotengänge und stiegen die Treppe zu den Räumlichkeiten der königlichen Familie empor. Mit jedem weiteren Schritt wuchs meine Nervosität. Sie grub sich wie eine Schlingpflanze durch meinen Körper und erfüllte ihn mit ihrem lähmenden Gift. Mir wurde flau im Magen und auf der Holztreppe bildete ich mir sogar ein einen Schwindelanfall zu bekommen.

Während mein Herz vor Aufregung kräftig gegen meinen Brustkorb polterte, gab ich mich nach außen hin ruhig und gelassen. Mercedes führte mich einen mit rotem Teppich belegten Gang entlang, der unsere Schritte verschluckte wie ein gigantisches Meer die Regentropfen. Sie ging ein paar Meter vor mir, ihr goldener Umhang flatterte bei jedem Schritt.

Ich ließ meinen Blick den Gang entlangwandern, entdeckte weitere herrschaftliche Gemälde des Prinzen. Auch Abbildungen von König Ivan und Königin Valerie erkannte ich, zudem Familienporträts mit dem jüngeren

Bruder Ivans, dem gut aussehenden Isidor Isgehart. Selbst meine Ausbilderin, Schwester Odine, hatte einmal von seinem bezaubernden Lächeln geschwärmt.

Schade, dass Ausbildnerinnen nicht heiraten durften, ansonsten hätte Schwester Odine vielleicht noch eine Chance gehabt, denn Isidor Isgehart war unverheiratet. Allerdings war der Bruder des Königs ohnehin zu jung, um Interesse an Odine zu haben. Dieser war etwa so alt wie Königin Valerie, vielleicht ein oder zwei Jahre älter.

»Wir sind da.«

Schwester Mercedes riss mich aus meinen Gedanken und katapultierte mich ins Hier und Jetzt. Gleich würde ich der bedeutendsten Frau des Reiches gegenüberstehen! Mein Puls raste und ich glaubte, vor Aufregung ohnmächtig zu werden.

Die Tür zu den Privatgemächern der Königin war aus teurem dunklem Holz gefertigt und mit eleganten Mustern verschönert. Eine weitere Goldene Schwester erwartete uns davor und begrüßte Mercedes mit einem Nicken. Mich bedachte sie zuerst skeptisch, lächelte dann aber.

Natürlich wusste ich, um welche der Kriegerinnen es sich handelte. Schon beim Attentat auf die Königin war mir ihr ungewöhnlich kurzes mausgraues Haar aufgefallen. Es reichte ihr kaum bis auf die Schultern und im Laufe der Zeit hatte sie es nicht länger wachsen lassen, sondern immer wieder abgeschnitten. Es war Lady Kestrall. An den Falten in ihrem Gesicht erkannte ich sofort, dass seit dem Mordversuch viele Jahre vergangen waren.

»Sei gegrüßt, neue Schwester«, rief sie überschwänglich und nickte mir zu, »mein Name ist Kestrall. Königin Valerie erwartet dich bereits.«

Worte, die mich beflügelten und mir gleichzeitig Angst machten.

Gleich würden die Würfel fallen und über mein Schicksal entscheiden. Was, wenn mich Königin Valerie nicht mochte? Was, wenn sie in meinem Gesicht las, wie viel Furcht ich vor der Zukunft hatte, und entschied, dass eine Goldene Schwester nicht so zart besaitet sein durfte?

Um mich von meiner besten Seite zu zeigen, straffte ich meine Schultern und reckte das Kinn in die Höhe. Ich wollte Stärke zeigen, Mut. Alles, wofür eine Kriegerin im Dienst der Königin stehen sollte.

Als Mercedes und Kestrall die Flügeltüren öffneten, war es, als würde ich in eine neue Welt eintreten. Von plötzlichem Licht geblendet musste ich erst einmal die Augen schließen. Ich blinzelte vorsichtig, erkannte, dass es gar kein Sonnenlicht war, das mir da entgegenstrahlte. Tatsächlich stand ich im Durchgang zu einem Raum, dessen Holzboden in der Mitte mit einem goldenen Läufer ausgelegt war. Links und rechts von diesem Teppich gewahrte ich kunstvolle Statuen, die glänzten, als wären sie aus purem Gold gegossen.

Mein Blick wanderte weiter in den Raum hinein, wo ein Sofa aus rotem Samt das mit dunklen Möbeln ausgestattete Gemach belebte. Goldene Wände waren mit unzähligen Gemälden geschmückt und ein sinnlicher Duft nach Rosenöl kroch in meine Nase. Den Geruch kannte ich bereits, da auch mein Badewasser damit parfümiert gewesen war.

Wesentlich präsenter als jedes Mobiliar waren jedoch die drei Personen, die auf dem Samtsofa auf mich warteten.

»Tritt näher, Schwester Inga«, forderte mich die Frau in der Mitte auf und erhob sich.

Es war, als würde die Zeit stillstehen.

Sie war wunderschön. *Genau wie damals.*

Seltsamerweise erwartete ich, dass gleich eine Kugel auf sie gefeuert werden würde, doch nichts geschah. Die Königin stand einfach da und wartete darauf, dass ich näher kam.

Die Goldenen Schwestern neben ihr – es musste sich bei ihnen um Tia und Finja handeln – erhoben sich ebenfalls, doch ich hatte nur noch Augen für sie. *Königin Valerie.*

Ihr Haar schimmerte tatsächlich wie flüssiges Gold und fiel in sanften Wellen bis zu ihrer Taille hinab. Filigrane schwarze Muster veredelten das smaragdgrüne Kleid, das sie trug und nun leicht anhob, um ... *mir ein paar Schritte entgegenzugehen?*

»Schwester Inga«, zischte Mercedes da neben mir, »*du* sollst zur Königin gehen. Nicht umgekehrt!«

Erschrocken bemerkte ich, dass ich mich tatsächlich noch keinen Millimeter bewegt hatte. Schnell korrigierte ich diesen Fehler und marschierte zielstrebig auf Königin Valerie zu.

Beim Näherkommen bemerkte ich, dass die wichtigste Frau des Landes lächelte. Kaum aber stand ich ihr unmittelbar gegenüber, veränderte sich etwas in ihrem Blick. Was zuvor bloße Höflichkeit gewesen war, verwandelte sich in wahrhaftes Wohlgefallen.

Die Königin strahlte, als hätten die Hofschneider ihr ein neues zauberhaftes Kleid angefertigt. Dass sie Interesse an Gewändern hatte, erkannte ich daran, dass sämtliche Accessoires wie Ketten, Armbänder und Ohrringe perfekt auf ihre Stoffe abgestimmt waren.

Warum auch immer, offenbar war sie mit meinem äußeren Erscheinungsbild zufrieden, und das, obwohl meine Sommersprossen wie Aschesprenkel aussahen, ihre Haut hingegen makellos war und wie Porzellan schimmerte.

»Tritt näher!«, forderte sie mich auf.

Inzwischen stand ich so dicht vor Königin Valerie, dass ich ihren Duft nach Rosenöl intensiv wahrnahm und nur eine Hand hätte ausstrecken müssen, um ihr goldenes Haar zu berühren. Während mich die Königin weiterhin musterte, inspizierte ich ebenfalls ihr Antlitz.

Um ihre Augen herum entdeckte ich ein paar Falten und zwischen ihren goldenen Haaren verbargen sich einzelne graue Strähnen. Völlig spurlos war die Zeit an ihr nicht vorübergezogen.

Nach einer Weile trat sie zurück, sodass mehr als eine Armlänge Abstand zwischen uns war.

Mercedes und Kestrall gesellten sich zu Tia und Finja vor das Sofa und warteten darauf, dass ihre Herrin eine Entscheidung traf. Sie wollte und würde verkünden, welche Aufgaben ich von nun an zu erfüllen hatte.

»Wie alt bist du, Schwester Inga?«, fragte mich die Königin und kniff ihre Augen zusammen, als würde sie schätzen. Obwohl es mich interessiert hätte, auf welches Ergebnis sie dabei gekommen wäre, antwortete ich: »Fünfundzwanzig, Eure Hoheit.«

»Fünfundzwanzig? Bemerkenswert! Dann hast du bereits im Alter von fünf Jahren deine Ausbildung begonnen?«

»In diesem Alter testeten die Ausbilderinnen meine Tauglichkeit, ja. Schon wenige Wochen danach durfte ich dann nach Gedeleen.«

»Deine Familie hat das unterstützt? Dein Vater ist doch Olav Ericson, nicht wahr?« Mit einem Mal war das Lächeln aus dem Gesicht der Königin wie weggefegt.

Ich schluckte. Mit einer derartigen Frage hatte ich noch nicht gerechnet. »Ja, Sir Olav ist mein Vater«, gestand ich. »Aber nein, meine Familie hat meine Interessen nicht bestärkt. Ich wurde niemals besucht und erhielt auch keine Briefe.«

Diese Aussage schien der Königin zu gefallen, ihre Mundwinkel hoben sich wieder ein Stück, dennoch las ich auch Kummer in ihrem Blick. »Sir Olav ist ein Berater meines Gatten – und als Goldene Schwester musst du wissen, dass ich meinem Ehemann *kein* Vertrauen schenke.«

Ich verstand sehr wohl, was die Königin da andeuten wollte. Sie fürchtete, dass meine Familie dem Treueschwur der Goldenen Schwestern im Weg stehen könnte. Aber nichts und niemand würde mich davon abbringen können, eine der Kriegerinnen der Königin zu sein. Schon gar nicht mein Vater, den ich seit zwanzig Jahren nicht mehr gesehen hatte.

Dass Königin Valerie ihrem Gemahl nicht wohlgesonnen war, hatte mir Mercedes bereits mehr oder weniger anvertraut. Dennoch wartete ich erpicht darauf, eine Erklärung zu diesem Thema aus dem Munde unserer Herrscherin zu vernehmen.

»Ich gehe davon aus«, setzte die mächtigste Frau des Landes an, seufzte tief und fuhr fort, »dass Schwester Mercedes angedeutet hat, wie wenig Achtung mein Ehemann für mich und euch Schwestern übrig hat.«

Betroffen starrte ich in die klaren Augen der Königin. Erwartete sie eine Antwort? Ich schluckte schwer, spürte, wie sich ein Kloß in meinem Hals bildete.

Was soll ich erwidern?

Glücklicherweise sprach meine Herrin just in dem Moment weiter, als ich meine trockenen Lippen öffnen wollte.

»Bis heute wurde nicht aufgeklärt, wer hinter dem Attentat auf mich steckt«, erklärte die Königin. »Seit diesem Tag versuchte mein Gemahl zweimal mich zu vergiften, weshalb ich meine Speisen mehrfach vorkosten lasse.«

All dies sagte Königin Valerie Vanhaag leidenschaftslos, ohne mit der Wimper zu zucken.

Ich hingegen senkte den Blick, kaum dass die Königin eine kurze Pause machte. Ihre Worte erschütterten mich, eine Gänsehaut kroch über meinen Rücken. Obwohl ich nicht viel über die Liebe oder eine Ehe wusste, musste es fürchterlich sein, Angst vor seinem Gemahl zu haben.

Allerdings gab es wohl keine eindeutigen Beweise, die König Ivan Isgehart als Schuldigen des damaligen Attentats – und der Giftanschläge – brandmarkten. Ansonsten hätte ihn meine Herrin doch längst verhaften und in den Kerker werfen lassen. *Oder?*

Königin Valerie räusperte sich. Abrupt riss ich meinen Kopf in die Höhe und zuckte sogar ein bisschen zusammen. Ihre Stärke schüchterte mich ein und beeindruckte mich zugleich. Sie stand da wie eine lodernd grüne Flamme im Wind – verletzlich und unbesiegbar zugleich.

Ich wollte sie beschützen und vor allem Unheil bewahren. Koste es, was es wolle!

»Nun, liebe Schwester Inga, ist es an der Zeit, dir deine Aufgabe mitzuteilen. Ich habe mich soeben entschieden.«

Mein Herz raste. Vorfreude und Aufregung tanzten einen Reigen.

Gleich würde ich erfahren, welches Potenzial die Königin in mir sah. Ich spürte, wie meine Handinnenflächen schwitzten. Unauffällig wischte ich mir diese am goldenen Rock meiner Uniform trocken, ohne dabei den Blick von meiner Herrin abzuwenden.

Gespannt wartete ich darauf, dass Königin Valerie ihre Entscheidung verkündete.

»Für meinen Schutz ist gesorgt«, sagte sie, »mir stehen vier Goldene Schwestern zur Seite. Es ist mein Sohn Constantin, um den ich bange. Auch er erhielt vergiftete Speisen und ich vertraue keinem der Silbernen Brüder.

Du, Schwester Inga, erscheinst mir klug und tapfer genug, den Thronfolger als Leibwächterin zu beschützen.«

Wie gebannt stierte ich auf die sich bewegenden Lippen der Königin, bis diese sich irgendwann nicht mehr regten. Wort für Wort fügte sich zu einer Satzkonstruktion zusammen.

Es dauerte eine Ewigkeit, bis die Aussage meiner Herrin für mich einen Sinn ergab. Irgendwie hatte nichts davon zusammengepasst – tat es noch nicht.

Hatte sie tatsächlich angeordnet, dass ich ihrem Sohn zur Seite stehen sollte? *Dem Thronfolger?*

Offensichtlich ergab die Aufforderung der Königin auch für Schwester Kestrall wenig Logik, denn diese runzelte die Stirn, wandte sich an unsere Herrin und sprach: »Verzeiht, doch ursprünglich ...«

Doch die Königin brauchte nur ihre Hand zu heben und schon verstummte die Goldene Schwester, trat einen Schritt zurück und senkte demütig den Kopf.

Während all dies geschah, beobachtete mich die Königin mit Argusaugen. Sie inspizierte jede meiner Reaktionen, konnte von der Aufruhr in meinem Inneren jedoch nichts ahnen. Diese Explosion fand nur in meinem Körper statt, mein Gesicht blieb starr wie ein spiegelglatter See an einem windstillen Tag. Selbst das Zittern meiner Finger brachte ich nach wenigen Herzschlägen unter Kontrolle.

Trotzdem wollte ich die Würfel nicht als gefallen ansehen. »Ihr wünscht, dass ich ... Eurem Sohn diene?«

Die Königin nickte lächelnd. »So ist es.«

»Als Goldene Schwester ist es doch eigentlich meine Aufgabe, *Euer* Leben zu schützen!«, wandte ich vorsichtig ein.

Gewiss war ich mit dieser Aussage zu weit gegangen, als hätte ich meinen Kopf tollkühn ins Maul eines Löwen gesteckt. Dennoch hoffte ich auf die Gunst der Königin; ihr Verständnis, schließlich hatte ich die zwanzigjährige Ausbildung *ihretwegen* absolviert.

Immerhin schmunzelte meine Herrin ob meiner forschen Meldung und strafte mich nicht.

»Als Königin und Mutter gibt es Wertvolleres als das eigene Leben, Schwester Inga. Die Zukunft meines Sohnes. Du könntest mir keinen bedeutenderen Dienst erweisen, als Prinz Constantin vor Unheil zu bewahren.«

Der Kloß in meinem Hals wurde größer. Das Rasen meines Herzens beschleunigte sich. Die Situation lief aus dem Ruder. *So sollte sich dieses Zusammentreffen nicht abspielen!*

Ich hatte mit allen möglichen Aufgaben gerechnet. Wie gern hätte ich Tag und Nacht vor der Tür der Königin gewacht oder ihre Briefe geschrieben. Auch Botengänge, ach, jede nur erdenkliche Tätigkeit hätte ich mit Handkuss angenommen, so lange ich nur in *ihrer* Nähe gewesen wäre.

Tatsächlich aber schickte sie mich fort; wollte mich nicht in ihrem Kreis wissen.

Plötzlich war ich den Tränen nahe. Hinter meinen Augen brannte es und ich fürchtete, dass gleich heiße Perlen des Kummers hervorquellen würden. Das durfte nicht passieren! Die Königin und deren Schwestern würden mich für eine Versagerin halten.

Ich presste die Zähne so fest zusammen, dass sie knirschten. Meine Finger ballte ich zu Fäusten. Anschließend holte ich tief Luft, wobei meine Nasenflügel flatterten. Sämtliche Tränen blinzelte ich hinfort.

Innerhalb weniger Sekunden hatte ich mich unter Kontrolle, meiner Erziehung auf Burg Gedeleen sei Dank.

Ich wollte keine Last für meine Königin sein. Bestimmt würde sie bald erkennen, wie viel ich leisten konnte, und mich für *ihre* Sicherheit einsetzen. Außerdem würden in wenigen Jahren weitere Goldene Schwestern ihre Ausbildung abschließen und mich als Leibwächterin des Prinzen ablösen können.

»Es wäre mir eine Ehre!«, verkündete ich daher voller Elan und so überzeugend, dass ich es beinahe selbst glaubte.

Doch dann fiel mir wieder ein, dass ich dem Prinzen ja bereits begegnet war und *wie viel* dieser schon von mir gesehen hatte. Mein Selbstbewusstsein verflüchtigte sich wie eine Schleierwolke.

»SEINE TORHEIT IST EUER GLÜCK.«

Fatalerweise ließ die Königin umgehend nach ihrem Sohn schicken. Sie war der Ansicht, dass ich ihn gleich kennenlernen sollte.

Dies war der Augenblick, in dem ich meiner Herrin von unserem vorzeitigen Aufeinandertreffen hätte berichten sollen. Goldene Schwestern durften keine Geheimnisse voreinander und schon gar nicht vor ihrer Königin haben. Dennoch blieb ich stumm.

Als sich schließlich die Flügeltüre öffnete und Prinz Constantin eintrat, war es auch schon zu spät.

»Constantin«, grüßte meine Herrin ihren Sohn und strahlte über das ganze Gesicht. Sofort fiel mir auf, wie ähnlich sich die beiden sahen.

Auf den Wink seiner Mutter hin trat der junge Prinz näher. Er ignorierte die Goldenen Schwestern, die nach wie vor einen Halbkreis um die Königin bildeten. Mich hingegen fasste er sofort ins Auge.

Erschrocken hielt ich die Luft an. *Was, wenn er jetzt verkündet, dass wir uns bereits kennen? Gewiss wird mir die Königin nicht mehr vertrauen und mich vom Hof jagen!*

Übelkeit schwächte meinen Körper; ein unangenehmes Schwindelgefühl nahm von meinem Inneren Besitz.

Prinz Constantin trug noch dieselben hellblauen Gewänder wie zuvor, nur sein Haar hatte er jetzt zu einem Zopf zusammengebunden. Wieder fielen mir prompt seine saphirblauen Augen auf.

Der Prinz und ich starrten uns an, was mir erst nach einer gefühlten Ewigkeit bewusst wurde. Erschrocken riss ich den Kopf herum, fixierte die Königin.

Diese – beide Brauen in die Höhe gezogen – sprach vergnügt: »Mein Sohn, darf ich dir meine neue Goldene Schwester vorstellen – Inga!«

Ich hielt die Luft an, verbeugte mich. Dabei senkte ich den Blick, schaute auf die glänzenden Pantoffeln des Thronfolgers. Das Herz in meiner Brust hämmerte gegen meine Rippen. Hart. Anklagend – da ich der Königin die Wahrheit vorenthalten hatte.

»Eure Hoheit«, wisperte ich kaum hörbar, in der Hoffnung, meine Unsicherheit mit Demut überspielen zu können.

Dieser *Edelbursche* hatte mich für den Bruchteil einer Sekunde nackt gesehen! Was, wenn er unser Zusammentreffen breittreten – und mich damit quasi zertreten würde?

Als ich mich wieder erhob, erkannte ich, dass der Prinz grinste. Vor Schreck verschluckte ich mich an meinem Speichel. Ich prustete, was wenig damenhaft aussehen musste.

Allerdings säuselte der Prinz: »Es ist mir eine … ähm … wahre Freude, Euch kennenzulernen, Lady Inga!«

Das amüsierte Lächeln des Thronfolgers wurde breiter.

Ich konnte mir ausmalen, weshalb er sich ins Fäustchen lachte: Er kannte mich knapp eine Stunde und hatte mich schon dabei erwischt, dass ich seiner Mutter unsere Bekanntschaft vorenthalten hatte. Sie belogen hatte.

Oder er denkt an …

Ich erschauderte, spürte, dass mir die Hitze in die Wangen schoss. Abrupt fühlte ich mich wieder entblößt. Instinktiv schlang ich meine Arme schützend um meinen Körper, obwohl ich ja nicht nichts, sondern meine goldene Uniform mit sämtlichen Waffen trug.

Diese Situation war bizarr, niemals hatte es eine ähnliche auf Burg Gedeleen gegeben. Ein Leben ohne das männliche Geschlecht war weitaus behaglicher – zum Glück brauchte ich mir keinen Gemahl zu suchen, der mich ernährte. Ich verdiente mir selbst mein Gold.

»Ich habe dich rufen lassen«, sagte die Königin, »um dir mitzuteilen, dass du von nun an eine meiner Schwestern als Leibwächterin an deiner Seite haben wirst.«

Schlagartig erstarb das schelmische Grinsen des Prinzen, seine Mundwinkel sackten nach unten. Das Glitzern seiner Pupillen wich einer eisigen Schockstarre, welche von seinem ganzen Wesen Besitz ergriff.

Von einem Atemzug auf den anderen war ich uninteressant geworden. Plötzlich taxierte der Thronfolger seine Mutter, die ihn zwar erhobenen Hauptes, jedoch mit verschränkten Armen betrachtete.

Vermutlich wollte sie eisern wirken, die abwehrende Position ihrer Hände – und die Tatsache, dass sich prompt Kestrall und Mercedes näher um sie scharten – ließen mich jedoch Unsicherheit vermuten. War die mächtigste Frau des Landes auf den permanenten Schutz der Schwestern angewiesen?

»Das«, setzte Prinz Constantin emotionslos an, »kommt nicht infrage. Wie ich Euch wiederholt ... ähm ... mitgeteilt habe, Mutter, brauche ich keine Amme.«

Aus den Augenwinkeln erkannte ich, dass Königin Valerie ungewöhnlich schnell blinzelte; ihre Schultern bebten.

War meine Herrin den Tränen nahe? Brachte dieser Unhold seine eigene Mutter zum Weinen? Eine Welle der Wut wallte in mir auf. Doch dann ...

»Mutter«, setzte der Prinz mit sanfter Stimme an, »ich bin Euer Sohn, also bitte ...«

»Schweig!«

Erschrocken zuckte ich zusammen.

»Hüte deine Zunge!«, fauchte sie den Prinzen an, der wenig beeindruckt kurz den Kopf schüttelte. Königin Valerie löste die Verschränkung ihrer Arme, zeigte anklagend auf ihr einziges Kind. »Wo ist dieser Sohn, von dem du da sprichst? Ich sehe ihn nicht! Du versuchst nicht einmal an den königlichen Ratssitzungen teilzunehmen. Dich interessiert das Schicksal des Landes nicht.«

Mercedes räusperte sich. Ob die Goldene Schwester das bewusst tat oder tatsächlich einen Frosch im Hals hatte, wusste ich nicht.

Prinz Constantin lief rot an – sah aus wie eine reife Tomate. Ihm war es sichtlich peinlich, hier vor all den Frauen von seiner Mutter zurechtgewiesen zu werden.

»Wenn ich eine solche ... ähm ... Enttäuschung bin«, blaffte er wie ein patziges Kind, »warum ist Euch dann meine Sicherheit wichtig? Behaltet Eure Schwestern lieber hier. Ich möchte keine meiner alten Tanten als Leibwächterinnen!«

Ich schluckte, senkte beschämt den Blick. Tia und Finja taten es mir gleich.

Ein höhnendes Glucksen erfüllte den Raum. »Dann hast du ja Glück!«

Irritiert hob ich den Kopf, sah gerade noch, wie die Königin in meine Richtung wies.

»Denn es ist keine deiner alten *Tanten*, die dich von nun an begleiten wird. Schwester Inga ist nur wenige Jahre älter als du, mein Sohn, aber wesentlich … *klüger.*«

Als würde sich der Prinz jäh an mich erinnern, schnellte sein Blick in meine Richtung. Diesmal bedachte er mich entsetzt anstatt fasziniert oder gar amüsiert. Der Schock, dass ich ihm von nun an wie ein Schatten folgen sollte, lähmte ihn wohl. Anders konnte ich mir seinen panischen Gesichtsausdruck nicht erklären.

»Geh jetzt«, befahl die Königin kühl. »Ich möchte mich während des Abendessens noch ein Weilchen mit Inga unterhalten, meine neue Schwester kennenlernen. Später werde ich sie zu dir schicken.«

***

Das königliche Mahl wurde in ihrem privaten Speisesaal serviert. Dieser befand sich ebenfalls in ihren Gemächern.

Ich nahm zwischen Kestrall und Mercedes an einer länglichen goldenen Tafel Platz. Über unseren Köpfen baumelte ein gigantischer Kronleuchter mit Tausenden klitzekleinen Kristallen zwischen den Kerzen, die in bunten Farben schillerten. Staunend blickte ich empor und strahlte.

»Wunderschön, nicht wahr?«

Der Königin war mein Schwärmen aufgefallen, daher bejahte ich höflich und lobte auch den Rest des prächtigen Raumes. Dieser nannte kostbare Holzmöbel, Landschaftsgemälde und dunkle Samtteppiche sein Eigen.

Nachdem Diener als Vorspeise eine Suppe serviert hatten, ließ die Königin einen Vorkoster rufen. Dieser musste vor unseren Augen die klare Brühe trinken und anschließend einige Minuten im Raum verharren. Während dieser verstörenden Zeit starrte ich abermals an die Decke empor und beobachtete das Spiel der schillernden Farben.

Irgendwann war unsere Herrin überzeugt, dass die Suppe genießbar war und ihr heute niemand nach dem Leben trachtete. Sie wedelte mit der Hand, woraufhin der Vorkoster sich ohne ein Wort zurückzog, vermutlich aber vor der Tür auf den nächsten Gang wartete.

Als sich Tia nach unserer Anreise erkundigte und Mercedes von dem Überfall im gondrischen Wirtshaus berichtete, herrschte sofort helle Aufregung.

»Ihr seid sicher, dass es Silberbrüder waren?«, erkundigte sich Finja. An den gerollten »Rs« war deutlich zu hören, aus welcher Region Gondras sie stammte. Sie gönnte sich eine zweite Portion Suppe.

Der gesunde Appetit der Schwestern gefiel mir, weshalb auch ich einen Schöpfer nachholte.

»Sie trugen Blau und Silber – waren also aus Kandlot. Und wer außer dem König wusste schon das Datum von Ingas Abreise so genau?«, sagte Mercedes.

»Verdächtig ... dios cé«, warf Tia ein.

Vor Überraschung verschluckte ich mich wieder. »Dios cé« war ein gondrischer Ausdruck, den ich auf Burg Gedeleen oft gehört hatte. Er bedeutete in etwa: »Gott ist gewiss meiner Meinung.«

Die Königin blinzelte nachdenklich. »Würde mein Mann Schwestern töten lassen wollen, würde er nicht derart offensichtlich vorgehen! So gedankenlos kann er doch nicht sein! Es sei denn, er verliert langsam den Verstand ...«

»Dankt Dion, dem Herrn, meine Königin«, meinte Tia grinsend. »Die Torheit Eures Gatten ist Euer Glück. Schon jetzt gibt es Aufstände wegen der erhöhten Steuern. Diese Tat wird Wellen schlagen. Bald hasst das Volk Euren Gemahl noch mehr – und wird Euch lieben! Euch und Euren Sohn, dios cé.«

»Ach, mein Sohn«, seufzte die Königin, »ich hoffe wahrlich, dass du ihn anleiten kannst, Schwester Inga. Besonders, was die anstehende Brautschau betrifft. Ich fürchte, dass der König längst eine Gattin für den Prinzen ausgesucht hat.«

Natürlich wusste ich Bescheid. Schwester Odine hatte mir vor meiner Abreise mitgeteilt, dass am Hofe Kandlots in Kürze eine Brautschau für den Prinzen stattfinden würde.

Ivan Isgehart hatte zehn geeignete Heiratskandidatinnen für den Thronfolger ausgesucht, die sich schon morgen bei ihm vorstellen würden. Fünf von ihnen sollten die nächsten Tage im Schloss verbringen und drei von ihnen bis zur Entscheidung bleiben. Eine würde die nächste Königin werden.

Ich ergriff zum zweiten Mal an diesem Abend das Wort. »Welche Kandidatin ist Eure Favoritin, Majestät?«

Nach und nach erstarb das Geklapper des Bestecks, auch das Lächeln auf den Gesichtern der Schwestern. Es fühlte sich an, als wäre die letzte Seite für ein Musikstück gestohlen worden. Offenbar wussten alle anderen irgendetwas, das ich noch nicht mitbekommen hatte. Ich fühlte mich schrecklich.

»Leider kenne ich die Mädchen nicht«, erklärte die Königin mit trauriger Stimme. »Ich habe lediglich vage Vermutungen. Ivan hat sie ausgewählt, meine Meinung war irrelevant. Der König wird meinem Sohn heute Abend die Namen mitteilen, damit er sie sich bis morgen alle merken kann. Es wäre freundlich, wenn du ihm dabei behilflich sein könntest. Der Prinz ist nicht sonderlich ... *bewandert* darin, sich Informationen einzuprägen.«

Der kummervolle Ton der Königin brach mir das Herz. Wie konnte Ivan Isgehart so grausam sein und seine Gemahlin nicht an solchen Entscheidungen teilhaben lassen?

Während des Hauptgangs – auch dieser wurde vorgekostet – kam abermals der Überfall im Wirtshaus zur Sprache und Tia fragte, wer am Hof überhaupt die Information von der neuen Goldenen Schwester gehört haben konnte.

Schlagartig wurde mir speiübel.

Eine Person war auf jeden Fall von Schwester Odine benachrichtigt worden. Einer der Berater des Königs.

Olav Ericson.

Mein Vater.

***

Nach dem Abendessen sollte ich den Prinzen aufsuchen. Dass ich den Weg dorthin nicht kannte, begriff ich unglücklicherweise erst, als ich die Gemächer der Königin verlassen hatte. Zwar hätte ich Tia, Finja oder Kestrall fragen können, die zeitgleich mit mir die Räume verlassen hatten, doch ich beschloss, lieber auf Mercedes zu warten. Ihr fühlte ich mich näher, außerdem wollte ich mich im Vertrauen erkundigen, ob sie wusste, weshalb der König die Steuern erhöht hatte.

Im Grunde hätte ich diese Frage während des Essens stellen können; doch ich hatte bereits mit meinem Kommentar über die Heiratskandidatinnen für peinliches Schweigen gesorgt und hatte eine ähnliche Situation vermeiden wollen.

Auf Burg Gedeleen hatten wir gelernt, dass erhöhte Steuern stets einen Grund hatten. Der König führte irgendetwas im Schilde; mein Bauchgefühl flüsterte mir zu, dass er nicht nur für eine pompöse Hochzeit sparte.

Leider verstrichen die Minuten, ohne dass Schwester Mercedes aus den Räumen der Königin kam. Also klopfte ich unsicher, wartete und öffnete anschließend die Tür.

Im Wohnraum herrschte Stille, weshalb ich Kurs auf den Speisesaal nahm, wo ich die beiden Frauen miteinander sprechen hörte. Noch konnte ich sie nicht sehen, ihre Stimmen vernahm ich jedoch schon von Weitem.

»... hätte auch schiefgehen können!«

»Doch das ist es nicht, Merc. Das wusste ich.«

Plötzlich hielt ich inne. Die Stimme der Königin klang ungewöhnlich sanft – und wie sie Schwester Mercedes genannt hatte. *Merc.*

»So so, das *wusstest* du. Was du nicht immer alles weißt, meine Königin. In Zukunft will ich in solche grandiosen Ideen von dir eingeweiht werden!«

Schwester Mercedes hörte sich gereizt an. Ein seltsamer Kontrast, der für mich nicht in das Bild der beiden Frauen passte. Auch die ungezwungene Redensart verwirrte mich.

Dass ich lauschte, wurde mir erst jetzt bewusst. Sofort trat ich einen Schritt zurück. Ich wollte mich aus dem Staub machen, doch es war zu spät.

»Schwester Inga?«

Mercedes hatte mich gehört. Vermutlich hatte eine der Bodendielen geknarzt.

Schon standen die beiden vor mir; blickten mich misstrauisch an. Kein Wunder, schließlich sollte ich eigentlich längst an der Seite von Prinz Constantin sein.

»Hat sie uns gehört?« Die Königin blickte Mercedes an.

Ich spürte, wie mein Herz raste. »Nein«, beteuerte ich hektisch, »nein, ich bin gerade hereingekommen, wollte nachfragen, wo die Räumlichkeiten des Thronfolgers sind.«

Das entsprach der Wahrheit.

Glücklicherweise hatte Schwester Mercedes nicht vor mir Schwierigkeiten zu machen, sondern hob beschwichtigend ihre Hände. »Beruhige dich! Kestrall hat soeben vor der Tür ihren Posten eingenommen. Sie wird dich zu Prinz Constantin bringen.«

Irritiert blickte ich über die Schulter. Ich hatte den Durchgang achtlos offen gelassen; von Schwester Kestrall fehlte aber jede Spur.

Woher also wollte Mercedes wissen, dass die Kriegerin um die Ecke Wache hielt? Kannte sie sämtliche Dienstpläne auswendig?

Offenbar erriet Mercedes meine Verwunderung oder durchschaute diese am Runzeln meiner Stirn, denn als ich mich ihr wieder zuwandte, sagte sie: »In zwanzig Jahren wirst auch du die Aufgaben deiner Schwestern wie ein Gebet aufsagen können.«

Ich glaubte ihr, da ich selbst ein bemerkenswertes Gedächtnis hatte, eine Gabe dafür besaß, mir Details einzuprägen.

So kam es, dass mich Schwester Kestrall durch die Gänge des Schlosses geleitete. Ihre Schritte waren gemäßigter als jene von Mercedes, weshalb ihr Umhang auch nicht hinter ihr herschwebte, sondern kleine Wellen warf.

Inzwischen hatte ich mich an ihren ungewöhnlichen Kurzhaarschnitt gewöhnt, fand diese Frisur sogar praktischer als mein langes, strohiges Haar.

»Kestrall«, setzte ich an, um keine Zeit zu vergeuden. »Mir ist aufgefallen, dass du vom Anliegen der Königin, ich solle die Leibwächterin des Thronfolgers sein, nicht angetan warst …«

Die goldenen Wellen wurden flacher, erstarben. Kestrall blieb stehen.

Mir wurde flau im Magen, als sich die Schwester umdrehte.

Wir standen uns in einem engen steinigen Gang gegenüber. Links und rechts erhellten Fackeln den Weg.

»Inga, wie bitte?«

Der Ton der Wächterin verschleierte, ob sie wütend oder überrascht war. Ich konnte lediglich raten. Verstanden hatte sie mich auf jeden Fall, weshalb ich meine Worte nicht wiederholte. Die Goldene Schwester hörte einwandfrei, andernfalls hätte ich das beim Abendessen schon bemerkt.

Kestralls Blick verriet bloß, dass sie wachsam war, auf weitere Informationen wartete.

Tapfer schluckte ich den Kloß in meinem Hals hinunter. Die Situation vorhin spulte sich vor meinem inneren Auge erneut ab wie ein Theaterstück. Daher fiel es mir nicht schwer, die Geschehnisse detailliert zu schildern.

Mit belegter Stimme, da ich dennoch eingeschüchtert war, fuhr ich fort: »Konkret sagte die Königin: *Du, Schwester Inga, erscheinst mir klug und tapfer genug den Thronfolger als Leibwächterin zu beschützen.* Und du meintest: *Verzeiht, doch ursprünglich …* Aber daraufhin gebot dir unsere Herrin Einhalt.«

Kestralls Augen weiteten sich. »Inga, das hast du dir eingeprägt?«

Schweigend nickte ich.

Da schnaubte die Wächterin beeindruckt und runzelte die Stirn. »Bemerkenswert, in der Tat. Du wirst Königin Valerie noch gute Dienste erweisen.«

»Du meinst *Prinz Constantin*.«

»Inga, wie bitte?«

»Bin ich nicht von nun an *ihm* unterstellt?«

Schwester Kestrall wollte den Kopf schütteln, überlegte es sich aber offensichtlich mitten in der Bewegung anders. Sie erklärte schlicht: »Inga, du bist eine Goldene Schwester. Eine von *uns.* In erster Linie bist du der Königin zur Treue verpflichtet.«

Kestralls Worte waren wie Balsam für mein geschundenes Herz.

»Inga«, setzte die Schwester erneut an und fing meinen Blick ein, diesmal so intensiv, dass ich vor Überraschung nach Luft schnappte. Leider war diese feucht und modrig. »Inga, ich habe keinerlei Einwände. Bloß war eigentlich *ich* dafür vorgesehen gewesen ...«

Diese Information verwunderte mich. Ich dachte, die Königin hätte die Position erfunden, um mich loszuwerden.

»Erst war ich irritiert von diesem Aufgabentausch ... natürlich. Doch nun ist mir klar, weshalb du geeigneter bist!«

Kestrall schaute mich an, als müsste mir ein Licht aufgehen.

In meinem Inneren herrschte stockdunkle Nacht. Kein Stern leuchtete auf und selbst der Mond versteckte sich hinter einer Wolke.

Ich konnte nicht anders, als Kestrall verständnislos anzublicken und zu hoffen, dass sie mich früher oder später aus Mitleid aufklären würde.

Tatsächlich erbarmte sie sich wenige Augenblicke später.

»Inga, du bist *jung.* Der Prinz wird sich dir öffnen, dir seine Sorgen mitteilen. Uns *alten Tanten* misstraut er, wir sind die Spioninnen seiner Mutter.«

Davon, dass ich mir seine Kümmernisse anzuhören hatte, war niemals die Rede gewesen. Ich sollte auf sein Leben achten. Nicht mehr und nicht weniger würde ich tun.

»Ich bin die Leibwächterin des Prinzen. *Das* ist mein Auftrag«, erinnerte ich Schwester Kestrall. »Es ist nicht nötig, dass ich über sein Privatleben Bescheid weiß.«

Ein Schatten huschte über das Gesicht der Goldenen Schwester, so schnell und unscheinbar, dass ich ihn in der Dunkelheit des Ganges beinahe übersehen hätte. Meinem forschenden Blick aber entging nichts.

Wir setzten unseren Weg fort und erreichten nach kurzer Zeit die Räumlichkeiten des Prinzen, die erschreckend weit von jenen der Königin entfernt waren. Es wäre mir lieber gewesen, meine Herrin in der Nähe zu wissen.

Silberne Brüder bewachten diesen Teil des Schlosses. Schwester Kestrall kannten die Männer, doch ich wurde beäugt, als würde ich als goldener Geist durch die Gänge fliegen.

Kestrall verabschiedete sich, ich klopfte an die mit floralen Mustern veredelte Holztür des Prinzen.

»Hier ist Schwes…« Ich zögerte, korrigierte meine Ankündigung. »… Lady Inga!«

Mich in dieser Position als »Schwester Inga« zu bezeichnen, kam mir unpassend vor. Eine Schwester war ich lediglich für meine Königin.

»Tretet ein!«

Die Stimme des Prinzen erklang in klarem Tenor, fast schon weiblich.

Kaum betrat ich dessen Privatgemächer, erblickte ich ihn an seiner Kommode – und musste ein lautes Lachen unterdrücken.

Er saß auf einem samtenen Stuhl und cremte seine Hände mit einer weißlichen Paste ein. War sich die Königin sicher einen *Sohn* zur Welt gebracht zu haben?

In Gedanken würde ich den Prinzen von nun an Prinz Conni nennen! Nur ein Mädchen beschäftigte sich derart zärtlich mit der Haut – wobei nicht einmal ich mich auf diese Weise pflegte.

Der Duft nach Kamille, Lavendel, Rosmarin, Minze und Baldrian erfüllte den Raum, weshalb mir sofort die dampfende Teetasse auf dem Esstisch auffiel. Daneben stand ein Strauß mit frischen Kräutern anstatt mit Blumen. Getrocknete Bündel hingen unter einem Gemälde an der Wand, das den Prinzen unpassend breitschultrig und männlich zeigte.

Neben dem schneeweißen Himmelbett entdeckte ich Samtvorhänge, die trotz der hereinbrechenden Finsternis offen standen. Neugierig warf ich einen Blick aus dem Fenster.

»Die … ähm … Kandidatinnen reisen an«, offenbarte der Prinz in diesem Augenblick und erhob sich von seinem Samtstuhl. Noch immer seine Hände massierend, trat er an meine Seite.

Just in diesem Augenblick fuhr eine Kutsche in den Haupthof ein. Obwohl sich die Wolken bereits dunkelviolett färbten, erkannte ich das königliche Wappen Enghors: einen goldenen Baum auf rotem Hintergrund.

»Prinzessin Britta soll gütig sein«, meinte ich schlicht. Schwester Odine hatte regelmäßig Kontakt zum Herrscher des Nachbarreichs Enghor gehalten und mir diese Information anvertraut.

Das Reich König Brions grenzte direkt an den Wald von Burg Gedeleen, weshalb Königin Sabita Vanhaag, Valeries Schwester, das Holz zum Heizen der Ausbildungsstätte von dort importierte.

Ich wandte mich dem Prinzen zu, wollte mich erkundigen, ob ich die Silbernen Brüder vor der Tür ablösen sollte. Gleichzeitig drehte auch er sich in meine Richtung. Die unverhoffte Nähe verstörte mich, zumal der Geruch nach Lavendelcreme intensiver wurde.

»Braucht Ihr etwas davon?«, fragte er. »Ich ... ähm ... habe zu viel aufgetragen.«

Entsetzt starrte ich auf die schmierigen Finger des Thronfolgers, welche er mir entgegenstreckte. Gräuliche Creme glänzte darauf wie Fett auf einem gebratenen Stück Fleisch.

Meine Hände hinter dem Rücken versteckend erwiderte ich: »Nein, vielen Dank. Würdet Ihr mich bitte in meinen Aufgaben unterweisen?«

Ich hoffte bei allem, was mir lieb und teuer war, dass Hände einzucremen definitiv nicht dazu zählte.

Der Prinz funkelte mich herausfordernd an. »Hat meine ... ähm ... Mutter das nicht schon erledigt? Wurde Euch von der Königin nicht ... ähm ... bereits eingebläut ihr jedes meiner Worte weiterzugeben?«

Einer solch dreisten Aussage würdigte ich keine Antwort, weshalb ich beharrlich schwieg und *Prinz Conni* lediglich finster anstarrte.

Schwester Kestrall hatte recht gehabt: Der Thronfolger vertraute den Kriegerinnen seiner Mutter keinen Deut. Dabei musste er sich eigentlich vor den Silberbrüdern in Acht nehmen!

Beim Abendessen war die versuchte Vergiftung des Prinzen zur Sprache gekommen. Ich verstand beim besten Willen nicht, wie der Jüngling noch sorglos durch die steinernen Gänge des Schlosses wandeln konnte!

Dem Prinzen gefiel mein Schweigen offensichtlich nicht. »Weshalb ... ähm ... stiert Ihr mich so erbost an?«

Hinter dieser zornigen Aussage witterte ich Unsicherheit, sein Adamsapfel zuckte unentwegt auf und ab. Zudem wich er meinem Blick aus, weshalb ich schließlich Erbarmen hatte und erklärte: »Erstens: Ich stiere nicht. Zweitens: Ich soll Euer Leben schützen und Euch beim Erlernen der Namen Eurer Heiratskandidatinnen helfen …«

Einen Moment hielt ich inne, prüfte, ob mich der Prinz korrigieren wollte, doch das tat er nicht. Er lauschte gespannt meinen Worten.

Damit hatte ich bei Gott nicht gerechnet. Schwester Odine hatte einmal gesagt, dass Männer einer Frau stets ins Wort fielen und sie niemals ausreden ließen. Offenbar hatte sie sich geirrt.

»Das ist alles. Ist es recht, wenn ich mich vor Eurer Tür postiere? Ab Mitternacht wird Schwester Tia durch die Gänge patrouillieren. Dann werde ich mich in mein Gemach zurückziehen und bis zum Morgengrauen schlafen, wenn das in Ordnung ist.«

Abwartend musterte ich den Prinzen, suchte nach einem Bartschatten oder kleinen Härchen, die ein junger Mann in seinem Alter haben sollte. Die meisten Männer trugen Bärte, weshalb es seltsam war, den Thronfolger anzusehen.

Für den Bruchteil einer Sekunde fragte ich mich, ob sich seine Wangen ebenso glatt anfühlten wie die meinen.

Beschämt drängte ich diesen Gedanken in eine Ecke meines Verstandes, konzentrierte mich auf seine saphirblauen Augen – das Schönste in seinem Gesicht, zumal sie denen seiner Mutter ähnelten. Dieselben funkelnden Diamanten.

»Ihr wollt schon gehen?«, fragte er just in dem Moment, als mir erneut seine farblosen Lippen auffielen. Vielleicht bildete ich es mir nur ein, doch ich glaubte Enttäuschung im Klang seiner Stimme auszumachen.

Seine Gefühle irritierten mich, zumal ich gedacht hatte ein ungewolltes Übel zu sein.

»Habt Ihr denn eine Aufgabe für mich, Eure Hoheit?«

Der Prinz schaute auf seine eingecremten Hände hinab, sofort meinte ich, den Duft der Lavendelpaste mit aller Vehemenz wahrzunehmen.

»Meine … ähm … Kräuter müssten noch einmal gezupft werden.«

Entsetzt schnappte ich nach Luft, langte instinktiv an meinen Waffengürtel. Ich fühlte den mit Edelsteinen besetzten Dolch von Schwester Odine und das Schwert, das mich in den letzten Wochen der Ausbildung bereits begleitet hatte. Mein Leben lang hatte ich dafür trainiert zu kämpfen. Ich konnte unmöglich Unkraut rupfen gehen.

Insgeheim hätte mich interessiert, was ihn an diesen Gewächsen so faszinierte. Mein Vater wäre nicht einmal freiwillig in den Rosengarten gegangen.

Solch eine Neugier zu zeigen, hätte die Grenzen des guten Benehmens allerdings weit überschritten.

Und doch: Es war meine Pflicht, den Königssohn zu schützen. Die Aufgabe meiner Herrin war mir heilig.

»Wenn Ihr Blumen pflücken wollt«, erklärte ich seelenruhig, »werde ich Euch in angemessenem Abstand begleiten.«

Da prustete *Prinz Conni* los. »Blumen pflücken? Kommt schon, Lady Inga, da müsst auch Ihr lachen!«

Und in diesem Augenblick betrachtete mich der Thronfolger so sorglos und verspielt, dass ich wirklich schmunzeln musste.

»Na also«, meinte er da, fügte aber etwas hinzu, das meine Laune in den Keller schnalzen ließ: »Ihr … ähm … seid fürwahr keine richtige Goldene Schwester.«

Worte wie ein Faustschlag ins Gesicht. Plötzlich wurde mir schwindlig. *»Wie bitte?«*

»Offensichtlich habt Ihr … ähm … menschliche Emotionen. Ach ja … und Ihr habt meine Mutter belogen.«

Mir war klar, wovon er sprach. Ich hatte mich dem Prinzen im Gemach meiner Herrin als Unbekannte vorgestellt, obwohl wir uns bereits – in einer kompromittierenden Situation – begegnet waren. Jetzt ohrfeigte ich mich in Gedanken dafür, der Königin die Wahrheit vorenthalten zu haben.

Vor Wut blähten sich meine Nasenflügel auf und ich presste – bemüht ruhig – hervor: »Womit wollt Ihr mich also erpressen?« Ich witterte Übles.

Anstatt mir seine Forderungen mitzuteilen, runzelte der Thronfolger die

Stirn, kniff seine Augen zusammen. Er starrte mich an, als hätte ich etwas Verrücktes gesagt, als wäre *ich* der Schuft.

»Euch erpressen? Ihr könntet doch dasselbe tun. Auch ich habe gelogen.«

In welcher Welt lebte dieser Mann? »Wem würde die Königin glauben? Ihrem Sohn oder einer Bürgerlichen?«

»Einer Goldenen Schwester!«

Es war erstaunlich, plötzlich war ich sprachlos.

»Kommt, wenn Ihr schon denkt, ich könnte Euch unter ... ähm ... Druck setzen, dann geht bitte mit mir in den Garten. Ich möchte über die Brautschau morgen sprechen.«

Mein »Weshalb?« war kaum mehr als ein zarter Hauch. Der Dampf des Kräutertees benebelte mich, da der Prinz nach seiner Tasse gegriffen hatte. Offenbar war das Lavendelfett endlich eingezogen und er konnte das heiße Getränk genießen.

Nachdem er den Inhalt des Keramikbechers geleert hatte, verriet er mir etwas, das meine Welt völlig aus den Fugen brachte.

»Lady Inga, eine meiner ... ähm ... Heiratskandidatinnen wird Euch brennend interessieren! Mein Vater hat mir vorhin die Liste überbracht und wird später am Abend die Mädchen mit mir durchsprechen. Zuvor möchte ich Eure Meinung hören.«

Ich schüttelte den Kopf. »Ich kenne keine der Prinzessinnen persönlich.«

Prinz Constantin seufzte. »Hört zu: Der König hat Euren Vater zum ... ähm ... Herzog ernannt. Eine der Kandidatinnen ist Lady Katga Ericson, Eure Schwester!«

***

Ich hatte meine leibliche Schwester seit einer Ewigkeit nicht gesehen und wusste nicht, ob ihr Tante Ida meine Briefe jemals vorgelesen hatte. Möglicherweise waren sie im Kamin gelandet und sie und Vater hatten ihnen beim Brennen zugesehen; gelauscht, wie sie im Feuer knisterten, und ihre kalte Asche betrachtet.

Vielleicht war auch ich eine erloschene Flamme für meine Familie. Dennoch hatte mein Vater all die Jahre meine Ausbildung bezahlt ... *Aber weshalb?*

Er hatte das Reich Gondra und die Goldenen Schwestern stets verachtet! Auch mir zuliebe konnte es nicht gewesen sein, ansonsten hätte er mich wenigstens ein Mal besucht.

Plötzlich konnte ich es kaum erwarten, an die frische Luft zu gelangen. Hitze wallte in mir auf und ließ mich schwitzen.

Ich ergriff eine der Fackeln an den Wänden des Ganges und folgte Prinz Constantin, der eine Abkürzung durch die Dienstbotengänge nahm. Der Thronfolger erklärte mir, dass er auf keinen Fall den Haupthof betreten und einer der eintreffenden Kandidatinnen über den Weg laufen wollte. Der Gedanke, dass auch meine Familie unter ihnen sein musste, brachte mein Herz zum Rasen, doch ich erwiderte nichts.

Obwohl mein Kopf mit anderen Dingen angefüllt war, fiel mir plötzlich auf, dass der Prinz eine sehr krumme Haltung hatte. Sein linkes Bein war kürzer als das rechte. Daher klangen seine Schritte etwas abgehackt.

Bisher hatte ich diese ... Gehstörung nicht bemerkt. Mein Fokus hatte auf anderen Merkmalen gelegen.

Gewiss beeinträchtigte ihn dies beim Laufen und Kämpfen. Mit einem Mal empfand ich eine Woge des Mitleids für den jungen Thronfolger.

Endlich öffnete der Prinz einen Durchgang ins Freie – zur Südseite des Schlosses, wie mir sofort am Stand des funkelnden Abendsterns auffiel.

Frühlingshafte Aprilluft schlug mir entgegen und ich atmete einmal tief ein. Meine Lunge begrüße die klare Frische; die Natur tat mir stets gut.

Meine Fackel befestigte ich im Inneren des Schlosses, ehe wir im silbrigen Schein des Mondes über einen Kiesweg hinunter zu einem Kräutergarten schlenderten. Dieser grenzte an einen Wald, dessen grünes Dickicht mit der Finsternis verschmolz.

Es überraschte mich, mit wie viel Liebe die Kräuter hier gepflanzt worden waren. Neben jedem Gewächs steckte ein beschriftetes Holzkärtchen in der Erde. Ziersteine in kreativ verschnörkelten Musterreihen trennten die einzelnen Pflanzen voneinander.

Ich kannte die meisten Kräuter, schließlich hatte ich auf Burg Gedeleen eine hervorragende Ausbildung genossen. Dennoch zeigte mir der Prinz auch viel Neues.

Je mehr der Thronfolger auf mich einredete, desto schweigsamer wurde ich. Seine lockere Zunge machte mich misstrauisch.

Daher offenbarte ich schlussendlich, was ich schon die ganze Zeit dachte: »Es ist unangemessen, dass Ihr auf diese Weise mit mir sprecht!«

Sichtlich vor den Kopf gestoßen, erhob sich der Prinz, der gerade vor einem duftenden Strauch Rosmarin in die Hocke gegangen war. Seine zarten Finger strichen nun im Stehen über die länglichen grünen Nadeln, während er mich ansah, als hätte ich ihm in einer verschneiten Nacht sein letztes Hemd genommen.

Die Traurigkeit in seinem Blick schmerzte mich, ich fühlte mich entsetzlich. In meinem Hals bildete sich ein Kloß. Mit dem Gedanken spielend, meine Worte zurückzunehmen, seufzte ich.

Doch da wisperte der Thronfolger bereits: »Verzeiht. Ihr ... ähm ... habt recht.«

Seine Entschuldigung brachte mich aus dem Konzept. Milder, als ich wollte, fuhr ich fort. »Wenn Ihr Einzelheiten über meine Schwester hören wollt, muss ich Euch enttäuschen. Ich habe Katga seit zwanzig Jahren nicht gesehen.«

Die Augenbrauen des Prinzen schnellten in die Höhe. Offenbar hatte er geglaubt, ich stünde seiner Kandidatin nahe. Leider war dem nicht so.

Wehmut nahm von mir Besitz.

Ich schluckte dieses Gefühl hinunter, schüttelte den Kopf und gewahrte dabei zwei kleine leuchtend rote Punkte im Grün des Waldes hinter dem Prinzen.

Vor Schreck gefror mein Blut zu Eis. Das waren keine Glühwürmchen oder Leuchtkäfer. Wir wurden von zwei blutroten Augen beobachtet.

Mein Puls raste und ich spürte, wie der Schweiß aus all meinen Poren ausbrach.

»Weshalb ... ähm ... hat Euch Eure Schwester nie besucht?«

Der Thronfolger konnte die lauernde Gefahr in seinem Rücken nicht sehen. Er führte das Gespräch seelenruhig weiter.

Anstatt seine Frage zu beantworten, wollte ich wissen: »Hält Euer Vater Löwen oder sonstige Raubkatzen in seinen Wäldern?«

Möglicherweise ist eines der Viecher ausgebrochen.

Der Prinz blinzelte verwirrt, lächelte anschließend. »Ähm ... einverstanden, dann sprechen wir *darüber*. Gut zu wissen, dass Ihr tierlieb seid und ...«

Leider konnte ich dem Prinzen nicht länger zuhören, denn die leuchtenden Augen waren just in dem Moment verschwunden, als ich nach Löwen gefragt hatte.

Was auch immer uns beobachtet hatte – ein gewöhnliches Tier war es nicht gewesen!

»Verzeiht, aber wir wurden belauscht!«, unterbrach ich den Thronfolger, zog mein Schwert und hastete in den finsteren Wald hinein.

Der Geruch von Kiefern umfing mich. Das Knarzen des Kieses unter meinen Sohlen verschwand, die Walderde fühlte sich weich an.

»Wer ist da?«, rief ich und wandte mich nach allen Seiten.

Doch da war nichts.

Alles, was mich umhüllte, war die Dunkelheit des Forstes.

Gerade als ich aufgeben und zu Constantin zurückkehren wollte, hörte ich das Knacksen eines Astes östlich von mir. Sofort nahm ich Kurs darauf und preschte in diese Richtung los. Herunterhängende Zweige und kleine Äste peitschten mir ins Gesicht, doch das war mir egal. Ich wollte wissen, welches denkende Wesen mit Augen so rot wie Blut uns soeben im Kräutergarten bespitzelt hatte.

In mir wallte ein Verdacht auf: *Was, wenn der Dämon hier ist und wir ihn nie vollends vernichtet haben?*

Krampfhaft hielt ich mein Schwert in der rechten Hand, bereit jederzeit zuzuschlagen. Mercedes hatte mich schon viel gelehrt.

Zweifellos hätte ich ewig durch die Wälder hetzten können, doch als mir ein verschrecktes Eichhörnchen entgegensprang, gab ich auf.

Ich hielt inne, steckte mein Schwert weg und keuchte. Beschämt gestand ich mir ein, dass ich versagt hatte. *Nächstes Mal muss ich schneller sein.*

Betrübt lief ich zurück zum Kräutergarten – doch der Prinz war verschwunden!

Der Schock von vorhin war mit der eiskalten Panik, die mich jetzt traf, nicht zu vergleichen. Was, wenn das eine Falle gewesen war? Wenn mich jemand vom Prinzen hatte weglocken wollen?

Am liebsten hätte ich laut über meine Dummheit geflucht.

Stattdessen überlegte ich, ob es vernünftiger wäre, sofort die anderen Goldenen Schwestern zu informieren. Oder sollte ich erst allein nach dem Thronfolger suchen?

Vermutlich Ersteres.

Ich machte dennoch auf dem Absatz kehrt und rannte zurück in den Wald.

»Prinz Constantin«, schrie ich, »wo seid Ihr?«

Nichts.

Mir wurde übel.

Auf welche Weise mich die königliche Familie wohl töten würde?

Oder konnte es sein, dass der junge Prinz einfach zurück in seine Gemächer marschiert war?

Gerade als ich glaubte, vor Angst um den Thronfolger wahnsinnig zu werden, entdeckte ich ihn endlich. Vor Erleichterung fiel mir ein ganzer Felsen vom Herzen.

Im Mondlicht wirkten seine humpelnden Schritte kümmerlich. Ziellos streifte er im finsteren Forst herum, blieb dabei an Wurzeln hängen. Den Dolch, den er in der linken Hand hielt, hätte ihm ein Kleinkind abnehmen können, so sehr zitterten seine Finger.

»Prinz Constantin!«, rief ich erneut.

Kaum entdeckte mich der Thronfolger, steuerte er auf mich zu. Am liebsten hätte ich ihn getadelt.

Aber ich bemerkte die Furcht in seinen Pupillen, überlegte es mir anders und meinte schlicht: »Bitte wartet in derartigen Situationen an Ort und Stelle. Ich war in Sorge, Euch nicht mehr zu finden!«

Dass die »Sorge« eine riesengroße, alles verzehrende Angst gewesen war, verstand sich von selbst. Immerhin war er der Königssohn – und ich hätte ihn an meinem ersten Tag als Leibwächter fast verloren!

»Aber … ähm … ich wollte Euch beistehen! Einer Lady darf … ähm … nichts ge…geschehen!«

Der Prinz neben mir stotterte, keuchte. Ihm machte dieses Abenteuer zu schaffen. Mich hingegen störte der Inhalt seiner Aussage. Im Grunde war ich selbst daran schuld, schließlich hatte ich mich vorhin als *Lady Inga* vorgestellt.

»Auch wenn ich eine Lady bin, bin ich Euer Leibwächter. Seht mich als Mann, wenn das einfacher für Euch ist.«

Wir trotteten nebeneinander zurück zum Kräutergarten. Der Prinz humpelte, schnaufte wie ein müdes Schlachtross. Ich bemühte mich extrakleine Schritte zu machen, um nicht aus Versehen zu weit vorauszueilen.

»Dann … ähm … werde ich Euch *Sir Inga* nennen!«

Ich schmunzelte.

Es imponierte mir, dass der Thronfolger diese Art von Humor zeigte. Denn ich nannte ihn in Gedanken ja bereits ab und an *Prinz Conni*. Gleichzeitig wusste ich, dass das eigentlich in keiner Weise angemessen war.

»Obwohl«, fügte er noch hinzu, »obwohl … ähm … Ihr schön genug wärt, um eine meiner Kandidatinnen zu sein!«

Warum auch immer, aber seine Worte versetzten mir einen Stich. Gewiss, sie hätten mir schmeicheln sollen, doch das taten sie nicht. Vermutlich schmerzten sie, da sie mich erneut an Katga denken ließen.

»Nun, ich bin keine Eurer Prinzessinnen. Es ist spät. Der König wollte noch Details für morgen mit Euch besprechen. Ich geleite Euch zurück zu Eurem Gemach!«

Da ich den Weg nun kannte, marschierte ich voraus.

Meine Gedanken drehten sich im Kreis.

Nein, ich war keine seiner Kandidatinnen. Ich würde niemals Königin sein. Das war auch in keiner Weise mein Bestreben. Aber offenbar war es das Ziel meiner leiblichen Schwester! *Was habe ich in all den Jahren verpasst?*

***

Ich verabschiedete mich vom Königssohn, wünschte ihm einen schönen Abend und eine geruhsame Nacht.

Anstatt nach Dienerinnen zu schicken, wie es Mercedes mir angeboten hatte, wollte ich mich allein entkleiden. Unsere Uniform war zum Glück nicht nur aus einem unförmigen Korsett und Metall gefertigt, sondern bestand an den richtigen Stellen aus dehnbaren Stoffen.

Ein Blick auf das Himmelbett ließ mich jedoch zögern. Hier hatte sich der Königssohn vor wenigen Stunden mit dieser Djana vergnügen wollen! Wäre ich nicht dazwischen gegangen – wer weiß, was die beiden auf meiner Matratze getrieben hätten?

Mich schauderte. Ich schnupperte zaghaft an einem Polster.

Lavendel!

Sofort hatte ich die Handcreme des Thronfolgers vor Augen.

Jäh sprang ich zurück. Auf diese Kissen würde ich mich heute nicht betten.

Natürlich könnte ich selbst zu dieser Stunde nach Dienerinnen rufen lassen und um frische Bettwäsche bitten, doch das wagte ich an meinem ersten Tag nicht. Außerdem wollte ich vermeiden, eventuell auf Djana zu treffen – obwohl ein Gespräch mit ihr sowohl peinlich als auch reizvoll gewesen wäre ...

Da mich ohnehin zahlreiche Gedanken wach hielten, verließ ich mein Gemach und schlenderte durch die Gänge des Schlosses. Die Aprilnächte waren kühl, weshalb ich einen goldenen Mantel über meiner Uniform trug, den ich im Schrank gefunden hatte.

Um die Schlossgänge zu erhellen, griff ich nach einer Fackel. Alle paar Meter steckte eine in einer Halterung an den Steinwänden. Ich hatte meine Stiefel gegen weiche Pantoffeln eingetauscht, um keinen Lärm zu verursachen. Nur die Waffen an meinem Gürtel – das Schwert und der Dolch – stießen zwischendurch an das Metall der Rüstung.

Ein Ziel hatte ich nicht. Ich ließ mich von meinem Bauchgefühl lenken. Intuitiv bog ich um einige Ecken und landete schließlich dort, wo ich vor wenigen Minuten noch gewesen war – vor den Gemächern des Prinzen.

Drei Silberne Brüder – zuvor waren es bloß zwei gewesen – wachten vor seiner Tür und beäugten mich neugierig, als ich mit meiner Fackel in der linken Hand – die rechte wollte ich für alle Fälle frei haben – in den Gang einbog.

Gewiss war der König noch bei Prinz Constantin, daher der zusätzliche Krieger. Einer der Brüder musste der Leibwächter Ivan Isgeharts sein.

Ich wollte meinen Weg fortsetzen, Ausschau nach Tia halten, die Wachdienst hatte. Doch da vernahm ich ein Geräusch, das mir durch Mark und Bein fuhr.

Jemand schrie vor Schmerz.

»EUER HAAR – ES LEUCHTET WUNDERVOLL!«

Aus den Privatgemächern des Prinzen kamen Laute der Pein.

Es klang, als wäre diese Person geknebelt.

Entsetzt fuhr ich herum, starrte in die ausdruckslosen Mienen der bärtigen Silberbrüder.

»Was soll das?«, zischte ich. »Was geht hier vor?«

Um meinen Worten Ausdruck zu verleihen, hielt ich ihnen meine lodernde Fackel unter die Nase.

»Vorsicht, passt auf!«

Einer der Brüder lachte grunzend, schob meinen Arm zur Seite. Zugegeben, ich hatte mit meinem Effekt übertrieben und dem Kerl die Augenbrauen angesengt. Dennoch versetzte mich seine Gleichgültigkeit in Rage.

Immerhin klärte mich ein anderer auf. »Der König bläut dem Prinzen ein, was morgen zu tun ist. Auf *seine* Weise.«

Mehr Informationen brauchte ich nicht. Sofort war klar, was in diesen Gemächern vonstattenging.

»Lasst mich eintreten, ich bin die *Leibwächterin* des Prinzen!«

Ich bat nicht, ich befahl.

Die Brüder grinsten, schüttelten ihre Köpfe. »Niemals, wir haben Anweisungen.«

Das mochte durchaus sein. Trotzdem ließ ich nicht zu, dass Ivan Isgehart den Prinzen folterte. Auch ich hatte einen Auftrag.

Seufzend steckte ich die Fackel in eine leere Halterung im Gang. Es war an der Zeit, beide Hände frei zu haben.

Gespielt entmutigt ließ ich meine Schultern hängen, trat jedoch einen

Schritt nach vorn. Der gewöhnliche Geruch nach Mann schlug mir entgegen. Schweiß und Alkohol. So, wie ich ihn seit meiner Kindheit kannte, aber lange Jahre nicht mehr hatte erleben müssen.

Nach wie vor lachten mir die Wachen frech ins Gesicht – nun, gleich würde ihnen die Kinnlade herunterklappen. Es brauchte weder Schwert noch Armbrust, um einen Mann in die Knie zu zwingen. Ein gekonnter Tritt zwischen die Beine genügte.

»Aua, Dion im Himmel«, stöhnte der in der Mitte stehende Bruder auf. Er jaulte wie ein Hund, krachte vor mir zusammen. Sein Gesicht verzog sich zu einer scheußlichen Grimasse, er presste beide Hände an sein empfindliches Gemächt.

Beinahe hätte ich Mitleid gehabt, hätte er seinen Kumpanen nicht zugeraunt: »Unternehmt verdammt noch mal etwas, ihr Hurensöhne!«

Allerdings hatte ich auch nicht erwartet, ein zweites Mal mit solch einem billigen Trick davonzukommen.

Ich zog mein Schwert.

Die beiden Brüder, die noch aufrecht standen, starrten sich entgeistert an, ehe mich einer ins Visier nahm und fragte: »Ihr wollt kämpfen?«

»Es sei denn, ihr fürchtet euch?«

Wie erwartet fühlten sich die Männer in ihrer Ehre gekränkt, zogen schäumend vor Zorn ihre Schwerter. Meine Waffe lag gut in der Rechten, hatte das richtige Gewicht, um tadellos geschwungen zu werden.

Ich vollführte einen simplen Hieb, täuschte einen Angriff an. Kurz darauf zog ich mit der linken Hand meinen Dolch, um mir auch den zweiten Bruder vom Leib zu halten.

Breitschwert prallte auf Langschwert. Stahl auf Stahl. Das metallische Geräusch trieb mir eine Gänsehaut auf die Arme, unter Mantel und Uniform.

Mit einer geschickten Bewegung entwaffnete ich den ersten Schwertkämpfer. Und das in Windeseile, ohne Mühe. Im selben Atemzug gab sich der verbliebene Bruder geschlagen.

»Zum unheiligen Urian«, fluchte dieser, seine Waffe zurück in die Scheide steckend, »wenn Ihr des Thronfolgers Leibwache seid, lassen wir Euch passieren!«

Einer meiner Mundwinkel zuckte nach oben. Anstatt jedoch den Kessel erneut anzuheizen und den drei Brüdern mitzuteilen, dass sie gegen mich verloren hatten, dankte ich schlicht für die Freundlichkeit.

In der Tat hatten die Wachmänner keine Meisterleistung von mir verlangt, eine Anfängerin im achten Jahr hätte gegen diese Faulpelze gesiegt.

Ich steckte Schwert und Dolch zurück in die Halterungen am Waffengürtel und trat in das Gemach des Prinzen.

Kaum fand ich mich in den Privaträumen Constantins wieder, hörte ich die Tür auch schon ins Schloss fallen. Doch was hinter mir lag, interessierte mich auch nicht. Was vor mir zu sehen war, verlangte all meine Aufmerksamkeit: Fassungslos schnappte ich nach Luft.

Lavendel, Rosmarin – der Duft sämtlicher Kräuter benebelte meine Sinne und doch lähmte mich der Anblick.

Stolz wie ein Löwe posierte Ivan Isgehart in der Mitte des Raumes, dominierte alles und jeden. Die im fahlen Kerzenschein silbern funkelnde Krone verlieh dem König Macht. Seine pompöse Robe in Dunkelblau und Silber war zusätzlich mit einem Kragen aus Tierfellen veredelt. Dunkelgrüne Muster – zu Ehren der Königin, schließlich war dies ihre Farbe – waren in den Saum seines Umhangs gestickt.

Ich hörte ein Keuchen.

Nachtschwarz wie eine Schlange zischte die Peitsche des Königs auf den blanken Rücken des am Boden kauernden Jünglings hinab. Ein Schnalzen erklang, gefolgt von einem erneuten Stöhnen.

Blutige Striemen zeichneten sich auf seiner hellen Haut ab. Und erneut riss das zarte Fleisch auf.

Doch es war nicht der Prügelknabe, der geknebelt war und vor Schmerz qualvolle Laute von sich gab.

Während dieser die Folter stumm ertrug, war ein anderer zwischen Tränen und Wut hin- und hergerissen.

Entsetzt starrte ich hinüber zu den Fenstern, wo vor den geschlossenen

Samtvorhängen Prinz Constantin stand. *Er* war es, der nicht an sich halten konnte.

Unsere Blicke trafen sich. Sofort überwältigte mich der Kummer in der Miene des Thronfolgers. Ich fühlte einen glühend heißen Stich im Herzen.

»Aufhören!«, forderte ich.

Gleichzeitig stürmte ich an Prinz Constantins Seite, entfernte den Knebel aus seinem Mund und durchtrennte die Fesseln an seinen Händen mit meinem Dolch.

Auch wenn ich mich geirrt hatte und nicht der Thronfolger körperlich gequält wurde – diese Art der Erziehung war nicht besser.

Tatsächlich hielt der König in seiner Züchtigung inne, musterte mich amüsiert. Seine vollen Lippen waren in dem bärtigen Gesicht kaum zu erkennen, haselnussbraune Iriden taxierten jede meiner Bewegungen.

Den Prügelknaben schickte er mit einer kurzen Aufforderung aus dem Gemach und erst als dieser verschwunden war, sagte der König zu mir: »Wollt Ihr Euch nicht vorstellen, wie es sich geziemt?«

In den dunklen Augen des Herrschers gewahrte ich ein herausforderndes Funkeln, er war neugierig auf die neue Schwester seiner Gemahlin!

»Oder«, fuhr er fort, da ich offenbar zu lange gezögert hatte, »oder gehe ich falsch in der Annahme, dass Ihr das neue Goldkehlchen meiner lieben Gattin seid? Wäre es gar möglich, dass mein Sohn inzwischen Humor und Leidenschaft an den Tag legt und Dirnen im lächerlichen Kostüm einer Schwester empfängt, um sich Lust zu bescheren?«

Hatte ich das gerade richtig verstanden? Welch wüste Beleidigung!

Heißer Zorn brachte mein Blut zum Kochen, rauschte pulsierend durch meine Ohren. Ich spürte, wie meine Finger kribbelten, erneut nach meinen Waffen greifen wollten.

Ich biss mir fest auf die Zunge, bis ich Blut schmeckte.

So konnte ich milde lächeln. Meine Antwort fiel trocken aus.

»Lady Inga Ericson.« Ich knickste, hielt dabei den Blickkontakt zum König, was ihn grinsen ließ. »Ich bin die neue Goldene Schwester und Leibwächterin Eures Thronfolgers.« Kaum hatte ich mich aufgerichtet, starrte ich Ivan Isgehart tief in die Augen und verkündete schelmisch: »Ich komme keinen Tag zu früh, wie ich sehe. Die drei ... Krieger vor dem Gemach hätte eine Großmutter überwältigen können. Ein Thronfolger braucht jemanden, der ihn *wirklich* beschützen kann.«

Der König lachte, schielte aber für den Bruchteil einer Sekunde irritiert hinüber zur Tür. Sicher fragte er sich, wie ich an seinen Silbernen Brüdern vorbeigekommen war – oder ob diese seine Befehle missachtet hatten.

»Tut das, beschützt Constantin. Macht mit ihm, was Ihr ... ach nein, was meine *Frau* will!«

Ivan Isgehart warf seinem Sohn einen vielsagenden Blick zu, der selbst für mich wie ein Schlag in die Magengrube war.

»*Ich* spiele wenigstens mit offenen Karten. Erklärt meinem Sohn, dass er morgen meine Anweisungen zu befolgen hat. Der Hals seines Liebchens soll doch nicht brechen, oder?«

Mir wurde übel. Was verlangte der König da vom Prinzen?

Zuerst folterte er einen Jungen und nun warf er das Leben einer Dienerin in die Waagschale!

»Vater ...«

Nervös schaute ich in das kreidebleiche Gesicht des Thronfolgers. Seine Lippen hatten jede Farbe verloren. Der Glanz in den Augen machte mir Angst, es war, als hätte der Prinz hohes Fieber.

Am liebsten hätte ich meine Hände um seine zitternden Finger geschlossen, ihm gesagt, dass alles gut werden würde. Etwas in meiner Brust flackerte auf, ein neues Gefühl. *Zuneigung.* Ich mochte Constantin.

Schnell verdrängte ich diese Erkenntnis, da Emotionen keinerlei Bedeutung haben durften.

»Vater, ich werde ... ähm ... diese Worte niemals zu Prinzessin Elin sagen.«

Dass der König die fünf Kandidatinnen vorgegeben hatte, die der Prinz in die nächste Runde wählen sollte, hatte ich angenommen; das war sicher auch Constantin bewusst gewesen. Dass er vorgehabt hatte, seinem Sohn dazu Worte in den Mund zu legen, setzte dem Ganzen allerdings die Krone auf.

Der Prinz bebte am ganzen Körper, sah aus, als würde er jeden Moment zusammenbrechen. Ich machte mir Sorgen.

»Ich ähm ... würde ... ähm ...«, setzte Constantin erschüttert an, wollte seinem Vater in die Augen sehen. Aber er konnte dem Blick nicht standhalten.

»Hör auf zu stammeln!«

Ich unterdrückte ein Keuchen, sah, wie der Adamsapfel des Prinzen zuckte. War er den Tränen nahe? Oder tobte die Wut in ihm?

In mir spielte sich Letzteres ab. »Worum geht es hier?«, verlangte ich zu wissen. »Was soll Prinz Constantin der Tochter von König Ansgar von Noredellä bei der morgigen Brautschau mitteilen?«

Ich zwang mich dazu, wieder zu König Ivan zu sehen, da Constantin schweigend gen Boden starrte. Seine aufgerissenen Augen waren wie erfroren, er fokussierte die Stelle, wo eben noch der Prügelknabe gekauert hatte.

Ivan Isgehart hingegen kratzte seinen Bart und grinste mich interessiert an.

»Endlich eine Goldene Schwester, die meine Zeit wert ist. Ich frage mich nur, weshalb Euch meine Gemahlin gleich an ihren Sohn weiterge... *Ich* hätte Euch in meinen Gemächern behalten ...«

Empört schnappte ich nach Luft, wollte meinen Gefühlen Ausdruck verleihen, aber der Prinz unterbrach mich. »Beantwortet Lady Ingas Frage!«

Überrascht schaute ich zu ihm. Constantin hatte sich aufgerichtet, stand selbstsicher neben mir. Tapfer erwiderte er den vernichtenden – aber irritierten – Blick seines Vaters.

»Nun«, setzte der König an, nachdem er erst seinen Sohn, dann mich und schließlich wieder ihn fixiert hatte. »*Lady* Inga: Constantin soll Ansgars Tochter morgen mitteilen, dass er an ihrer Stelle genauso gut eine Blindschleiche heiraten könnte, da sie ein nutzloser Krüppel ist.«

Am liebsten hätte ich gelacht. Das konnte doch nicht sein Ernst sein ... Wozu dieses Drama vor den Adeligen ganz Omnias?

Schwester Odine hatte uns gelehrt, dass einige Familienmitglieder im Geschlecht der Noredellä eine schlechte Sehkraft hatten. Ansgars Tochter war sogar blind.

Die arme Prinzessin wäre am Boden zerstört! Eine derartige Beleidigung hätte bittere Konsequenzen, wenn nicht sogar …

»Ich würde möglicherweise einen Krieg auslösen!«

Constantin traf den Nagel auf den Kopf.

Das belustigte Zucken der königlichen Mundwinkel sprach Bände.

Der Prinz keuchte, trat einen Schritt zurück. »Genau das wollt Ihr, deshalb rüstet Ihr auf! Meine Botschafter haben von der vermehrten Waffenproduktion berichtet. Aber wozu, wenn Friede herrscht? Jetzt ist es klar.«

Empört schnappte ich nach Luft, realisierte, dass der König die vielen Steuergelder für die Bezahlung weiterer Truppen brauchte.

»Kandlot hat im Kontinentalen Krieg Land an Noredellä verloren, Berge mit wertvollem Erz!« Die Pupillen Ivan Isgeharts funkelten.

Glitzert der Wahnsinn in ihnen?

Der Prinz schüttelte wütend den Kopf. »Großvater hat Ansgar die Minen überlassen, sie haben sich geeinigt und …«

Da polterte unser Gegenüber plötzlich los. »Schweig! Er ist ni…« Der König hob drohend seine schwarz behandschuhte Hand, verstummte jedoch abrupt.

Selbst ich zuckte zusammen. Was ging in diesem Herrscher bloß vor?

Er ließ seinen Arm sinken, rang um Fassung. Gewiss bereute er es, den Prügelknaben weggeschickt zu haben. An wem er wohl später seinen Zorn auslassen würde?

Constantin wirkte, als hätte ihm sein Vater die Faust ins Gesicht gedonnert. Der Prinz strauchelte, taumelte rückwärts und fiel gegen sein Bett, wo er auf den weißen Kissen sitzen blieb.

»Genug geplaudert«, entschied der König, »du weißt, mein Sohn, was zu tun ist. Und *Lady* Inga … helft ihm, wenn Euch etwas an ihm liegt – denn das Leben seiner Dirne steht auf dem Spiel. Es sei denn, Ihr seid nur die Marionette meiner Gattin.«

***

Kaum riss der König die Flügeltür auf, verlangte er zu wissen, welcher der Brüder als Erstes versagt hatte.

Verstört riss ich die Augen auf, beobachtete, wie zwei der Männer auf jenen dritten zeigten, dem ich einen Tritt zwischen die Beine verpasst hatte.

Ivan Isgehart schnaubte. »Du also. Folge mir!«

Sein Tonfall war rau, jagte mir einen Schauder über den Rücken.

Ich kniff meine Augen zusammen, suchte Prinz Constantins Blick, kaum dass die Türe wieder ins Schloss fiel und wir unter uns waren.

Dieser starrte noch minutenlang auf die geschlossene Pforte und ich fragte mich, ob hypnotisierende Muster im Ebenholz zu finden waren. Ob ich ihn vorsichtig anstupsen sollte?

Mein Herz klopfte beim Anblick seiner zarten Haut. Wie leicht sie mit nur einem Peitschenhieb reißen würde ...

In diesem Moment brach der Thronfolger sein Schweigen, schaute mich traurig an.

»Arme Uta.«

»Wer ist Uta?«

»Die ... ähm ... Frau des Mannes, der heute Nacht noch zu Tode gefoltert wird. Sie wird sich jetzt allein um ihre zwei Kinder kümmern müssen.«

Ich runzelte die Stirn. »Ihr denkt, dass der Silberbruder sterben muss?«

Constantin seufzte, schüttelte den Kopf, als wüsste ich nicht wovon ich sprach – und er hatte recht.

»Holger hat ein ... ähm ... dauerhaftes Herzleiden, er wird gleich zusammenbrechen. Jede Woche bringe ich ihm einen Kräutersaft zur Stärkung, doch die ... ähm ... Anfälle häufen sich. Noch hatte Vater nichts bemerkt, aber Holger fürchtet schon lange um seine Anstellung am Hof.«

Meine Knie wurden weich, ich fühlte mich miserabel. Hätte ich auch nur im Geringsten geahnt, was meine Taten für Folgen haben könnten, niemals hätte ich meine Waffen gezogen oder vor dem König mit meinem Geschick geprahlt!

Ich hatte geglaubt, auf Burg Gedeleen die Weisheit täglich mit dem Löffel zum Abendbrot bekommen zu haben. Nun – Hochmut kam vor dem Fall. Jetzt lag ich am Boden, sah, was Arroganz anrichten konnte.

Für mich waren diese Männer lediglich Silberne Brüder. Constantin aber kannte ihre Namen, ihre Familien.

»Das ist bedauerlich«, meinte ich schlicht, hoffte aber, der Prinz konnte irgendwie erraten, was ich ihm eigentlich hatte sagen wollen. Derartige Worte schafften es jedoch nicht über meine Lippen.

***

Der Prinz und ich hatten uns noch lange schweigend angesehen. So vieles hätte es zu sagen gegeben, doch mein Herz quoll über vor Gefühlen und das machte mir Angst. Noch nie hatte ich eine derartige Last auf der Seele verspürt.

»Schwester Tia bewacht die Gänge«, wisperte ich mit dem letzten Quäntchen Selbstbewusstsein, das ich an den Tag legen konnte, »Ihr seid in Sicherheit.«

Anschließend ging ich. Doch dass dem Prinzen keinerlei Gefahr drohte, glaubte ich nicht mehr.

Nicht einmal seine Eltern behandelten ihn mit Respekt. Das war traurig. Auch wenn der Thronfolger lieber zur Gartenschere anstatt zur Waffe griff – Constantin war nicht auf den Kopf gefallen! Er sandte Boten aus, wusste über sein Land und dessen Bewohner Bescheid!

Schlaf bekam ich kaum, zumal ich mich nach wie vor sträubte mich in mein Himmelbett zu legen. Die Matratze dort wäre gewiss weicher als das Sofa gewesen und der Geruch nach Lavendel drang auch hier in meine Nase.

***

In den frühen Morgenstunden – erste Sonnenstrahlen linsten zwischen den Ritzen der Vorhänge hindurch – hielt ich es nicht länger aus und beschloss einen Spaziergang an der frischen Luft zu machen.

Wieder warf ich mir den goldenen Mantel über, schritt durch die Gänge – zielsicher dem Dienstboteneingang des Schlosses entgegen.

Als ich den Hinterhof betrat, fiel mir auf, dass die Pflastersteine glitzerten. In der Nacht musste es geregnet haben. Geschickt wich ich den größeren dunklen Pfützen aus, um mich nicht aus Versehen mit Matsch zu bespritzen.

Lächelnd atmete ich den kühlen Nebeldunst ein, der sich jedoch schon zurückzog. In der Ferne verschmolz das Sattgrün des Waldes mit einzelnen Schwaden. Gleichzeitig kämpfte sich die Sonne hervor. Ein beeindruckendes Lichtspiel der Natur.

Ich liebte den April.

Gerade als ich die Statuen neben dem Springbrunnen bewundern wollte, entdeckte ich König Brion von Enghor.

Der blonde Mann rauschte gerade um eine Ecke des Schlosses und aus meinem Blickfeld. Ob er vor Aufregung in der Nacht kein Auge zugetan hatte? Seine Tochter war immerhin eine ernst zu nehmende Kandidatin!

Ich setzte meinen Weg fort, marschierte hinüber zu den Stallungen. Obwohl ich mit dem Gedanken spielte, meinen Vater zu besuchen, schmiedete ich andere Pläne.

Der König besaß etwa hundert Reit- und Kutschenpferde. Die Tiere für seine Armeen waren in separat liegenden Stallungen untergebracht.

Ein älterer Herr mit einem freundlichen Lächeln kam mir entgegen. »Ich bin Finn, der Stallmeister«, stellte er sich vor. »Ihr müsst die neue Goldene Schwester sein.«

Ich nickte. »Lady Inga. Würdet Ihr mich zu der verwundeten weißen Stute führen?«

Finn hob die Augenbrauen, wirkte überrascht. »Natürlich.«

Gewiss war es unüblich, dass sich Goldene Schwestern um Pferde sorgten. Dennoch führte er mich sogleich zu dem Tier, auf dem Mercedes und ich am Vortag geritten waren. Besorgt stellte ich fest, dass es kränklich auf dem Stroh in seiner Box lag.

Beklommen bat ich den Stallmeister mir einen frischen Verband und heißes Wasser zu besorgen. Ich selbst lief eilig in Constantins Kräutergarten und holte mir die Wirkstoffe, die ich brauchte. Obwohl ich die einzelnen Heilpflanzen kannte, erwiesen sich die handgeschriebenen Kärtchen des Prinzen als segensreich, um etwaigen Verwechslungen vorzubeugen. Auf Burg Gedeleen hatten die Schwestern ihre Kräuter nicht mit Notizen versehen gehabt.

Wenige Minuten später kauerte ich erneut neben dem Pferd, legte ihm frische Kräuterbinden an und flüsterte dabei beruhigende Worte. Meinen Mantel hatte ich ausgezogen und über eine der hölzernen Seitenwände geworfen. Vom Herumlaufen im Kräutergarten war mir warm geworden.

»Ja, du bist stark«, raunte ich dem Tier zu.

»Würdet Ihr dies auch mir ins Ohr flüstern?«

Ungewollt musste ich grinsen. Sicherlich gab es nur einen, der zu so früher Stunde schon seine Runden drehte. Jedenfalls würde ich ihn so einschätzen. Doch als ich mich umdrehte, war es nicht Constantin, der lässig an der knarzenden Holzwand lehnte.

Überrascht blickte ich in die haselnussbraunen Augen von Niklas Larsson.

Schwester Odine hatte mir einmal ein Gemälde von ihm gezeigt – doch dieses simple Bildnis wurde dem Bastard des Königs in keiner Weise gerecht, der Maler hatte ihn nicht korrekt dargestellt.

Dunkelbraunes Haar hing ihm lässig ins Gesicht, betonte markant hervortretende Wangenknochen über einem gepflegten Stoppelbart. Sein verführerisches Grinsen offenbarte strahlend weiße Zähne.

Das Tor quietschte, als Niklas es öffnete und zu mir in die Box trat. Irritiert blickte ich zu dem jungen Mann empor.

Knochenbau, Ausdruck – es war offensichtlich, dass er Ivan Isgeharts Sohn war!

Niklas trug ein praktisches Reitgewand, eng anliegende Hosen und einen schlichten Umhang. Er kam wohl von einem Ausritt oder Spaziergang zurück, denn an seinen Stiefeln klebte frische Walderde.

»Verzeiht«, meinte er und hielt mir seine Hand hin. Offenbar wollte er, dass ich sie ergriff und aufstand. »Mein Name ist …«

»Sir Niklas Larsson. Wir werden auf Burg Gedeleen durchaus unterrichtet.«

Ich erhob mich – ohne die Hilfe des Bastards.

Ein Schatten huschte über seine Miene. Er zog den Arm zurück.

»Dann seid Ihr Lady Inga Ericson. Mein Vater sprach bereits von Euch. Verzeiht erneut, meine Teuerste. Ich war geblendet von der Reinheit Eures Gesichts und achtete erst nicht auf Eure Gewänder …«

Reinheit? Wovon redete dieser Charmeur? Um meine Nase tummelten sich die Asche-Sprenkel. Ich prustete amüsiert, schüttelte den Kopf.

»Und Euer Haar – es glüht wie das Abendrot und glänzt gleichzeitig wie die strahlende Morgensonne. Wie ist das nur möglich?«

Jetzt reicht es aber!

»Hört auf. Bitte. In diesem Stall erkenne ich kaum Eure Augenfarbe«, ich schwindelte ein bisschen, hatte schließlich sofort die satte Nussfarbe bemerkt, »wie also wollt Ihr meine Strähnen mit der leuchtenden Sonne vergleichen?«

Niklas grinste schief, zog eine Braue hoch.

»Ihr habt recht«, meinte er dann, »das geht nicht. Also kommt mit mir nach draußen. Ich wollte gerade ausreiten. Begleitet mich doch!«

Das Pferd war versorgt. Die Verbände gewechselt. Noch hatte Tia Wachdienst und ich etwas Zeit.

Doch Niklas hatte mich belogen. »Ihr wart doch eben erst im Forst!«

Woher ich diese Dreistigkeit nahm, war mir unklar. Vielleicht weil ich merkte, dass es dem Edelmann gefiel.

Ich stellte mich auf die Zehen – Niklas war um einiges größer als ich – und zupfte ihm hängen gebliebene Kiefernnadeln von den Schultern.

»Seht Ihr?« Ich lächelte. »Auch die Erde an Euren Stiefeln ist noch nass.«

Der Beifall im Blick des Mannes schmeichelte mir, gleichzeitig irritierte mich die plötzliche Intensität darin. Mein Verstand sagte mir, dass ich *nicht* mit Niklas in den Wald reiten sollte.

»Ihr seid eine geschulte Beobachterin!«

Ich winkte ab, bückte mich, um die Stute noch einmal zu streicheln.

»Das war keine Kunst«, erwiderte ich.

In meinem Körper ging etwas Seltsames vor. Mein Herz klopfte ungewohnt schnell und mein Bauch kribbelte. Zudem spürte ich, dass ich rot geworden war.

Was sollte das? Auf solche Dinge hatten uns die Schwestern nicht vorbereitet!

»Ich möchte heute erneut ausreiten. Mit *Euch*!«

Niklas trat näher an mich heran. Der Geruch nach Wald, Erde und Kiefern verführte mich zu einem unüberlegten Ja.

***

Der uneheliche Sohn des Königs – bei diesem Gedanken bekam ich wegen Constantin ein schlechtes Gewissen – ließ ein Pferd für mich satteln.

Nach wenigen Minuten ritten wir nebeneinander in den Forst hinein.

Inzwischen hatte die Sonne den Nebel gänzlich verdrängt. Einzelne Fetzen waberten noch in dicht bewachsenen Teilen des Waldes. Ansonsten blitzten die Strahlen durch die Nadelbäume und trockneten den vom nächtlichen Regen nassen Waldboden.

Niklas war ein ausgezeichneter Reiseführer. Er kannte die Gebiete um das Schloss wie seine Westentasche und informierte mich über Seen, Flüsse und Städte.

Nachdem ich erzählt hatte, dass ich die Leibwächterin des Thronfolgers war, meinte Niklas süffisant: »Wenn mein Bruder einmal nicht auf Eure Hilfe angewiesen ist, können wir ja einen Ausritt zum Veronikasee unternehmen …«

Mir war nicht klar, ob der Edelmann Witze machte oder ernsthaft Pläne schmiedete – doch es war mir einerlei. Im Grunde sehnte ich mich danach, die Sorgen des gestrigen Tages für ein paar Minuten hinter mir zu lassen.

Ich merkte kaum, wie die Zeit verging. An seiner Seite fühlte ich mich gut … frei.

Niklas brachte sein Pferd zum Stehen, wir stoppten nebeneinander auf einer Lichtung im Wald. »Und – ich hatte recht.«

Fragend hob ich meine Schultern.

»Euer Haar – es leuchtet wundervoll!«

Dieser Schönling wusste, wie er das Herz einer Frau gewinnen konnte. Ich aber war eine Goldene Schwester, brauchte keinen Mann an meiner Seite.

»Bei mir könnt Ihr Euch das Süßholzgeraspel sparen«, sagte ich amüsiert, spürte aber, wie sich mein Puls beschleunigte.

Niklas tat, als hätte ich ihm meinen Dolch ins Herz gerammt. Theatralisch presste er sich eine Hand an die Brust und jammerte: »Wie könnt Ihr so gefühllos sein? In meinen Gedanken flanieren wir bereits nach den Feierlichkeiten heute Nachmittag durch die Gärten. Ich in meinen besten Gewändern und Ihr … in einem entzückenden Kleid.«

Nach der Brautschau heute zur Mittagszeit wurde zu Ehren der fünf erwählten Kandidatinnen ein Fest veranstaltet und am Abend ein Ball. Dort sollte Constantin bereits herausfinden, welches der Mädchen … gut in seinen Armen lag?

»Ich trage kein Kleid, sondern meine Uniform«, erinnerte ich Niklas.

Der Edelmann schnalzte mit der Zunge, lenkte sein Pferd näher an das meine.

»Also von mir aus müsstet Ihr gar nichts anziehen.«

Ehe ich empörte Widerworte geben konnte, gab Niklas dem Pferd die Sporen und ritt an mir vorbei. Wind fuhr mir ins Haar und verwirbelte die Luft zu goldroten Funken.

Während des Rückwegs ergriff ich die Chance und sprach ihn auf die erhöhten Steuern an. Es interessierte mich, ob der Bastard des Königs von dessen Kriegsplänen wusste.

»Wir planen in der Vesi-Ebene eine Brücke über die Senrö – ein Fluss in der Nähe – zu bauen. Die Händler der umliegenden Städte könnten sich lange Umwege ersparen, die Wirtschaft würde florieren.«

Niklas klang begeistert – und ich war es genauso. Jedenfalls wenn diese Information der Wahrheit entspräche. Tatsächlich aber trieb Ivan Isgehart Geld für einen Krieg ein, nicht für einen primitiven Übergang.

»Wozu für eine einfache Holzbrücke die Steuern erhöhen, das ist lächerlich!«

»Die Senrö ist ein reißender Strom, meine Teuerste. Kein plätscherndes Bächlein zum Nacktbaden …«

Niklas schmunzelte, bedachte mich abermals mit seinem eindringlichen Blick, der mir das Gefühl gab, ein Schneekristall im Sommer zu sein.

***

Nachdem wir unsere Pferde Finn, dem Stallmeister, übergeben hatten und ich mir meinen goldenen Mantel geholt hatte, schritten wir gemeinsam über den Hof.

Gerade wollte ich Niklas für den Ausritt danken, als dieser abrupt stehen blieb.

Erst war ich irritiert, bemerkte, dass sich seine Gesichtsfarbe veränderte. Obwohl seine Haut schon im Frühling von der Sonne gebräunt war, wirkte er plötzlich aschfahl.

Ich folgte seinem Blick und – erstarrte.

Meine Finger zitterten, mir wurde heiß und kalt.

Während Niklas lediglich eine Leiche sah, erkannte ich etwas derart Schauderhaftes, dass mir vor Schock das Blut in den Adern gefror.

***

Der König ordnete an den Todesfall diskret zu behandeln. Im Prinzip – so lautete jedenfalls die offizielle Meldung – war auch bloß ein ungeschicktes Dienstmädchen gestürzt und mit dem Kopf auf den Pflastersteinen aufgeschlagen.

Es handelte sich um die Hochgewachsene, jene, die mir beim Baden geholfen und über Djana gelästert hatte.

Während der König vielleicht tatsächlich dachte, das Mädchen wäre bei der Arbeit einfach tot umgefallen, wusste ich es besser.

Die Leiche war inzwischen weggeschafft worden – wie eine von einer Kutsche überrollte Katze. Doch ihr Anblick hatte sich in meinen Verstand gebrannt. Kaum blinzelte ich, sah ich sie wieder vor mir: Sie trug ihr weißes Dienstgewand, es hatte sich ausgebreitet wie ein Fächer. Das Haar war unter einer Haube verborgen. Große, panisch aufgerissene Augen starrten mich an. Ein leerer, toter Blick.

Aber nichts davon hätte Hysterie in mir ausgelöst. Nein. Es waren die Male an ihrem Hals gewesen. Zwei eindeutige Bisspuren – genau wie damals.

Ich durfte nicht länger warten. Schon gestern im Wald hatte ich mir eingebildet von blutroten Augen beobachtet zu werden.

Der Dämon ist hier! Wir haben ihn nicht vollends vernichtet. Er versteckt sich am Hof in einem oder mehreren Körpern.

»DARAUF VERZICHTE ICH.«

»Schwester Inga?«

Mercedes riss mich aus den Gedanken. Schnell wischte ich mir meine schweißnassen Hände an der Uniform ab.

»Folge mir, Königin Valerie möchte dich sprechen!«

Ich war zu verstört, um mich auf das Gespräch vorzubereiten. All meine Konzentration galt meiner Atmung ... mich wieder unter Kontrolle zu bringen.

Wie üblich machte Mercedes riesige Schritte – ihr Umhang wallte –, ich lief ihr durch den Gang mit den Gemälden hinterher.

Wenige Minuten später stand ich vor meiner Herrin, ihr Kleid war edler als gestern. Wieder dominierten die Farben Dunkelgrün und Schwarz. Ihr glänzendes, mit Perlen geschmücktes Haar war hochgesteckt.

Kestrall und Mercedes gesellten sich an ihre Seite. Tia und Finja schlossen den Kreis.

Kurz kam mir der Gedanke, dass Prinz Constantin gerade schutzlos war, doch ich wusste nicht, ob ich dies ansprechen sollte. Die Königin selbst hatte mich schließlich rufen lassen.

»Mercedes hat von Bissspuren berichtet. Ihr alle wisst, was das bedeutet. Der Dämon ist hier«, eröffnete Valerie Vanhaag das Gespräch.

Überrascht schnappte ich nach Luft; verschluckte dabei ein in der Luft flirrendes Staubflöckchen und hustete.

Dass meine Herrin derart offen mit ihren Kriegerinnen über die Existenz des Dämons sprach, verblüffte mich. Allerdings hätte mir klar sein müssen, dass sämtliche Goldenen Schwestern Bescheid wussten. Schwester Odine hatte im Kampf gegen die Bluttrinker damals sogar um Verstärkung bei Königin Sabita Vanhaag erbeten.

Auch beim allerersten Auftauchen vor etwa neunzehn Jahren – ich hatte dies nur vage mitbekommen, war erst wenige Monate auf Gedeleen gewesen – hatte Odine jemanden um Hilfe gefragt – doch ich wusste nicht mehr, wen.

Mercedes ergriff das Wort.

»Odine glaubte den Dämon vernichtet zu haben. Jetzt aber treibt er *hier* im Schloss sein Unwesen.«

Tia faltete ihre Hände, wie zum Gebet. »Haltet am Glauben fest, Schwestern, dios cé!«

Finja zog ihren Dolch. Ihre Stimme klang eisern. »Euch wird nichts geschehen, meine Königin!«

Kestrall und Mercedes sahen sich an.

Ich schluckte. »Sollten wir nicht den König informieren, damit er die Wachen verdoppeln lässt?«

»Noch nicht. Wenn sich die Anwesenheit eines Dämons herumspricht, wird Panik ausbrechen und der Träger kann fliehen«, erklärte die Königin.

»Schwestern«, meinte Kestrall schließlich und blickte wieder in die Runde, »wir sollten einen kühlen Kopf bewahren, besonnen handeln.«

Finja ignorierte diesen Rat. Sie warf ihr schwarzes Haar über eine Schulter und bewegte weiterhin ihre Stichwaffe in der Hand. »Seit gestern sind zig Adelige und deren Diener im Schloss – *jeder* von ihnen könnte den Dämon in sich tragen!« Ihre »Rs« rollten und zeigten ihre Erregung.

Tia nickte und runzelte die Stirn. Plötzlich stieß sie einen Laut des Entsetzens aus und starrte mich an.

»Adelige, deren Diener und – *Schwester Inga*! Auch sie, dios cé!«

Dass Schwester Tia glaubte, in meinem Körper könnte ein Dämon sein Unwesen treiben, schockierte mich. Tatsächlich trieb die Frau keinen Spaß mit mir, denn auf ein belustigtes Aufflackern in ihrer Miene wartete ich vergeblich. Es war ihr purer Ernst.

»Vor neunzehn Jahren hat Odine angeblich *auch* Schwestern, die Dämonen in sich trugen, leben lassen, anstatt sie zu töten, dios cé!«, wisperte Tia mit weit aufgerissenen Augen und schaute mich erwartungsvoll an, als könnte sie in meinen Pupillen sehen, ob ich die Wahrheit sprach.

»In mir haust kein Monster«, versicherte ich ihr.

Dennoch schwitzten meine Handinnenflächen inzwischen. Was, wenn die Königin dieses Risiko nicht einging und mir zur Sicherheit lieber den Kopf abschlug? Nur so konnten Dämonenträger vernichtet werden.

Mercedes schnaubte. »Inga ist rein, Schwester Tia, und nun erzähle ihr keine Schauermärchen!«

Allerdings brauchte ich keine Beschützerin, ich konnte selbst für mich sprechen. »Ich habe *gegen* den Dämon gekämpft, habe Opfer – wie die Dienerin heute – und Trägerinnen sterben sehen«, verriet ich und blickte die Frauen an, eine nach der anderen.

»Die Trägerinnen sind *gestorben*?«, fragte die Königin, wirkte überrascht ob meiner Formulierung.

»Wir haben sie getötet«, korrigierte ich, »als der Dämon zum Vorschein kam – als sie ... Blut trinken wollten.«

Mercedes zog eine Augenbraue hoch, schien mir nicht vollends zu glauben.

Ich fühlte, wie ich erblasste.

»Hast du einer Trägerin den Kopf abgetrennt?«, fragte sie neugierig, obwohl sie die Antwort sicherlich in meinem Gesichtsausdruck las.

»Nein, dazu kam es nie«, log ich.

Bei der Erinnerung wurde mir plötzlich so heiß, dass ich keuchte und nur noch einen Gedanken im Kopf hatte: Ich musste zu Prinz Constantin, er brauchte meinen Schutz!

***

Kaum betrat ich die Gemächer des Prinzen, teilte mir dieser mit, dass erneut jemand nach mir gefragt hatte.

»Du sollst unverzüglich seine ... ähm ... Räumlichkeiten aufsuchen«, erklärte mir Constantin, während er von seinem Diener heißes Wasser in einem Becher entgegennahm.

Liebevoll streute er getrocknete Blätter in die dampfende Flüssigkeit. Der Duft betörte mich, beruhigte meine Sinne.

»Salbei«, verriet er und ließ mich an dem handbemalten Tongefäß riechen, in dem er die Blätter aufbewahrte.

Ich schnupperte, schüttelte allerdings abrupt den Kopf, um bei Verstand zu bleiben.

»Wer möchte mich sprechen?«

»Erwähnte ich das nicht? Euer … ähm … Vater! Er meinte, es ginge um die Familie.«

***

Mein Herz hämmerte schmerzvoll, als ich einem der Silberbrüder durch die Gänge zu den Unterkünften der königlichen Berater folgte. Einen Moment lang hatte ich mit der Idee gespielt, meiner Vergangenheit den Rücken zu kehren, meinen Vater warten zu lassen, bis er schwarz wurde. Was auch immer er jetzt von mir wollte – es konnte nichts Gutes sein. Kein einziges Mal hatte er mich auf Burg Gedeleen besucht. Ich war ihm nichts schuldig.

Und doch – er war immerhin mein Vater, hatte das Geld für meine Ausbildung aufgetrieben. Im Endeffekt war dies auch der Grund, weshalb ich nun vor seinen Gemächern stand und mich von den Wachen des Königs ankündigen ließ.

Kaum trat ich ein, schlug mir der Gestank von Alkohol entgegen. Gewiss hing dieser bereits in den Decken und Vorhängen fest – gehörte genauso zur Einrichtung des Zimmers wie die rustikalen Holzmöbel.

Mein Vater selbst saß an seinem Esstisch, nahm gerade das Frühstück – Brot mit Speck – zu sich.

Mein Magen knurrte.

»Hast du Hunger?«

Hat er das etwa gehört?

»Als Kind mochtest du die Kruste am liebsten!«

Er löste den Rand des Brotes und hielt ihn mir hin – fassungslos stand ich da und glotzte den rotbärtigen Mann an, den ich seit zwanzig Jahren nicht gesehen hatte.

Da ich das Angebot nicht annahm, legte er die Kruste zurück auf das Tablett.

Ich schnaubte, trat näher an den faltigen Mann heran. »So begrüßt du mich nach all der Zeit?«

Olav Ericson schmatzte, schob sich ein weiteres Stück Speck in den noch vollen Mund. Anschließend schmierte er sich seine klebrigen Finger an der Hose ab.

»Wir können uns auch in die Arme fallen.«

»Darauf verzichte ich.«

Leider lief mir beim Anblick des Brotes erneut das Wasser im Mund zusammen.

Ich konnte nicht anders. Gewiss war es nicht die feine Art, doch Olav hatte mir das Stück schließlich angeboten. Kurzum nahm ich auf dem Stuhl gegenüber meines Vaters Platz, ergriff die Kruste und biss herzhaft hinein.

Der Mann grinste. Mir fiel auf, dass ihm schon ein Eckzahn fehlte. Vermutlich konnte er die Brotkruste ohnehin kaum kauen.

»Du kannst auch den Speck haben, ist schon mein zweiter Teller.«

Das ließ ich mir nicht zweimal sagen.

Nachdem ich zwei Brocken Fleisch und den knusprigen Rand verzehrt hatte, wurde ich jedoch jäh im Appetit gebremst, denn mein Vater brummte: »Bist wohl völlig ausgehungert. Hätte ich mir gleich denken können, dass du bei den Schwestern nichts Ordentliches bekommst. Vermutlich nur Grünzeug, was?«

Als wäre das Essen in meiner Hand plötzlich verdorben, schmiss ich es auf das Tablett und verzog wütend das Gesicht. »Wenigstens haben sie sich um mich gekümmert, *Vater.*«

Ich wollte zornig klingen, erregt. Vom aufkeimenden Schmerz in meiner Brust durfte er nichts wissen. Natürlich hätte ich mir gewünscht, trotz meiner Ausbildung zur Goldenen Schwester Teil der Familie zu bleiben, geliebt zu werden.

»*Du* hast dich gegen uns entschieden, Inga. *Du* bist gegangen. Obwohl du noch ein Kind warst. Ein stures, bockiges Mädchen.«

Seine dunkelgrünen Iriden funkelten.

»Das muss ich mir nicht anhören«, entschied ich.

Mir war nicht klar, was ich von diesem Wiedersehen erwartet hatte. Vielleicht war ich damals ein fünfjähriger Trotzkopf mit ungewöhnlichen Zielen gewesen – aber ein liebender Vater hätte mich dennoch besucht.

Ich wischte meine Finger an der Stoffserviette sauber und erhob mich.

»Jedenfalls danke ich dir dafür, dass du meine Ausbildung gezahlt hast, Vater. Ich werde jetzt gehen und ...«

»Moment. Glaubst du wirklich, ich hätte auch nur eine Goldmünze für dich geopfert?«

Vor Schreck fiel mir die Serviette aus der Hand. Langsam segelte sie zu Boden. Hatte ich das gerade richtig verstanden? »Entschuldigung?«

Olav Ericson verschränkte die Arme, schnaubte und grinste mich schief an. In seinen Augen spiegelte sich mein entsetzter Gesichtsausdruck wider.

»Du hast mich schon verstanden. Ich investierte mein Geld in Katga. Das Kind bekam Musik-, Mal-, und Tanzunterricht. Da blieb kein Groschen für dich, Töchterchen.«

»Da muss ein Irrtum vorliegen«, wisperte ich stirnrunzelnd.

Schwester Odine hätte mich nach Hause geschickt, wenn keine pünktlichen Zahlungen eingetroffen wären. Irgendwie mussten ja meine Nahrung, die Gewänder und Waffen bezahlt werden. Außerdem bestand Königin Sabita Vanhaag auf einer großzügigen Spende an sämtliche Klöster Dellas. Die heilige Della war die Tochter unseres Gottes Dion und wurde in Gondra ganz besonders verehrt.

Mein Vater lachte. »Oh, es *hat* jemand deine Ausbildung und die Spende bezahlt.«

Ich überlegte. »Die Königin?«

Olav prustete amüsiert, schüttelte den Kopf, sodass kleine Brotkrumen aus seinem Bart flogen. »Ivan selbst!«

»Aber das ergibt keinen Sinn! Der König verachtet die Goldenen Schwestern, weshalb sollte er meine Ausbildung finanzieren?«

Olav rülpste, ich rümpfte angewidert die Nase.

»Bestimmt teilt er dir dies bald mit. Er war es auch, der mich überredet hat dich überhaupt nach Gedeleen gehen zu lassen. Aber jetzt habe ich ein Anliegen ...«

Zwischen zusammengebissenen Zähnen presste ich hervor: »Ich bin dir nichts schuldig Vater. Nichts.«

Ich wollte gehen, wandte mich zur Tür.

Kaum aber berührte ich die Klinke, rief mein Vater: »Und Katga, deiner *richtigen* Schwester?«

Seine Formulierung versetzte mir einen Stich.

Ich hätte einfach gehen sollen, ihn ignorieren. Doch ich war schwach, drehte mich um. »Was ist mit ihr?«

Mein Vater schmunzelte, schob sich noch einen Happen Speck in den Mund.

»Du bist doch die Leibwächterin des Prinzen ...«, setzte er schmatzend an, »kannst ihn also in der Wahl seiner Braut beeinflussen ...«

Ich spürte, wie sich mein Magen zusammenzog. Er konnte sich weitere Ansprachen schenken – mir war klar, worauf er hinauswollte.

»Du willst, dass ich ihm Katga schmackhaft mache.«

Olav kaute herzhaft auf seinem Stück Schwein herum, versuchte anschließend, sich ein hängen gebliebenes Fädchen Fett zwischen den Zähnen mit einem Fingernagel herauszukratzen.

Der Anblick – und die entstehenden Geräusche – waren widerlich.

»Im Gegenteil«, grummelte er nebenbei, »ich möchte, dass du ihn von ihr fernhältst.«

Überrascht riss ich die Augen auf – damit hatte ich nicht gerechnet.

»Sie fernhalten? Weshalb?«

Endlich gab Olav das Herumdoktern zwischen den Zähnen auf, schaute mich herausfordernd an und meinte: »Ach, plötzlich interessierst du dich für deine Familie? Bitte um Verzeihung für dein Benehmen und ich verrate es dir.«

Es war das selbstgefällige Grinsen im Gesicht meines Vaters, das mich dazu trieb, wütend aus seinem Gemach zu poltern.

Die Tür warf ich donnernd hinter mir zu, sie erzitterte in den rostigen Angeln.

Eigentlich hätte ich gern die Antwort auf meine Frage gehört; ich begriff nicht, was mein Vater davon hatte, Constantin von Katga abzuschotten. Wollte er nicht, dass seine Tochter Königin wurde? Weshalb nahm sie dann an der Brautschau teil?

Und warum, in Dions Namen, hatte Ivan Isgehart meine Ausbildung bezahlt? Der Mann, der die Goldenen Schwestern am meisten hasste?

Vielleicht würde mir meine leibliche Schwester Antworten auf diese Fragen geben.

***

Ich hatte es satt, im Dunkeln zu tappen. Dennoch widerstrebte es mir, meinen Vater erneut aufzusuchen – für keine Erläuterungen der Welt würde ich zu Kreuze kriechen und um Vergebung bitten. Wofür auch? Der König selbst hatte meine Ausbildung bezahlt, entschieden, dass seine Frau neue Kriegerinnen verdient hatte. Wie konnte sich also mein Vater anmaßen, eine Entschuldigung zu verlangen?

Der Silberbruder führte mich auf meine – zugegeben, unpassend forsche – Anweisung hin zu den Zimmern der Kandidatinnen der Brautschau. Diese lagen nur wenige Gänge von der königlichen Familie entfernt. Er wusste nicht genau, in welchem der Räume meine Schwester untergebracht war, doch eine vorbeilaufende Dienerin zeigte mir die Tür.

Ehe ich klopfte, zögerte ich. *Was, wenn sie mich nicht erkennt?*

Kaum wurde ich hereingebeten, blickten mir zwei kugelrunde braune Rehaugen entgegen. Die Farbe glich der von Tante Idas Augen, doch das Haar floss goldblond über ihre Schultern – wie jenes unserer Mutter Silka. Dion hab sie selig.

Nur ich war das weibliche Pendant unseres Vaters.

»Inga?«

Der Stoff ihres silbern glänzenden Kleides raschelte, als sie sich von ihrem Schminktisch erhob. Das lichtdurchflutete Zimmer ließ ihre eingecremte Haut glimmen. Es war, als würde sie ein leuchtender Zauber umgeben.

»Katga, ich …«

»Verschwinde!«

»Wie bitte?«

Aus Licht wurde Schatten, die Magie des Augenblicks ebbte ab. Was ich eben noch für elfengleiches Funkeln gehalten hatte, verwandelte sich in kalten Kristall. Katga verschränkte ihre Arme – baute eine symbolische Mauer zwischen uns auf.

Ihr Blick verhärtete sich.

»Verlass mein Gemach, wir sind keine Schwestern. Komm nie mehr hierher!«

Als ich mich umdrehte und ging, brannten mir Tränen in den Augen. Mit aller Kraft blinzelte ich sie fort. Es war an der Zeit, mich für die Brautschau fertig zu machen.

Gleich würde sich herausstellen, ob der Thronfolger Prinzessin Elin beleidigen und damit im Ernstfall einen Krieg auslösen würde. Der Hof freute sich auf ein Fest – und bekäme womöglich ein Blutbad.

Zeit, eine Wanne füllen zu lassen, blieb nicht, also musste es eine schlichte Katzenwäsche tun. Flott wechselte ich auf eine saubere Uniform und sah anschließend bei Prinz Constantin nach dem Rechten.

Dieser wurde gerade von mehreren Dienern eingekleidet, gepudert und frisiert. Am liebsten hätte ich aufgestöhnt – doch die Drohung des Königs hinderte mich daran.

Samt, Seide und Parfum konnten nicht verbergen, welch ein Kummer auf der Seele des Prinzen lastete.

Die dunkelblauen Ringe unter seinen Augen zeugten davon, dass Constantin in der Nacht kaum geschlafen hatte. Gewiss hatte er sich die ganze Zeit über hin- und hergewälzt. Ich wollte nicht in seiner Haut stecken.

»Würdet ihr meine … ähm … Leibwächterin und mich bitte kurz … allein lassen?«

Mit gesenkten Köpfen verließen die Diener das Gemach des Prinzen. Kaum fiel die Tür ins Schloss, hörte ich sie aber lautstark schnattern. Offenbar regten sie sich über den Geruch der Kräuter auf und hätten lieber noch mehr Rosenöl über die Haut des Thronfolgers gegeben.

»Ihr müsst mir einen ... ähm ... Gefallen tun, *Sir* Inga«, scherzte Constantin.

Dass er diesen Spitznamen benutzte, sollte die Situation wohl auflockern, doch der Spaß erreichte seinen Blick nicht. Dieser blieb starr vor Schreck.

Abwartend sah ich ihn an.

»Es betrifft ... ähm ... *Djana* ...«

***

Die Brautschau fand im Thronsaal statt. Dieser war üppig mit duftenden Frühlingsblumen geschmückt. Tulpen, Primeln und Narzissen in bunten Farben prangten an den hölzernen Geländern der Galerien und schlängelten sich an den Säulen empor.

Die Luft roch blumig und stimmte die Gäste fröhlich. Selbst ich lächelte, als ich hinter dem Prinzen in den gefüllten Saal eintrat.

Der Gang in der Mitte war mit einem roten Teppich ausgelegt. Dort sollten später die Kandidatinnen entlanglaufen und sich präsentieren. Natürlich kannte der Thronfolger einige der Bräute bereits persönlich, doch dieses Prozedere war eine beliebte Zeremonie des Adels, hatte mir Constantin erklärt.

Es irritierte mich, dass der König nicht mit seiner Gattin erschien. An seinem Arm hing eine dürre Brünette in einem unpassenden schillernden Abendkleid – dabei war erst Vormittag. Die Mutter von Sir Niklas, wie mir einfiel.

Sie strahlte eine für mich unangenehme Selbstsicherheit aus, winkte Gästen, die sich bereits links oder rechts vom Mittelgang aufgestellt hatten, und rief ihnen sogar Grüße zu.

Meine Herrin war umgeben von ihren Goldenen Schwestern: Mercedes, Kestrall, Finja und Tia. Die Frauen kreisten um sie wie Bienen um eine Blume.

Erst bei genauerem Hinsehen konnte ich überhaupt erkennen, dass sie abermals ein Kleid in der Farbe eines Smaragdes trug.

Kurz beneidete ich die anderen Schwestern, wünschte, ebenfalls meine »Bienenkönigin« beschützen zu dürfen. Im selben Augenblick jedoch drehte sich der Prinz zu mir um und wisperte: »Ein Glück, dass meine ... ähm ... Mutter so großzügig war und mir ihre ... ähm ... beste Soldatin überließ.«

Sofort fühlte ich mich besser, straffte meinen Rücken und bezog Position.

Die Familie Isgehart setzte sich in mit Samt gepolsterte Stühle am Ende des Ganges. Während ich schräg neben Constantin stand und die Goldenen Schwestern einen Halbkreis hinter Königin Valerie bildeten, verabschiedete sich die Mätresse mit einem leidenschaftlichen Kuss vom König.

Isidor, Ivans jüngerer Bruder, setzte sich in einen Sessel hinter ihm. Er rückte etwas zur Seite, da ansonsten eine der Wachen sein Blickfeld verstellt hätte.

Mir fiel auf, dass sich das Herrscherpaar kein einziges Mal ansah. Ich wünschte mir für Constantin, dass seine Ehe anders aussehen möge.

Diesen Gedanken hatte ich kaum zu Ende gesponnen, da ging auch schon die Flügeltür auf – es war Zeit, die Bräute zu begrüßen. Zehn an der Zahl.

Eine würde die Gemahlin Constantins ... und später *Königin* werden!

Posaunenbläser links und rechts an der Galerie erhoben sich. Golden glänzten ihre Instrumente.

Eine feierliche Fanfare ertönte, während die erste Kandidatin am Arm ihres Vaters den roten Teppich entlang auf uns zukam. Es handelte sich um Prinzessin Britta von Enghor.

Da das Reich ihres Vaters direkt an Gedeleen grenzte, hatte Odine häufig von ihr gesprochen. Genau wie auf dem Gemälde in der Burg sah sie auch in der Realität feenhaft aus. Ihr blondes Haar wellte sich in Tausenden kleinen Löckchen bis hinab zu ihrer schmalen Taille. Das Blau ihrer Augen harmonierte mit der Farbe ihres Kleides; am Arm ihres Vaters König Brion strahlte sie wie eine neu geprägte Münze.

Kaum erreichte sie das Ende des Ganges, verstummte die Melodie und ein Herold verkündete den Namen der jungen Lady.

Der Prinz erhob sich, begrüßte die Braut und richtete freundliche Worte an sie. Das Mädchen kicherte nervös und gesellte sich anschließend zusammen mit ihrem Vater zu den Adeligen und geladenen Gästen.

Genauso verlief es mit der nächsten Frau. Sie war mit apricotfarbenem Rouge und Schmuck herausgeputzt. Ihr trachtenähnliches Gewand fiel in Lagen zu Boden, erinnerte an eine mehrstöckige Hochzeitstorte. Ob das Herz des Prinzen höherschlug, konnte ich nicht erkennen. Meines jedenfalls raste, als sich die Flügeltür zum dritten Mal öffnete.

Es waren Katga und mein Vater, die nun den samtroten Teppich entlangschlenderten.

Vor Staunen klappte mir der Mund auf.

Meine Schwester sah aus wie eine zerbrechliche Porzellanpuppe – was vermutlich an dem unverschämten schulterfreien Kleid lag. Der gesamte Hof würde sich über diesen unpassenden Auftritt das Maul zerreißen! Es stand außer Frage, dass bei der Wahl des Gewands Tante Ida – die scheinbar ohnehin zu Hause geblieben war – kein Mitspracherecht gehabt hatte. In diesem Fall trüge Katga eine Halskrause ...

Lediglich Sir Niklas' Mutter schmunzelte anerkennend und hob eine Augenbraue.

In aller Gedächtnis blieb zweifelsohne auch der Auftritt Lady Callas – der Tochter des wohlhabenden Großherzogs Carlson von Pendelö. Sie strahlte mit der durch die Glasfenster scheinenden Sonne um die Wette. Das bestickte Kleid betonte ihre silbergrünen weit auseinanderstehenden Augen. Kurzum: Sie war elfenhaft schön.

Selbst ich sah ihr nach, als sie sich mit ihrem Vater in die Reihen der Gäste gesellte. Wie lange sie wohl für das Bürsten ihrer kastanienbraunen Locken gebraucht hatte? Ich wollte es mir gar nicht ausrechnen ...

Ohne danach gefragt zu haben, war mir klar, dass Ivan Isgehart dieses Mädchen im Quintett – bei den letzten fünf Kandidatinnen – sehen wollte. Sicherlich hatte Sir Carlson seine Tochter zu einer feinen Dame erziehen lassen, die sich seit jeher in den besten Kreisen bewegte, Cembalo spielte und wie ein Engel sang.

Als fünfte Braut erschien ein Mädchen, deren Körperbau für Getuschel unter den Gästen sorgte. Damen, die mit einem Fächer erschienen waren, versuchten ihre abfälligen Bemerkungen dahinter auszutauschen – dennoch drang das Gewisper bis an mein Ohr.

Schielauge, Zwerg und *Krüppel* – so lauteten die bissigsten Ausdrücke.

Tatsächlich stierten die Pupillen der Baronstochter in verschiedene Richtungen, während ihre Beine halb so lang wie Lady Callas' waren, dafür aber das doppelte Gewicht auszubalancieren hatten.

Mir wurde warm ums Herz, als der Prinz auch sie aufs Freundlichste willkommen hieß. Das Mädchen errötete; er zauberte ihm ein Lächeln auf die Lippen, was schiefe gelbliche Zähne entblößte.

Egal wie klug oder liebevoll diese junge Frau war – niemals würde Ivan zulassen, dass Constantin sie ins Quintett ließ.

Nach der Baronstochter folgte eine Kandidatin, die des Thronfolgers Großmutter sein könnte. Weshalb der König sie eingeladen hatte, konnte ich nicht nachvollziehen. Selbst Isidor musste sich ein Glucksen verkneifen. Ob die Gräfin auf einem Auftritt bestanden hatte?

Die nächste Braut war – welch Ironie! – ein Kind von geschätzten zwölf Jahren. An seine Brust presste der fein zurechtgemachte Adelssprössling eine Stoffpuppe, während er erhobenen Hauptes den roten Teppich auf Constantin zuschritt.

Kandidatin Nummer acht überragte Kandlots Thronfolger um Längen. Ihr athletischer Körper kam in einer Robe aus eng anliegender Seide zur Geltung, schimmerte geradezu hindurch. Ihr nachtschwarzes Haar war zu einzelnen Zöpfen geflochten, harmonierte mit ihrer karamellfarbenen Haut. Provokant hob sie ihr Kinn, präsentierte stolz einen silbernen Ring, der ihre Nase schmückte. Die Pupillen der kühnen Riesin funkelten verheißungsvoll, gewiss hatte sie das Herz einer Löwin. Ich bewunderte diese Lady schon jetzt, hoffte, sie möge es ins Quintett schaffen.

Es war jedoch Braut Nummer neun, die jeden im Saal um Fassung ringen ließ: Sie weinte bitterlich.

Ihr Schluchzen steigerte sich von Schritt zu Schritt. Klagelaute voller Verzweiflung. Selbst die Musikanten brachen ihre Fanfare ab. Das Geheul erschallte dominanter.

»I…i…ich lie…liebe doch Kal, Vater!«

Vor Hysterie überschlug sich ihre Stimme. Tränen liefen ihr übers Gesicht. Puder und Creme verschmierten.

Und dann geschah es: Die Braut stolperte über ihr zu langes Kleid. Stoff raschelte, riss. Das Mädchen lag am Boden.

Ich erschauderte und bekam eine Gänsehaut.

Unsicher schielte ich zu Constantin, fieberte mit ihm mit.

Was nun?

»Steh auf und sei endlich still, du nutzlose Göre!«, polterte ihr Vater los, packte sie grob am Arm und zog das Mädchen wieder auf die Beine.

Diese waren sichtlich wackelig, wie jene eines neugeborenen Kälbchens. Bei jedem zweiten Schritt strauchelte die junge Frau.

Schlussendlich stand sie tränenüberströmt vor Kandlots Thronfolger, dem wiederum jegliches Strahlen entkommen war.

Ein dunkler Schatten lag über seinem Gesicht.

Der Herold stellte die Braut als Lady Ragna vor.

Gerade als ich dachte, die Kandidatin hätte sich unter Kontrolle, klagte sie: »I…ich wi…will Euch nicht!«

Erneut kullerten Perlen des Kummers über ihre Wangen.

Und ehe Constantin die Möglichkeit zu reagieren hatte, schnalzte die Hand ihres Vaters hervor.

Der Schlag musste geschmerzt haben, denn ihr Schrei drang laut durch den Saal und ließ das Getuschel in den Reihen der Gäste abrupt verstummen.

Ich schielte zum König, wartete darauf, dass er dieses Schauspiel beendete – doch der unterdrückte ein Grinsen. Ihn amüsierte das Drama.

Der Prinz litt, das sah ich an seiner verkrampften Haltung. Da ich seitlich zu ihm stand, gewahrte ich auch einen Teil seines Gesichts: Jegliche Farbe war daraus verschwunden.

Tapfer setzte er zu seinem Text an: »Ich … ähm … Prinz Constantin, Thronfolger Kandlots, heiße Euch, Lady Ragna, herzlich in …«

»Ich werde Euch nicht heiraten. Ich liebe Kal. Nur ihn«, jammerte die Braut erneut. Ihre Stimme klang krächzend.

Wieder schlug der Vater zu, sein Schädel glühte rot. Zorn vermutlich. Oder Scham.

Anstatt es dabei zu belassen, folgte im selben Atemzug der nächste Hieb. Er drosch ihr mehrmals vor der versammelten Gesellschaft ins Gesicht. Rote Flecken und eine schockverzerrte Miene waren die Folge.

Und es ging noch weiter. Nun packte der Wildgewordene das Haar seiner Tochter, riss daran und zischte: »Wenn du dich nicht fügst, dann wirst du die Rute gehörig zu spüren bekommen und ...«

»Genug!«

Endlich sprach der König ein Machtwort.

Doch halt! Überrascht schnappte ich nach Luft.

Es war nicht Ivan Isgehart, der soeben diese Szene unterbunden hatte.

Mein Herz machte einen Satz.

Sir Niklas trat hervor. Bisher hatte er sich in der ersten Reihe der Gäste aufgehalten, hatte sich nicht offiziell an die Seite seines Vaters stellen dürfen.

Nun marschierte er auf Lady Ragna zu und sprach deutlich, sodass es alle Adeligen hören konnten: »Wie glücklich sich Euer Kal doch schätzen könnte, würdet Ihr eine Weile bei uns am Hofe leben und Kontakte knüpfen. Vielleicht könnt Ihr mir ja mehr von diesem jungen Mann erzählen. Und, so Gott will, finde ich eine geeignete Anstellung für ihn. Ihr könntet *beide* im Rang aufsteigen ...«

Seine Worte schmeichelten dem liebeskranken Mädchen, das war offensichtlich. Niklas war äußerst geschickt. Ob er wirklich einen Posten für diesen Kal finden würde, bezweifelte ich zwar, dennoch war seine Intention in jedem Fall ritterlich.

Daher verstand ich nicht, weshalb Lady Xenia abfällig mit den Augen rollte und das Wort »Weiberheld« hustete.

Constantin taute erst jetzt aus seiner Starre auf.

»Oder«, setzte er an, woraufhin sich sämtliche Aufmerksamkeit im Saal wieder auf ihn richtete, »oder Ihr ... ähm ... geht nach Hause. Wenn Ihr mich nicht wollt, akzeptiere ich das. Ich könnte im Gegenzug keiner Frau mein Herz schenken, die ... ähm ... das ihre bereits jemandem versprochen hat.«

Sir Niklas' Miene verdunkelte sich. Ohne ein weiteres Wort trat er wieder in seine Reihe, zurück in die Schatten.

Den König hörte ich empört schnauben, ich schielte kurz zu ihm hinüber. Seine Finger krallten sich energisch in die Armlehnen – ihm gefiel Constantins Vorschlag gar nicht.

Lady Ragna lächelte. Und als Constantin hinzufügte: »Für mich sollte stets die ... ähm ... wahre Liebe siegen«, jubilierte sie, lief auf Constantin zu und fiel ihm um den Hals – erneut tuschelten die Adeligen hinter vorgehaltenen Händen und Fächern.

»Und Ihr, Herzog von Rhöslad, untersteht Euch erneut Eurer Tochter Gewalt anzutun! Solche Züchtigungen dulde ich in Kandlot nicht!«

Innerlich klatschte ich Beifall – bemerkte aber gleichzeitig den Groll im Blick des Herzogs.

»Wie Ihr wünscht, Eure Hoheit«, presste dieser hervor, ehe er sich mit seiner freudestrahlenden Tochter zu den anderen Adeligen verdrückte.

Zeit, um aufzuatmen, blieb nicht.

Gleich würde die letzte Kandidatin durch die Flügeltür treten: Prinzessin Elin von Noredellä.

Sämtliche Härchen in meinem Nacken richteten sich auf.

Der König vor mir beobachtete Constantin, wägte vermutlich ab, welche Worte sein Sohn wählen würde, um ein blindes Mädchen zu verstören – einen *Krieg* auszulösen. Täte er es nicht, würde er Djana, die Geliebte des Prinzen, töten lassen.

Vor Aufregung hielt ich mich an der Sessellehne des Prinzen fest.

In diesem Augenblick öffneten sich die Pforten. Die zehnte Braut betrat den Mittelgang.

»UND DOCH GEHT IHR IN KETTEN!«

Es war, als würde Prinzessin Elin eine Art Zauber umgeben. Gleich einer Fee kam sie in den Saal. Alles an ihr war zierlich: ihr gertenschlanker Körper, der in schlichte blütenweiße Leinen gehüllt war, sowie ihre Ärmchen, die einen Strauß rosa Tulpen hielten. Wie ein Wasserfall floss ihr silbernes Haar über ihre Schultern.

Sie war eine wohlhabende Königstochter, hatte zu Hause Truhen voll Mieder und Edelsteinen und wartete dennoch ohne all den Pomp auf. Trotzdem – oder gerade deshalb – erblassten in meiner Vorstellung all die anderen Bräute im Vergleich zu ihr.

Neben Prinzessin Elin marschierte König Ansgar, liebevoll darauf bedacht, seiner Tochter jederzeit zu helfen, sollte sie straucheln oder gar stolpern. Prinzessin Elin hatte es schwerer als ihre Vorgängerinnen: Sie war blind, hatte ihre Augen mit einem bestickten Spitzentuch verborgen.

Kaum erreichte sie das Ende des Ganges, berührte König Ansgar kurz ihren Arm, Elin hielt an. Die Fanfare verstummte und der Herold kündigte die Prinzessin von Noredellä an.

Seine Worte hörte ich kaum, da mir das Blut so laut durch die Ohren rauschte. Mein Herzschlag beschleunigte sich.

Was würde Constantin sagen?

Wir hatten zwar einen Plan geschmiedet, doch den genauen Wortlaut hatte ich mir nicht eingeprägt. Zu viele andere Details schwirrten in meinem Kopf herum.

Unsicher schielte ich hinüber zum König, bemerkte, wie sich dieser in seiner Position aufrichtete, an die Kante des Stuhls rutschte.

Die nächsten Sekunden entschieden über die Zukunft Kandlots!

»Holde Prinzessin«, setzte Constantin an, »ich ... ähm ... heiße Euch in Kandlot willkommen. Wie lange ist es her, dass wir uns trafen? Fünf, sechs Jahre ...?«

»Sieben«, korrigierte Elin amüsiert und lächelte.

Diese Kandidatin war fantastisch. Bisher hatten nur wenige Mädchen mit dem Prinzen gesprochen – obwohl es dazu laut Constantin keine Regeln gab.

»Ich habe Euch ein Geschenk mitgebracht«, meinte Elin schmunzelnd. Ihre Stimme klang spielerisch vergnügt.

Mir wurde warm ums Herz. Auch Constantin grinste, nur der König knackste mit den Händen. *Er* wurde langsam ungeduldig.

Überrascht stellte ich fest, dass auch Valerie Vanhaag nachdenklich die Stirn runzelte und einen Blick mit Schwester Mercedes tauschte.

»Ein Geschenk«, fragte der Prinz, »etwa diese Tulpen?«

Constantin wies auf den Strauß in Elins Armen – unnötig, sie konnte seine Geste ja nicht sehen.

Die Prinzessin lachte glockenhell.

»Mitnichten, nein. Dies sind *meine* liebsten Blumen. Für Euch habe ich ein besonderes Präsent.«

Ein Diener König Ansgars trat vor und überreichte dem Thronfolger ein violettes Bündel.

»Ich habe sie in meinem Glashaus für Euch gepflanzt. Ein Kräuterweib half mir.«

Ungläubig starrte ich auf zusammengebundenen Lavendel. Prinzessin Elin kannte Constantin wirklich – hatte sich Gedanken gemacht, wie sie ihn erfreuen konnte.

»Wie aufmerksam, ich danke Euch!«

Der Prinz streckte die Hände aus, wollte die duftende violette Pflanze in Empfang nehmen, da erhob sich abrupt der König und sprach: »Moment, dieses ... Mitbringsel wird ein Diener verwahren. Der Thronfolger sollte seine Finger sauber halten.«

Elin wollte protestieren. »Aber ...«

»Vielen Dank!«, unterbrach Ivan Isgehart eisern, stellte sich neben

Constantin und teilte allen Gästen mit: »Der Prinz wird nun fünf Bräute ins Quintett einladen.«

Meine Knie zitterten. Fühlten sich weich wie Butter an.

Constantin hatte sich dem Willen seines Vaters widersetzt – hatte die blinde Elin nicht vor versammelter Gesellschaft gedemütigt.

Der erste Teil unseres Plans hat sich erfüllt.

Kaum fasste ich diesen Gedanken, gewahrte ich, wie der König seinem Sohn etwas ins Ohr flüsterte. Constantins linkes Bein – das ohnehin schon kürzer und schwächer war – knickte ein, so verstörend war wohl die Mitteilung.

Mir wurde schwindlig vor Angst.

Der König und Constantin drehten sich um, noch immer redete der Vater auf seinen Sohn ein.

Ein Diener bot meiner Herrin und den Goldenen Schwestern ein Glas Wasser an. Auch ich wollte den Kloß in meiner Kehle fortspülen – doch Ivan Isgehart gab dem Mann einen Wink, woraufhin ich ausgelassen wurde.

Was sollte das? Wollte mich der König ärgern?

Kaum war die Königin wieder bei Kräften, wurde die Brautschau fortgesetzt. Ein Diener Kandlots überreichte Constantin fünf funkelnde Perlenketten – eine pro Braut.

Der König zog sich zurück in seinen Samtsessel, wirkte wieder einigermaßen zufrieden, obwohl wir seine Kriegspläne durchkreuzt hatten.

Elin war nicht als Krüppel bezeichnet worden – aber würde Constantin sie ins Quintett wählen? Darüber hatten wir nicht gesprochen ...

Wenn es eine Kandidatin verdient hätte, dann sie. Die Prinzessin hatte sich als einzige Gedanken über den Prinzen gemacht.

Constantin ergriff die erste Perlenkette.

Ich hielt den Atem an.

Zehn Bräute erwarteten ihren Namen zu vernehmen – nun, im Grunde waren es neun. Lady Ragna hatte er gewissermaßen an ihren Kal freigegeben.

»Lady Calla, würdet Ihr mich ins Quintett begleiten?«

Die Tochter des Großherzogs Carlson von Pendelö bejahte und dankte für die Großzügigkeit. Sie verneigte sich vor dem Königspaar und ließ sich anschließend die Perlen von Constantin anlegen.

Constantins Finger zitterten, sodass er eine halbe Ewigkeit dafür brauchte. Lady Calla ertrug das Warten mit damenhafter Geduld, ihr Vater war gewiss stolz.

Prinzessin Britta von Enghor und meine Schwester Katga folgten ihrem Beispiel.

Die Spannung stieg. Meine Handinnenflächen schwitzten.

Wen hatte Ivan seinem Sohn eingebläut? Wen würde er wählen?

Das Mädchen, das aussah, als trüge es eine Torte am Leib, ließ ununterbrochen patzige Bemerkungen über Elin fallen. Bei der zwergenhaften Baronstochter war ich mir nie sicher, in welche Richtung ihre Pupillen schielten.

Und da waren noch die betagte Gräfin, das Kind, die Kriegerin, Lady Ragna – die ihren Kal wollte – und Elin.

Elin – die in Constantins Richtung strahlte, als gäbe es keinen anderen Mann auf dieser Welt.

Der Prinz atmete schwer – ich erkannte die Anspannung an seinen Schultern.

»Lady Xenia, folgt Ihr meiner Einladung?«

Die Überraschung im markanten Gesicht der kriegerischen Riesin war unverkennbar. Anstatt sich die Kette um den Hals legen zu lassen, reichte sie die Perlen an ihren Vater weiter. Ansonsten verhielt sie sich ebenso vorschriftsmäßig wie die anderen Bräute, dankte und verneigte sich.

Offenbar war ihre Einladung nicht abgestimmt gewesen. Der König knurrte irgendeinen Fluch in seinen Bart hinein, der Valerie Vanhaag schmunzeln ließ. *Ihr* gefiel diese Wahl.

Meiner Meinung nach war jetzt Prinzessin Elin an der Reihe. Sie mochte Constantin.

Der Prinz hatte bereits die Kriegspläne Ivans vereitelt – weshalb nicht gleich alles auf eine Karte setzen? Wir hatten ja einen Plan, was Djanas Sicherheit betraf.

Ein jeder im Saal blickte in Prinzessin Elins Richtung und obwohl sie es nicht sah, schien sie es zu spüren. Ihre Wangen erröteten, nahmen die zarte Farbe der Tulpen an, die sie nach wie vor festhielt.

Ich wünschte mir, Constantin würde ihren Namen verkünden.

Der Prinz ließ die Schultern hängen.

Nein, dachte ich. Er würde sie nicht nennen. Aber weshalb? Und welches Mädchen an ihrer statt?

»Lady Ylvie.«

Ein Strauß rosa Tulpen landete auf dem Boden.

Kaum hatte Constantin Lady Ylvies Namen verkündet, war ein Laut der Verzückung zu hören.

»Vati, daz bin ich«, quiekte die Kandidatin begeistert und hüpfte vor Freude auf und ab.

»Tritt vor«, mahnte Baron Sven van Ijek seine Tochter sanft.

Wie gebannt sah ich zu, wie Constantin dem schielenden Winzling die Perlenkette umlegte. Stolz drängelte sie sich zwischen Calla und Britta, quiekte »Macht ma' Platz für mich!«, und das, obwohl sie sich an Lady Xenias Seite hätte stellen sollen.

Prinzessin Elin war von einem Moment auf den anderen leichenblass geworden. Bestimmt hatte sie damit gerechnet, ins Quintett eingeladen zu werden.

Während ein Diener die Tulpen aufsammelte, sprach ihr König Ansgar beruhigende Worte zu, woraufhin sich die Mundwinkel des Mädchens hoben. Was ein liebender Vater in solch einem Augenblick wohl sagen könnte? *Andere Mütter haben auch schöne Söhne?* Meinem wäre gewiss nichts eingefallen ...

Der Prinz dankte den verbliebenen Bräuten und damit war der offizielle Teil der Brautschau beendet. Dies hieß für mich, dass ich mich um Djana kümmern musste.

Während sich die Gäste und die königliche Familie in den großen Speisesaal begaben, wo die Diener in der Zwischenzeit eine Festtafel eingedeckt hatten, stahl ich mich in die Schlossküche.

Geschwind lief ich durch die engen Dienstbotengänge – versuchte mich genau an Constantins Beschreibung zu erinnern. Eine Wendeltreppe und das laute Geklapper von Geschirr lotsten mich schlussendlich an mein Ziel.

Der Duft von Schweinebraten, Sahnepasteten und anderen Speisen schlug mir entgegen – gleichzeitig überwältigte mich das Chaos, das dort vorherrschte.

Der Koch schrie einen Jungen an, eine Magd saß weinend auf einem Schemel. Zig weitere Dienstboten liefen heillos überfordert herum. Als ein adrett gekleideter Diener, der durch eine andere Tür als ich hereingekommen war, »Beeilung, der Prinz hat seine Fische gefangen« rief, bezogen alle ihre Posten.

So entdeckte ich Djana, die Fleischplatten mit Kräutern verzierte. Schnurstracks marschierte ich auf sie zu. Da ein jeder mit den Vorbereitungen beschäftigt war, hielt mich niemand davon ab.

Genau wie die anderen Küchengehilfen hatte sie eine Schürze um ihre birnenförmige Statur gebunden und ihr Haar unter einer weißen Haube verborgen. Kein Härchen durfte im Mahl der feinen Leute landen!

Es irritierte mich, dass sie mein Erscheinen geflissentlich ignorierte, während die Mägde und Knechte um sie herum bereits neugierig tuschelten.

Ich trat nahe an sie heran, senkte meine Stimme. »Djana, der Prinz schickt mich. Du weißt Bescheid?«

Mein Ton war kaum mehr als ein Wispern.

Die Küchenhilfe griff nach weiterem Grünzeug, verteilte es seelenruhig. Bisher hatte sie mich keines Blickes gewürdigt.

»Djana?«

In diesem Moment schnaubte sie genervt, legte die Blätter auf die Holzanrichte und stemmte die Hände in die Hüften.

Jetzt sah sie mich an. Herausfordernd. *Drohend.*

»Hör zu: Freilich hat er mir was gesagt – wir sind zusammen, seit wir *Kinder* sind. Aber du bist nicht informiert. Ich geh nicht weg von da. Consti braucht mich. Geh rauf zur Königin, Goldi. Lieb von dir, dass du da warst. Auf Wiedersehen.«

»Constantin hat eine Kutsche für dich organisiert, sie wartet am Hinterhof und wird dich zu Königin Sabita nach Gondra bringen!«

Djana lachte höhnend. Sie blinzelte so schnell, als hätte sie etwas im Auge. »Sag ma' – hörst du schlecht? Ich. Bleib. Hier.«

Als ich die Küchenhilfe und den Prinzen in meinem Bett erwischt hatte, war sie vor Schreck wie erstarrt gewesen – anschließend sofort verschwunden. Nun spielte sie sich auf, machte ein lächerliches Theater. Wollte sie Stärke beweisen?

»Spiel nicht die Heldin. Es geht um dein Leben. Prinz Constantin hielt sich nicht an die Anweisungen seines Vaters – du sollst zur Strafe sterben!«

Djana verdrehte die Augen.

»Hallo? Consti-Maus hat's mir erklärt. Passt du immer so schlecht auf? Dann hat die Königin keine gute Schwester mit dir.«

»Hat dir *Prinz Constantin* denn verschwiegen, dass ich gar nicht an der Seite der ...«

Die Küchenhilfe fuchtelte wie irre vor meinem Gesicht herum. »Genug jetzt. Ich hab zu tun und die andern schau'n schon. Ich komm schon klar, kenn mich mit Gift und allem aus. Muss jetzt schau'n, dass mit dem Essen alles passt.«

Schweren Herzens verließ ich die Schlossküche, ohne meinen Auftrag erfüllt zu haben. Constantin und ich hatten vereinbart, dass er Prinzessin Elin gut behandeln und ich Djana unmittelbar nach der Brautschau sicher zur Kutsche im Hinterhof bringen würde.

Nun, wie würde der Prinz reagieren, wenn er erfuhr, dass ich versagt hatte?

Noch lebte seine Liebste. Doch der König war erbost – er hatte auf eine Kriegserklärung König Ansgars gehofft.

***

So schnell mich meine Beine trugen, hastete ich zurück in den Speisesaal, positionierte mich hinter Prinz Constantin.

An der Wand zur rechten Königin Valeries entdeckte ich die übrigen Goldenen Schwestern und nickte ihnen zu. Mercedes warf mir einen fragenden Blick zu, gewiss war ihr mein Verschwinden aufgefallen. Ich winkte ab, konzentrierte mich auf die in Reih und Glied hereinkommenden Diener. Platten mit köstlichen Speisen wurden aufgetragen. Mir lief das Wasser im Mund zusammen.

Auch die Fleischplatten von Djana waren dabei.

Nachdem der König eine kurze Ansprache gehalten hatte, durften die Gäste zulangen. Ich beobachtete die fünf Bräute, die in der Nähe des Thronfolgers platziert worden waren. Nach und nach bedienten sie sich.

Prinzessin Britta und Lady Calla saßen zur Rechten beziehungsweise zur Linken Constantins. Beide waren wohlerzogen, in der höfischen Etikette unterwiesen. Mir fiel auf, dass sich die Damen gepflegt ausdrückten, um ein Gespräch bemüht waren. Britta legte für meinen Geschmack mehr Witz an den Tag, brachte den Prinzen mit Anekdoten über ihre frisierten Hofhunde zum Lachen. Calla berichtete von ihrer Passion für die Malerei.

Doch keine fragte nach *ihm*.

Plötzlich beugte sich Lady Ylvie über Prinzessin Britta. Ihr opulenter Körper rammte die zierliche Blondine, brachte sie vor Schreck zum Aufstöhnen.

»Sach ma', Carla ...«

»Mein Name ist Calla.«

»Ja, son gut, Carla. Deinem Vati gehören doch die gansen Webereien, stimmt's?«

»Das ist richtig, Lady Ylvie.«

»Daz muss wundervoll sein, Carla. Sach ma', kannst du so viele Kleider haben, wie du willst?«

»Darüber können wir ein andermal sprechen. Jetzt sollten wir speisen.«

Britta und der Prinz saßen schweigend dazwischen. Ich betrachtete das Schauspiel über die Schultern der beiden hinweg – und amüsierte mich köstlich.

Wer mich nachdenklich stimmte, waren Katga und Elin. Meine Schwester saß zur Rechten Lady Callas. Unterhielt sich auch ab und an mit ihr; riss aber hauptsächlich mit Sir Isidor, dem Bruder des Königs, Witze über den vergoldeten Apfel im Maul des Spanferkels. Dieser ansonsten still wirkende Herr taute in der Gesellschaft Katgas zu einem Meister der gehobenen Unterhaltung auf.

Einige Adelige hingen gebannt an seinen Lippen, während sie schmatzten und vor Freude ihre bis zum Rand gefüllten Kristallgläser verschütteten.

Elin saß gleich einem Häufchen Elend neben ihrem Vater. Die Prinzessin beteiligte sich an keinem Gespräch, lauschte weder dem Lautenspieler noch dem Hofnarren, der schillernd wie ein Mensch gewordener Regenbogen hinter den Stühlen herumtollte.

Das silberhelle Bimmeln der Glöckchen an seinem Hut verriet stets seinen Aufenthaltsort, selbst wenn er, einer Schlange gleich, am Boden herumkroch, wie in diesem Augenblick.

Einige Jünglinge machten sich einen Spaß daraus, dem Kobold in weitem Bogen Essen in den Mund zu werfen. Und obgleich der kichernde Narr seinen Mund sperrangelweit aufriss, landeten zahlreiche Käsestücke, Speckscheibchen oder – ich grinste – zu Kügelchen gerollte Kräuterbündel von Djana irgendwo am Holzboden.

Des Königs Köter – die Wolfshunde Ares und Cato – freuten sich über das feine Fleisch und wuselten fleißig um den Kasper herum.

Tatsächlich wäre dieses Unterfangen wahrhaft komisch anzusehen gewesen, hätte sich nicht Elin dazwischen befunden.

Ich überlegte, womit die Königstochter aufzuheitern wäre, als ...

Wusch. Jemand rempelte mich von rechts an.

Ein Edelmann in einer weiß-violetten Uniform.

Ich strauchelte, taumelte rückwärts und prallte beinahe gegen den Musikanten.

Plötzlich war es, als würde die Welt stillstehen. Sämtliche Geräusche der Festgäste drangen nur noch gedämpft an mein Ohr.

Ungläubig riss ich die Augen auf, starrte auf den bärtigen Krieger, der soeben an den Waffengürtel unter seinem Umhang griff. Eine scharfe Silberklinge blitzte hervor.

Mehr brauchte ich nicht zu sehen. Abrupt zerplatzte die Blase um mich herum, die Zeit lief wie gewohnt weiter.

Während ich noch vernahm, wie der Hofnarr über ein missglücktes Kunststück gackerte, zog ich mein Schwert.

Ich wusste, was zu tun war. Ein gezielter Hieb – ansonsten war es wohl zu spät.

Just in dem Augenblick, als der Attentäter seinen Dolch in Kandlots Thronfolger rammen wollte, schwang ich das tödliche Stück Metall, das ich »Vollstreckerin« getauft hatte. Mein Schwert glitt durch seinen Oberkörper, steckte tief in seiner Brust. Blut sprudelte hervor, tränkte das weiße Hemd.

Mein Herz raste, meine Finger zitterten. *Habe ich zum ersten Mal jemanden getötet?*

Der Mann ließ den Dolch fallen, glotzte mich an, als wäre ich ein Geist.

»Das … das … Auftrag … sonst … tot«, stammelte dieser, während er mich weiterhin fassungslos anschaute und träge zu Boden sackte.

Erst jetzt wurden Schreie laut. Bis zu diesem Moment hatte offenbar niemand im Speisesaal den Mordanschlag auf den Prinzen mitbekommen.

Lady Calla und Lady Britta kreischten, als Blut aus dem Mund des Mannes quoll. Würgelaute erklangen, er erstickte an seinem eigenen Blut. Der Geruch von Kupfer kroch in meine Nase.

»Es … für … K…!«, röchelte der Sterbende. Sein Atem ging rasselnd. Der Blick wurde milchig, leer. Seine Herzschläge waren gezählt.

»Wer hat Euch geschickt?«, raunte Schwester Mercedes.

Überrascht sah ich auf. Von einer Sekunde auf die andere waren der König, die Königin und die Goldene Schwester an meiner Seite.

Der Prinz saß nach wie vor auf seinem Stuhl. Er hatte sich zu uns umgedreht. Ein kurzer Blick in seine Richtung verriet mir, dass er die Situation noch nicht realisiert hatte. Die Finger einer Hand krallten sich am Tisch fest, während er die andere zur Faust geballt hatte.

Kannte man den Königssohn nicht, hätte man ihn für zornig halten können – ich aber vermutete, dass er das plötzlich aufkommende Zittern seiner Finger verbergen wollte.

»Sagt schon!«

Mercedes packte den Sterbenden am Kragen. Er keuchte.

Der König spottete wispernd in die Richtung der Goldenen Schwester: »Seid *Ihr* jetzt das blinde Huhn, hat Euch Prinzessin Elin mit ihrer Augenkrankheit angesteckt? Betrachtet die Farben des Gewands und Ihr werdet eins und eins zusammenzählen.«

Das Licht in den Pupillen des Angreifers erlosch.

Mir wurde übel und ich fühlte ein quälendes Brennen in meiner Brust. Ich war eine Mörderin. Ich hatte diesen Mann auf dem Gewissen. *Ich, Inga Ericson!*

Fluchend ließ Mercedes von ihm ab, wandte sich zu Ivan um. Ich beobachtete die Kriegerin, sah, dass sie vor Zorn schäumte.

Königin Valerie konnte ihren Blick nicht von dem Toten abwenden. Ihre bleichen Lippen bebten.

Lediglich Kandlots Herrscher bewahrte einen kühlen Kopf, forderte Ruhe im Saal. Sofort verstummten die Gäste. Ein jeder wartete auf eine Erklärung.

»Meine lieben Freunde«, setzte der König schwülstig an, »soeben wurde der Mord an meinem Sohn vereitelt.«

Ein Raunen ging durch die Menge.

Ich ließ meinen Blick entlang der Stuhlreihen schweifen, schaute in fassungslose oder panische Gesichter. Mein Augenmerk verharrte bei Elin und deren Vater.

Die Landesfarben Noredelläs waren weiß wie der Schnee auf den Bergen und violett, das für die prächtige Blütenpracht der ungewöhnlichen noredellschen Mohnblumen stand.

Plötzlich wurde mir schwindlig. *Was, wenn ...*

König Ivan zweifelte keinen Augenblick. Ohne über die Folgen seiner Worte nachzudenken, verkündete er: »Und in unserer Mitte befindet sich der Auftraggeber!«

Ich hielt den Atem an, meine Eingeweide zogen sich zusammen.

»König Ansgar!«

Als Beweis nannte Ivan die Uniform des Angreifers. »Es ist eindeutig jene der Krieger Noredelläs!«

Auch der Beweggrund schien einleuchtend: Gram! Schließlich hatte es Prinzessin Elin nicht ins Quintett geschafft, im Gegensatz zu der minderbemittelten Baronstochter Ylvie, was König Ansgar ein Rätsel sein musste.

Silberbrüder der Königswache umzingelten auf den Wink Ivans hin den

Herrscher des Nachbarreiches. Dieser hatte sich erhoben und versuchte nun mit beruhigenden Worten auf Constantins Vater einzureden.

»Lieber Freund, wir erschienen für eine Brautschau. Meine Tochter Elin schätzt Euren Sohn, wir kamen mit edlen Absichten …«

»… und doch geht Ihr in Ketten!«

König Ivan blieb hart. Seine Stimme dröhnte durch den Saal, verängstigte selbst den Narren, der verschreckt halb unter der Festtafel lag.

König Ansgar hob mäßigend die Hände, faltete sie anschließend, wie es zum Gebet an die Göttin Pavi in seiner Heimat üblich war.

»Hört mich an, mein Freund, wer auch immer diesen Mann schickte – es geschah *nicht* auf meinen Befehl hin! Der wahre Wolf trägt noch den Schafspelz!«

Ivan Isgehart knurrte, er presste die Zähne mahlend zusammen. Sein Kiefer knackste und die Wangenknochen traten bedrohlich hervor.

Dann zeterte er: »Ich bin nicht länger Euer *Freund*. Diese dreisten Lügen ertrage ich keine Sekunde länger! Hinfort!«

Abrupt fiel die höfliche Miene König Ansgars gleich einer Maske, die abgenommen wurde. Zum Vorschein kam ein von bitterer Enttäuschung gezeichneter Gesichtsausdruck.

»Erspart Euch die Mühe«, meinte der König Noredelläs, »meine Tochter und ich verlassen unverzüglich Euer Reich.«

Auf diese Erklärung hin erhob sich Prinzessin Elin von ihrem Stuhl. Als wollte mir mein Verstand einen Streich spielen, roch ich sofort den Duft von Lavendel, obwohl der Geruch nach Fleisch und Alkohol im Saal alles überlagern musste. *Vermutlich also reine Einbildung!*

König Ivan Isgehart schnaubte verachtend.

»Dann geht – verlasst dieses Fest!«

Sein Finger zeigte drohend zur Holzpforte.

»Worauf wartet Ihr?«

König Ansgar schüttelte verständnislos den Kopf. »Wie könnt Ihr Euch dermaßen blenden lassen, Ivan? Ich hätte niemals einen Angreifer in der eigenen Kluft …«

»Hinaus!«

In diesem Augenblick kullerten Tränen unter der Seidenbinde Elins hervor. Die blinde Prinzessin weinte. Still und ohne Aufmerksamkeit zu erregen – der Anblick zerriss mir das Herz.

Wie sich Constantin fühlte, wollte ich mir gar nicht ausmalen. Die finsteren Farben für dieses Bild, wollte man es denn malen, mussten erst erfunden werden.

Während König Ansgar und seine Tochter, von Silberbrüdern begleitet, aus dem Speisesaal marschierten und ein jeder ihnen verdattert nachsah, musterte ich die übrigen Adeligen.

Wer konnte noch von Constantins Tod profitieren? Die Bestürzung in König Ansgars Miene hatte echt gewirkt, ebenso wie Elins Zuneigung für den Thronfolger.

Mein Bauchgefühl sagte mir, dass hier irgendetwas nicht stimmte.

Und gerade als ich beschloss, mich in Zukunft lediglich auf meinen Verstand zu verlassen, entdeckte ich es: ein Anzeichen dafür, dass ein anderer den Angreifer bezahlt hatte.

Kaum trafen sich unsere Blicke, verwandelte sich das Blut in meinen Adern in flüssiges Eis.

Noch nie hatte ich so sehr gezittert. Plötzlich glaubte ich, auf der Stelle einzuknicken.

Nach wie vor sah die Gesellschaft König Ansgar und seiner Tochter nach. Ich hingegen starrte in die Augen des wahren Schuldigen.

König Ivan.

Er grinste mir ins Gesicht und nickte einmal, als wolle er meine Vermutung bestätigen.

Nach der Panik, die mich für einen Augenblick hatte erstarren lassen, kam die Wut. Es war das erste Mal in meinem Leben, dass ich Lust verspürte, jemanden zu erdolchen.

Dank meiner Ausbildung wusste ich mit Aggressionen umzugehen. Anstatt diesen nachzugeben, atmete ich tief ein und aus. Ich machte mir bewusst, dass es keinen Sinn hatte, Ivan Isgehart jetzt anzugreifen.

Selbst wenn ich ihn töten könnte: Seine Silberbrüder würden ihn rächen. Irgendwann, vielleicht wäre es der dreißigste Krieger, je nachdem, ob mir die anderen Schwestern helfen würden – würde ich fallen.

Und dafür war ich nicht nach Kandlot gekommen. Nicht, um als Königsmörderin in die Geschichtsbücher einzugehen.

Mein Wunsch war es immer gewesen, die Königin zu schützen. Und um einmal so vertraut mit ihr zu sein wie Mercedes, musste ich meine Fähigkeiten beweisen. Nun, dies war mir heute gelungen! Der Thronfolger lebte, *dank mir*!

Dem König hingegen schien nichts am Leben Constantins zu liegen. Er spielte mit ihm, als wäre er eine Figur auf dem Schachbrett, schob ihn nach Belieben hin und her.

Was, wenn ich nicht schnell genug gewesen wäre?

Mich fröstelte trotz der stickigen Luft im Saal. Eine Gänsehaut breitete sich über meine Arme aus.

Verbarg sich dahinter der eigentliche Plan König Ivans?

Seinen Sohn im Namen von Elins Vater vor aller Augen ermorden zu lassen?

Was auch immer im widerwärtigen Kopf dieses Mannes vor sich ging – Constantin lebte! Und einen weiteren Versuch ihn zu töten würde er sich gewiss so schnell nicht erlauben.

Schwester Mercedes dirigierte Königin Valerie zurück auf ihren Platz, doch ich vermutete, dass ihr der Appetit vergangen war.

Ich beugte mich zur Leiche des Angreifers hinunter, griff nach meinem Schwert. Gerade als ich es herausziehen wollte, legte sich eine zweite Hand über meine.

Vor Schreck hätte ich beinahe geschrien.

»Ich helfe Euch«, wisperte der König von hinten an mein Ohr.

In meinem Nacken kribbelte es, als hätte ein Henker dort sein Beil angesetzt.

»Niemals«, zischte ich giftig.

»Oh, wir werden einander noch oft die Hand reichen, Lady Inga, merkt Euch meine Worte!«

Sein Atem roch nach Wein und fühlte sich heiß an meiner Wange an.

Ekel und Zorn tanzten einen Reigen in meinem Inneren.

Mit einem Ruck zog ich das Schwert aus der Brust des Leichnams. Die Klinge war voller Blut. Mein Schwert hatte noch nie zuvor so tödlich rot geschimmert.

Stolz wollte ich dem König mein Schwert unter die Nase reiben, doch der Herrscher war weg.

Mit weichen Knien stand ich da, das schmutzige Schwert in der Hand, und wusste nicht, was ich tun sollte.

Ein Blick auf den Prinzen verriet, dass dieser mich vermutlich schon länger beobachtete. Constantin war blass, als wäre er krank.

Gerade als ich Lady Calla bitten wollte dem Thronfolger zur Aufmunterung einen Schluck Wein anzubieten, übergab er sich.

Constantin erbrach sich neben die Leiche – würgte erbärmlich.

»Entschuldigt mich.« Mit diesen Worten verließ er den Saal.

Ich las meine Gedanken in dem entsetzten Gesichtsausdruck Lady Xenias: Verhielt sich so ein zukünftiger König?

Noch aber war Constantin kein Herrscher, lediglich ein Königskind von zarten zwanzig Jahren, das es zu schützen galt.

Die Riesin Xenia kannte den Prinzen kaum, wusste nichts von der Güte in dessen Herzen und hielt ihn möglicherweise einfach für schwach. Noch aber war nicht aller Tage Abend.

Tatsächlich erschien der Thronfolger wenige Minuten später wieder. Die Blässe war einem wachen Ausdruck gewichen.

Diener hatten den Leichnam und den Schmutz fortgeschafft, meine Klinge gesäubert und nach einer Weile kehrte wieder Feierlaune ein.

Ich hörte, dass König Ivan den Herrscher Noredelläs nun als »den Verräter« bezeichnete und sich von Großherzog Pendelö, Lady Callas Vater, versichern ließ, keine Geschäfte mehr mit Händlern aus dessen Reich zu schließen.

Auch König Brion von Enghor schickte unverzüglich einen Boten los.

Das Land im Norden sollte von nun an geächtet werden.

König Ivan Isgehart war ein wahrhaft verachtenswerter Mann. Doch weshalb hatte er Noredellä nicht jetzt und gleich den Krieg erklärt? Wollte er ihn erst schwächen? Langsam hinter den Bergen ausbluten lassen?

***

Nach dem Mahl verlagerte der König das Fest nach draußen in den Garten. Constantin sollte mit jeder Anwärterin eine Runde zwischen den Blumenbeeten spazieren.

Nach der stickigen Luft und der Hitze im Saal war ich froh, endlich den Geruch des Frühlings einzuatmen. Die Sonne hatte es geschafft, den Tag für sich zu erobern, und bescherte uns einen warmen Aprilnachmittag.

Da die Bäuche des Adels nun gefüllt waren, wurden die Essensreste in der Schlossküche verschlungen. Auch ich stattete dem Gelage einen kurzen Besuch ab und stillte meinen Hunger mit Käse, Brot und etwas Obst.

Der Nachmittag im Garten zog sich dahin. Schon bald fehlte von der Königin und den Goldenen Schwestern jede Spur. Auch die übrige Gesellschaft löste sich nach und nach auf. Unsicher, worin meine Aufgabe nun bestand, schlenderte ich durch die Gärten – immer wieder ein Auge auf den Prinzen und dessen Begleiterinnen werfend.

Wer schließlich meine Aufmerksamkeit erregte, war Lady Ylvie, die zusammen mit Lady Calla und meiner Schwester auf einer Decke in der Sonne saß. Verborgen zwischen zurechtgestutzten Sträuchern, hinter ihnen der Kiefernwald.

Die Stimme der Baronstochter klang schrill. »Habt ihr gezeh'n, was der Prinz gemacht hat? Hat zich übergeben wie ein Baby!«

Ich hielt den Atem an, verharrte an Ort und Stelle. Neugierig lauschte ich dem Verlauf des Gesprächs.

Lady Calla verteidigte Constantin. »Zweifellos war der Anblick der Leiche ein Schock für ihn …«

Am liebsten hätte ich laut geschnaubt.

Der Anblick der Leiche. Constantin war nur haarscharf dem Tode entronnen! Ich hätte gern gewusst, wie diese Mädchen an seiner Stelle eine solche Tatsache verkraftet hätten.

Lady Ylvie lachte gackernd. »Pah, hab son tote Mensen geseh'n. Grozvati und Grozmutti zum Beispiel – daz waren übrigenz Bruder und Schwezter. Wir heiraten oft in der Familie – zagt Vati.«

Der schielende Giftzwerg ging mir langsam auf die Nerven. Sie benahm sich einfach schrecklich!

»Apropoz Familie ...«, setzte sie da auch schon wieder an, »kennt ihr diesez Gerücht?«

»Gerücht?«

Diese Stimme versetzte mir einen Stich. *Interessant. Jetzt wird meine Schwester hellhörig.*

Lady Calla reagierte anders. Scheu meinte sie: »Hüte lieber deine Zunge, wenn es nicht der Wahrheit entspricht oder jemandem Schmerzen bereitet ...«

»Wieso Smerz, hab keine Waffe, Carla. Es geht um den Prinsen ...«

Ein Blick über die Schulter versicherte mir, dass sich außer uns niemand in diesem Teil des Gartens aufhielt. Constantin spazierte vermutlich mit Prinzessin Britta oder Lady Xenia durch die Kräutergärten und die verbliebenen Gäste hielten sich wohl am Haupthof auf, wo ein Diener noch fleißig Wein nachschenkte.

»Erzähl!«, forderte Katga auf. Ich konnte ihre Neugierde förmlich riechen.

Lady Ylvie kicherte.

Nervös spähte ich an einem Strauch vorbei um die Ecke. Das Mädchen mit den aschblonden Haaren zwirbelte diese und kaute anschließend darauf herum. Nach einer Weile rückte sie mit der Sprache heraus: »Der Prins ist nicht der Sohn des Königs! Vati hat mir daz vor einer Gutenachtgeschichte erzählt. Aber daz ist geheim und stimmt vielleicht nicht.«

Lady Calla hauchte ein bestürztes »Pardon?«, während meine Schwester lediglich »Albernes Geschwätz!« murmelte.

Wer heftig reagierte, war ich. Wie konnte Lady Ylvie bloß solche Lügen verbreiten – oder im Grunde ihr Vater, Baron Sven van Ijek?

Erneut stiegen Gift und Galle in mir hoch. Und doch vernahm ich ein zartes Stimmchen, das mir zwitscherte, dass diese wüsten Lügen nicht ohne Grund kursierten.

Wieder sah ich das Grinsen König Ivan Isgeharts vor mir – am liebsten hätte ich es Constantin gleichgetan und mich hier und jetzt einfach in die Sträucher übergeben.

Ich wandte mich ab, marschierte zurück zum Haupthof, wo ich Sir Niklas erblickte.

Der uneheliche Sohn des Königs unterhielt sich gerade mit Lady Ragna, zwinkerte mir jedoch zu. Sofort verspürte ich ein Kribbeln im Bauch und wünschte, er würde sein Gespräch beenden und auf mich zukommen. Unglücklicherweise verschwand Niklas kurze Zeit später im Inneren des Schlosses.

Als ich erneut nach Constantin Ausschau hielt, stellte ich überrascht fest, dass sich dieser umgezogen hatte und in schlichter Kleidung auf dem Weg zu den Stallungen war. Von seinen Kandidatinnen fehlte jede Spur.

Ich folgte ihm, musterte das grob gewebte Baumwollhemd und die dunklen Hosen, die in regem Kontrast zu dem Prinzengewand standen, das er vorhin getragen hatte. Während ich darüber nachsann, was ich von dem Tausch am Tag der Brautschau halten sollte, blieb er plötzlich stehen und drehte sich um.

»Oh ... ähm«, machte er.

Constantin wirkte offenbar erleichtert mich zu sehen.

»Ihr seid es.«

Seine Gesichtsmuskeln entspannten sich, er lächelte, was seine Augen saphirgleich funkeln ließ. Das inzwischen offene blonde Haar umspielte sein Gesicht wie Sonnenstrahlen.

In Händen hielt er ein Büschel mit Kräutern, die einen frischen Duft verströmten.

Als ich mit fragender Miene darauf zeigte, meinte er: »Für die Wunden des Pferdes.«

Schweigend nickte ich, folgte ihm zur Box des verletzten Tieres und sah zu, wie der Prinz den Verband, den ich angefertigt hatte, vorsichtig abwickelte.

Im Stall roch es nach sauberem Stroh und Heu, ich mochte diesen Duft, atmete ihn tief ein.

Ich lehnte mich an einen rauen Holzpfosten, betrachtete den Thronfolger Kandlots, der neben der schwer schnaubenden Stute kniete. Als ich ihm meine Hilfe anbot, wollte er erst ablehnen. Kaum aber hatte er hoch in mein Gesicht gesehen, überlegte er es sich offenbar anders.

»Äh … nein … Oder … ja, wenn Ihr wollt …«

Ich schluckte, musste ungewollt an Sir Niklas denken. Unsere erste Begegnung hatte genau an diesem Ort stattgefunden.

Nun aber war nicht die Zeit für kindische Schwärmereien.

Ich nahm den alten Verband entgegen, während Constantin bereits Bänder und Kräuter für einen neuen zurechtlegte. Anstatt sich lediglich auf die Heilungswirkung der Kamille zu verlassen, hatte der Thronfolger weitere Arzneipflanzen ausgewählt, was mich – zugegebenermaßen – beeindruckte.

Anstatt ihm dieses Lob mitzuteilen, erkundigte ich mich nach seinem Befinden. Außerdem musste ich ihm schnellstmöglich von Djana berichten, sobald sich eine passende Gelegenheit bot. »Wie geht es Euch?«

Für den Bruchteil einer Sekunde hielt der Königssohn in seinem Tun inne – erstarrte beinahe. Ich erschrak. Diese Frage stand mir nicht zu! *Was ist nur in mich gefahren!* Ich selbst hatte darauf bestanden, keine Grenzen zu überschreiten, und nun … Ich holte tief Luft, setzte zu einer Entschuldigung an. »Verzeiht, ich …«

»Miserabel, um … ähm … ehrlich zu sein. Glaubt Ihr, König Ansgar hat den Angreifer geschickt? Ich vermute eher, es war … ähm …«

Constantin schaute mich unsicher an.

»Euer Vater?«, formten meine Lippen nahezu lautlos.

Der Königssohn nickte.

»Warum habt Ihr Elin nicht ins Quintett gewählt? Ihr habt Eurem Vater ohnehin getrotzt und ich denke, Ihr hättet gut zueinandergepasst …«

Constantins Hände zitterten auf einmal. Erschrocken ließ ich den blutigen Verband fallen, wollte nach seinen Fingern greifen. In letzter Sekunde beherrschte ich mich und zupfte anstatt dessen ein paar Kräuter zurecht.

»Lady Inga – Ihr wisst ja nicht … ähm … könnt ja nicht ahnen, was …«

Im Blick des jungen Mannes las ich blanken Horror. *Was hat er nur erlebt?*

»Sprecht langsam«, beruhigte ich ihn.

Constantin nickte. »Erinnert Ihr … ähm … Euch an die Wassergläser, die ein Diener anbot? Ihr erhieltet keines …«

Tatsächlich wusste ich noch genau, wie stechend meine Kehle gebrannt und nach Flüssigkeit verlangt hatte.

»In Eurem Glas«, fuhr Constantin fort, »war Gift.«

»ICH ZIEHE ES VOR ZU STEHEN.«

Es dauerte einen Moment, diese Information zu verarbeiten. Hatte ich das richtig verstanden? In dem Kristallgefäß, das für mich vorgesehen gewesen war, hatte sich eine tödliche Substanz befunden?

Zum Glück kniete ich bereits am Boden, denn meine Beine fühlten sich plötzlich butterweich an. Aufstehen hätte ich jetzt gewiss nicht können.

»Mein Vater ... ähm ... wisperte mir ins Ohr, er würde Euch töten, wenn ich Elin ins Quintett einlud. Ich musste ihm prompt schwören, Lady ... ähm ... Ylvie zu nehmen.«

Ich keuchte und schluckte schwer. Anschließend wurde mir übel. Verstört wandte ich den Blick ab. Mein Herz raste.

Warum hatte sich Constantin darauf eingelassen?

Im Grunde hatte er mich der Prinzessin vorgezogen! Würde dieser Krieg, den Ivan unbedingt anzetteln wollte, nun wegen ... *mir* ausbrechen?

Nein, daran durfte ich gar nicht denken.

»Das hättet Ihr nicht tun dürfen«, flüsterte ich. »Ihr hättet mich das Gift trinken lassen müssen.«

Zaghaft hob ich den Kopf, blickte in die tiefblauen Augen des Thronfolgers.

Constantin sollte sich einen derartigen Fehltritt nicht ein weiteres Mal erlauben. Gewiss – es war ehrenhaft von ihm, mein Leben zu retten. Dennoch hätte er an sein Land und die Prinzessin denken müssen, anstatt an seine Leibwächterin! Er war mir nichts schuldig.

»Ihr ... ähm ... habt recht«, gestand Constantin, was mich wunderte, doch dann: »Denn in dem Glas war ... ähm ... eigentlich gar kein Gift, wie mir mein Vater später ... ähm ... mitteilte. Es war bloß eine List.«

Fassungslos starrte ich mein Gegenüber an.

Kaum hatte ich die eine Nachricht verdaut, warf mir der Prinz bereits den nächsten Brocken hin.

Doch auch ich hatte etwas zu beichten. Zerknirscht gestand ich: »Djana wollte unserem Plan nicht folgen, wollte nicht fliehen. Sie weigerte sich vehement. Es tut mir leid.«

Constantin zeigte sich unbeeindruckt, seufzte lediglich. »Mir wurde bereits von einem ... ähm ... Boten zugetragen, dass für die bestellte Kutsche keine ... Dame erschienen war. Schade. Ich hoffte, Djana würde auf *Euch* hören.«

Während ich dem Thronfolger half den neuen Verband anzulegen, berührten sich unsere Hände einige Male. Ich stellte fest, dass sich seine Haut warm und zart anfühlte, angenehm. Genau so, wie sie roch und wie ich es mir vorgestellt hatte.

»Immerhin konntet Ihr Lady Ragna und ihren Liebsten vereinen. Das war äußerst löblich«, meinte ich dann, biss mir jedoch sofort auf die Zunge.

Wie unerhört! Schwester Odine wäre zutiefst enttäuscht von mir gewesen. Eine Goldene Schwester plauderte nicht. Auch Schwester Mercedes hatte mir bei unserem ersten Zusammentreffen geraten unpassende Kommentare für mich zu behalten. An überschrittene Grenzen wollte ich gar nicht erst denken ...

»Vereinen? Löblich?« Constantin strich liebevoll über den Hals des Pferdes, sah mir dabei in die Augen und erklärte dann verbittert: »Mitnichten. Mein und ihr Vater haben geschworen sie zur Strafe mit einem uralten Grafen anstatt mit Kal zu verloben. Hätte ich getan, was Ivan wollte – sie ins Quintett geholt und kurz vor der Kleeblatt-Hochzeit rausgeworfen –, hätte sie ihren Liebhaber ehelichen dürfen. Mit meiner Tat habe ich sie ins Verderben gestürzt.«

»Euer Vater hat diese Heirat beschlossen, das wisst Ihr!«

Während seiner Worte hatte er kein einziges Mal »ähm« benutzt – wenn das kein Fortschritt war!

Der Thronfolger nickte. »Um mich zu ... ähm ... quälen.«

Und schon schlichen sich die Gewohnheiten wieder ein.

»Dann gönnt ihm diesen Erfolg nicht. Außerdem bezweifle ich, dass dieser Kal jemals Lady Ragnas Hand erhalten hätte. Was ist er überhaupt? Ein Gutsbesitzer? Ein Händler?«

»Ein … ähm … Knecht auf ihres Vaters Ländereien.«

Ich schnaubte. »Dann habt Ihr Eure Antwort und wisst, welches Schicksal den armen Kerl erwartet.«

Constantin nickte. Wir wussten es beide, brauchten es nicht laut auszusprechen. Der Knecht würde mit dem Leben bezahlen.

***

Der Verband war gewechselt. Finn, der Stallmeister, der just in diesem Moment durch das Tor hereinkam, dankte dem Königssohn und mir für unsere Arbeit.

Wieder und wieder verbeugte er sich vor Constantin und beteuerte, wie gesegnet Kandlot wäre einen Prinzen wie ihn zu haben.

Mir fiel auf, dass dem Thronfolger diese übertriebene Huldigung unangenehm war. Er wurde rot, erklärte, dass ihm die Gesundheit von Mensch und Tier am Herzen läge, und trottete anschließend humpelnd aus dem Stall hinaus.

Ich folgte, marschierte ihm bis zum Brunnen am Hinterhof hinterher. Dort zog er einen Eimer mit frischem Wasser hoch, um sich die Hände zu waschen.

»Wenn Euch das Wohl Eures Volkes wichtig ist«, setzte ich schlau an, »habt Ihr gewiss schon gehört, dass Sir Niklas plant, eine Brücke über die Senrö zu bauen …«

Constantin stellte den Holzkübel am steinernen Brunnenrand ab und tauchte seine Hände ins Wasser. Anschließend schob er mir den Eimer hin.

Kaum berührten meiner Fingerspitzen die Oberfläche des kühlen Nasses, bekam ich eine Gänsehaut.

»Wo will er sie errichten – und woraus?«

Seine Stimme klang eisiger als das Wasser, in das meine Hände soeben eintauchten.

»In der Vesi-Ebene, damit sich Händler der umliegenden Städte weite Wege ersparen. Das Material ist mir nicht bekannt – vermutlich Stein«, erklärte ich, während ich ein Zähneklappern unterdrückte.

Da mich fröstelte, zog ich meine sauberen Finger aus dem Kübel. Den Rest des Wassers wollte ich auf das Pflaster neben dem Brunnen leeren, doch Constantin meinte, dass dies eine Verschwendung wäre.

Verdattert schaute ich ihm zu, wie er den Eimer von der Seilvorrichtung löste, ihn packte und hinüber zum Kräutergarten ging. Liebevoll goss er seine Pflanzen und kehrte mit dem leeren Gefäß zu mir zurück.

Einerseits war dieses Tun herzerwärmend, andererseits ärgerte es mich grün und blau, schließlich berichtete ich ihm gerade von Missständen im Land. Probleme, um die *er* sich mit kümmern musste.

»Ihr solltet Euch mit Eurem Bruder zusammentun«, meinte ich. »Sir Niklas hat gute Ideen, die Wirtschaft Kandlots zum Florieren zu bringen!«

Constantin schnaubte, schüttelte den Kopf.

Anstatt sich über die Händler Gedanken zu machen, befestigte er seelenruhig den Eimer am Haken.

Am liebsten hätte ich den Thronfolger geschüttelt. Sein Desinteresse am Volk Kandlots räucherte jede Zuneigung für ihn aus.

Ich biss mir fest auf die Zunge, ansonsten hätte sich eine patzige Bemerkung über meine Lippen gestohlen.

»Denkt Ihr«, setzte Constantin da seufzend an, »dass diese ... ähm ... Brücke nicht schon längst stünde, wenn es so simpel wäre, sie zu bauen?«

Irritiert runzelte ich die Stirn.

»Vor ... ähm ... vier Jahren schon versuchte Vater einen ... ähm ... Steg zu errichten. Vergeblich. Ich selbst ... ähm ... sah, dass es unmöglich war, Material in die Vesi-Ebene zu schaffen.«

Ich entsann mich der Worte seines Bruders. Sir Niklas hatte die Senrö als reißenden Fluss bezeichnet.

»War die Strömung das Problem?«

Constantin verschränkte die Arme, schaute mich ernst an.

»Nein«, sagte er langsam und sah mir tief in die Augen, »nicht in ... ähm ...

dieser Gegend. Die Vesi-Ebene ist dermaßen … ähm … sumpfig, dass kein Gefährt sie passieren kann. Daher kann weder eine Brücke noch eine … ähm … Straße dort errichtet werden.«

Sumpfig.

Ich schluckte. Damit hatte ich nicht gerechnet. Dennoch blieb ich zuversichtlich.

»Gewiss hat Sir Niklas eine Lösung für dieses Problem gefunden. Vielleicht Sand oder Kieselstein … Ihr könntet ihn unterstützen und …«

»Nein!«

Constantin drehte sich um und hastete von dannen – jedenfalls so schnell ihn seine Beine trugen.

Fassungslos schaute ich ihm nach. Ja, ich hatte erneut eine Grenze überschritten. Hatte es gut gemeint und gehofft, Prinz Constantin könnte von Sir Niklas etwas lernen – nämlich der Sohn eines Königs zu sein.

Ich seufzte und rannte dem Thronfolger hinterher.

***

Dieser war offensichtlich darüber informiert worden, dass er im Rosengarten mit den Kandidatinnen Tee und Kuchen zu sich nehmen sollte.

Nachdem ihm zwei Diener beim Umkleiden geholfen hatten – ich hatte in der Zwischenzeit vor seinem Gemach gewartet –, geleitete ich den Prinzen zurück in den Garten.

An seinem Gesichtsausdruck erkannte ich, dass er keine Lust hatte, süße Törtchen in der Gesellschaft von Lady Katga, Xenia, Ylvie, Calla und Prinzessin Britta zu genießen.

Dabei sollte er sich glücklich schätzen, dachte ich bitter. All diese Mädchen waren hier, um seine Gemahlin zu werden.

Wieder kamen mir die Worte meines Vaters in den Sinn, als ich vermutet hatte, ich sollte dem Königssohn meine Schwester schmackhaft machen. »Im Gegenteil«, hatte er gegrummelt, »ich möchte, dass du ihn von ihr fernhältst.«

Gerade als ich mit dem Gedanken spielte, doch noch einmal Olav Ericson aufzusuchen, überraschte mich ein Bote des Königs mit einer Mitteilung: *Ivan Isgehart möchte Euch unverzüglich in seinen Gemächern sprechen.*

***

Prinz Constantin blickte Lady Inga nach. Obwohl er von zauberhaften parfümierten Grazien umringt war, galt sein Interesse nach wie vor nur ihr.

Die neue Goldene Schwester, deren rotblondes Haar ihn an ein leuchtendes Weizenfeld im Abendrot erinnerte, faszinierte ihn. Und noch mehr als das. Constantin wünschte sich seine Finger durch eben diese natürlich duftenden Ähren gleiten zu lassen und anschließend jede einzelne Sommersprosse zu berühren.

Er beobachtete, wie Lady Inga mit dem Boten seines Vaters ins Innere des Schlosses verschwand. Ihr glänzender Umhang wallte.

Wie kriegerisch sie aussah! Stolz und elegant zugleich. Für den Bruchteil einer Sekunde schloss der Prinz die Augen. Und wie jedes Mal, wenn er dies Tat, sah er ihren Körper. Hüllenlos. Nackt. Constantin errötete, eine Gänsehaut breitete sich über seinen Körper aus.

Er konnte die Erinnerung an die wohlgeformten Rundungen Ingas nicht verdrängen – versuchte es inzwischen auch nicht mehr. Jede Faser, jeder Muskel in ihm schrie die untrügliche Wahrheit: Er hatte sich in die schöne Leibwächterin verliebt.

Natürlich begehrte Constantin auch Djana, hatte sein bisheriges Leben an ihrer Seite verbracht. Dass Lust nicht unbedingt Liebe bedeutete, hatte er erst jetzt erkannt. Denn während sein Herz bei Lady Inga sündhaft trommelte, pochte es beim Gedanken an Djana im steten Tempo unbeirrt weiter.

Während er gespielt dem kaum verständlichen Geschnatter Lady Ylvies lauschte, waren seine Sinne bei *ihr*. Lady Inga, die für seine Sicherheit sorgen sollte ... und ihn doch mit Haut und Haar ins Verderben zog. Denn ihm war wohl bewusst, wie leichtsinnig er gehandelt hatte, als ihn sein Vater mit dem Gift im Kristallglas hatte erpressen wollen.

Doch Constantin war sich sicher: Selbst wenn er stundenlang Zeit gehabt hätte, eine Entscheidung zu treffen – es wäre dieselbe gewesen. Niemals hätte er Lady Inga sterben lassen.

Kaum hatte ihm Ivan die bitteren Worte »Wählst du Prinzessin Elin ins Quintett, wird Lady Inga in wenigen Sekunden tot sein« ins Ohr geflüstert, wäre er beinahe zusammengebrochen.

Neben die quälende Angst um ihre Unversehrtheit war eine noch nie dagewesene Wut getreten. Der Prinz konnte sich nicht erinnern, jemals eine ähnliche Art von Zorn gefühlt zu haben. Brodelnd, zerstörerisch – *blanker Hass*. Am liebsten wäre er sofort auf seinen Vater losgegangen und hätte ihm vor aller Augen ins Gesicht geschlagen.

Constantin schnappte bei der Erinnerung an diesen Moment nach Luft. Das Verlangen nach Gewalt war ihm bisher fremd gewesen.

Diese goldene Lady hatte alles verändert.

Kannte der König nun seinen wunden Punkt? Wusste sein Vater, dass er sich in die Goldene Schwester verliebt hatte und würde diese Information für weitere Machenschaften nutzen?

Oder – und darauf hoffte der Prinz – hielt Ivan ihn lediglich für einen unbedachten Tölpel, unfähig im rechten Augenblick an weitreichende Konsequenzen zu denken?

Doch das hatte er getan. Und genau das war das Problem.

Er hatte sich wissentlich für Lady Ingas Leben entschieden, Prinzessin Elin auf Wunsch seines Vaters hin *nicht* ins Quintett geholt und somit möglicherweise einen Krieg ausgelöst. Denn gewiss würde König Ansgar diese Schmach nicht auf sich sitzen lassen.

Constantin seufzte, blickte in die Gesichter seiner fünf Bräute. Prinzessin Britta und Lady Calla kannte er bereits flüchtig. Die blond gelockte Königstochter mit dem strahlenden Lächeln gefiel ihm sogar, dennoch fehlte ihm das wilde Funkeln in ihrem Blick, das ihn bei Lady Inga wie magisch anzog.

Kämpferisch wie die Goldene Schwester wäre die Riesin Xenia, doch ihre abweisende Körperhaltung – ihre Arme waren verschränkt – und ihre Aussagen, ununterbrochen sprach sie von Verbesserungen, die Kandlot dringend nötig hatte, störten ihn eher.

Lady Ylvies Schielen irritierte Constantin. Er wusste nie genau, in welche Richtung sie blickte. Auch die Tatsache, dass sie sich Lady Callas Namen nicht merken konnte, »Carla« ununterbrochen nach den Webereien ihres »Vatis« ausfragte und wissen wollte, ob sie noch ältere »Brüderles« hätte, empfand der Prinz als unhöflich, abschreckend …

Ein Fall für sich war auch Katga, Lady Ingas leibliche Schwester. Verspielt durch das blonde Haar streichend, erkundigte sie sich bei jeder Gelegenheit nach der Königsfamilie, wollte jedes Detail über Sir Isidor und Sir Niklas erfahren. Besonders bizarr fand Constantin die Frage, an welchen Krankheiten weitere Verwandte bisher verschieden waren.

Während dieser Unterhaltungen fühlte sich der Prinz wie ein Gefangener in einem Kerker, und das, obwohl sie gemütlich Tee trinkend in einem Pavillon unter einem romantischen Blätterdach weilten.

So sehr er auch versuchte die Gesellschaft seiner Kandidatinnen zu genießen, es wollte ihm nicht gelingen. Doch Constantin wusste, dass er sich zu seinem Glück zwingen musste. Auch wenn ihm längst klar war, nach wem *er* sich verzehrte, so besaß er genügend Scharfsinn zu erkennen, dass dieses Gefühl nicht auf Gegenseitigkeit beruhte.

Lady Inga begehrte starke, kriegerische Männer mit Bart. Anführer, wie Sir Niklas, die mit Waffen umgehen konnten. Keine humpelnden Bürschchen. Constantins Herz wurde schwer.

***

Mit einem flauen Gefühl im Magen ließ ich den Prinzen im Garten zurück, machte mich auf den Weg. Der Bote führte mich hinauf in die Schlafgemächer der königlichen Familie. Erneut bewunderte ich die Gemälde an den Wänden und genoss das Gefühl des Teppichs unter meinen Stiefeln.

Wir passierten die Zimmer der Königin, vor denen Kestrall Wache hielt. Die Goldene Schwester musterte uns, ihr besorgter Blick fixierte mich. Silbergrau und wachsam blitzten ihre Augen zwischen zwei nur kinnlangen Haarvorhängen hervor – durchbohrten mich wie Speere.

Was sie sich wohl in diesem Augenblick ausmalte? Würde sie unserer Herrin berichten mich mit einem Boten Ivans erblickt zu haben? Und – was noch wichtiger wäre – welche Rückschlüsse würde die Königin daraus ziehen?

Ich schluckte, marschierte weiter.

Wachen patrouillierten vor der Flügeltür zu den Räumlichkeiten des Königs, doch sie erwarteten mich offenbar und traten ohne ein Wort zur Seite.

Ich hatte geglaubt, dass mich der Bote geleiten würde, doch ich hatte mich geirrt. Der junge Mann nickte mir kurz zu, ehe er schleunigst das Weite suchte.

Sämtliche Eingeweide in meinem Inneren zogen sich zusammen, als ich mich in die Höhle des Löwen begab.

Saphirblaue Tapeten mit silbernen Mustern schlugen mir entgegen. Die Farben Kandlots gaben in diesem Zimmer den Ton an. Selbst die mächtigen Vorhänge rund um das protzige Himmelbett schimmerten in ebendiesem Glanz.

Erst auf den zweiten Blick bemerkte ich Ivan Isgehart, der sich von einem der Stühle rund um den Esstisch erhob.

»*Lady Inga* ... Lady Ericson!«

Die Art mich zu begrüßen störte mich, doch ich knickste unbeeindruckt. »Eure Hoheit!«

Obwohl unzählige Fragen in mir brannten, biss ich mir auf die Zunge; wollte mir meine Unruhe nicht anmerken lassen.

»Setzt Euch«, bot mir der König an und wies auf einen der beiden Samtsessel in einer Ecke.

Tatsächlich wirkten die Polster gemütlich und der Kamin daneben knisterte verlockend. Ares und Cato lagen davor ausgestreckt auf einem Bärenfell und beobachteten mich neugierig.

Allerdings war dies keine amüsante Plauderei, sondern ein Gespräch, das es hinter sich zu bringen galt – *so schnell wie möglich.*

»Ich ziehe es vor zu stehen.«

Ivan grinste, als wäre ich in eine Falle getappt. »Auch mein Stehvermögen ist bemerkenswert, *Lady.*«

Erst begriff ich den Hintersinn seiner Aussage nicht. Kaum aber schwante mir die Zweideutigkeit, schnappte ich empört nach Luft und beschloss, dass der Zurückhaltung Genüge getan war. Ich würde keine Sekunde länger zusehen, wie dieser Mann alles und jeden zerstörte.

»Der Angriff auf Prinz Constantin, das wart Ihr!«

Sichtlich überrascht zog Ivan die buschigen Augenbrauen hoch. Im selben Atemzug jedoch schmunzelte er. »Ich habe *Euch* rufen lassen, *Lady,* doch es scheint, als hättet Ihr ebenso auf ein Treffen gehofft. Ihr seid wahrhaft gleichermaßen schön *und* klug ...«

Die Worte des Königs versetzten mir einen Stich. Während Ivan den letzten Satz gesprochen hatte, war jeglicher Schalk aus seiner Miene verschwunden. War es möglich, dass er das Lob ernst gemeint hatte?

Kaum aber kam mir dieser Gedanke, kehrte der selbstgefällige Gesichtsausdruck des Herrschers zurück. Der König bot mir Wein an, den ich vehement ablehnte.

Ich schnaubte. »Ihr könnt Euch die Schmeicheleien für Eure Mätresse aufheben! Mir bindet Ihr keinen Bären auf!«

Ivan ergriff das noch halb volle Weinglas vom Esstisch und nahm einen Schluck. Anschließend starrte er in die rote Flüssigkeit und brummte: »Das hatte ich auch nicht vor!«

Vor Schreck musste ich husten.

Der König stellte das Gefäß beiseite, sah mir tief in die Augen und flüsterte mit düsterer Stimme: »Ja, ich habe einen Söldner beauftragt, die Uniform Noredelläs zu tragen und sich um Constantin *zu kümmern.*«

Ivan Isgehart war mir so nahe gekommen, dass ich seinen Atem riechen und auf der Haut spüren konnte. Der Gestank nach bitterem Rotwein verursachte mir Übelkeit.

Während eine Gänsehaut über meine Arme kroch und sich sämtliche Härchen in meinem Nacken aufstellten, zischte ich: »Ich verachte Euch!«

Mir fiel auf, dass Ivans Gesichtsmuskeln zuckten und plötzlich lachte er.

Konnte das wahr sein?

Am liebsten hätte ich ihm ins Gesicht gespuckt.

Der König tat, als müsste er sich Lachtränen aus den Augenwinkeln wischen. »Herrlich, Ihr seid wie Valerie. Auch sie sagte mir diese Worte. Morgens und abends, damals, als wir noch miteinander redeten.«

Ich presste die Lippen zusammen. Wie konnte es dieser Mann wagen, dermaßen dreist über seine Königin zu sprechen?

»Jedenfalls«, fuhr Ivan nun gemäßigt fort, »wart *Ihr* es, die meinen Plan durchkreuzte, *Lady*.«

An dieser Stelle war ich an der Reihe, meine Mundwinkel süffisant zu heben – was ich mir nicht nehmen ließ. *»Verzeiht.«*

Übertrieben demütig biss ich mir auf die Lippen und senkte die Lider. Dabei schüttelte ich den Kopf, als wäre ich einfach völlig ungeschickt gewesen.

Der König grunzte belustigt, berührte mit seiner behandschuhten Hand mein Kinn und forderte mich somit auf mein Haupt wieder zu heben.

Als der kühle Stoff meine Haut berührte, lief es mir eiskalt den Rücken hinunter.

»Oh, es war mein Fehler, Euch nicht zu informieren. Denn – wie ich Euch bereits ankündigte – wir werden von jetzt an *einander* behilflich sein.«

Mein Blick war entschlossen. Nichts könnte meine Entscheidung beeinflussen ... mich brechen. »Wie ich *Euch* schon erklärte: niemals!«

Ivan lächelte, leckte sich über die Lippen. »Ihr seid es mir aber schuldig! Hat Euch Euer Vater nicht aufgeklärt, junge *Lady*? Ihr wisst doch sicherlich, dass ich es war, der Eure Ausbildung auf Burg Gedeleen bezahlte. Nun, das tat ich nicht aus reiner Herzensgüte ...«

Ich zog eine Grimasse, zeigte dem König meine Verachtung für seine Worte, als es an der Türe klopfte.

»Eure Majestät, König Brion möchte Euch sprechen.«

***

Er erfuhr, dass sein Verbündeter, König Brion aus Enghor, bereits dafür gesorgt hatte, dass sämtliche Händler Noredellä von jetzt an mieden. Diese Information erfüllte ihn mit Zuversicht, dass Ansgar alsbald den Krieg erklären musste – und genau das war der Plan. Ein meisterhafter Schachzug im Spiel um weitere Ländereien, im Spiel um Omnia. Dass hie und da Bauernopfer zu beklagen waren, war nun mal ein notwendiges Übel.

Ivan hatte es satt, sich wie ein Hampelmann zu fühlen, die Marionette seines inzwischen toten Vaters oder Königin Valeries zu sein. *Er* wollte die Fäden ziehen, am längeren Hebel sitzen und über Leben und Tod entscheiden. Ein gewonnener Krieg würde seine weitreichende Macht unbestreitbar demonstrieren.

Um sich in Ruhe mit Brion auszutauschen, hatte Ivan sein Gemach verlassen und mit dem König des Nachbarreiches das Ratszimmer aufgesucht. Nun, da die Angelegenheit geklärt war, marschierte er zurück in seine privaten Räumlichkeiten, öffnete die Türe und – erschrak fürchterlich.

»Was erlaubt Ihr Euch?«

Erbost hastete der König auf Lady Inga zu. Diese hatte während seiner Abwesenheit in den Schubladen seiner Kommoden gewühlt. Welch Dreistigkeit!

Auf frischer Tat ertappt stieß die Goldene Schwester eine Lade zu, hielt jedoch triumphierend einen zerknitterten Brief zwischen ihren Fingern.

Ivan erstarrte, er erkannte die verschnörkelte Handschrift sofort. Den Inhalt konnte er auswendig widergeben, Wort für Wort.

»Habt Ihr dieses Schreiben etwa gelesen, *Lady*?«, knurrte er.

Am liebsten würde er sie wie ein Raubvogel attackieren und ihr diesen Brief entwenden. Doch ein Blick in die panisch funkelnden Pupillen der jungen Frau genügte.

Sie kannte den Text bereits.

Ivan fluchte, schlug brutal mit der Faust auf den Tisch. Das Kristallgefäß darauf klirrte. »Wie konntet Ihr es wagen?«

Er schrie sie an, doch die Goldene Schwester zuckte nicht einmal mit den Wimpern.

Ihre Lippen bebten, sie wisperte: »Ist es *wahr*?«

Der König füllte sein Weinglas und leerte es in einem Zug. Anschließend ging er auf Lady Inga zu, riss ihr den Brief aus der Hand und zischte: »Jedes Wort.«

Für einen Moment schloss er die Lider, entsann sich der süßen Sätze seiner einstigen Angebeteten …

Mein geliebter Ivan,
kann denn Liebe Sünde sein? Ich verzehre mich nach Euch und träume jede Nacht von dem Kuss, den Ihr mir schenktet. Ja, ich liebe Euch ebenso und möchte mich erneut mit Euch treffen.
Eure Silka

Kaum öffnete der König seine Augen, blickte er in die hasserfüllte Miene Lady Ingas – der ältesten Tochter jener Frau, nach der er sich als Jüngling heißblütig verzehrt hatte. Silka Oldenson.

Silka war das reizende Mündel des einstigen Schatzmeisters gewesen. Eines Tages war ihr Onkel dabei erwischt worden, wie er Steuern des Volkes in die eigene Tasche hatte verschwinden lassen. Er war vom Hof gejagt worden. Ivan hatte Silka lange Zeit nicht mehr gesehen – erst als er von ihrer Verlobung mit seinem Berater Olav Ericson gehört und das Paar ins Schloss eingeladen hatte.

Doch Silka war dem Hof ferngeblieben. Sie hatte ihn wohl nicht mehr sehen wollen. Gewiss hatte sie es ihm übel genommen, wie ein Feigling zugesehen zu haben, als ihr Onkel und sie vom Hof getrieben worden waren, als wären sie lästiges Gesindel.

Ivan seufzte innerlich. Er hätte sich gegen seinen Vater behaupten sollen. Jetzt war es längst zu spät. Und doch …

Heute waren Silkas Töchter am Hof.

Lady Inga funkelte ihn wutentbrannt an. In ihrem Gesichtsausdruck erkannte er, dass sie ihm nicht glaubte. Nicht glauben wollte.

Dieses Mädchen war wie ihr Vater Olav. Misstrauisch und rechthaberisch. Auch äußerlich ähnelte sie ihrer Mutter in keiner Weise. Und doch lebte ein Teil Silkas in ihr weiter … genau wie in ihrer jüngeren Schwester Katga.

Um die Falten auf der Stirn der Goldenen Schwester zu glätten, schilderte er in knappen Sätzen den Verlauf der Geschichte von Silka und sich.

Lady Inga verschränkte die Arme in einer abweisenden Geste. Sie missbilligte die Liebesbeziehung zwischen ihrer Mutter und ihm, das erkannte Ivan sofort.

»... ein Grund mehr, weshalb wir an einem Strang ziehen werden, Lady Inga!«

Der König änderte seinen Kurs, grinste wieder. Er wollte Lady Inga zeigen, wer in diesem Land das Sagen hatte.

Die Goldene Schwester allerdings schnaubte. Schweiß glitzerte auf ihrer Stirn. Die letzten Minuten hatten sie Kraft gekostet.

»Sagt schon, was Ihr wollt.«

Sie klang nach wie vor barsch, hatte jedoch an Bissigkeit verloren.

Ivan schmunzelte, jubilierte innerlich. Endlich würde eine Goldene Schwester nach *seiner* Pfeife tanzen! Er würde Königin Valerie heimzahlen, was sie ihm angetan hatte, und ihr das Liebste im Leben nehmen.

»Sir Niklas wird meinen Thron erben, ich sorge für seine Legitimation«, erklärte Ivan stolz und sah Lady Inga dabei demonstrativ in die Augen. »Zwei Prinzen könnten Unruhen im Volk herbeiführen. Wenn Euch das Leben Eurer Familie etwas bedeutet, solltet Ihr überlegen, wie Ihr Constantin zu töten gedenkt.«

***

Die Drohung des Königs traf mich hart. Innerlich stöhnte ich vor Schmerz. Doch Ivan war noch nicht fertig. Unbarmherzig sprach er weiter.

»Es wird Euch ein Leichtes sein, den Prinzen zu töten; meine Gemahlin hat mir dabei unbewusst in die Karten gespielt und Euch auch noch an seine Fersen gekettet ...«

Am liebsten hätte ich mich irgendwo festgehalten, zum Beispiel an der Kommode zu meiner Rechten, doch das hätte Schwäche symbolisiert – und ich wollte stark wirken. Um jeden Preis.

Leider klang meine Stimme tonlos, mehr wie ein zarter Windhauch. »Ihr verlangt, dass ich Euren Sohn ermorde?«

Der König taxierte mich, schnaubte dabei höhnisch lachend.

»Er ist nicht *mein* Fleisch und Blut, *Lady*, hat Euch das meine Angebetete noch nicht anvertraut?«

Ich hatte also recht gehabt, der König selbst brachte diese dreisten Lügen in Umlauf. Und Ylvie, die nicht begriff, welche Worte sich auszusprechen geziemten und welche nicht, plapperte dieses Getratsche unbedacht nach.

Der König lachte kurz auf. »Sie kam schon froher Hoffnung zur Hochzeit, wie ich einige Wochen nach unserer Vermählung bemerken musste …«

Im Blick Ivans funkelte blanker Wahnsinn. Dieser Mann war verrückt. Wem versuchte er Wasser für Wein zu verkaufen? Mir – oder gar sich selbst?

Der König wandte sich von mir ab, streichelte seine Hofhunde, die sich ihm winselnd zuwandten.

»Valeries Schwester, Königin Sabita Vanhaag, ist ein schlaues Ding – verschacherte mir eine bereits trächtige Gondra. Aber jetzt lasse ich mir nichts mehr gefallen.«

Ich verzog keine Miene, verbarg, wie sehr ich die Worte des Königs verabscheute. Dieser niederträchtige Mann hatte eine Gemahlin wie Valerie Vanhaag nicht verdient.

Meine Antwort fiel schlicht aus, obwohl tief in meinem Inneren eine zornige Raubkatze erwacht war, die bereits ihre Krallen wetzte.

»Ich töte Prinz Constantin nicht!«

Der König lächelte, sah mich dabei sehr verständnisvoll an. Ich bekam eine Gänsehaut.

Während er weiter seine Hunde kraulte, erklärte er mit dunkler Stimme: »Drückt es nicht so grausam aus. Schläfert ihn mit Gift ein oder treibt es mit ihm, bis ihm die Luft wegbleibt, er scheint ja Gefallen an Euch gefunden zu haben. Ihr seid doch eine Goldene Schwester – beherrscht und herzlos –, eine solche Aufgabe sollte Euch leichtfallen! Diese Mercedes mordet alle naselang.«

Mir stockte der Atem. Wie konnte ein Mann, der einst zärtliche Liebesschwüre an meine Mutter gesandt hatte, nun einen derartigen Mord von deren Tochter verlangen? Welche … ich wagte das Wort kaum zu denken … *Dämonen* wüteten in des Königs Kopf? War es möglich, dass Ivan der Träger war? Veränderten sich noch andere Dinge in den Gedanken dieser Menschen?

Allerdings gingen die Goldenen Schwestern ja davon aus, dass einer der Gäste den Dämon in sich tragen musste.

Doch gab es jemals Gewissheit?

Der König erhob sich. »Und denkt an den Anreiz: das Leben Eures Vaters und Eurer Schwester hier am Hof!«

Mir wurde übel. »Lasst Katga aus dem Spiel, sie ist unschuldig!«

Ivan lachte, kam auf mich zu. »Ach, woher wollt Ihr das denn wissen? Etwa weil sie Eure *Schwester* ist?«

Worte, die mich wie ein Giftpfeil an einem empfindlichen Nerv trafen. Ich schluckte.

Was ich daraufhin erfuhr, verstörte mich völlig.

»Eure *richtige* Schwester wird die nächste Königin Kandlots, wenn sie sich nicht allzu tollpatschig anstellt oder Ihr ihr zartes Leben verwirkt. Es ist beschlossene Sache, *Lady Inga*.«

Sofort erinnerte ich mich an die Worte meines Vaters – dass ich Constantin von Katga fernhalten sollte. Nun verstand ich auch, weshalb.

Dennoch sah ich dem Herrscher Kandlots tief in die Augen. Ich wollte herausfinden, ob dieser Mann nur mit meinen Ängsten spielte oder ob er von Tatsachen sprach. Mein Ergebnis erschütterte mich.

Der König flunkerte nicht, meinte, was er sagte. Ob er bereits einen Boten ans Kloster St. Gregor gesandt hatte, um Sir Niklas zu legitimieren?

Welchen Einfluss hatte er auf die Geistlichen dort? Konnte er ein Urteil zu seinen Gunsten erkaufen oder würde er jemanden erpressen?

Dass meine leibleiche Schwester Königin werden könnte, war für mich nebensächlich. Ich kannte Katga kaum, wusste nicht, ob sie die Fähigkeiten dazu besaß. Allerdings quälte mich die Frage, ob sie von den Machenschaften des Königs wusste …

»Ich sehe Eure Sorgenfalten«, meinte der König in diesem Moment. »Ich habe der kleinen Katga erzählt, der Prinz wäre schwerkrank und ohnehin nicht Manns genug, um König zu werden. Sie weiß als Einzige, dass sie sich an Sir Niklas halten soll. Eure Schwester ist nicht so argwöhnisch wie Ihr, war mir *dankbar* für meine Ehrlichkeit …«

Glaubte Katga dem König etwa? Weshalb? Hatte unser Vater sie manipuliert? War sie für die Männer ein einfach zu dirigierendes Püppchen – oder wusste Katga, was sie tat?

Vor zwei Tagen hätte ich niemals gedacht, dass meine Familie in einem solchen Spiel mitmischen oder gar Trumpfkarten in den Händen halten würde. Lügen und Intrigen standen hier am Hof offensichtlich an der Tagesordnung.

Das Leben Valerie Vanhaags hatte ich schützen wollen. Um jeden Preis. Dies war mein Ziel gewesen, meine Bestimmung als Goldene Schwester. Doch jetzt war alles anders.

»WIR ERWARTEN NICHTS.«

Ich würde Prinz Constantin nicht töten.

Mit diesem Gedanken im Kopf kehrte ich in dessen Gemach zurück. Der Thronfolger bekam gerade seine Speisen auf einem Silbertablett serviert. Zuerst beachtete ich den Dienstboten nicht, hatte nur Augen für Constantin, der nachdenklich am Fenster stand und hinunter zum Hof blickte.

In seinen schlichten Leinengewändern und mit offenen Locken gefiel er mir am besten, was vermutlich daran lag, dass er sich so wohlfühlte. Denn kaum wurde er in adrette Prinzenkleider gezwängt, verzog der Thronfolger seine Miene und wirkte unglücklich.

Gerade als ich auf mich aufmerksam machen wollte, kicherte jemand. Überrascht drehte ich mich zur Seite.

Der Diener, der das Essen serviert hatte, war eine Frau. Djana. Dreist hastete sie zum Prinzen hinüber und kniff diesem – ich wollte meinen Augen nicht trauen – ins Hinterteil.

Entrüstet schnappte ich nach Luft. Hörbar.

Sofort drehten sich die beiden zu mir um.

»Wat tut *sie* hier?« Djana starrte mich an, als wäre *ich* fehl am Platz und hätte mich indiskret verhalten.

Am liebsten hätte ich sie an ihren Fauxpass in *meinem Bett* erinnert. Aber daran wollte ich selbst keinen Gedanken mehr vergeuden.

Constantin errötete. Weswegen schämte er sich? Weil ich sie bei etwas Unanständigem erwischt hatte? *Erneut?*

Allerdings sah er nicht beschämt aus, sondern – wütend!

»Consti«, keifte Djana weiter und zupfte am Ärmel des Prinzen, »du hast mir nit erzählt, dass *sie* deine Wächterin ist.«

Immerhin war bei der Küchenhilfe inzwischen der Groschen gefallen. Allerdings fragte ich mich, weshalb Constantin seiner Liebsten dieses Detail vorenthalten hatte ...

»Ich ... ähm ... sagte, sie ist eine der Goldenen Schwestern!«

Constantin klang definitiv gereizt, verschränkte sogar die Arme.

Djana kniff die Augen zusammen, fixierte mich beobachtend.

»Schon«, überlegte sie gedehnt, »aber warum *die da*?«

Ich war kurz davor, mich zu verteidigen, presste jedoch weiterhin meine Lippen zusammen. Unter keinen Umständen wollte ich mich auf Djanas Niveau begeben und zu vernünftigen Worten war ich im Moment nicht fähig.

Das Letzte, was ich brauchte, war, dass Djana in der Dienerschaft herumerzählte, wie beleidigend ich sein konnte.

Constantin schnaubte. »Welche Rolle spielt, wen ... ähm ... meine Mutter auserkoren hat?«

»Ich überleg', weshalb sie gleich de Neue schickt ...«

Während Djana über die Lösung des Problems nachsann, kratzte sie sich am Kinn. Eine eher männliche Geste, was mir ein Schmunzeln entlockte, den Prinzen hingegen zum Handeln trieb.

»Bitte ... ähm ... geh jetzt!«, forderte er sie auf.

Djana reagierte nicht auf seinen Befehl, musterte mich weiterhin wie eine Kuh, deren Gewicht es zu schätzen galt.

Daraufhin komplimentierte Constantin sie mit zusätzlichen Aufforderungen aus seinem Gemach – und endlich gehorchte sie.

Zu meinem Entsetzen jedoch verdrehte sie die Augen und meckerte ein respektloses »Jaja, Consti«.

Ich verabscheute den Spitznamen, den sie für den Thronfolger ausgesucht hatte. *Consti* – das klang ... albern.

Gleichzeitig bekam ich ein schlechtes Gewissen. Ich selbst hatte den Prinzen in Gedanken bereits mehrfach *Prinz Conni* genannt. Etwas in meiner Brust brannte.

Seltsam. So niederträchtig waren meine Fantasien eigentlich gar nicht gewesen ...

Kaum waren Constantin und ich allein, erklärte ich ehrlich: »Ihr solltet mit Djana diskreter sein. Ihr erwählt in den nächsten Tagen drei Mädchen, von denen eine Eure *Gemahlin* wird!«

Der Prinz kehrte mir den Rücken zu, sodass ich seinen Gesichtsausdruck nicht sehen konnte. Wie selbstverständlich schritt er zu den an den Wänden befestigten Holzregalen und nahm einen Tiegel herunter. Ohne es zu wissen, glaubte ich, den Inhalt des Behältnisses zu kennen. Tatsächlich roch ich die Creme, kaum dass Constantin den Deckel geöffnet hatte.

Lavendel.

Unwillkürlich musste ich an Prinzessin Elin denken, die nun mit ihrem Vater wieder auf dem Weg nach Noredellä war. Dieser würde Kandlot vermutlich bald den Krieg erklären, schließlich schottete Ivan das Land im Norden *zu Unrecht* von der kontinentalen Wirtschaft ab. Seit den Friedensverträgen nach dem Kontinentalen Krieg trieben die Länder Omnias regen Handel miteinander. Dieser wurde nun – was Noredellä betraf – eingestellt. Allerdings war das Reich König Ansgars inzwischen auf einige Waren angewiesen. Gewisse Obst- und Gemüsesorten gediehen nämlich im kühlen Norden gar nicht und die besten Stoffe hatte er seit jeher von den Pendelö-Webereien bezogen. Auch war König Brion mit seinen berühmten Baumriesen ein wichtiger Holzlieferant gewesen.

Ich beobachtete, wie Constantin sich seine Hände mit der weißlichen Paste eincremte und den Tiegel zurück aufs Regal stellte. Der Duft nach der violetten Pflanze breitete sich im Gemach aus und kitzelte mich in der Nase.

Erst jetzt fragte ich mich, was mit dem Strauß passiert war, den ihm Prinzessin Elin geschenkt hatte. Gewiss hatte ihn der König verbrennen lassen. Die Vorstellung stimmte mich traurig. Zeit, mir das Bild vom knisternden Lavendel einzuprägen, blieb mir zum Glück nicht, denn endlich drehte sich Constantin zu mir um. Abrupt, sodass seine blonden Locken sich für einen Moment wie Sonnenstrahlen um seinen Kopf ausbreiteten. Ein schöner Anblick. Seine Miene hingegen erinnerte an Gewitterwolken.

Während Constantin seine cremigen Finger gegeneinander rieb – kräftiger, als nötig gewesen wäre –, sprudelten die folgenden Worte geradezu hervor: »Mein … ähm … Vater hat ebenfalls Mätressen! Also kann auch *ich* welche haben. Ich mag Djana – auch wenn sie mich manchmal … ähm … bevormundet. In einer gerechten Welt wäre sie meine Braut. Wir kennen uns seit der Kindheit.«

Die Stimme des Prinzen klang trotz der »Ähms« ungewohnt fest.

Ich musste zugeben, dass ich von der Ansprache ein klein wenig beeindruckt war. Trotzdem hatte ich Einwände, die ich dem Prinzen mitteilte, denn nur so konnte ich meinen Auftrag – ihn um jeden Preis zu beschützen – auch vollständig erfüllen.

»Des Königs Mätresse darf nur eine Adelige sein. Und wollt Ihr etwa so werden wie Ivan Isgehart?«

Constantins Lippen bebten – seine Entschlossenheit bekam Risse. Schnitte, die schließlich zum Bersten der eisernen Maske führten. Der Prinz, der weiterhin unentwegt seine Hände knetete – gewiss mehr aus Nervosität als zum Zweck des nachhaltigen Eincremens –, ließ seine Schultern sinken.

Die Spannung in seinem Körper flaute ab.

Erleichterung machte sich in mir breit. Constantins Ton hatte mir zwar imponiert, der Inhalt seiner Worte war jedoch infantil gewesen.

Gewiss, in einer *gerechten* Welt hätte Djana seine Gemahlin werden können. Doch nicht in dieser. In seinem Alter – und besonders als Thronfolger – sollte er das bereits verinnerlicht haben.

Der Prinz seufzte. »Tut mir … ähm … leid.«

Überrascht zog ich eine Augenbraue hoch, beobachtete, wie Constantin mit sich rang.

»Ihr habt … ähm … recht«, fuhr er fort.

»Djana ist eben die Einzige, der ich in diesem … ähm … Schloss vertraue. Sie arbeitet in der Küche, überprüft jedes Mahl, ehe sie es mir persönlich … ähm … serviert. Daher weiß ich, dass meine Feinde es schwer haben, mich zu vergiften.«

Kaum ausgesprochen, wanderte mein Blick zu dem Tablett, welches Djana vorhin hineingebracht hatte. Der Prinz nickte, bot mir an, mit ihm das Mahl zu teilen, denn wie üblich war ein Übermaß an Speisen geliefert worden.

Wir nahmen gegenüber am Esstisch Platz, bedienten uns an der Auswahl an Fleisch, Brot, Wurst und Käse. Auch Obst und geräucherter Speck waren auf dem Tablett zu finden. Ich konnte meinen Augen kaum trauen. Und all diese Köstlichkeiten teilte der Prinz mit *mir*. Obwohl dieses gemeinsame Essen gewiss sämtliche Grenzen überschritt, konnte ich nicht Nein sagen. Ich wäre ein Dummkopf, die beste Nahrung auszuschlagen, die mir je angeboten worden war!

Der Prinz grinste, als ich mich herzhaft beim Ziegenkäse bediente. Er bemerkte, dass ich die knusprige Brotkruste liebte, da er mir die seine ebenfalls anbot – Constantin war äußerst aufmerksam!

Ich schlug diese Höflichkeit aus. Plötzlich war mir die Vertrautheit unangenehm und ich bereute hier mit ihm gemeinsam zu speisen. Es wäre besser gewesen, mich später in der Schlossküche zu bedienen.

Ich musste den Prinzen schützen – das verlangte die Königin.

Ich sollte ihn töten – diesen Auftrag hatte mir der König erteilt.

Und was tat ich? Ich aß ihm seine Speisen weg …

Der Thronfolger hatte wohl bemerkt, dass ich mich unwohl fühlte. Er versuchte durch ein Gespräch die Situation zu entspannen.

»Sollte es jemand … ähm … zustande bringen, mich zu vergiften, verfüge ich über eine Sammlung an Gegengiften. Djana kennt diese Elixiere, ich habe ihr eingebläut, was sie mir zu verabreichen hat, wenn ich diese oder jene … ähm … Anzeichen aufweise … Meine vielen Bücher waren gute Lehrmeister.«

Ich schluckte. Erst jetzt begriff ich, *wie* … hilfreich Djana für den Prinzen war. Mein Magen verkrampfte sich. Ich hatte dem vorlauten Küchenmädchen unrecht getan. Vielleicht war sie keine Belastung, sondern vielmehr eine Unterstützung.

»Im Gegenzug dafür … ähm … versuche ich so viel wie möglich über die Atemprobleme ihrer … ähm … Schwester herauszufinden. Seit Jahren führe ich … ähm … Aufzeichnungen und verabreiche ihr neue … ähm … Arzneien.«

Arzneien? War Constantin etwa eine Art Doktor? Gab es am Schloss keinen zuständigen Hofarzt?

Ich fragte den Prinzen danach und dieser erklärte, dass der Doktor lediglich Kräutertees und Spaziergänge an der frischen Luft empfahl.

Das klang plausibel, was sonst sollte er auch anordnen?

Ich seufzte, überlegte, ob ich dem Thronfolger mitteilen sollte, dass er sich, anstatt den Rat des Arztes infrage zu stellen, lieber um sein Königreich kümmern sollte.

Allerdings fand ich es rührend, dass er sich um das Wohl des Mädchens sorgte …

Inzwischen konnte ich den Prinzen verstehen, realisierte, was ihm Djana bedeutete. Die beiden wussten über die Ängste des anderen Bescheid, unterstützten sich gegenseitig.

Plötzlich wünschte ich mir auch eine solche Person in meinem Leben zu haben. Jemanden, dem ich all meinen Kummer mitteilen konnte. Ohne für schwach gehalten zu werden. Oder erpresst zu werden. Oder …

Es klopfte an der Tür.

Ein Wachmann trat ein, er hielt ein Tablett mit einer Silberhaube in seinen Händen.

»Die Nachspeise für den Prinzen!«

Constantin sah auf, runzelte irritiert die Stirn. »Wir erwarten nichts.«

Mein Mund wurde trocken.

Egal was sich unter der edel geformten Glocke verbarg, der Thronfolger durfte auf keinen Fall etwas davon verzehren.

Das Metall des Tabletts unterschied sich von dem am Esstisch – stammte also nicht aus der Schlossküche!

»Der König lässt süße Grüße ausrichten und erinnert Euch daran, Eure Pflicht als Prinz zu erfüllen!«

Mit diesen Worten stellte der Silberne Bruder die Gabe auf einer Kommode ab und verließ das Gemach.

Der Prinz erhob sich, schritt auf das dunkle Möbelstück zu.

Entsetzt sprang ich auf, war mit einem Satz hinter Constantin.

Gänsehaut kroch über meine nackten Arme.

»Halt. Öffnet den Deckel unter keinen Umständen. Das erledige ich.«

Ein kurzer Blick in Constantins Gesicht zeigte, dass er kreidebleich war – auch ihm war die Situation nicht geheuer. Ohne Widerworte gehorchte er, trat zur Seite.

Mir schwante bereits, was uns gleich erwarten würde.

Mein Herz raste. Meine Finger zitterten.

Mit einem Ruck riss ich die Silberglocke vom Teller. Dort lag ein abgetrennter Schädel.

Djana!

***

Rotes Haar, Flammenzungen. Starr gewordene Augen, die ihn verzweifelt musterten.

Constantin stöhnte vor Schmerz. Er hatte Djana im Stich gelassen, sich in Sicherheit gewähnt, nachdem sein Vater andere Fäden gezogen hatte, um seine Ziele zu erreichen. Doch Sicherheit hatte es nie gegeben – nun zahlte er den Preis.

Wie konntest du das zulassen? Constantin las die Enttäuschung im Blick seiner langjährigen Freundin. Stets hatte er sich auf sie verlassen – nie hatte sie ihn hängen lassen, ihn tagein, tagaus vor Unheil – *Gift* – bewahrt.

Wie konntest du das nur zulassen?!

Ein Teil von Constantins Welt brach zusammen. Sein Herz brannte. Der Schmerz übermannte ihn. Der Prinz sank zu Boden, presste seine Hände an die Brust. Das Holz knarzte, doch seine Seele musste weitaus mehr Druck standhalten.

»Nein«, keuchte er.

Lady Inga sog scharf die Luft ein. »Ihr müsst jetzt Stärke zeigen«, presste sie verhalten hervor.

Constantin schnaubte, schüttelte den Kopf. Er konnte ihre Beherrschtheit nicht ertragen, hatte genug von ihrer permanent abweisenden Art. Er wusste nicht, was ihn mehr quälte: Djanas Tod oder die Tatsache, dass er Hals über Kopf in diese Kriegerin verliebt war. Eine Goldene Schwester, die nicht einmal in solch einem tragischen Augenblick Mitgefühl zeigen konnte …

»Prinz Constantin, erhebt Euch«, riet sie. »Gewiss wird in wenigen Minuten Euer Vater ...«

»Hört auf!«

Sah sie nicht, dass er wortwörtlich am Boden lag? Er hob den Kopf, sah zu ihr empor. Lady Inga stand vor ihm wie eine Göttin. In ihrer goldenen Uniform und mit dem Umhang wirkte sie derart kämpferisch, dass er eine Gänsehaut bekam. Dolch und Schwert am Gürtel funkelten im Licht der Abendsonne, die durch das Fenster hereinfiel.

Doch keine Waffe der Welt konnte ihm in diesem Kampf behilflich sein.

Constantin erhob sich, reckte sein Kinn. Tränen glitzerten in seinen Augen, weshalb Lady Ingas Gesicht vor ihm verschwamm.

»Mitnichten«, zischte er. Seine Lippen bebten. »*Ihr* werdet aufhören. Die Liebe meines Lebens ist tot. Vielleicht könnt Ihr die Gefühle in mir nicht verstehen, da Ihr nie jemanden an Euch heranlasst, kalt wie ein Eisblock seid – doch ich kann und will jetzt keine Stärke zeigen.«

Der Prinz spürte, dass seine Knie erneut einzuknicken drohten. Seine Beine fühlten sich dünn wie morsche Äste an. Besonders sein kürzeres war wie gelähmt, taub.

Um Kraft zu sparen, stützte Constantin seine Hände auf die Kommode. Seine Finger berührten das Silbertablett. Ein kalter Schauder rauschte über seinen Rücken.

Die Goldene Schwester schluckte, presste die Lippen zusammen und hob eine Braue, als wäre sie beeindruckt von seiner Ansprache. Dennoch wirkte ihr Blick gequält, als hätte er sie mit seinen Worten gleichzeitig zutiefst verletzt.

»In einer Stunde beginnt der Ball«, erinnerte Lady Inga mit dünner Stimme. »*Ich* verstehe, dass Ihr innerlich zerstört seid, aber die Gäste nicht. Es steht viel auf dem Spiel.«

Damit drehte sie sich um und verließ den Raum.

***

Kaum hatte ich das Gemach des Prinzen verlassen, kam mir der König entgegen. Seine Miene war so selbstgefällig, dass ich ihm am liebsten ins Gesicht geschlagen hätte.

In den letzten Minuten hatten sich in mir unzählige unterdrückte Gefühle angestaut. Alle ertrug ich still – so, wie es mich meine Ausbilderin Odine gelehrt hatte.

Eine Goldene Schwester ist distanziert, ihre Treue gilt der Königin.

Doch als der Prinz beim Anblick von Djanas abgetrenntem Haupt zu Boden geglitten war ... beinahe hätte ich alle Vorsätze vergessen. Es hätte nicht viel gefehlt und ich hätte mich neben ihn geworfen und ihn in meine Arme gezogen.

Dieser Mann brauchte Trost, eine Schulter, an die er sich lehnen konnte! Bei seinen Eltern fand er eine derartige Stütze nicht. Und die einzige Freundin hier am Hof war soeben hingerichtet worden ...

Odine jedoch hatte hervorragende Arbeit geleistet, mich zu einer großartigen Goldenen Schwester erzogen. *Ich sollte so manche Grenze nicht überschreiten.*

Doch das hatte ich bereits getan. Das fühlte ich in meinem Herzen. Des Thronfolgers Sicherheit war mehr als ein Auftrag für mich. Ich empfand Zuneigung für den Kräuterprinzen, wollte, dass er lebte. Dass es ihm gut ging.

Deshalb tat es weh, als er mich einen »Eisblock« nannte. Nahm er mich auf diese Art wahr? Gefühlskalt? Hart? Beherrscht?

Gleichzeig imponierte mir Constantins Zorn. Dies war das Feuer, das mir bei ihm als zukünftigen König oftmals fehlte. Gerade eben hatte ich es lichterloh brennen sehen. Kummer und Zorn hatten es entzündet.

Wie konnte ich dem Thronfolger begreiflich machen, dass ihn Djanas Verlust möglicherweise stärken konnte? Während seiner wütenden Worte hatte kein einziges »Ähm« seine Lippen verlassen.

Leidenschaft spornte ihn ganz offensichtlich zu Höchstleistungen an. Eines Königs würdig.

Gern hätte ich gelächelt, wäre da nicht Ivan Isgehart gewesen. Seine Visage vertrieb jede Freude in mir, verwandelte sie in puren Hass.

Dieser Mann wollte, dass ich seinen Sohn tötete.

Selbstgefällig nickte er mir zu. »Lady Inga!«, grüßte er und schaute mir länger als nötig in die Augen. »Hat der Prinz die Nachspeise schon eingenommen?«

Am liebsten hätte ich etwas Freches erwidert, ihm gedroht oder ins Gesicht gespuckt. In meinen Fingern juckte es – meine Waffen waren nur wenige Zentimeter entfernt …

Doch vor mir stand der König.

Wenn ich nicht wie Djana enden wollte, sollte ich schweigen. Und genau das tat ich. Stumm wie ein Fisch marschierte ich weiter, bis …

Der Herrscher stoppte mich, packte mein Handgelenk.

Abrupt blieb ich stehen. Starrte erst auf die Finger, die meine Haut umklammerten, dann ins Gesicht des Königs.

Seine Pupillen weiteten sich.

»Das war eine Warnung an euch beide, *Lady*!«

Kaum losgelassen schnaubte ich empört und hastete schnellen Schrittes von dannen.

Ich konnte es kaum erwarten, mir den Schmutz von der Haut zu waschen.

***

Sir Niklas liebte Bälle. Schon Stunden zuvor hatte er seine saphirblauen Gewänder mit den neuen Silberknöpfen bereitlegen lassen und sich in den kostbarsten Ölen gebadet.

Sein Bart durfte einzig und allein vom Hofbarbier Sören zurechtgeschnitten werden.

Dieser Ball war besonders. Nicht nur, dass ansehnliche Mädchen das Fest besuchten, nein, auch eine ganz spezielle Lady würde heute unter den Feiernden sein.

Niklas lächelte, kämmte sich vor dem Spiegel selbst sein nachtschwarzes Haar zurecht. Er hatte Erfahrung mit Frauen, doch Lady Inga hatte ihm vom ersten Moment an den Kopf verdreht.

Die Goldene Schwester erweckte Sehnsüchte in ihm, die er bisher nicht gekannt hatte. Nun war der Zeitpunkt gekommen, sich diesen Gefühlen zu stellen, herauszufinden, wohin ihn diese Leidenschaft führen konnte.

Selbstverständlich waren auch Katga, Calla und Britta hübsche Kandidatinnen, doch ihnen allen fehlte dieses gewisse Etwas – keine war wie sie. Unabhängig. Frei. Kriegerisch. Eigenschaften, die Niklas faszinierten. Besonders wenn sie zu einer *wunderschönen Frau* gehörten ...

Ob es die Möglichkeit gab, diese Schwester zu seiner Königin ...?

Nein, er durfte nicht zu weit vorausplanen. Ansonsten würde keiner seiner Zukunftspläne in Erfüllung gehen und er ewig ein unbeachteter, verstoßener Bastard bleiben.

Nachdenklich machte er sich auf den Weg zum Ballsaal. Dabei passierte er etliche Gemälde. Constantin – gesund, männlich und mit gleich langen Beinen – war beinahe auf jedem zu sehen. Er auf keinem.

Der gesamte Hofstaat bezirzte den kranken Thronfolger, dabei war *er* doch der Erstgeborene. Niklas seufzte.

Diener öffneten ihm die Flügeltüren zum Ballsaal.

Helle Treppen und Säulen aus weißem Marmor kamen in sein Blickfeld. Auf der obersten Stufe würde in Kürze die Königsfamilie in Erscheinung treten. Daher versammelten sich die Gäste unten bereits und schauten aufgeregt in alle Richtungen, bewunderten die Fresken an den Wänden und an der Decke.

König Ivan hatte für diesen Saal keine Kosten und Mühen gescheut – reichlich Schulden verursacht, wie Niklas wusste. Ein berühmter Maler aus Enghor hatte die göttlichen Engelsfiguren gepinselt und somit dem Raum einen himmlischen Anstrich verliehen.

Hunderte Kerzenständer, welche an den Händen der Engelsstatuen befestigt waren, erhellten den Saal, denn inzwischen war es draußen dunkel geworden und durch die Fenster kam kaum noch Tageslicht herein.

Niklas' Platz auf dem Ball war genau wie bei der Brautschau auch nicht der Rede wert. Wortlos reihte er sich vorn neben dem geladenen Stadtadel ein, grüßte bekannte Gesichter lediglich durch ein Nicken. Süßliche Parfüms der Damen kitzelten ihn in der Nase, doch er unterdrückte ein Nießen.

Generell war es stickig im Raum und schon jetzt schwitzte er und wünschte sich, so schnell wie möglich nach draußen in den Garten verschwinden zu können.

Die Musikanten nahmen auf einer Empore Platz und stimmten ihre Instrumente ein. Posaunen, Trompeten und Geigen.

Sir Niklas seufzte. Auch er hätte als junger Bursche gern ein Instrument erlernt, hatte den Fanfaren gelauscht und sich vorgestellt Teil der Bläsergruppe zu sein. Seine Mutter jedoch hatte derartige Tätigkeiten in seiner Position als Zeitverschwendung empfunden.

Und was war seine Stellung hier am Hof? Er war der ... *Bastard*!

Da erklangen sie auch schon – die Trompeten.

König Ivan erschien am Treppenabsatz, er lächelte gönnerhaft in die Menge. Die goldene Krone ruhte schwer auf seinem wallend schwarzen Haar, funkelte im Schein der Kerzen beinahe orange. Wie üblich trug der König eine seiner dunkelblauen Roben mit Pelzkragen.

Niklas bekam eine Gänsehaut. Ihm war bewusst, wie ähnlich er seinem Vater sah. Warum nur fiel das sonst niemandem auf? Eigentlich müsste ein jeder hier rufen: »Sir Niklas ist dem König wie aus dem Gesicht geschnitten! *Er* sollte Kandlots Thronfolger sein.«

Constantin interessierte sich nicht einmal für sein Land, streunte andauernd im Kräutergarten umher. Dion durfte nicht zulassen, dass ein Weichling wie er König wurde. Gewiss wollte sein Bruder so viel Verantwortung gar nicht übernehmen. Vermutlich quälte es ihn schon genug, wenn einer seiner Büsche das Zeitliche segnete ...

Selbst seine Mutter bestätigte es ihm täglich aufs Neue: Er sollte an Constantins Stelle stehen!

Ebendiese klammerte sich als Mätresse des Königs jetzt an Ivans Arm, winkte unschicklich Gästen zu und lachte, als hätte ihr soeben jemand einen Witz ins Ohr geflüstert.

Die beiden schritten die Treppe nach unten, nahmen dort in gepolsterten Samtstühlen Platz.

Nun trat die Königin in Erscheinung. Valerie Vanhaag war umringt von ihren Goldenen Schwestern, sodass Niklas erst auf den zweiten Blick das smaragdgrüne Kleid der Gemahlin seines Vaters erspähte.

Auch dieses Gewand war keine Überraschung. Die Gondra kleidete sich absichtlich in der Farbe ihres Heimatlandes. Sie wollte sich gar nicht erst den Traditionen Kandlots anpassen, hatte es nie versucht.

Niklas hätte am liebsten deutlich hörbar geschnaubt.

Obwohl ihm klar war, dass es ungerecht und dumm war, gab er ihr die Schuld dafür, dass Ivan nicht Frieda Larsson – seine Mutter – zur Frau genommen hatte. Er hätte ihr als König einen Adelstitel verleihen können. Dann wäre *er*, Niklas, heute an Constantins Stelle!

Doch – und das wusste Niklas natürlich – auch Thronfolger und Könige konnten nicht jeden Willen durchsetzen.

Die Königin und ihre Goldenen Schwestern stiegen die Treppe hinab, gefolgt von Isidor, dem jüngeren Bruder des Königs.

Ehe der Prinz – die wichtigste Person beim Quintettball – sich der Menge zeigte, durfte jede Braut ihren eigenen Auftritt genießen.

Auch darauf hatte Niklas gewartet.

Obwohl sein Herz im Rhythmus des Namens eines einzigen Mädchens klopfte, erinnerte ihn ein anderes Körperteil an gewisse Erlebnisse und die dabei empfundene Freude.

Lady Xenia präsentierte sich in einem eng anliegenden Kleid aus hellbrauner Seide.

Ihre frei liegenden Oberarmmuskeln waren ähnlich ausgeprägt wie seine eigenen. Niklas erschrak. Er fragte sich, wer ein etwaiges Armdrücken wohl gewinnen würde. Ihre schwarzen Zöpfe waren kunstvoll hochgesteckt. Ketten und Armbänder in Silber, die zu dem Nasenring passten, rundeten das Bild ab. Ein Auftritt, der jedem Gast die Sprache verschlug.

Niklas war sich sicher: Diese Kriegerin könnte sich Kandlot und Constantin unterwerfen! Doch in welche Zukunft würde sie das Land führen?

Prinzessin Britta und Lady Calla waren beide bildhübsch anzusehen. Sie zeigten sich in eleganten Frühlingskleidern und trugen ihre Locken offen. Während die Königstochter Perlen auf einzelne Strähnen gefädelt hatte, schmückte die reiche Pendelö ihre kastanienbraunen Wellen mit einer zarten weißen Schleife, die sich auch an ihrer Taille wiederfand. Wundervoll!

»Vati, ich bin hier!«

Mit diesen Worten trat Lady Ylvie auf, winkte und kicherte.

Die aschblonde Baronstochter glänzte wie ein Bonbon in einem rosaroten Ungetüm. Niklas war – ungewollt – zu Ohren gekommen, dass sich diese Kandidatin besonders für Kleider interessierte.

Daher war es wohl kein Wunder, dass sie gleich darauf noch rief: »Vati, ich geh jetzt su meiner Freundin Carla!«

»Carla« war vermutlich Lady Calla Pendelö, die Tochter des Großherzogs, dem sämtliche Webereien des Landes gehörten. Seine edlen Stoffe waren bis über die Grenzen Kandlots hinaus heiß begehrt.

Um nicht zu stolpern, hielt sich Lady Ylvie am Marmorgeländer fest und stöckelte im Schneckentempo seitlich treppab.

Niklas verkniff sich ein Grinsen.

Neben ihm tuschelte der Stadtadel abfällig über die stumpfsinnige Baronstochter, was er ungerecht fand. Lady Ylvie war immerhin fröhlich, nicht so ernst wie Lady Xenia, derart aufgezogen wie Lady Calla oder kindlich wie Prinzessin Britta.

Doch Niklas konnte nur von ersten Eindrücken sprechen.

Nun aber kam endlich eine der Ericson-Töchter!

Niklas wurde nervös.

Das goldene Seidenkleid Lady Katgas war unterhalb der Knie einen Hauch zu durchsichtig. Niklas spürte, dass in ihm etwas erneut erwachte – *und sein Herz war es nicht.*

Ihr blondes Haar schmiegte sich glatt um ihre zierlichen Schultern, floss bis zu ihren wohlgeformten Brüsten hinab, deren Rundungen offenherzig aus dem Dekolleté hervorblitzten.

Ihre braunen Augen taxierten eine Person – *ihn!*

Niklas bekam eine Gänsehaut.

Während sein Körper auf die Reize dieser Frau reagierte, erinnerte ihn sein Herz an die Goldene Schwester, die neben dem verwundeten Pferd im Heu gesessen hatte.

Lady Inga.

Verbotene Fantasien entstanden in seinem Kopf. Der Wunsch, irgendwann beide Schwestern an seiner Seite zu haben, müsste sich doch irgendwie erfüllen lassen ...

Nein. Das war zu viel. Niklas schämte sich ob seiner unsittlichen Vorstellung.

Dürfte *er* sich entscheiden, so würde er auf der Stelle sie wählen.

Sie.

Lady Inga erschien am Treppenabsatz. Nun, im Grunde war es sein gequält aussehender Bruder, der Prinz, doch als dessen Leibwächterin musste die Goldene Schwester hinter ihm gehen.

Valerie Vanhaag bestand auf den absurdesten Dingen – nicht einmal der König war mit Wachen in Erscheinung getreten!

Die Gewänder des Prinzen glichen jenen des Monarchen – nur brauchte Constantin keinen kratzigen Pelzkragen zu tragen und durfte auch auf die Krone verzichten. Sein Umhang war weniger gefüttert und die Stiefel aus leichterem Material.

Die wilden blonden Locken wurden mit einem Samtband zusammengehalten, ansonsten hätte der Prinz wie eine zehnjährige Königstochter ausgesehen.

Seltsam war nur, dass er bleich war, als hätte er soeben ein Schlossgespenst gesehen oder sich mehrmals übergeben.

Niklas hasste sich selbst für seine Bitterkeit. Er wusste, dass der Neid seine Gedanken beherrschte.

Wie gern wäre ich an seiner Stelle!

Gerade als Niklas beschloss keine Sekunde mehr an seinen Bruder zu verschwenden, beobachtete er etwas. Etwas, das sich anfühlte, als hätte ihm jemand einen Kübel mit eiskaltem Wasser über den Kopf geschüttet.

Constantin erreichte den Fuß der Treppe und ging auf den für ihn vorgesehenen Sessel zu, als ... er sich umdrehte!

Gewiss fiel diese Geste niemandem mehr auf, da inzwischen die Aufstellung für den Eröffnungstanz der Kandidatinnen mit Edelmännern des Hofes vonstattenging.

Niklas aber hatte es sehr wohl bemerkt!

Constantin warf seiner Leibwächterin einen Blick zu. Er suchte ihre Aufmerksamkeit. *Gierte* danach.

Und was tat Lady Inga? Sie nickte zuversichtlich, als würde sie ihm sagen: »Keine Sorge, alles wird gut.«

Das war das erste Mal in seinem Leben, dass er Eifersucht wegen einer Frau empfand.

Constantin hatte doch ansonsten schon alles! Wollte er ihm jetzt auch noch *diese* Frau stehlen? Warum, wo er doch fünf Bräute vor der Nase hatte, die nur für ihn herausgepickt worden waren!

***

Als ich Constantin, nachdem er gebadet und umgezogen worden war, ins Gesicht gesehen hatte, war mir sofort klar geworden, dass er sich erneut erbrochen hatte.

Der Anblick von Djanas Haupt war zu viel für ihn gewesen. Nicht einmal das anschließende Entspannungsbad hatte seine Pein wegspülen können.

Kein Wunder.

Mit der Küchenmagd war nicht nur seine Liebste gestorben. Auch die Sicherheit, kein vergiftetes Essen vorgesetzt zu bekommen, war auf einen Schlag dahin gewesen. Zeit, die Geschehnisse zu besprechen, war uns nicht geblieben. Er war bereits spät dran gewesen und hatte sich den Gästen im Ballsaal zu präsentieren. Wieder hatte ich überlegt, nach Constantins Hand zu greifen, seine gewiss kalten Finger zu drücken und ihm Mut zuzusprechen, doch stattdessen hatte ich lediglich hervorgepresst: »Man erwartet uns.«

Ich hatte gehofft, dass der Prinz meine Gefühle erahnen konnte. Sie auszudrücken oder zu zeigen war mir wie immer schwergefallen. Die Angst, dadurch als Goldene Schwester zu versagen, hatte mir wie ein Henkersbeil im Nacken gesessen.

Doch ich wollte kein »Eisblock« sein – wie mich Constantin genannt hatte. Wollte Menschen an mich heranlassen, Wärme und Hoffnung spenden. Aber so einfach war es nicht, zwanzig Jahre Ausbildung zu ignorieren.

Als sich Constantin nach unserem Auftritt bei der Marmortreppe zu mir umgedreht hatte, hatte ich Dankbarkeit in seinem Blick lesen können. Es war mir aber nicht möglich gewesen zu begreifen, weshalb er mir gegenüber so empfand, schließlich hatte er mich zuletzt in seinem Gemach als gefühlskalt beschimpft.

Dennoch war mir auch Sorge entgegengeprallt, weshalb ich ihm ohne Worte und Taten Trost hatte spenden wollen. Ob mir das nur durch Augenkontakt gelungen war, hätte ich nicht sagen können.

All diese emotionalen Dinge hatten wir auf Burg Gedeleen nicht gebraucht. Dazu war keine Zeit gewesen.

Nun ließ ich meinen Blick über die Menge schweifen. Constantin musste mit jeder Kandidatin tanzen. Ich beobachtete seine Drehungen abseits des Parketts, verließ meinen Posten hinter seinem Samtsessel fast nie.

Lady Xenia überragte den Thronfolger um einen halben Meter, bewegte sich raubkatzenartig über die Fläche und übernahm selbst die Führung. Lady Calla hingegen schwebte gleich einer Elfe über den Tanzboden.

Prinzessin Britta lachte ununterbrochen, hatte offensichtlich Spaß am Beisammensein mit Constantin. Auch der Prinz genoss sichtlich ihre Gesellschaft, bekam wieder Farbe im Gesicht. Endlich sorgte eine Braut dafür, dass er Djana für ein paar Minuten aus seinen Gedanken verscheuchte.

Die Baronstochter Ylvie schnatterte pausenlos, konzentrierte sich nicht auf den Tanz. Auch auf die Musik hörte sie nicht. Ich hatte den Eindruck, als hätte sie noch nie etwas von Taktgefühl gehört. Der Prinz wirkte verkrampft, versuchte das Beste aus dieser gezwungenen Situation herauszuholen, doch Ylvie ließ sich wie ein Mehlsack herumschleifen.

Katga glänzte, bewegte sich rhythmisch und geschmeidig. Ihr goldenes

Kleid schimmerte bei jeder Drehung, als hätte sie kleine Münzen hineingenäht bekommen.

Staunend inspizierte ich meine Schwester, fragte mich zum ersten Mal, wie es wohl wäre, wenn *sie* Constantins Gemahlin würde.

Ich verspürte einen Stich in der Brust.

Mein Blick wanderte weiter, blieb bei der Königin hängen. Auch sie musterte das Paar. Permanent umgeben von ihren Goldenen Schwestern – Mercedes, Kestrall, Tia und Finja – war es schier unmöglich, ihre Stimmung einzuschätzen. Kaum erhaschte ich einen Blick auf ihr Gesicht, veränderte eine der Frauen ihre Position und ich tappte erneut im Dunkeln.

Ob ich einfach zu ihr hinübergehen und sie fragen sollte?

Nein, dazu war es zu früh. Erst musste ich die Eröffnungstänze abwarten.

***

Nach besagten Tänzen gesellte sich Katga an die Seite von Isidor Isgehart. Der Bruder des Königs balancierte zwei Weingläser in seiner rechten Hand, lächelte ihr schon von weitem zu. Mit der linken winkte er Katga, was mir verriet, dass die beiden ein gutes Verhältnis zueinander pflegten. Schon bei der Brautschau zu Mittag waren mir ihre lockeren Gespräche aufgefallen.

Welches Spiel spielte meine Schwester? Oder lockte der junge Isgehart sie in irgendeine Falle? Bisher hatte ich mich kaum für Isidor interessiert, doch nun wurde seine Rolle plötzlich spannend.

Was aber, wenn mich die Ausdünstungen dieses Königreiches bereits vergiftet hatten? Womöglich war alles in Ordnung und meine Schwester unterhielt sich einfach höflich mit der wichtigsten Familie Kandlots!

Ich sollte aufhören überall Feinde und Verrat zu wittern – doch genau das hatte mir Mercedes am ersten Tag geraten. *Traue niemandem am Hof!*

Galt das auch für Constantin?

Dieser kam nun völlig verschwitzt auf mich zu, lächelte jedoch, als sich unsere Blicke trafen. Offenbar hatten ihn die Tänze auf neue Gedanken gebracht, die Sorgen vergessen lassen.

Ich reichte ihm ein Tuch, womit er sich den Schweiß von der Stirn tupfen konnte. Anschließend ließ er sich in den Samtsessel fallen, drehte sich zu mir um und sagte: »Das war … ähm … anstrengend.«

Es schickte sich nicht, hier mit mir zu plaudern. Der Thronfolger sollte sich zu seinesgleichen – dem Heer der Adeligen – begeben. Constantin täte gut daran, Kontakte zu den möglichen Schwiegervätern aufzubauen. Carlson von Pendelö stand derzeit allein herum und wartete darauf, dass ihn jemand ansprach.

Gewiss beobachtete auch Ivan Isgehart, wie sich sein Sohn heute verhielt.

»Unterhaltet Euch mit Callas Vater«, riet ich dem Prinzen flüsternd und wies unauffällig mit dem Kinn in die entsprechende Richtung. »Fragt ihn nach den Webereien.«

Wie durch ein Wunder folgte der Thronfolger meinem Rat. Anstatt beleidigt oder trotzig zu reagieren, nickte er und erhob sich. Prompt marschierte er auf den stämmigen Bären zu und eröffnete ein Gespräch.

Erleichtert atmete ich aus, wobei mein Augenmerk auf Sir Niklas fiel. Mein Herz machte einen Satz. Der Bastard des Königs sah stattlich und elegant aus – und doch wie ein richtiger Isgehart, das ließ sich nicht leugnen.

Kaum trafen sich unsere Blicke, lächelte er. Mir wurde heiß und kalt. Etwas in meinem Inneren drehte sich, spielte verrückt, als wären gewisse Funktionen außer Kraft gesetzt oder durch andere ersetzt worden. Dieser Edelmann verdrehte mir wahrhaftig den Kopf, denn er wies mit dem Zeigefinger unauffällig zur Flügeltür in Richtung Garten.

Will er, dass wir uns draußen treffen?

Unsicher bewegte ich den Kopf hin und her, verneinend. Ich würde bestimmt nicht meinen Posten verlassen! *Obwohl …*

Der Prinz unterhielt sich inzwischen mit dem Großherzog, dem Herzog von Rhöslad und König Brion. Auch andere Adelige spähten zu den vieren, wollten sich ihrer Gesprächsgruppe anschließen. Ich war sonderbar stolz auf Constantin, er war offenbar redegewandter, als ich gedacht hatte.

Der König würde keinen Mordversuch starten – *ich* war seine Waffe, sein neues Schwert.

Doch diese Sorgen wollte ich für ein paar gestohlene Minuten hinter mir lassen.

Von plötzlicher Leichtigkeit beflügelt wagte ich es – ich schritt hinüber zur Flügeltür und folgte Niklas, der zuvor schon in den Garten hinausgetreten war.

Die kühle Nachtluft kribbelte erfrischend auf meiner erhitzten Haut. Im Saal war es stickig gewesen, weshalb ich nun tief ein- und ausatmete.

Grillen zirpten und vom Wald her konnte ich den Ruf eines Käuzchens hören. Neugierig schaute ich mich nach Niklas um. Im Schein des Mondes entdeckte ich ihn schließlich grinsend im Pavillon, dort, wo am späteren Nachmittag der Prinz mit seinen Kandidatinnen gesessen hatte.

Anders als Constantin saß der uneheliche Sohn des Königs nicht stocksteif da, sondern lehnte lässig an der weißen Gartenbank. Er winkte mich zu sich heran. Die Schmetterlinge in meinem Bauch flatterten munter umher, während ich mich Niklas näherte.

Die Sterne am Firmament funkelten mit den goldenen Sprenkeln in seinen nussbraunen Augen um die Wette; ich konnte mich an diesem Farbenspiel gar nicht sattsehen. Gleichzeitig faszinierte mich der gepflegte Bart, der Kinn und Wangen bedeckte – ob er sich wohl kratzig oder glatt anfühlte?

Nein, ich muss meine Gedanken zügeln!

»Ein Spaziergang im Lichte Lunas?«, bot Niklas schwülstig an und wies dramatisch auf den Vollmond über unseren Köpfen.

Ich schmunzelte. »Gern.«

Schweigend liefen wir nebeneinander den Kiesweg entlang.

Irgendwann brach Niklas die Stille, wir passierten gerade den Springbrunnen. Der Mond spiegelte sich darin und färbte das Wasser silbern.

»Ich genieße Eure Gesellschaft, Ihr unterscheidet Euch von den anderen Damen am Hof, meine Teuerste …«

Meine Teuerste – ich grinste in mich hinein. »Wie Ihr wisst«, setzte ich geschmeichelt an, »bin ich keine Adelige, sondern eine Goldene Schwester!«

Ich löste meinen Blick vom Springbrunnen, wandte mich Niklas zu, der den Kopf schüttelte.

»Ihr irrt euch, Ihr seid die Tochter von *Herzog* Olav Ericson. Es ist Eure Entscheidung, welchen Weg Ihr in Zukunft einschlagt, denn diese steht«, er wandte den Kopf gen Himmel, »in den Sternen!«

Ich seufzte, konnte den Laut nicht unterdrücken. Mein Herz machte einen Satz.

Plötzlich fühlte ich mich verloren, wünschte, ich hätte jemanden, mit dem ich meine Emotionen teilen könnte. Eine Freundin oder ältere Schwester, eine Vertraute.

Niklas kam näher auf mich zu, griff nach meinen Händen. Ehe ich wusste, wie mir geschah, verflocht er seine Finger mit den meinen.

Seine Haut fühlte sich warm an. Ob er merkte, dass ich innerlich bebte?

Als sich unsere Lippen trafen, war es, als würde ein heißer Blitz durch meinen Körper rauschen. Ich bekam eine Gänsehaut.

Niklas roch nach verschiedenen Duftölen – Lavendel und Rosmarin waren nicht dabei.

Als er den Kuss beendete, lächelte er. »Wundervoll«, hauchte er sanft neben meinem Ohr. Sein Atem kitzelte an meinem Hals.

Doch jetzt war nicht die Zeit, den Verstand zu verlieren. Ich musste bei Sinnen bleiben. Schon viel zu lange hatte ich mich meinen niederen Trieben hingegeben – Schwester Odine wäre empört.

Ich war rot geworden, das spürte ich. Schnell überspielte ich meine Verlegenheit mit einem Räuspern, entzog Niklas meine Hände und stammelte: »Wegen der ... Brücke über die Senrö in der Vesi-Ebene. Prinz Constantin sagte ...«

Der abrupte Themenwechsel verärgerte Sir Niklas offensichtlich, denn er fiel mir umgehend ins Wort.

»Warum spricht mein Bruder nicht selbst mit mir, wenn es ihm wichtig ist?«

Ich trat einen Schritt zurück, brachte Abstand zwischen den unehelichen Sohn des Königs und mich. Dass wir uns geküsst hatten, kam mir auf einmal unwirklich vor, besonders da er nun abweisend die Arme verschränkte. Allerdings war ja *ich* diejenige gewesen, die wieder einmal Distanz geschaffen hatte.

Wie ein Eisblock … Constantins Worte kamen mir erneut in den Sinn.

Doch die Brücke hatte Vorrang.

Weshalb wollte Niklas einen erneuten Bauversuch wagen, wenn der Prinz glaubte, dass in der sumpfigen Vesi-Ebene ohnehin jedes Gefährt einsacken und eine Überquerung dort keinen Sinn machen würde?

»Na ja«, setzte ich an, »eigentlich interessiert mich diese Angelegenheit, denn angeblich …«

Niklas schnaubte. »Das erklärt einiges. Cornelia hat sich noch nie für das Reich interessiert, geschweige denn an Ratssitzungen teilgenommen …«

Cornelia? Sein beleidigender Spitzname versetzte mir einen Stich. Doch auch ich hatte mir einen ähnlichen für den Thronfolger ausgedacht gehabt. *Prinz Conni.*

»*Ihr* seid bei den Besprechungen dabei?«

Eigentlich sollte der Thronfolger teilnehmen, nicht der Bastard des Königs!

»Ich bringe die besten Ideen ein!«

Es war, als würde ein mühsam errichtetes Kartenhaus in sich zusammenfallen. War es möglich, dass Niklas tatsächlich ein geeigneterer Herrscher wäre als Prinz Constantin?

»WIE SOLL ICH WEITER VORGEHEN?«

Zurück auf dem Ball suchte ich sofort nach Constantin. Er unterhielt sich nach wie vor mit dem Großherzog. Offenbar war ihm mein Verschwinden gar nicht aufgefallen.

Wem mein Ausflug allerdings nicht entgangen war, war Mercedes. Sie beäugte mich skeptisch und schürzte unzufrieden die Lippen. Ob sie sich später mit den anderen Schwestern über mein Verhalten austauschen würde? Was würde die Königin dazu sagen?

An etwaige Konsequenzen hatte ich gar nicht gedacht!

Allerdings könnte ich behaupten den Bastard nach Informationen über die Kandidatinnen ausgefragt zu haben. Doch wollte ich meine Herrin anlügen? Sollte ich ihr nicht eher die Wahrheit sagen?

Doch was war überhaupt die Wahrheit? Dass ich für Sir Niklas schwärmte? Konnte man dieses kleine Licht in meinem Inneren so bezeichnen? Vermutlich. Ein Funke, der darauf wartete, entzündet und zu einer Flamme zu werden.

Während ich mir über Mercedes und die Königin den Kopf zerbrach, bemerkte ich, dass Sir Isidor den Ball verließ – sehr zur Enttäuschung meiner leiblichen Schwester Katga, die sich offensichtlich noch gern mit ihm unterhalten hätte.

Somit ergriff ich die Gelegenheit und marschierte auf die golden gekleidete Kandidatin zu.

Gerade warf sie, engelsgleich über die Worte Lady Callas lachend, ihr blondes Haar zurück.

»Katga«, sagte ich schlicht und hoffte, sie würde sich erfreut zu mir umdrehen.

Tatsächlich schenkte sie mir ihre Aufmerksamkeit; schüttete mir vor

Schreck fast den Wein auf meine Uniform. Die Überraschung, *mich* vor sich zu haben, stand ihr buchstäblich ins Gesicht geschrieben.

Die Ausgelassenheit war wie weggefegt, zurück blieb eine Härte, die mir den Atem raubte.

»Was willst du?«, zischte sie und nahm einen kräftigen Schluck der roten Flüssigkeit.

Schon jetzt glänzten ihre geweiteten Pupillen verräterisch; auf ihren Wangen und am Dekolleté zeichneten sich rote Flecken ab. Sie sollte aufhören Alkohol zu trinken. Aber Vater bremste sie nicht – verspielte vermutlich sein Geld in irgendeinem Hinterzimmer. Von wegen *Herzog*.

»Was ich will?«, wiederholte ich und vergewisserte mich kurz, dass Lady Calla und Prinzessin Britta in ein Gespräch vertieft waren und uns nicht belauschten. »Mit dir reden natürlich!«

Anstatt mich ernst zu nehmen, prustete Katga los – spuckte mir dabei tatsächlich etwas Wein ins Gesicht. Entsetzt wischte ich mir einzelne Spritzer von der Stirn.

»Wie gesagt – du kommst zu spät. Ich hätte dich vor Jahren gebraucht. Mich verlangte nach einer Mutter und einer Schwester – beide haben mich verlassen. Du sogar freiwillig! Absichtlich. Du bist einfach gegangen.«

»Du hattest Tante Ida!«

»Sie liebte mich nicht! Wegen mir konnte sie nicht ins Kloster. Und sie gab mir die Schuld am Tod ihrer gütigen Schwägerin Silka! Sie war keine Ersatzmutter für mich, auch wenn sie ihr Bestes versuchte ...«

Ich schluckte. »Katga, das tut mir ...«

»Verschwinde!«

Katga trank ihr Glas leer und kehrte mir den Rücken zu. Für sie hatte sich dieses Gespräch erledigt. Mir hingegen war erst jetzt bewusst geworden, welches Unheil ich angerichtet hatte. Stets hatte ich bloß an mich gedacht, an *meinen* Traum.

Constantin hatte recht. Ich war ein Eisblock. Zeit, mich daraus zu befreien.

Was aber, wenn es bei Katga zu spät war? Wenn sie ihr Herz mir gegenüber für immer verschlossen hatte?

***

Wenige Minuten später ereignete sich die nächste schauderhafte Szene. Constantin hatte sich gerade wieder in seinem Samtsessel niedergelassen, um eine Pause von den Gesprächen einzulegen, als der König ihn um Erlaubnis bat, mit einer seiner Kandidatinnen tanzen zu dürfen.

Dieses Ersuchen erschien mir unnötig, zumal Ivan ohnehin tun und lassen konnte, was er wollte. Er hatte ja auch nicht gefragt, ob er Djanas Kopf abschlagen durfte oder Prinzessin Elin und ihren Vater als Verräter nach Hause schicken sollte.

Als der König Katga um den Tanz bat, zog sich mein Magen krampfartig zusammen. Weshalb hatte er ausgerechnet sie ausgewählt?

Der Plan war doch, sie mit Niklas zu verheiraten und zu Kandlots Königin zu krönen – weshalb zog er sie dann in seine Arme?

Wollte er *mich* quälen? Hatte er eine Rechnung mit meinem Vater offen?

Katgas Augen glitzerten wie zwei geschliffene Topase – was am Weinkonsum lag.

Jedenfalls ließ sie sich willens vom König aufs Parkett führen und schmiegte sich wie eine Katze in seine starken Arme. Trotz ihres erheiterten Zustandes glitt sie leichtfüßig über die Fläche und bewegte sich zauberhaft.

Ich bewunderte sie, war lediglich von dem breiten Strahlen irritiert, das sie Ivan ununterbrochen zuwarf. Ihre Zähne blitzen weiß zwischen den wohlgeformten blutroten Lippen hervor. Als Kandidatin der Brautschau und zukünftige Königin wollte sie wohl dem Herrscher imponieren und einen guten Eindruck hinterlassen.

Um nicht wie besessen meine Schwester anzustarren, ließ ich meinen Blick weiterwandern. Ungewollt blieb ich erneut an Sir Niklas hängen und wir tauschten ein Lächeln.

Ein zarter Windhauch strich über die Feuersteine in meinem Inneren. Die Flamme war zum Greifen nahe.

Da vernahm ich plötzlich ein Husten, das andere Impulse in mir weckte.

»Prinz Constantin?«, fragte ich panisch, fürchtend, der Kelch mit Wein in seiner Hand könnte doch vergiftet sein.

Die rote Flüssigkeit glänzte verheißungsvoll.

Meine Knochen fühlten sich plötzlich hohl an, eiskalt. Ich war mit der Situation überfordert.

Djana, die sämtliche Gegengifte in den Schränken des Thronfolgers gekannt hatte und wenn nötig selbst hätte zusammenbrauen können, weilte nicht mehr unter den Lebenden. Was also sollte ich tun, wenn gleich Schaum aus Constantins Mund quoll?

Ein Schauder lief mir über den Rücken.

***

Constantin erkannte, wie verstört Lady Inga war. Innerhalb eines Wimpernschlags war jede Farbe aus ihrem schönen Gesicht gewichen.

»Wie kann ich Euch helfen?«, fragte sie ängstlich. Ihre Lippen bebten.

Wovor fürchtete sie sich? Glaubte sie etwa, er wäre soeben vergiftet worden? In diesem Fall irrte sie sich. Der Rotwein in seinem Kristallglas war einwandfrei, schmeckte süß und herrlich auf seiner Zunge.

Dennoch wusste der Prinz genau, wie sie ihm behilflich sein konnte und weshalb er sich lautstark bemerkbar gemacht hatte.

Ihm war aufgefallen, dass Sir Niklas ein Auge auf seine Leibwächterin geworfen hatte. Ununterbrochen schenkte er ihr verführerische Blicke – *und Inga erwiderte diese!*

Das war es, was ihn quälte.

Die Erkenntnis, dass sich zwischen der Goldenen Schwester und seinem Halbbruder irgendetwas abspielte, war, als triebe ihm jemand ein Messer in den Rücken.

Er fühlte sich verraten. Der Bastard des Königs stahl ihm ohnehin jedes Mädchen – tanzte sogar unverhohlen mit den Kandidatinnen, als wären es *seine* Bräute. Und nun wollte er Inga zur nächsten Kerbe in seinem Bettpfosten machen? Nein, das durfte er nicht zulassen!

Niklas würde sich nicht an Lady Inga vergehen und sie anschließend wegwerfen wie ein gebrauchtes Spielzeug! Constantin hatte schon genügend Herzen wegen dieses Bocks brechen sehen – der Anblick der verzweifelten Mädchen, die geglaubt hatten seine Frau werden zu können, war bitter.

Als seine Leibwächterin begriff, dass er nicht in akuter Lebensgefahr schwebte, atmete sie erleichtert aus. Prompt wanderte ihr Blick wieder zu Niklas, der ihr ein weiteres Mal ein Lächeln schenkte.

Vor Eifersucht krampfte sich sein Magen zusammen. Ihm wurde übel.

Um seinem Unmut Luft zu machen, erhob er sich, marschierte auf Niklas zu, der sich gerade mit Edelmännern aus dem Stadtadel unterhielt und dabei ein Kristallglas schwenkte.

***

Meine Erleichterung darüber, dass Constantin kein Gift zu sich genommen hatte, währte kurz.

Erneute Sorge wallte auf, als er schnurstracks hinüber zu Niklas humpelte. Der Thronfolger tat zuvor noch einen kräftigen Zug aus seinem Weinglas, leerte es sogar.

Anschließend stellte er das Kristallgefäß auf einem Tablett eines vorbeigehenden Dieners ab und konfrontierte seinen Halbbruder mit Worten, die diesen offensichtlich überraschten. Ich erkannte, dass Niklas erstaunt seine Augenbrauen hochzog, anschließend jedoch grinste.

Leider konnte ich nicht verstehen, was die Söhne des Königs sprachen, denn die Musikanten spielten und die Gespräche der übrigen Gäste hätten ihre Worte gewiss übertönt.

Sekunden verstrichen. Der aktuelle Gesellschaftstanz wurde beendet. Trompeter, Streicher und die übrigen Instrumentengruppen verstummten. Jetzt kamen einzelne Unterhaltungen zur Geltung.

Und plötzlich waren zwei Männerstimmen deutlich zu vernehmen.

Ich sog scharf die Luft ein, hörte Niklas laut lachen.

Daraufhin geschah etwas, worüber der Hof noch lange tratschen würde: Prinz Constantin holte aus, schlug auf seinen Bruder ein – oder wollte es jedenfalls. Sir Niklas fing dessen Linke ab und packte das Handgelenk mit aller Gewalt.

Abrupt verstummten sämtliche Gespräche, jede Aufmerksamkeit war auf die Streithähne gerichtet.

Fassungslos starrte ich die Brüder an.

Niklas grinste, ließ Constantins Hand los. Selbst aus dieser Entfernung erkannte ich dunkelrote Abdrücke auf der Haut des Prinzen.

Was war bloß in den Thronfolger gefahren? Ich erkannte den friedliebenden Kräuterprinzen kaum wieder. Jetzt bebte er vor Zorn.

Niklas aber feixte: »Was? Vater lädt Schönheiten ein und ich soll die Augen verschließen ... Komm schon, Bruderherz!«

Constantin stand mit dem Rücken zu mir. Seine Körperhaltung war verkrampft und die Hände zu Fäusten geballt. »Du weißt genau, von wem ich gesprochen habe ...«

Musik setzte ein und das Gezanke wurde von pompösen Klängen verschluckt.

***

Es war kurz vor Mitternacht. Der König kündigte den letzten Tanz des Abends an – einen Kapuzentanz zu Ehren Pater Valentins aus dem Kloster Mjötar.

Pater Valentin, so hatte mir Constantin erzählt, hatte diesen vor einigen Jahren in Kandlot zur Tradition gemacht. Im dritten Kapitel der »Schriften Dions« hieß es: *Und die Menschen verbargen ihre Gesichter zu Ehren des neuen Gottes.*

Dafür wurden an alle tanzwilligen Gäste pechschwarze Umhänge ausgeteilt. Auch der König, die Kandidatinnen, Constantin und Niklas nahmen daran teil. Selbst Valerie Vanhaag und ihre Goldenen Schwestern ergriffen einen Umhang und stellten sich in den Kreis.

»Darauf habe ich den ganzen Abend gewartet, dios cé«, hörte ich Schwester Tia verträumt seufzen. Sie als gebürtige Gondra glaubte an denselben Gott wie die Einwohner Kandlots. Es freute mich, dass sie willens war auch die hiesigen Tänze ihm zu Ehren anzunehmen.

Unter ihren Augen zeichneten sich dunkle Ringe ab, doch die Euphorie darüber, gleich Dion durch grazile Bewegungen ehren zu können, verlieh ihr einen wachen Gesichtsausdruck.

Kurz überlegte ich, ebenfalls bei diesem Spektakel mitzuwirken. Allerdings beherrschte ich die Schrittfolge nicht und wollte mir die Bräuche Kandlots zunächst einmal in Ruhe ansehen.

Die Musiker stimmten dramatische Töne an, melancholisch und schwer. Ebenso schwerfällig waren auch die Bewegungen der Tänzer. Anstatt sich zu zweit zu drehen oder wie bei den Volkstänzen aus gegenüberliegenden Reihen aufeinander zuzugehen, marschierten alle im Kreis herum.

Tack, tack – genau auf den Schlag. An sich nicht kompliziert, doch jeder Fehltritt würde auffallen.

Mit ihren schwarzen Kutten und weiten Kapuzen wirkte das Schauspiel bedrohlich auf mich.

Das Tempo steigerte sich, plötzlich änderte sich die Melodie. Auch die Tänzer gingen nicht mehr hintereinander, sondern drehten sich zur Mitte und anschließend um sich selbst. Geschwind wie ein Kreisel. Die Umhänge bauschten sich auf, flatterten.

Und dabei geschah es!

Ich traute meinen Augen nicht.

Vor Schreck blieb mir kurz das Herz stehen.

Doch die Tänzer drehten sich, marschierten weiter im Kreis herum.

Ich konnte unmöglich sagen, wer derjenige mit den aufblitzenden roten Augen gewesen war …

Ein weiteres Mal geschah es nicht. Ob ich mir die blutroten Augen eingebildet hatte? Hatte mir mein Verstand einen Streich gespielt?

Kaum war der Tanz beendet, sammelten Diener die Kapuzenumhänge ein. Amüsierte Adelige kamen unter den schwarzen Kutten hervor – ein jeder hatte den gottesfürchtigen Abschluss genossen.

Nur mein Herz raste, als müsste ich vor einem Raubtier fliehen.

Verstört starrte ich in die Augen der Gäste.

War einer von ihnen ein Dämonenträger? Gänsehaut kroch über meinen schweißnassen Rücken.

Da gewahrte ich eine Gestalt, die die Marmorstufen hinaufhastete.

Einer der Tänzer, der noch seine schwarze Kutte trug.

Wer auch immer es war – der lange Umhang verbarg das Schuhwerk und die Kapuze den Kopf – die Person hatte es offenbar eilig, den Saal zu verlassen.

Ehe ich es mir anders überlegen konnte, folgte ich meinem Instinkt und eilte der Gestalt hinterher.

Ich lief so schnell, dass ich die Flammen eines Kerzenständers löschte. Gewiss würde mir der steinerne Engel an der Säule vergeben, wenn er wüsste, wie wichtig meine Mission war.

Als ich die Treppe erklomm, erreichte die Person mit dem Umhang die obere Etage, huschte an hell marmorierten Stützpfeilern vorbei. Ein Farbenspiel aus Schwarz und Weiß.

Mein Herz hämmerte schmerzhaft gegen meine Brust. Ich musste herausfinden, wer er oder sie war!

Drei Stufen auf einmal nehmend war ich mir sicher, die ideale Verfolgerin zu sein … hinter der nächsten Ecke schon den Kapuzenträger entlarven zu können.

Meine Stiefel donnerten und ich griff nach meinem Schwert.

Kaum schlitterte ich um die Ecke, entdeckte ich –

nichts.

Das Blut rauschte mir in den Ohren. Mit dem Schwert in der Hand stand ich da und schaute in einen von Kerzen erhellten leeren Gang.

Mein Keuchen war das Einzige, das die Stille füllte.

Verstört blickte ich zu Boden, wo der schwarze Umhang lag. Von einem Träger fehlte jede Spur.

Fassungslos atmete ich tief ein und aus. Langsam. Versuchte, meinen rasenden Puls unter Kontrolle zu bringen. Es war nicht die Hetzjagd, die mich in Rage versetzte, sondern die Panik, gleich die Augen des Dämons vor mir zu sehen.

Mein Schwert hatte ich umsonst gezogen, ich steckte es zurück in die Halterung am Gürtel.

Unsicher ging ich in die Knie, bückte mich zu dem schwarzen Stoff hinab. Er fühlte sich kratzig an, war aus grobem Material. Stammte vermutlich aus dem Kloster Mjötar, jedenfalls nicht aus den feinen Webereien der Pendelös.

Ich wiegte mich gerade in Sicherheit, als ich Schritte vernahm. Leise, hinter mir.

Wissend, unter diesen Umständen keine unüberlegten Bewegungen ausführen zu dürfen, wanderte meine Hand vorsichtig zu meinem Dolch. Das Schwert zu ziehen hätte zu viel Aufsehen erregt.

Ich zwang mich dazu, noch einen Augenblick in meiner Position zu verharren. Wer auch immer hinter mir war, machte sich noch nicht bemerkbar. *Weshalb?*

»Inga?«

Erleichtert atmete ich aus.

Ich ließ meine Hand sinken, brauchte keine Waffe zur Verteidigung.

Während ich mich erhob und umdrehte, sprach Schwester Kestrall weiter.

»Inga, was suchst du hier?«

Im Schein der Fackeln an den Wänden erkannte ich Argwohn in ihrer Miene. Kaum war sie näher gekommen, verwandelte dieser sich in Sorge.

»Hast du Schmerzen, Inga?«

Vermutlich spiegelte sich meine innere Qual im Gesichtsausdruck wider.

Kestralls silbergraue Augen musterten mich abwartend. In diesem Licht hatte ihre Iris dieselbe Farbe wie ihr Haar.

Ich erzählte der Goldenen Schwester die Wahrheit: dass ich beim Kapuzentanz die Augen des Dämons erblickt und nun den möglichen Träger verfolgt hatte.

Anstatt wie ich Furcht zu zeigen, blieb Kestrall besonnen, meinte, sie würde diese Information an die Königin weiterleiten.

Für mich war der Vorfall noch nicht abgeschlossen, ich brauchte weitere Anweisungen, was nun zu tun sei. Plötzlich fehlte mir Schwester Odine.

»Wie soll ich weiter vorgehen?«

Kestrall legte die Stirn in Falten, legte mir eine Hand auf die Schulter. Eine

Geste, die mich zuerst erschreckte, mir dann jedoch guttat. Es fühlte sich vertraut, beinahe ... mütterlich an. Ich wünschte, es wäre nicht Kestrall, sondern Königin Valerie!

»Inga, wie bitte? Du kennst deinen Auftrag!«, erklärte die Goldene Schwester mit tiefer Stimme. »Vermutlich kannst du ihn wortwörtlich wiedergeben, nicht wahr?«

Ich musste schmunzeln, hatte Kestrall wohl mit meiner Fähigkeit, mir Details einzuprägen, beeindruckt.

Kestrall reagierte auf mein Lächeln. »Siehst du? Also schütze Constantin. Du kannst dir kaum vorstellen, wie wichtig er für Königin Valerie ist.«

Ich schluckte, fühlte mich schuldig, da ich meinen Auftrag schon wieder für einige Minuten vernachlässigt hatte.

In diesen Mauern schleicht ein Träger herum!

Diese Erkenntnis fraß sich mir zunehmend durch Mark und Bein – ich musste so schnell wie möglich zurück zu Constantin. Und bei ihm bleiben.

***

»Lasst mich allein!«

Constantin schickte die zwei Diener fort, die ihm beim Umkleiden hätten behilflich sein sollen. Er wollte für sich sein.

Die Männer sahen sich achselzuckend an, verneigten sich und verließen das Gemach.

Der Thronfolger schloss die Augen, atmete einmal tief durch. Nach wie vor zitterten seine Finger vor Zorn. Während des Kapuzentanzes wäre er am liebsten erneut auf Niklas losgegangen. Doch eine weitere Demütigung hätte er nicht ertragen.

Mühelos hatte dieser Bastard seinen Schlag abgefangen. Und wie süffisant er ihn daraufhin angegrinst hatte ... *ekelhaft!*

Trotzdem begehrte Lady Inga seinen Bruder. Ihre Blicke waren eindeutig gewesen!

Constantin schnaubte, riss sich die Gewänder brutal vom Leib und schleuderte sie in eine Ecke seines Zimmers.

Im Schein der flackernden Kerzen starrte er sein Spiegelbild an. Wie schlaksig er war, fast kränklich sah er aus! Seine Haut hatte eine milchig-weiße Farbe und zeigte weder Brusthaar noch Muskeln. Das Einzige, das sich abzeichnete, waren seine Rippen; er war viel zu dünn!

Kein Wunder, dass die Kandidatinnen in anderen Gewässern fischen wollten.

Selbst Djana hatte weitere Verehrer gehabt, dessen war sich Constantin sicher – er hatte es sich nur nie eingestehen wollen. Anzeichen hatte es genug gegeben.

Gerade als sich Constantin seiner Hose entledigen wollte, klopfte es.

Verärgert rief er, dass er Ruhe wünschte, doch zu seiner Überraschung waren keine Diener oder Silberbrüder vor der Tür – sondern Lady Inga!

»Kommt ... herein!«, bat Constantin verwundert.

Ehe sich der Prinz seinen Morgenmantel aus dem Schrank holen konnte, trat die Goldene Schwester ein. Diese zog die Augenbrauen hoch und errötete, als sie den Prinzen mit entblößtem Oberkörper sah.

»Verzeiht, ich hoffte, Ihr wärt noch ...«

»Bekleidet?«

Constantin überspielte seine Scham, warf sich geschwind einen seiner königsblauen Mäntel über. »Ich ... ähm ... habe nicht mit Besuch gerechnet, Euer Dienst ist für heute beendet. Mutters ... ähm ... Wächterin patrouilliert des Nachts ...«

Lady Inga lächelte sanft. Sie senkte den Blick, wirkte verlegen.

Sofort verrauchte sämtliche Wut in Constantin. Er vergaß Niklas und sein arrogantes Grinsen – hatte nur noch Augen für die Goldene Schwester.

Nun hob sie ihren Kopf und von der Schüchternheit fehlte jede Spur. Stattdessen reckte sie das Kinn und verkündete klar und deutlich: »Mein Auftrag ist es, für Eure Sicherheit zu sorgen. Zu jeder Stunde. Daher werde ich von nun an hier nächtigen!«

Vor Schreck knickte Constantins lahmes Bein ein, er stolperte und krachte gegen den Esstisch. Die bunte Vase mit den Kräutern darin wackelte, fiel um. Es klirrte und das Gefäß zerbrach.

Des Prinzen Herz raste.

Mit zitternden Fingern versuchte er, die Scherben zwischen der nassen Minze einzusammeln. Der betörende Duft stieg ihm zu Kopf.

»Ihr wollt ... ähm ... Ihr ... hier ... mit mir ... Ich meine ...«

Ehe Constantin seinen Satz zu Ende stammeln konnte, wurde er von seiner Leibwächterin unterbrochen.

»In der Kammer dort!«

Der Prinz zuckte zusammen, sämtliche Scherben fielen aus seiner Hand und klirrten auf die Tischplatte.

Er sah auf, schaute in die Richtung, in die Lady Inga wies.

»Das Zimmer meines ... ähm ... Leibdieners? In Ordnung, ich habe zurzeit keinen, den letzten hat Vater ...«

»Deshalb!« Die Goldene Schwester wandte sich Constantin zu. »Selbstverständlich nur, wenn Ihr einverstanden seid. Aber aufgrund der jüngsten Ereignisse würde ich mich wohler fühlen!«

Gewiss sprach sie von Djanas Tod! Möglicherweise war er ungerecht zu ihr gewesen und sie war doch kein Eisblock – in Gegenwart seines Bruders war sie es jedenfalls nicht gewesen ...

Hatte es dieser Bastard geschafft, die Frostkönigin zum Schmelzen zu bringen? Aber *er* wollte es doch sein, der ihr Herz erwärmte!

Constantin seufzte.

»Eure Hoheit?« Lady Inga wartete auf eine Antwort.

Er nickte verhalten. Selbstverständlich gestattete er es. *Mehr als das.*

Die Freude, seine Leibwächterin in der Nacht so nahe bei sich zu haben, brachte ihn fast um den Verstand.

Sie ahnte ja nicht, was sie ihm bedeutete.

Am liebsten würde er ihr sommersprossiges Gesicht streicheln, ihr zärtlich durchs Haar fahren. Anschließend würde er ihr die goldene Uniform ausziehen und sie in sein Bett einladen.

Doch von diesen Gedanken wusste Lady Inga nichts, als sie erst die Scherben und Kräuter am Esstisch in den Abfalleimer warf und anschließend die Kammer des Dienstboten inspizierte.

Außer einem einfachen Bett und einer schlichten Kommode bot dieser Raum keinerlei Komfort – doch die Goldene Schwester nickte zufrieden und ließ sich auf der alten Matratze nieder.

Da sein Vater dem letzten Burschen wegen Diebstahls eine Hand hatte abhacken lassen und seitdem kein neuer bestimmt worden war, waren keinerlei Kissen oder Decken vorhanden.

»Ich ... ähm ... lasse einen Diener rufen ...«

»Nicht nötig, vielen Dank.«

Lady Inga entledigte sich ihrer Stiefel und des Waffengürtels, streckte sich anschließend auf der durchgelegenen Matratze aus.

»Gute Nacht«, sagte sie.

Der Prinz lachte, was auch seiner Leibwächterin ein Schmunzeln entlockte. Dennoch war es wohl ihr Ernst, in dieser Position die nächsten Stunden verbringen zu wollen.

Für den Bruchteil einer Sekunde überlegte Constantin, ihr sein Bett anzubieten. Als Tausch selbstverständlich! Wahrscheinlich aber hätte sie dieser Vorschlag bloß wütend gemacht.

Daher entschied Constantin schweigend ihre Anwesenheit zu genießen.

Just in dem Moment, als er aus der Kammer treten und die Tür schließen wollte, fragte sie: »Gestattet Ihr mir eine Frage?«

Sein Herz machte einen Satz. »Natürlich!«

Lady Inga setzte sich wieder auf, versuchte beiläufig zu klingen. Constantin aber bemerkte, wie wichtig ihr die Angelegenheit war, ansonsten würde sie diese Grenze nicht überschreiten.

»Weshalb habt Ihr mit Eurem Bruder gestritten?«

Das aufgeregte Hüpfen des Muskels in seiner Brust ebbte ab. Verhärtete, erfror. Zurück blieb kalte Eifersucht.

»Es ging um Katga«, sagte er.

Die Lüge traf Inga hart.

Die Enttäuschung stand ihr buchstäblich auf der Stirn geschrieben. So, als hätte er ihr mit der flachen Hand ins Gesicht geschlagen.

Constantin hasste sich dafür.

***

Ivan Isgehart verließ zufrieden die Gemächer seiner Mätresse. Obwohl Frieda keine zwanzig mehr war, schaffte es die Gute immer wieder, ihm Lust zu bereiten. Dies war auch der Grund, weshalb er sie noch nicht in den Wind geschossen hatte – sie beherrschte ihr Handwerk einfach zu gut, wusste genau, wo und wie sie ihn berühren musste ...

Der König marschierte erhobenen Hauptes durch die Gänge, am liebsten hätte er vor Wonne gesungen.

Problematisch war bloß, dass er – besonders in den letzten Tagen – ständig an Silka denken musste, seine Jugendliebe.

Als Bursche hatte er sein Herz an die blonde Frau mit dem Engelsgesicht verloren. Und jetzt, da ihre beiden Töchter im Schloss weilten, fühlte er sich mehr denn je an sie erinnert.

Wie weich ihre helle Haut gewesen war, wie gut sie geduftet hatte. Nie würde er ihr Parfüm vergessen. Noch heute musste er beim Anblick oder Geruch eines Maiglöckchens an Silka denken.

Lady Inga glich in jeder Weise ihrem Vater Olav, war ein störrischer Rotschopf. Die andere hingegen, Katga, hatte etwas Zerbrechliches an sich, das ihn an ihre Mutter denken ließ. Als sie am Ball auch noch nach Maiglöckchen geduftet hatte, war es um ihn geschehen gewesen: Obwohl sein Plan vorsah, Olavs Jüngste Niklas zur Frau zu geben und zur Königin zu krönen, hatte er mit ihr tanzen müssen.

Mehr noch. Während er sie über das Parkett geführt hatte, hatte er gespürt, dass sein Herz noch nicht zu Stein geworden war. Es lebte, konnte wie besessen in seiner Brust hämmern.

Wie sehr dieses Mädchen seiner Silka ähnelte. Doch nur ein einzelner Blick in ihre Augen hatte ihm verraten, dass sie nicht die Seine war. Denn anstatt eines himmelblauen Ozeans hatte er dort braunes Ackerland entdeckt.

Und ... er hatte sich schon einmal eingeredet Silka in einer anderen zu sehen. In Valerie Vanhaag. Dieses Weib hatte sich jedoch als das fleischgewordene Böse herausgestellt ...

Doch diesmal war es anders. Katgas Seele war rein, unverdorben. Sie würde ihn nicht hinters Licht führen wie diese gottverdammte Gondra und deren Goldschwestern.

Gerade als Ivan eine Treppe nehmen wollte, gewahrte er dank des Spaltes zwischen Tür und Boden, dass im Gemach von Olav Ericson noch eine Kerze brannte. Sein Freund war also noch wach. Weshalb? Es war sicher fast drei Uhr morgens!

Der König klopfte, verspürte plötzlich das Bedürfnis, ein klärendes Gespräch zu führen. Es behagte ihm nicht, im Streit auseinandergegangen zu sein. Olav fand die Idee, Krieg mit Noredellä zu führen, nach wie vor nicht gut. Sein Berater sah einfach nicht ein, wie wichtig Ivan die Rückeroberung der einstigen Gebiete Kandlots war. Wie so oft hatte er sich gegen den Rat seines Beraters und für die Ideen eines anderen entschieden.

Tief im Herzen allerdings konnte er Olav noch heute nicht verzeihen, dass er Silka zur Gemahlin genommen hatte – und sie dann hatte sterben lassen!

Und damit nicht genug. Vögelchen hatten ihm seinerzeit gezwitschert, dass der Edelmann nicht gerade sanft mit seinem Eheweib umgesprungen war …

***

In der Nacht kühlte es ab. Die eisige Luft kroch durch die Ritzen der Schlossmauern, drang ins Innere.

Ich bereute es, nicht mehr nach einer Decke gefragt zu haben. Gänsehaut breitete sich auf meinen Armen aus. Doch nicht nur die Frische hinderte mich am Schlafen.

Die Worte des Prinzen hatten mir zu denken gegeben. Niklas interessierte sich also für Katga. Nun, genauso wollte es der König. Was war ich für eine Närrin geglaubt zu haben, der schneidige Edelmann könnte sich tatsächlich in *mich* verliebt haben …

Während der schlaflosen Stunden hörte ich den Prinzen leise schnarchen. Zudem murmelte er ab und an Djanas Namen. Er musste sie vergöttert haben.

Ich hätte ihm gegenüber feinfühliger vorgehen müssen!

Als der Morgen graute, erhob ich mich, verließ die enge Kammer. Mein

Kreuz schmerzte, denn die Sprungfedern der durchgelegenen Matratze hatten mir unbarmherzig in den Rücken gedrückt. Obwohl ich immer wieder meine Position geändert hatte, fühlte ich mich nun wie gerädert.

Dennoch nutzte ich die Gunst der Stunde, beschloss, noch ehe der Prinz erwachte, in meine alten Gemächer zu eilen. Ich wollte mich waschen und mir eine frische Uniform anziehen. Diese hier war zerknittert und durchgeschwitzt.

Zielsicher marschierte ich durch die Gänge. Die Kälte kroch mir bis unter die Haut, doch ich hieß sie willkommen.

Durch die Bogenfenster erkannte ich, dass sich die Sonne bereits durch den Morgennebel kämpfte.

Als ich mein Zimmer betrat, erblickte ich eine Nachricht auf meinem Bett. Ich griff nach dem Zettel. In verschnörkelter Handschrift stand dort geschrieben: *Schaut ins Badezimmer!*

Nun, tatsächlich wollte ich dorthin – doch eigentlich erst, nachdem mir Diener eine Schüssel mit frischem Wasser und Handtücher gebracht hätten.

Jetzt jedoch führten mich meine Schritte unmittelbar in den Nebenraum.

Ein ungutes Gefühl breitete sich in meinem Bauch aus.

Was geht hier vor? Was soll diese Notiz?

Mit klopfendem Herzen stieß ich die Holztür auf. Sie knarzte.

Ich hielt den Atem an, betrat den dunklen Raum mit einer kleinen Kerze, die ich zuvor im Gemach entzündet hatte.

Was ich dort erblickte, ließ mir das Blut in den Adern gefrieren.

Vor Schreck ließ ich fast die Kerze fallen. Die orange Flamme zuckte, überlebte nur um Haaresbreite.

Mit der freien Hand schlug ich mir auf den Mund, um einen Schrei zu unterdrücken – doch dieser blieb mir ohnehin in der Kehle stecken.

An einem Querbalken im Badezimmer war ein Mann aufgeknüpft worden. Mein Vater. Olav Ericson.

Mit wackeligen Beinen wankte ich auf den Toten zu, betrachtete das festgezurrte Seil um seinen Hals. Mich fröstelte, doch die Kälte war diesmal nicht der Auslöser. Die Angst saß mir im Nacken.

Erst auf den zweiten Blick entdeckte ich das Papier, das jemand mit einer Nadel in die braune Weste meines Vaters gesteckt hatte.

Ich stellte die Kerze auf einer Kommode ab, löste mit zitternden Fingern die Nachricht und las laut: »Denkt an Euren Auftrag. Beim ›Fest der reinen Blüte‹, dem Tag der Brautverkündung, sollte er spätestens erledigt werden.«

Für mich bestand kein Zweifel: Dies hier war Ivan Isgeharts Werk. Er scheute vor nichts zurück – ließ sogar einen seiner Berater ermorden, nur um *mich* unter Druck zu setzen.

Leider hatte der König damit ins Schwarze getroffen. Mir graute vor diesem Mann, ich fürchtete mich.

Vor Elend wusste ich zunächst nicht, was ich tun sollte. An wen konnte ich mich wenden?

Verstört darüber, meinen Vater erhängt von einem Querbalken baumeln zu sehen, rannte ich im Schock zurück in das Gemach des Prinzen.

Die beiden Papiere hielt ich fest in meiner Hand, vielleicht brauchte ich sie als Beweis.

Vor des Thronfolgers Zimmer waren inzwischen Silberbrüder postiert, der Tag hatte begonnen.

»Na, zu spät dran?«, fragte einer der beiden selbstgefällig, ließ mich jedoch sofort passieren.

Mein Herz raste. Gleichzeitig fühlte sich mein Körper taub an, leer.

»Eure ... Eure Hoheit!«

Constantin lag noch im Bett, schlafend. Der Ball am Vorabend hatte ihm zugesetzt und das viele Tanzen war er sicher auch nicht gewohnt gewesen.

Ich aber war verzweifelt, riss die Vorhänge erbarmungslos auf. Sonne flutete das finstere Gemach.

»Prinz Constantin!«

Sofort schlug der Thronfolger die Augen auf, wirkte hellwach. Überrascht schaute er mich an, fuhr sich ungläubig über das Gesicht, als müsste er sich überzeugen, gerade nicht zu träumen.

»Lady Inga, was ...?«

»Bitte ...«, keuchte ich, »ich brauche Eure Hilfe. Euer Vater hat meinen Vater getötet ... oder töten lassen.«

Wie zum Zeichen dafür warf ich die Papiere auf sein Kopfkissen. Die Nachrichten waren inzwischen zerknittert und die Tinte durch meine schweißnassen Hände verlaufen.

Constantin stellte jedoch etwas anderes fest. »Das ist Djanas Handschrift!«

Ich schluckte, realisierte, dass Ivan die Küchenhilfe noch vor ihrem Tod zu diesen Zeilen gezwungen haben musste. Und der Thronfolger hatte Djana wohl Lesen und Schreiben gelehrt. Sie war demnach eine äußerst kluge Frau gewesen ...

Unsicher schilderte ich dem Prinzen, wo sich die Botschaften befunden hatten.

Während ich stockend berichtete, veränderte sich der Gesichtsausdruck Constantins. Aus Entsetzen wurde Zorn. Zurück blieb ... *Mitgefühl*. Trotzdem reagierte er anders als erwartet.

Anstatt mir einen beruhigenden Kräutertee zu kochen oder mir seine Handcreme anzubieten, sprang er aus dem Bett.

Schnell drehte ich mich weg – schließlich trug der Prinz lediglich sein weites weißes Nachtgewand. Die Röte schoss mir ins Gesicht.

Constantin ignorierte meine mädchenhafte Reaktion, griff nach seinem Leinenhemd und der schwarzen Hose. Flott begab er sich hinter die halbhohen Umkleidewände in einer Ecke des Raumes und erklärte dabei: »Lasst bitte unverzüglich nach meinem Boten schicken.«

Ich tat wie geheißen, informierte den Silberbruder vor der Tür, der mich zuvor angeblafft hatte.

Als Constantin bekleidet und mit zusammengebundenen Haaren hinter den Wänden hervortrat, musterte er mich derart eindringlich, dass ich den Kopf senkte. Sein Blick war mir zu ... intim. Ich mochte es nicht, wenn mir Menschen in meine Seele schauten, mich verstehen wollten.

»Inga, es tut mir so ...«

Es klopfte. Der Bote war hier.

Constantin gab ihm einen Auftrag, den ich mit angehaltenem Atem mithörte.

Erst als der Mann sich verbeugt hatte und gegangen war, wagte ich es, die Anweisung des Prinzen infrage zu stellen.

»Ihr wollt meine Tante Ida nach Gondra bringen lassen?«

Constantin nickte.

»Nur am Hof meiner Tante Sabita wird sie ... ähm ... sicher sein. Denkt Ihr, Vater hört nach Olav auf? Katga und deine Tante werden die nächsten sein. Egal was er mit den Nachrichten an Euch meint, wenn der König etwas will, tötet er Eure Liebsten, bis ihr ... ähm ... einknickt.«

Constantin verschränkte die Arme. »Wen habt Ihr noch ins Herz geschlossen? Niklas braucht ihr nicht zu erwähnen. *Ihn* wird Vater nicht ... ähm ... ermorden.«

Die Erwähnung seines Bruders verstörte mich, hatte für mich nichts mit dieser Sache zu tun. »Entschuldigung?«

Das erkannte auch Constantin. Er fuhr sich frustriert durchs Haar. »Verzeiht, ich sprach ... ähm ... unbedacht. Geht zu Eurer Schwester – Katga –, sagt Ihr, dass ich eine Kutsche für sie vorbereiten lasse, die auch sie unverzüglich nach ... ähm ... Gondra bringt.«

Und schon erwartete mich das nächste Problem. Mir wurde übel. »Katga empfängt mich nicht ...« Meine Stimme brach ab.

Anstatt neugierige Fragen zu stellen, nickte Constantin, als verstünde er meine Sorgen.

»Mich kann sie nicht ... ähm ... abweisen. Kommt!«

***

Katgas Zofe verriet, dass ihre Herrin gerade vom Morgengebet in der Kapelle zurück war, und ließ uns in deren Gemächer eintreten.

Es wunderte mich, dass meine Schwester in aller Herrgottsfrühe betete – allerdings war sie bei der frommen Tante Ida aufgewachsen und von Vater zu einer zukünftigen Königin erzogen worden. Gewiss gehörte es sich für edle Damen, bereits vor Sonnenaufgang ihre Fäuste ans Herz zu legen und Dion zu preisen.

Wir betraten das geräumige Zimmer, der Holzboden unter meinen Stiefeln knarzte.

Katga versank in einem ehrfürchtigen Knicks. Sie trug einen wärmenden Pelzmantel und Stiefel, an deren Spitze feuchte Erdklumpen klebten. Sie war also tatsächlich draußen gewesen.

Der braune Stoff breitete sich flatternd über dem Boden aus und ihr Kopf war so tief geneigt, dass ich glaubte, sie wollte die Füße des Prinzen küssen. Ihr goldblondes Haar floss wie ein glatter Teppich über ihren Rücken.

»Eure Hoheit! Euch zu empfangen ist mir eine ...«

Das Wort »Ehre« wurde im Keim erstickt, kaum dass sie ihren Kopf gehoben und mich entdeckt hatte.

Irritiert kniff sie die Augen zusammen. Sofort erhob sie sich, wirkte von einer Sekunde auf die andere abweisend ... kalt.

Ich hatte jedoch keine Zeit zu verlieren; schilderte, was sich am Morgen in meinen Räumlichkeiten zugetragen hatte, und hielt ihr wie zum Beweis die Nachrichten hin.

Katga nahm die Papiere an sich, las die Botschaften.

»Im Badezimmer?«, fragte sie anschließend.

Sie hatte eine Augenbraue hochgezogen, glaubte mir nicht.

Constantin jedoch kannte des Rätsels Lösung. »Vergewissert Euch selbst!«

»Lächerlich!«, zischte Katga. Sie warf mir einen vernichtenden Blick zu. Dennoch marschierte sie erhobenen Hauptes an mir vorbei und verließ das Gemach.

Der Prinz und ich sahen uns an. In wenigen Minuten würde meine Schwester den Ernst der Lage begreifen.

***

»Was für ein Spiel soll das sein?«

Katga war zurückgekehrt, schloss die Türe hinter sich, öffnete das Fenster und zerriss die Notizen in winzige Schnipsel.

»Nein!«, schrie ich, doch es war zu spät.

Wie klitzekleine Schneeflocken rieselten sie ins Freie, wo sie der Willkür des Windes überlassen wurden. Der schriftliche Beweis war vernichtet.

Was hat Katga getan? Hat sie nicht gesehen ...

»Dein Gemach ist vollkommen leer. Auch im Bad habe ich nichts entdeckt. *Was soll das?*«

Ich erschauderte. Also hatte der König die Leiche in der Zwischenzeit fortgeschafft, jede Spur verwischt!

»Katga ...«, setzte ich an.

»Hör auf«, unterbrach sie mich barsch, »Vater ist ausreiten! Er selbst informierte mich über dieses Vorhaben!«

Ich war mit meiner Weisheit am Ende. Furcht griff nach mir. Angst – schwarz und vernichtend wie ein alles schluckender Schatten.

Ivan Isgehart hatte es perfekt eingefädelt, meine Familie manipuliert und mich zu seiner Marionette gemacht.

Aber ich würde nicht aufgeben. *Niemals.* Ich war eine Goldene Schwester!

»Katga, bitte verlasse den kandischen Hof und geh nach Gondra. Du bist hier nicht sicher«, flehte ich.

Mit Befehlen käme ich bei ihr nicht weit, sie würde völlig auf stur schalten, dessen war ich mir wohl bewusst.

Die blonde Schönheit lächelte giftig. »Ich bleibe. Ich werde Königin!«

Sie legte ihren Mantel ab. Ein schlichtes fliederfarbenes Kleid mit weißem Spitzenkragen kam darunter zum Vorschein. Der braune Gürtel betonte ihre kalt funkelnde Iris. Plötzlich umhüllte mich der vertraute Duft nach Maiglöckchen, der mich an meine Kindheit erinnerte.

Der Thronfolger schnaubte verärgert. »Und wenn ich ... ähm ... Euch nicht erwähle?«

Katga zuckte mit den Achseln. »Sei's drum.«

Daraufhin wurde Constantin leichenblass. Halt suchend lehnte er sich gegen die geschlossene Tür. Seine zitternde Hand umklammerte die Kommode zu seiner linken.

Keine zwei Herzschläge später hatte er sich jedoch wieder im Griff, straffte die Schultern, trat einen Schritt vor und verkündete: »Auch ich habe ...

ähm … meine Informanten, Mylady! Und ich werde dem König den Weg zu Sir Niklas' Legitimation nicht ebnen. Im Gegenteil.«

»Nun, ich halte mir alle Möglichkeiten offen«, erwiderte meine Schwester herzlos.

Nur an ihrer bebenden Stimme erkannte ich, dass die Härte gespielt war. Katga war nicht so berechnend, wie sie dem Prinzen weismachen wollte. Sie war selbst nur eine Schachfigur im Spiel unserer Väter. Im Plan des Königs – denn Olav Ericson weilte nicht länger auf Erden, konnte uns vom Himmel aus zusehen. Oder beim Unheiligen Urian schmoren, was ich eher vermutete.

»IN EINER GERECHTEN WELT WÄRE DAS NICHT NÖTIG.«

Entsetzt sog ich die Luft ein, beobachtete, wie sich Katga und Constantin angriffslustig anstierten.

Ich musste etwas unternehmen. Sofort. Andernfalls würde der Prinz irgendwann zusammenbrechen.

»Gestattet Ihr, dass ich unter vier Augen mit meiner Schwester spreche?«

Die Chance, dieses Gemach zu verlassen, ließ sich Constantin nicht zweimal sagen. Mit mulmigem Gefühl sah ich ihm nach. Er wirkte geknickt, schaute mich kein einziges Mal mehr an.

Kaum waren Katga und ich ungestört, ging sie auf mich los.

»Schwester, hm?«, spuckte sie mir entgegen und verschränkte ihre Arme. »Wo war denn meine Schwester all die Jahre?«

Ich hatte ihr den Ernst der Lage bereits geschildert. Ihr gesagt, dass es hier um ihr Leben ging! Warum, in Dions Namen, zeigte sie keine Anzeichen von Furcht? Ich selbst spürte das Klopfen meines Herzens so fest, als würde es versuchen aus meinem Brustkorb zu springen.

Nun verriet ich ihr eine weitere Information.

»Katga, der König erpresst mich. Wenn ich Constantin nicht töte, tötet er *dich*.«

Meine Schwester lachte kalt. Mir wurde schwindlig. Jetzt war ich diejenige, die sich verstört an die Kommode klammerte.

Katga setzte sich seelenruhig an ihren Schminktisch neben dem Fenster, träufelte sich eine weitere Ladung des Maiglöckchen-Duftes auf die Handgelenke und kämmte ihr Haar.

»Wie naiv du bist. Der Prinz ist schwerkrank. Er leidet an Magenquetschung und Gehirnfrost – darum spricht er so … ähm … ähm … ähm … wirr.«

Meine Nerven waren zum Zerreißen angespannt. Dieses Mädchen trieb mich zur Weißglut. Wie konnte man so … *dumm* sein? Wer hatte ihr von solch einer fragwürdigen Diagnose erzählt?

»Magenquetschung? Derartiges gibt es vermutlich nicht einmal! Katga, bitte!«

»Nein!«, begehrte sie auf, knallte die Bürste vehement auf das Eichenholz und erhob sich. »Wie kannst du es wagen, dich zwanzig Jahre in einer Burg zu verstecken, und jetzt erwarten, dass alle nach deiner Pfeife tanzen?«

Ein entrüsteter Laut entglitt meiner Kehle. »Dein Leben steht auf dem Spiel.«

Warum hat Katga keinerlei Furcht?

»Ganz genau«, meinte sie sogar und klatschte, als hätte ich eine richtige Antwort gegeben. Wollte sie sich über mich lustig machen?

»Und ich entscheide, wie ich es gestalte. Derzeit plane ich, Königin von Kandlot zu werden – mit der Unterstützung Ivan Isgeharts und meines Vaters. Den Menschen, die all die Jahre für mich da waren. Wo warst du, Schwester, frage ich dich noch einmal. Hast du dir andere Geschwister gesucht, weil ich nicht gut genug für dich war …?«

Vielleicht irrte ich mich, doch ich bildete mir ein, Enttäuschung über ihre stolze Miene huschen zu sehen. Nur deshalb antwortete ich sanfter als geplant.

»Du liegst völlig falsch.«

Hätte ich lieber strenger gesprochen, denn Katga sparte nicht mit Spott. Ihre Mundwinkel zuckten, ehe sie mich verhöhnte. »Und du macht natürlich wieder alles richtig. *Die perfekte Goldmarie.* Jedenfalls für die Königin. Deine Familie ist dir ja schnurz. Nicht einmal unsere Briefe hast du beantwortet …«

Stopp! Diesen Schuh würde ich mir nicht anziehen – ihre Worte waren schlichtweg gelogen!

»Ihr habt mir nie zurückgeschrieben!«

»Das würde ich an deiner Stelle auch behaupten.«

Katga glaubte mir nicht, hatte ihre eigene Wahrheit. Was war zu Hause all die Jahre vorgefallen? Wer hatte unsere Briefe abgefangen und verhindert, dass Katga und ich Kontakt halten konnten?

Darüber zu streiten brachte nichts mehr ins Lot. Es gab Wichtigeres zu regeln. »Wie dem auch sei: Hier ist es nicht sicher, Katga! Du musst Constantin und mir vertrauen.«

»Warum sollte ich? Vielleicht schickst du mich in einen Hinterhalt, es geht das Gerücht um, wegen dir seien die zwei Herzen von Holger, dem Wachmann, geplatzt. Dir ist nicht zu trauen.«

Vater hatte sie offenkundig nicht in allen Bereichen unterrichten lassen. »Ein Mensch hat nur ein Herz.«

Katga schnaubte empört. »Und hier ist der Beweis: Anstatt Anteil zu nehmen, fängst du an mich zu verbessern.«

Meine Schwester wollte mich verurteilen, ihr war jedes Mittel dazu recht. Traurig, wie sie mir jedes Wort im Mund umdrehte.

Trotzdem durfte ich sie nicht ihrem Schicksal überlassen, fühlte mich für ihre Sicherheit verantwortlich.

Ich habe schon bei Mutter versagt.

Der Gedanke an sie versetzte mir einen Stich. So schmerzhaft, dass ich zusammenzuckte. Genau deshalb vermied ich für gewöhnlich die Erinnerung an Silka.

Vater war ebenfalls tot. Ich musste wenigstens Katga retten.

»Glaube, was du willst«, presste ich hervor und griff zu meinen Waffen. Die Silberklinge mit den funkelnden Edelsteinen fühlte sich kalt und gewohnt an, sie würde mir fehlen. »Hier ist mein Dolch. Trage ihn stets bei dir. Pass auf dich auf, Katga!«

Ich drückte ihr die Waffe in die Hand und ging. Hier war vor Jahren etwas zerbrochen, das sich nicht mehr zusammensetzen ließ.

Kaum schloss ich die Tür, spürte ich ein Brennen in meinen Augen. Die Tränen kamen leise.

***

Constantin öffnete den Dienern, die ihm halfen sich für das Mittagessen mit den Brautvätern zurechtzumachen.

Heute sollte er mit den Männern ernsthafte Gespräche führen, ausloten, wessen Familie für den Hof und dessen Geschicke von Vorteil war.

Der König hatte ihm für die Unterhaltungen Themen zusammengestellt. Constantin hatte aber nicht vor die Zeit mit belanglosem Geschwafel über das Wetter und die Gesundheit der Königsfamilie verstreichen zu lassen. Der Prinz interessierte sich für die Meinungen der Männer, wollte sich auch gern Verbesserungsvorschläge für die wirtschaftliche Lage anhören. Einige Bauern lebten in Armut – dafür musste es Gründe und Lösungen geben!

Der König klärte Komplikationen mit Drohungen und Gewalt, erhöhte Steuern, obwohl Bürger teilweise schon jetzt verarmt waren. Constantin wollte hinter die Fassade der vier Edelmänner blicken, ihre Ängste und Wünsche ausloten. Nur so konnte er ihnen – und seinem eigenen Volk – behilflich sein. Hoffte er jedenfalls.

Während er aus den Leinen schlüpfte und nach den glatten, glänzenden Prinzgewändern griff, erinnerte er sich an Lady Katgas Worte. Sie nahm die Warnung ihrer Schwester nicht ernst, vertraute stattdessen auf die Gunst des Königs.

Was hatte sein Vater dieser Kandidatin zugesichert? Den Titel der Königin? Weshalb?

Und wenn Lady Inga ein falsches Spiel spielte? Er hatte Sir Ericsons Leiche nie gesehen!

Dieser Gedanke kam dem Thronfolger so plötzlich, dass ihm vor Überraschung ein gequälter Laut entfuhr. Sein Herz brannte.

Sogleich waren die Diener zur Stelle, erkundigten sich, ob der Stoff etwa kratzte und sie ihm andere Kleider bringen sollten.

»Es ... ähm ... ist alles in Ordnung«, log Constantin.

Tatsächlich war für den Bruchteil einer Sekunde seine Welt aus den Fugen geraten. Das Bild einer gehässig grinsenden Goldenen Schwester stach in seinem Verstand – Lady Ingas Lächeln, eiskalt.

Nein, sagte er sich. Nein, Inga hätte keinen Grund, ihn gegen den König aufzuhetzen. Und wenn es der Auftrag der Königin, seiner Mutter, gewesen war?

Lady Inga war vor allem eines: eine Goldene Schwester, eine treue Gefährtin Valerie Vanhaags. Es war also möglich, dass sie ihn zu täuschen versuchte …

Doch ihre Furcht war echt gewesen. Niemals hätte sie ihn aus dem Schlaf geweckt, wäre es nicht um Leben oder Tod gegangen. Sie musste schreckliche Angst gehabt haben.

Aus Argwohn wurde Reue. Anstatt Mitgefühl zu zeigen, misstraute er seiner Leibwächterin! Constantin schämte sich seiner Gedanken.

Geschwind schloss er die edlen Silberknöpfe an der blauen Weste und ließ sich anschließend von seinen Dienern das Gesicht pudern. Auch sein Haar wurde gekämmt und im Nacken mit einem glänzenden Samtband zusammengebunden.

Der Prinz betrachtete sich im Spiegel. Er sah lächerlich aus.

In diesem Aufzug trat er schließlich Lady Inga gegenüber, die ihn zum Essen begleitete.

Seine Leibwächterin hatte wohl mit ihrer Schwester diskutiert, denn in ihrem ansonsten bleichen Gesicht zeichneten sich rote Flecken ab. Ob diese von Zorn, Angst oder Entsetzen zeugten, konnte der Prinz zunächst nicht feststellen.

Erst ein intensiver Blick in ihre Augen gewährte ihm weitere Erkenntnisse: Die Ränder darum waren aufgequollen, rote Äderchen leuchteten im Weiß und ihre tannengrüne Iris glänzte, als hätte es tagelang auf einen Wald geregnet.

Sie hatte geweint.

Constantin fühlte Kälte in sich hochkriechen. Die Tatsache, jemand könnte Lady Inga solche Gefühle entlocken, war schier unvorstellbar.

Gern hätte er sie nach ihrem Befinden gefragt, ihre Finger mit den seinen verflochten – doch dazu fehlte ihnen die Zeit und es wäre schlichtweg nicht angebracht gewesen. Jedenfalls nicht vor den Silberbrüdern, die nun hinter Lady Inga erschienen.

»Eure Hoheit, der König lässt ausrichten, dass die Gäste bereit sind!«

Während Constantin den Männern folgte, schaute er ein paarmal über seine Schulter, vergewisserte sich, dass Lady Inga hinter ihnen ging.

Sie hielt den Kopf gesenkt, schien in Gedanken versunken. Ganz sicher war sie nicht im Frieden mit ihrer Schwester auseinandergegangen. Was hatte die einstigen Kinder über die Jahre entzweit? Etwa Ingas Entschluss, nach Gedeleen zu gehen? Warum hatten sie sich nicht geschrieben?

Er hatte jedoch eigene Sorgen, die ihm wie Felsbrocken auf der Seele lasteten: Es konnte sein, dass die Möglichkeit einer Legitimation Sir Niklas' bereits im Adel die Runde machte. Lady Katga hatte die Drohung, sie vielleicht nicht zu seiner Königin zu machen, völlig kalt gelassen. »Sei's drum«, hatte sie gemeint und behauptet auf anderem Wege ihr Ziel erreichen zu können.

Constantin wusste von seinen Vertrauten im Kloster St. Gregor, dass der König einige Fäden zog, um an die Legitimation, die nur von einem hochrangigen Oberhaupt der Dionischen Kirche durchgesetzt werden konnte, zu gelangen. Gewiss hatte Ivan Informationen gegen so manchen Priester in der Hand, um dies durchzubringen.

Wer stand hinter seinem Rücken noch auf der Seite des Bastards? Wer wollte ihn zu Fall bringen und Niklas auf den Thron setzen?

Die Silberbrüder öffneten das Tor zum Saal. Eine mit herrlichen Speisen gedeckte Festtafel dominierte die Mitte des Raumes.

An den Holzwänden zwischen den bodentiefen Fenstern hingen Stoffe mit den Wappen der Länder Kandlot, Enghor und Gondra. Die weiß-violette Flagge Nordelläs war abgenommen worden ...

Constantin erschrak.

Gestern hatte er hier ein Attentat überlebt – dank Lady Inga!

Vier elegant gekleidete Herren erhoben sich. Der Prinz musterte jeden von ihnen.

Der bärige König Brion von Enghor, Prinzessin Brittas Vater, grinste breit. Seine Knopfaugen standen dicht beisammen, funkelten im Licht der durch die Fenster scheinenden Sonne beinahe golden – wie seine Krone und sein pompöses Gewand.

Großherzog Carlson von Pendelö überragte den blonden König, war schneidig gebaut und stellte seine fein gewobenen Kleider stolz zur Schau. Die Ähnlichkeit zu seiner wohlerzogenen Tochter Calla war unverkennbar: Beide hatten silbergrün funkelnde Augen und kastanienbraunes wallendes Haar.

Constantins Blick wanderte weiter, fokussierte den schmächtigen Vater Lady Xenias, den Grafen Llögg. Während die Kandidatin einer stolzen Riesin glich, erinnerte der in sich gekehrte Mann mit den hängenden Schultern an einen Zwerg. Er nickte dem Prinzen höflich zu, hob sein bereits gefülltes Weinglas zum Gruß.

Auch Baron Sven van Ijek schwenkte gierig die rote Flüssigkeit in seinem Kristallgefäß hin und her. Lady Ylvies Vater war ebenfalls eher klein und dazu noch rund wie ein Bierfass. Mit der Glatze, dem riesigen Mund und der Kartoffelnase glich er den Kobolden, die in einigen Märchenbüchern vorkamen. Sein Bauch quoll über den bestickten Gürtel und sah aus, als würde er gleich platzen.

Allesamt saßen hier Männer vor ihm, die darauf warteten, mehr über den Prinzen zu erfahren. Gestern Abend beim Ball hatten sie sich bereits besser kennengelernt. Jetzt ging es ans Eingemachte.

Doch einer fehlte: Katgas Vater, Olav Ericson.

Der Thronfolger straffte die Schultern, musterte die verbliebenen vier Väter. Wer von ihnen war ihm wahrhaft wohlgesonnen? Wer spielte mit gezinkten Karten?

Hatte einer der Edelmänner Kenntnis über eine geplante Legitimation Sir Niklas'?

Großherzog Pendelö, König Brion, Baron Sven und Graf Llögg warteten auf Constantins Eröffnungsrede. Sie wurden nicht enttäuscht. Constantin hatte sich vortrefflich vorbereitet, eine blumige Ansprache über Freundschaft und Zukunftspläne formuliert.

Während der Prinz diese wie auswendig gelernt vortrug, blickte er in die Gesichter der Herren. Sie reagierten überrascht, hatten nicht mit einer derartigen Begrüßung gerechnet.

Constantin lachte sich innerlich ins Fäustchen. Nun, so leicht würde er sich nicht vom Thron stoßen lassen. Auch wenn er sich ein anderes Leben als das eines Königs wünschte – sehen zu müssen, wie dieser Bastard das Zepter schwang, würde er nicht ertragen … und niemals zulassen.

***

Sprachlos lauschte ich des Prinzen Worten. Niemals hätte ich gedacht, dass er so eloquent war. Zwar geizte er nicht mit seinen üblichen Auslassungen, doch der Inhalt seiner Aussage war unmissverständlich: Constantin wünschte sich Frieden in Omnia, wollte Wohlstand für Kandlot erreichen und mit den anwesenden Männern auf Augenhöhe Hand in Hand dafür arbeiten. Ohne Blutvergießen.

Für meinen Geschmack hätte er öfter erwähnen können, dass er sich auf das weitere Kennenlernen der Bräute freute. Ansonsten hatte ich nichts an seiner Rede auszusetzen.

Während des Essens lauschte ich neugierig den Gesprächen, achtete darauf, dass jedes Mahl von einem Vorkoster probiert wurde, und studierte die Reaktionen der Edelmänner. Als Carlson von Pendelö nach dem Verbleib meines Vaters fragte, warf mir Constantin einen unsicheren Blick zu. Doch was hätte ich tun sollen? Vor versammelter Runde den König als dessen Mörder bezichtigen? Lieber nicht, wenn ich nicht vorhatte wegen Hochverrats hingerichtet zu werden.

Schließlich erfand Constantin die Ausrede, dass Olav dringende familiäre Angelegenheiten zu regeln hätte.

Der Prinz war ein Meister der Worte. Ehe sich ein Streit zwischen den Vätern anbahnen konnte – angeblich jagten die Jäger des Barons in fremden Wäldern – schlichtete ihn Constantin mit klugen Ideen und besonnenen Aussagen.

Gerade als die Männer den Nachtisch zu sich nahmen, betrat Schwester Mercedes den Speisesaal. Sie grüßte den Thronfolger und dessen Gäste und kam schnurstracks auf mich zu.

»Die Königin möchte dich sprechen. Unverzüglich!«, wisperte sie mir zu. »Ich löse dich in der Zwischenzeit hier ab.«

Ihre Botschaft jagte mir eine Gänsehaut über den Rücken.

Meine Nerven waren bis zum Zerreißen angespannt.

Was hatte mir Valerie Vanhaag mitzuteilen? Wurde ich gelobt? Oder aus meinem Dienst entlassen?

Flotten Schrittes hastete ich durch die Gänge, wollte so schnell wie möglich des Rätsels Lösung erfahren.

Vor der Flügeltür zu den Gemächern der Königin erwartete mich Schwester Kestrall, die mich sogleich passieren ließ.

»Inga«, grüßte sie mich höflich.

Fieberhaft nickte ich, spürte, wie mir das Herz bis zum Hals hinaufklopfte.

Ich versuchte meine Aufregung in den Griff zu bekommen, atmete tief ein und aus. Langsam … ruhig.

Anschließend strich ich nicht vorhandene Falten in meiner frischen Uniform glatt. Ehe ich Constantin aufgesucht und zum Mittagessen begleitet hatte, hatte ich mich flink umgezogen und versucht mir den Kummer vom Gesicht zu waschen. Dieses Unterfangen war offenbar fehlgeschlagen, denn Constantins Reaktion auf mich war eindeutig gewesen: voller Mitgefühl, als wüsste er, dass ich mir eben noch die Augen ausgeweint hatte.

Doch all das spielte jetzt keine Rolle.

Ich musste mich konzentrieren, mich von meiner besten Seite präsentieren.

Erhobenen Hauptes schritt ich in das Gemach der Königin. Der Empfangsraum mit dem goldenen Teppich, den Statuen und dem Sofa aus rotem Samt war leer, doch ich vernahm Geräusche aus einem angrenzenden Zimmer.

Tatsächlich saß sie dort – meine Königin. Valerie Vanhaag thronte an einem runden Esstisch, verzehrte gerade ihre Mittagsmahlzeit.

Ich spürte, wie mein Magen knurrte. Der köstliche Geruch der Speisen machte mich hungrig.

»Lady Inga!«, begrüßte mich die wichtigste Frau des Landes erfreut. Wie üblich trug sie ein wunderschönes Kleid. Ihr Haar zierten Silberperlen, die in das fließende Gold eingeflochten worden waren. Als sie sich erhob, raschelte der bauschige Stoff und schillerte in den verschiedensten Grüntönen.

Während ich in einen tiefen Knicks sank, verspürte ich einen Stich im Herzen. *Lady Inga.* Sie hätte mich mit *Schwester Inga* begrüßen sollen! Warum zählte sie mich nicht zu ihrem engsten Kreis? Was machte ich falsch? Oder interpretierte ich zu viel in belanglose Worte hinein?

»Erhebt Euch«, bat sie, »kommt und speist mit mir, Schwester!«

Schwester. Endlich!

Ich lächelte. Alles war in Ordnung.

Beim Anblick der Köstlichkeiten musste ich ihr Angebot annehmen.

Während wir ein saftiges Hühnchen aßen, erkundigte sich die Königin nach meinem Befinden, wollte wissen, ob ich mich inzwischen am Schlossgelände zurechtfand und von ihrem Sohn gut behandelt wurde.

Ihre Sorge rührte mich. Sofort mundete das zarte Fleisch noch mehr.

Genüsslich kauend sah ich mich im Gemach um. Von Kräutern fehlte jede Spur, hier wurde mit Blumen dekoriert. Auf den drei Holzkommoden standen Vasen mit taufrischen Pfingstrosen – offenbar die Lieblingsblumen Valeries.

Ich erinnerte mich an meine Kindheit. Meine Mutter und ich hatten die süß duftenden Rosenbüsche ebenfalls geliebt und zusammen im Garten gehegt und gepflegt – noch mehr jedoch war Silka in Maiglöckchen vernarrt gewesen …

Auf einmal überkam mich ein Gefühl der Einsamkeit. Es war, als hätte jemand ein Loch in meine Brust gerissen. Fast hätte ich vor Melancholie aufgestöhnt.

Schnell schüttelte ich den Gedanken an die Vergangenheit ab. All das lag weit zurück, war nicht länger von Bedeutung. Was zählte, war die Königin, deren Sicherheit und Aufträge für mich!

Ich hoffte Informationen über den Dämon zu erhalten. Schwester Kestrall hatte mir zugesichert, die Königin über meine Sichtung am Ball in Kenntnis zu setzen. Gewiss würde ich nun erfahren, wie ich diesbezüglich handeln sollte.

Wie sehr ich mich geirrt hatte.

»Schwester Inga, hat mein Sohn bereits eine Favoritin?«

Die Königin beäugte mich neugierig, während sie sich mit ihrer Stoffserviette die Mundwinkel abtupfte.

Verblüfft starrte ich sie an. War das Teil meiner Aufgabe gewesen?

Meine Antwort fiel ungelenk, aber ehrlich aus. »Das weiß ich nicht!«

Valerie Vanhaag nickte, als hätte sie damit gerechnet. »Finde es heraus«, forderte sie höflich lächelnd, »und sieh zu, dass er Prinzessin Britta nicht zur ›Kleeblatt-Hochzeit‹ einlädt, sie um Himmels willen keine der letzten drei Kandidatinnen wird ...«

Ich war überrascht, dass ich mich in die Angelegenheiten der Brautschau einmischen sollte. Zudem interessierte mich, weshalb die Königin ausgerechnet die wohlerzogene Königstochter nicht an der Seite ihres Sohnes sehen wollte.

»Ich bin die Leibwächterin des Prinzen«, erinnerte ich meine Herrin. »Meine Aufgabe ist, für die Sicherheit des Thronfolgers zu sorgen!«

Valerie Vanhaag pflichtete mir bei. »So ist es.«

»Wenn Ihr die Frage gestattet, warum soll ich mich dann in die Wahl seiner Braut einmischen?«

An meinem ersten Tag hätte ich mir diese Frage nicht erlaubt, gefürchtet, vom Hof gejagt zu werden. Inzwischen konnte ich beweisen, dass ich durchaus nützliche Fähigkeiten mein Eigen nannte – immerhin hatte ich dem Prinzen bereits das Leben gerettet.

Ich beobachtete, wie die Königin mit sich rang. Krampfhaft umschlang sie ihren eigenen Körper. Ihre Lippen bebten und ich bildete mir ein, dass sie Tränen fortblinzelte.

Ich erschrak. *Was habe ich angerichtet? War ich zu forsch?*

»Ihr würdet mir einen persönlichen Gefallen tun, Schwester Inga. Reicht Euch das als Antwort?«

Was sollte ich erwidern? Im Prinzip hätte ich eine genauere Erläuterung erwartet.

Ehe ich überhaupt etwas anmerken konnte, fuhr meine Herrin fort: »Ach, und Inga?«

»Ja, meine Königin?«

»Morgen findet ein Bogenschützen-Turnier zu Ehren der fünf Kandidatinnen statt. Mein Sohn sollte sich nicht blamieren.«

***

Die Königin bemerkte, wie unwohl sich ihre neue Kriegerin plötzlich fühlte. Zugegeben – ihre Bitte, sich in den Wettbewerb einzumischen, gehörte eigentlich nicht zu den Aufgaben einer Leibwächterin. Doch in ihren Augen war diese Goldene Schwester besonders. Stark. Jung. Schön. Und noch nicht vom Gift des Hofes verdorben.

Schwester Inga würde das Vertrauen ihres Sohnes gewinnen und ihn auf den rechten Weg führen können. Bisher hatte sich ihr Gemahl, der König, viel zu sehr in diese Brautschau eingemischt. Hatte nur seine Favoritinnen zugelassen und die arme Prinzessin Elin bloßgestellt. Was hatte sich Ivan dabei gedacht, anstatt der reichen Noredellä ein schielendes, einfältiges Mondkalb ins Quintett zu lassen? Dass diese Wahl nicht Constantin getroffen hatte, hatte jeder Dummkopf erkannt.

Ach, wenn ihr Sohn doch nur einen Deut durchsetzungsfähiger wäre! Er hatte doch Gefallen an Elin gefunden gehabt.

Allerdings – einer Heirat hätte auch sie nicht zugestimmt. *Ihre* Pläne sahen anders aus – und Elin hätte sie möglicherweise durchkreuzt ...

Nachdem Inga gegangen war, ließ sich die Königin auf ihrem goldenen Sofa nieder. Gleich würde Schwester Mercedes zurückkommen und sie konnten gemeinsam die nächsten Weichen stellen. Auch Kestrall würde sie dazubitten, schließlich wusste die Kriegerin am besten über die Vorgänge im Schloss Bescheid.

Tia und Finja hatten bereits Aufträge bekommen, sollten Informationen für sie beschaffen. Es ging das Gerücht um, dass der König eine Legitimation seines Bastards nicht nur anstrebte, sondern so gut wie erreicht hatte – das durfte sie niemals zulassen!

Schwester Tia hatte als gottesfürchtige Gläubige hervorragende Kontakte zum Klerus, während Schwester Finja sich in ihrer Freizeit heimlich mit dem Stadtadel herumtrieb – hauptsächlich mit den Männern. Davon wusste Valerie selbstverständlich. Nur wenig entging ihr – und das bemerkten dann normalerweise Mercedes oder Kestrall.

Es irritierte die Königin, dass Schwester Inga nicht über die Ermordung ihres Vaters gesprochen hatte. Dass Olav Ericson nicht stundenlang ausreiten gewesen war und zudem das Mittagsmahl mit dem Thronfolger hatte ausfallen lassen, war so klar wie »Gepriesen sei das Beil« im Gebet. Der König hatte ihn also *entfernen* lassen. Doch weshalb?

Wen erpresste Ivan nun schon wieder? Schwester Inga? Lady Katga?

Oder war es gar reine Wut gewesen? Irgendein Geheimnis hatte die beiden Männer seit jeher verbunden. Eines, dessen Ursprung nicht einmal Kestrall hatte lüften können.

War dem Berater diese Verbindung nun zum Verhängnis geworden?

Valerie wusste, weshalb Inga klaglos ihre Aufträge entgegennahm. Nein, sie war nicht kaltherzig, sondern einfach nur perfekt ausgebildet.

Schwester Odine hatte auf Gedeleen ein Wunder vollbracht.

Noch nie – nicht einmal am Hofe ihrer leiblichen Schwester Sabita in Gondra – hatte sie eine folgsamere Kriegerin im inneren Kreis gesehen.

Tia beispielsweise bestand penetrant auf ihrem Morgengebet und nahm erst danach Aufträge entgegen. Finja murrte bei jeder Kleinigkeit, die ihr nicht passte, und verlangte nach mehr Spaß am Hofe. Schwester Kestrall glich am ehesten einer gefügigen Kriegerin, obwohl sich Valerie bei ihr nie sicher sein konnte, ob sie nicht heimlich im Hintergrund andere Fäden zog.

Und Mercedes – die Königin schmunzelte – diese *Schwester* hatte sie ohnehin nicht unter Kontrolle ...

Natürlich könnte Valerie Vanhaag ihre vier ersten Goldenen Schwestern entlassen und am gondrischen Hof Nachschub anfordern – doch im Laufe der Jahre hatte die Königin festgestellt, dass jede einzelne trotz – oder gerade wegen – ihrer Eigenarten von unschätzbarem Wert war!

Hätte Schwester Inga nach weiteren Informationen gebeten, hätte sie diese erhalten. Prinzessin Britta durfte nicht zur Kleeblatt-Hochzeit geladen werden. Das war Valerie schlagartig klar geworden, als sie deren Vater, den entsetzlichen Brion, wiedergesehen hatte.

***

Ich hatte der Königin nichts von meines Vaters Ermordung erzählt, um sie nicht mit persönlichen Problemen zu behelligen. Valerie sollte sich auf mich – ihre starke Goldene Schwester – verlassen können und nicht meine Amme spielen müssen. Dennoch fragte ich mich, ob sie mich wohl in den Arm genommen und getröstet hätte ... Immer noch spürte ich dieses Sehnen nach Geborgenheit, was ich bereits als Kind gehofft hatte im Kreis der Goldenen Schwestern zu finden.

Was die Erpressung durch den König betraf, hatte ich meine Lippen ebenfalls versiegelt. Was hätte sie auch ausrichten sollen? Ihren Gatten konfrontieren und damit riskieren, dass er sie, Inga, eine Lügnerin nannte? Mein Wort stand gegen das seine – Ivan Isgehart könnte mich als Verräterin der Krone hinrichten lassen.

Möglicherweise könnten mir die Goldenen Schwestern helfen, doch wollte ich wirklich in meinen ersten Tagen am kandischen Hof schon um Hilfe bitten? Der König hatte mir bis zum Fest der reinen Blüte Zeit gegeben. Vielleicht würde es mir gelingen, bis dahin einen Plan auszufeilen. Wenn nicht, konnte ich immer noch eine der Schwestern um Rat ersuchen.

Als ich ins Gemach des Prinzen kam, wies dieser gerade einen Diener zurecht. Constantin hatte sich nach dem Mittagsmahl mit den Brautvätern prompt umgezogen, stand wieder in schlichten Leinengewändern am Fenster.

Im Augenblick hielt er ein Büschel Suppenkraut in den Händen und fuchtelte seinem Untertanen damit vor dem Gesicht herum. Der Geruch der dunkelgrünen Pflanze kitzelte mich in der Nase.

»... selbst erledigen«, konnte ich ihn noch wütend rufen hören. »Vielleicht sollte jemand anderes einfach diese Braut für mich aussuchen, das wäre mir lieber.« Die Ähm-Untermalungen fehlten.

Constantin schleuderte das Kraut wütend auf den Esstisch – erbarmte sich jedoch sogleich, sammelte die Stängel wieder ein und verteilte sie sorgfältig zwischen der Minze, die bereits in einer Vase ihren Duft verströmte.

Der Diener senkte den Kopf. »Verzeiht erneut, Eure Hoheit. Ich gehe ein weiteres Mal in den Kräutergarten.«

Ich musste schmunzeln. Offenbar war die Minze auch bereits sein Werk gewesen ...

»Nein, lasst es. Ihr rupft ja doch die falschen Pflanzen aus. Ich hatte nach Rosmarin verlangt. Die Beete sind doch beschriftet ...« Zerknirscht verbeugte sich der Diener, trottete ein paar Schritte rückwärts, ehe Constantin seufzte: »Jaja, Ihr könnt Euch zurückziehen.«

Kaum waren wir ungestört, marschierte ich auf den frustrierten Prinzen zu, postierte mich direkt vor ihm. Constantin fuhr sich verstört durchs Haar und brummte: »Ich muss in den ... ähm ... Garten und ... ähm ... «

Mein missbilligendes Schnauben raubte ihm die Fassung.

»Pardon?«, fragte er empört.

Zugegeben, diese Gefühlsäußerung hätte ich mir verkneifen müssen. Daher bemühte ich mich um einen weichen, wohlwollenden Tonfall.

»Ihr habt richtig gehandelt. Schickt Diener in den Garten, wenn Ihr eine Pflanze benötigt. Gebt Aufgaben ab. Vertraut anderen. Gerade als zukünftiger König. Der Mann wird es schon lernen, er wirkte ehrlich bemüht ...«

Constantin nickte. Sein Blick hielt dem meinen nicht stand, wanderte zum Fenster. Verloren starrte er hinunter auf den Haupthof, wo Prinzessin Britta und Lady Calla spazieren gingen. Sein Adamsapfel zuckte und in seinen Augenwinkeln sammelten sich Tränen.

Seine Stimme klang gleichermaßen wehmütig wie bitter.

»Djana erkannte immer das richtige ... ähm ... Kraut – selbst am Geruch.«

Innerlich stöhnte ich auf. Ich hatte keine Lust, mir weiter Lobeshymnen über die verstorbene Küchenhilfe anzuhören. Natürlich war ihr Tod ein schrecklicher Verlust, doch es war an der Zeit nach vorn zu sehen.

»Um auf andere Gedanken zu kommen: Was haltet Ihr davon, wenn wir uns ablenken und ein paar Pfeile schießen?«

Mein Vorschlag überraschte den Prinzen. Als hätte ich ihm einen Eimer Eiswasser ins Gesicht geschüttet, starrte er mich schockiert an. Seine Kiefermuskeln waren angespannt.

»Ich nehme keine Waffen in die Hand«, erklärte er eisern, »In einer gerechten Welt wäre das nicht nötig. Weder … ähm … Bogen noch Schwert rühre ich an.«

Er log, ich erinnerte mich an vorgestern Abend, als ich die roten Blutaugen im Königswald sah. Damals hatten seine Finger den Dolch, den er bei sich trug, umfasst. Allerdings wusste ich auch noch, dass seine Hände gezittert hatten wie Espenlaub.

»Ihr müsst lernen Euch im Ernstfall zu verteidigen. Sterbt Ihr, gibt es niemanden mehr, der für eine Zukunft, wie Ihr sie erträumt, kämpft.«

Bedeutungsvolle Worte, dessen war ich mir bewusst.

Ich beobachtete, wie sie auf Constantin wirkten. Die harte Maske bröckelte, machte Unsicherheit Platz. Schließlich gewahrte ich ein energisches Funkeln in seinen Pupillen.

Constantin nickte. »Bringt mir bei, was Ihr für wichtig haltet. Ihr sagtet doch, dass ich Menschen Vertrauen schenken soll. Nun, ich öffne mich Euch.«

Mein Herz brannte. Schuldgefühle plagten mich. Meine Anregung, sich mit der Kunst des Bogenschießens vertraut zu machen, hatte hauptsächlich mit dem Auftrag der Königin zu tun, weniger mit meiner persönlichen Ansicht.

Allerdings vertrat ich gewissermaßen dieselbe Meinung: Constantin sollte sich auf keinen Fall öffentlich blamieren.

Mich berührten die Worte des Prinzen. Er schenkte mir sein Vertrauen.

Ich atmete einmal tief ein und aus, beschloss dem Thronfolger reinen Wein einzuschenken. Jedenfalls ein Glas davon. Ehrlichkeit währte am längsten.

»Nun, wenn Ihr auf mich zählt, werde ich meine Loyalität beweisen«, sagte ich verheißungsvoll und beobachtete, wie meine Aussage Früchte trug.

Constantin sah mir in die Augen und wartete gespannt.

Um ihn nicht auf die Folter zu spannen, fuhr ich fort: »Ihr wisst, dass mich der König erpresst. Er ermordete meinen Vater, um mich unter Druck zu setzen, und gab mir einen unmissverständlichen Auftrag.«

Ich hielt inne, doch der Prinz unterbrach mich nicht, stellte keine Zwischenfragen.

»Ich soll jemanden töten.«

Stille. Ich stöhnte auf. Meine Hände schwitzten, ich wischte sie an der Uniform ab.

»Euch.«

***

Constantin konnte kaum glauben, was er soeben gehört hatte. Lady Inga sollte *ihn* töten. Eine Explosion an Emotionen brach über ihn herein. Er fühlte alles auf einmal: Wut. Angst. Verzweiflung.

»Was … ähm … habt Ihr erwidert?«

Inga keuchte, knetete ihre Finger. Vielleicht vor Unsicherheit. Constantin wurde warm ums Herz. Er liebte es, wenn die frostkalte Steinhülle von ihr abfiel, ihre Verletzlichkeit zum Vorschein kam.

Doch dieser Moment währte nur kurz. Inga rang um Fassung, fand sie und erklärte entschlossen, ohne mit der Wimper zu zucken: »Dass ich Euch vor Unheil bewahre! Ich bin Eure Leibwächterin!«

Und vor allem die Goldene Schwester der Königin …

Beim Gedanken an seine beiden Eltern brach eine Welle des Hasses über Constantin zusammen – ergoss sich wie ein Hagelschauer über ihm.

Seine Mutter *und* sein Vater manipulierten Lady Inga!

Constantin überlegte unverzüglich zum König zu marschieren und ihn mit den neu gewonnenen Informationen zu konfrontieren. Er spannte die Muskeln an, blickte zur Tür, wollte losgehen, aber Lady Inga unterbrach sein Ansinnen.

»Was habt Ihr vor?«

Sie stellte sich ihm in den Weg, wirkte wie ein verschrecktes Reh. Ihre vor Schock geweiteten Pupillen brachten das Blut in seinem Körper in Wallung.

»Ihn zur Rede stellen!«, knurrte Constantin.

Die Goldene Schwester hob beschwichtigend die Hände.

»Wartet damit noch«, meinte sie besonnen. »Vielleicht ist es von *Vorteil*, wenn Euer Vater nichts von unserer …«

Zusammenarbeit? Freundschaft? Liebe? All das schoss ihm durch den Kopf.

»... guten Kommunikation weiß.«

***

Der Prinz hatte eine stattliche – wenn auch unbenutzte – Sammlung an extra für ihn angefertigte Bögen. Staunend sah ich mich in der Waffenkammer um, fühlte mich wie im Paradies.

Instinktiv griff ich nach meinem Schwert. Es war an seinem Platz am Gürtel. Was fehlte, war mein mit Edelsteinen besetzter Dolch. Ihn hatte ich Katga zum Schutz gelassen. Hoffentlich gebrauchte sie ihn weise!

Im Schein der durch die Bogenfester strahlenden Sonne funkelten die Schwertklingen und Pfeilspitzen umso verlockender.

Ich hatte erwartet, einen verstaubten Abstellraum vorzufinden. Tatsächlich aber hüteten die Isgeharts ihre Waffen wie Schätze, präsentierten sie voller Stolz.

Am liebsten hätte ich all diese Kostbarkeiten aus Stahl und Silber ausprobiert, mit ihnen bis zur Abenddämmerung trainiert. Ich fragte mich, wie schwer die Waffen waren, wie sich das Gewicht in den Händen anfühlte und ob die Klingen ein Geräusch verursachten, wenn sie durch die Luft sausten und den Wind zerschnitten.

Der Geruch nach Metall lag in der Luft – doch vielleicht bildete ich mir das auch nur ein.

Die Schmetterlinge in meinem Bauch, die bisher nur beim Anblick von Sir Niklas' getanzt hatten, erwachten auch jetzt und flatterten vergnügt durch mein Inneres.

Mein Blick wanderte über die in Reih und Glied an der Steinwand hängenden Schilde. Auch sie waren poliert, leuchteten wie ein schillernder Schildkrötenpanzer.

Constantin bemerkte mein Schwärmen, trat nahe an mich heran und sagte: »Wenn Ihr solch einen Gefallen an ... ähm ... *ihnen* ... findet, dürft Ihr sie selbstverständlich ausborgen. Diese hier«, der Prinz zeigte in die linke Ecke des Raumes, »gehören alle mir.«

Fast klappte mir der Mund vor Staunen auf, ich beherrschte mich gerade noch. Wie konnte diese Ansammlung an Kriegsgeräten nur ein einziger Mann besitzen? Und dazu einer, der derart friedliebend war?

Mir fiel auf, dass der Thronfolger mein Schwärmen ablehnte. Sein Gesichtsausdruck war verkniffen, angespannt. Dass er mir trotzdem entgegenkam, rechnete ich ihm hoch an. Daher schenkte ich ihm ein dankbares Lächeln und suchte einen passenden Bogen für ihn aus.

»Heute kümmern wir uns um Eure Künste. Wir können ein andermal gemeinsam auf die Jagd gehen«, scherzte ich und reichte ihm den kunstvollen Langbogen.

Die edlen Verzierungen an den Pfeilen waren so angebracht, dass sie den Schützen nicht ablenkten und dennoch demonstrierten, wie kostbar die Waffe war.

Ich hängte Constantin den Köcher um. Der Prinz musterte mich neugierig.

»Ihr wollt mit mir ... ähm ... ausreiten?«, fragte er erstaunt. Die Freude in seiner Stimme war deutlich zu vernehmen.

Schnell biss ich mir auf die Lippe, um ein Grinsen zu unterdrücken, und trat hinter den Thronfolger, tat, als hätte ich bei den Pfeilen im Köcher etwas zu richten.

»Ich sprach unbedacht. Kommt! Es ist Zeit.«

Ehe ich rot werden konnte, konzentrierte ich mich auf anderes, rief mir den Auftrag der Königin in Erinnerung.

Constantin sollte bei dem morgigen Turnier glänzen, sich von seiner besten Seite zeigen und sämtliche Brautherzen zum Schmelzen bringen.

Es lag an mir, dies möglich zu machen.

Schnurstracks marschierten wir zum Übungsplatz. Ich beeilte mich. Constantin konnte dadurch kaum mit mir Schritt halten, humpelte gehetzt hinter mir her.

Obwohl einige Wolken am Himmelszelt trieben, blieb stärkerer Wind zum Glück aus. Das leise Lüftchen, das mir durchs Haar wehte, würde uns bei den Schussübungen nicht stören.

Die Luft roch frisch und ich sog sie tief in mich ein. Das Übungsgelände grenzte an den Wald, ich nahm auch den Duft der Kiefern wahr.

Um dem Prinzen einen gekonnten Schuss vorzuführen, nahm ich den Bogen erneut an mich und stibitzte mir einen Pfeil aus dem Köcher an seinem Rücken. Fachgemäß spannte ich die Sehne, fokussierte mich auf die Holzscheibe, das Ziel.

Die Feder am Pfeilende berührte meine Wange, als ich die spitze Klinge sausen ließ. Hoffend sah ich dem Pfeil nach. Mein Herz klopfte fest, lauernd. Vorfreude brachte mein Blut in Wallung.

»Perfekt«, murmelte Constantin verblüfft.

Triumphierend schaute ich auf die genau in der Mitte getroffene Zielscheibe. Anschließend drehte ich mich zu ihm um und drückte ihm den Bogen in die Hand.

»Jahrelange Übung«, verriet ich bescheiden und sonnte mich dennoch in seiner Sprachlosigkeit.

Doch in seinem Blick lag keine Bewunderung. Entsetzen traf es eher.

Verachtete er mich etwa? Aber ich war eine Goldene Schwester, für den Kampf ausgebildet. Was erwartete er? Dass ihm seine Mutter eine feine Hofdame als Leibwächterin zur Seite stellte?

»Versucht es!«, meinte ich, da Constantin den Bogen lediglich betrachtete. Er starrte die Waffe an, als hätte ich ihm eine giftige Schlange in die Hand gedrückt und erwartete nun, dass er sie küsste.

Ich gewahrte, dass der Prinz mit sich und seinen Prinzipien rang. Schließlich versuchte er es doch – langte nach einem neuen Pfeil und ...

Ungläubig beobachtete ich, wie der junge Mann neben mir ungeschickt mit den Gerätschaften zwischen seinen weichen, lavendelgecremten Fingern hantierte. Lange hielt ich dieses Schauspiel nicht aus, erlöste den kostbaren Bogen von diesem Tollpatsch.

»Wartet«, sagte ich lachend, »ich zeige Euch, wie Ihr vorgehen müsst.«

Der Prinz war mit der linken Hand geschickter, weshalb ich alles seitenverkehrt erklärte und mich dazu direkt hinter ihn stellte. So war ich nahe genug seine Arme und Finger an den rechten Platz zu führen. Er zitterte.

Mir wurde warm ums Herz, obwohl ich gleichzeitig die Augen verdrehte. Wie hatten seine Eltern zulassen können, dass sich Constantin zu solch einem ... Kümmerling entwickelt hatte? Ein König musste stark, selbstsicher und geschickt sein im Umgang mit Waffen! Jedenfalls hatte mein Vater das stets behauptet ...

»Ich ... ähm ... kann das nicht, Lady Inga!«, klagte Prinz Conni, als sein erster Pfeil zwei Meter entfernt am Boden landete. Ich schämte mich dafür, dass ich ihn im Geiste bei seinem Spitznamen nannte, aber er verlangte förmlich danach.

Auf seinen zarten Händen zeigten sich schon nach dem ersten Fehlschlag rote Abdrücke, wo er den Bogen gehalten hatte. Er war viel zu verkrampft!

Ich schüttelte tadelnd den Kopf. »Unsinn, Ihr braucht mehr Training. Das ist alles.«

Doch offenbar hatte ich mich geirrt. Auch die nächsten drei Pfeile näherten sich nicht einmal der Zielscheibe. Und das, obwohl ich nach wie vor unangenehm nahe hinter ihm stand und ununterbrochen seine Armhaltung korrigierte.

Vielleicht hatte er recht und er konnte es wirklich nicht ...

Aber ich wollte nicht aufgeben.

»Dreht Euch seitlich.«

Constantin tat wie ihm geheißen.

Und wieder ein Fehlschuss!

Ich seufzte, legte ihm den letzten Pfeil aus dem Köcher an. »Ellenbogen oben halten, Arm gerade!«

Noch nie war ich dem Prinzen so nahe gewesen. Der Duft der mir schon bekannten Handcreme kitzelte mich in der Nase. Seine zusammengebundenen Locken verströmten einen herben Geruch nach Brennnesseln.

Seltsamerweise nahm ich diese Mischungen nicht als unangenehm war. *Im Gegenteil.* Ich ertappte mich dabei, dass ich an seinem Hals schnupperte. In welchem Öl er wohl badete?

Diese plötzliche Überlegung brachte mich aus dem Gleichgewicht. Anstatt mich auf den Schuss zu konzentrieren, ärgerte ich mich über meine törichten Gedanken.

Ich verpasste nicht viel. Constantin traf wie gewohnt nicht ins Schwarze, sondern ins Grüne. Der Pfeil blieb einen Meter neben der Scheibe im Gras stecken.

Und da sagte ich etwas Unbedachtes. Leider hatte ich mir nicht mehr rechtzeitig auf die Zunge beißen können, obwohl ich mir fest vorgenommen hatte, in Kandlot ein gutes Benehmen – das einer hervorragend ausgebildeten Goldenen Schwester – an den Tag zu legen. Schwester Mercedes hatte mich gewarnt, niemals leichtsinnig Worte über meine Lippen kommen zu lassen.

Umsonst.

»Zeigt bitte etwas mehr Eifer«, mahnte ich frustriert, »wir wollen nicht, dass Ihr Euch beim Turnier blamiert!«

Constantin fuhr herum, starrte mich misstrauisch an. *»Wir?«*

Bestürzt realisierte ich, was ich getan hatte, versuchte zurückzurudern. »Ich meinte ...«

Constantin schnaubte enttäuscht. »Ihr trainiert also mit mir, weil Mutter es Euch aufgetragen hat!« Er klang bestürzt. »Ich wusste es!«

Wütend warf er Bogen und Köcher in die Wiese. In meiner Brust flammte Schmerz auf – wie konnte er dermaßen unachtsam mit diesem kostbaren Schmuckstück umgehen?

Die Pein in Constantins glasigen Pupillen ließ den Zorn in mir *nicht* verrauchen. Dennoch schwieg ich – so lange ich konnte.

»Hat Euch die Königin vorenthalten«, zeterte der Prinz, »dass ich *nicht* teilnehmen werde? Ich habe ihr schon tausendmal erklärt, dass ich vor allen Anwesenden meine Abneigung gegen Gewalt bekunden wer...«

»Das ist lächerlich!«

Genug war genug. Ich ertrug dieses Gerede über den Weltfrieden keine Sekunde länger. Möglicherweise stand Kandlot vor einem erneuten Krieg!

»SIEH AN! ALLERLIEBST!«

Constantin sog scharf die Luft ein, seine saphirblaue Iris war wie ein gewaltiges Meer, das eine schwarze Insel umspülte. »Wie könnt Ihr es wagen?«

Stumm wie ein Fisch hätte ich werden sollen. Stattdessen spie ich ihm entgegen: »Der König tut gut daran, Sir Niklas zu legitimieren. Ihr benehmt Euch wie ein trotziges Kleinkind!«

Worte, die ihn wie ein Giftpfeil trafen. Ich erkannte den Schmerz in seinem Blick. Entsetzt starrte er mich an, die Wut in ihm ebbte ab, denn das schäumende Wasser verwandelte sich in einen zugefrorenen See.

»Und ich dachte tatsächlich, Ihr wärt anders, könntet die Welt so sehen wie ich …«

Mit diesen Worten ließ er mich stehen, humpelte gen Kräutergarten. Wortlos hob ich den Bogen und den Köcher auf. Verstört zog ich die Pfeile aus dem Gras. Anschließend brachte ich die Waffen zur Hofschmiede, um sie säubern zu lassen.

Die ganze Zeit über hatte ich einen gewaltigen Kloß im Hals. Ihn hinunterzuschlucken war unmöglich. Ich hatte Constantin – *den Thronfolger* – beschimpft! Wie hatte ich auch nur eine Minute glauben können eine besonnene Goldene Schwester zu sein? Ich hatte versagt.

Und ich hatte jemanden verletzt, für den ich wachsende Zuneigung empfand.

Welche Konsequenzen würde dies nach sich ziehen?

Ich beschloss mich unverzüglich zu entschuldigen und marschierte in Richtung Hinterhof. Schon von weitem hörte ich die Stimme von Prinzessin Britta. Kaum näherte ich mich dem Kräutergarten, entdeckte ich Constantin und die Kandidatin.

Warum auch immer, ich versteckte mich hinter einem Busch, beobachtete die beiden.

Die blond gelockte Königstochter schlenderte an Constantins Arm durch die Beete und ließ sich von ihm sämtliche Pflanzen erklären.

Es freute mich, dass endlich eine der Bräute Anteil an seinen Interessen nahm. Doch da ...

Ich erschrak. Die Prinzessin stellte sich auf die Zehenspitzen, küsste Constantin sachte auf die Lippen.

Plötzlich fühlte ich mich, als würde jemand meine Lungen zerquetschen. Ich bekam keine Luft. Was war nur mit mir los?

Vermutlich quälte mich die Tatsache, dass Constantin unseren Disput schon längt vergessen hatte.

***

Katga war überrascht gewesen, als sie die Nachricht von ihrem ... *Verehrer* erhalten hatte. Nach reichlichen Überlegungen hatte sie wieder klargesehen: Sie wollte ihn in ihr Bett lassen, dieser Liebe eine Chance geben.

Dass ihr der König seine Aufwartung machte, obwohl er sie an Sir Niklas verheiraten würde, imponierte der jüngsten Ericson-Tochter.

Sie vermisste ihren Vater, der nach wie vor verschwunden war. Der König hatte ihr anvertraut, dass Olav in den frühen Morgenstunden ausgeritten war. Persönlich hatte sie nicht mit ihm gesprochen, doch Ivan würde sie gewiss nicht anlügen, oder?

Hoffentlich war ihr Vater nicht an rüpelhafte Landstreicher geraten, die ihn überfallen hatten und im Zweifel ...

Nein, weiter wollte Katga nicht denken. Bestimmt war ihr Vater bald zurück. Obwohl sie die Unsicherheit spürte, redete sie sich ein, dass Inga ihr nur hatte Angst machen wollen. In all den Jahren war es ihr schließlich auch egal gewesen, wie es um sie stand.

Obwohl sich Katga kaum an ihre Mutter erinnern konnte, wusste sie viel über Silka Oldenson. Bei jeder Gelegenheit hatte sie Ida oder ihren Vater nach ihr gefragt. Was sie geliebt, was sie verabscheut hatte. Wie sie gewesen war ...

Dass Inga laut Tante Ida nicht einmal bei der Beerdigung eine Träne vergossen hatte, belastete Katga noch heute. War ihre Schwester schon als Kind gefühlskalt gewesen?

Katga starrte auf den Dolch, den Inga ihr dagelassen hatte. Edel sah er aus, kostbar. Die Edelsteine am Griff imponierten ihr, weshalb sie ihn noch nicht achtlos entsorgt hatte. Gewiss war er ein Vermögen wert.

Ob Vater Ingas Ausbildung – und somit die Ausstattung – bezahlt hatte? Aber woher hätte Olav das Geld gehabt? Der Mann, der sich ohnehin bei jeder Gelegenheit bis zur Bewusstlosigkeit betrank oder wertvolles Gold verspielte?

Nervös mit einzelnen blonden Strähnen spielend stand Katga am Fenster, beobachtete die untergehende Sonne.

Es klopfte.

Sie suchte den Blick ihrer Zofe, nickte ihr zu. Das Mädchen öffnete.

»Lady Katga!«, grüßte der König erfreut, »wie schön, dass Ihr mich empfangt.«

»Die Ehre ist ganz meinerseits.«

Katga knickste, trat an Ivan Isgehart heran.

Prompt bekam sie eine Gänsehaut.

Seine Autorität imponierte ihr – alles an ihm fesselte sie. Der König war die reifere, mächtigere Ausgabe von Sir Niklas. Kein Wunder, dass er solch eine Wirkung auf sie hatte.

Sein intensiver Blick zog sie in einen Bann, aus dem sie sich vielleicht niemals wieder lösen konnte. Ihr war seit Langem klar, dass es ein Edelmann der Isgehart-Blutlinie sein würde, der ihr Herz eroberte. Doch dass es sich dabei um Ivan selbst handelte, hatte sie nicht geahnt, war immer von dessen unehelichem Sohn ausgegangen.

Von ihren plötzlichen Gefühlen überwältigt warf sie sich dem Herrscher Kandlots in die Arme, lehnte sich an dessen starke Brust. Ja, sie sehnte sich nach sicherem Halt, nach einer Person, die ihr den rechten Weg wies. Besonders jetzt, da Inga ihre Welt durcheinanderbrachte und ihr Vater unauffindbar war …

Noch standen sie in der Tür, doch der König bugsierte sie sanft ins Innere ihres Gemachs und deutete der Zofe zu verschwinden.

Katga fühlte, wie ihr schwindlig wurde. Was würde gleich passieren? War sie anstatt Frieda Larsson des Königs neue offizielle Mätresse oder spielte er bloß mit ihr?

Das alles verlor jedoch an Bedeutung, als ihr Ivans Geruch zu Kopfe stieg. Des Königs Bart duftete nach herbem Rasierwasser – offenbar hatte er sich speziell für sie vom Hofbarbier pflegen lassen.

Als Katga unsicher danach griff, stellte sie fest, dass sich die Härchen weich anfühlten, glatt. Sie bemerkte, dass Ivan sie fester in seine Arme zog, ihr über die glänzende blonde Mähne strich.

»Dein Haar«, raunte er voll Wonne, »ist verführerisch!«

Bisher hatte er sie noch nie ohne die Höflichkeitsform angesprochen. Die vertraute Redensart entlockte Katga ein erstauntes Stöhnen.

Er drehte sie so, dass sie mit dem Rücken an seine Brust gepresst dastand. Offenbar war der König hauptsächlich von ihren Strähnen fasziniert, denn während eine Hand über ihren Hals strich, zwirbelte die andere weiterhin ihre Locken.

Schließlich warf ihr der König die Pracht über eine Schulter, legte ihren Nacken frei und küsste sie dort.

Katga erschauderte.

Sie fühlte seine Lippen, seinen Atem. Er war heiß, betörend.

Weitere Liebkosungen ließen die Lady erbeben, bis sie der König wieder zu sich drehte. Zwei Finger legte er unter ihr Kinn, zwang sie, zu ihm emporzublicken.

Das Braun seiner Augen verschlang sie mit Haut und Haar. Katga spürte, dass ihre Beine weich wurden. Gleich würden ihre Knie einknicken. Doch selbst, wenn – Ivan hielt sie fest genug umschlungen, dass sie aufrecht stehen bliebe.

»Du bist wunderschön ... und gut!«, hauchte der mächtigste Mann des Landes leidenschaftlich und berührte ihre Lippen mit den seinen. Sanft, vorsichtig.

Katgas Herz raste. Bisher hatte sie nur einen unbedeutenden Stalljungen geküsst. Diese Erfahrung war nichts im Vergleich zu dem Feuerwerk, das nun in ihr explodierte. Ihr Körper sehnte sich sofort nach mehr. Fordernd zog sie den König an sich, krallte ihre Finger in sein schwarzes Haar.

Es gab kein Zurück mehr. Sie war Ivan verfallen. Und er ihr offenbar genauso.

***

Mercedes unterhielt sich nun schon seit Stunden mit Valerie. Bisher hatten sie keine Lösung für das Problem der Königin gefunden. Vermutlich, weil es keine gab.

Gerade waren sie mit dem Abendessen fertig geworden. Ihr Hunger war gestillt, zurück blieb der Durst.

Frustriert langte Mercedes nach der Weinflasche, füllte Valerie und sich die Kristallgläser nach.

Schweigend verließen sie das Esszimmer, begaben sich in den Salon und stellten sich ans prasselnde Kaminfeuer. Sie stießen an, ein Klirren erklang.

»Auf die Zukunft«, meinte Mercedes. Die Goldene Schwester versuchte ihrem Gegenüber ein Lächeln zu entlocken. Vergebens.

Die Königin starrte gedankenverloren ins knisternde Feuer.

Mercedes bewunderte diese Frau. In ihrer Jugend hatte Valerie viel Leid erlebt. Zum Teil gab Mercedes Königin Sabita die Schuld dafür. Allerdings war das wohl ungerecht. Valeries ältere Schwester hätte nichts verhindern können.

Wie immer waren Männer die Drahtzieher des Untergangs gewesen.

Um ihrer Liebsten dennoch Glücksgefühle zu entlocken, küsste sie Valerie.

Mit dieser Geste versuchte sie die Königin einmal mehr davon zu überzeugen, dass sie bis zum Ende ihrer Tage an ihrer Seite bleiben würde – denn Valerie zweifelte des Öfteren daran, was völliger Irrsinn war. Auch wenn die Umstände … ungewöhnlich waren: Nichts und niemand würde Mercedes davon abhalten.

»Ich ertrage seinen Anblick nicht, Merc.« Die Königin seufzte, wartete wohl auf einen Lösungsvorschlag.

»Dann erscheine nicht zum Turnier morgen!«

Valerie schüttelte den Kopf. »Diesen Triumph gönne ich ihm nicht. Was er mir angetan hat …«

»Denk nicht daran. Ich bin bei dir.«

Erneut wollte Mercedes ihrer Liebsten einen Kuss schenken, doch diese trat einen Schritt zurück, bedachte sie schon wieder mit diesem skeptischen Blick.

»Ja – jetzt. Aber wie wird das in zehn Jahren sein?«

Mercedes ertrug dieses Thema nicht mehr. Sie stellte ihr Weinglas am Kaminsims ab und berührte mit beiden Händen Valeries Wangen, sah ihr tief in die saphirblauen Augen, die voller Kummer waren.

»Genauso, Valerie!« Warum glaubte sie ihr nicht? Sie hatte doch mehrmals ihre Liebe und Treue bewiesen!

»Nein, hör zu«, wisperte Valerie.

Mercedes stöhnte innerlich. Ihr war klar, was jetzt folgte.

»Ich habe eine Idee …«

Da die Goldene Schwester just in diesem Moment nicht nur einen seltsamen Geruch bemerkte, sondern auch ein Atmen hörte, musste sie ihre Königin unterbrechen.

»Warte«, zischte sie, »da ist jemand!«

***

Vor Schreck blieb mir das Herz fast stehen. Ein letztes Mal schlug es so fest, dass es wehtat. Anschließend hielt ich den Atem an und tapste auf Zehenspitzen rückwärts in den Gang.

Während ich zurück zum Gemach von Prinz Constantin eilte, versuchte mein Verstand zu begreifen, dass die Königin Kandlots und Schwester Mercedes eine Liebesbeziehung hatten.

Da Kestrall nicht auf ihrem Posten gewesen war und die Tür einen Spaltbreit offen gestanden hatte, hatte ich vorsichtig ins Innere des Gemachs gespitzelt und Mercedes und die Königin beobachtet.

Eigentlich hatte ich Schwester Kestrall um einen Rat wegen meiner

Schwester bitten wollen. Zuvor hatte ich nämlich noch gesehen, wie Katga dem König vor ihrem Zimmer in die Arme gefallen war.

War sie jetzt seine Mätresse?

Meine Gedanken drehten sich im Kreis, suchten Halt, als ...

»Aah!«

Jemand schrie. Es war die Stimme eines Mannes. Sofort gefror mir das Blut in den Adern.

Wo ist Constantin?

Wie besessen rannte ich um die Ecke. Mein Puls raste.

Kaum erreichte ich den anderen Gang, entdeckte ich Prinzessin Britta direkt vor der Tür ihres eigenen Gemachs.

Das blond gelockte Mädchen, das zuvor noch Constantin geküsst hatte, kniete in ihrem weißen Nachtkleid am Boden. Als sie zu mir aufsah, gewahrte ich ihr schockverzerrtes Gesicht.

Ihre blauen Augen waren weit aufgerissen, ihre Lippen bebten. Neben ihr lag jemand am Boden. Ein Diener. *Tot.*

Britta brach in Tränen aus, erhob sich und rannte auf mich zu. Ihre nackten Füße verursachten ein patschendes Geräusch auf dem Steinboden. Verstört flog sie in meine Arme und ich legte ihr beruhigend eine Hand auf die Schulter.

Die Prinzessin heulte bitterlich. »Was ist hier geschehen?«, schluchzte sie.

Mir war sofort klar, was passiert war.

Der Dämon!

Die zwei blutroten Bisswunden am Hals des Opfers waren ein eindeutiges Indiz dafür.

Mich fröstelte und ich bekam eine ebensolche Gänsehaut, wie ich sie auf Brittas Armen sehen konnte. Diese löste sich von mir, schaute erneut auf die Leiche vor ihrem Gemach.

Plötzlich überkam mich ein schrecklicher Verdacht. Was, wenn der Dämon eigentlich zu *ihr* aufgebrochen war? Was, wenn der Diener nur zufällig am falschen – oder richtigen? – Ort gewesen war?

Wo war eigentlich Kestrall? Hatte sie etwa gar nicht Wachdienst, sondern frei? Wen hatte die Königin eingeteilt?

Gerade als ich Britta zurück in ihr Gemach schicken wollte, schließlich sollten sich Constantins Bräute in Kandlot wohlfühlen, kamen Königin Valerie und Schwester Mercedes angelaufen.

Auch Ivan und König Brion tauchten auf einmal mit zwei Silberbrüdern im Schlepptau auf.

Mir wurde heiß und kalt.

Kaum realisierten die sechs Neuankömmlinge, was sich zugetragen hatte, schickte Brion seine verstörte Tochter ins Bett. »Leg dich schlafen, mein Schatz. Ich sorge für Recht und Ordnung!«

Seine Miene war ernst, die Farbe seiner Haut kreidebleich.

Die Prinzessin nickte und leistete den Worten ihres Vaters Folge. Stumm zog sie sich zurück.

Kaum hatte Britta die Tür geschlossen, mischte sich Zorn in König Brions Gesichtsausdruck. Der bärige Mann mit den Knopfaugen polterte: »Das sind die Male des Blutdämons! Was geht hier vor?«

Ich zuckte zusammen, suchte die Aufmerksamkeit der Königin. Doch diese tauschte einen fassungslosen Blick mit Schwester Mercedes, ihrer *Liebsten*.

König Ivan, der wohl noch ganz in der Nähe bei Katga gewesen war, nickte.

Immerhin erkannte er die Gefahr und verleugnete sie nicht.

»Ich werde Wachen vor dem Gemach Eurer Tochter postieren, Brion!«

Ivan gab den Männern hinter sich ein Zeichen. Allerdings war dieses Versprechen dem Herrscher aus Enghor nicht genug.

»Und ich verlange«, donnerte er, »dass Britta Prinz Constantin heiratet. Andernfalls werde ich dem gesamten Adel mitteilen, dass sich in diesen Mauern Dämonen herumtreiben!«

»Nein, das ist zu viel«, hauchte die Königin entsetzt.

Bisher hatte sich die mächtigste Frau des Landes zurückgehalten. Nun aber schaute sie erst ihren Gatten, dann König Brion schockiert an.

Sie sah aus, als hätte sie einen Geist gesehen.

»Einverstanden«, entgegnete Ivan herzlos, den Einwand seiner Frau ignorierend. »Lady Britta wird, so Gott will, zu gegebener Zeit Constantins Gemahlin.«

Ich beobachtete stumm das Geschehen, spürte jedoch einen Knoten im Bauch. Dass schon so deutlich von »Constantins Gemahlin« die Rede war, störte mich aus irgendeinem Grund.

Der Monarch musterte mich eine Sekunde lang, schenkte mir ein kurzes Grinsen. Was er dem König des Nachbarreiches zugesichert hatte, würde in seiner Vorstellung niemals eintreffen, schließlich sollte *ich* Constantin zuvor töten!

Ivan fiel es offensichtlich leicht, die Hand eines Totgeweihten zu versprechen. Er ging davon aus, dass Niklas in wenigen Tagen zum legitimen Sohn und Thronfolger erklärt wurde.

Nur *dessen* Gemahlin – Katga, möglicherweise seine neue Mätresse – zählte.

Allerdings täuschte sich der grausame König. Ich würde Constantin nicht töten.

Inzwischen hatte der König auch kein Druckmittel mehr gegen mich in der Hand. Mein Vater war bereits tot und mit meiner Schwester vergnügte er sich selbst.

Wen also wollte er quälen?

Ich wünschte, die Königin hätte mich gebeten mit ihr zu gehen, um die Geschehnisse zu besprechen. Tatsächlich bat sie jemand anderen darum: *Schwester Mercedes.*

Mich beauftragte sie damit, unverzüglich nach Constantin zu suchen.

Zähneknirschend machte ich mich auf den Weg. Einen Gang weiter stieß ich auf Finja, die Nachtwache hielt.

»Schwester Kestrall?«, fragte sie überrascht, als ich mich nach der anderen Goldenen Schwester erkundigte. »Sie wird wohl in ihren Gemächern schlafen ...«

Ich dankte für die Auskunft, marschierte schnurstracks weiter zu den Räumlichkeiten des Prinzen. Ich verspürte auf einmal das Bedürfnis, mit ihm über Katga, die Königin und den Dämonenangriff zu sprechen.

Leider teilten mir die Silbernen Brüder vor seiner Tür mit, dass der Prinz nicht vor Ort war.

Wo sollte ich nach ihm suchen?

Da es inzwischen kühl wurde – die Sonne war gänzlich untergegangen – holte ich mir einen Mantel aus meinen Räumlichkeiten und trat, eine Fackel in der linken Hand haltend, ins Freie.

Leider fand ich den Prinzen weder im Kräutergarten noch beim Brunnen.

Aber ich entdeckte eine hinter Büschen verborgene Holztür an der Schlossmauer. Sie war lediglich angelehnt. Der Efeu darum, im Licht der Sterne und des Mondes schwarz funkelnd, raschelte, als ich die Pforte öffnete.

Die rostigen Angeln knarzten leise.

Neugierig betrachtete ich die schiefe Kellertreppe. Zögernd betrat ich die Stufen und ließ mich von der düsteren Atmosphäre in die Tiefe leiten.

Spinnweben an den Wänden bewiesen, dass diese Räume nicht von Dienern sauber gehalten wurden. Der Duft von getrockneten Kräutern, altem Papier und ... Blut schlug mir entgegen.

Wohin wird mich diese Treppe führen?

Unten angelangt stand ich erneut vor einer halb offenen Holztür. Die Hand, in der ich die Fackel hielt, begann zu zittern und die Flamme zuckte, warf schauderhafte Schatten an die Steinmauer.

Ich hörte meinen eigenen Atem. Keuchend. Schnell.

Wissbegierig lugte ich in die Kellerräume – und hätte vor Schreck fast geschrien.

Außer den Pflanzen, Tuben und Glasfläschchen in schlichten Holzregalen entdeckte ich in der Mitte des Raumes einen Tisch, auf dem jemand lag.

Kopf und Körper waren abgetrennt. Es war die Leiche von Djana! Unbekleidet. Doch ihre Haut glänzte, als wäre sie mit etwas eingerieben worden.

Mir wurde übel.

An den Wänden hinter ihr hingen Papiere mit seltsamen Zeichnungen. Ich erkannte nicht, was darauf abgebildet war, doch offensichtlich waren alle Darstellungen beschriftet und hatten eine gewisse Ordnung.

Metallischer Geruch schlug mir entgegen. Silber und Stahl roch ich sofort! Tatsächlich sah ich auch prompt die Klinge, sie wurde an die Leiche angesetzt ...

Constantin!

Heißes Blut rauschte durch meine Adern. Noch nie zuvor hatte ich solche Angst verspürt.

Voller Abscheu beobachtete ich, wie sich der Prinz der Leiche näherte. Das spitze Messer in seinen Händen zitterte kein bisschen. Wie konnte es dann sein, dass er solche Abscheu gegenüber Waffen empfand?

Hat er mir von Anfang an etwas vorgemacht?

War er etwa gar nicht *Prinz Conni*, sondern brutal und gestört wie sein Vater? Er war schließlich ein Isgehart ...

Als der Thronfolger die Klinge an die Brust der Toten setzte und sein Werk begann, konnte ich mir nicht mehr rechtzeitig die Hände auf den Mund pressen.

Ich schrie. Die Fackel fiel zu Boden und erlosch.

Panisch floh ich aus diesen Räumen, hastete an die frische Luft und rannte weiter, weg von diesem Ort.

***

Sir Niklas hatte schon immer gewusst, dass sein Vater ein mieser Verräter war. Er hatte ihm die Krone und Katgas Hand versprochen, doch nun war beides in weite Ferne gerückt. Stattdessen umgarnte Ivan selbst die schöne Ericson! Dieses Mädchen war für *ihn* bestimmt gewesen und doch konnte der Alte es nicht lassen, sich ihr bei jeder Gelegenheit aufzudrängen.

Wenn das so weiterging, würde der König sie noch zu seiner Mätresse machen. Was würde dann mit seiner Mutter geschehen? Sie war doch die offizielle Gespielin des Herrschers, bewohnte die dafür vorgesehenen Räume und suhlte sich in den damit einhergehenden finanziellen Mitteln.

Außerdem wollte Niklas eigentlich eine Jungfrau als Gemahlin, keinen Ableger seines Vaters.

Aber gab es in diesen Mauern überhaupt noch etwas oder jemanden, der noch nicht mit dem Gift des Königs in Berührung gekommen war?

Gerade als Niklas darüber nachdenken wollte, rannte ihm Lady Inga in die Arme. Die Goldene Kriegerin wirkte aufgebracht, ängstlich.

Sofort verspürte er Erregung – vielleicht konnte ihn dieses Mädchen auf andere Gedanken bringen. *Sie musste!* Wenn sie ihn noch einmal von sich stieß, würde er verrückt werden.

»Was ist geschehen, Lady Inga?«, wollte er wissen, aber die schöne Schwester wollte ihm nicht erzählen, weshalb sie aufgebracht war. Deshalb lenkte Niklas das Gespräch schnell auf ein anderes Thema. Ihren ersten Kuss während des Balls am gestrigen Abend. Er schwor ihr, noch nie zuvor so glücklich gewesen zu sein, und bewunderte ihre Schönheit.

Diese Worte entsprachen nur teilweise der Wahrheit, waren in diesem Fall allerdings ein wirksames Mittel.

»Auf dem nächsten Ball müsst Ihr aber mit mir tanzen«, scherzte Niklas, um Inga ein Lächeln zu entlocken. »Und wenn ich Euch aufs Parkett schleifen muss!«

»Ich ... ähm ...« Inga blinzelte, wirkte nicht ganz bei der Sache. »Mal sehen.«

Sie fuhr sich durchs Haar. Schon zum dritten Mal!

»Bestimmt würden wir als Paar wundervoll aussehen. Die anderen Tänzer würden uns beneiden«, versuchte er es weiter.

Inga atmete hörbar aus. »Entschuldigung? Ich ... ich war gerade nicht bei der Sache.«

Hatte sie etwa nicht zugehört? Er griff nach ihrer Hand, streichelte sie. Lady Inga beruhigte sich, ihre Schritte wurden langsamer.

Niklas lockte sie in einen dichteren Teil des Waldes. Hierher hatte er schon zig Frauen geführt und stets bekommen, wonach er sich gesehnt hatte ...

Er strich ihr das rotblonde Haar hinters Ohr, murmelte Liebesschwüre und drückte sie sanft gegen einen Baumstamm. Worauf wartete diese Frau? Normalerweise warfen sich ihm die Damen spätestens jetzt in die Arme! Lady Inga hingegen blieb standhaft, rückte sogar ein bisschen von ihm ab!

Verwirrt schloss Niklas die Lücke zwischen ihnen. Begriff sie etwa nicht, dass er sich nach ihr verzehrte?

Um deutlicher zu werden, legte er ihr eine Hand auf den Oberschenkel. Ihre in engen Hosen steckenden Beine unter dem knielangen goldenen Rock versteiften sich.

Wo war das Problem?

Langsam wurde Niklas ungeduldig.

»Du kannst jetzt aufhören die Unnahbare zu spielen. Das reizt mich nicht mehr, meine Teuerste.« Seine Finger wanderten weiter in ihren Schoß. Inga erstarrte unter seiner Berührung ... und Niklas wurde wütend. »Zier dich nicht so, du solltest dich *geehrt* fühlen, dass sich jemand wie ich deiner annimmt.«

Ihren Lippen entschlüpfte ein Keuchen. War sie also endlich erregt? Die Wahrheit hatte sie wohl zur Vernunft gebracht.

»Wie bitte?«

Offenbar hatte er sich geirrt. Ihr Stöhnen war kein Laut der Lust gewesen. Konnte das denn wahr sein? Jetzt raubte ihm der eigene Vater die Braut und nun stellte sich deren hässlichere Schwester auch noch derart an.

Niklas verlor die Beherrschung. Er würde auf jeden Fall bekommen, was er wollte. Auch wenn sie nicht mit Herzblut bei der Sache sein sollte ...

»Du bist im Grunde nicht mehr als eine Dienstmagd«, fauchte er im Stolz gekränkt, »also mach kein solches Theater. Ist ja nicht so, als wärst du eine der Kandidatinnen und ich müsste dir erst den Hof machen.«

»Ihr wagt es nicht wirklich!«, schrie sie und stieß ihn erbost von sich.

***

Ich konnte es nicht fassen, hatte ich mich in Sir Niklas wirklich so getäuscht? Dieser Bastard war kein Ehrenmann, vielmehr hatte er sich soeben als übler Schurke entpuppt.

»Ich werde jetzt gehen«, verkündete ich mit bebender Stimme.

Doch ehe ich einen Schritt tun konnte, packte mich Niklas am Handgelenk.

»So einfach kommst du mir nicht davon«, zischte er. In seinen Augen lag ein dunkles Funkeln, das mir Angst bereitete. Ich überlegte, mit der freien Rechten mein Schwert zu ziehen, doch das kam mir albern vor. Daher erwiderte ich: »Rührt mich nie wieder an!«

Geschickt wand ich mich aus seinem Griff und beeilte mich zurück zum Schloss zu kommen.

Klopfenden Herzens hastete ich davon, wurde immer schneller und rannte schließlich durch den finsteren Wald. Dass sich meine Beine schwach und nahezu taub anfühlten, schränkte mich stark ein. Bei jedem Schritt glaubte ich zusammenzubrechen.

Hinter meinen Augen brannte es, meine Schläfen pochten.

Nur spärliches Mondlicht kämpfte sich durch die Baumwipfel. Die Kiefern standen in diesem Teil des Forstes eng beisammen.

Ich war den Tränen nahe, was meine Sicht zusätzlich verschleierte. Zweige und Äste peitschten mir ins Gesicht und ein paarmal wäre ich beinahe gestolpert.

Der Ruf einer Eule drang an mein Ohr und links von mir hörte ich einen Wolf heulen.

Mein Atem ging hektisch, laut.

Nervös sah ich mich um. Mein Haar wehte wie ein Schleier in der Luft. Niklas verfolgte mich, hastete mir wütend hinterher.

Ich hätte mich nicht umdrehen sollen …

Ungebremst knallte ich der Länge nach auf den mit Kiefernnadeln bedeckten Waldboden. Schmerz explodierte an meinem rechten Oberschenkel. Ich verbiss mir einen Schrei und rappelte mich hoch, setzte meine Flucht fort, während ich meine mit Erde beschmutzte Uniform abklopfte.

Kaum aber tat ich einen weiteren Schritt, hatte mich Niklas erreicht und stieß mich zu Boden.

Der Aufprall presste mir sämtliche Luft aus den Lungen, tat an den Rippen höllisch weh. Ich keuchte erschöpft.

Zusammen mit Sir Niklas holte mich auch die Angst ein, legte sich wie eine eiskalte Hand um meinen Hals und drückte zu.

Tatsächlich warf sich der Bastard auf mich, zog und zerrte mir an Rock und Hose.

Wollte er mich schänden?

Mit aller Kraft drehte ich mich um, sodass er mir in die Augen sehen musste. Für den Bruchteil einer Sekunde war er verunsichert – was ich ausnutzte.

Panisch schlug ich zu, traf seine Nase. Blut quoll hervor, tropfte mir auf die

Wangen. Ehe ich mich's versah, hatte ich meine »Vollstreckerin« gezogen. In letzter Minute!

Schreiend fuhr ich ihm mit der Klinge quer übers Gesicht. Von der linken Schläfe bis rechts unter den Kieferknochen. Die gebräunte Haut klaffte auf. Seine Lippen wurden zweigeteilt.

Blut sprudelte hervor, färbte seinen schwarzen Bart rot.

»Du Hure!« Niklas jaulte auf, ließ von mir ab. Kreischend schlug er sich beide Hände in sein zerfetztes Antlitz.

Ich verlor keine Sekunde, sprang auf und nahm die Beine in die Hände – rannte, so schnell ich konnte.

***

Erst in meinem früheren Gemach hielt ich inne. Zum Glück war noch Wasser in einer Schüssel vorhanden. Verstört schrubbte ich den gröbsten Dreck von meinen Armen, wusch mein Gesicht und reinigte die Fingernägel. Unter ihnen befand sich Erde, was mich bei Constantin verraten hätte. Auf saubere Hände achtete er!

Am liebsten hätte ich ein Bad genommen, doch ich wollte die Dienerinnen nicht mitten in der Nacht darum bitten. Natürlich hätte ich mir das Wasser vom Brunnen selbst erhitzen und in die Wanne gießen können, doch dafür fühlte ich mich zu schwach.

Nach wie vor waren meine Beine wie taub und meine Finger bebten vor Aufregung. Ich kam einfach nicht zur Ruhe.

Die Katzenwäsche musste für diese Nacht genügen. Nachdenklich machte mich lediglich die Wunde an meinem Oberschenkel. Ich war auf einen Stein gefallen und meine Haut war aufgerissen. Keuchend tupfte ich das über mein Bein quellende Blut mit dem Handtuch fort, wickelte anschließend einen in einer Kommode gefundenen Verband darum. Immerhin war dieses Zimmer gut ausgestattet.

Da ich dennoch meinen Auftrag im Auge behielt, zog ich mir eine frische Uniform an und schlich in das Gemach des Prinzen. Ich hörte seine leisen Atemgeräusche, er schlief bereits.

Auch wenn er in den Kellergewölben die Leiche seiner toten Geliebten verstümmelte – ich *musste* ihn beschützen!

Wie letzte Nacht legte ich mich vollständig bekleidet in das Bett in der Kammer, wartete darauf, dass ich vor Erschöpfung ohnmächtig wurde – doch nichts geschah.

Kaum schloss ich die Lider, sah ich mich verzweifelt durch den nachtschwarzen Forst hetzen. Mein Herz raste noch immer. Ich musste erneut an Niklas denken, wie er sich auf mich geworfen hatte und ...

Ich schluchzte. Erschrocken biss ich mir auf die Lippen, unterdrückte den Schmerz in meinem Oberschenkel und die Pein in meinem Herzen.

Plötzlich klopfte es an der angelehnten Tür.

»Inga?«

***

Keine Antwort.

Die Goldene Schwester schluchzte, was sie zu verbergen versuchte. Diese Erkenntnis traf wie ein Pfeil in sein Herz und es begann vor Kummer zu bluten.

Was war ihr nur zugestoßen? Oder quälte sie nach wie vor, was sie im Schlosskeller hatte sehen müssen?

Ihm war klar, dass er Inga von seinen Experimenten hätte erzählen sollen. Doch er hatte Angst vor ihrer Reaktion gehabt. Jetzt würde sie die Information gewiss nicht besser aufnehmen ...

Ihr lautes Weinen hatte ihn geweckt, woraufhin er sofort auf Zehenspitzen, nur in sein weißes Nachthemd gehüllt, zu ihrer angelehnten Kammertür geschlichen war.

Der Duft nach Kiefernnadeln drang in seine Nase. War sie im Wald gewesen? Weshalb nur?

Constantin zögerte nicht lange. Er wusste, dass Inga sich ihm nicht anvertrauen würde. Selbst wenn er ihr einen heißen Kräutertee anböte.

Doch er wollte für sie da sein, sie in diesem Zustand nicht allein lassen.

Kurzerhand holte sich Constantin mehrere große Kissen und die Decke und legte sich neben Lady Inga in der Kammer auf den Boden.

Er bettete die Tuchent auf das polierte Holz, klopfte seine Kissen zurecht. »Heute Nacht wache ... ähm ... ich über Euch«, wisperte er nach einer Weile in die Dunkelheit.

Constantin hoffte, dass Inga ihn noch gehört hatte, denn plötzlich vernahm er ihre regelmäßigen, tiefen Atemzüge.

***

»Wo ist er? Wo ist der Prinz?«

Mit diesen Worten erwachte ich am nächsten Morgen. Sofort prasselten die Geschehnisse des vergangenen Tages auf mich ein. Ich fühlte mich wie gerädert.

Zeit mich zu fangen blieb nicht. Ich registrierte, dass Constantin neben mir am Boden lag. Er hatte sich auf der weißen Tuchent gebettet und erwachte, als jemand – vermutlich der Silberbruder vor der Kammertür – auf die polternde Frage antwortete: »Aber er muss hier sein, verließ sein Gemach nicht. Die Goldschwester ging zu später Stunde hinein, das war alles.«

Und plötzlich stürmte *er*, einem Schneegestöber gleich, herein: König Ivan Isgehart. Der dunkelblaue Mantel umhüllte ihn wie ein Schutzschild, die goldene Krone funkelte im Licht der durch das Fenster scheinenden Sonne. Der König hatte also bereits die Vorhänge aufgerissen.

Seine Augen verrieten Entsetzen, was sich jedoch sogleich in Amüsement verwandelte.

»Sieh an! Allerliebst!«, schnaubte er, während sich Constantin aufsetzte. »Wie die neue Goldene Schwester es schafft, gleich meine beiden Söhne zu Boden zu werfen ...«

Ich schnappte nach Luft.

Was hat ihm Sir Niklas erzählt?

Das Herzklopfen kam zurück. Rasend. Schmerzend.

Constantin schenkte mir einen verwirrten Blick, der auch dem König nicht entging.

Lachend verschränkte er die Arme, wies mit dem Kinn in meine Richtung.

Das war dem Prinzen wahrscheinlich gar nicht aufgefallen, er musterte nach wie vor bloß mich.

»Hat sie dir das nicht anvertraut? Gestern hat diese *Lady* hier Sir Niklas aus Eifersucht das Gesicht aufgeschlitzt!«

Der Prinz keuchte.

Ich war entsetzt. »So war es nicht. Er wollte, er ...«

Meine Lippen bebten. Die Erinnerung ertränkte mich, flutete meine Seele mit Grauen. Ich konnte nicht weitersprechen.

Ohne fortzufahren, erkannte Constantin an meinem panischen Gesichtsausdruck, was ich hatte sagen wollen.

»Dieser Schuft!«, fluchte der Thronfolger. In seiner Mimik las ich unterschiedliche Emotionen, wobei Zorn und Angst überwogen.

Der König wütete. »Schuft? Wenn sich jemand etwas zu Schulden hat kommen lassen, dann ja wohl deine Leibwache. Niklas ist auf ewig entstellt!«

Constantin wandte sich seinem Vater zu. Seine Stimme troff vor Bitterkeit, als er zischte: »Das geschieht dem Bastard recht. Niemand darf ungefragt bei Inga ...«

»Und du, *Sohn*«, unterbrach ihn der König barsch. »Hast du brav *Bitte, Bitte* gemacht und dich dann wie ein Hund in den Dreck neben deine Dienerin gelegt? Inga wird sich bei Niklas entschuldigen. Offiziell sagen, dass sie im Wald von Räubern angegriffen worden war und er die Ehre der Lady verteidigt hat.«

»Niemals!«, fauchten der Prinz und ich wie aus einem Mund. In dieser Angelegenheit waren wir uns einig.

Ivan stieß ein Knurren aus. »Das dachte ich mir. Daher habe ich den Jungen mitgebracht.«

Der König blickte über seine Schulter zurück ins Gemach und winkte jemanden herbei. Der Prügelknabe trat vor, zog bereitwillig sein Hemd aus und kauerte sich direkt neben Constantin zusammen.

»Nein«, hauchte ich, doch es war zu spät.

Der König griff nach der Peitsche, die ihm der Junge selbst gereicht hatte.

Es schnalzte einmal. Kurz und schnell. Jemand schrie. *Constantin.*

Am Rücken des Jungen zeichnete sich eine dünne rote Linie ab.

Mir wurde übel. Was sollte ich tun?

Erneut schlug der König zu. Der Knabe zuckte, gab aber keinen Mucks von sich. Die schwarze Peitsche ruhte am von Narben gezeichneten Rücken des Burschen. Wie eine Schlange auf einem Spinnennetz.

Der Prinz wurde kalkweiß, zitterte.

Als der fluchende König die Peitsche wieder anhob, hielt ich es nicht länger aus. Ivan würde den Jungen zu Tode dreschen.

»Stopp«, kreischte ich, »ich werde Niklas um Verzeihung bitten.«

Der mächtigste Mann des Landes hielt in seinem Tun inne, grinste mich selbstgefällig an. »Und …?«

»Und«, setzte ich an und schluckte, »allen von den Landstreichern berichten …«

Ivan nickte, als würde er einen seiner Hofhunde loben.

»… die auch Euren Vater auf dem Gewissen haben«, ergänzte er, warf mir einen eindringlichen Blick zu und schielte kurz zu Constantin.

Damit wollte er mich gewiss an meinen Auftrag erinnern, den Thronfolger zeitgerecht zu töten.

»NICHT, DASS EUCH SCHWINDLIG WIRD …«

Der Prinz hatte am Morgen die Verpflichtung, zusammen mit den Kandidatinnen zu frühstücken.

Das gab mir die Gelegenheit, mich in Ruhe zu waschen.

Die kleine, schwächliche Dienerin schleppte gemeinsam mit zwei anderen die Eimer in mein Badezimmer und füllte die Wanne mit heißem Wasser.

Wieder bat ich die Frauen mich ungestört zurückzulassen.

Kaum war ich allein und hatte die dampfende Flüssigkeit mit Rosenöl zum Duften gebracht, tauchte ich in die Wanne ein. Die Hitze färbte meine Haut zartrosa und ich stöhnte vor Wonne. Endlich ließ die Anspannung nach.

Zurück blieben die Sorgen. Und die verbundene Wunde an meinem Oberschenkel, denn das Wasser beruhigte zwar meine Glieder, ließ den Schmerz jedoch erneut aufflammen. Später würde ich den Verband wechseln und prüfen, ob die Verletzung ordentlich heilte. Jetzt jedoch konzentrierte ich mich auf die Reinigung von Körper und Seele.

Dieses Vorhaben entpuppte sich als unmöglich. Zwar konnte ich die Haut von sämtlichem Schmutz befreien, mein Innerstes aber blieb besudelt. Verdorben vom Hofe Kandlots.

Eine perfekte Goldene Schwester zu sein, das war mein Ziel gewesen – die Königin mit meinen Fähigkeiten stolz zu machen.

Doch ich hatte auf ganzer Linie versagt. Alles, was ich bisher erreicht hatte, war, die Leibwächterin des Prinzen zu sein – und nicht einmal *dieser* Aufgabe wurde ich gerecht. Anstatt mich voll und ganz auf Constantin zu konzentrieren, hatte ich mir von Sir Niklas den Kopf verdrehen lassen. Der größte selbst verschuldete Fehler bisher!

Dass der König ein Erpresser war und meinen Vater aufgeknüpft hatte, um mich unter Druck zu setzen, hatte ich ja nicht ahnen können. Auch nicht die Tatsache, dass meine Schwester scheinbar ihr Herz an diesen Heuchler verloren hatte.

Dazu kam, dass ich, anstatt Constantin von Prinzessin Britta fernzuhalten, wie es Königin Valerie Vanhaag erbeten hatte, ihn nach unserem Streit beim Bogentraining direkt in ihre Arme geschubst hatte. Geküsst hatten sie sich!

Mein Magen zog sich bei der Erinnerung schmerzhaft zusammen.

Außerdem musste ich mir ohnehin etwas einfallen lassen, schließlich verlangte der König, dass ich den Thronfolger spätestens am Fest der reinen Blüte ermordete. Dass ich seiner Aufforderung nicht nachkommen würde, stand fest. Doch wie grausam würde die Rache dafür ausfallen? Wen würde er quälen, um mich damit zu foltern? Oder wäre schlussendlich ich selbst der Todeskandidat?

Das Wasser kühlte ab und damit auch meine hitzigen Gedankenverflechtungen. Es war an der Zeit, aus der Wanne zu steigen.

Ich trocknete mich ab, wechselte den Verband und zog die frische Uniform von gestern wieder an. Das noch feuchte Haar flocht ich zu einem Zopf.

Vom Hunger in die Schlossküche geführt, nahm ich dort ein Käsebrot zu mir. Anschließend holte ich den Prinzen von seinem Frühstück ab.

Der Thronfolger hatte eine interessante Bitte an mich. Überrascht zog ich eine Augenbraue hoch.

***

Constantin hatte schon den ganzen Morgen darüber nachgedacht. Gleich einer Schar Geier war sein Verstand lediglich um dieses Thema gekreist, sodass er die Gespräche mit den Bräuten nur dumpf wahrgenommen hatte. So, als hätte er in einer Blase gesessen.

Kaum aber hatte er sich verabschieden können und hatte erneut vor Lady Inga gestanden, hatte seine Welt wieder in bunten Farben gestrahlt. Es war ja nicht so, als wären die anderen Frauen farblos, aber seine Leibwächterin ließ die triste Gegenwart leuchten.

Ihr rotblondes Haar war noch nass, weshalb die gekringelten Spitzen fast schwarz wirkten. Der geflochtene Zopf brachte die ovale Gesichtsform zur Geltung, lenkte Constantins Blick zuerst auf die zahlreichen Sommersprossen, anschließend auf ihre großen tannengrünen Augen.

Obwohl er Inga lieber zu Details wegen Niklas befragt hätte, glaubte er, dass zuerst *diese Sache* abgehakt werden musste.

»Ich ... ähm ... möchte Euch die gestrige Situation im Keller erklären«, flüsterte er, »würdet Ihr mir bitte folgen?«

Lady Inga wirkte überrumpelt, nickte jedoch.

Erleichtert atmete Constantin aus. In seinen Gedanken hatte die Goldene Schwester immer unterschiedlich reagiert: gelacht, verneint. Mit dem Anschwärzen bei der Königin gedroht. Überlegt und schließlich bejaht.

Einfach genickt hatte sie nie.

Der Prinz lächelte gelöst und lief voraus. Ehe sie das Außengelände erreichten, schnappte sich Constantin eine der Fackeln am Gang.

Gemeinsam marschierten sie nach draußen und vergewisserten sich, dass sie nicht beobachtet wurden. Daraufhin stiegen sie die Treppe zu den Kellerräumen hinab.

Das Tageslicht drang nur wenige Stufen hinunter. Schon bald umhüllte sie Dunkelheit. Die orange Flamme an der Fackel zuckte, warf schaurige Schatten an die Steinwände.

Dem Prinzen stieg der vertraute Duft nach Salben und Kräutern in die Nase. Die an den Regalen baumelnden Bündel sollten den Geruch der Leichen und des Blutes überdecken.

In Constantin machte sich Anspannung breit. Um Inga keinen Schrecken einzujagen, hatte er Djanas Leiche mit einem Laken zugedeckt. Inzwischen war ihr Rumpf ja auch nicht mehr unversehrt, ein Schnitt prangte in ihrer Brust.

Gestern wollte er mehr über die Lunge eines Menschen herausfinden, um bessere Heilmittel herstellen zu können. Zum Beispiel für Djanas Schwester, die nur rasselnd atmen konnte. Außerdem zeichnete er sämtliche Organe und dokumentierte, wo genau im Körper sie sich befanden und wie sie seiner Meinung nach zusammenarbeiteten.

Sie betraten den Kellerraum.

Constantin hörte seine Leibwächterin hinter sich keuchen.

Er drehte sich um und stellte fest, dass Lady Inga erblasst war, verstört die Gerätschaften auf einem Tisch inspizierte.

Er folgte ihrem Blick, wusste, dass sie die Messer entdeckt hatte. Klingen, die sauber und aalglatt in Fleisch eindringen konnten.

Inga zuckte zusammen. Schluckte hörbar und rang nach Worten. Vergebens.

»Ich ... ähm ... erforsche den menschlichen Körper«, stammelte er, nach den richtigen Ausdrücken ringend. Er hoffte, von der Goldenen Schwester unterbrochen zu werden. Doch Inga sah sich weiter im Raum um. Schweigend. Das Bedürfnis, ihre Meinung kundzutun, war ihr offenbar vergangen.

Verabscheute sie ihn jetzt? Sicherlich war ihr dieser Ort zuwider. »... um über die ... ähm ... Funktion der Organe Bescheid zu wissen. Nur so kann ich bessere Heilmethoden entwickeln«, ergänzte der Prinz scheu.

Er wartete darauf, dass Lady Inga endlich etwas sagte, und musterte sie eingehend. Merkte, wie sich ihre Züge entspannten und die Röte auf ihre Wangen zurückkehrte.

»Was ... ähm ... sagt Ihr dazu?«

Das Herz des Prinzen donnerte fest gegen seine Brust. Nicht schnell und hektisch. Sondern langsam. Forschend. Er fühlte die Vibration in seinem ganzen Leib. Welches Urteil würde Inga über ihn fällen?

»Ich denke ...«, setzte sie schließlich zögernd an, »dass ich Eure Intention nachvollziehen kann. Im Grunde versucht Ihr Gutes zu tun. Doch ich kann nicht verstehen ...«

Sie brach ab.

»Ja?«, fragte Constantin, er platzte fast vor Neugier.

»Ich kann nicht begreifen, wie Ihr einerseits Leichen aufschneiden könnt und andererseits nicht imstande seid mit dem Schwert umzugehen.«

Ihre Blicke trafen sich. Inga wirkte wahrlich irritiert. Constantin stöhnte. Begriff sie denn nicht, dass das eine mit dem anderen nichts gemein hatte?

»Selbstverständlich … ähm … könnte ich kämpfen lernen – aber ich … ähm … will nicht. Ich verachte den Krieg! Djanas Vater hat mir zu viele Geschichten darüber erzählt.«

»Vielen Dank«, entgegnete Inga nach einer Weile.

Constantin zog überrascht beide Augenbrauen hoch. »Wofür?«

Inga zuckte mit den Achseln, sah ihn an. Ihre Augen glitzerten traurig. »Für Eure Ehrlichkeit. Auf Euch ist Verlass.«

Sie biss sich auf die Lippen und drehte sich weg, als hätte sie etwas Unangebrachtes gesagt. Tatsächlich aber erwärmten ihre Worte Constantins Herz, ließen es leuchten.

»Ihr … ähm … könnt immer auf mich zählen«, wisperte Constantin sanft, fühlte, wie die Liebe zu der Goldenen Schwester in ihm aufloderte.

Er überlegte, nach ihren Fingern zu greifen, doch ihre Arme waren verschränkt – gewiss wollte sie keinen Körperkontakt. Der Prinz konnte ihre Emotionen einschätzen und ließ es bleiben. Ihm war zudem klar, dass dieses Thema schnellstens abgehakt werden müsste, ehe sie sich eingeengt fühlte. Wie ein Igel schützte sie sich mit einer stacheligen Oberfläche.

Auf ihn machte es stets den Eindruck, als hätte die Goldene Schwester irgendetwas nicht verarbeitet. Ein Erlebnis in ihrer Vergangenheit, das sie bis jetzt verfolgte und davon abhielt, sie selbst zu sein.

»Begleitet Ihr mich … ähm … auf die Beerdigung von Djana?«

Inga drehte sich um. »Die Leiche ist doch hier?!«

»Schon, aber … ähm … ihr Vater stellt sie mir zur Verfügung und … ähm … bestattet wird ein leerer Holzsarg. Gemäß den Schriften Dions ist die Seele des Menschen ohnehin schon fort. Der Körper fungiert nur als Gefäß. Djanas restliche Familie weiß außerdem nichts davon. Nur so kann ich herausfinden, wie ich Djanas Schwester helfen kann …«

Inga nickte, als wäre diese Information eine selbstverständliche Tatsache. »Gut.«

»Ähm … *gut*?«

»Gut, ich komme mit Euch«, erklärte Inga und wandte sich zur Treppe, »schließlich bin ich für Eure Sicherheit verantwortlich.«

Constantin seufzte innerlich, während er die Stufen emporstieg und die Fackel an der Außenwand des Schlosses in eine Halterung steckte.

Er hatte gehofft, Inga würde ihn aus freien Stücken begleiten und nicht, weil es ihr Auftrag war …

***

Der Prinz wechselte seine legere Kleidung in eine schwarze Hose und eine ebenso dunkle Weste. Anschließend machten wir uns auf den Weg.

Finn, der Stallmeister, sattelte uns zwei Pferde. Diese Gelegenheit nutzten wir, um bei dem verwundeten Tier vorbeizuschauen. Constantin vergewisserte sich, dass die Stute die beste Pflege erhielt, prüfte Sauberkeit und Versorgung der Wunde.

Der Stallmeister grinste. »Ihr habt mich gut instruiert, Eure Hoheit!«

Ich lächelte. Offenbar war der Prinz endlich bereit, Aufgaben abzugeben und vertraute seinen Untertanen. Dass er dennoch nach dem Rechten sah, war löblich.

Erneut wallte Zuneigung in mir auf. So plötzlich, dass mein Herz brannte. Schon zuvor in den Kellerräumen war mir das passiert, weshalb ich unbedachte Worte gesprochen hatte. Dieses seltsame Gefühl in mir überdeckte den Schmerz, den ich wegen Sir Niklas empfand, ergoss sich wie kühles Wasser über glühend heiße Asche.

Wir schwangen uns auf die Pferde und ritten nebeneinander zum Schlosstor. Der Morgen versprach einen sonnigen Vormittag, nur wenige Wolken waren am Himmel zu sehen.

Das Gras war noch taufeucht und glitzerte. Gezwitscher von Spatzen drang an unser Ohr und wir drehten uns beide gleichzeitig zum Kiefernwald.

Ungewollt wurde ich an den gestrigen Abend erinnert. Der Gedanke versetzte mir einen Stich und ich schüttelte ihn schnell ab.

Der Kies unter den Pferdehufen knirschte. Ich mochte das Geräusch, ließ es mit dem Vogelgesang verschmelzen. Eine faszinierende Melodie entstand und für den Bruchteil einer Sekunde war ich einfach nur glücklich.

»Dort ist … ähm … schon die Stadt.«

Die Worte des Prinzen waren wie ein Weckruf. Schade, ich wäre gern noch mit ihm weitergeritten. Schweigend, die Harmonie der Stille und Zweisamkeit genießend.

Ich entsann mich meines ersten Tages in Kandlot. Mercedes und ich hatten den örtlichen Markt überquert.

Auch heute wurde für einen Verkaufstag aufgebaut. Vielleicht hatten wir nach dem Begräbnis ja noch Zeit, um ein paar Stände zu besichtigen.

Am Stadtplatz tummelten sich einige Leute und sie alle verneigten sich demütig vor uns. Kinder winkten dem Prinzen und riefen ihm höfliche Grüße zu. Offensichtlich war Constantin im Dorf beliebt!

»Guten Morgen ... ähm ... Gloria«, sagte der Königssohn zu einer Frau, die einen Marktstand mit Tonkrügen aufbaute, »wie ... ähm ... geht es deinem Mann?«

Die Verkäuferin lächelte. »Besser, dank Eurer Medizin! Wollt Ihr eine Schüssel oder eine Vase als Geschenk?«

Sie hielt liebevoll bemaltes Geschirr empor.

Tatsächlich brauchte der Prinz ein neues Behältnis für seine Kräuter, schließlich war eines davon kürzlich zu Bruch gegangen. Doch ich schwieg, war verblüfft, wie gern man Constantin in der Stadtgemeinde hatte. Die Leute respektierten und schätzten ihn, er war Teil ihrer Gemeinschaft.

Constantin verneinte dankend, ritt weiter in Richtung Kirche. Am Friedhof entdeckte ich mehrere schwarz gekleidete Personen, darunter vermutlich Djanas Eltern und Schwester.

Der Prinz saß ab und half mir aus dem Sattel. Ich verbiss mir den Schmerz in meinem Oberschenkel. Wir banden unsere Pferde am Friedhofszaun fest und betraten demütig die geweihte Erde Dions. Plötzlich wünschte ich ebenfalls dunkel gekleidet zu sein, anstatt in meiner goldenen Uniform mit der Sonne um die Wette zu schillern.

Die Trauer war zum Greifen nahe. Vor allen Gräbern prangte das heilige Symbol der Erlösung: ein Henkersbeil, durch das Dion einst durch den Verrat seines Dieners Urian zu Tode gekommen war. Natürlich hätte sich Dion mittels seiner göttlichen Fähigkeiten retten können, doch durch sein selbstloses

Opfer wurde die Menschheit laut den Schriften vom Bösen erlöst und erhielt nach dem Tod Zugang zum Himmelsreich.

Kaum näherten wir uns dem offenen Grab, vernahm ich das Schluchzen von Djanas Schwester. Ich erkannte sie an ihrem ebenso rot leuchtenden Haar und der birnenförmigen Statur. Das zuckende Stofftaschentuch zwischen ihren Fingern verriet, dass sie zitterte. Ihr Atem klang rasselnd, als lägen zig Schlüssel in ihrer Lunge.

Mir wurde mulmig zumute, ich fühlte mich wie ein Eindringling.

Kaum aber entdeckte einer der zehn Anwesenden Constantin, erhellte sich dessen Gesicht. »Oh, Eure Hoheit, wie schön, dass Ihr uns in dieser Stunde beisteht. Meine Nichte hätte sich gewünscht, dass Ihr uns Gesellschaft leistet.«

Djanas Onkel nickte mir höflich zu und ich erwiderte seinen Gruß. Gerade als ich mich vorstellen wollte, erschien der Pfarrer und begann mit der Totenmesse.

Die ganze Zeit über beobachtete ich Constantin. Er weinte. Still und geräuschlos. Tränen liefen über sein kreidebleiches Gesicht und blieben teilweise an seinem Kinn hängen, ehe sie wie dicke Wassertropfen zur Erde fielen.

Ich überlegte nach seinen Händen zu greifen. Sicherlich waren sie eiskalt, obwohl sich der Vormittag warm und frühlingshaft präsentierte.

Dieser Gedanke blieb bei der reinen Vorstellung, wurde nicht in die Tat umgesetzt. Überhaupt konnte ich mir meine unpassenden Bedürfnisse kaum erklären. Die wachsende Zuneigung für den Prinzen musste schuld sein, verwischte die Grenzen zwischen uns – ich sollte hastig gegensteuern. Ansonsten würde ich irgendwann wie ein Schiff gegen einen Felsen rammen.

Nach der Beerdigung wurden wir von Djanas Familie zum Totenmahl eingeladen, doch Constantin lehnte dankend ab, was mich erleichterte.

Schweigend banden wir unsere Pferde los und schritten hinüber zum Stadtplatz. Inzwischen herrschte dort reger Betrieb. Marktfrauen priesen ihre Waren an, Händler streckten einem Produkte entgegen.

Für die Kinder gab es ein Puppentheater. Das Lachen der Kleinen hellte unsere bedrückte Stimmung auf.

Je nachdem, an welchem Stand wir vorbeischritten, stiegen andere Gerüche in meine Nase. Egal ob frischer Fisch, gebrannter Ton oder süße Äpfel – ich sog die Düfte tief in mich auf, freute mich im Gegensatz zu Djana noch unter den Lebenden zu weilen.

Auch wenn uns vielleicht ein Krieg bevorstand: Heute herrschte Frieden und ich wollte den Tag genießen.

Ohne es bemerkt zu haben, waren wir vor einem Tisch mit Tonperlen stehen geblieben. Der einfache Schmuck war mir schon bei meinem ersten Besuch am Markt aufgefallen und gefiel mir noch immer.

»Hättet Ihr gern eine ... ähm ... eine Kette?«, fragte der Prinz scheu und wies auf die handgeformten und -bemalten Accessoires.

Ich erschrak. Wollte mir der Thronfolger etwa ein Geschenk machen?

»Nein, nein«, erwiderte ich wie ein aufgescheuchtes Hühnchen, drehte mich von dem Stand weg, »und wenn, dann kaufe ich eine mit *meinem* Gold. Danke.«

Ehe ich mich umwenden konnte, gewahrte ich die Enttäuschung in Constantins Blick. Eilig setzte ich meinen Weg fort. Die plötzliche kribbelnde Hitze in meinem Körper quälte mich.

Musik drang an mein Ohr. In der Mitte des gepflasterten Marktplatzes saß ein betagter Mann mit einem Leierkasten. Der Greis drehte die Kurbel in stetem Rhythmus und entlockte der schillernden Holzbox so volkstümliche Melodien.

Kinder erfreuten sich daran, lachten und tanzten dazu.

Auch Erwachsene drehten sich zu den Klängen. Die Kleider der Frauen flatterten im Wind, bauschten sich bei den Drehungen auf.

Staunend verharrte ich und beobachtete das bunte Treiben, bewunderte die farbenfrohen Haarbänder einiger junger Stadtbewohnerinnen.

»Ähm ... wollt ihr tanzen?«

Constantin hatte mich eingeholt, war aufgrund seines lahmen Beines zurückgefallen. Nun drückte er einem freundlichen Herren die Zügel seines Pferdes in die Hand und strecke mir seine entgegen.

Der Mann, der für Geld Reittiere versorgte, wartete darauf, dass auch ich ihm die Führung meines Hengstes überließ, doch ich zögerte.

Es schickte sich nicht nach dem Besuch einer Beerdigung auf dem Stadtplatz zu frohlocken. Schon gar nicht als Goldene Schwester mit dem Königssohn.

»Nei...«

»Bitte ... ähm ... weist mich nicht zurück. Ein paar Drehungen würden mich aufheitern.«

Ich fühlte mich bedrängt, hätte dem Prinzen am liebsten den Rücken gekehrt und wäre davongerannt. Doch ich konnte Constantin nicht schutzlos zurücklassen.

Mir wurde heiß und kalt, als ich dem stämmigen Mann die Zügel meines Hengstes übergab und nach Constantins Hand griff.

Kaum berührten sich unsere Finger, war es, als würden Funken aufsprühen. Als hätte jemand Öl ins Feuer gegossen.

Meine Haut glühte, wo sie Constantins kühle Linke berührte. Er lächelte mir zu, wirkte ... überrascht!

Hätte ich nicht klein beigeben sollen?

Meine Finger zuckten zurück, aber der Prinz hielt mich fest. Er würde mich jetzt keinesfalls fliehen lassen.

Ein Blick in seine saphirblauen Augen verriet, dass er innerlich triumphierte. Wollte er sich wirklich bloß seines Kummers entledigen? Oder hatte er bei unserem Tanz Hintergedanken? War es gar möglich, dass Constantin mich ... *mochte*?

Aber weshalb? Ich hatte ihn bisher nicht gerade mit Samthandschuhen angefasst, sogar nach dem Tod seiner Liebsten mit Belehrungen überhäuft und beim Bogentraining beschimpft ...

Constantin führte mich zwischen die tanzenden Stadtbewohner. Die Melodie des Leierkastens wurde lauter, brachte mein Blut in Wallung. Ich liebte diese Musik.

Anstatt mich fest in seine Arme zu ziehen, gab mir Constantin genügend Freiraum, drehte mich an einer Hand im Kreis und dirigierte mich von einer Seite des Platzes zur anderen.

Der goldene Umhang wehte und mein inzwischen offenes Haar flog hin und her. Ich passte mich den stockenden Bewegungen des Prinzen an, achtete darauf, keine ruckartigen Schritte zu tun. Trotz seiner Beinfehlstellung tanzte Constantin sehr gut und lächelte mir unentwegt zu. Auf dem Ball hatte er verkrampft gewirkt, jetzt jedoch gab er sich dem Rhythmus der Volksmelodie hin. Meine Drehungen fielen zurückhaltend aus, da nach wie vor die Wunde an meinem Oberschenkel brannte.

Meine Finger blieben das Einzige, das Constantin berührte.

Plötzlich merkte ich, dass ich diese Tatsache bedauerte. Ich wünschte, er würde mich fordernd an sich drücken und seinen Herzschlag spüren lassen.

Schweiß explodierte aus meinen Poren.

Was denke ich da bloß?

Mein kindisches Kichern erstarb.

Der Prinz registrierte meine Gefühlsschwankung, reagierte prompt. »Es ist wohl … ähm … genug. Nicht, dass Euch schwindlig wird«, murmelte er und ließ mich daraufhin los.

Während der Königssohn erschöpft schnaufte, holte ich unsere Pferde und bezahlte den Mann für seine Fürsorge.

»Ihr solltet Eure Vorliebe für Stadtfeste mit Prinzessin Britta teilen«, sagte ich und dachte an den zaghaften Kuss der beiden. »Gewiss bräuchte auch sie Abwechslung von den höfischen Sitten.«

Der Königssohn schaute mich an, als hätte ich ihm einen Dolch in die Brust gerammt, nickte allerdings. »Ähm … natürlich. Ihr … ähm … Ihr habt recht!«

Selbstredend hatte ich das.

Allerdings hätte ich die Kandidatin nicht erwähnen müssen. Dies war *unser* Augenblick gewesen. Der Prinz hatte *mich* um einen Tanz gebeten.

Weshalb ich auf einmal eine seiner Bräute im Sinn hatte, konnte ich mir nicht begreiflich machen. Auf jeden Fall schmerze der Gedanke daran, dass die beiden ebenso ausgelassen hier ihre Runden drehen könnten.

Und dennoch – oder gerade deshalb – stellte ich mir genau diese Szene vor. Wieder und wieder. Meine Aufgabe war, den Prinzen zu schützen und nicht ihn zu unterhalten!

***

Am Hofe Kandlots herrschte helle Aufregung.

Diener rannten geschäftig hin und her, bereiteten ein Festmahl im großen Speisesaal vor und fegten die Pflaster neben dem Übungsplatz. Dem gelben Blütenstaub des Löwenzahns war der Kampf angesagt worden.

Für das Bogenturnier musste alles piekfein sein, denn auch der Stadtadel war geladen und durfte nach dem Wettbewerb am Bankett teilnehmen.

Constantin erblasste. Ihm wurde wohl erst jetzt klar, dass er in etwa einer Stunde gegen hervorragend ausgebildete Schützen antreten musste.

»Ihr solltet Euch von Euren Dienern entsprechend kleiden lassen. Ich besorge Euren Bogen!«

Der Prinz nickte, woraufhin sich unsere Wege trennten.

Auch mir wurde angst und bange. Nicht wegen des Turniers an sich. Vielmehr haderte ich mit der Tatsache, dass ich laut dem König, Sir Niklas' Abwesenheit betreffend, eine Erklärung abgeben musste. *Eine Lüge.*

Mich erreichte eine Nachricht meiner Dienstherrin. Sie wollte mich sprechen.

Nervös marschierte ich die Gänge entlang, grüßte Kestrall und betrat das Gemach von Valerie Vanhaag.

Die mächtigste Frau des Landes erwartete mich bereits. In einem ihrer smaragdgrünen Kleider saß sie auf dem goldenen Sofa und erhob sich, als ich die Räumlichkeit betrat.

Ihr Blick durchbohrte mich, als hätte sie Silberklingen als Pupillen. Offenbar hatte sie etwas auf dem Herzen, denn sie kam mir persönlich entgegen und streckte ihre Hände nach mir aus.

Ich wünschte, sie würde mich mütterlich in ihre Arme schließen, doch tatsächlich verflocht sie lediglich meine Finger mit den ihren und wisperte: »Der König behauptet, Niklas hätte deine Ehre gegen Räuber verteidigt und sich dabei die Verletzung im Gesicht zugezogen.« Valerie Vanhaag schüttelte den Kopf. »... Erzähl mir, was *wirklich* zwischen dem Bastard und dir vorgefallen ist.«

Natürlich hatte ich damit gerechnet, dass sie mich mit den neuesten

Gerüchten konfrontieren würde. Dass sie diesen misstrauisch gegenüberstand, erleichterte mich ungemein.

Im Grunde hätte sie mich auch als Verräterin beschimpfen können, dass ich meine Zeit mit diesem Lump vergeudete, anstatt mich um meinen Auftrag zu kümmern.

Ich beschloss, mein Gewissen zu erleichtern und der Königin reinen Wein einzuschenken. Zerknirscht berichtete ich, wie mich der stattliche Edelmann beeindruckt und schließlich mein Herz erwärmt hatte.

Die Königin nickte, nahm meine Ehrlichkeit wohlwollend zur Kenntnis. »Und Ihr seid ihm freiwillig in den Wald gefolgt?«

Auch das musste ich gestehen, fügte jedoch sogleich an, dass mir die plötzliche Zweisamkeit unangenehm wurde.

Valerie Vanhaag schluckte. »Dann bedrängte Euch dieser Strolch?«

»Ich wusste mich zu verteidigen«, erklärte ich und wandte den Blick ab. Die Erinnerung an die Hetzjagd schnürte mir die Brust zu wie ein enges Korsett.

Die Königin seufzte. »Und Ivan drohte den Prügelknaben zu foltern, wenn Ihr nicht *seine* Version der Geschichte annehmt ...«

Mein Schweigen war Bestätigung genug.

Ich dachte, damit würde mich die Königin entlassen, doch ich irrte mich.

Sie fuhr fort: »Euren Vater hat er bereits kaltgestellt. Aus welchem Grund? Olav war ihm zwar schon immer ein Dorn im Auge, aber doch einer seiner besonnensten Berater gewesen ...«

Mein Herz raste. Sollte ich der mächtigsten Frau des Landes anvertrauen, dass ihr Gemahl den Tod des Thronfolgers zugunsten seines Bastards gefordert und mich zur Henkerin ernannt hatte?

Ich musterte die Königin. Wie dünn und zerbrechlich sie aussah, als wäre sie eine Porzellanpuppe in viel zu üppigen Gewändern.

Nein, ich durfte sie nicht mit meinen Sorgen erschlagen, würde mir eher bei Mercedes oder, noch besser, bei Kestrall Rat einholen. Mercedes würde als Geliebte der Königin meine Belange möglicherweise direkt an selbige weiterleiten.

Ob ich ihr von der Liebesbeziehung des Königs mit meiner Mutter Silka erzählen sollte? Vielleicht würde sie dann annehmen, der König hätte Olav aus diesem Grund getötet …

Auch diese Idee strich ich. Die Königin hatte genug Sorgen. Ich wollte ihr keine weiteren aufbürden. Im Gegenteil. Meine Aufgabe als Goldene Schwester war es, meine Herrin vor *allem* Unheil zu bewahren!

Da ich nicht reagierte, meinte Valerie schließlich: »Sei's drum. Der König ist seit jeher dem Wahnsinn verfallen. Niemand weiß, was er sich in seinem wirren Kopf zusammenspinnt.«

Ich stellte mir das Netz einer dicken schwarzen Spinne vor – wir alle zappelten hilflos darin. Nun, nicht gänzlich, denn Constantin würde ich definitiv am Leben erhalten. Koste es, was es wolle.

***

Während des Turniers war Katgas Platz im Kreis der Kandidatinnen. Ihre Schwester Inga glänzte in ihrer Uniform zwischen den Goldenen Kriegerinnen. Sie standen auf der Holztribüne hinter der Königin, die in einem gepolsterten Samtsessel neben ihrem Gatten saß.

Das Haar Valerie Vanhaags leuchtete ähnlich goldgelb wie ihres, war jedoch mit Silberperlen zu einer aufwendigen Frisur hochgesteckt.

Katga selbst hatte sich einen Zopf geflochten, der über ihren Rücken fiel und hervorragend mit ihrem meerblauen Kleid harmonierte. Mit dem Maiglöckchen-Duftwasser ihrer Mutter hatte sie nicht gespart. Egal wohin sie ging, sie verströmte das liebliche Aroma der Frühlingsblume.

Nach Sir Niklas hielt Katga vergeblich Ausschau. Prinzessin Britta verriet ihr, dass er aufgrund seiner tiefen Schnittverletzung nicht am Wettbewerb teilnehmen konnte und sich auch noch nicht imstande fühlte, dem Ganzen als Zuschauer beizuwohnen.

Katgas Magen krampfte sich zusammen.

Sie hatte schon gehört, dass der Bastard des Königs Inga vor Landstreichern bewahrt hatte. Der gesamte Hofstaat diskutierte darüber, weshalb die beiden überhaupt zu so später Stunde zusammen im Wald gewesen waren.

Doch entsprachen all diese Gerüchte tatsächlich der Wahrheit? Ihre Schwester war eine Kriegerin, sie hätte sich selbst verteidigen können. Oder waren es gar Dutzende Räuber gewesen?

Ehe Katga sich setzte, wandte sie sich zum König um. Ivan saß in der obersten Reihe, um einen besseren Überblick über das Turnier zu haben.

Auch er schaute zufällig in ihre Richtung und nickte ihr zu. Katga errötete, senkte unschuldig ihre Lider und biss sich auf die Lippe.

»He, da is dene Swester, die, die von Räubern angefallen wurde!«

Ylvies schriller Ton zerstörte den magischen Moment zwischen ihr und dem König. Katga riss die Augen auf. Die Baronstochter zeigte mit ihrem fleischigen Zeigefinger auf Inga. Diese zuckte zusammen, wirkte sichtlich überrascht.

Katga wollte Ylvie aufhalten, doch es war zu spät. Die Kandidatin, deren aschblondes Haar schon wieder vom Wind zerzaust war, sprach Inga an. Genauer ausgedrückt brüllte sie ihr entgegen.

»Du da, warum hast du nicht dein Swert gesogen? Du bist doch ene Kriegerin ...«

Katga schämte sich für das schielende Mädchen, das nicht begriff, wann es Zeit war zu schweigen. Calla und Prinzessin Britta sogen zeitgleich scharf die Luft ein. Nur Lady Xenia wirkte amüsiert, verschränkte ihre Arme und lauschte dem Schauspiel.

Die Riesin mit den unzähligen pechschwarzen Zöpfchen und dem Nasenring grinste, schaute neugierig zwischen Ylvie und Inga hin und her.

Die Königin und deren Schwesternkreis überlegten wohl, für die erschrockene Inga das Wort zu ergreifen, denn Mercedes holte bereits Luft.

Inga war aber schneller. »Selbstredend verteidigte ich mich!«

Anstatt den Trotz in den Augen ihrer Schwester zu ergründen, schaute Katga zum König, erkannte, dass dieser die Lippen unzufrieden schürzte und sich anklagend zu Inga drehte.

Warnte er sie?

Offensichtlich. Aber wovor?

Katga war nicht dumm. Sie realisierte, dass an der Geschichte irgendein Haken war.

Ylvie witterte nichts, verurteilte Inga jedoch für ihr Versagen. »Söne Kriegerin bist du. Kannzt dich nicht einmal zelbst sützen. Wie kannst du dann auf den Prinsen aufpazzen?«

Katga sah auf, suchte den Blick ihrer Schwester. Diese ballte die Fäuste, rang um Fassung. Und plötzlich begriff Katga: Die Rettung durch Sir Niklas war erfunden. Vermutlich hatte sie *ihn* vor etwas bewahrt. Vielleicht vor einem Bären mit scharfen Krallen.

Oder …? Katga wurde übel. Oder Inga hatte ihn selbst verstümmelt. Warum war sie überhaupt mit ihm unterwegs gewesen?

Katga fluchte innerlich. Sir Niklas sollte *ihr* Gemahl werden, sollte ihr auf den Thron verhelfen! Weshalb vergeudete er seine Zeit dann mit einer Goldenen Schwester? Steckte ein Plan des Königs dahinter? Liefen im Hintergrund noch andere Machenschaften, von denen sie keine Kenntnis hatte? Aber Ivan würde ihr diese doch nicht vorenthalten – oder doch?

Gäste aus dem Stadtadel fanden sich auf der Tribüne ein, langsam wurde es voll.

Fanfarenbläser ließen Kandlots Hymne ertönen, woraufhin fünf Teilnehmer mit Pfeil und Bogen den Platz betraten. Für jeden Mann gab es ein Startfeld und eine Zielscheibe, dazwischen lagen mehrere Meter Grasfläche.

Katga hielt nach Constantin Ausschau. Tatsächlich hielt er eine Waffe in der Linken und hatte sich den vollen Köcher um den Rücken geschnallt. Damit hatte sie nicht gerechnet, schließlich war der Königssohn als Schwächling unter dem Adel bekannt. Angeblich verachtete er jede Art von Gewalt und weigerte sich an derartigen Wettkämpfen teilzunehmen.

Nun aber stellte er sich auf seinen Platz und legte einen Pfeil fachgemäß an die Sehne. Katga kniff die Augen zusammen. Der Prinz hatte einen Lehrer gehabt!

Just während sie diesen Gedanken hegte, tauschte Constantin mit jemandem hinter ihr einen innigen Blick. Katga wandte sich um – und zog überrascht die Brauen hoch. Der Thronfolger hatte weder seine Mutter noch seinen Vater angesehen. Er hatte die Aufmerksamkeit von Inga gefordert!

Die Kandidatin zählte eins und eins zusammen und kam zu dem Ergebnis, dass keine geringere als ihre Schwester dem Prinzen das Schießen gezeigt hatte. Nach ihrer Ausbildung auf Gedeleen war sie sicherlich eine Meisterin dieses Fachs. Und Constantin, wie es schien, ein williger Lehrling.

Die Gerüchte, dass der Königssohn die Teilnahme verweigern würde, erwiesen sich als Klamauk.

Der Prinz spannte seinen Bogen und schoss als Erster auf die hölzerne Zielscheibe. Der Pfeil landete im äußeren Kreis. Keine Glanzleistung, aber auch kein Versagen.

Das Publikum klatschte. Katga schielte über ihre Schulter und merkte, wie ihre Schwester erleichtert ausatmete und anschließend lächelte. Sie *lächelte*. Und ihre grüne Iris funkelte lebendig.

War sie etwa in diesen Mann verliebt? Aber sie musste doch wissen, dass diese Schwärmerei aussichtlos war! Erstens war er der Sohn des Königs und zweitens schwerkrank! Ivan war sich nicht einmal sicher, ob er bis zum Fest der reinen Blüte durchhalten würde.

Katga wandte sich wieder dem Wettbewerb zu.

Nach dem Prinzen gebührte Sir Isidor Isgehart die Ehre des zweiten Schusses. Der jüngere Bruder des Königs gratulierte seinem Neffen für die ungeahnte Leistung und spannte selbst den Bogen.

Sein Pfeil traf ins Schwarze. Katga staunte und erhob sich vor Begeisterung. Sie schätze den ruhigen Edelmann und gönnte ihm den Erfolg.

Nachdem drei weitere Herren aus dem Stadtadel angetreten waren, begann die zweite Runde.

Constantin schlug sich wacker. Obwohl er Zug um Zug verlor, erntete er den meisten Applaus. Kein einziger Pfeil landete im Gras.

Seine triumphierenden Blicke galten weiterhin Inga. Nur einmal hatte er Augen für eine andere. Prinzessin Britta.

Katga knirschte mit den Zähnen. Obwohl sie in diesem Wettbewerb nicht brillieren musste, wollte sie doch, dass sämtliche Männerherzen *ihr* zuflogen. So war sie es seit jeher gewohnt und bisher hatte es ausnahmslos funktioniert.

Am Ende wurde der Bruder des Königs zum Sieger erklärt. Seine Schüsse hatten stets die Mitte der Scheibe erreicht.

Der Junggeselle winkte dem jubelnden Publikum zu. Alle verehrten ihn, egal ob Höfling oder Untertan.

Katga schmunzelte, lächelte dem Edelmann zu. Gleichzeitig fragte sie sich, ob die Menge ebenso reagieren würde, wenn sie Isidors Geheimnis kennen würde …

»HEBT EURE WAFFE AUF!«

Nach dem Turnier fand ein Festbankett im großen Speisesaal statt. Ich trennte mich von den anderen Schwestern und positionierte mich hinter Prinz Constantin. Der Thronfolger schwitzte, einzelne Perlen glitzerten auf seiner Stirn. Ein Diener reichte ihm ein weißes Spitzentuch, womit er sich dankend abtupfte. Gewiss handelte es sich mehr um Angstschweiß als um Erschöpfung.

»Hervorragend«, wisperte ich ihm von hinten ins Ohr und sah von der Seite, dass sich seine Mundwinkel zu einem Lächeln hoben.

»Ich ... ähm ... hatte eine gute Lehrmeisterin«, flüsterte er und wandte sich anschließend Lady Calla zu, die neben ihm Platz nahm.

Ehe unsere Unterhaltung auffallen konnte, trat ich ein paar Schritte zurück, überließ den Prinzen seinen Kandidatinnen.

Selbst meine Schwester Katga gratulierte ihm zu seiner Leistung. Sie hatte den Braten natürlich gerochen und summte zuckersüß: »Hattet Ihr Unterricht, mein Prinz?«

»Ähm ... selbstredend«, antwortete Constantin schlicht, was mich zum Grinsen brachte.

Katga schielte zu mir, unsere Blicke trafen sich. Anstatt Gehässigkeit entdeckte ich ... *Mitleid*!

Was sollte dieser traurige Gesichtsausdruck? Warum empfand sie mir gegenüber so? Ich konnte mir ihre Mimik überhaupt nicht erklären.

Ylvie beugte sich umständlich über Lady Xenia und meine Schwester, wollte ebenfalls die Aufmerksamkeit des Prinzen für sich ergattern. »He, Prins, wer waren de andern hübsen Männer, hm?«

Mit den »hübschen Männern« meinte sie vermutlich die Herren des

Stadtadels, die außer dem Thronfolger und Sir Isidor am Wettbewerb teilgenommen hatten.

Die Baronstochter hechelte, so aufgeregt war sie. Auch ihre Pupillen waren geweitet und sie reagierte nicht einmal, als Lady Xenia sie bat, ihren Bauch von ihrer Brust zu nehmen.

Meiner Meinung nach schickte es sich nicht für eine Kandidatin, derart reges Interesse an anderen Männern zu zeigen. Lady Ylvie hingegen machte keinen Hehl aus ihrer Neugier. Erkundigte sich sogar dreist, ob die Herrschaften noch »zu haben« seien.

Was bezweckte das Mädchen? Warum konzentrierte sie sich nicht auf Constantin?

***

Nach dem Festmahl begleitete ich den Prinzen auf sein Gemach. Der Thronfolger konnte es kaum erwarten, seine schicken Gewänder gegen die legere Hose und das Leinenhemd einzutauschen. Nur seinen Zopf ließ er, wie er war.

Während sich Constantin hinter dem Paravent umzog und kurz mit einem Waschlappen wusch, sah ich mich im Zimmer um, bemerkte, dass ihm Diener eine neue Vase auf den Esstisch gestellt hatten. Ein Blick durch das Fenster verriet, dass sich die meisten Besucher des Stadtadels ebenfalls verabschiedeten. Wir hatten das Gelage also nicht unpassend früh verlassen.

Zudem wusste ich, dass an diesem Nachmittag eine kurzfristig einberufene Ratssitzung stattfand. Die Königin hatte es mir während des Turniers anvertraut. Sie wollte, dass Constantin daran teilnahm.

»Heute bespricht sich der König mit seinen verbliebenen Beratern ...«

Mein Vater weilte ja nicht mehr unter uns.

Der Prinz ignorierte meinen Ruf. Daher fügte ich unsicher hinzu: »Ihr solltet teilnehmen. Es steht Euch als Thronfolger zu. Dann wüsstet Ihr besser über die Probleme des Landes Bescheid und könntet ...«

Constantin trat hinter der Trennwand hervor, beäugte mich entsetzt. Ich verstummte abrupt.

»Ihr glaubt«, knurrte der Prinz, »ich wüsste nicht, was in unserem Land vor sich geht?«

Ich schluckte. Wenn die »Ähms« in des Prinzen Aussagen fehlten, wusste ich, dass er gereizt war.

»Ist *Euch* bewusst, dass in Pendlet an der Senrö vor drei Wochen eine Epidemie ausbrach – die sogenannte Cholera – und meine Verbündeten dorthin regelmäßig Medizin liefern?«

Constantin kam auf mich zu. Das gefährliche Funkeln in seinen Pupillen imponierte mir. Gleichzeitig erschreckte mich das ungewohnt grobe Auftreten.

Der Prinz war noch nicht fertig. »In Rhös behandelt der Herzog von Rhöslad, Lady Ragnas Vater, einige Bauern wie Vieh und den König interessiert das nicht, er hört die Beschwerden der Gutsherren nicht einmal an. Also habe ich mit Graf Llögg, Lady Xenias Vater, gesprochen ...«

Der Prinz stand mir gegenüber, uns trennte bloß ein halber Meter. Seltsamerweise war mir die Nähe nicht unangenehm. Ich begrüßte die enthusiastische Seite des Thronfolgers, hätte am liebsten meine Hand nach seinen vor Rage mahlenden Kiefermuskeln ausgestreckt.

»Von meinem Onkel Isidor weiß ich, dass Llögg ohnehin Interesse an mehr Land hätte. Xenias Vater hat die Felder und Höfe – also auch die Arbeiter – von Rhöslad aufgekauft und ihm dafür einen Teil seiner Eisenminen überlassen ...«

Ich stutzte – war dieser Handel eine gute Idee gewesen? Der unverschämte Edelmann konnte mit den Rohstoffen ein Vermögen machen und andere Adelsfamilien – beziehungsweise das Königshaus – in den Ruin treiben.

Constantin verschränkte demonstrativ die Arme. »Falls Ihr jetzt denkt, der Herzog wird durch das Metall reich, täuscht Ihr Euch. Die Minen fördern seit zwei Jahrhunderten und die Gelehrten im Kloster St. Gregor bestätigten mir, dass sie bald stillliegen würden. Auf dem Land der Gutsherren hingegen habe ich vor einiger Zeit in den Wäldern wilden Salbei und Nelkenwurz entdeckt ...«

Verständnislos zuckte ich mit den Achseln. Salbei half bei Halsschmerzen. Aber ...

»Nelkenwurz könnte ein Heilmittel für die Cholera in Pendlet sein. Die Edelmänner werden miteinander Handel treiben und ich kann ein Medikament entwickeln!«

Ich war beeindruckt, sprachlos. Gewiss sah Constantin die Begeisterung, die aus meinen Augen strahlte. Sie in Worte zu fassen fiel mir jedoch schwer, daher erklärte ich sachlich: »Ihr dürft Euer Verhandlungstalent dem Rat nicht vorenthalten.«

Der Prinz schmunzelte. Meine Aussage entlockte ihm ein verlegenes Lächeln und er kratzte sich am Hinterkopf. »Dann ... ähm ... habe ich Euch überzeugt?«

Ich neigte zufrieden den Kopf. Er wäre ein wunderbarer König für das Volk. *Aber zu gut für diese blutige Welt.*

Der Thronfolger fackelte nicht länger. Er packte meine Hand und marschierte aus seinem Gemach, die Gänge entlang zum Besprechungssaal seines Vaters.

Seine Finger waren mit den meinen verflochten, fühlten sich stark und kühl an. Der sanfte Druck gefiel mir. Meine Haut glühte förmlich vor Aufregung, als hätte ich Fieber.

Die Silberbrüder vor der Flügeltür sahen sich verdutzt an. Sie wussten nicht, was sie von unserem Erscheinen halten sollten.

Constantin ließ meine Hand los und erbat Einlass. Für die Dauer eines Herzschlags kam ich mir verloren vor, wünschte, er würde erneut unsere Finger vereinen.

Kaum öffnete einer der Soldaten die Pforte, tat sich ein mit Ebenholz vertäfelter Saal vor meinen Augen auf.

Das Wappen Kandlots – ein silbernes Schwert auf blauem Hintergrund – prangte an der Wand neben dem steinernen Kamin. Zwei bodentiefe Fenster ließen Licht herein, welches genau auf einen Globus fiel. An den übrigen Seiten prangten Bücherregale.

Das Herzstück des Raumes war ein kreisrunder Tisch, an dem vier Personen über einer Landkarte brüteten: König Ivan, Sir Niklas, Sir Isidor und ein weiterer Berater, dessen Name mir nicht bekannt war.

Das Gesicht des Bastards war mit Bandagen bedeckt. Sein gesundes Auge funkelte mich hasserfüllt an. Ich fühlte mich überfordert, wollte am Absatz kehrtmachen.

Ich zuckte zurück.

»Bitte bleibt«, wisperte mir der Prinz zu.

Der Bruder des Königs, der eben noch als Turniersieger gefeiert worden war, sprach gerade. »Betreffend der Gerüchte im Dorf bin auch ich dafür, dass wir die Existenz dieses Wesens am Hof weiter leugnen, das Volk würde unruhig werden. Was das andere Thema betrifft, so denke ich nicht, dass wir mit Gewalt gegen Lord Gildan vorgehen müssen und ... Oh, Constantin!«

Er brach ab.

Der König knurrte unverständliche Worte in seinen schwarzen Bart hinein. Gewiss verfluchte er uns gerade.

»Was brauchst du? Eine neue Gartenschaufel?«, zeterte Ivan erbost und wandte sich widerwillig seinem rechtmäßigen Erben zu. Er knirschte mit den Zähnen, seine Kiefernmuskeln zitterten vor Zorn.

Der Prinz katzbuckelte nicht. Er straffte die Schultern.

Die Atmosphäre war zum Zerreißen gespannt. Ich fühlte, dass jeden Augenblick ein vehementer Streit vom Zaun brechen konnte.

»Ich verlange ...«, der Thronfolger machte eine dramatische Pause und schielte kurz in meine Richtung, »Mitsprache bei den Beschlüssen. Es ist mein Recht!«

Tief luftholend merkte ich, wie Isidor überrascht die Augenbrauen hochzog und nachdenklich eine Hand an sein Kinn legte.

Die Nasenflügel des Königs flatterten. Er erinnerte mich an einen Drachen, der jeden Moment Feuer speien konnte. Stattdessen klatschte Ivan seine Hände einmal fest zusammen.

»Gut«, meinte er und grinste plötzlich diabolisch, »wie brav du deiner *Goldmarie* aufs Wort folgst!«

»Mitnichten«, vereidigte ich Constantin. »Der Prinz entschied selbst, Euch mit seinem Können unter die Arme zu greifen!«

»Können?« Ivan prustete und hielt sich den Bauch vor Lachen, er wischte sich Lachtränen aus den Augenwinkeln.

Gereizt reckte ich das Kinn vor. »Jawohl!«

»Nun«, summte der Monarch, »dann stell doch deine Künste zur Schau, *mein Sohn.*«

Constantin warf mir einen nervösen Blick zu, woraufhin ich ihm auffordernd zunickte.

Der König räusperte sich. »Lord Gildan weigert sich den Handel mit König Ansgar zu stoppen. Dieser ist nämlich der größte Abnehmer seiner Edelsteine aus den Minen. Mein Befehl lautet jedoch, dass jede Geschäftsbeziehung nach Noredellä gekappt werden muss. Was schlägst du also vor? Sollen wir Gildan mit Gewalt dazu bringen?«

Ivan verschränkte süffisant grinsend die Arme. Er war wohl der Meinung, Constantin hätte keinen Einfall und würde sich beschämt zurückziehen.

Auch Sir Niklas feixte trotz seiner schweren Verletzungen gehässig. »Keine Idee, was, du Kümmerling?!«

Nur Sir Isidor und der mir unbekannte Berater blickten den Prinzen ehrlich interessiert an.

»Nun, wenn ... ähm ... Gildan einen Käufer für seine Edelsteine will«, setzte Constantin grübelnd an und starrte gedankenverloren in das prasselnde Kaminfeuer, »dann ... ähm ... sucht ihm doch einen.« Der Prinz wandte sich nun direkt an seinen Vater. »In Gondra gibt es zahlreiche Schmuckschmieden. Gewiss findet sich dort ein ... ähm ... geeigneter Abnehmer ...«

Er hatte den Nagel auf den Kopf getroffen – das sah ich in den verdutzten Mienen der vier Männer.

Ivan brummte interessiert, Sir Isidor und der Berater nickten. Nur Sir Niklas schnaubte zornig.

»Ähm ... ähm ... ähm ...«, äffte er Constantin nach. »Ähm ... und wie sollen wir dort einen Handelspartner auftreiben, du Naseweis?«

Der Bastard gab nicht auf, versuchte die Idee des Thronfolgers abzukanzeln.

Constantin schnaubte genervt. »Durch Gespräche. Tante Sabita wird uns unterstützen.«

»Unwahrscheinlich, denn ...«, meckerte Sir Niklas los.

»Im Gegenteil«, unterbrach ihn der König, »meiner Schwägerin wird gewiss nicht gefallen, dass Ansgar beinahe ihren Neffen, den lieben und guten Constantin, auf dem Gewissen gehabt hätte ... Sabita *wird* uns helfen! Mehrmals ...«

Ob Königin Valerie ihrer Schwester schon von dem Attentat auf den Prinzen geschrieben und klargestellt hatte, dass Ivan selbst dahintersteckte? Selbst wenn, würde Sabita möglicherweise trotzdem den Handel eingehen, schließlich florierte die gondrische Wirtschaft hauptsächlich dank der zahlreichen Schmuckschmieden.

Der König kratzte sich am Bart. »Du hast dein Talent bewiesen. Nimm teil, wenn du willst ...«

Natürlich lud er den Prinzen dazu ein – Constantin hatte ihm gerade eine elegante Lösung für ein ernsthaftes Problem geliefert.

Doch der Prinz war geschickter, als ich gedacht hätte. Seine folgende Forderung entlockte mir ein Grinsen.

»Auch mir steht eine Beraterin zu. Ich ernenne Lady Inga Ericson!«

Sir Niklas schnaubte, wollte protestieren, doch der König gebot ihm Einhalt durch das Heben seiner rechten Hand.

»Gut«, sagte er zu Constantin und hielt ihm ein Stück Papier vor die Nase, »dann sollt ihr sofort die neueste Meldung erfahren: Noredellä hat uns den Krieg erklärt!«

***

Der Blick Ivans durchbohrte Constantin wie ein Dolch. Zusammen mit der Information, dass König Ansgar das Kriegsbeil ausgegraben hatte, fühlte sich der Thronfolger wie erschlagen.

Mit dieser schockierenden Nachricht beendete der König die heutige Ratssitzung und vertagte die Krisengespräche.

Um die neuen Eindrücke zu verdauen, bat der Prinz Inga um einen Spaziergang im Garten.

Kaum betraten sie den Hinterhof, schlug ihnen frische Abendluft entgegen. Im Westen versank die Sonne wie ein roter Feuerball am Horizont, im Osten wurde es bereits dunkel.

Umgeben von seinen duftenden Kräuterbeeten schöpfte Constantin neue Hoffnung, konnte den Schock von eben verdauen. Dennoch breitete sich ein flaues Gefühl in seinem Magen aus. Die Tatsache, dass ein Krieg bevorstand, wühlte ihn auf, jede Faser seines Körpers war angespannt.

Lady Inga war sein einziger Lichtblick. Mit ihr an seiner Seite konnte er die finstere Zukunft ertragen. Sie stand hinter ihm, während er zärtlich über die Blätter eines Strauches strich.

Der Goldenen Schwester ging die Kriegsmeldung ebenfalls nahe. »Könnte Kandlot einem Angriff standhalten?«, fragte sie tonlos.

Constantin drehte sich zu ihr um. »Gondra ist ... ähm ... verpflichtet Hunderte Soldaten zu schicken, wenn feindliche Krieger das Land betreten.«

»Aber *Ivan* hat doch das Attentat auf Euch inszeniert! Der Krieg ist *seine* Schuld, *er* wollte Kandlot in die Schlacht schicken.«

Der Prinz seufzte schwermütig und fuhr sich resigniert durchs Haar. »Selbst wenn sie ... ähm ... Bescheid weiß, es steht so im Vertrag. Königin Sabita hat keine Wahl. Sie *muss* meinem Vater beistehen.«

Die letzten Sonnenstrahlen ließen die Pflanzen orange leuchten. Grillen zirpten und vom Wald her vernahm Constantin die Rufe einer Eule.

Plötzlich fasste der Prinz einen Entschluss. »Bringt mir das ... ähm ... Kämpfen bei.«

Es war Zeit. Zeit, der Wirklichkeit ins Auge zu sehen. Die Chance auf Frieden war in weite Ferne gerückt, glich einem irreparablen Scherbenhaufen.

Die Goldene Schwester schnappte nach Luft. Überraschung zeichnete sich in ihrer Miene ab.

Constantin sah ihr tief in die weit aufgerissenen Augen. »Djanas ... ähm ... Vater kämpfte einst im Kontinentalen Krieg, er erzählte mir schauerhafte

Geschichten. In einer … ähm … Welt des Blutes sollte ich mich zu verteidigen wissen.«

Inga nickte. »Worte eines weisen Mannes.«

Constantin dachte daran, dass sie ihm einmal gesagt hatte, dass er sich im Ernstfall wehren können sollte. »Tatsächlich gab ich schlicht den … ähm … Hinweis meiner klugen Beraterin wider.«

Sie lächelten sich zu. Fünf kräftige Herzschläge lang. Constantin ertrank in ihrer schimmernden Iris. Das Blut rauschte ihm durch die Ohren, benebelte seine Sinne. Für ihn war dies ein magischer Moment, den er für immer festhalten wollte.

Doch wie alle Augenblicke verstrich auch dieser. Die Goldene Schwester durchtrennte das Zauberband, indem sie hinab auf ihre Stiefelspitzen starrte.

»Sollen wir gleich mit dem Training beginnen?«, erkundigte sie sich.

Constantin wollte unbeobachtet sein, weshalb er ihr einen Vorschlag unterbreitete. »Was … ähm … haltet Ihr von einem abendlichen Ausritt zum Veronikasee?«

Ingas Mundwinkel zuckten, schließlich grinste sie. »Gegenfrage: Wie wäre ein Wettbewerb, wer zuerst am Wasser ist?«

***

Natürlich ritt ich schneller als der Prinz. Auf Burg Gedeleen hatten wir gelernt, uns dem Pferd, der Umgebung *und* dem Wind anzupassen. Ich wäre noch flotter gewesen, hätte ich mich nicht alle paar Meter nach Constantin umgedreht.

Wenige Minuten später erreichten wir den Veronikasee, der sich wie ein silbriger Spiegel vor uns mitten im Wald erstreckte. Es sah aus, als würde der Mond darin ein Bad nehmen.

Ich saß ab und empfing triumphierend den Prinzen, der anerkennend applaudierte und anschließend ebenfalls vom Pferd glitt. Wir banden die Reittiere an einen Baum und betrachteten das Wasser vor uns.

»Vater … ähm … wollte den See einst umbenennen«, wisperte Constantin da. Seine Stimme klang melancholisch. »In *Valeriesee,* nach meiner Mutter – seiner Gemahlin. In einigen Landkarten ist die Änderung noch vermerkt …«

»Hm«, machte ich, da mir keine passende Erwiderung einfiel.

Constantin schüttelte den Kopf, als wollte er die Erinnerung daran loswerden. »Zeigt mir … ähm … das Kämpfen.«

Er verließ das steinige Ufer, betrat den Waldboden und zog das Schwert, das wir zuvor in der Waffenkammer geholt hatten. Für gewöhnlich trug er lediglich einen Dolch bei sich, doch ich hatte darauf bestanden, gleich mit einer *richtigen* Klinge zu trainieren.

Allein die Art, wie er beidhändig den Griff packte, entlockte mir ein Schmunzeln. Er war das Gewicht des Schwertes nicht gewöhnt, konnte es kaum aufrecht halten. Der Prinz brauchte nicht nur Übung, sondern auch Kraft. Anstatt seiner Kräutertees sollte er lieber mehr Fleisch zu sich nehmen.

Constantins Finger zitterten.

»Habt Ihr Angst vor der Klinge?«, fragte ich amüsiert und konnte es nicht lassen, den Prinzen aufzuziehen. »Vorsicht, sie würde durch Eure Zehen gleiten, wenn Ihr sie jetzt fallen ließet!«

Der Prinz erblasste, seine Knöchel traten weiß hervor, so verunsichert umschlang er das Schwert.

»Versucht meinen Angriff abzuwehren«, forderte ich nun.

Schwungvoll vollführte ich einige Hiebe in der Luft, genoss das zischende Geräusch, das mein Schwert dabei verursachte, und ging anschließend auf den Prinzen los.

Dieser schrie erschrocken, ließ seine Klinge fallen.

Das Schwert blieb im erdigen Untergrund stecken – wenige Zentimeter von seinen Schuhspitzen entfernt.

Ich hatte noch ein gutes Stück Arbeit vor mir, wenn ich aus diesem Angsthasen einen Krieger formen wollte. Doch ich warf die Flinte nicht ins Korn.

»Hebt Eure Waffe auf«, forderte ich ungerührt und zeigte mit meiner Schwertspitze auf Constantins Klinge. Wenn sich der Prinz vorgenommen hatte das Kämpfen zu lernen, dann würde ich nicht klein beigeben.

Die Finger des Prinzen bebten, als er den Griff mit beiden Händen packte.

Kräftig ziehend rutschte die Schneide aus dem Waldboden. Der Thronfolger taumelte rückwärts, stieß mit dem Rücken an einen Baum. Beinahe hätte ich laut gelacht. Zum Glück konnte ich mir rechtzeitig auf die Lippen beißen.

Für Constantin hatte dieses Unterfangen nichts Vergnügliches. Er war damit beschäftigt, das Gleichgewicht zu halten. Während ich seit Kindertagen mit der Schwere der Waffen vertraut war, musste er diese Verbindung erst herstellen.

Jeden Tag hatten wir auf Burg Gedeleen miteinander trainiert. In den ersten Jahren mit Kinderschwertern und nur für die Dauer von wenigen Minuten, später stundenlang mit den verschiedensten Waffen. Ich war von Anfang an eine der Besten gewesen, hatte freiwillig zusätzliche Übungen absolviert.

Jetzt war es Zeit, mein Wissen mit Constantin zu teilen.

Im Licht des Mondes funkelten unsere erhobenen Klingen silbern wie das Wasser neben uns. Eine abendliche Brise überzog den See mit sanften Wellen und ließ mein offenes Haar tanzen. Gern hätte ich es mir wie der Prinz zusammengebunden, um nicht von meinen herumfliegenden Strähnen abgelenkt zu werden, doch ich wollte keine Zeit verlieren.

»Jetzt versucht mich zu verletzen«, befahl ich und begab mich in Abwehrhaltung.

Constantin schluckte, bewegte sein an der Spitze schmutziges Schwert in meine Richtung. Mühelos entwaffnete ich ihn. Abermals landete die Klinge auf dem Boden. Und erneut hob sie der Prinz auf.

Diesmal spielte ich wieder die Angreiferin. Mit zusammengebissenen Zähnen hielt Constantin seine Waffe mit beiden Händen umklammert und wehrte meinen Schlag ab. Stahl prallte auf Stahl. Die Vibration brachte mein Blut in Wallung, erinnerte mich an die Freuden des Kampfes.

Kreidebleich starrte mich der Königssohn an, erschrocken, als hätte er etwas falsch gemacht.

»Ihr habt das Schwert festgehalten – ein Fortschritt!«, lobte ich grinsend. In seinen panisch aufgerissenen Augen sah ich jedoch, dass ihm der Sinn eher nach Kapitulation stand. Er teilte meine Euphorie nicht.

Unbarmherzig holte ich ein weiteres Mal aus. Er war der Sohn des Herrschers und ein Krieg stand bevor. Er musste das Kämpfen lernen!

»Ich war ein … ähm … Dummkopf, mich wie ein trotziges Kleinkind dem Willen meiner Mutter zu … ähm … widersetzen«, murmelte Constantin da.

Verwirrt hielt ich inne, die Klinge drohend auf ihn gerichtet. Wovon sprach er?

Der Prinz seufzte frustriert. Gewiss verspürte er Schmerzen von dem Aufprall vorhin. Doch daran musste er sich gewöhnen.

»Die Königin … ähm … wollte, dass ich den Umgang mit Waffen beherrsche, und ich habe mich störrisch quergestellt. Und mein … ähm … Vater unterrichtete lediglich Niklas, zeigte kein Interesse an mir. Ich habe als Sohn wohl … ähm … versagt.« Der Kummer in seiner Stimme war deutlich spürbar. Constantin starrte auf seine kraftlosen Hände, die den Griff des Schwertes umklammerten. »Ich bin erbärmlich.«

Der Trübsinn des Prinzen verunsicherte mich. Was sollte ich sagen? Ich musste sein Gemüt irgendwie aufhellen!

Mich räuspernd senkte ich mein Schwert. »Ihr habt Stärken. Gewitztheit und Verhandlungsgeschick. Setzt darauf, schwächt Eure Gegner mit Worten und lernt deren Defizite kennen.«

Hoffnung entflammte im mutlosen Blick des Prinzen. Meine Aussage hatte gewirkt. Wie sein wohltuender Kräutertee. Erleichtert atmete ich aus.

»Vielleicht … ähm … sollte ich lieber …«, setzte der Prinz da nervös an und schielte unsicher von einer Seite zur anderen, »mit einem … Mann üben. Ich denke nicht, dass Ihr eine geeignete … ähm … Lehrmeisterin seid.«

Entsetzt riss ich die Augen auf. Hatte ich das gerade richtig verstanden?

Wie konnte er es wagen?

Gerade als ich energisch protestieren wollte, schwang der Prinz sein Schwert. Geschickt ging er auf mich los. Überrascht wehrte ich den Angriff ab. Damit hatte ich nicht gerechnet.

»Ähm … so meint Ihr?« Constantin grinste, auch wenn Schweißperlen seine Stirn zierten und im Licht der Sterne glitzerten.

Wie verdattert stand ich da, sprachlos. Schließlich aber begriff ich, dass der Prinz meinen Rat befolgt und meine Schwächen ausgenutzt hatte.

»Hervorragend«, gratulierte ich.

Wir übten noch eine Stunde. In der Zeit gewöhnte sich der Thronfolger langsam an das Gewicht des Schwerts, balancierte seine Schritte besser aus und lernte sich zu verteidigen.

Schlussendlich ließen wir uns erschöpft am Ufer nieder und betrachteten das im Mondlicht glitzernde Wasser.

Während ich nur kleine Anzeichen von Müdigkeit verspürte, schnaufte der Prinz neben mir, als wäre er meilenweit gerannt. Ich roch seinen Schweiß und empfand Erbarmen. Heute hatte er mir bewiesen, dass er den Titel *Thronfolger* verdiente. Constantin tat, was er konnte, um Kandlot ein geeigneter Herrscher zu werden.

»Was ... ähm ... haltet Ihr davon, wenn wir hier übernachten?«

Verblüfft blickte ich in seine ausgelaugte Miene und gluckste.

»Ihr wollt Euch auf dem Kies hier betten? Ihr seid federweiche Matratzen gewöhnt, würdet am nächsten Morgen schreckliche Kreuzschmerzen haben ...«

Constantin zuckte mit den Achseln. »Ein ... ähm ... Krieger hält das schon aus.«

Mein Amüsement erstarb. Ein paar Stunden Training machten aus ihm noch keinen ... *Krieger*! Ob der Prinz überhaupt noch bei klarem Verstand war?

»Ich halte das für keine gute Idee. Eure Mutter würde sich sorgen ...«

»Ihr ... ähm ... seid doch an meiner Seite. Niemand würde mich besser beschützen.«

»Aber ...«

»Und wenn ich es ... ähm ... *befehle?*«

Ich hob eine Augenbraue. Das Adrenalin in seinem Körper spornte ihn zu irrsinnigen Ideen an. Das Funkeln der Sterne spiegelte sich in seinen pechschwarzen Pupillen. Oder war es Wahnwitz?

»Dann beuge ich mich Eurem Willen. Wir sollten ein Lagerfeuer machen. Es wird kalt!«

Euphorisch sprang der Prinz auf. Für ihn war dies ein spannendes Abenteuer und er kam mir vor wie ein kleiner, aufgeregter Junge.

Solche … Ausflüge hätte er als Kind mit seinem Vater unternehmen sollen, nicht als erwachsener Mann mit seiner fünf Jahre älteren Leibwächterin!

Kaum hatte ich von Kälte gesprochen, breitete sich eine Gänsehaut auf meinen Armen aus und ich fragte mich, ob ich gerade im Begriff war, einen schrecklichen Fehler zu begehen. In dem Wald hinter meinem Rücken lauerten Wölfe und die helle Haut des Prinzen war butterzart. Mich fröstelte.

***

Lady Inga befahl Holz zu sammeln. Constantin fiel auf, dass ihn seine Leibwächterin nicht aus den Augen ließ. Vertraute sie ihm nicht? Glaubte sie, er würde *Blätter* zusammentragen?

Obwohl seine Arme vom Gewicht des Schwertes nach wie vor zitterten, trug er mehrere Scheite zum Ufer und beobachtete die Goldene Schwester, während sie mit Steinen versuchte Feuer zu machen. Die Brocken wieder und wieder zusammenschlagend pustete sie gleichzeitig auf trockene Zweige.

Constantin musterte Inga. Sie wirkte konzentriert und es fiel ihr leicht, aus Rauch züngelnde Flammen zu zaubern. Schlussendlich knackte das Holz in den orangeroten Feuerzungen. Die Luft um das Lager herum flirrte.

Vom Kämpfen ausgelaugt ließ er sich neben seiner Leibwächterin nieder. Am meisten schmerzte sein kurzes Bein, da er dieses normalerweise nie so stark belastete. Trotzdem konnte er sich im Augenblick keinen schöneren Platz vorstellen als hier neben der Frau, die er liebte.

»Ich … ähm … danke Euch«, setzte der Prinz zaghaft an. Er griff in seine Westentasche und zog die Perlenkette heraus, die er am Markt für drei Silbermünzen erstanden hatte.

»Ähm … hier, sie ist ein Geschenk an Euch!«

Die Tonkügelchen waren allesamt handbemalt. Jedes in einer anderen Farbe und mit verschiedenen Mustern. Constantin war aufgefallen, dass Inga die bunten Ketten am meisten bewundert hatte.

Die Goldene Schwester öffnete die Lippen, um etwas zu erwidern, doch ihr fehlten wohl die passenden Worte.

»Bitte ... ähm ... nehmt sie an!«

Constantin stand auf, verbiss sich den Schmerz, der in seinen müden Beinen explodierte, und legte seiner verdatterten Leibwächterin die Kette um. Dieses Vorgehen erinnerte ihn für den Bruchteil einer Sekunde an die Brautschau.

Als er ihr seidiges Haar berührte, widerstand er nur knapp der Versuchung, seine Finger darin verweilen zu lassen.

Kaum setzte er sich wieder, befühlte Inga mit der linken Hand zögernd die Perlen um ihren Hals. Die pechschwarzen und grünen harmonierten mit der Farbe ihrer Augen. Dank der roten Kügelchen wurden ihre Lippen betont.

»Ihr seid ... ähm ... bildschön!«

Harz tropfte aus einem der Holzscheite, woraufhin die Flammen zischten. Inga senkte den Kopf, stocherte mit einem Ast im Feuer herum. Ihr Haar glänzte dunkel im Schein des Lagerfeuers.

Der Prinz schmunzelte, legte sich ächzend auf die Steine und starrte hinauf zum sternenklaren Himmelszelt.

»In einer ... ähm ... Heldenromanze würdet Ihr jetzt schrecklich frieren und Euch zu mir legen«, witzelte er und warf Inga einen sehnsüchtigen Blick zu.

Diese lachte verlegen und neigte verneinend das Haupt. »Noch lodern die Flammen, später wird uns die Glut warmhalten.«

Der Prinz aber fantasierte verträumt weiter. »... und am nächsten ... ähm ... Morgen würdet Ihr Euch entkleiden und ein Bad im See nehmen ...«

Inga grinste amüsiert, baute das Luftschloss weiter aus. Für sie war alles wohl nur Spaß, wohingegen sich Constantin wünschte, diese Vision könnte Wirklichkeit werden.

»... wobei Ihr mich verstohlen vom Ufer aus beobachtet, gewiss. Auch auf Burg Gedeleen haben Mädchen derartige Geschichten erzählt.«

»Ähm ... Vermisst Ihr sie?«

Inga runzelte die Stirn.

»Eure Freundinnen!«

»Oh«, machte die Goldene Schwester, »... manchmal. Allerdings werden sie in fünf Jahren wieder an meiner Seite sein!«

»Das hoffe ich, ja.«

Ein betroffenes Schweigen war die Folge. Constantin war klar, dass er recht hatte. Gewissheit gab es auf Kandlot nicht, das musste selbst Inga aufgefallen sein.

***

Obwohl die Wunde an meinem rechten Oberschenkel von Zeit zu Zeit brannte, schlief ich schließlich neben dem prasselnden Feuer ein.

In meinem Traum erschien ein Engel. Leider sah ich ihn nur von hinten und bewunderte sein blond gelocktes Haar. Ich spürte, dass mich diese Gestalt vor Unheil bewahren würde, wusste jedoch nicht, was genau dieses Übel war ...

Als ich mitten in der Nacht erwachte, war Constantin verschwunden.

Das Lagerfeuer war abgebrannt, noch leuchtete die Glut dunkelrot zwischen den verbliebenen Holzscheiten. Verglühende goldene Funken stoben zum Nachthimmel. Der Geruch war mir vertraut und doch ...

Panik griff mit eisigen Klauen nach mir, legte sich wie eine frostige Hand in meinen Nacken. Eine Gänsehaut überzog meinen Körper.

Constantin ist fort!

Verstört rappelte ich mich auf, streckte meine schmerzenden Glieder und sah mich um. Ich hoffte, dass er mir lediglich einen Streich spielte und im See badete.

Doch dieser war glatt und warf keine einzige Welle. Wie ein Spiegel lag er ruhig zwischen den Kiefern und starrte mich scheinbar vorwurfsvoll an.

Hektisch schaute ich am Ufer hin und her. Nichts.

»Prinz Constantin?«, wisperte ich ängstlich. Meine trockenen Lippen bebten. Wo war er?

Meine Knochen brannten, als würden sie jeden Moment brechen, und doch lief ich in den finsteren Wald hinein, stolperte vor Aufregung über eine Wurzel.

»Constantin!«

Aus meinem Flüstern war ein banges Rufen geworden, ehe ich schließlich sogar schrie.

Ich hörte Wölfe heulen, Eulen rufen. Plötzlich raschelte es im Dickicht.

Und da! Eine Bewegung! Forschend hielt ich inne, spürte das erbarmungslose Pochen meines Herzens.

Ich zog mein Schwert, rechnete mit allem. Mit Landstreichern. Räubern. Wilden Tieren. Egal wer oder was gleich hinter einem Baumstamm hervorsprang, ich war gewappnet!

Es war ... *Constantin.*

Vor Erleichterung fiel mir ein Stein in der Größe eines riesigen Felsbrockens vom Herzen.

Ich steckte mein Schwert zurück in den Gürtel und rannte auf ihn zu. Das abrupte Abfallen jeglicher Spannung verleitete mich zu bizarren Taten: Dankbar fiel ich dem Prinzen um den Hals.

Ich atmete den Duft seiner Haut ein, vergrub meine Finger in seinem blonden Zopf, zog ihn an mich. Gleich darauf schaute ich ihm tief in die saphirblauen Augen.

»Dion sei Dank«, hauchte ich und griff nach seinen kalten Händen.

Als er lächelte, fühlte ich mich ertappt und meine Erleichterung verwandelte sich in Wut. Verstört stieß ich ihn von mir.

»Ich habe Euch schon einmal gesagt, dass Ihr nicht einfach weglaufen sollt!«

Enttäuscht verschränkte der Prinz seine Arme. »Ihr ... ähm ... vergesst, dass ich kein Kind mehr bin!«

Frustriert stampfte ich mit dem Fuß auf. Erde stob in die Luft. »Dann hört auf Euch wie eines zu benehmen. Ich hatte Angst um Euch und ...«

Ich verstummte. Plötzlich sah ich sie wieder. Die blutroten Augen!

Wie zwei Feuerbälle leuchteten sie mir hinter Constantin aus der Dunkelheit entgegen.

Mein Herz machte einen schmerzhaften Satz. Ich fühlte mich wie gelähmt.

»Kommt vorsichtig zu mir. Es könnte sein, dass in der Nähe ein wildes Tier lauert.«

Natürlich war es kein *Tier*. Es war ein vom Dämon besessener Mensch!

Leider gewahrte ich nicht einmal seine Umrisse, starrte ihm bloß in die Blutaugen.

Warum greift er uns nicht an?

»Kommt schon hinter mich!«

Ich verlor die Geduld, schob den Prinzen in meinen Schatten. Anschließend zog ich mein Schwert und tappte vorsichtig auf den Dämon zu.

Selbst wenn mich ein bis unter die Zähne bewaffneter Krieger anfallen würde, ich war bereit!

Mein Puls raste, das Blut rauschte mir verheißungsvoll durch die Adern.

Doch plötzlich ... plötzlich waren die Augen verschwunden. Der Dämon hatte sich aus dem Staub gemacht. Zurück blieb ein leises Rascheln in der Ferne.

Ich überlegte ihm nachzulaufen, doch ich konnte den Prinzen nicht schutzlos zurücklassen. Daher atmete ich ein paarmal durch, versuchte mich zu beruhigen.

Anschließend drehte ich mich zu Constantin um. Sein Gesicht hatte jede Farbe verloren. Im schwachen Licht des durch die Baumwipfel scheinenden Mondes wirkte er leichenblass. Hatte er die leuchtenden Augen ebenfalls gesehen?

»Was ... ähm ... habt Ihr dort entdeckt?«, fragte der Prinz. Offenbar sah ich erschrocken aus, denn er fügte hinzu: »Ihr seid ... ähm ... kreidebleich!«

»Nichts«, log ich und schluckte, »einen ... *Bären*!«

Ich sah in Constantins Augen, dass er mir nicht glaubte. Und plötzlich störte mich dieses Wissen. Ich wollte keine Geheimnisse mehr zwischen uns – und dieser Wunsch verwirrte mich mehr als alles andere.

Die Schleierwolken über uns färbten sich bereits violett und wir trotteten zurück zum See. Nebelige Dunstschwaden hingen über dem Ufer – wir sahen kaum die Hand vor Augen.

Eiligst banden wir die Pferde los und ritten zurück zum Schloss. Anstatt einer Ruhepause bekamen wir den nächsten Schrecken, kaum dass wir uns den Stallungen näherten.

Dort lag eine Leiche. Erschrocken saßen wir ab und betrachteten das Opfer.

Bei dem Toten handelte es sich um Finn, den Stallmeister.

Betroffen starrte ich auf die wunden Punkte an seinem Hals. *Bissspuren.* Dies war das Werk des Dämons.

Instinktiv langte ich nach der herabhängenden Hand des Prinzen und drückte sie.

»Inga ... ähm ... was habt Ihr dort im Wald ... ähm ... gesehen? Seid ehrlich zu mir!«

Verstört wandte ich mich dem Prinzen zu. »Zwei blutrote Augen.«

***

Constantin hatte also recht gehabt. Lady Inga hatte ihn zuvor im Wald belogen! Von wegen ein Bär hätte im Dickicht gelauert.

Der Prinz stöhnte, fuhr sich frustriert durchs Haar.

Was wusste die Goldene Schwester über den Dämon? Er selbst hatte sich schon vor Jahren ein Bild von diesem Wesen gemacht, das lautlos in Menschenkörper eindrang und deren Verstand auffraß.

Ehe er sich mit Inga diesbezüglich austauschen konnte, informierte er die Silbernen Brüder vor dem Schlosstor über die Leiche bei den Stallungen.

Sollte sich sein Vater darum kümmern! Er selbst brannte darauf, seiner Leibwächterin weitere Informationen zu entlocken.

»Ähm ... folgt mir«, bat er sie und marschierte zielstrebig voraus. Er führte sie abermals die Steinstufen hinab in seine Kellerräume, äußerst darauf bedacht, dass niemand sie beobachtete.

Djanas Leiche war nach wie vor abgedeckt. Ihr Geruch nach Verwesung und freigelegten Organen wurde von den getrockneten Kräutern noch weitgehend überlagert. Ein paar Tage wollte er sie noch hierbehalten, dann würde sie ein treuer Diener fortschaffen.

Der Prinz zog eine Holzschublade auf, entnahm mehrere vergilbte Papiere und hielt sie Inga vor die Nase.

»Hier sind … ähm … meine Aufzeichnungen zu dem Blutsauger«, flüsterte er ehrfürchtig. »Ich … ähm … jage ihn schon seit Jahren, doch bisher trieb er nur im Dorf sein Unwesen. Heimlich. Nie lagen Leichen auf dem Hof. Für gewöhnlich galten Personen als vermisst und wurden irgendwann am Flussufer aufgefunden. Außer … ähm … mir sind niemandem die Male an den Hälsen aufgefallen … Oder keiner wollte sie sehen.«

Inga reagierte sichtlich überrascht auf die Notizen. Neugierig sah sie sich seine Aufzeichnungen über die betroffenen Leichen durch. Sie alle wiesen Bisspuren auf – die meisten an den Hälsen. Andere waren an den Handgelenken mit zwei roten Punkten versehen.

Constantin erinnerte sich an jedes einzelne Opfer.

Inga schluckte hörbar. »Dann ist ein weiterer Dämonenträger eingetroffen, der weniger … subtil vorgeht – oder unerfahrener ist.«

»Vermutlich«, murmelte Constantin. Er fragte sich, weshalb die Goldene Schwester kaum Erschütterung zeigte. »Woher wisst Ihr so viel darüber?«

Seine Leibwächterin beschloss wohl mit offenen Karten zu spielen, erzählte ihm von den Vorfällen auf Gedeleen und was sie im Kreise der Goldenen Schwestern besprochen hatten.

Constantin war froh über ihre Ehrlichkeit.

»Habt Ihr einen Verdacht, wer am Hof einer der Dämonenträger sein könnte?«, fragte sie im Anschluss. »Tia vermutet, es wäre einer der angereisten Adeligen. Was, wenn es eine der Kandidatinnen ist, die ihre Konkurrenz aus dem Weg schaffen will. Oder einer der Väter? Prinzessin Britta ist nur knapp mit dem Leben davongekommen. Was, wenn Katga das nächste Ziel ist?«

Der Prinz schüttelte den Kopf. »Er … ähm … könnte sich in jedem hier eingenistet haben. Auch in einem der Diener. Außerdem wirkten die bisherigen … ähm … Todesfälle auf mich eher willkürlich, nicht geplant.«

Inga rieb sich über die Oberarme, wirkte nervös. »Wir dürfen nicht vergessen, dass wir es vielleicht auch mit zwei Trägern zu tun haben. Der König sollte die Wachen verdoppeln und das Volk warnen!«

»Und eine … ähm … Panik auslösen? Jeder würde auf jeden losgehen.«

»Was also sollen wir tun?« Die Goldene Schwester breitete anklagend die Arme aus. *»Nichts?«*

Constantin schluckte. »Wir sollten weiterhin wachsam sein«, sagte er. »Wenn sich die Todesfälle häufen, wird Vater ohnehin Maßnahmen ergreifen müssen.«

Inga wirkte unzufrieden, erwiderte jedoch nichts.

»Hier«, meinte er und holte eine Dose aus dem Regal, »reibt Euch mit dieser … ähm … Lavendel-Rosmarin-Creme ein. Ich habe viel über Kräuter gelesen. Angeblich … ähm … halten diese das Böse fern.«

Da Inga keine Anstalten machte, seiner Aufforderung zu folgen, fuhr der Prinz selbst mit zwei Fingern in die gräuliche Paste.

Kaum hatte er die Dose zurückgestellt, griff er nach ihren Händen und massierte die duftende Creme in ihre Haut ein.

Erst zog Inga ihre Finger entsetzt zurück, ließ ihn dann jedoch gewähren.

Das Gefühl, ihre Hände so innig zu spüren, entlockte Constantin ein zufriedenes Lächeln. Er wünschte, er müsste sie nie mehr loslassen.

***

Da es für den Prinzen an der Zeit war, seine Aufmerksamkeit den Kandidatinnen zu widmen, trennten sich unsere Wege.

Ich fand die Vorstellung, eine Creme könnte mich vor Dämonen bewahren, absurd. Gleichzeitig schämte ich mich für die Emotionen, die mir seine Handmassage entlockt hatte. Meine tauben Finger geknetet zu bekommen war ein unbeschreibliches Gefühl gewesen. In mir hatte sich … Wärme ausgebreitet.

Wärme, die ich jetzt um jeden Preis loswerden musste.

Ich schüttelte angesichts der Erinnerung den Kopf und wusch mir die Paste mit eiskaltem Brunnenwasser von den Fingern.

Anschließend wollte ich mich auf den Weg ins Innere des Schlosses machen. Zwar brauchte Constantin bei seinen Tête-à-Têtes keine Wächterin, meine Anwesenheit würde ihm jedoch gewiss nicht schaden. Zudem war ich neugierig, was er mit den Quintett-Kandidatinnen unternehmen würde.

Schon morgen fand die Kleeblatt-Hochzeit statt, bei der er drei Bräute in die engere Auswahl nehmen musste. Ich fragte mich, welche der fünf er als Ehefrau in Erwägung zog.

Als ich an der steinernen Schlosskapelle mit den bunten Glasfenstern vorbeikam, vernahm ich Klagelaute aus dem Inneren. Ich schlich wie ein Mäuschen durch das taufeuchte Gras, da meine Stiefel am Kiesweg möglicherweise geknirscht hätten. Interessiert näherte ich mich dem kleinen Gemäuer, hielt den Atem an. Der Nebel umhüllte das Gotteshaus wie ein hellgrauer Mantel.

Jemand betete darin mit weinerlicher Stimme. »Gütiger Dion, nimm Finn in deine Gnade auf!«, schluchzte ein Mann mit tiefer, rauer Stimme.

War das Isidor Isgehart, der Bruder des Königs? Und offenkundig in Begleitung?

»Verzagt nicht. Schon morgen nach der Beerdigung im Dorf wird die Sonne wieder für Euch scheinen. Kommt, ich halte Eure zitternde Hand.«

Ich kannte die Stimme, fühlte einen Stich in meinem Herzen. Niemals hätte ich gedacht, dass die beiden solch innige Freunde sein könnten.

»WENN ES SEIN MUSS, BIS ZUM LETZTEN ATEMZUG!«

Um weder von Sir Isidor noch von meiner Schwester Katga entdeckt zu werden, machte ich mich klammheimlich aus dem Staub.

Weshalb trauerte der Bruder des Königs um den Stallmeister? Und warum leistete ihm ausgerechnet Katga Gesellschaft? Sollte sie nicht mit den anderen Kandidatinnen um Constantins Gunst buhlen? Wenigstens für den schönen Schein?

Oder hatte Constantin gar keine Wahl? Würde der König dem Prinzen die Kleeblatt-Siegerinnen aufzwingen?

Mit diesen Fragen im Kopf beschloss ich, mir in der Schlossküche ein Brot zu holen. Mein Magen knurrte bereits.

Ich passierte den Rosengarten, sah mich um und entdeckte zwei Personen im Pavillon. Königin Valerie Vanhaag und ... König Brion!

Verwundert stahl ich mich hinter eine Marmorstatue und beobachtete die beiden. Sie saßen in höflichem Abstand zueinander auf der weißen Bank. Die Sonnenstrahlen, die sich durch die Nebelschwaden kämpften, ließen ihre blonden Haare leuchten.

***

Königin Valerie hatte sich nur widerwillig auf dieses Gespräch eingelassen. Ihr Hass wich einem unguten Gefühl im Magen. Weshalb bat der Herrscher Enghors ausgerechnet jetzt um Verzeihung für seine Sünden? Führte er etwas im Schilde?

Um nichts in der Welt würde sie ihm vergeben! Die schauderhaften Spiele, die er mit ihr als kleines Mädchen am Hofe Gondras getrieben hatte, waren unentschuldbar.

Verstecken hatten sie gespielt – als Mutprobe mitten in der Nacht im Wolfswald. Noch nie hatte sich Valerie so sehr gefürchtet – sich vor Angst sogar in die Hosen gemacht. Und was hatte Brion getan? Die Knurrgeräusche wilder Hunde nachgeahmt und anschließend über ihre Tränen gelacht.

Wenn es nur dabei geblieben wäre ...

Dass sie nun hier im Pavillon neben diesem Scheusal saß, verdankte sie nur ihrer guten Erziehung.

»Dass Ihr es wagt, hier mit Eurem *Balg* aufzutauchen und jetzt auch noch ein Gespräch mit mir einzufordern!«

Sie knetete aufgeregt ihre schweißnassen Hände. Abwartend musterte Valerie ihr Gegenüber.

Der enghorische König seufzte langsam. »Ach, Valerie, ich dachte, wir könnten die Vergangenheit – und die Sache mit meiner verstorbenen Frau – ruhen lassen.«

War er von Sinnen? Nach der Panik im Wolfswald hatte Valerie weiteren Mutproben standgehalten. Hatte sich selbst Aufgaben für Brion, Sabita und sich ausgedacht – was schließlich zu einem fürchterlichen Ergebnis geführt hatte ...

»*Ruhen lassen?* Denkt Ihr, ich hätte seit ... damals noch einen angenehmen Abend gehabt?«

Die Königin spielte auf eine ganz bestimmte Nacht an. Jene, die ihr Schicksal für immer verändert hatte.

»Ich dachte, wir wären Freunde gewesen. Nicht mehr und nicht weniger. Mir war nicht klar, welch tiefe Wunden meine Entscheidung hinterlassen würde ...«

»Nun, ich war ein Mädchen und Ihr schon fast ein Mann – hättet es besser wissen müssen. Und dass Ihr jetzt Eure Tochter mit meinem Sohn vermählen wollt, zeigt, wie herzlos Ihr seid.«

Brion fuhr sich frustriert durch sein schütteres Haar. »Britta hat den Prinzen gern. Zudem ist sie tüchtig, liebevoll. Straft sie nicht für meine Taten. Sie ist das Einzige, das mir von Isbella geblieben ist.«

Die Königin schüttelte den Kopf, blieb entschlossen. »Ich kann ihr nicht in die Augen sehen.«

Valerie weinte bitterlich.

***

Was sich an diesem Morgen zugetragen hatte, wäre genug für eine ganze Woche gewesen: Finns Leiche mit Bisspuren war aufgetaucht, Katga hatte Sir Isidor getröstet und ich hatte das erschütternde Streitgespräch zwischen der Königin und dem enghorischen Herrscher belauscht.

Was war es wohl, das sie ihm nicht verzeihen konnte? Was hatten die beiden als Kinder erlebt?

Während der Prinz im Garten Spaziergänge mit seinen Bräuten unternahm, beobachtete ich ihn aus der Ferne. Die Angst, dass der Dämon hier am Hof unter uns lebte, saß mir tief in den Knochen und ich wagte es nicht, den Prinzen außerhalb der schützenden Mauern aus den Augen zu lassen.

Aber der Schein trog. Denn nicht einmal im *Inneren* waren wir sicher. Prinzessin Britta war nur knapp einem Angriff entgangen. Der König hatte Brion daher zugesichert, dass sie die neue Königin Kandlots werden würde. Zugegeben – Constantin und die schöne Britta verstanden sich. Auch jetzt schlenderten sie lachend nebeneinander her und unterhielten sich.

Aber in des Königs Fantasie würde Britta niemals Constantins Frau werden. Vorher würde der Prinz sterben.

Doch das würde ich nicht zulassen und schon gar nicht selbst in die Hand nehmen. Ivan hatte kein Druckmittel mehr. Mein Vater war tot, Tante Ida in Sicherheit und Katga ... Der König schien Gefallen an ihr gefunden zu haben, vergnügte sich selbst mit ihr, ehe er sie an seinen Bastard weiterreichen würde.

Was aber, wenn Ivan die Dinge angesichts dessen selbst erledigte? Was, wenn *er* Constantin töten würde?

Nein, auch das war unmöglich. Ich schützte den Thronfolger nach Kräften, würde weiterhin mit Adleraugen über ihn wachen.

Der Abend brach herein, ihm würde eine kühle Nacht folgen.

Die letzte vor der Kleeblatt-Hochzeit.

Ich legte mich mit meiner Perlenkette spielend ins Bett in der Kammer und lauschte den regelmäßigen Atemzügen des Prinzen. Jeden Augenblick rechnete ich damit, dass der König hereinschneien und Anweisungen erteilen könnte.

Aber nichts Verdächtiges geschah.

Nur Minuten später trat Constantin wie aus dem Nichts in seinem weißen Nachthemd vor mein Nachtlager, bettete Kissen auf den Boden und setzte sich darauf. Plante er erneut hier zu schlafen? Wollte er nicht endlich auf einer federweichen Matratze liegen? Gewiss hatte er Kreuzschmerzen von der Nacht am Lagerfeuer, war raue Ausflüge nicht gewohnt.

Anstatt einer Erklärung ließ der Prinz Taten folgen. Er legte sich hin und schloss die Lider. Verdattert setzte ich mich auf, blickte zu ihm hinab.

»Ihr solltet nicht wieder auf ungemütlichem Untergrund schlafen.«

Der Königssohn öffnete die Augen, wirkte verängstigt. Wovor fürchtete er sich? Vor dem Dämon? Vor seinem Vater? Vor dem morgigen Tag?

»Ähm ...«

Ich glaubte zu begreifen, ließ ihn nicht länger zappeln. Vermutlich raubten ihm all diese Dinge zusammen den Schlaf.

»Wenn Ihr Euch um Eure Sicherheit sorgt, lege ich mich an Eure Seite.«

Natürlich überschritt ich mit diesem Angebot jegliche Grenzen – sprengte jeden Rahmen der Schicklichkeit.

Constantin schnappte hörbar nach Luft. »Ihr würdet wirklich ... ähm ... neben mir ...«

»Auf dem Boden.«

»Natürlich!«

Der Thronfolger legte sich in sein Himmelbett zurück und ich kauerte mich auf dem Fußboden neben ihm zusammen. Die kratzige Decke und mein Kopfkissen mussten reichen. Zum Glück brannte die Wunde an meinem Oberschenkel kaum noch, doch zu heilen hatte sie nicht begonnen. Und das, obwohl ich sie mit den besten Kräutern versorgt hatte!

Constantin zerrte den dunkelblauen Vorhang seines Bettes zur Seite, lugte zu mir nach unten.

»Wollt Ihr nicht ... ähm ... es ist genügend Platz für ... ähm ... zwei in ... in meinem ...«

Er verstummte, sah wohl mein entsetztes Gesicht.

Dieser Vorschlag konnte unmöglich sein Ernst sein. Ich würde mich auf keinen Fall *zu ihm* legen! Was, wenn irgendjemand davon erfuhr?

»Aber Ihr habt doch sichtlich ... ähm ... Schmerzen! Mir ist bei Eurem Gang vorhin ... ähm ... aufgefallen, dass Ihr ein Bein entlastet.«

War der Prinz ein solch geübter Beobachter?

»Es ist nichts«, log ich und presste die Zähne zusammen, zwang mich zu einem glaubwürdigen Lächeln.

Doch Constantin konnte ich nichts vormachen.

»Ihr könnt jetzt aufhören die ... ähm ... Starke zu spielen. Ich sehe doch, dass Euch etwas die ... ähm ... Nerven raubt. Zeigt mir Eure Wunde.«

Er erhob sich, ging auf den Esstisch zu. Dort steckten frisch duftende Kräuter in der neuen Vase.

Seine Worte versetzten mir einen Stich und erinnerten mich an die Aussage seines Stiefbruders in jener Nacht, als ich ihm die Schnittwunde im Gesicht verpasst hatte.

»Du kannst jetzt aufhören, die Unnahbare zu spielen«, hatte er gesagt und versucht mir unter den Rock zu fassen.

Beim Gedanken an dieses Erlebnis bekam ich eine Gänsehaut. Gleichzeitig pochte meine Wunde mächtiger.

»Nein danke«, erwiderte ich mit bebenden Lippen, »ich kann sie Euch nicht zeigen.«

Ich würde unter keinen Umständen meinen Oberschenkel entblößen!

Constantin ignorierte meinen Einwand, suchte passende Kräuter aus dem Gefäß und holte einen Verband aus einer Schublade. Anschließend kam er zurück, legte alles auf seinem Nachttisch ab und griff nach dem Wasserkrug, der bereits darauf stand.

Er goss vorsichtig die klare Flüssigkeit in eine Schüssel und beäugte mich gleichzeitig tadelnd. Nervös legte ich meine Hände an die Wunde.

»Ihr *müsst*. Ansonsten ... ähm ... verkürzt sich Euer Bein auch noch wie das meine«, witzelte er und zwinkerte.

Seine Aussage war natürlich töricht. Constantin war mit der Fehlstellung geboren worden und eine Verletzung beeinflusste meine Proportionen nicht. Allerdings konnte sich die Wunde entzünden …

»Lady Inga … jetzt … ähm … müsst *Ihr* einmal etwas lernen.«

Warum sprach er so liebevoll zu mir?

Ein Schauder lief mir über den Rücken. Ich ahnte, welche Gefühle der Prinz für mich hegte. Doch sie waren dem Untergang geweiht. Spätestens beim Fest der reinen Blüte – dem Tag, an dem er den Namen seiner Gemahlin verkünden würde.

»Was soll ich lernen?«, fragte ich tonlos.

Mein Mund war wie ausgetrocknet. Mit klopfendem Herzen sah ich zum Prinzen empor. Seine Pupillen funkelten, begleiteten das Lächeln seiner Lippen. Plötzlich sah er … *schön* aus. Noch nie hatte ich ihn so gesehen. Bisher war er mir immerzu schmächtig und unattraktiv vorgekommen. Doch jetzt … seine goldenen Locken kringelten sich verführerisch um sein markantes Kinn.

»Ihr … ähm … sollt begreifen«, setzte der Prinz flüsternd an, »dass sich auch einmal jemand um *Euch* kümmern muss.«

In meinem Körper breitete sich ein Kribbeln aus. Mir wurde heiß. Was meinte er? Es achtete doch ständig jemand auf mich! Erst meine Mutter, nach ihrem Tod mein Vater und schließlich die Ausbilderinnen auf Burg Gedeleen!

Aber niemand – bei meiner Mutter Silka erinnerte ich mich nicht – hatte mich je … hingebungsvoll angesehen. Als wäre ich ein kostbarer Edelstein, den es zu hüten galt.

Und zum ersten Mal war mir sein inniger Blick nicht unangenehm. Im Gegenteil. Ich wollte mich darin verlieren. Lächelte ihn an.

»Setzt Euch auf mein Bett, bitte. So … ähm … komme ich besser an die Wunde heran.«

Mein Puls raste. Unsicher ließ ich mir von Constantin aufhelfen, nahm am Rand der weißen Kissen auf seiner edlen Matratze Platz.

Anstatt meinen Rock hochzuschieben, kniete sich der Prinz zu meinen Füßen.

Ich sog scharf die Luft ein.

Was hat er vor?

Ehe ich fragen oder gar protestieren konnte, zog er mir die schweren Silberstiefel aus. Einen nach dem anderen. Gewiss waren meine Strümpfe schmutzig und rochen fürchterlich. Ich schämte mich.

Anschließend griff er nach meinen Füßen und hob sie nach oben auf sein Bett. Überrascht rutschte ich in die Polster. Noch nie war ich so weich gebettet worden. Meine müden Glieder entspannten sich und mir entglitt ein leises »Aaah«.

»Liegt Ihr gut?«

Ich nickte verstört, fühlte mich hilflos. Und doch könnte ich den Prinzen mit nur einem gezielten Tritt in die Ohnmacht befördern. Warum also hatte ich Angst?

»Zeigt mir die Wunde!«, bat Constantin.

Schlagartig war mir klar, was mich in Panik versetzt hatte: meine nackten Beine zu zeigen.

Es widerstrebte mir, den Goldrock hoch- und dafür meine Hose hinabzuschieben. Auch wenn ich bei Constantin nicht um meine Tugend fürchten musste – es geziemte sich einfach nicht, einem Mann die Schenkel zu zeigen.

»Ziert Euch nicht so ...«

Nein, das ist zu viel!

Die aufkommenden Schmerzen in meinem Bein ignorierend setzte ich mich abrupt auf.

»Stopp«, zischte ich.

Mein Herz hämmerte verzweifelt gegen meine Brust. Die Erinnerungen zwangen mich in die Knie und ich wäre zu Boden gesunken, säße ich nicht im Bett des Prinzen.

»Verzeiht mir ...«

Obwohl er nicht ahnen konnte, was mich verstörte, sah er erschüttert aus und rückte von mir ab.

Ich schüttelte den Kopf ob meiner kindischen Reaktion. Constantin wollte mir helfen. Meine Wunde heilen. Und ich führte mich auf wie ein störrischer Esel ...

Abermals waren es die unglücklich gewählten Worte gewesen, die mich in Furcht versetzt hatten.

»Ziert Euch nicht so«, hatte Constantin gewispert.

»Zier dich nicht so, du solltest dich geehrt fühlen, dass sich jemand wie ich deiner annimmt«, hatte Niklas gesagt.

»Nein«, krächzte ich und räusperte mich, um meine Stimme zurückzugewinnen, »verzeiht *mir*. Mich quälten Erinnerungen ...«

Constantin runzelte die Stirn. Selbstverständlich wusste er nicht, wovon ich da faselte. Dennoch schien er mein Problem zu begreifen, denn er schlug vor: »Ihr ... ähm ... könnt die Wunde *selbst* neu verbinden. Ich werde mich umdrehen. Hier sind meine Kräuter und die Verbände.«

Er zeigte auf den Nachttisch.

Wie rücksichtsvoll er doch war.

Auf Burg Gedeleen hatten die Mädchen Männer als grobschlächtig und kriegerisch beschrieben. Auch mein Vater war so gewesen. Ich hatte gedacht, dass die Herren der Schöpfung so sein *mussten*.

Doch ich hatte mich geirrt. Constantin mit seinem glatten Gesicht und den goldenen Locken war ganz anders. *Besser*. Ein, wie ich nun fand, wahrhaftiger Mann. Gut. Sorgsam.

Ich vertraute ihm. Und daher erzählte ich dem Prinzen, weshalb ich mich so irritierend benahm.

Kaum hielt ich inne, knurrte Constantin: »Ich werde diesen Hund aufschlitzen ...«

Die Wut spiegelte sich in seinen glitzernden pechschwarzen Pupillen wider. Sein Kiefer mahlte, er presste die Zähne zusammen. Wie schnell sich seine Sorge in Zorn verwandelt hatte!

»Beruhigt Euch. Ich konnte mich ja wehren ...« Hatte dem Bastard eine entsetzliche Wunde verpasst, die ihn auf ewig zeichnen würde!

Der Prinz seufzte, seine Weißglut erlosch. »Wenn sich doch alle Frauen so zu helfen wüssten wie Ihr ...«

Ich lachte auf. »Dann wäre die Hälfte der Männer Omnias entstellt.«

Constantin blickte mich traurig an. »Und zu welcher Sorte zählt Ihr *mich*?«

Mit einer solchen Frage hatte ich nicht gerechnet. Was wollte er hören?

Ehe ich aber antworten konnte, erklärte er: »Glaubt Ihr, dass die Kandidatinnen *gern* meine Gemahlin werden würden? Habt Ihr das Gefühl, ich zwinge sie zu ihrem … Glück?«

Ich verharrte. Tatsächlich glaubte ich, dass die Auserwählte, egal wen Constantin am Ende wählte, dankbar sein sollte einen solch gutherzigen Gemahl zu bekommen.

»Wenn, dann ist es der Druck der Eltern und König Ivans. *Ihr* seid auch nur eine Figur in deren Spiel.«

»Wir beide«, ergänzte der Prinz. »Schließlich erpresst Euch mein Vater. Ihr sollt mich töten.«

Die Erinnerung daran war unnötig. Der Gedanke, Constantin einen Dolch ins Herz zu stoßen, verursachte mir unerträgliche Schmerzen. Es war, als würde sich ein Korsett aus Dornen um meine Brust schnüren.

»Niemals. Der König kann mir nichts mehr anhaben. Ich schütze Euer Leben. Wenn es sein muss, bis zum letzten Atemzug!«

»Ihr befolgt den Auftrag meiner Mutter …«

Ich schluckte. Ja. Zum Teil hatte er recht. Ich tat, was mir Valerie Vanhaag befohlen hatte. Und doch war es inzwischen genau das, was ich tun *wollte.*

Wir sollten aufhören auf diesen Themen herumzureiten. Daher erlaubte ich Constantin, mir den neuen Verband anzulegen. Ich bat ihn sich kurz umzudrehen. Ich rollte meine Hose nach unten, zog meinen Rock hoch, dann zeigte ich ihm die alten Bandagen an meinem Oberschenkel.

Als der Prinz den Wickel abnahm und die Wunde reinigte, hielt ich die Luft an. Eigenartigerweise war es ein gutes Gefühl, von ihm versorgt zu werden. Das Ziehen in meinem Magen machte einer wohligen Wärme Platz.

»Ähm … Wen soll ich morgen zur Kleeblatt-Hochzeit einladen?«

Während der Prinz frische Kamille und andere Kräuter in den Verband wickelte, grübelte ich über die Kandidatinnen nach.

Lady Calla war tugendhaft und wohlerzogen. Lady Ylvie, die Baronstochter, wirkte wie aus einem anderen Holz geschnitzt: einfältig und kindisch. Meine Schwester schlief mit dem König und hoffte, die Gemahlin von Sir

Niklas zu werden. Meine Herrin wollte Prinzessin Britta loswerden und über Lady Xenia wusste ich zu wenig. Allerdings konnte ich mir kaum vorstellen, dass sie das Herz des Prinzen erwärmen würde – eher mit ihren kriegerischen Blicken durchstoßen.

Inzwischen war meine Verletzung versorgt, doch der Prinz wies mich an, diese Nacht in seinem Bett zu verbringen. In dem Bewusstsein, weit mehr als tausend Grenzen zu überschreiten, willigte ich ein.

Anstatt meine Meinung über die Bräute an die große Glocke zu hängen, sagte ich schließlich: »Welches Mädchen erfreut Euer Herz?«

Der Prinz schnaubte verzweifelt. »So meinte ich das nicht. Welche Kandidatin löst keinen weiteren Krieg aus?«

***

Constantin tat in dieser Nacht kein Auge zu. Einerseits machte ihn die bevorstehende Kleeblatt-Hochzeit nervös, andererseits wollte er keinen Moment mit Lady Inga verpassen.

Dass die Goldene Schwester tatsächlich in seinem Bett lag, konnte er kaum glauben.

Nachdem sie ihn bezüglich der Wahl seiner Kandidatinnen noch beraten hatte, war sie bald ins Land der Träume abgedriftet. Er selbst konnte keinen Schlaf finden.

Im schwachen durch die Ritzen im Vorhang dringenden Mondschein musterte er seine Leibwächterin. Ihr Kopf ruhte auf seinen weichen Seidenkissen, wo sich ihre rotblonden Spitzen zart lockten. Ein paarmal überlegte er ihr Haar zu berühren, traute sich aber nicht, aus Angst, sie zu wecken.

Wie friedlich ihr Gesicht aussah. Lieblich. Wie das eines jungen Mädchens. Dass Lady Inga älter war als er, konnte er in diesem Augenblick kaum glauben.

Der Mond brachte ihre Sommersprossen zum Schimmern. Wie Feenstaub tanzten sie um ihre Nase.

Constantin seufzte. Er liebte sie. Wollte *sie* als seine Gemahlin. Und doch musste er sich für drei andere entscheiden.

Nach einigen Stunden zog sich das Silberlicht zurück, machte den ersten Sonnenstrahlen Platz. Es wurde Tag.

Kaum graute der Morgen, polterte jemand in sein Gemach. Ohne Ankündigung. Ohne anzuklopfen.

Der König.

Mit seinem wallenden dunkelblauen Umhang und den klimpernden Stiefeln wirkte er bedrohlicher denn je.

Entsetzt setzte sich Constantin auf. Sein Herz hämmerte aufgeregt in seiner Brust, raubte ihm den Atem.

Ivan Isgehart reagierte mit einem höhnenden Lachen auf die eben erwachende Goldene Schwester. »Wie viele Frauen möchtest du noch enttäuschen, Sohn?«

Constantin knirschte mit den Zähnen. Er war es leid, von seinem Vater als Schwächling bezeichnet zu werden. Ehe er jedoch einen bissigen Kommentar von sich geben konnte, fuhr der König fort: »Sei's drum. Ich möchte hören, wen du heute erwählst!«

Der Prinz tauschte einen Blick mit Inga. Diese war aus dem Bett gehüpft und wirkte peinlich berührt. Bereute sie es, hier geschlafen zu haben?

Dass der König zu so früher Stunde ohne Vorwarnung eintreten würde, hatte er nicht geahnt.

»Meine … ähm … Beraterin hat mir bei der Entscheidung geholfen«, erwiderte der Prinz zaghaft.

Der König musterte Inga von Kopf bis Fuß, schnaubte anschließend.

»Soso«, zischte er süffisant. »Hat *die Lady* das.«

Constantin nickte.

»Dann sprich!«

Die Stimme des Königs klang drohend. Ungeduldig schlug er mit der flachen Hand auf den Esstisch. Die bunte Vase darauf wackelte.

In diesem Moment schaltete sich seine Leibwächterin ein. Zornig funkelte sie den König an. »Zeigt doch ein wenig Respekt vor dem Thronfolger!«

Ivans Zorn verrauchte, verwandelte sich in Zynismus. Grunzend vor Lachen hielt er sich am Gürtel fest.

»Wie niedlich«, spottete er, »ihr seid so putzig. Jetzt verstehe ich endlich so einiges …«

Inga verschränkte die Arme. »Nichts versteht Ihr!«

Constantin blickte zwischen der Goldenen Schwester und seinem Vater hin und her. Die beiden gifteten sich mit allen zur Verfügung stehenden Mitteln an; schienen über irgendetwas zu sprechen, das er nicht begriff.

Was verstand sein Vater?

»Genug«, donnerte er los, »ich sage Euch, wen ich wähle!«

Nachdem Constantin die drei Kandidatinnen genannt hatte, kratzte sich sein Vater nachdenklich am Bart. Er wirkte überrascht. *Zufrieden.*

»So soll es ein«, meinte er lediglich, warf seinen Umhang zurück und polterte aus dem Zimmer.

***

Kaum war der König draußen, schneiten Diener herein, die Constantin für das Fest zurechtmachen sollten.

Baden. Ankleiden. Pudern.

Anschließend würde ein Berater des Königs mit ihm weitere Vorgänge durchsprechen. Die Kleeblatt-Hochzeit wurde mit dem Frühlingstanz zu Ehren der heiligen Della verbunden, weshalb besondere Regeln herrschten.

Da es meine einzige Aufgabe war, in der Nähe des Prinzen zu bleiben und sein Leben zu schützen, brauchte ich bei *diesen* Vorbereitungen nicht unbedingt anwesend zu sein. Constantin kannte die anwesenden Diener – hatte Familienmitgliedern von ihnen schon mit Kräutern das Leben gerettet. Sie würden ihm nichts antun.

Ich marschierte in die Schlossküche, wo mir die Köchin ein Käsebrot zubereitete. Dankend setzte ich mich an einen Tisch und biss in die frische Kruste.

»'tschuldigt die Frage, M'lady«, sagte die rundliche Küchenfrau sichtlich nervös und trat so nahe an mich heran, dass mir ihr Geruch nach Teig, Wurst und allen möglichen Lebensmitteln in die Nase kroch. »Aber ist's wahr, was man sich im Dorf erzählt?«

Erst hatte ich keinen Verdacht, was sie meinte.

»Finn …«, fügte die Köchin jedoch sogleich hinzu, ihre Hände aufgeregt knetend, »… wurde er getötet von 'nem … 'nem Monster?«

Prompt war mir der Appetit vergangen. Ich würgte den Bissen hinunter und legte das Käsebrot weg. Ein Kloß bildete sich in meinem Magen. Was sollte ich der armen Frau sagen, die mich nun mit kugelrunden verängstigten Augen anschaute?

Constantin wollte eine Panik verhindern. Sollte ich lügen?

Ehe ich überhaupt zu einer Erklärung ansetzen konnte, fuhr sie fort: »'s heißt, der unheilige Urian wolle uns dafür bestrafen, dass wir zu Dion beten, und hat deshalb seine Monster geschickt.« Die Köchin rückte sich einen Schemel zurecht und nahm neben mir Platz. So nahe, dass sich unsere Oberschenkel berührten.

Die Herkunft des Dämons war mir unbekannt. Allerdings glaubte ich nicht, dass unsere Religion etwas damit zu tun hatte. Laut Odine hatte es diese Wesen schon gegeben, als alle Menschen Omnias noch die Göttin Pavi verehrt hatten.

»Wenn es so ist«, versuchte ich die abergläubische Küchenfrau zu beruhigen, »dann wird uns Dion auch vor diesen Kreaturen bewahren.«

Offenbar hatte ich meine Worte weise gewählt, denn daraufhin griff die Frau lächelnd an ihre Halskette. Der Anhänger, der daran hing, war ein Henkersbeil, das Zeichen der Erlösung.

»Oh, gütiger Dion«, betete sie mit geschlossenen Augen. »Schütze diese Mauern vor den Schergen des Unheiligen.«

Nun senkte auch ich meine Lider und wir beteten gemeinsam zu Ende: »Im Namen Dions, seiner Tochter Della und allen Engeln. Gepriesen sei das Beil.«

Wir formten unsere Hände zu Fäusten und drückten sie an unsere Brust, um den symbolischen Schädel Dions an unserem Herzen zu spüren.

Das Gebet hatte der Köchin gutgetan, das sah ich in ihrem Gesicht, das nun etwas mehr Farbe zeigte. Der Glaube gab den Menschen Halt. Ich aber brauchte noch etwas anderes, um mich sicher zu fühlen.

Mir fehlten die täglichen Kampfübungen, die wir auf Burg Gedeleen durchgeführt hatten. Daher nutzte ich die gewonnene Zeit, um meine Schießkünste am Trainingsplatz weiter auszubauen.

Nachdem ich mir einen geeigneten Bogen aus der Waffenkammer besorgt hatte, marschierte ich nach draußen und schmetterte Pfeil um Pfeil in die Mitte der Zielscheibe.

Nach einer halben Stunde bekam ich Gesellschaft. Es überraschte mich nicht, dass Lady Xenia ähnlich geschickt mit ihrem Langbogen umging. Die kriegerische Riesin mit den zahlreichen schwarzen Zöpfen grinste. Ihr silberner Nasenring funkelte im Licht der Sonne.

Ich beschloss die Kandidatin etwas genauer kennenzulernen. Gewiss war sie eine interessante Person.

»Seid Ihr aufgeregt?«, fragte ich daher, als wir beide die Pfeile aus der Scheibe zogen. Irritiert sah sie mich an, runzelte die Stirn. »Wegen der Kleeblatt-Hochzeit«, fügte ich erklärend hinzu.

Jetzt begriff sie, was ich meinte, und lachte.

»Pah, wessen Weib ich bin, ist mir einerlei«, verriet sie mit ernstem Ton. »Ich möchte *herrschen*! Dieses Land braucht Veränderung. Der Klerus ist zu mächtig und unterdrückt den Fortschritt.«

»Fortschritt?«

Wir marschierten durch das taufeuchte Gras hinüber zur Schmiede. Einige Pfeile mussten repariert werden. Federn gehörten ausgetauscht und Spitzen erneuert. Die hellen Strahlen der Sonne spiegelten sich im silbrigen Metall.

»Wissenschaft, Goldschwester Ericson. Alles Neue wird hierzulande gleich als Urianswerk bezeichnet …« Sie schnaubte verächtlich. »Ich würde für eine aufgeklärte Zukunft kämpfen.«

Ich blieb stehen. »Dann schreckt Ihr vor einem Krieg auch nicht zurück?«

Lady Xenia drehte sich um, grinste. »Pah, wo gehobelt wird, fallen Späne.«

Möglicherweise wäre die Riesin eine geeignete Herrscherin. Aber wäre sie eine liebende Gattin?

Ich nahm an, Lady Xenia hätte damit unser Gespräch beendet, doch sie trat noch einmal an mich heran. Ihre karamellfarbene Haut verströmte einen erdigen Geruch. »Ist es wahr, was Sir Niklas über Euch herumerzählt?«

Schlagartig wurde mir eiskalt.

Die Riesin beugte sich zu mir herab. Ihre schwarzen Zöpfe fielen mir ins Gesicht. »Er behauptet, Ihr hättet wie ein kleines Mädchen geflennt, als er Euch vor den Räubern im Wald beschützen musste.«

Wut wallte in mir auf. Ich schnaubte. »Das ist eine dreiste Lüge! Er …«

»Wusst' ich's doch«, fiel mir Xenia ins Wort. »Ich habe diesen Bastard von Anfang an durchschaut. Ihr habt *ihn* vor den Kerlen bewahrt, oder?«

Soll ich ihr die Wahrheit sagen?

Die Gelegenheit dazu verstrich, denn die junge Frau richtete sich gerade auf und betrachtete ihren Bogen, dessen Muster in der Sonne schimmerten. »Wenn doch nur Frauen diese Welt regieren könnten.«

Mit diesen Worten drehte sie sich um und ging.

Mercedes würde sie lieben.

***

Kaum hatte ich die Waffen in der Schmiede abgegeben und war auf dem Weg zurück ins Schloss, entdeckte ich ihn auch schon. Den Mann, der hinter meinem Rücken Lügengeschichten verbreitete. Als wäre die offizielle Geschichte nicht schon demütigend genug.

Sir Niklas lehnte an der Steinmauer neben den Rosenbüschen. Ohne darüber nachzudenken, marschierte ich auf ihn zu.

Beim Näherkommen bemerkte ich, dass er einen der Gärtner grob zurechtwies und dabei beleidigende Ausdrücke verwendete.

Wie hat mich dieser Mann einst so täuschen können?

»Lasst den Diener seine Arbeit machen«, sagte ich, kaum dass Niklas mich bemerkt hatte. Binden verbargen nach wie vor seine Verletzungen. Das gesunde Auge funkelte mir hasserfüllt entgegen.

»Ach, wen haben wir denn da?«, spottete er. »Das verschreckte kleine Mädchen. Hat dich die Königin noch nicht entlassen?«

Der Gärtner nutzte die Gelegenheit und huschte davon.

Ich reckte das Kinn, erwiderte den herausfordernden Blick des Bastards.

»Königin Valerie weiß genau, welch falsches Spiel Ihr spielt«, zischte ich bitterböse. »Also hört auf, diese Geschichte noch weiter auszuschmücken. Ansonsten nehme ich Euch auch noch Euer verbliebenes Augenlicht.«

Sir Niklas lachte gehässig, hob dann jedoch warnend seine Faust. »Du wagst es, dem zukünftigen König zu drohen, Goldschwester?«

Gift und Galle stiegen in mir hoch. Am liebsten hätte ich ihm ins Gesicht gespuckt, doch ich zügelte meinen Zorn.

»Ihr werdet niemals herrschen«, fauchte ich stattdessen. »Niemals!«

Ich machte auf dem Absatz kehrt. Doch anstatt mit wallendem Umhang davonzurauschen, blieb ich abrupt mit dem Rücken zu Niklas stehen, als dieser noch sagte: »Es ist dumm von dir, dein Leben in die schwachen, eingecremten Hände meines Bruders zu legen. Er wird sterben. Und bin ich erst König, werden deine Goldenen Schwestern und du tot vom nächstbesten Ast baumeln.«

Angst schoss mir in die Glieder. Mein Puls raste. Ohne mich noch einmal umzudrehen, schritt ich von dannen, von einem einzigen Gedanken beherrscht: Niklas durfte auf keinen Fall König werden!

***

Vor dem Fest nahm ich ein Bad in meinem alten Gemach. Ich wollte in Ruhe über die Kleeblatt-Hochzeit, den Dämon und diese Träume von einem blonden Engel nachdenken.

Die Dienerinnen kannten inzwischen meine Gewohnheiten und ließen mich allein in der Wanne zurück.

Wer mich jedoch mit seiner Anwesenheit beehrte und vom Sinnieren abhielt, war Schwester Mercedes. Kaum war ich bis zum Hals im nach Rosenöl duftenden Badewasser versunken, trat sie ein.

Ich nutzte die Gelegenheit, um sie auf die jüngsten Entwicklungen anzusprechen. Während sie scheinbar gelassen und mit verschränkten Armen an meiner Holzkommode lehnte, berichtete ich ihr von dem Dämon im Wald. »Ich glaube, er verfolgt den Prinzen. Ich sah ihn zweimal in seiner Anwesenheit!«

Diese Idee war mir gerade eben erst gekommen.

Mercedes wiegte ihren Kopf hin und her. »Hast du Schwester Kestrall gefragt? Sie hatte Nachtwache!«

»Noch nicht«, gab ich zu, zog meine Beine an und verschränkte die Arme vor meinen nackten Brüsten.

Dass Mercedes diese Geste mit einem schiefen Grinsen quittierte, ignorierte ich.

»Welchen Auftrag wird mir die Königin diesbezüglich geben? Wie wollen … wie *können* wir herausfinden, wer der Dämonenträger hier im Schloss ist?«

Zu meinem Entsetzten machte Mercedes eine wegwerfende Handbewegung. »Vergiss den Dämon!«, meinte sie eindringlich. »Du hast *andere* Aufgaben. Welche Bräute wird der Prinz erwählen?«

Ihr Blick war drohend, so, als *müsste* ich die Antwort kennen. Ich schluckte. Warum wollte sie das wissen? Für die Königin? Mercedes könnte ruhig freundlicher mit mir umgehen.

»Ich bin die Leibwache«, sagte ich und fügte aus Trotz hinzu, »nicht seine *Saufkumpanin*! Zeig bitte etwas Respekt.«

»Respekt?«, lachte Mercedes mit tiefer Stimme und schüttelte ungläubig den Kopf. »Du hättest den Prinzen den – möglicherweise *vergifteten* – Lavendelstrauß nehmen lassen und hast nicht aufgepasst, dass …«

»Ich gebe gut auf den Prinzen acht, habe sein Leben bei diesem dramatischen Attentat bewahrt …«

»Und doch hätte der Lavendel von Prinzessin Elin vergiftet sein können.«

Hatte ich in ihren Augen versagt? Niemals wäre ich auf die Idee gekommen, den Prinzen davon abzuhalten, sein Geschenk anzunehmen.

»Die Königstochter war in Constantin verliebt!«

»Constantin?«, wiederholte sie und zog eine Augenbraue hoch, »Für dich ist er *Prinz* Constantin!« Aus Tadel war Spott geworden. »Bist du doch seine Saufkumpanin? Oder ist da … *mehr* zwischen euch?«

Ich spürte, wie mir die Röte ins Gesicht schoss. Vor Schreck starrte ich hinab auf das dampfende Badewasser. »Niemals!«

Mercedes räusperte sich. »Danke für die Information!«

Überrascht sah ich auf. »Ich habe dir nichts mitgeteilt.«

Die Goldene Schwester nickte. »Und doch lese ich in deiner Miene wie in einem Buch …«

***

Die Schlossgärten waren von Dienern mit zahlreichen Kerzen und Pfingstrosen geschmückt worden. Die rosaroten und roten Blüten verströmten einen herrlichen Duft.

Zwischen dieser Pracht hatten Männer eine Festtafel für die Gäste aufgebaut. Das Essen würde erst nach der Kleeblatt-Hochzeit serviert werden. Zuvor musste Constantin, der am Kopf des länglichen Tisches saß, seine drei Favoritinnen ernennen.

Mein Haar war längst getrocknet und der Prinz präsentierte sich in glänzenden dunkelblauen Gewändern. Seine Aufmachung ähnelte der des Königs, nur ohne den Pelzkragen und die vielen aufwendigen silbernen Stickereien.

Zur Feier des Tages trug Constantin eine goldene Krone, die mit dem Blond seiner zusammengebundenen Locken und der Sonne um die Wette funkelte.

Langsam ließen sich mehr und mehr Gäste an der Tafel nieder, warteten gespannt auf die Entscheidung des Thronfolgers.

Dass der Königssohn lediglich meinen Rat befolgte – der interessanterweise mit der Meinung Ivan Isgeharts übereinstimmte – wusste niemand.

Musikanten spielten auf einer kleinen Bühne zwischen Rosenbüschen auf. Der liebliche Klang von Flöten und Harfen drang an mein Ohr. Mir fiel auf, dass Constantin verkrampft auf seinem Stuhl saß, die linke Hand zu einer Faust geballt.

Er war gewiss furchtbar aufgeregt.

Da die Kleeblatt-Hochzeit mit dem Frühlingsfest zu Ehren der heiligen Della verbunden war, waren auch Gäste aus dem Stadtadel anwesend. So wurde aus einer einfachen Zeremonie ein gewaltiges Schauspiel.

Frauen in farbenprächtigen Kleidern und hübschen Frisuren nahmen Platz. Einige von ihnen waren mir noch vom Quintettball bekannt, andere sah ich zum ersten Mal.

Als auch der König, seine Noch-Mätresse Frieda Larsson, die Königin und Isidor Isgehart auf ihren gepolsterten Sesseln saßen, verstummten die Musikanten auf einen Wink Ivans.

Dieser erhob sich und hielt eine pompöse Eröffnungsrede. Dabei gestikulierte er theatralisch in der Luft herum und erzählte von der ewig währenden Stärke Kandlots.

Die Gäste waren begeistert. Auch Callas Gesicht hellte sich auf und sie musterte den Herrscher fasziniert.

Die Väter der Bräute sahen sich an. Ihnen war klar, dass nur *eine* Tochter den Wettbewerb gewinnen konnte. Ich fragte mich, welcher Mann dieses Ziel am meisten vor Augen hatte.

Vermutlich König Brion, der schon einen Pakt mit dem König geschlossen hatte. Andererseits wirkte auch Großherzog Pendelö angespannt. Sein Reichtum war ein wesentlicher Vorteil – besonders im Vergleich zu Lady Xenias Vater oder Katga, die so gut wie nichts vorweisen konnten. Umso merkwürdiger war es, dass Ivan ausgerechnet *sie* mit Sir Niklas vermählen wollte. War meine Schwester die am einfachsten zu führende Marionette in diesem Spiel? Familie hatte sie so gut wie keine mehr, die ihr ins Gewissen reden konnte. Unsere Eltern waren im Himmel und ich war für sie wohl ebenfalls gestorben.

Hatte der König sie ausgewählt, um seine erste Liebe – unsere Mutter Silka – zu ehren? Oder weil er sich selbst nach ihr verzehrte und sie in der Nähe haben wollte?

Ich wusste es nicht.

Was ich aber eindeutig spürte, war, dass Baron Sven van Ijek im Vergleich zu den anderen Vätern leidenschaftslos wirkte. Weshalb war er nicht ebenso neugierig wie die anderen?

Der König beendete seine schwülstige Rede. Die Gäste applaudierten und das Wort wurde an Constantin übergeben.

Der Augenblick der Verkündung war da. Gleich würde der Adel erfahren, welche Mädchen weiterhin die Chance hatten, Königin von Kandlot zu werden.

Obwohl ich wusste, welche Namen gleich fallen würden, verspürte ich ein Ziehen in meinem Magen.

Was, wenn sich Constantin doch umentschieden hatte?

Ich war mir auch sicher gewesen, dass Prinzessin Elin ins Quintett kommen würde – doch es war *nicht* geschehen.

Ob der König ihn auch diesmal noch kurzfristig erpresst hatte? *Damals* war das Gift in meinem Kristallglas eine Lüge gewesen. Eine niederträchtige Erfindung, damit der Prinz seine Karten neu mischen musste.

Obwohl ich Constantins Gesicht nicht sah, weil ich, wie üblich, hinter ihm stand, merkte ich, dass sich seine Faust öffnete. Die Finger entspannten sich.

Ich war mir sicher, alles würde so ablaufen, wie wir es besprochen hatten.

Somit lud der Prinz die erste Kandidatin ein.

»Lady Calla – mit dem Segen Eures Vaters – erweist Ihr mir die Ehre?«

Ich erinnerte mich an meinen Rat: »Wählt die Tochter des Großherzogs. Seiner Familie gehören sämtliche Webereien. Ihr habt mir selbst gesagt, er wäre der wohlhabendste Edelmann Kandlots.«

Das Mädchen mit den kastanienbraunen Locken erhob sich huldvoll. Ihr dünnes Kleid in modernen Fliederfarben raschelte.

Ein freudiges »Gewiss!« ertönte und die Musikanten spielten eine süße Harmonie, während Constantin der ersten Braut ein goldenes Armband anlegte. Die Perlen glitzerten verführerisch im Sonnenschein.

Instinktiv griff ich an meinen Hals. Ich befühlte die Kette mit den schlichten Tonperlen und schluckte. Constantin liebte Lady Calla doch gar nicht. Oder? Mein Herz machte einen festen Schlag. Plötzlich fühlten sich meine Knochen schwer an. Alles um mich herum drehte sich. Mir wurde schwindlig.

Ehe ich nach dem Grund für mein Gefühlschaos suchen konnte, riss mich der Applaus der Gäste aus dem Bann.

Selbst die übrigen vier Kandidatinnen mussten brav klatschen und Freude heucheln. Katga brauchte nicht zu simulieren. Sie wusste wohl, dass gleich ihr Name fallen würde.

»Lady Katga, erweist auch Ihr mir die Ehre?«

»Ich *bitte* darum, Eure Hoheit«, säuselte meine Schwester. Ihr Gewand war unpassend offenherzig. Anstatt ihre Reize unter luftdurchlässigen Stoffen zu verbergen, präsentierte sie schamlos einen Ausschnitt, der jeden Mann erröten ließ. Bestimmt fragte sich ein jeder, der keine Kenntnis von unserem Schicksal hatte, wie ihre Eltern solch eine Aufmachung dulden konnten.

Obwohl der Ansatz ihrer Brüste und die Fußknöchel in dem karmesinroten Kleid zu sehen waren, sprach sie gewählt ... wie eine geborene Königin. Mit ihrer klaren Aussprache überzeugte Katga auch Sir Isidor, der ihr ein Lächeln schenkte, ehe sie sich von Constantin mit dem Armband schmücken ließ.

Auch sie hatte *ich* empfohlen. Das gestrige Gespräch kam mir in den Sinn.

»Katga ist die Geliebte Eures Vaters, sie würde im Ansehen der Bevölkerung steigen, wäre sie unter den Kleeblatt-Bräuten gewesen ... sollte er sie irgendwann zu seiner offiziellen Mätresse ernennen«, so mein Rat.

»Ich ... ähm ... habe Katga beobachtet«, hatte Constantin grinsend gesagt. »Ihr seid euch ähnlich. Setzt beide gekonnt eure ... ähm ... Waffen ein.«

Daraufhin hatte ich den Kopf geschüttelt. »Meine Schwester verwendet meinen Dolch gewiss lediglich zum Obstschneiden.«

Constantin hatte gelacht. »Nein, Katga hat ... ähm ... andere Waffen. Sie konnte schon Niklas und meinen Vater für sich gewinnen. Vielleicht wirkt ihre ... ähm ... Magie ja auch irgendwann bei mir und sie wird am Ende meine Gemahlin?«

Diese Worte waren ein Scherz gewesen.

Dennoch fühlte ich auch *jetzt* wieder diesen Stich.

Es waren noch drei Kandidatinnen übrig. Lady Ylvie, Lady Xenia und Prinzessin Britta.

Ich wusste, wessen Name fallen würde. Ein jeder ahnte es.

Die kindliche Baronstochter würde es nicht sein. Im Grunde hätte sie gar nicht ins Quintett geraten dürfen. Auch Lady Xenia war nie eine ernst zu nehmende Anwärterin gewesen.

Folglich blieb: »Prinzessin Britta!«

Dass er sie zuletzt nannte, war der Wunsch des Königs gewesen. Aus Frust, zu einem Versprechen gezwungen zu sein, sollte die Tochter möglichst lange um eine weitere Teilnahme am Wettbewerb zittern.

Während Lady Xenia wenig damenhaft schnaubte, zischte Lady Ylvie schnippisch: »Daz wusste ich, Vati! Ich bin nicht traurik, Vati.«

Die Königstochter sprang vor Erleichterung auf. Ihre bebenden Lippen formten sich zu einem Lächeln. Sie freute sich wirklich.

Constantin wirkte entkrampft, konnte in aller Ruhe seiner letzten Braut das Armband schließen. Zusammen mit dem Schmuck schenkte er ihr einen innigen Blick.

Liebte er *sie*?

Vor Ärger, dass mich diese Tatsache überhaupt interessierte, drückte ich mir die Fingernägel in den Arm. Ich musste einen kühlen Kopf bewahren! Sollte mich nicht in die Liebeleien des Prinzen einmischen.

Andererseits wollte die Königin es so.

Die Königin!

Entsetzt schnellte mein Haupt in ihre Richtung. Diese schluckte, senkte den Kopf.

Ein neuer Gedanke flutete meinen Verstand: In den Augen Valerie Vanhaags hatte ich wohl kläglich versagt!

Meine Herrin hatte mich gebeten ihrem Sohn diese Braut auszureden. König Brion hatte am Hofe Gondras ein böses Spiel mit ihr getrieben, als sie noch Kinder gewesen waren. Es war nur verständlich, dass sie sich dessen Tochter nicht als Gemahlin für Constantin wünschte.

Allerdings war ihr gewiss auch bewusst, dass Ivan ohnchin für ihr Verbleiben gesorgt hätte. Er wollte keinen Krieg mit Enghor – im Gegenteil, brauchte Brion als Verbündeten im Kampf gegen das mächtige Noredellä an seiner Seite.

***

Das Frühlingsfest war eine der liebsten Veranstaltungen Ivan Isgeharts. Der König genoss es, seinen prächtigen Schlossgarten mit Tausenden Kerzen zum Leuchten zu bringen. Zu späterer Stunde dienten sie als Lichtquelle. Das

Abendrot war besonders kräftig gewesen, weshalb nun eine sternklare Nacht folgte.

Ivan marschierte zwischen den amüsierten Gästen hindurch, vergewisserte sich, dass das Fest zu seiner Zufriedenheit ablief. Constantin unterhielt sich mit Lady Calla über die Webereien ihres Vaters. Katga, das schöne Kind, tändelte unverschämt mit seinem Erstgeborenen – Niklas. Binden verbargen die Wunden, die ihm die neue Goldschwester zugefügt hatte. Bis auf dieses Manko machte er einen stattlichen Eindruck, posierte stolz neben dem Springbrunnen.

Die Musikanten spielten unterhaltsame Melodien, weshalb Isidor Isgehart eine Dame des Stadtadels zum Tanzen aufforderte. Die Frau reagierte überrascht, wurde rot.

Ivan schmunzelte. Vielleicht würde sein Bruder endlich eine passende Gemahlin erwählen. Inzwischen fragte sich der halbe Hofstaat, weshalb Sir Isidor noch Junggeselle war.

Die Finger am Rücken verschränkt, flanierte Ivan weiter durch den Garten.

Baron Sven van Ijek kreuzte seinen Weg. Wie vereinbart. Hier, abseits der Feiernden und umgeben von Rosenbüschen, konnten sie ungestört ihren Handel abschließen.

Der König räusperte sich. »Wie versprochen habe ich dafür gesorgt, dass Lady Ylvie eine gute Partie macht, Sven.«

Ein bestätigendes Brummen erklang, ehe sich der Baron nachdenklich am Glatzkopf kratzte. »Gut, wir wollen doch nicht, dass die Wahrheit über den Tod Eurer Mutter ans Licht kommt ...«

Ivan schluckte. Die Erwähnung von Agnes versetzte ihm einen Stich. Verstimmt presste er hervor: »Eure Freundschaft ist mir lieb und teuer.«

Baron van Ijek grinste feixend. Gelbe Zähne kamen zum Vorschein. »Das sollte sie auch. Würde der Adel erfahren, dass Euer Vater seine eigene Frau erdross...«

Worte wie ein plötzlicher Eisregen. Empört schnappte Ivan nach Luft. »Erwähnt es *nie wieder*, hört Ihr! Niemals!«

Während sich der Baron selbstgefällig seinen protzigen Gürtel zurechtrückte, ballte Ivan beide Hände zu Fäusten. Vor Wut hätte er am liebsten auf den kleinen Kobold eingeprügelt. Schlimm genug, dass er Kenntnis davon hatte, dass Agnes keines natürlichen Todes gestorben war. Nein, er brachte dieses Thema auch noch zur Sprache und erpresste ihn mit diesem Wissen.

Ivan selbst hatte mit ansehen müssen, wie sein Vater Imger Isgehart seine Mutter zu Tode gewürgt hatte.

Der König war jähzornig und stur. Wer nicht nach seiner Pfeife tanzte, büßte dies bitter. Auch sein Bruder Isidor und er. Während Isidor jedoch als Jüngster oft vergessen wurde, bekam Ivan fast täglich Schläge zu spüren. Denn nur so – das hatte Imger stets behauptet – konnte ein geeigneter Herrscher aus ihm werden.

Besonders seine Ehefrau behandelte Imger grob. War sie nicht seiner Meinung, brüllte er sie an. Selbst vor dem Kronrat. Einmal zerrte er sie ungeniert an den Haaren aus dem Ratssaal und verprügelte sie im königlichen Schlafgemach. Ihre Schreie waren im ganzen Schlossflügel zu hören; so lange, bis sie sich in Flehen und Würgegeräusche verwandelten.

Ivan wuchs damit auf. Verweilte vor dem Gemach seiner Eltern, bis der Vater schimpfend herauskam und er zur weinenden Mutter laufen konnte.

Eines Tages fand er nur noch ihre Leiche.

Vor Verzweiflung vertraute er sich seinem Freund Sven an. Damals war er ihm eine Stütze gewesen. Heute erpresste er ihn mit der Kenntnis über Agnes' Ableben.

Ein Luftzug ließ die orangeroten Flammen zittern. Diese Bewegung rüttelte den König wach.

Der Baron schnalzte mit der Zunge. »Nun, wenn man bedenkt, dass in Constantins Adern das Blut eines Isgehart fließt, bin ich froh, dass meine Tochter *nicht* zum Fest der reinen Blüte eingeladen wurde ... Oder ist an den Gerüchten etwas dran, dass Ihr gar nicht der Vater des Thronfolgers seid? Erzählt es mir, ich bin Euer Freund!«

Freund ... Ivan presste die Zähne zusammen. Welcher Kumpane benahm sich so anmaßend? Der König fuhr sich resigniert durchs volle schwarze Haar und rückte seine Krone zurecht.

»Glaubt nicht alles, was die Spatzen von den Dächern pfeifen …«

Ivan wusste nicht, wer verbreitete, dass Constantin nicht sein Sohn war. Er selbst hätte damit gewartet, bis die Legitimation unter Dach und Fach war. Er hatte nur einer Handvoll Personen anvertraut, dass er von Valerie hinters Licht geführt worden war. Der Prinz war etwa sieben Monate nach der Hochzeit zur Welt gekommen. Jahre später hatte ihm der Hofarzt unter Druck versichert, dass es sich dabei keineswegs um ein Wunder der Frühgeburt gehandelt hatte. Ivans größte Angst hatte sich bewahrheitet: Constantin war – wenn man dem Arzt Glauben schenkte und das tat er – nicht die Frucht *seiner* Lenden.

»Sei's drum«, meinte der Baron und kniff die Augen zusammen. »Hauptsache, *Ihr* behandelt Eure Gattin gut. Obwohl … sie zieht ein Gesicht wie sieben Tage Regenwetter. Gibt es Probleme im Ehebett?«

Ivan schnaubte. Auf ein solches Gespräch hatte er keine Lust. Ein jeder am Hof versuchte ihm Informationen zu entlocken, um diese als Klatsch zu verbreiten. Ihm war bewusst, dass ihm ohnehin später das Wort im Mund umgedreht werden würde. Daher erwiderte er schlicht, dass er für Lady Ylvie wie vereinbart einen Edelmann zum Heiraten bestimmt hätte und sich nun um die anderen Gäste kümmern müsste.

Wütend verabschiedete er sich von Baron Sven van Ijek und marschierte auf König Brion zu. Dieser glaubte nach wie vor, eine gute Vereinbarung für seine Tochter getroffen zu haben. Dass er Prinzessin Britta an einen Todgeweihten verheiraten wollte, war dem Herrscher des Nachbarreiches natürlich nicht bewusst.

Keine andere als die zauberhafte Katga – Silkas Tochter – würde Kandlots Königin werden. An der Seite seines leiblichen Sohnes. Sir Niklas Larsson.

***

Wenige Tage später verabschiedete sich der April in den Mai. Das Fest der reinen Blüte rückte näher und Constantin musste sich zwischen seinen drei Kandidatinnen entscheiden.

Ein Gespräch mit der Königin hatte ergeben, dass sie mich nicht für den Verbleib Prinzessin Brittas verantwortlich machte. Sie hatte mir versichert, dass ihr bewusst war, wer hier sämtliche Fäden in den Händen hielt und sie nach Gutdünken zog. Der König.

Der Mann, der zusammen mit seinem Bastard ungeniert falsche Gerüchte in Umlauf brachte. Beim Frühlingsfest hatte ich Lady Ylvie erneut mit Lady Calla tuscheln hören. Während die Großherzogstochter permanent versucht hatte das Thema zu wechseln, hatte der Spross des Barons unablässig weitergestichelt. »Der Prins ist ein Kuckuckskind«, hatte sie wieder behauptet. »Gut, daz ich nicht seine Prinsessin werde, sondern einen Grafen heiraten darf!«

Daraufhin hatte Lady Calla erwidert: »Mir einerlei, dass Constantin laut Sir Niklas nicht der Sohn des Königs ist. Von Gerüchten halte ich nichts.«

Also hatte der Bastard diese Gerüchte gesät. Wie giftigen Samen in alle Himmelsrichtungen verteilt.

Ich konnte nicht glauben, dass die Leute diesen Tratsch ernst nahmen. Frühgeburten waren zumeist des Todes, weshalb Constantins Überleben ein Geschenk des Himmels war. Und anstatt dieses Präsent anzunehmen, wurde er als Kuckuckskind bezeichnet.

Dennoch hatte ich bei der Unterhaltung mit meiner Herrin auch *dieses* Thema angeschnitten. Die Königin hatte zutiefst bestürzt reagiert, hatte Tränen in den Augen gehabt.

»Natürlich ist Constantin Ivans Sohn«, hatte sie mir versichert und dabei ihren Körper umklammert. Valerie war sichtlich verstört gewesen, weshalb ich sofort bereut hatte, sie darauf angesprochen zu haben. Trotzdem schien sie mir zu vertrauen, da sie mir endlich den Grund genannt hatte, weshalb sie Prinzessin Britta nicht an der Seite ihres Sohnes sehen wollte.

»König Brion und meine Schwester Sabita waren einst Freunde. Doch zu mir war er grausam, spielte mir als Mädchen andauernd fürchterliche Streiche. Er quälte mich meine gesamte Kindheit lang, erzählte von Schattenmonstern, die mich des Nachts holen würden, wenn ich nicht drei Stunden auf einem Bein stehen könnte … diese *Späße* trieb er immer weiter. Noch heute habe ich Albträume davon …«

Ich war froh, dass mir die Königin endlich ihre Sorgen anvertraut hatte. Möglicherweise würde sie mich eines Tages ebenso schätzen wie Mercedes und Kestrall. Gleichzeitig verspürte ich eine entsetzliche Wut gegenüber König Brion. Unter seiner höflichen Maske musste ein Monster lauern!

Die letzten beiden Nächte hatte ich wieder neben Constantin verbracht. Er hatte mich um meinen Beistand gebeten und mich dabei so verloren angesehen, dass ich gar keine andere Wahl gehabt hatte. Neben ihm zu schlafen fühlte sich vertraut an ... geborgen. Für dieses Gefühl schämte ich mich; und würde mich jemand danach fragen, hätte ich es abgestritten.

Untertags beschäftigte sich der Thronfolger mit seinen Bräuten. Während er mit Prinzessin Britta ausritt und mit Katga lange Spaziergänge machte, unterhielt er sich mit Lady Calla über die Zukunft Kandlots.

Egal mit wem er seine Stunden verbrachte – ich blieb in der Nähe. Nichts und niemand konnte mich davon abhalten, Constantin zu beschützen. Nicht einmal der König, der mich erneut an den Stand der Zeit erinnerte und aufforderte, endlich einzulösen, was ich ihm seiner kranken Meinung nach schuldig war. Er hatte meine Ausbildung bezahlt. Dafür sollte ich den Prinzen töten.

Entgegen Constantins Rat, der meinte, ich solle seinen Vater einfach in dem Glauben lassen, dass ich den Handel irgendwann eingehen würde, hatte ich dem König erklärt: »Es gibt keine Abmachung. Und Ihr habt nichts gegen mich in der Hand!«

Weshalb Ivan Isgehart mich weiterhin mit dieser Aufgabe betreute, war klar: Nur ich kam nahe genug an den Prinzen heran und konnte Gift in seine Mahlzeiten geben. Denn genau wie es die Königin verlangte, wurde jede seiner Speisen zweimal vorgekostet, und des Nachts weilte ich – näher, als sie ahnte – an seiner Seite.

***

Die nächste schockierende Begebenheit trug sich zwei Tage nach dem Fest zu Ehren der heiligen Della zu. Es war Abend und Constantin schlenderte gerade mit meiner Schwester Katga durch den Schlossgarten, als ich sie wieder sah: die blutroten Augen.

Gerade hatten Constantin und ich uns noch zugelächelt, als sie plötzlich aus der Dunkelheit des Waldes herausleuchteten. Blutrot. Wie zwei kostbar geschliffene Edelsteine.

Vor Schreck hätten meine Beine beinahe ihren Dienst versagt. Mein Mund wurde trocken.

Instinktiv griff ich nach dem Schwert an meinem Gürtel. Einen Herzschlag später verschwanden die glühendroten Punkte im Dunkeln. Der Dämonenträger flüchtete in die sichere Finsternis des Waldes, wurde von ihr verschluckt.

Schon dreimal war er mir entwischt. An meinem ersten Tag hier, beim Quintettball und am Veronikasee.

Diesmal werde ich nicht versagen!

Ich nahm meine Beine in die Hand und hastete in den nachtschwarzen Forst. Unsichtbare Zweige peitschten mir ins Gesicht. Am Boden liegende Kiefernzapfen erschwerten mir das Laufen. Fast stolperte ich über eine aus der Erde ragende Baumwurzel. Stacheln eines Busches kratzten mich am nackten Arm, ich verzog das Gesicht.

All dies ertrug ich, um den Dämonenträger endlich zu fassen.

Ich keuchte, mein Atem ging schnell. Unrhythmisch. Eine Eule verkündete, dass ich ihre Ruhe gestört hatte. Anstatt nach dem Tier Ausschau zu halten, rannte ich weiter, das Schwert fest umklammert. Einzelne Strahlen des Mondes fielen durch das Blätterdach und spiegelten sich im silbrig schimmernden Stahl. Die Waffe verlieh mir Mut. Und den brauchte ich. Denn wenn ich nur eine Sekunde an mir zweifelte, würde der Dämon erneut entwischen.

Entsetzt blieb ich stehen.

Dort, auf einer Lichtung, erhellt von einem Silberstreif Lunas, wartete jemand.

Eine in einen schwarzen Mantel gehüllte Gestalt. Ein Mensch. Ein Dämon. *Der Träger.*

Mein Herz raste. Die Schwärze der Nacht verhüllte mein Zittern. Ich schwitzte aus allen Poren, umklammerte mein Schwert so fest, dass des schmerzte.

Die Eule verstummte, als hätte selbst sie Angst. Es war windstill. Die Ruhe vor dem Sturm. Ich hörte mein hektisches Keuchen, fühlte den wilden Pulsschlag. Heiß und schnell rauschte mir das Blut durch die Adern.

Ich musste mich dem Dämon stellen. Offenbar wartete er auf mich.

Doch weshalb?

Wer verbarg sich unter der schwarzen Kapuze? Wessen Augen funkelten mir da rot entgegen?

»SPRICH ODER DU BIST TOT!«

Wie vom Donner gerührt stand ich da; starrte dem Wesen entgegen. Der Dämonenträger hatte nicht vor zu fliehen. Hatte mich vom Schlossgarten weggelockt. Seine Pupillen schimmerten aus der Dunkelheit heraus, bohrten sich wie glühende Kohle in meinen Verstand.

Wer steckte unter dem schwarzen Kapuzenmantel?

Ich musste es wissen, ehe ich ihm meinen Stahl ins Fleisch rammen konnte. Der Kopf musste abgetrennt werden. Anders würde der Dämon nicht sterben, den Träger immer wieder heilen.

Wer würde gleich meine Klinge zu spüren bekommen? Ein letztes Mal atmete ich tief ein und aus. Ich hob mein Schwert, marschierte hinaus auf die Lichtung.

»Und *du* nennst dich Goldene Schwester?«

Abrupt blieb ich stehen. Vor Schreck hätte ich fast mein Schwert fallen lassen.

Ich kannte diese Stimme! Aber war das möglich?

Blondes Haar lugte unter der Kapuze hervor. Ich hatte mich also nicht getäuscht.

Der Dämonenträger schnaubte. »Du nimmst deine Aufgaben ja nicht gerade ernst. Anstatt dich um die Sicherheit des Prinzen zu sorgen, umgarnst du ihn!«

Ehe ich etwas erwidern konnte, lüftete der Dämonenträger seine Kapuze. Ich sah sein Gesicht.

Ich fühlte, wie mir der Angstschweiß den Rücken hinablief. Hastig umklammerte ich meine Klinge fester. Das Gewicht beruhigte mich.

»Du wirst sterben«, säuselte Prinzessin Britta und grinste. »Constantin ist mein!« In ihren Augen schimmerte der Wahnsinn des Dämons. Die Königstochter war nicht mehr Herr ihres Körpers.

Vor Blutdurst riss sie ihren Mund auf, ihre Zähne formten sich spitz und leuchteten im weißen Schein des Mondes.

»Die Schwestern auf Burg Gedeleen sind schwache Kriegerinnen – habt euch beim Dämonenangriff selbst infiziert und konntet nicht einmal dafür sorgen, dass die Prinzessin verschont blieb ...«

Burg Gedeleen lag direkt an der Grenze zu Enghor. Wir hatten die nahe gelegene Stadt mit dem Königsschloss vor den Dämonen schützen wollen – und offenbar kläglich versagt. Die Besessenen hatten es bis ins Gemach der Prinzessin geschafft ...

»Die Diener wurden alle aufgespürt und getötet – ich verbarg meine ... *Krankheit.*«

Ich atmete einmal tief ein und aus. Warum erzählte sie mir das alles? Wollte sie mein Mitleid? Hätte sie mir nicht gerade den Tod versprochen, hätte sie vielleicht sogar eine Chance gehabt.

So aber hob ich mein Schwert. »Ihr wollt meinen Tod? Kommt und holt ihn! Es dürfte nicht schwer sein, bei einer solch *schwachen* Kriegerin.«

Woher ich die Kraft für derartigen Spott nahm, verstand ich selbst kaum. Jedenfalls flößten mir diese Worte Selbstvertrauen ein.

»Dein Blut wird gewiss süß schmecken«, feixte Prinzessin Britta und gluckste. »Besser als die schale Flüssigkeit der Diener ...«

Dieses glockenhelle, beinahe liebliche Gelächter passte nicht zur Bitterkeit ihrer Worte. Ich erschauderte. Sämtliche meiner Nackenhärchen richteten sich auf.

Der Dämon hatte Fürchterliches angerichtet, eine bildschöne Königstochter in ein blutdürstiges Monster verwandelt. Im Mondschein schimmerten ihre Locken fast silbern, hoben sich von der Dunkelheit des Waldes hinter ihr ab. Ein zauberhaftes Bild. Nur ihre leuchtenden Augen verrieten, dass hier keine weiße Magie am Werk war. Mächte des Bösen hatten von der Prinzessin Besitz ergriffen, zwangen sie zu skrupellosen Taten.

Brittas spitz gewordenen Zähne blendeten mich, als sie langsam auf mich zumarschierte. Eigentlich wollte ich mich ihr entgegenstürzen – doch meine Beine waren plötzlich wie Blei. Ich konnte mich nicht bewegen. Erneut kam ich ins Schwitzen. *Was ist nur mit mir los?*

Die Worte Odines kamen mir in den Sinn. Ihre Aufforderung von damals. Damals, als ich versagt hatte: »Töte sie endlich! Trenne ihren Schädel ab, nur so kann sie erlöst werden!«

Ich hatte nichts getan. Hatte dagestanden, wie zur Eisskulptur erfroren. War nicht dazu fähig gewesen.

Und nun? Heute waren meine Schwestern nicht zugegen. Ich war ganz allein.

Britta lachte, als könnte sie meine Gedanken lesen.

Wohin war das liebreizende Mädchen verschwunden, das Constantin geküsst hatte? Sie musste irgendwo in diesem Körper gefangen sein.

Ich konnte sie nicht töten!

»Britta, beruhige dich!«, flüsterte ich daher freundschaftlich. »Wir finden eine Lösung. Wenn du Blut brauchst, könnten wir es mit dem von Tieren versuchen ...«

Mutig steckte ich mein Schwert zurück in die Halterung und hob meine Hände zum Zeichen, dass ich nicht auf sie losgehen würde.

Sichtlich irritiert hob die Prinzessin eine Augenbraue, schüttelte den Kopf. »Niemals. Wie einfältig du bist ... Was findet Constantin bloß an dir?«

Mein Herz machte einen Satz. *Hat Constantin von mir erzählt?*

Als ich einen verträumten Augenblick lang darüber nachdachte, verwirkte ich meinen Vorteil. So gut ich mich auch auf die Waffenkunst verstand – es nützte nichts, wenn ich mit leeren Händen vor meinem Gegner wartete.

Britta riss ihren Mund auf. Die Zähne blitzten, leuchteten im Mondlicht.

Ich schrie.

Blut spritzte. Warm und klebrig rann es über mein Gesicht und meinen Hals. Es roch nach altem Kupfer. Ein metallischer Geschmack breitete sich in meiner Mundhöhle aus. Ich würgte.

Alles ging rasend schnell, innerhalb eines Herzschlags. Dieser war so gewaltig, dass ich strauchelte und zu Boden fiel. Unsanft landete ich auf meinen Knien. Schmerz explodierte in meinem bereits verletzten Oberschenkel.

»Schwester Inga!«

Ich blinzelte, sprang wieder auf die Beine. Ich verkniff mir einen Aufschrei und starrte auf den Schädel von Prinzessin Britta.

Und neben mir stand ...

Kestrall!

Das Silber ihres Schwertes glänzte dunkelrot. Mein Gesicht war mit Brittas Blut bespritzt. Auch auf meinen Händen und meiner Kleidung entdeckte ich Flecken. Ich keuchte. Am liebsten hätte ich wieder geschrien. *Vor Wut!*

Ich war erbärmlich! Anstatt mich zu verteidigen oder den Dämon in Britta zu besänftigen, wäre ich beinahe zu Tode gekommen.

»Inga, bist du wohlauf?«

Kestrall warf ihre Klinge ins Gras neben Brittas Rumpf und streckte mir ihre Hände entgegen. Auf ihren Fingern gewahrte ich Blutstropfen. Dennoch waren sie ruhig. Ich hingegen zitterte wie Espenlaub.

Alles in mir kribbelte, als würden tausend Ameisen auf mir ihr Unwesen treiben. Ich spürte, dass mein Herz raste. Hinauf bis zum Hals klopfte.

Nein! Erneut starrte ich für einen Moment auf den abgetrennten Schädel, ehe ich mich wieder meiner Retterin zuwandte. Ich fühlte mich schrecklich!

Kestralls silbergraue Augen musterten mich. Sie wartete auf eine Antwort.

Nein, mir geht es nicht gut! »Ja«, hauchte ich, »ich ... wollte gerade mein Schwert ziehen!«

Das war gelogen. Ohne die Hilfe der Goldenen Schwester hätte mich die Königstochter tatsächlich überwältigen können.

Was war nur mit mir los? Warum hatte ich sie nicht einfach getötet? Inzwischen war ich doch kein Grünschnabel mehr, hatte bereits den Attentäter niedergestreckt!

Am liebsten hätte ich vor Zorn und Verzweiflung gegen eine der Kiefern getreten, doch auf der Lichtung befand sich keine.

»Schon gut«, beschwichtigte mich Kestrall, »du warst bestrebt das Richtige zu tun, Inga.«

Also war ihr klar, dass ich nicht nach meinem Schwert gegriffen hatte. Kestrall hatte vermutlich sogar *gehört*, wie ich versucht hatte an Brittas Vernunft zu appellieren.

Ich nickte. »Vielleicht hätte es eine Heilung gegeben ...«

»Ich verstehe dich, Inga. Besser, als du denkst!«

Sie schloss mich in ihre Arme. Kurz bettete ich meinen Kopf auf ihre Schulter und sog ihren Duft tief in mich ein. Ich verdankte dieser Frau mein Leben. Das würde ich niemals vergessen!

***

König Brion gab sich unwissend und tief bestürzt. Unter Tränen behauptete er vor dem Rat, nichts von der »Krankheit« seiner Tochter gewusst zu haben und packte noch am selben Abend seine Habseligkeiten zusammen.

Ich hingegen war der Meinung, der Herrscher Enghors hatte sehr wohl Kenntnis von Brittas Zustand gehabt und lediglich gehofft, sie hätte ihr »Problem« besser kontrollieren können.

Dass dem nicht so gewesen war, hatte ich am eigenen Leib erfahren.

Offiziell hieß es, Prinzessin Britta wäre durch ein tragisches Reitunglück ums Leben gekommen. Nur der König, sein Kronrat, Constantin und ich wussten Bescheid. Und natürlich König Brion, der jedoch von Kummer getrieben sofort mit der Leiche seiner Tochter abgereist war. Bestimmt kannten inzwischen auch die Königin und die übrigen Schwestern die Wahrheit, denn Kestrall hatte den Vorfall sicherlich nicht für sich behalten.

Während der Ratsbesprechung suchte ich immer wieder Constantins Blick. Nur er konnte mir die Ruhe geben, die ich so dringend brauchte. Leider würde ich ihn so schnell nicht für mich allein haben, denn angesichts der Vorkommnisse hatte er natürlich Verpflichtungen: Zu Ehren der verunglückten Prinzessin versammelten sich die Kandidatinnen und er nach der Besprechung in der Kapelle und beteten für Brittas Seele.

Selbst zwei Stunden später, als mich die Königin zu sich in ihr Gemach rief, bebte ich noch am ganzen Körper.

Es war spät und ich sehnte mich nur noch nach einem Bad, um das Blut von meinem Körper zu waschen, doch der Bitte meiner Herrin musste ich zunächst Folge leisten.

So hatte ich mir am Brunnen den gröbsten Schmutz von Gesicht und Händen gewaschen und marschierte in ihr Zimmer.

Mehrere Kerzen auf goldenen Ständern erhellten den Raum. Die Königin erhob sich von ihrem Sofa, stellte ihr Kristallglas am Kaminsims ab.

»Liebste Schwester Inga!«

Ihre überschwängliche Begrüßung ehrte mich, zumal ich befürchtet hatte, sie würde mich zurück nach Gedeleen oder zu ihrer Schwester nach Gondra schicken. Ich hatte versagt! Hätte mich beinahe von einer schwächlichen Prinzessin übermannen lassen! Wäre Kestrall nicht zur Stelle gewesen ...

Dass mich Valerie Vanhaag nun mit offenen Armen empfing und mit »liebste« betitelte, quittierte ich mit einem überraschten Lächeln.

»Schwester Kestrall erzählte mir von deiner Tapferkeit. Du hast also den Dämon niedergestreckt?«

Entsetzt schnappte ich nach Luft. *Nein. Nein!* Ich hatte wie ein Schwächling dagestanden. Wie Constantin, als er bei unserem Training zum ersten Mal einen Pfeil abschießen sollte.

Hatte die Goldene Schwester etwas anderes behauptet? Doch weshalb?

Um mich nicht in Lügen zu verstricken, schwieg ich.

Zum Glück erwartete die Königin keine Antwort, lächelte anerkennend und verkündete: »Nun, ich bin froh, dass Prinzessin Britta nicht mehr am Wettbewerb teilnehmen kann ...«

Sie wirkte wahrlich gelöst, erleichtert. So, als wäre eine schwere Last von ihrer Seele genommen worden. Elegant wie eine Elfe griff sie in ihren smaragdgrünen Rock und drehte sich einmal im Kreis. Der Stoff raschelte sanft und ihr Lachen erfüllte den Raum.

Noch nie zuvor hatte ich meine Herrin so gelöst gesehen.

»Willst du ein Glas Wein?«, fragte sie mich freundschaftlich und griff nach der bereits entkorkten Flasche auf dem Tischchen neben dem goldenen Sofa.

Dankend lehnte ich ab und sah zu, wie sie ihr Kristallglas erneut füllte. Die helle Flüssigkeit verströmte einen himmlischen süßlichen Geruch. Offenbar waren die Trauben dieser Sorte besonders erlesen gewesen.

Dennoch zog ich es vor, bei klarem Verstand zu bleiben. Meine Zunge durfte sich auf keinen Fall lockern.

Im Gegensatz zu mir hatte die Königin keine Hemmungen. Sie nahm einen kräftigen Schluck und schloss vor Genuss ihre Augen.

»Mmh, herrlich«, summte sie und blinzelte mir verschwörerisch zu.

Welchen Triumph feierte die Königin bloß? Brittas Tod? Den Abschied von König Brion?

Die wohlige Wärme, gepaart mit dem süffigen Alkohol, machte Valerie Vanhaag gesprächig.

»Und Constantin *ist* Ivans Sohn. Er wird König sein!«

Die Leichtigkeit in ihrer Stimme war verschwunden. Plötzlich klang sie ernst, melancholisch.

Ihr Blick verharrte im orangeroten Leuchten des Feuers. Die Flammen spiegelten sich in ihren Pupillen.

»Zusammen mit einer hervorragenden Gemahlin wird er herrschen«, fügte sie bestimmt hinzu und sah mich an.

Eine passende Ehefrau ... auf einmal verspürte ich ein brennendes Ziehen in meinem Magen. Es waren nur noch meine Schwester Katga und Lady Calla übrig.

***

Das Wasser in der Wanne färbte sich blutrot. Verstört schrubbte ich mir sämtliche Flecken vom Körper.

Die Königin hatte trotz meiner Einwände dafür gesorgt, dass die Dienerinnen auch zu dieser Uhrzeit parat standen. Im Grunde hätte ich mir das Bad selbst bereiten können, ich war diese Arbeit von Burg Gedeleen durchaus gewöhnt.

Mit Rosendüften, Ölen und Schaum verwöhnt zu werden war mir unangenehm. Besonders da die Augen der Mädchen groß wurden, als sie den Schmutz im Wasser sahen.

Der Geruch nach Blut erfüllte den Raum, wurde jedoch sogleich von mehreren edlen Düften übertüncht.

Als ich mir eine frische Uniform angezogen hatte und mein Haar zu trocknen begann, marschierte ich zu Constantins Gemach. Hoffentlich war er endlich von seinen höfischen Pflichten entbunden.

Tatsächlich begrüßte er mich in seinen schlichten Leinengewändern und mit einer dampfenden Teetasse in der Hand.

»Hier«, wisperte er und hielt mir das nach Kräutern duftende Getränk hin.

Ich registrierte den Geruch nach Baldrian und ahnte, was der Prinz vorhatte. Er wollte mich mit seinen Pflanzen beruhigen.

Diese These bestätigte sich, als ich schließlich eine Duftlampe auf dem Esstisch entdeckte. Über einer kleinen Kerze in einem Schälchen verdunstete nach Minze und anderen Pflanzen riechendes Wasser.

Ein Schmunzeln stahl sich auf meine Lippen.

Der Tee schmeckte und wärmte mich von innen heraus. Obwohl auch das Badewasser heiß gewesen war, hatte ich mich nicht entspannen können. Erst jetzt spürte ich, wie sich einzelne Verkrampfungen in meinen Muskeln lösten und sich mein Herzschlag beruhigte.

»Ähm ... setzt Euch.«

Constantin wies auf die Stühle neben dem Esstisch.

Wortlos nahm ich Platz, umschlang weiterhin die Tasse.

Unsicher sah ich den Prinzen an, der sich mir gegenüber niedergelassen hatte. Er strahlte Ruhe aus, Frieden. Genau das, was ich jetzt brauchte. Denn kaum schloss ich meine Augen, bauten sich schaurige Bilder vor mir auf. Ein Hals, der aufriss. Blut, das herausspritzte ... ein Wasserfall aus Lebenssaft, dessen Kraft sich durch die Haut geschlagen hatte.

Ich erschauderte, konzentrierte mich auf das, was mir im Moment Halt gab.

Constantin. Seine zurückgebundenen blonden Locken. Seine saphirblauen liebevollen Augen.

Mir fiel auf, dass seine Finger zuckten. Sie zitterten nicht. Es war, als würde er sich davon abhalten, nach meinen Händen zu greifen.

Plötzlich bedauerte ich seine Beherrschung. Gern hätte ich seine beruhigende Wärme gespürt. Hätte das Gefühl seiner weichen, nach Lavendel duftenden Haut genossen.

Ich seufzte.

»Wie … ähm … geht es Euch? Und behauptet jetzt nicht: *gut*!«

Sollte ich dem Prinzen meine Gedanken mitteilen? Ihm verkünden, dass ich mich schämte? Dass ich schwach und ängstlich … ein Feigling gewesen war?

Ich war all das, was ich von *ihm* behauptet hatte.

»Es tut mir leid, dass Ihr eine Kandidatin weniger habt …«, flüsterte ich und starrte in die Flamme der kleinen Kerze zwischen uns. Ihr Licht erhellte den Raum nur spärlich, doch es genügte. Im Augenblick wollte ich gar nicht mehr sehen als Constantin.

Ich log. Tatsächlich bedauerte ich es nicht. Irgendwie wünschte ich sogar, die Brautschau würde aufgrund der Umstände abgesagt werden oder …

»Ich … ähm … *durfte* statt Prinzessin Britta eine andere Kandidatin zum Fest der reinen Blüte einladen. Die Tochter des Grafen Llögg, Lady Xenia.«

Also war das Kleeblatt wieder komplett. Der Wettbewerb ging weiter, als wäre nichts geschehen. Mein Herz brannte.

»Schön«, presste ich hervor und schluckte schwer. »Aber keine wird Euer Herz so schnell erobern. Prinzessin Britta war Eure Favoritin …«

Weshalb ich das sagte, war mir unklar. Die Ereignisse des Tages machten mich wohl wirr im Kopf.

»Ähm … pardon?« Der Prinz setzte sich kerzengerade auf, musterte mich.

»Verzeiht«, wehrte ich ab und schüttelte ob meiner Worte den Kopf. »Ich wollte keineswegs andeuten …«

»… dass Britta Königin geworden wäre?«

Ich schwieg.

Genau das hatte ich gemeint. Er hatte *sie* geküsst. Und glücklich ausgesehen.

Das Brennen in meiner Brust verschlimmerte sich. Es war, als würde mir jemand das Herz herausreißen.

»Seid unbesorgt. Die Wahl meiner ... ähm ... Gattin steht seit Langem für mich fest.«

Instinktiv griff ich nach der Perlenkette um meinen Hals, fühlte jede einzelne Kugel. Hinter meinen Augen stach es mit einem Mal entsetzlich und ich bildete mir ein Tränen zurückhalten zu müssen.

Was ist nur mit mir los? Weshalb geht es mir so schlecht?

Dass Constantin eine Entscheidung getroffen hatte, war hervorragend!

Und doch fühlte ich mich elend.

Wer hatte das große Los gezogen? War es meine frivole Schwester Katga oder die artige Lady Calla? Oder freute er sich Lady Xenia zurückzuhaben?

Ich wagte nicht danach zu fragen und die Gewissheit im Blick des Prinzen quälte mich. Er blieb völlig ruhig.

»Doch ... ähm ... zweifelsohne ist es überaus tragisch, dass Ihr Prinzessin Britta töten musstet. Schwester Kestrall hat mir vorhin ... ähm ... erzählt, dass Ihr das Schwert geschwungen habt ...«

In diesem Moment kullerte eine Träne aus meinem Augenwinkel. Heiß und glänzend bahnte sie sich ihren Weg über meine glühende Wange.

Ich schluchzte. »Die Königstochter starb nicht durch meine Klinge«, wisperte ich verzweifelt. »Kestrall rettete mir das Leben. Ich ... konnte nicht ... zuschlagen ... «

Beschämt senkte ich den Blick. Die Träne blieb an meinem Kinn hängen und tropfte schließlich in den erkalteten Tee hinein.

Constantin schwieg, legte mir zwei Finger unters Kinn und zwang mich so dazu, ihn wieder anzusehen.

Sein Blick war unendlich weich. Das Blau seiner Augen schimmerte wie ein Ozean.

Am liebsten wäre ich in diesem Wasser ertrunken.

Das verheißungsvolle Funkeln darin sagte mehr als tausend Worte.

Noch nie hatte ich mich so geliebt gefühlt. Zuletzt vielleicht vor vielen, vielen Jahren, als meine Mutter noch lebte ... Mich nach seiner Liebe sehnend bahnte sich eine weitere Träne ihren Weg.

»Und … ähm … dennoch seid Ihr die mutigste Frau, die ich je kennengelernt habe«, versicherte er mir ehrlich.

Seine Stimme war samtig wie eine wohlig-weiche Decke.

Egal ob er Katgas, Xenias oder Callas Namen beim Fest auf die Papierblüte schreiben würde – die Auserwählte konnte sich glücklich schätzen.

***

Auch in dieser Nacht lag ich an seiner Seite, spürte seine Wärme, obwohl er mich nicht anfasste.

Ich träumte abermals von dem blonden Engel, dessen Gesicht verborgen blieb. Auf jeden Fall fühlte ich, dass mich diese Gestalt vor Unheil bewahren wollte. Wer auch immer sie war.

***

Ivan hatte es geschafft. Früh am Morgen hatte ihm ein Bote das Schreiben überbracht, das für Recht und Ordnung in Kandlot sorgen sollte. Aus diesem Grund hatte er nach Lady Inga rufen lassen. Sie würde es sein, die den Stein ins Rollen bringen und das Schicksal in die Hände nehmen würde.

Außer dieser Goldenen Schwester gab es niemanden, der seinem vermeintlichen Sohn derart nahe kommen konnte. Sie kontrollierte seine Kleidung auf Giftpulver, begleitete ihn auf Schritt und Tritt und ließ seine Mahlzeiten vorkosten.

Ohne die Hilfe dieser Frau würde es schwer werden, Prinz Constantin zu töten.

Dass der Junge sterben musste, stand für Ivan fest. Er war nicht sein Fleisch und Blut und durfte daher unter keinen Umständen zum König gekrönt werden.

Glücklicherweise hatte er einen Sohn. Niklas. Der Junge musste nur noch offiziell legitimiert werden. Die schriftliche Erlaubnis des Klosters St. Gregor hielt er nun fest in seinen Händen.

Zufrieden blickte Ivan aus dem Fenster. Der Morgen graute. Heute würden sich so einige Dinge klären.

Schon der Tod Prinzessin Brittas hatte den Wind der Veränderung wehen lassen. Brion war abgereist, konnte ihn nicht länger bedrängen seine Tochter zur Königin zu krönen.

Es klopfte.

Der König grinste, als die Goldene Schwester in sein Gemach trat.

»Guten Morgen, *Lady Inga*!«

Von seinem Boten hatte er gehört, dass die Goldschwester wieder an Constantins Seite genächtigt hatte. Sie hatte also durchaus fleischliche Gelüste. Seltsam nur, dass sie diese ausgerechnet mit dem unfähigen Prinzen auslebte. Andererseits hatte ja auch er gewisse Vorlieben. Möglicherweise reizte Lady Inga ein Schwächling im Bett, den sie nach Belieben dominieren konnte.

Kaum marschierte sie auf ihn zu, hob Ivan triumphierend das Schriftstück.

Inga runzelte die Stirn, verstand noch nicht, wie bedeutungsschwer dieses Papier war.

Der König lächelte süffisant. »In meinen Händen halte ich die Legitimation meines Sohnes Niklas. Schon morgen könnte ich verkünden, dass er mir auf den Thron folgen soll.«

Die Goldene Schwester versuchte ihren Schock zu verbergen, verschränkte die Arme und antwortete mit bitterem Klang: »Was hält Euch dann noch ab?«

Trotzig reckte sie ihr Kinn. Beinahe hätte Ivan ihr das Schauspiel abgenommen, doch die Furcht glitzerte in ihren Augen. Trotzdem wurde er ärgerlich.

Er schimpfte ungeduldig: »Die Frage ist eher: Was hält *Euch* noch ab? Wollt Ihr Constantin erst beim Fest der reinen Blüte niederstechen? Und sagt mir nicht, Ihr hättet Euch in den Tölpel verliebt.«

»Sprecht nicht so über ihn!« Worte, schärfer als die Klinge eines Schwertes.

Der König schnaubte. »Wenn Ihr Eure Emotionen unter Kontrolle habt, zögert nicht länger. Solange dieser Junge lebt, wird das Land gespalten bleiben und Niklas nicht als ihren König anerkennen.«

»Ich habe es Euch bereits gesagt«, zeterte Lady Inga. »Ich töte Constantin nicht. Und Ihr könnt mich nicht länger erpressen. Vater ist tot, meine Tante

Ida in Sicherheit. Und was Katga betrifft – nun, sie hättet Ihr längst verstümmelt, wäre das Euer Wille gewesen.«

Ihre harten Worte versetzten Ivan einen Stich. Die Vorstellung, der butterzarten Haut seiner Geliebten Schläge oder Ähnliches zu verpassen, tat ihm im Herzen weh. Er verehrte Katga, sie erinnerte ihn an Silka. Auch deren Haar war golden gewesen, glänzend wie die Sommersonne.

»Was ist mit dem Prügelknaben?«

»Holt ihn doch. Selbst seine Schreie würden mich nicht umstimmen.«

»Ich lasse ihn *töten*, wenn Constantin am Tag nach dem Fest noch lebt. Ihn und all seine Brüder und Schwestern!«

»Wie Ihr meint.«

Sie bluffte. Oder hatte Mercedes sie inzwischen abgehärtet?

»Gut«, schmetterte der König und hob das Schreiben wie ein drohendes Beil.

»Es liegt in *Eurer* Hand. Morgen bei Sonnenuntergang werde ich vor allen Adeligen die Legitimation verkünden. Die Bräute werden an Niklas übergehen – Ihr wisst, wen er im Auge hat.«

Katga als Königin vorzusehen war eine weise Entscheidung gewesen. Ivan war mit sich zufrieden. So konnte er seine Liebste immer in der Nähe behalten.

Mit der anderen Ericson-Tochter hatte er weniger Glück. Sie stellte sich quer, spielte sich auf. Ihre Worte troffen vor Bitterkeit und Trotz. »Die Adeligen werden Euch den Rücken kehren und sich hinter den *wahren* Thronfolger Kandlots stellen!«

Ihre Aussage war wie ein Schlag zwischen die Beine. Lady Inga war verblendet von der Treue zu Valerie.

»Constantin ist nicht mein Fleisch und Blut«, erklärte er erneut. »Die Adeligen werden mir beipflichten. Ich kann ihnen nämlich die Aussage einer Goldenen Schwester präsentieren, die besagt, dass meine liebe Gemahlin einen Bastard gebar und zudem eine gottlose Beziehung zu Lady Mercedes unterhält ...«

Lady Inga riss die Augen auf, wirkte erschüttert. »Derartiges würde ich niemals ...«

»Wer sprach von *Euch*?«, feixte der König. »Schwester Tia sang wie ein Vögelchen jedes Lied nach, nachdem ich ihr von der drohenden Hexenverbrennung ihrer Nichte berichtet hatte.«

»Tia?«, hauchte Lady Inga betroffen.

»Wie würde sie sagen? *Dios cé!*« Ivan nickte höhnend. »Die Sorge um das arme Kind lockerte ihre Zunge. Ich versprach die Rettung ihrer Nichte im Austausch für ihr Wort. Inzwischen ist die Gute auf dem Weg nach Pendlet an der Senrö.«

In Pendlet war eine Epidemie ausgebrochen. Vermutlich würde die Goldene Schwester und deren Nichte an den Folgen der Krankheit zugrunde gehen.

Die Information hatte Lady Inga die Sprache verschlagen. Sie war erblasst und hielt sich vor Unsicherheit an einer Kommode fest.

Der König nutzte diese Schwäche sofort. »Legt Eurer leiblichen Schwester keine weiteren Steine in den Weg, Ihr habt Katga genug Leid zugefügt. Singt Constantin von mir aus liebevoll in den Schlaf – was auch immer. Aber sollte er übermorgen noch leben, geht es Euch an Kopf und Kragen.«

Ivan liebte es, seine Opfer leiden zu lassen. Anstatt jedoch Lady Inga damit den Wind aus den Segeln zu nehmen, weckte er erneut ihren Kampfgeist.

»Weiß Sir Niklas, dass Ihr das Bett mit seiner zukünftigen Königin teilt?«, spottete sie und verengte die Augen zu Schlitzen.

Für den Bruchteil einer Sekunde fühlte sich Ivan ertappt, schließlich passte Niklas das Verhältnis zwischen ihnen überhaupt nicht in den Kram.

Das band er der neunmalklugen Inga aber nicht auf die Nase. Er winkte ab und grinste dreist: »Mein Sohn wird mir danken, dass ich seiner Gemahlin Kunststücke der Liebe beibringe.«

Die Goldschwester verzog das Gesicht, als hätte sie etwas Widerliches gesehen, und schnaubte verachtend. Während Ivan in schallendes Gelächter ausbrach, verließ sie schäumend vor Wut sein Gemach.

***

Inga kehrte verstört zurück in sein Zimmer. Der Prinz hatte sich inzwischen seine Leinengewänder angezogen und das Haar zurückgebunden. Gerade wollte er ihr einen Beruhigungstee anbieten, als sie erklärte etwas mit Kestrall besprechen zu müssen.

»Finja wacht solange vor Eurer Tür«, ließ sie verlauten.

Während der Prinz allein am Esstisch sein vorgekostetes Frühstück zu sich nahm, dachte er über seine Entscheidung nach. Constantin wusste genau, wen er als Gemahlin an seiner Seite haben wollte.

Als er überlegte, wie er *sie* zur Siegerin des Wettbewerbs erklären sollte, wurde die Türe aufgerissen.

»Majestät, Euer Vater will Euch sprechen«, sagte Schwester Finja genervt, wobei ihre »Rs« übertrieben rollten.

Ivan polterte herein.

Vor Schreck ließ Constantin fast die Brotscheibe fallen.

Kaum war die Pforte geschlossen, zeterte der König: »Ich gehe davon aus, du weißt vom Auftrag deiner *Lady*?«

Der Prinz löste die Kruste ab, sparte sie für seine Leibwächterin auf. Anschließend bestrich er den weichen Mittelteil mit Butter.

Er wusste genau, wovon sein Vater sprach. Dennoch wollte er ihn auf die Folter spannen. »Dass sie mich ... ähm ... beschützen soll?«

Der König wurde tatsächlich wütend, schlug mit der Handfläche auf den Esstisch. Das Geschirr darauf schepperte. »Davon spreche ich nicht, du Narr.«

Constantin versuchte ruhig zu bleiben, obwohl ihm das Herz bis zum Hals schlug. Auch das Wasser im Krug vibrierte aufgrund der Wucht des Aufschlags.

»Dann ... ähm ... sprecht Ihr wohl davon, dass Ihr sie unentwegt dazu drängt, mich zu töten!«

Der König grinste, verschränkte die Arme. Er wirkte nicht überrascht. »Ganz genau«, sagte er. »Aber wir wissen beide, dass das Frauenzimmer dies nicht vermag.«

Die Worte seines Vaters trafen den Prinzen wie ein Eimer eiskalten Wassers. Vor Unsicherheit schluckte er einen ungekauten Bissen runter.

»Daher«, fuhr der König bedeutungsschwanger fort, »wirst du ihr helfen.«

Die Forderung traf den Prinzen wie ein Blitz. Hätte er gestanden, hätten seine Beine ihren Dienst versagt. Sie fühlten sich plötzlich an wie Watte.

»Du bist doch ein Meister der Kräuterkunde«, spottete der König. »Vergifte dich selbst beim Fest der reinen Blüte und rette damit das Leben deiner Goldschlampe.«

Für Constantin standen Zeit und Raum still. Er konnte seinen Ohren kaum trauen. Was sein Vater da von ihm verlangte, war krank ... grausam und irr.

»Ihr ... ähm ... habt mich schon einmal hinters Licht geführt.« Seine Stimme zitterte. Seine Lippen bebten.

»Wie du meinst. Aber wundere dich nicht, wenn in Lady Ingas Badeöl plötzlich Säure schwimmt oder ...«

»Das wagt Ihr nicht!«, fiel Constantin dem König schmetternd ins Wort. Aus der Taubheit in seinen Gliedern wurde ein nervöses Stechen. Wie tausend glühende Nadeln.

»Es liegt in deiner Hand. Wähle einen süßen Tod für dich selbst mit Wein, Weib und Gesang – oder dein Liebchen wird um Gnade winseln!«

Constantin hatte verstanden.

Er schluckte schwer.

Sein Blick glitt an Ivan vorbei und hinüber zu den Kräuterregalen.

In einer verschlossenen Schublade befanden sich giftige Pflanzen. Tollkirsche, Eibe, Maiglöckchen und viele mehr.

Er besaß diese eigentlich nur, um Gegengifte herzustellen.

Nun ... die Lage hatte sich geändert.

Für Inga würde *er* in den Tod gehen.

***

Meine Selbstsicherheit hatte starke Einbußen erlitten. Sie bröckelte. Verstört rannte ich durch die finsteren Schlossgänge. Hier gab es keine Fenster, die mir den Weg erhellen könnten. Nur ein paar lodernde Fackeln.

Meine Schritte hallten durch das Gemäuer. Ein schauriges Geräusch. Ich bekam erneut eine Gänsehaut. Genau wie zuvor, als mir der König von

Schwester Tia und dem Schicksal ihrer Nichte erzählt hatte. Und würde Ivan seine Drohung, den Prügelknaben und dessen Geschwister zu töten, wahr machen? Es hatte mich alle Kraft gekostet, daraufhin unbekümmert zu reagieren und nicht zusammenzubrechen.

Aus eigener Kraft konnte ich diese Situation nicht mehr kitten. Ich brauchte Hilfe. Die Königin wollte ich nicht behelligen. Schwester Mercedes hielt mich für eine naive Anfängerin. Wer mir jedoch in den letzten Tagen ans Herz gewachsen war, war die nachdenkliche Kestrall.

Sie hatte mir auf der Lichtung das Leben gerettet. Vielleicht wusste sie auch jetzt, was zu tun war.

Finja hatte Wachdienst und Mercedes befand sich vermutlich bei der Königin. Kestrall würde also ungestört sein und sich mein Anliegen anhören.

Kaum betrat ich ihr Gemach, musterte sie mich irritiert. Kein Wunder. Bisher hatte ich sie noch nie aufgesucht.

Ihr Zimmer ähnelte meinem, das ich inzwischen nur noch zum Baden und Umkleiden aufsuchte. Dunkle, schlichte Möbel dominierten den Raum. Gerade saß sie an ihrem Esstisch und nahm das Frühstück zu sich. Brot mit Ei. Ein herrlicher Duft schlug mir entgegen und mein Magen knurrte. Später würde ich mit Constantin speisen!

»Schwester Inga!«, grüßte mich Kestrall überrascht und erhob sich.

Ihre silbergrauen Augen blitzten. Sie musste gerade ein Bad genommen haben, denn ihr glattes mausgraues Haar war aufgrund der Nässe beinahe schwarz. An den Spitzen über den Schultern kringelte es sich zu kleinen Löckchen.

»Was führt dich zu mir, Inga?«

Der dunkle Klang ihrer Stimme gab mir die Sicherheit, ihr all meine Ängste anzuvertrauen. Es wäre töricht, noch länger zu schweigen und die Forderung des Königs zu ignorieren. Bis zum Fest der reinen Blüte morgen brauchte ich einen Plan!

Also teilte ich der Goldenen Schwester meinen Kummer mit, erzählte ihr vom Auftrag des Königs. Dass ich Constantin töten sollte und Sir Niklas legitimiert werden würde.

Die Worte sprudelten geradezu aus mir heraus. Mit jedem Satz spürte ich, wie sich in mir etwas bewegte, als würden Steine von meiner Seele rollen.

Kestralls Miene verfinsterte sich. Kaum hatte ich meinen Vortrag beendet, nickte sie, als hätte sie einen Entschluss gefasst. »Ich denke, es ist an der Zeit, die Sterne Kandlots neu zu ordnen, Inga.«

»Was meinst du?«

Kestrall nahm wieder an ihrem Esstisch Platz, spießte ein Stück Apfel mit einer Gabel auf und aß es.

»Nicht nur die Nahrung berührt den Mund, Inga – auch das Tafelsilber beim Fest der reinen Blüte. Meine Dienerin Elga ist für das Gedeck zuständig, kann einzelne Bestandteile mit speziellen Mitteln polieren.«

Mir wurde mulmig zumute. »Wovon sprichst du?«

Kestrall schaute mich ernst an. »Bis zum morgigen Abendrot ist König Ivan Isgehart tot.«

***

Kestrall und ich hatten einen finsteren Plan geschmiedet. Wir würden den König ermorden. Beim Fest. Vor aller Augen. Es würde unzählige Verdächtige geben, sodass niemand uns beschuldigen konnte.

Erst als ich zurück in Constantins Gemächer marschierte, wurde mir die Bedeutung unserer Worte so richtig bewusst. Ich plante einen Mord! Ich war eine *Mörderin*!

Noch vor einer Woche hätte ich derartiges nicht für möglich gehalten. Und nun? Nun wollte ich Geschichte schreiben? Mit Tinte aus Blut?

Die Goldene Schwester war gegen meinen Vorschlag gewesen, auch Constantin einzuweihen.

»Der Prinz soll mit der Ermordung seines Vaters nichts zu tun haben«, hatte sie gesagt. »Er soll gegen jeden Zweifel erhaben sein!«

Ich hatte ihr schließlich zugestimmt, zumal uns Constantin die Idee möglicherweise ausgeredet hätte. Auch wenn Ivan ihn wie Dreck behandelte und sogar als Sohn verleugnete, der Thronfolger war ein Mann des Friedens. Er hätte unseren Pakt niemals gutgeheißen.

Kestrall hatte mir außerdem verraten, weshalb sie der Königin erzählt hatte, ich hätte die Dämonenträgerin zur Strecke gebracht.

»Es war nicht wegen unserer Herrin«, hatte sie geflüstert, »sondern wegen Mercedes' Angst, du wärst nach wie vor unsicher. Sie denkt, der Prinz hätte mit seinem Gesülze auf dich abgefärbt. Ich wollte sie vom Gegenteil überzeugen.«

»Weshalb?«

»Die Königin hält große Stücke auf dich, plant deine Zukunft hier am Hof – Mercedes soll diese Sicht nicht trüben.«

Dieses Gespräch im Gedächtnis dankte ich Finja für ihr Wachen vor Constantins Tür. »Der König hat ihn besucht«, verriet sie mir, ehe sie sich verabschiedete.

Der Prinz wirkte verstört, als hätte er eine schreckliche Nachricht erhalten. Leider wollte er mir seine Bedenken nicht verraten, nippte pausenlos an seinem Tee und starrte auf die Kräuter in der Vase.

Das Frühstückstablett war noch da. Constantin hatte alles bis auf die Brotkrusten und den Speck verzehrt. Mir wurde warm uns Herz.

Seltsam, wie gut mich der Königssohn inzwischen kannte. Und noch abstruser war, dass er auf meine Vorlieben achtete. Egal was genau wir für einander empfanden – ein gewöhnliches Verhältnis zwischen Leibwache und Prinz pflegten wir nicht. Ich hatte meine Grenzen überschritten.

Vielleicht hatte Mercedes recht. Möglicherweise verweichlichte mich der Thronfolger. Ich war keine Vorzeige-Goldschwester mehr. *Oder nie gewesen …*

***

Der Tag verging. Constantin traf sich mit seinen verbliebenen Bräuten, er spazierte an Katgas Seite im Schlossgarten, schoss gegen Lady Xenia Pfeile am Übungsplatz – selbstverständlich hatte die Riesin die Nase vorn – und führte tiefgründige Gespräche mit Lady Calla. Währenddessen hielt ich mich im Hintergrund. Bereit, jederzeit einzuschreiten, sollte dem Königssohn etwas zustoßen.

Meine Gedanken galten Kestrall. Und dem Plan, den wir ausgeheckt hatten. Schwester Mercedes hatte mich an meinem ersten Tag vor Intrigen am Hof gewarnt. Nun schmiedete ich selbst welche. Machenschaften – düster und schauderhaft. Dennoch legte ich all meine Hoffnungen hinein, betete, dass mit Ivans Tod ein neuer Wind in Kandlot wehen würde. Eine frische Brise der Zuversicht. Vielleicht hatte Lady Xenia gar nicht so unrecht: Wir brauchten Veränderung, mussten uns der Wissenschaft zuwenden. König, Adel und Kirche durften nicht länger die einzigen Säulen unserer Welt sein.

Als sich Constantin nach einem abendlichen Bummel im Kräutergarten von Katga verabschiedete, fuhr er sich prustend durchs Haar, als hätte er einen weiten Lauf hinter sich.

Ich grinste. »Außer Atem, Eure Hoheit?«

Der Prinz lächelte mir zu. Im Schein der Abendsonne glühten seine Locken rotblond und hoben sich vom Dunkelgrün des Waldes ab, als würde der Prinz brennen.

»Gewiss«, erwiderte er schmunzelnd. »Es erfordert Geschick, gleich vier ... ähm ... Frauen glücklich zu machen.«

Sein weißes Leinenhemd anstarrend erwiderte ich irritiert: »Vier?«

Constantin nickte und zwinkerte mir zu. Eine Geste, die mein Herz überrascht springen ließ. Es kannte die Antwort bereits.

»Euch mitgerechnet«, erklärte der Königssohn. Wie zur Bestätigung reichte er mir einen mit den Fingern abgezwickten blühenden Zweig Basilikum. Die violetten Knospen zauberten mir ein Lächeln ins Gesicht. So war er. Schenkte mir anstatt einer Rose ein Ästchen Kraut.

Meine Mundwinkel fielen nach unten, als mir die Bedeutung seiner Worte bewusst wurde. *Euch mitgerechnet ...*

Ich seufzte. »Nur, ich bin keine Eurer Prinzessinnen.«

Worte, die ich schon einmal zu ihm gesagt hatte. An meinem ersten Tag am Hof. Jetzt kam es mir vor, als wären Wochen vergangen statt Tage. Vieles hatte sich verändert. *In mir.* Anstatt nur den Befehlen der Königin zu folgen, ließ ich mich auch von meinem Herzen leiten.

Während ich damals ruppig gesprochen hatte, klang ich heute verzweifelt. Ich biss mir auf die Lippen. Musste mich zusammenreißen! Egal was ich für den Prinzen empfand – oder auch nicht –, ich durfte diese Emotionen nicht zulassen, sollte sie im Keim ersticken wie ein unerwünschtes Feuer. Noch war die Flamme klein, ließe sich ausblasen. *Noch.*

Der Prinz legte seinen Kopf in den Nacken, streckte sein Gesicht der untergehenden Sonne entgegen und schloss die Augen. »Genießt es, dies ist eine unserer ... ähm ... letzten gemeinsamen Nächte.«

Unruhig malte ich mit meiner Schuhspitze Kreise in den Kies. Die Melancholie in Constantins Ton bewegte mich. Gleichzeitig ließ mich die Formulierung »gemeinsame Nächte« straucheln, weshalb ich schließlich mit dem Musterzeichnen aufhörte.

»Ich werde auch nach ... der Hochzeit Eure Wächterin bleiben.«

Der Prinz öffnete seine Augen. Sah mich ernst an. »So ... ähm ... meinte ich das nicht ...«

Die Tiefe in seinem Blick zog mich in ihren Bann. Das funkelnde Blau seiner Iris raubte mir den Atem. Plötzlich sah ich den Königssohn, als hätte mir jemand eine verzauberte Lupe gereicht: Er war wunderschön, auf seine Art und Weise.

Ich verstand, was er mir sagen wollte. Selbstverständlich würde ich seine Leibwache bleiben, aber nicht länger im selben Zimmer – geschweige denn im selben Bett – nächtigen ...

»Ähm ... Mutter war vorhin bei mir«, fuhr er fort, »sie wollte wissen, welchen ... ähm ... Namen ich morgen auf die symbolische Blüte schreibe.«

Ich keuchte.

Morgen. Morgen war das Fest der reinen Blüte.

Der Tag, an dem die Siegerin der Brautschau genannt wurde.

Der Tag, an dem ich Constantin töten sollte.

Der Tag, an dem König Ivan sterben würde.

Vor dem Servieren der Vorspeise musste der Prinz den Namen seiner Favoritin auf ein Papier schreiben. Dieses würde er zu einer Blüte falten und auf den Schlossteich zu den Seerosen legen. Erst zur Dämmerung – nach dem Nachtisch – sollte das Blatt entfaltet und die Braut genannt werden.

Die Königin hatte ihn also persönlich aufgesucht und um Informationen gebeten. Dem König war es vermutlich einerlei, zumal Constantin in seiner Vorstellung vor der Verlesung sterben sollte.

Mein Herz raste. Würde ich schon jetzt den Namen seiner Siegerin hören?

»Ihr müsst es mir nicht sagen.«

Constantin seufzte.

»Mutter … ähm … löcherte mich mit Fragen. Wollte wissen, mit wem ich meine … ähm … Zeit verbracht habe und wie ich mich … fühlte. Plötzlich war sie … *interessiert.*« Der Prinz schüttelte ungläubig den Kopf. Er schien sich zu freuen und gleichzeitig bekümmert zu sein. »Zum ersten Mal meinte sie, dass sie … ähm … stolz auf mich wäre. Lady Inga – sie sprach mir Mut zu, riet mir meinem Herzen zu folgen. Ähm … aber warum jetzt?«

»Es geht um Eure Zukunft. Eure Gemahlin wird auf ewig an Eurer Seite weilen. Die Königin wünscht, dass Ihr weise wählt.«

Im Grunde spielte es keine Rolle, wessen Name auf dem papiernen Blütenblatt stand. In dem Augenblick, in dem der König leblos an der Tafel zusammenbrach, würde ein gewaltiger Tumult entstehen! Kestrall und ich hatten dafür gesorgt, dass morgen ein *anderer* Vorfall in der Geschichte in die Annalen eingehen würde.

Der Prinz holte tief Luft, sah mich an. »Ähm … was, wenn es Euer Name wäre?«

Ich verspürte einen Stich. Schluckte. Glaubte für den Bruchteil einer lächerlichen Sekunde, dass er es ernst meinte.

Mein Lachen klang freudlos. »Eure Bräute fänden diesen Scherz gewiss nicht sonderlich amüsant und würden …«

Weiter kam ich nicht.

Auf einmal näherte sich Constantin mir. Ich roch seinen Duft nach Handcreme und das Büschel Basilikum, das er noch in den Händen hielt.

Ich bebte. Mein blühender Stängel glitt zu Boden. Fast wäre ich ebenfalls dorthin gesunken. Meine Knie waren weich geworden. Mein Herz raste.

Seine Lippen näherten sich den meinen. Ich fragte mich, wie sie wohl schmecken würden.

Einen festen Herzschlag später erfuhr ich es. Nach prickelnder Minze. Der

Geschmack einer seiner Kräutertees. Der Kuss raubte mir den Atem. Ich verlor mich in Geborgenheit und Freiheit. Fühlte mich leicht und schwerelos ... wie auf Wolken. Gleichzeitig wollte mein Körper hier Wurzeln schlagen, sich mit Constantin zu einer immerwährenden Statue vereinen.

Viel zu schnell zog der Moment vorbei. Als hätte jemand die nächste Seite aufgeschlagen. Der Prinz löste sich von mir. Lächelte.

Abrupt wurde mir bewusst, was ich getan hatte. Die Erkenntnis traf mich wie ein Schlag ins Gesicht.

»Die ... ähm ... Vorschriften sind mir einerlei. Könntet Ihr Euch ... ähm ... vorstellen ...«

Was sagt er da?

Was der Königssohn andeuten wollte, überforderte mich, als würde mich eine gigantische Welle am Schwimmen hindern. Mit sich fortreißen. Ins Dunkle, Ungewisse.

»Nein«, hauchte ich tonlos. »Nein, bitte nicht. Tut mir das nicht an. Das überschreitet meine Grenzen um ein Vielfaches.«

Ich rannte Hals über Kopf davon.

Rannte.

Keuchte.

Erst im Wald, verborgen von duftenden Kiefern, hielt ich inne. Horchte in mich hinein.

Mein Herz flatterte. Verzweifelt presste ich beide Hände an meine Brust, wünschte, das Brennen in meiner Seele würde abebben. Doch das tat es nicht. Es fühlte sich an, als würde mein Körper von innen heraus verglühen.

Ich presste die Augen zusammen. Bunte Punkte entstanden vor dem Schwarz und raubten mir den Verstand. Als mein Kopf pochte, riss ich die Lider auf. Genoss das friedliche Grün des Forstes. Konnte endlich sehen. Und *begreifen*.

Mein Herz, es sprach zu mir. Mein ganzes Wesen verriet, was ich schon die ganze Zeit gewusst hatte: Ich liebte Constantin. Liebte den Prinzen, der sich morgen eine Braut wählen sollte.

Auch wenn wir niemals als Paar zusammen sein konnten, musste ich zu meinen Empfindungen stehen und sie Constantin anvertrauen. Würde ich meine Gefühle unterdrücken, würde bloß eine unüberwindbare Kluft zwischen uns entstehen. Ich könnte mich selbst nicht mehr akzeptieren.

Ehrlichkeit währte am längsten. Constantin hatte diese Offenheit verdient. Natürlich würde ich ihm raten den Namen einer Kandidatin niederzuschreiben. Denn ich würde niemals die Königin an seiner Seite sein.

Auch wenn ich es mir noch nicht vorstellen konnte, aber irgendwann würden unsere Gefühle abkühlen. Die Flamme würde ersticken, wenn sie keinen Sauerstoff erhielt. Es durfte nur kein Öl mehr ins Feuer gegossen werden.

Beschämt darüber, mich wie ein Kind verhalten zu haben, machte ich kehrt, schritt auf das Schloss zu. Ich atmete tief ein und aus, nahm mir vor mit Constantin zu reden und alle Unklarheiten aus dem Weg zu räumen. Mich bei ihm für meine unhöflichen Worte zu entschuldigen. So, wie es sich gehörte. Unsere Gefühle sollten nicht den Lauf der Dinge gefährden!

Kaum betrat ich den Kiesweg, der zum Wald führte, bemerkte ich, dass mehr Zeit vergangen war, als ich gedacht hatte. Ein Blick gen Sonne verriet, dass aus den dunkelroten Wolken ein schwarzer Nachthimmel geworden war. Der glühende Feuerball war vom Horizont verschluckt worden. Erste Sterne glitzerten mir entgegen.

Ich schluckte. Suchte Constantins Gemach auf. Die Wachen ließen mich wortlos passieren.

Zu meiner Überraschung hatte sich der Prinz bereits bettfertig gemacht, lag schlafend in den seidigen weißen Kissen. In Gedanken unser Gespräch auf morgen verschiebend tapste ich an sein Bett, wollte die Samtvorhänge daran schließen und mich heute Nacht in die Kammer legen. An seiner Seite zu schlafen, würde mein Herz nur noch mehr zum Leuchten bringen.

Die goldenen Häkchen des schweren Vorhangstoffes quietschten, als ich sie zusammenziehen wollte. Ich biss mir auf die Lippen. Constantin wachte auf, sah zu mir empor.

Durch einen Spalt an den Fenstergardienen gelangte genügend Licht, um seine Gesichtszüge auszumachen.

Überraschung, las ich. Freude.

Und Liebe. Grenzenlose Liebe.

Er schaute mich an, als wäre ich ihm das Wichtigste auf dieser Welt.

Mein Herz machte einen Satz. Meine Knie wurden weich.

»Inga«, wisperte er.

Ich bin gekommen, um mich für mein patziges Benehmen zu entschuldigen und um klarzustellen, dass unsere Liebe – die geheim bleiben muss – die Brautschau nicht beeinträchtigen darf. Das hätte ich sagen sollen.

Tatsächlich entglitt meinen Lippen nur ein gequältes Keuchen. Ich ballte die Hände zu Fäusten. Als hätte ich Schmerzen. Es fiel mir schwer, meine Finger nicht sehnsüchtig nach seinem zerzausten Blondschopf auszustrecken.

Was war nur mit mir los? Ich musste mich doch beherrschen können, schließlich war ich eine Goldene Schwester! Zur Disziplin erzogen.

Constantin setzte sich auf, lächelte, als würde er meinen inneren Kampf bemerken. Seine Augen funkelten.

Er öffnete seine Lippen. Seine Stimme klang leicht wie Gräser im Wind.

»Lass es doch einfach zu.«

Und das tat ich.

Er schloss seine warmen Finger um meine Faust. Der Krampf löste sich. Ich spürte, wie meine Anspannung verflog wie Gewitterwolken, die vom Wind vertrieben wurden.

Meine Knie drohten einzuknicken, da zog mich Constantin auch schon zu sich herab. Ich schnappte nach Luft, sog dabei seinen Kräuterduft ein. Dort, wo seine Finger meine Haut berührten, fühlte es sich an, als würde ich brennen. Vor Versuchung glühen.

Kaum saß ich neben ihm auf dem Bett, verlor ich mich im tiefen Blau seiner Augen. Ein Meer, das mich magisch anzog. Ich tauchte darin ein, ließ mich treiben. Warf alle Vorsätze über Bord. Verdrängte die Stimmen, die mir sagten, dass ich mich auf brüchigem, verbotenem Eis befand. Sie hätten ohnehin unrecht gehabt. Ich war längst eingebrochen. Versank in seinem kristallklaren Blick.

Der Prinz schmunzelte, strich mir mit der freien Hand eine störrische Strähne hinters Ohr. Ich bekam eine Gänsehaut.

Anstatt seine Hand wegzunehmen, zog er mich zu sich heran. Erwartungsvoll öffnete ich meine Lippen. Sehnte den Geschmack seines Kusses herbei.

Mein Herz donnerte wie besessen gegen meine Brust. Ungeduldig. Fest. Kaum spürte ich seinen heißen Atem auf meiner Haut, verlor ich jegliche Kontrolle.

Plötzlich gab es nur noch ihn und mich. Anstatt auf seine Berührung zu warten, küsste ich ihn. Voller Hingabe. Voller Sehnsucht. Voller Gier nach mehr.

Dieses Verlangen verspürte auch Constantin. Mit einem Ruck zog er mich an sich, strich mir über den Rücken. Ich erschauderte; wünschte, uns würden weder Bettdecke noch Uniform oder Nachthemd trennen.

Kaum wurde ich mir dieses Gedankens bewusst, öffnete der Prinz die Verschlüsse an meinem Rücken, schälte mich aus der engen goldenen Bekleidung. Der Stoff fiel zu Boden, genauso wie sein Schlafgewand.

Ich lächelte. Fühlte ein Prickeln in mir, das stetig drängender wurde.

Als sich unsere nackten Körper aneinanderschmiegten, war es, als würde meine Haut vibrieren. Ich schwitzte, genoss seine Liebe. Sämtliche Nackenhärchen richteten sich auf.

Schließlich vergrub er seine Hände in meinem rotblonden Haar, zog mein Gesicht erneut zu sich heran. Lud mich stumm zu einem weiteren Kuss sein.

Er ließ seine hitzige Zunge über meine Lippen gleiten. Ich seufzte schwer, öffnete meinen Mund, um ihm Einlass zu gewähren. In mir loderten Gefühle, die ich nie für möglich gehalten hätte. Auch Constantin musste Durst nach mehr haben, ihm entglitt ein wohliges Stöhnen.

»Inga?«, fragte er mit dunkler Stimme und sah mir tief in die Augen. »Willst du es auch?«

Ich fühlte, dass seine Muskeln angespannt waren.

Anstatt einer Antwort gab ich ihm einen weiteren Kuss, der Erklärung genug war.

Ein Zurück war unmöglich.

***

Als Constantin am nächsten Morgen erwachte, lag seine Leibwächterin in seinen Armen. Nackt. Ihr langes, glänzendes Haar breitete sich über ihren Rücken aus.

Der Prinz lächelte, dachte an die vergangene Nacht zurück, die für ihn wie ein wahr gewordener Traum gewesen war. Niemals hätte er für möglich gehalten, dass sich Inga ihm hingeben würde. Und doch war genau das geschehen.

Die Schranken der Selbstbeherrschung waren zerbrochen, hatten eine Frau voller Leidenschaft und Feuer befreit. Er hatte mit Angst und Zurückhaltung gerechnet, Unsicherheit. Doch nichts dergleichen war zu sehen gewesen. Die Goldene Schwester hatte keine Scham gezeigt, ihm nahezu blind vertraut.

Dieses Wissen entlockte Constantin ein frohes Lächeln.

Bilder der letzten Nacht tauchten in seinem Kopf auf. Verworren, als wären sie bloße Fantasie. Und doch schlief der Beweis dieser Erinnerungen an seiner Brust.

Es blieb keine Zeit, diese Emotionen erneut zuzulassen. Vorsichtig glitt Constantin aus Ingas Umklammerung, deckte sie zu, kleidete sich an und verließ sein Gemach.

Heute war ein wichtiger Tag. Das Fest der reinen Blüte stand an. Aber er dachte nur daran, dass er sich für Ingas Wohl opfern würde.

Das Gift stand bereit. Er würde es nach der Brautverkündung zu sich nehmen. Vor aller Augen sterben. Für Inga. Seine große Liebe.

***

Noch nie zuvor hatte ich so wohl geruht. Als hätte ich auf Wolken genächtigt. Ich streckte mich und genoss das warme Gefühl der seidigen Decken, die um mich gewickelt waren. Meine Hände wanderten das flauschige Leintuch entlang, suchten nach Constantin. Irritiert öffnete ich die Augen, stellte fest, dass er nicht an meiner Seite war.

Ich schälte mich aus den Kissen, griff nach meiner Uniform. Gedankenverloren legte ich sie an. Während meine Finger wie selbstverständlich die Häkchen schlossen und die Stoffe glatt strichen, kehrten die Gefühle der Nacht zurück. Lächelnd griff ich an meine pulsierenden Lippen. Sie fühlten sich leicht geschwollen an. Constantin hatte gar nicht genug von ihnen bekommen können.

Constantin.

Ich zuckte zusammen. *Der Thronfolger!*

Schlagartig wurde ich mir meines Fehlers bewusst. So, als hätte mich jemand mit einem Kübel eiskalten Wassers aufgeweckt. Von plötzlicher Schwäche befallen sank ich zurück auf das Bett, presste beide Hände an mein blutendes Herz.

Wie hatte ich mich nur so gehen lassen können? Derartiges durfte sich auf keinen Fall wiederholen. Wir mussten den Schleier des Vergessens darüber werfen.

Müssen. Sollen. Ich werde es nicht schaffen.

Niemals würde ich die Emotionen, die ich verspürte, begraben können.

Tränen brannten in meinen Augen. Heiß und stechend.

Ich biss die Zähne zusammen und blinzelte sie fort. Ich musste mich beherrschen. Ich war eine Goldene Schwester. Gut ausgebildet. Niemand durfte wahrnehmen, was ich wirklich für den Königssohn empfand! Es musste ein süßes Geheimnis bleiben.

Besonders heute, am Tag der Brautwahl. Heute würde Constantin seine Königin ernennen. Ihren Namen mit blauer Tinte auf Pergament schreiben.

Doch die Buchstaben würden nicht verlesen werden.

Mein Herz machte einen Satz. Neue Zuversicht flutete meinen Körper. Noch bevor diese Stunde anbrechen konnte, würde das Herz des Königs für immer zu schlagen aufhören.

Kestrall hatte ihre Dienerin Elga instruiert.

Während des Essens würde für jeden Gang neu aufgedeckt werden. Die Küchenhilfe sollte im Laufe des Abends Ivans Tafelsilber vergiften. Sobald sich ein passender Zeitpunkt bot. Noch vor Sonnenuntergang würde der König nicht mehr unter uns weilen.

***

Ivan warf sich seinen königsblauen Umhang um und schloss ihn über der Brust. Das gräuliche Fell um seine Schultern verlieh der Farbe des Gewands zusätzliche Kraft. Er scheuchte die Diener davon und betrachtete sich zufrieden im Spiegel. Schmunzelnd fuhr er sich über sein bärtiges Kinn und funkelte sich selbst entgegen. Die goldene Krone auf seinem Haupt reflektierte das Sonnenlicht, das durch das bodentiefe Fenster hereinschien.

Da Ivan mit seinem Äußeren zufrieden war, marschierte er flotten Schrittes in den Garten, wo alles für das Fest der reinen Blüte arrangiert wurde.

Normalerweise überließ er die Vorbereitungen gern anderen – zum Beispiel seinem Bruder –, heute wollte er selbst ein waches Auge über seine Untertanen haben. Alles sollte genau seinen Vorstellungen entsprechen.

Die längliche Tafel stand neben dem Schlossteich, wo später die Blüte schwimmen würde. Jene symbolische Blume, die den Namen der nächsten Königin in sich tragen würde. Allerdings war diese Zeremonie diesmal eine reine Farce. Constantin würde niemals seine Nachfolge antreten. Würde heute sterben. Entweder durch die Hand *Lady Ingas* oder durch seine eigene. Und er, der Herrscher Kandlots, würde gemütlich dabei zusehen und sich ins Fäustchen lachen.

Lady Katga wusste von seinen finsteren Plänen nichts. Er hatte seiner Gespielin versichert, dass ihr Name in der Blüte prangen würde – als Beweis, dass sie Königin werden sollte. Dass Constantin während des Festes seinen letzten Atemzug tun würde, ahnte die junge Frau nicht.

Grinsend setzte der König seinen Weg fort, beobachtete die Diener, die gerade gepolsterte Stühle heranschleppten. Auch die Gärtner waren noch fleißig am Werk: veredelten jedes Beet und stutzten sämtliche Büsche fein zurecht.

Heute Abend sollte alles glänzen.

***

Der Tag verging wie im Flug. Constantin hatte gehofft, noch einmal die Gelegenheit zu haben, mit Inga im Vertrauen zu sprechen, doch dazu war es nicht gekommen. Ununterbrochen war er für die Organisation des Festes eingespannt gewesen: hatte mit seinem Onkel ein glänzendes Pergament gewählt, mit dem Schneider sein Prinzengewand final abgesteckt und die Blumendekoration abgesegnet.

Inzwischen trafen die ersten Gäste des Stadtadels ein und nahmen auf ihren Stühlen im Garten Platz. Die Edelleute hatten sich herausgeputzt, trugen ihre festlichsten Kleider. Frauen präsentierten aufwendige Frisuren mit bunten Bändern oder – passend zum Namen der Veranstaltung – Blüten im Haar.

Das Fest der reinen Blüte war seit jeher ein besonderes Ereignis in Kandlot. Da seit dem Kontinentalen Krieg keines mehr abgehalten worden war – schließlich hatte Ivan seine Gemahlin nicht in einer Brautschau ausgesucht –, war dies ein besonders denkwürdiger Anlass.

Constantin begrüßte die Gäste, stand dabei wie ein Häufchen Elend neben seinem Vater und versuchte gute Miene zu bösem Spiel zu machen. Auch seine ehemalige Kandidatin Lady Ylvie und ihr Vater, Baron Sven van Ijek, waren geladen.

»Hallihallo Prins, ich heirate trosdem. Auch einen sönen Mann, den Vati ausgesucht hat. Is 'n reicher Snösel«, schnatterte das Mädchen munter und kicherte albern.

Ihr Vater lächelte ihr gutmütig zu, tätschelte das runde Köpfchen seiner Tochter. »Na, na, Herzchen. Quassel nicht wie ein Wasserfall.«

Die Worte »Seid gegrüßt!« oder »Herzlich willkommen!« brannten sich mit der Zeit in Constantins Verstand.

Auch Niklas war anwesend, hielt sich aber im Hintergrund. Das Gesicht des Bastards war noch immer unter Bandagen verborgen. Stolz erzählte er jedermann von seiner Heldentat, die arme, unschuldige Lady Inga vor der Entehrung durch Landstreicher bewahrt zu haben.

Jedes Mal, wenn Constantin Niklas prahlen hörte, stieg Gift und Galle in ihm hoch. Am liebsten würde er den Lügner erwürgen und als ebensolchen entlarven.

Ob überhaupt des Königs Mätresse, Frieda Larsson, über die Wahrheit

Bescheid wusste? Vermutlich nicht ... Jedenfalls unterstützte sie ihren Sohn bei dessen Ammenmärchen und schmückte den Tathergang mehr und mehr aus. So, als wäre sie selbst dabei gewesen. Plötzlich wurden die Gegner immer zahlreicher und größer. Aus einfachen Banditen wurden blutrünstige, bis unter die Zähne bewaffnete Barbaren.

Constantin blendete die Lügen seines Halbbruders und dessen Mutter bewusst aus, lenkte seine Gedanken zurück zur gestrigen Nacht, die die schönste seines Lebens gewesen war. Sofort musste er lächeln. Inga in seinen Armen zu spüren, ihren Duft einzuatmen, das hatte ihn zum glücklichsten Mann der Welt gemacht.

Seine Mutter trat in ihrem üblichen smaragdgrünen Kleid in Erscheinung. Protzig umspielte es ihren zierlichen Körper. Ihr goldenes Haar war hübsch hochgesteckt und in der Frisur glitzerten Silberperlen. Um Valerie herum scharrten sich die Goldenen Schwestern, ließen sich auch neben ihr an der großen Tafel nieder.

Kaum hatten alle Gäste platzgenommen, war es Zeit, die Bräute zu Tisch zu bitten. Noch waren die Mädchen nicht zu sehen, sie bekamen einen besonderen Auftritt.

Nur widerwillig gesellte sich der Prinz zur Rechten Ivans, schaute sehnsüchtig in Ingas Richtung. Diese nickte ihm aufmunternd zu, marschierte anschließend auf ihren Posten schräg hinter ihm.

Constantin seufzte, starrte auf den Tonbecher, den er selbst zur Tafel getragen hatte. In diesem bunten Gefäß befand sich das Gift. Ein Schluck genügte für dessen Wirkung.

***

Ich tauschte mit dem Prinzen einen letzten Blick, ehe ich mich hinter ihm platzierte. Gleich würden die Kandidatinnen vortreten. Ein letztes Mal als Teilnehmerinnen des Wettbewerbs. Heute sollte sich entscheiden, wer die Krone tragen würde.

Neugierig blickte ich die Tafel entlang. Alle warteten auf das Eintreffen der Bräute.

Ich musterte die Anwesenden.

Finja reckte den Kopf, ihr Hals wurde länger und länger. Sie konnte das Erscheinen der Mädchen kaum abwarten. Kestrall nickte mir zu, gab mir stumm zu verstehen, dass unser Plan, den König zu töten, nach wie vor wie am Schnürchen lief.

Mercedes tauschte einen Blick mit meiner Herrin.

Sir Isidor saß kerzengerade auf seinem Stuhl, war kreidebleich. Ich erinnerte mich an den Moment, als ich ihn in der Kapelle hatte klagen hören. Katga hatte tröstende Worte für den Bruder des Königs gefunden. War sanft und liebevoll gewesen. Eigenschaften, die ich ihr zuvor nicht unbedingt zugeschrieben hätte.

Was bedrückte den Edelmann? Wusste er über die Pläne Ivans Bescheid?

Sir Niklas hatte neben seiner Mutter platzgenommen, warf mir hasserfüllte Blicke zu! Ich dachte an seine Drohung, meine Schwestern und mich nach seiner Krönung aufhängen zu lassen. Niemals durfte dieser Unhold König werden. Heute würde ich diese Pläne ein für alle Mal zunichtemachen. Mit Ivan würde auch die Idee der Legitimation zu Grabe getragen werden.

Fanfaren ertönten. Überrascht sah ich hinüber, musterte die Musiker, die auf der Seite an der Schlossmauer standen und das Eintreffen der Bräute ankündigten. Mir fiel auf, dass auch der Blick des Bastards zu den Männern wanderte, anstatt zu den erscheinenden Mädchen. Sehnsüchtig schaute er die goldenen Instrumente an. Ob er die Musiker für ihr Talent beneidete?

Da mich die Gefühle dieses Halunken jedoch nicht mehr interessierten, wandte ich meine Aufmerksamkeit endlich den Kandidatinnen zu. Eine nach der anderen trat vor, verneigte sich und setzte sich an die Festtafel.

Lady Calla überzeugte in einem Traum aus goldgelber Seide. Der Stoff sah aus, als wäre er aus den Strahlen der Sonne gesponnen worden. Dazu waren in ihre Flechtfrisur passende Bänder gewoben worden. Im Abendrot leuchtete ihr kastanienfarbenes Haar wie die Glut. Sie strahlte heller als ein Sommertag. Sah aus wie eine wahre Königin.

Auch Katga war von ihren Dienerinnen fein zurechtgemacht worden, obwohl der herzförmige Ausschnitt ihres eng anliegenden mitternachtsblauen Kleides zu freizügig war. Auf ihren Lippen zeichnete sich ein siegessicheres Schmunzeln ab. Ich fragte mich, was ihr der König diese Nacht wohl ins Ohr geflüstert hatte. Dass Constantin *sie* wählen würde? Dass der Königssohn nur noch wenige Stunden zu leben und keine Chance auf die Wahl einer Braut hatte? Lebte meine Schwester noch immer in dem Glauben, der Prinz wäre todkrank?

Ich wusste es nicht. Las es auch nicht an ihrem stolzen Blick ab. Das Braun ihrer kugelrunden Augen schimmerte wie teures Holz. Doch es war Katgas geflochtenes Haar, das bewies, dass sie Silkas Tochter war. Der verführerische Duft nach Maiglöckchen, der bis zu Inga wehte, umhüllte Katga, verzauberte sämtliche Männer an der Tafel.

Sie war gewiss die Schönste im Land.

Lady Xenia schloss den Kreis der drei. Die Riesin strebte Veränderungen in Kandlot an. Fortschritte. In der Wissenschaft und bei den Gesetzen. Ebenso kraftvoll, wie ihre Pläne sich anhörten, marschierte sie über die Wiese. In großen Schritten. Anders als Calla und Katga zeigte sie ihren karamellfarbenen Körper in keinem hübschen Kleidchen, sondern präsentierte sich in adretten dunklen Hosen. Ihre Silberstiefel klimperten. Mehrere Gäste des Stadtadels sogen entsetzt die Luft ein, während ich mir ein Grinsen verkniff.

Lady Xenias Blick funkelte. Ihre langen schwarzen Zöpfchen waren zu einem einzigen hohen zusammengebunden. Den Nasenring präsentierte sie stolz wie ein kostbares Gut.

Gewiss war keine Kandidatin energiegeladener. Mir gefiel sie.

Kaum hatten alle drei Bräute ihre Plätze eingenommen, war es Zeit, den Namen der Siegerin auf das Pergament zu schreiben.

Plötzlich wurde ich nervös.

Sämtliche meiner Muskeln spannten sich an. Constantin erhob sich von seinem Stuhl und humpelte hinüber zu dem mit Blumen geschmückten Podium vor dem Schlossteich.

Dort lag es bereits. Das Papier. Jenes Blatt, das anschließend zu einer Blüte gefaltet und aufs Wasser gesetzt werden sollte. Als Teil der weißen Seerosen.

Bedächtig fuhr der Prinz über das Pergament. Griff nach der goldenen Feder. Gleich würde er einen Namen niederschreiben.

Mein Herz raste. Ich bekam kaum Luft.

Was, wenn es mein Name ist?

Meine Knie wurden weich, meine Nerven waren bis zum Zerreißen angespannt.

Was, wenn es nicht *mein Name ist?*

Constantin seufzte. Das sah ich. Inzwischen kannte ich seine Bewegungen und Gesten.

Noch einmal schaute der Königssohn auf, ließ seinen Blick über die Gäste schweifen. Bei mir blieb er hängen. Schaute mich lange und innig an.

Mein Herz machte einen Satz.

Wollte er mir etwas mitteilen? Mir versichern, dass er nur mich liebte? Oder nahm er mit diesen traurigen saphirblauen Augen Abschied?

Wir wurde übel.

Ich wusste es nicht, verstand nicht, was er mir sagen wollte.

Gerade als ich glaubte diese Ungewissheit nicht mehr auszuhalten, löste der Prinz das unsichtbare Band zwischen uns. Senkte den Kopf. Konzentrierte sich auf die Feder, die Tinte und das Papier.

Ich schluckte, als Constantin zu schreiben begann. Wünschte, ich könnte zu ihm hinüberlaufen und zusehen. Schweißperlen glitzerten auf seiner Stirn. Seine Finger zitterten.

In schwungvollen Lettern schrieb er ein Wort.

Lady.

Ja, dieses Wort musste er niedergeschrieben haben. Es waren mit Sicherheit vier Buchstaben gewesen und der letzte war nach unten gegangen, wie ein »y«.

Erneut hielt er inne – kurz. Setzte ab. Anschließend nickte er und vollendete sein Werk. Schrieb den Namen der Auserwählten auf.

Mir wurde heiß und kalt.

Waren es nun vier oder fünf Zeichen gewesen? Auf einmal begann sich alles zu drehen. Mir wurde schwindlig.

***

Constantins Finger zitterten, als er die Feder zurück in die schmucke Halterung steckte. Sein Innerstes fuhr Karussell.

Seine Zunge klebte trocken am Gaumen. Seine Knie fühlten sich wie Pudding an. Die Gesichter der Gäste verschwammen vor seinen Augen, als er aufsah.

Flink faltete er das Pergament. Den Vorgang hatte er zur Genüge mit seinem Onkel geübt. Isidor war geduldig gewesen.

Nun knickten seine Finger wie von Zauberhand geführt das Blatt. Schritt für Schritt entwickelte sich eine Seerose. Das Ergebnis konnte sich sehen lassen.

Erleichtert fuhr sich Constantin über die Stirn. Lächelte. Seine Arme fühlten sich schwer an. Wie Blei. Dennoch griff er pflichtbewusst nach der Blüte, drehte sich um und schritt auf den Teich zu.

Im Abendrot leuchtete das Wasser orange, glitzerte. Vorsichtig setzte der Prinz die Papierblume aus, schubste sie hinüber zu den anderen Seerosen.

Natürlich war deutlich zu erkennen, welche Blüte keine Pflanze war. Dennoch fand er diese Tradition eigentlich ganz schön. Wäre die Prozedur nicht ein solcher Kampf für ihn gewesen und er hätte frei entscheiden dürfen, hätte er Gefallen daran gefunden.

Als er sich umdrehte, waren alle Blicke auf ihn gerichtet. Constantin spürte, wie sein lahmer Fuß einknickte.

Selbst sein Stiefbruder Niklas musterte ihn neugierig. Nur der König interessierte sich offenbar mehr für den Inhalt seines Weinglases. Ivan zeigte demonstrativ kein Interesse an dem Tathergang. Constantins Herz schmerzte. Er wünschte, sein Vater würde ihn lieben. Oder wenigstens akzeptieren.

Stattdessen erwartete er, dass er in wenigen Minuten den Giftbecher leerte, der verheißungsvoll an seinem Platz wartete.

Ein kleines Gefäß aus Ton, das den Tod enthielt.

Der Prinz schnaubte kaum hörbar. Der König konnte ja nicht ahnen, dass er sich für ein ganz spezielles Gift entschieden hatte. Die Mixtur würde ihn lediglich für mehrere Stunden wie eine Leiche aussehen lassen. Anschließend, mitten in der Nacht, würde er erwachen und sich klammheimlich aus dem Schloss schleichen.

Irgendwie würde er schon mit Lady Inga in Kontakt treten können.

Irgendwie. Irgendwann.

***

Die Minuten verstrichen. Zogen dahin wie die Wolken am Himmel. Erste Sterne zeigten sich und kündeten eine warme Frühlingsnacht an.

Mit jedem Korn, das durch die Sanduhr der Zeit rieselte, wuchs meine Aufregung.

Die Vorspeise verging ohne besondere Vorkommnisse. Alle Gäste genossen die Suppe und unterhielten sich über Belanglosigkeiten. Das Thema »Brautschau« war offenbar tabu.

Immer wieder warf ich neugierige Blicke zum König, beobachtete ihn beim Essen und fragte mich, welche Gabel oder welcher Löffel schlussendlich zu seinem Tod führen würde. Kaum griff er nach einem neuen Besteck, hielt ich die Luft an und wartete darauf, dass er tot zusammenbrach. *Vergeblich.*

Die Suppenteller und das restliche Brot wurden abgetragen.

Der Hauptgang serviert.

Mein Herz raste, als Ivan nach dem gebrachten Fleischmesser langte. Es funkelte im Abendrot, als würde sich der Tod selbst darin spiegeln.

Vor Aufregung langte ich nach der Perlenkette um meinen Hals. Die bunten Kügelchen spendeten mir Zuversicht.

Vielleicht würde gleich …

»Euer Majestät!«

Entsetzt riss ich den Kopf herum. Ein Silberbruder rannte auf uns zu. Er zerrte jemanden mit sich. Eine wütende, schreiende Frau im Küchengewand. Kurz musste ich an Djana denken.

»Euer Majestät«, rief der Soldat erneut und ließ das Weib los. Diese taumelte, fiel dem König vor die Füße. Schimpfend rappelte sie sich auf, strich ihr Gewand glatt und rückte ihre zerzausten braungrauen Haare zurecht.

»Das Frauenzimmer wurde dabei ertappt, als es mit Gifttinkturen das Tafelsilber bestrich!«

Worte, wie ein Schlag in die Magengrube. Mir wurde übel.

Elga!

Ein Raunen ging durch die Runde.

Kestrall und ich tauschten einen panischen Blick.

Was wird jetzt geschehen?

Ich schwitzte. Aus all meinen Poren troff Schweiß. Meine Finger bebten.

Elga rieb sich über den Oberarm, dort, wo sie der Silberbruder gehalten hatte. Gewiss hatte er sie grob angefasst.

Der König erhob sich. Sein Kiefer mahlte zornig und in seinen Augen funkelte die Weißglut. Er krallte seine Finger in das weiße Tischtuch. Seine Stimme klang scharf wie geschliffener Stahl. »Wer hat dich dazu angestiftet? Wen solltest du töten? Mich, deinen König?«

Elga nickte höhnend.

»Und wer bezahlt dich dafür?«

Wenn sie uns jetzt anschaute, würden alle wissen, wer hinter dem Auftrag steckte.

Ich hielt die Luft an. Zählte die Sekunden, die verstrichen.

Eins.

Elga schwieg, starrte stur zu Boden.

Zwei.

»Sprich!«, schrie Ivan und donnerte mit der Faust auf den Tisch.

Drei.

Sämtliches Besteck klirrte dabei aneinander. Der bunte Tonbecher vor Constantin kippte um, rollte zu Boden. Die Flüssigkeit tränkte die Erde.

Vier.

Der Silberbruder trat von hinten mit dem Stiefel gegen Elgas Knie. Die Frau knallte zu Boden, ächzte. Der Anblick tat mir im Herzen weh.

Fünf.

»Nenne deinen Auftraggeber!«, forderte der König erneut. Ivan erhob sich, zog seinen blauen Umhang zurecht und stellte sich direkt vor die im Gras kauernde Küchenhilfe.

Sechs.

Elga presste die Lippen aneinander. Sie lag neben mir und gab dennoch keinen Mucks von sich.

Wie tief war ihre Treue zu Kestrall? Würde sie uns verraten?

Sieben.

Die Gäste tuschelten bestürzt. Ein paar erhoben sich, um besser zu sehen. Ein älterer Herr des Stadtadels forderte den sofortigen Tod der »Verräterin«.

Da zog der König sein Schwert.

Acht.

Grillen zirpten. Ein Käuzchen rief. Es hätte ein schöner, lauer Frühlingsabend sein können. Doch das Funkeln der Klinge verhieß das Gegenteil. *Schön* würde das hier ganz gewiss nicht enden.

Neun.

»Sprich, oder du bist tot«, drohte Ivan mit dunkler Stimme. Seine Finger umschlangen den Griff der Waffe so fest, dass seine Knöchel weiß hervortraten. Seine Lippen wirkten blutleer, energisch presste er sie zusammen. Ich bildete mir ein, das Knirschen seiner Zähne zu hören.

Zehn.

Ivan erhob das Schwert, richtete es über Elgas Kopf. Er würde doch nicht wirklich …

Mit einem Schlag sauste die Klinge herab.

Schreiend zog ich mein Schwert. Es war zu spät.

Blut sprudelte mir entgegen. Bespritzte meine Stiefel. Der Kopf der Küchenmagd kullerte vor Ivans Füße.

***

König Ivan keuchte. Der Rumpf der Toten fiel zu Boden, ihr Haupt lag abgetrennt vor seinen Schuhspitzen.

Alles in ihm vibrierte. Noch nie hatte er sich so hilflos gefühlt.

Ihm war jede Kontrolle entglitten. Als Ausweg war nur die sofortige Enthauptung dieser Fuchtel geblieben. Hätte er das Weib verschont, hätte er sich vor seinen Gästen lächerlich gemacht. Sie hätten ihn für schwach gehalten. Machtlos.

Nun hatte er ihnen gezeigt, wer das Regiment führte. Dass er kein wehrloser Wurm, sondern ein stolzer König war, der für Recht und Ordnung sorgen konnte.

Das Gewicht des Schwertes fühlte sich gut an. Eine Welle der Erleichterung durchströmte ihn.

Die Fassungslosigkeit in Lady Ingas Augen entlockte ihm ein Grinsen. Ihre zitternden Finger hatten nach ihrer Waffe gegriffen. Vergebens.

»Da wart Ihr wohl zu langsam, Lady«, zischte er, wischte sein Schwert an der Wiese sauber und steckte es zurück in die Halterung an seinem Gürtel.

Ivan veranlasste, sämtliches Geschirr sofort abzutragen. Neue Gedecke wurden gebracht und das Fest konnte fortgeführt werden.

Der Silberbruder schaffte die Leiche von dannen. Kaum spielten die Musikanten auf seinen Wink hin auf, unterhielten sich die Gäste wieder munter. Über den unschönen Zwischenfall konnte der Schleier des Vergessens geworfen werden.

Natürlich beschäftigte Ivan das Geschehene. Kurz bereute er sogar, der Schlange einen solch schnellen, gnädigen Tod gewährt zu haben. Hätte er nicht unter Beobachtung gestanden, hätte er seine Wut vielleicht eindämmen und klügere Entscheidungen treffen können.

Folter. Ja, er hätte das Weib auf Gedeih und Verderb bearbeiten sollen. Dann hätte er herausbekommen, wer hier welches Spiel spielen wollte.

Ivan kaute nachdenklich auf seinem gewürzten Fleisch herum, ließ seinen Blick durch die Runde gleiten.

Wer könnte es gewesen sein?

Er verweilte bei Constantin. Konnte es sein, dass *er* ihm eine Falle stellen wollte? Aus Hass? Der kleine, schmächtige Constantin?

Oder – er lehnte sich im Stuhl zurück, schielte kurz nach hinten – dessen Leibwächterin? Lady Inga war kreidebleich, suchte die Aufmerksamkeit der anderen Goldenen Schwestern. Steckte *sie* dahinter? Gar zusammen mit der Königin?

Möglicherweise war er ganz auf der falschen Fährte, schließlich könnte auch Baron Sven der Drahtzieher sein. Seine beschränkte Tochter war nicht gerade leicht zu vermitteln gewesen, gewiss hätte sich van Ijek eine bessere Partie für sein Balg gewünscht.

Oder steckte Isidor dahinter? Sein Bruder verhielt sich in letzter Zeit sonderbar, war stiller und zurückgezogener als sonst. Wollte er ihn *und* Constantin vom Thron stürzen?

Es war zum Verzweifeln. Bei jedem Bissen bereute der König mehr und mehr die Küchenmagd einfach hingerichtet zu haben. So würde er vielleicht niemals hinter das Geheimnis kommen.

Eine Dame des Stadtadels beäugte ihn misstrauisch. Ihr Blick war unfreundlich und sie flüsterte ihrer Sitznachbarin etwas ins Ohr, die daraufhin nickte und ebenfalls mit gerunzelter Stirn in seine Richtung schaute.

Das Tuscheln der beiden verunsicherte Ivan. Welche Gerüchte waren nun schon wieder über ihn im Umlauf?

***

Constantins Herz raste. Am liebsten würde er wegrennen, sich übergeben. Er brachte keinen Bissen Fleisch mehr hinunter. *Nichts.*

Der Anblick der enthaupteten Elga brannte sich in seinen Verstand, quälte ihn aufs Schrecklichste. Er hatte die arme Frau gekannt. Sie war stets freundlich und zuvorkommend gewesen.

Jetzt war sie tot.

Constantin wünschte, er könnte seine Gefühle jemandem anvertrauen. Doch er musste weitermachen. Dufte keine Miene verziehen. Und das, obwohl sein eigener Plan ebenfalls gescheitert war. Der Becher war aufgrund der Wucht von Ivans Schlag auf den Tisch umgefallen. Die Idee vom heimlichen Davonstehlen zerstört.

Was würde der König mit Inga und ihm anstellen, wenn er noch lebte?

Gerade als sich der Prinz den Kopf darüber zermarterte, erhob sich sein Vater.

Er schritt hinüber zu Valerie. Es war also Zeit für den elterlichen Hochzeitssegen.

Beim Fest der reinen Blüte war es Tradition, dass König und Königin gemeinsam aus einem geweihten Kelch tranken und diesen anschließend ihrem Sohn – ihm – weiterreichten. Dieses Ritual sollte symbolisieren, dass sie dem Thronfolger vertrauten und seine Brautwahl akzeptieren würden.

Ein Diener brachte den goldenen Kelch herbei und übergab ihn dem König. Ivan würdigte Valerie keines Blickes. Ein jeder bemerkte die Kluft zwischen den beiden. Sie waren kein liebendes Ehepaar. Niemals wirklich gewesen.

Die Ehre des ersten Schluckes von dem süßen Rotwein gebührte der Königin. Daher reichte Ivan das Gefäß weiter an seine Gattin.

Diese nahm den Kelch und setzte ihn an ihre vollen Lippen. Blutrot auf reinem Gold.

Während Valerie trank, wurde sie von allen beobachtet. Auch Constantin musterte seine Mutter, während sie Schluck für Schluck zu sich nahm.

Doch plötzlich … riss die Königin ihre Augen auf.

Der Kelch glitt ihr aus der Hand. Polterte laut scheppernd auf den Tisch. Der Wein bespritzte ihr smaragdgrünes Kleid.

Nach Luft röchelnd fasste sie sich an den Hals. Ihr Gesicht lief blau an.

***

Die Zeit stand still. Ich konnte nicht glauben, was da passierte. Valeries Hände zitterten, umschlangen ihre Kehle. In ihren großen Augen funkelte Panik. Das ansonsten stille Meer darin schlug gigantische Wellen.

Die Königin strauchelte. Schwester Mercedes stützte sie. Ein angsterfülltes Raunen ging durch die Menge. Die Pupillen Valeries traten immer deutlicher hervor. Schaum quoll aus ihrem Mund.

Meine Finger wurden taub. Ich stand da wie angewurzelt, konnte mich nicht bewegen.

Und dann … glitt die Königin erschlafft in Mercedes' Arme.

Im selben Augenblick verfinsterte sich der Himmel. Eine dunkle Wolke schob sich vor die letzten Sonnenstrahlen.

Alles um mich herum drehte sich. Drehte sich zu schnell. Mir wurde schwindlig. Meine Knie drohten einzuknicken.

Der König ließ nach dem Hofarzt schicken, doch ich wusste, dass es zu spät war.

Valerie Vanhaag war tot.

***

Der Tag fand ein jähes Ende. Aus dem Fest der reinen Blüte war ein Schauspiel des Todes geworden.

Die Gäste wurden gebeten nach Hause zu gehen. Auch die Kandidatinnen zogen sich verstört auf ihre Zimmer zurück. Constantin wich nicht von der Seite seiner Mutter, deren Tod noch vom Arzt bestätigt werden musste.

Mercedes, Kestrall und Finja erwiesen der Königin ihre Treue, indem sie ihren Leichnam bewachten.

Und ich?

Ich wusste nicht, was ich tun sollte. Der Tod meiner Herrscherin hatte mich völlig unvorbereitet getroffen.

Was würde nun mit meinen Schwestern und mir geschehen? Würde uns der König unverzüglich nach Gondra schicken oder für den Schutz der zukünftigen Königin – in seinen Vorstellungen wohl Niklas' Gemahlin – behalten?

Ziellos schlenderte ich durch die Schlossgärten – auf der Suche nach Antworten, die ich niemals finden würde.

Ich fühlte mich gefangen. Eingemauert in ein Labyrinth aus endlosen Fragen.

Was war geschehen?

Ich hätte Constantin ermorden sollen. Kestrall und ich hatten den König vergiften wollen.

Nichts davon konnte in die Tat umgesetzt werden.

Und dann war etwas passiert, womit ich nicht im Geringsten gerechnet hätte.

Was war der Inhalt des Kelches gewesen? Wirklich nur Rotwein? Hatte jemand die Flüssigkeit mit Gift versehen? Aber wer?

Es war zum Verzweifeln.

Plötzlich hielt ich inne. Während Diener im dunklen Abendrot die Festtafel abräumten, hatte ich nur Augen für den Teich dahinter. Wie eine Blutlache lag er vor mir.

Mein Herz machte einen Satz. Ich bekam eine Gänsehaut.

Dort zwischen den echten Seerosen entdeckte ich das gefaltete Pergament. Jene Blume, die den Namen der nächsten Königin enthielt.

Welchen hatte Constantin hineingeschrieben?

Ich erinnerte mich an das Zittern seiner Hände, an den Hilfe suchenden Blick.

Jetzt war ich es, die eine starke Stützte brauchte.

Soll ich ...?

Ehe ich den Gedanken zu Ende gesponnen hatte, marschierte ich schon auf den Teich zu. Meine Stiefel klimperten bei jedem Schritt, den ich tat. Meine Bewegungen waren flott, sodass ich es mir nicht mehr anders überlegen konnte.

Mit bebenden Fingern zog ich das nasse Papier aus dem Teich. Es fühlte sich an, als hätte ich das Gewicht der Welt in den Händen.

Wind kam auf, zerrte an meinem Haar, als wollte er mich dazu auffordern, endlich das Blatt auseinanderzufalten.

Ich keuchte.

Mein Puls raste und meine Glieder wurden taub.

Vorsichtig bog ich das Pergament. Kante für Kante öffnete ich das Papier und legte den Namen frei, den Constantin darauf geschrieben hatte. Schwungvolle Buchstaben sprangen mir entgegen.

Ich las den Namen.

Mein Mund wurde trocken. Kälte schoss in meine Knochen.

Meiner ist es nicht.

Keuchend sah ich auf, blinzelte gegen die Finsternis. Dort drüben im Wald leuchtete etwas.

Schneidende Angst kroch mir durch Mark und Bein, lähmte meinen Körper.

Es waren blutrote Augen.

ENDE von Band 1

DANKSAGUNG

Mein Herz rast. Unglaublich, wie ich mit Inga und Constantin mitfühle. Die beiden sind mir ans Herz gewachsen und es tut mir so leid, was ich ihnen alles zumute – und leider in Band 2 noch abverlangen werde. Denn noch ist das Abenteuer nicht vorbei. Wessen Name wohl auf der Blüte steht? Ich weiß es. Und doch fiebere ich jedes Mal, wenn ich die Stelle lese, mit Inga mit. Hoffe für sie, es könnte der ihre sein.

Daher danke ich zunächst meinen Figuren, dass sie all das ertragen, was ich mir für sie ausdenke.

Ein großer Dank gilt meinen Testlesern, die mir nicht nur die Himmelsrichtungen erklärt, sondern auch dafür gesorgt haben, dass es nicht so aussieht, als hätte Inga zwanzig Uniformen im Schrank hängen. Vielen Dank für eure Hinweise!

Vergelt's Gott auch an meine liebe Lektorin Julia Feldbaum, die meiner Geschichte den letzten Schliff verpasst, mir viele kreative Ratschläge gegeben und all die kursiv geratenen Wörter wieder gerade gerückt hat.

Da ihr Inga und Constantin ohne sie vielleicht nie kennengelernt hättet, gilt ein großes »Merci« Larissa, Pia und dem gesamten hervorragenden Impress-Team.

Zum Schluss will ich dir, liebe Leserin und lieber Leser, danken, dass du dich für diese Geschichte entschieden hast. Ich hoffe, du konntest in die Welt von Inga und Constantin eintauchen und bist gespannt darauf, welche Dämonen noch in Kandlots Königsschloss ihr Unwesen treiben.

DIE MACHT DER GEFÜHLE
TAUCH EIN IN ROMANTISCH-FANTASTISCHE GESCHICHTEN.
#IMPRESSBOOKS
ALLES VON IMPRESS HIER:
IMPRESSBOOKS.DE

ROMANTISCHE FANTASY
IN DÜSTER-DRAMATISCHEM SETTING

B. E. Pfeiffer
CHASING DARKNESS.
DAS HERZ EINES DÄMONS
ISBN 978-3-551-30241-0
Softcover
Auch als E-Book erhältlich

Alana ist eine der begabtesten Dämonen-Jägerinnen im ganzen Königreich. Sogar dem Herrscher imponieren ihre außergewöhnlichen Fähigkeiten. Doch ausgerechnet sie soll einen Halbdämon heiraten, um den Jahrhunderte andauernden Krieg zwischen Menschen und Dämonen endlich zu beenden.

Christina Hiemer
MENTIRA 1:
STADT DER LÜGEN
ISBN 978-3-551-30233-5
Softcover
Auch als E-Book erhältlich

Melia ist ein Mitglied der Ruína und als solches ist die Wahrheit tief in ihr verwurzelt. Doch außerhalb der Stadtmauern Mentiras liegt eine Welt, in der Lügen und Betrügereien zum Alltag gehören. Hier trifft sie auf Jaron, einem Verstoßenen. Obwohl sich Melia der Gefahr bewusst ist, schenkt sie dem Mann mit den stechend grünen Augen ihr Herz …

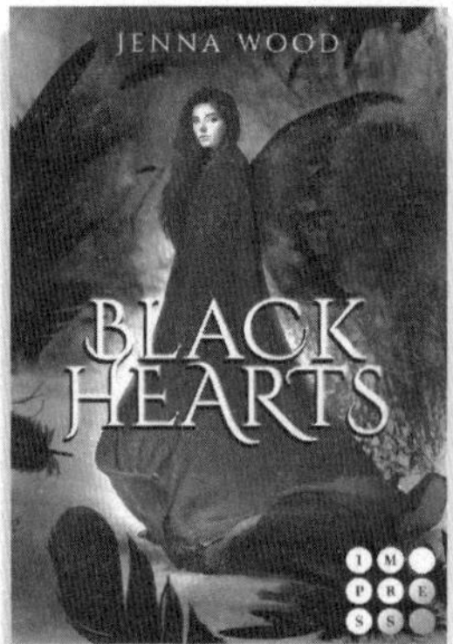

Jenna Wood
DIE BLACK-REIHE 1:
BLACK HEARTS
ISBN 978-3-551-30205-2
Softcover
Auch als E-Book erhältlich

Ezra ist eine Todesfee, eines der seltensten Geschöpfe in dieser Welt. Als solche schwebt sie in größter Gefahr. Auf einem Internat für magische Wesen soll sie lernen, ihre Fähigkeiten zu kontrollieren. Ihr zur Seite gestellt wird der ruhige und verschlossene Bodyguard Zero Fox – eine völlig unnötige Schutzmaßnahme, findet Ezra und versucht ihm bei jeder Gelegenheit zu entkommen …

IMPRESS

WWW.IMPRESSBOOKS.DE